Joana Marcús

# DESPUÉS DE DICIEMBRE

wattpad
by Montena

Penguin
Random House
Grupo Editorial

**Después de diciembre**

Primera edición: enero de 2023



penguinlibros.com



ISBN: 978-1-64473-641-8

Impreso en México – *Printed in Mexico*

23 24 25 26 10 9 8 7 6 5 4 3 2 1

Advertencia:
este libro incluye contenido sensible
relacionado con el consumo de drogas
y relaciones de maltrato.

*Para cada Jen*
*que intenta hacer lo correcto,*
*que a veces se equivoca,*
*que sigue aprendiendo,*
*que siempre se cae,*
*pero que nunca se queda sentada en el suelo.*

*Este libro es para nosotras.*

# 1

# Sanar heridas

Dicen que el tiempo transcurre muy despacio cuando lo pasas mal... y no podría estar más de acuerdo.

Había tenido mi propia dosis de sufrimiento, y la peor parte era que la culpable de ello era yo misma. Había tomado una decisión que, aunque me parecía acertada, se hacía difícil de afrontar; la de abandonar al chico que amaba.

Quizá «abandonar» fuera un término un poco exagerado. El chico en cuestión tenía aún a todos los amigos a su lado. Will, Naya, Sue, e incluso su hermano Mike... Todos seguían acompañándolo. Yo era quien se había apartado del camino, había vuelto con sus padres y había dejado todo aquello atrás.

Un año antes había decidido mudarme para estudiar en la universidad una carrera que no me entusiasmaba, quizá movida por el deseo de alejarme lo máximo posible de cuanto había sido mi vida hasta ese momento. Ahí los había conocido a todos ellos... y a Jack Ross, a quien me resultaba más complicado considerar un simple *amigo*.

Él hizo que me diera cuenta de que mi relación con Monty no era amor, de que debía aprender a pensar por mí misma, de que había dedicado toda mi vida a complacer a los demás independientemente de si ellos querían hacerme feliz.

Supongo que él no había calculado que la primera decisión sobre mí misma fuera, precisamente, dejarlo. Jack necesitaba perseguir sus sueños y yo no estaba preparada para acompañarlo en ello. Tenía que encontrar los míos propios.

Tomaría todo el crédito de esas frases de autoayuda, pero lo cierto es que las había pronunciado la que había sido mi terapeuta en ese último año. Acudí a sus citas gracias a mis dos hermanos mayores, Spencer y Shanon, quienes me habían ayudado a pagarme la terapia hasta que tuve mis propios ingresos.

En un único año trabajé como cajera, dependienta de una gasolinera, ayudante en un almacén y monitora de atletismo con Spencer. Alguna vez esos trabajos se solapaban y me consumían tantas horas que me impedían pensar en nada más que en lo cansada que estaba. Y, curiosamente, fue eso lo que más me ayudó.

Tener la oportunidad de moverme sola, ganar mi propio dinero, empezar a decidir por mí misma… fue todo un cambio. Uno que nunca pensé que experimentaría. Este hecho, junto a la terapia, me ayudó a ver las cosas desde una nueva perspectiva.

Y una de las que empecé a ver con otros ojos… fue mi familia.

Las palabras de Jack sobre cómo conseguían que siempre hiciera lo que ellos querían me retumbaban constantemente en la cabeza. Había intentado ignorarlas, pasar de aquellas señales que le daban la razón, fingir que todo iba bien… hasta que una noche todo explotó.

Estaba sentada en la mesa de la cocina con mis hermanos gemelos —Sonny y Steve—, mis padres y Spencer. El único sonido que interrumpía la cena era el del partido que emitía el pequeño televisor junto a la nevera. Mis hermanos y mi padre tenían los ojos clavados en la pantalla, mientras que mi madre y yo comíamos con poco interés.

Que ella y yo fuéramos las únicas desocupadas y no nos quedara más remedio que interactuar fue, seguramente, lo que desencadenó la discusión.

—¿No tienes hambre? —me preguntó al ver que empujaba una col de Bruselas con el tenedor.

Estaba demasiado cansada como para tenerla. Tras cinco horas en la gasolinera y otras cuatro en el campo de atletismo, apenas me sostenía en pie.

—No mucha. Creo que me lo guardaré para mañana.

Mamá permaneció en silencio por unos instantes. Sus ojos castaños, casi idénticos a los míos, observaban con cierto rencor mi plato prácticamente intacto.

—Da igual —sentenció al fin, y dejó el tenedor—. Yo tampoco tengo mucha hambre. Quizá hoy no me haya salido bien la cena.

—No he dicho eso, mamá.

—No hace falta que lo digas. Últimamente todo te viene mal.

—Estoy cansada.

—Siempre hay una excusa.

La notaba un poco áspera conmigo desde mi vuelta a casa, pero nunca me había atacado de forma tan directa y, sobre todo, tan injustificada. Estaba claro que algo sucedía, pero no se atrevía a decírmelo.

Así que, por algún motivo, esa noche decidí ser yo quien encarara el asunto.

—¿Se puede saber qué pasa?

Mi tono era distinto. Sereno pero directo. Uno que nunca había usado con mis padres. Quizá nunca lo había usado con nadie. Mi terapeuta lo llamaba «asertividad». Hizo que toda la mesa dejara de prestar atención a la pantalla para volverse hacia mí con sorpresa.

Mamá, por supuesto, ya tenía una mano sobre el corazón.

—¿De qué estás hablando?

—De que está claro que te pasa algo y no entiendo por qué no quieres decírmelo —expliqué con calma.

Papá y ella intercambiaron una mirada. Por aquel entonces lo hacían a menudo. Entendí que habían hablado del asunto y ambos sabían perfectamente lo que les decía. Me dio mucha rabia que, aun así, ninguno lo admitiera.

—¿Y bien? —insistí con la misma calma.

—No le hables así a tu madre —me advirtió papá.

—No le he hablado de ninguna forma, solo he preguntado qué pasa y por qué siento que no dejáis de buscar excusas para encontrarme defectos.

Sonny y Steve soltaron risitas burlonas. Apreté el puño entorno al tenedor.

—Estás majareta —me dijo Steve sin apartar la vista de la pantalla.

—Sí —añadió Sonny—. Desde que volvió, se cree que el mundo está en su contra.

—No me creo nada, pero me molesta sentir que todos habéis hablado de mí y no me lo habéis dicho.

—Nadie ha hablado de ti —me aseguró papá.

Fue tan evidente que mentía, que incluso se puso colorado. Cruzó otra mirada rápida con mamá.

—¿No? —insistí—. ¿Y por qué os miráis así?

—¡No nos miramos de ninguna forma! —exclamó mamá, airada.

—¡Sí que lo hacéis!

—Paranoica —fingió que tosía Steve, y Sonny se rio a carcajadas.

A esas alturas, mis nudillos ya estaban blancos. Me sentía frustrada. Y cansada. Esa mala combinación hizo que, por primera vez en mucho tiempo, gritara a mis hermanos.

—¡Callaos de una vez!

—¡Jennifer! —Mamá replicó mi grito—. ¡Ya basta! Nadie está en tu contra. ¡No seas tan paranoica!

—¡No soy paranoica, veo lo que hacéis!

—¿Y qué ves?, ¿que tus hermanos se ríen? ¿Qué tiene eso de malo?

—¡No se ríen! —Mi tono iba en aumento y mi voz empezaba a tintarse de desesperación—. ¡Se burlan! ¡Llevan años burlándose de mí, y tú nunca dices nada! ¡Y papá tampoco!

El último aludido frunció el ceño, pero fue mamá quien respondió:

—¿Se puede saber a qué viene esto ahora? ¡Estamos intentando cenar en paz!

—¡Tú eres la que ha empezado! ¡Y la que me mira mal desde que volví a casa! No lo entiendo, ¿no querías que volviera? ¿Ahora te sobro?

El grito ahogado de mamá hizo que mi padre se irguiera un poco más, casi como si la hubiera abofeteado y él tuviera que prepararse para intervenir.

—¡Te estás pasando! —me gritó, algo muy impropio en él.

—¿Y qué? ¿Negarás que se están burlando?

—Deja de hacer sentir mal a los demás —protestó Sonny al tiempo que me lanzaba una servilleta a la cara.

—¡Y tú déjame en paz de una vez! —le grité, sorprendiendo también a su gemelo—. ¿No tienes nada mejor que hacer con tu vida que meterte con tu hermana pequeña? ¿No lleváis un negocio en ruinas en el garaje? ¡Id a encargaros de él y dejadme tranquila!

Por primera vez en la historia, los dejé calladitos a ambos.

—¡Ya basta! —Mamá estaba completamente roja, como siempre que se enfadaba. Incluso me señaló con un dedo—. ¡No puedes ir por la vida haciendo que los demás nos sintamos miserables, Jennifer!

—¿Los demás? ¿Y yo qué? ¿Alguna vez os habéis preguntado cómo me siento, o eso queda totalmente fuera de la ecuación?

—¿Desde cuándo nos hablas así? —Tras una pausa, como si le faltaran las palabras, continuó—: ¡Seguro que eso te lo metieron en la cabeza tus amiguitos de la universidad, sobre todo ese chico con el que salías!

Desde que había vuelto, mi madre no mencionaba a Jack por su nombre. Era «ese chico con el que salía». Incluso su tono, antes cariñoso, había pasado a ser absolutamente despectivo.

—¡Pues sí! —exclamé, dejando el tenedor de un golpe sobre la mesa—. ¡Jack me abrió los ojos sobre muchas cosas!

—¡Ahí está! —Pareció que le había dado la respuesta que tanto buscaba—. ¡Te comió la cabeza para ponerte en contra nuestra! ¡Incluso hizo que denunciaras a ese pobre chico!

Iba a responder, pero esa última frase me dejó helada. A medio camino entre hablar y quedarme petrificada, por fin noté que Spencer, que había permanecido en silencio hasta ese momento, se ponía de pie.

—No —advirtió en un tono muy frío—. No vayas por ahí, mamá.

Ella, que no estaba acostumbrada a que nadie saltara a defenderme —y menos en su contra—, dio un respingo.

—¡Solo estoy diciendo las cosas como son!

—Si denunció a ese cabrón fue porque era lo que debía hacer, así que ten cuidado con lo que dices.

—¡Spencer! —Papá también se puso de pie, furioso.

—¡Ni Spencer ni nada!

—¡Esa denuncia no solo la afecta a ella! —chilló mamá, muy alterada—. ¿Sabes cómo me miran por el barrio desde que la puso? ¿Sabes lo que dicen de nosotros? ¡Toda su familia nos ha dado la espalda!

—¡Golpeó a Jenny!

—¡Eso dice ella!

Creo que esa fue la frase que hizo que mi cuerpo reaccionara. Quedé petrificada desde el momento en que Monty había surgido en la conversación, pero entonces por fin lo entendí. Sus desprecios no eran porque hubiera vuelto a casa, sino porque mis decisiones habían afectado sus vidas. Lo que les molestaba no era que mi bienestar pudiera estar en riesgo, sino que lo estuviera el suyo.

No sé muy bien cuándo empecé a moverme, pero de pronto oí el ruido de mi silla arrastrándose hacia atrás y me descubrí a mí misma encaminándome hacia las escaleras. Me movía como si fuera una autómata. Y sentía mucha rabia. Rabia por mis padres, por mis hermanos, porque un año y varios golpes después, la gente siguiera sin creerme.

Porque… no, no me creían. Excepto unas pocas personas del barrio, pero nadie comentaba nada. Monty no era el tipo de chico que les encajaba como alguien abusivo. Era guapo, encantador y un buen jugador de baloncesto. El prototipo de hombre perfecto. Yo, en cambio, era la hija rarita de los Brown que había decidido largarse durante varios meses y al volver le había arruinado la vida con una denuncia.

Claro que no me creían. Apenas me conocían. Y, aunque lo hicieran, no les interesaba creerme. Pero podía vivir con eso.

Lo que dolía era que mi madre tampoco lo hiciera.

Llegué a mi habitación y saqué la maleta de debajo de la cama. No sabía qué haría cuando cruzara de nuevo el umbral de esa casa, pero sabía que no podía permanecer allí más tiempo. No permitiría que me hicieran cuestionarme si la denuncia había sido justa.

No lo era. Recordaba los golpes, los mensajes, las humillaciones y los insultos. Recordaba mi ropa y mis gafas destrozadas. No podía vivir con el miedo a que aquello se repitiera, porque algún día esos gritos se convertirían en agarrones, los agarrones en empujones, los empujones en golpes contra la pared… y esos golpes, algún día, volverían a dirigirse contra mí. Y entonces dejaría de tener el control sobre lo que me sucediera. No podía vivir así.

Percibí gritos, pero no los distinguía. Me pareció ver un movimiento con el rabillo del ojo. Spencer estaba entrando en mi habitación en mitad de una discusión a gritos con mi padre, a quien le cerró la puerta en la cara. Nunca lo había visto tan enfadado, y que fuera solo por defenderme, que alguien me creyera, hizo que estuviera a punto de lanzarme a sus brazos.

—No te preocupes, Jenny —me dijo mi hermano mayor en un tono mucho más suave, casi en un susurro—. Te sacaré de aquí, ¿vale?

No sé si le respondí, pero como un resorte, salté de la cama y abrí el armario para lanzar mi ropa de cualquier forma dentro de la maleta. En cuanto tuve la suficiente, la cerré y me puse de pie, pero Spencer me la quitó de la mano para bajarla él mismo. No me había fijado en que tenía las llaves del coche en la otra mano, pero oí el tintineo. Nos íbamos de verdad.

Mis padres gritaron mientras salíamos. Diría que incluso mis hermanos intervinieron. Pero no sirvió de nada. Acabé metida en el coche de Spencer con él conduciendo a toda velocidad hacia un destino que yo desconocía. Y solo entonces, cuando estuvimos a solas, fui incapaz de contener más las lágrimas. Mi hermano me pasó una mano por la espalda, pero no dijo nada. Se lo agradecí.

Aparcó el coche frente a la casa de nuestra abuela.

Nos recibió sentada en el porche, así que deduje que había hablado con ella antes de iniciar el trayecto, solo que no me había dado cuenta. Nada más vernos, se puso de pie y se acercó a mí con media sonrisa apesadumbrada.

—Entra, cariño. ¿Quieres un chocolate caliente?

Desde esa noche, empecé a vivir con ella.

La solución no me gustaba demasiado. Me daba miedo resultar una carga para ella, que ya era mayor y tenía sus propios problemas. Varias veces me ofrecí a darle una parte de mi sueldo, pero ni siquiera quería oír hablar de ello. Al final desistí y opté por llevarle comida preparada para ahorrarle trabajo antes de que se acostara.

Mis padres hablaron con ella la primera noche y, si bien mi padre trató de contactarme por teléfono hasta que lo consiguió, mi madre no volvió a dirigirme la palabra.

A raíz de esa noche, la familia se dividió. Shanon y Spencer se distanciaron un poco de mis padres. Los gemelos, por su parte, decidieron no volver a hablarme. Supongo que lo entendía. Yo tampoco tenía ganas de hablar con ellos.

Por aquel entonces hablaba con Naya al menos una vez a la semana, pero nunca le comenté nada de todo eso. Para ella, mi vida era totalmente ideal. Tenía un trabajo como profesora de atletismo, me había mudado con mi abuela para ayudarla con la casa, toda mi familia me adoraba... Sospecho que también le habría gustado oír que Monty se había caído de un quinto piso, pero no me atreví a inventarme tanto. Bastante culpable me sentía ya por mentirle.

Pero, claro, conociendo a Naya... si le hubiera contado la verdad, se habría presentado para llevarme de vuelta al piso.

—¿Seguro que estás bien? —preguntó una de esas noches en medio de nuestra llamada.

—Sí —insistí. Estaba sentada en el porche de mi abuela con un brazo alrededor de las rodillas—. Claro que sí, ¿por qué?

—No sé, te noto un poco apagada.

Quería decirle que todo estaba bien para que no se preocupara, pero fui incapaz de fingir más.

—Estoy cansada —admití en voz baja.

Naya no sabía hasta qué punto me sentía agotada, tanto física como mentalmente. Hasta qué punto no podía más.

Aun así, me ofreció todo el consuelo que pudo, porque así es ella.

—Sea lo que sea que te está cansando, Jenna... No vale la pena que te preocupes por ello. Te mereces ser feliz.

—Vaya, no sabía que íbamos a ponernos tan profundas —bromeé como pude—. Me habría traído una botellita de vino.

—Déjame consolarte, idiota. Intento decirte que quizá necesites un cambio de aires. Quizá el problema sea el sitio donde vives.

—Quizá, no. Estoy segura.

—Entonces podrías volver, ¿no? Aunque fuera solo por un semestre. Así desconectarías un poco.

Lo peor era que no me parecía una mala idea. Después de todo, me apetecía alejarme de mi entorno. Quería olvidarme de todo por unos meses.

Mi preocupación era que...

—No quiero cruzarme con Jack.

—Lo sé... Pero no creo que eso sea un problema. Después de todo, se fue a estudiar a Francia.

Eso ya lo sabía. Se había marchado poco después de que me fuera. Will me lo contó y me alegré mucho por él.

—Lo sé, pero podría volver en cualquier momento, aunque fuera solo por unos días. No quiero que se cruce conmigo y se sienta incómodo.

Naya soltó un suspiro.

—No creo que pase por aquí, Jenna. Ross no ha vuelto ni una sola vez desde que se marchó.

Aquello sí que me sorprendió.
—¿Y no sabéis nada de él?
—Will lo llama de vez en cuando, pero poco más.
—Oh…
Hubo un momento de silencio antes de que Naya suspirara.
—Tú… piensa en ello, ¿vale? Todavía estamos a principios de enero. Creo que hasta finales de mes puedes apuntarte al segundo semestre.
—Vale, lo pensaré. Pero no te prometo nada.
—¡Qué bien! —Pareció tan sinceramente alegre que me entraron ganas de abrazarla—. ¡Si vuelves, quiero ser la primera en enterarme!
—Siempre lo eres.
—Privilegios de *besties*.
Casi pude sentir que me guiñaba un ojo. Empecé a reírme.
—Te llamo mañana, Naya. Tengo que ir a cenar.
—Vale. ¡Dale un abrazo a tu abuela de mi parte!
—¡Y tú a los demás! Ve con cuidado con el de Sue. Igual te araña en la cara.
—Para el suyo me pondré una máscara de protección.
Tras colgar con una sonrisa, me quedé mirando el móvil unos segundos. Luego volví a la realidad. Me gustaba mucho hablar con ella. Era mi oasis de paz en el día. Con Naya todo parecía siempre más sencillo, como si los problemas no tuvieran tanto peso y las alegrías duraran más tiempo. Quizá por eso era la primera persona en la que pensaba cuando me sentía mal y me gustaba tanto que yo fuera la suya cuando la situación era al revés.
Pero la alegría del momento se esfumó. Fue instintivo. Pese a no haber oído nada, un escalofrío me recorrió la espina dorsal. Levanté la cabeza de modo inconsciente y, para mi horror, me encontré de frente con Monty.
Estaba de pie en la entrada del jardín con las manos metidas en los bolsillos del abrigo y una expresión un poco ambigua que no logré entender del todo. Tampoco me importaba. En ese momento solo pude procesar que debía salir corriendo.
Antes de que abriera la boca, ya me había puesto de pie de un respingo y lo señalaba.
—No te acerques un paso más —le advertí en voz baja.
Monty soltó un suspiro mientras yo retrocedía hacia la puerta.
—Solo quiero hablar, Jenny.
—Tienes una orden de alejamiento, ¿quieres hablar con la policía?
Me movía muy despacio debido al pánico que me producía darle la espalda. Con una mano estirada hacia atrás busqué la puerta.

—¿Puedes dejar de huir? —Su tono tranquilo no cambió, pero dio un paso en mi dirección y todas mis alarmas se dispararon—. Te he dicho que solo quiero hablar.

Lo ignoré. Por fin había encontrado la puerta.

Ya a punto de sonreír, me sorprendió el peor de los horrores en una situación así: se había cerrado.

Mierda, ¿tenía las llaves? ¿Las había sacado? Lo dudaba mucho. Normalmente, cuando se cerraba, esperaba a que la abuela saliera a ver por qué tardaba tanto. Solía ser cuestión de cinco minutos.

Presa del pánico, llamé insistentemente al timbre. Era ya la tercera vez cuando Monty empezó a avanzar hacia mí con las manos levantadas en señal de rendición.

—¡Te he dicho que no te acerques! —Me habría gustado sonar menos asustada.

—¡No te haré daño, te lo juro!

Desesperada, intenté llamar de nuevo. Era tarde. Monty ya subía los escalones de la entrada.

¿Qué podía hacer? Pensé en saltar la valla del porche y correr calle abajo. Hacía atletismo. Podía superar su velocidad. Estaba segurísima.

Sin embargo, para ello tenía que pasar por su lado, y sabía, por otras ocasiones, que atraparme no le supondría ningún problema.

Así que solo me quedó la opción de pegar la espalda a la puerta y suplicar que se detuviera. Monty se quedó a un paso de distancia, todavía con las manos levantadas, y me contempló como si casi le diera lástima verme de esa forma. Eso me dio todavía más rabia que todo lo demás.

—Vete —repetí entre dientes.

—Me he enterado de lo de tus padres —replicó en tono suave, bajando por fin las manos.

—¡Vete! ¡No tengo nada que hablar contigo!

—A veces ayudo a tus hermanos en el taller para ganar algo de dinero —siguió explicando como si no me hubiera oído—. Tus padres me aprecian mucho y se lo agradezco, pero…

—Vete —repetí, y esa vez sonó como una súplica.

Por favor, necesitaba que alguien viniera de una vez. ¿Por qué había salido para hablar con Naya? ¿Por qué no lo había hecho desde el salón? ¿Por qué justo ese día tenía que cerrarse la puerta?

Monty apretó los dientes.

—No me iré hasta que me hayas escuchado.

Mis ojos no dejaban de rastrear su cuerpo. Durante los meses que habíamos pasado juntos, había aprendido a detectar los movimientos y las señales que me indicaban la proximidad de un momento de peligro. En cuanto viera uno, no me quedaría otra que intentar salir a la carrera.

—Lo que quería decir es que aprecio que les caiga bien. —Siguió mirándome fijamente pese a que yo no le devolvía la mirada—. Pero si eso supone un problema para tu relación con ellos, puedo dejar de visitarlos.

Aquello me descolocó tanto que casi me reí. ¿Ahora iba de bueno?

—Déjame en paz —murmuré tras sacudir la cabeza.

—No me gusta verte así, alejada de tu familia por un chico con el que ni siquiera estás saliendo.

Analicé sus palabras. ¿Cómo sabía que me había alejado de mi familia? ¿Había hablado con ellos?

—Por última vez… Vete antes de que llame a la policía.

—No entiendo por qué sigues dejando que te separe de tu familia si ya ni siquiera lo ves —continuó—. Jenny, es tu familia. Lo están pasando muy mal por todo esto.

*No solo se cree bueno, sino también terapeuta familiar.*

—Te adoran y quieren lo mejor para ti. Aunque a veces no lo parezca porque no usan las palabras adecuadas, te aseguro que están muy preocupados por ti y solo quieren que vuelvas a casa. Si lo que necesitas para ello es que me aparte de sus vidas, dímelo y…

Se calló de golpe. La puerta se había abierto de un tirón y yo casi caí hacia atrás, pero me sujeté al marco justo a tiempo. Vi que la abuela pasaba por mi lado como un suspiro y, en cuestión de instantes, Monty retrocedía a toda velocidad.

—¡Fuera de mi jardín! —vociferó ella, furiosa—. ¡No te atrevas a acercarte nunca más!

Me sorprendió que Monty retrocediera con esa cara de espanto, pero lo entendí rápidamente en cuanto vi que la abuela empuñaba la vieja escopeta de caza de su hermano.

—¡Vete de aquí! —chilló de nuevo mientras él se apresuraba a marcharse—. ¡La próxima vez saldré con el seguro quitado! ¡¿Me has entendido?!

Al bajar el arma, la abuela entrecerraba los ojos.

—¿Te ha hecho daño?

—No —le aseguré enseguida.

—¿Y estás bien? ¿Necesitas alguna cosa?

Curiosamente, no podía estar mejor. Verla defenderme de esa forma casi me había hecho reír, presa de los nervios.

—¿Sabes…? ¿Ibas a usar eso?

—¿La escopeta? No funciona desde hace veinte años. —Soltó una risita y me pasó una mano por la espalda—. Venga, Jenny, vayamos adentro.

En vistas de lo sucedido, tanto mis hermanos como mi abuela estuvieron de acuerdo en llamar a la policía. Dos agentes pasaron por la casa, pero enseguida deduje que no se lo acababan de creer. Mientras nos tomaban declaración, se miraban entre sí e insistían en determinados puntos. Les resultaba complicado asumir que alguien con una orden de alejamiento se hubiera arriesgado a algo tan grave por el simple hecho de hablar con su víctima. Shanon se enfadó tanto que, por primera vez, la escuché soltar una retahíla de insultos ante su hijo Owen, quien por la impresión quedó con la boca abierta.

Por suerte, Monty no volvió a intentarlo. Mi vida entró de nuevo en el bucle del cansancio. De la gasolinera a la clase de atletismo. De las cenas con la abuela a las noches de película con mi sobrino.

Y así siguió, hasta que, con el tiempo, me animé a abrir la web de la universidad.

Solo quería ver los precios, las fechas… imaginarme cómo sería terminar ese primer año de carrera que al final, no sé cómo, había conseguido aprobar.

Como quien no quiere la cosa, fui clicando hasta llegar a la página de la pre-matrícula con las cinco asignaturas que me tocarían ese semestre. No parecían mucho más complicadas que las del primero. Me mordí el labio inferior al ver el precio total. Podía permitírmelo.

*Qué raro suena eso.*

Todavía tumbada en el sofá de mi abuela y sin saber muy bien por qué, marqué el número del único compañero de clase con quien seguía en contacto tras un año de ausencia. Se llamaba Curtis. Habíamos coincidido en varios trabajos grupales y siempre aportaba la chispa que le faltaba al proyecto. Era genial.

—¡Jeeeeeenna! —exclamó nada más descolgar—. Admito que no me esperaba una llamada tuya.

No pude evitar sonreír.

—Hola, Curtis. ¿Puedo consultarte una cosita?

Al final resultó que mi querido compañero había suspendido casi la mitad de sus asignaturas porque se había pasado gran parte de su primer año de fiesta. Tendría que repetirlas y, por lo tanto, estaríamos juntos en algunas clases. Oír que la mayoría de asignaturas eran fáciles me ayudó bastante.

—Lo jodido será la residencia —añadió, un poco menos animado—. A estas alturas del curso, dudo mucho que queden plazas.

La siguiente llamada fue a Naya, que empezó a chillar en cuanto oyó que estaba considerando la oferta.

—¿Qué hay de nuestra habitación? —le pregunté con esperanza—. ¿Te han asignado a alguna compañera o estás sola? Quizá podría intentar…

—Eeeeeem… Es que ya no vivo en la residencia.

Silencio. Parpadeé.

—¿Eh?

—Vivo con Will y Sue. Solo desde hace unas semanas —añadió enseguida—. No te lo dije porque se me olvidó, lo prometo.

—Bueno, espero que os lo paséis genial. Seguro que tendréis una buena convivencia.

—No sé yo si Sue estará de acuerdo… Espera, puedo llamar a Chris para ver si mi plaza sigue libre.

—Te lo agradecería muchísimo.

Sin embargo, cuando volvió a llamarme no tenía buenas noticias.

—Asignada —se lamentó, aunque su humor enseguida cambió—. Pero he hablado con Will y Sue y hemos pensado en una solución.

Ya empezaba a sospechar por dónde iría la cosa.

—Naya…

—¡Podrías venirte con nosotros!

—Sí, claro…

—¿Por qué no? ¡Todos somos amigos y hay una habitación libre!

—Una habitación que pertenece a mi exnovio. No puedo ir.

—Por Dios, Jenna… No ha vuelto por aquí desde hace casi un año. ¿Crees que lo hará justo ahora que empieza su segundo semestre?

—Con mi suerte, seguro que sí.

—¿Quieres que le pregunte si tiene pensado volver?

—No es solo eso, Naya, es que no quiero dormir en su habitación. Es violento e intrusivo. Si me lo hicieran a mí, me sentiría muy mal.

Naya soltó un suspiro lastimero.

—Vaaale… ¿Y si compramos un sofá cama? Al menos hasta que encuentres una plaza en la residencia… Chris ha dicho que si aparece alguna plaza, me avisará enseguida.

La conversación duró bastante más que eso, y de alguna forma Naya acabó convenciéndome de que era una buena idea.

Así que, ahí estaba: tras dimitir de mis dos trabajos, por primera vez en mi vida con dinero propio en el bolsillo y a punto de cerrar la maleta. La abuela me había tejido dos gorros de lana, y Shanon se había acercado con una bolsa de ropa por si la necesitaba. Spencer estaba en el piso de abajo con nuestro sobrino. Oía sus risas desde mi habitación.

—Entonces… —Shanon me miró a través del espejo, todavía sentada en mi cama—. ¿Estás nerviosa?

Yo también me miré a mí misma. ¿Era cosa mía o ese día nada —en serio, nada— me sentaba bien? Estaba horrorosa. Estúpida ropa. Estúpido cuerpo. Me quité de un tirón la que llevaba puesta y la lancé al suelo junto al ya considerable montón de ropa que había descartado en un tiempo récord.

Mi hermana mayor parecía divertirse mucho con la situación.

—Me lo tomaré como un sí.

—¿Por qué todo me queda tan mal?

—Solo te ves mal por los nervios. Y por la ropa. —Hizo una mueca—. En serio, necesitas renovar tu armario. Menos mal que te he traído cosas.

—Mi ropa está bien —protesté entre dientes.

—Jenny, nena, sabes que te aprecio mucho y que eres la mejor hermana que tengo, pero tu sentido de la moda…

—Un momento, soy la única hermana que tienes.

—Exacto.

Puse los ojos en blanco.

Tras esa pequeña pausa, retomé la aventura de encontrar ropa apropiada. Rebuscando un poquito, logré rescatar un jersey rojo que había llevado alguna vez durante mi breve vida universitaria.

—¿Te gusta este? —pregunté.

—Pues sí, ¡porque es mío!

—Ah, sí… te lo robé hace tiempo. Ahora es mío.

—Si te quedas eso, tus botas con plataforma son mías. Y el collar azul.

—Sí, claro. Y el armario entero, ya que estamos.

—Da gracias a que esté demasiado cansada como para discutir. Además, me sigue quedando mejor a mí.

—Eso te crees tú.

El rojo no me sentaba mal. Sería el elegido, junto con la escasa selección que ya aguardaba dentro de la maleta. El proceso había consistido en que mi hermana me lanzaba la ropa y yo la arreglaba apresuradamente para que no quedara todo hecho un desastre. Por lo menos, la selección ya parecía bastante completa.

—Esto no va a cerrar —comentó Shanon.

Me senté encima de la maleta y empezamos a tirar con fuerza de la cremallera por ambos lados.

—Aclárame una cosa —mascculló mientras seguíamos con nuestro empeño.

—¿Qué?

—Hace… mmm… cómo odio las maletas…

—Shanon, ibas a decirme algo.

—Ay, sí, sí… Hace un año que no los ves, ¿no? A Naya, Will, Sue… y todo el etcétera que va tras ellos y que no voy a nombrar para no herir sensibilidades.

—Ajá…

—Un año exacto.

—Bueno… no exacto. Ya estamos a mediados de enero.

—Y tu novio no estará, ¿no? Está en Francia por…

Hice una mueca cuando mencionó *la-palabra-prohibida-con-n* y ella se interrumpió a sí misma.

—No lo llames así —le pedí en voz baja.

—Perdón —se apresuró a añadir—. Quiero decir que estás segura de que no te vas a cruzar con Ross, ¿no?

—Completamente.

—¿Y dormirás en su habitación?

—En un sofá cama. O con Sue, aunque no creo que me deje entrar en su habitación. Y les pagaré el alquiler, claro. Aunque se nieguen.

—Ya, y todo eso está genial. Pero… —Hizo una pausa—… ¿Estarás bien, Jenny?

Y sabía lo que quería decir con eso.

Lo había pasado fatal durante ese año. Más allá de mis discusiones con papá y mamá, de todo el asunto de Monty… la única que me había visto realmente afectada por Jack había sido mi hermana. No había hablado de él con nadie más. Y, desde luego, no me había mostrado vulnerable con ninguna otra persona.

Pero ella lo sabía. Era consciente de que el primer mes había sido el peor. Y de que, aunque el resto del año había conseguido sobrellevarlo, todavía le echaba de menos y quería hablar con él.

De hecho, fue la única a quien le conté lo que había sucedido el día del cumpleaños de Jack.

Había estado toda la mañana dándole vueltas, comprobando el horario de Francia para no pillarlo a deshora, y después me había sentado en la cama con el móvil en la mano.

Quería felicitarlo, pero no sabía cómo estaría ni si ya se habría olvidado de mí, si mi intervención irrumpiría de nuevo en su vida de forma desagradable, si querría hablar conmigo… Todas las opciones parecían bastante viables, pero aun así necesitaba oír su voz. Aunque fuera egoísta, quería que supiera que me había acordado de él en su cumpleaños y que solo le deseaba lo mejor.

Así que, después de diez intentos fallidos de escribir un mensaje, contuve la respiración y marqué su número de teléfono.

¿Me respondería?

¿Me colgaría?

Quizá no tenía intención de mirar el móvil en todo el día. Conociéndolo, seguro que ni siquiera le había dado demasiada importancia a su cumpleaños. El año anterior, yo misma le había dicho que tenía que celebrarlo y habíamos ido de copas con los demás. Quizá era mejor dejarlo tranquilo.

Pero echaba tanto de menos hablar con él...

Estaba tan centrada en ello que casi no me enteré de que habían descolgado.

—¿Quién es?

Si había contenido la respiración hasta ese momento, solté todo el aire de golpe.

Era una voz de chica.

Durante lo que pareció una verdadera eternidad, fui incapaz de decir nada. Me había preparado para todo menos para eso, pero tenía sentido. Quizá había rehecho su vida. Prácticamente había transcurrido un año. No tendría mucho sentido que me guardara el luto durante tanto tiempo. ¿Quién podía culparle?

No obstante, el nudo en mi garganta iba en aumento a cada segundo de silencio que pasaba.

—Hola —dije por fin con la voz un poco ahogada—. S-soy... una amiga de Ja... de Ross. Me llamo Jennifer. ¿Está por ahí?

La chica se quedó en silencio bastante menos tiempo que yo. Su acento era un poco raro, marcaba mucho las vocales, aunque con cierta elegancia.

—¿Jennifer? —repitió con confusión.

Ni siquiera le resultaba familiar. Fuera quien fuese, Jack no le había hablado de mí. Quizá yo no era tan relevante en su vida como había creído. Quizá me había vuelto un poco creída.

—Ahora mismo está en la ducha —replicó ella—. ¿Quieres que lo llame?

¿En la ducha? ¿Habían...?

No, no era mi problema. Cerré los ojos, tragué saliva con dificultad y después negué con la cabeza aunque no pudiera verme.

—No hace falta, deja que se duche tranquilo. —Dudé durante unos instantes—. Pero, para cuando salga..., ¿podrías hacerme un favor?

—Sí, claro. Dime.

—¿Podrías decirle que Jen quería felicitarle, por favor?

No sé por qué insistí. O por qué me sentí tan intrusiva. No me quería en su vida. ¿Por qué no desistía de una vez?

La chica emitió un sonido de aprobación.

—Yo me encargo —me aseguró—. *Au revoir!*

Y a pesar de aquella despedida, nunca obtuve una respuesta.

Supongo que Jack sí fue capaz de pasar página. Solo yo me quedé estancada entre líneas.

—¿Jenny?

Shanon, en el presente, me miraba como si hubiera entrado en trance.

—¿Me estás escuchando?

—¿Qué? —parpadeé.

—Solo quiero... A ver, ¿estás segura de que estarás bien? Durante un tiempo lo has pasado muy mal, ¿seguro que quieres volver allí? Podría ser como reiniciarlo todo.

—Ya está decidido, ¿no?

Ella suspiró.

—Sí, supongo que sí. Venga, te acompañaré al aeropuerto.

Bajé las escaleras cargando como pude la enorme maleta. Biscuit, mi perro, fue el primero en acercarse a recibirme con aire de tristeza, como si supiera que me marchaba otra vez. Spencer había ido a buscarlo a casa de mis padres para que al menos pudiera darle un último achuchón.

—Hora de irse —anunció Shanon.

—¿Puedo ir? —Owen puso cara de pena—. Por fa, por fa, por fa.

—Claro que sí, enanito.

—¡Bien!

—Ven, cielo. —La abuela se me había acercado con los brazos abiertos. Me dio un pequeño abrazo y suspiró—. Pórtate bien. Y, si cambias de opinión...

—Aquí siempre hay chocolate caliente, lo sé. —Al envolverla con los brazos, desaparecieron todos mis nervios—. Te quiero mucho, abuela.

Se separó y me dedicó una sonrisa.

—Y yo a ti. Aquí siempre tendrás tu casa.

—No os pongáis sentimentales, seguro que esta vez podremos visitarla —intervino Spencer.

Aun así, despedirme de la abuela y de Biscuit desde la ventanilla fue desolador. De algún modo, había dejado atrás la comodidad para enfrentarme a algo fuera de mi zona de confort. Y, pese a que estaba aterrada... por primera vez en mucho tiempo sentí que recuperaba las riendas de mi vida.

En el aeropuerto, los tres me acompañaron hasta la zona de seguridad. Entonces no les quedó más remedio que plantarse a mi lado y despedirse. Para mi sorpresa, Owen fue el primero en abrazarme, rodeándome las rodillas.

—Me gustabas como entrenadora, tita...

—¿Y qué te hace pensar que no lo seré cuando vuelva? —Le revolví el pelo con una mano—. Son solo unos meses. Ya recuperaremos el tiempo perdido en verano.

No pareció muy convencido.

—Si ves a tu novio, no volverás pronto.

Mis hermanos parecían haber entrado en pánico, como siempre que se mencionaba a Jack en mi presencia. No sabían disimular.

—No molestes a tu tía, venga. —Shanon lo riñó suavemente antes de mirarme—. Lo siento, le pedí que no dijera nada.

—No pasa nada.

Pero Owen empezaba a lloriquear. Ay, no.

—No quiero que la tita se vuelva a ir... —Se sorbió la nariz.

—Oye, Owen —intervino Spencer—, ¿quieres que vayamos a probar suerte en la máquina de pescar peluches?

Dejó de llorar casi al instante. Después asintió fervientemente. Era muy fácil sobornarlo. Shanon aprovechó el momento para darme un abrazo de oso. Sonreí nada más apoyar la mandíbula en su hombro.

—Estoy muy orgullosa de ti —me aseguró en voz baja—. Aunque seas insoportable y tengas un sentido de la moda rarísimo.

Me puse a reír.

—Yo también te echaré de menos.

Mientras daba un paso atrás, Spencer se acercó y me rodeó los hombros para plantarme un beso muy ruidoso en la frente.

—Llámame para cualquier cosa.

—Llevas una semana diciéndomelo.

—Cualquier cosa, ¿vale?

—Que siií —sonreí.

—Bien. Y, por favor, no vuelvas embarazada. Ya tuvimos bastante con una sorpresita en la familia.

Shanon le dio un codazo. Owen no parecía enterarse de nada. Estaba ocupado jugueteando con su nuevo peluche, un caballo blanco con manchas marrones.

—No creo que haya problemas con eso —murmuré.

—Nunca viene mal repetirlo. En fin... pásatelo bien, ¿vale? Es tu momento de disfrutar, no de preocuparte.

—Sí —sonrió Shanon—. Disfruta de estos meses. Iremos a verte en cuanto quieras.

Había llegado la hora de marcharse. Apreté los dedos en la maleta y, tras echarles una última ojeada, asentí y me dispuse a darme la vuelta. No obstante, Owen me detuvo tirándome de la muñeca.

—Tita, ¡llévate a Manchitas!

Así que su caballo de peluche ya tenía nombre. Sorprendida, me agaché a su lado.

—¿Estás seguro? ¿No lo echarás de menos, Owen?

Él negó al instante y me puso a Manchitas en las manos. Era muy suave.

—Si te lo llevas, no te olvidarás de nosotros —dijo en voz baja.

Oh, lo que me faltaba. ¿Cómo iba hacerme la dura si me decía cosas así? Mis dos hermanos también parecían emocionados. Spencer sonreía, mientras que Shanon había curvado un poco las cejas con tristeza.

—Nunca me olvidaría de vosotros —le aseguré a Owen—. Pero me lo llevaré encantada.

Él pareció muy ilusionado.

—¿En serio?

—En serio. Y va a dormir conmigo.

—¡Mami, tenemos que conseguir otro! ¡Así los dos dormiremos con Manchitas!

Spencer se puso a reír por la mueca de hastío de nuestra hermana, y tras aquello no me quedó más remedio que marcharme.

# 2

## Vuelta a casa

Tenía la sensación de que había pasado una vida entera desde que las vi por última vez.

Al cruzar el umbral de llegadas del aeropuerto, sentí un vuelco en el estómago. Me encontré de frente con el grupo de personas que esperaban a sus respectivos conocidos. Allí estaban Naya y Lana, alargando una y otra vez el cuello en mi busca.

Espera, ¿Lana había ido a buscarme?

*Ajá.*

¿Lana? ¿La misma del año pasado?

*Esperemos que no sea su clon.*

Vale, quizá me moría de curiosidad por ver cómo se comportaría conmigo.

Avancé entre la gente, esquivé unas cuantas maletas para no tropezarme... y, justo cuando creía haber evitado ya todas las situaciones vergonzosas que podían sucederme en un aeropuerto, Naya hizo su aparición estelar.

En cuanto me vio, le dediqué una sonrisa ilusionada. Duró poco. Se puso a chillar como si hubiera visto a un asesino en serie y, literalmente, saltó la valla de entrada para correr hacia mí entre las protestas de los demás pasajeros.

Casi me tiró al suelo cuando se lanzó a abrazarme. Lana hizo exactamente lo mismo. Ambas se pusieron a estrujarme entre chillidos.

Vale, podía entenderlo con Naya, pero... ¡¿Lana?! ¡¿Qué es lo que me había perdido?! ¡¿Había entrado en un universo paralelo al bajar del avión?!

—¡QUÉ FUERTE! —Naya seguía entusiasmada, incluso daba saltitos mientras me abrazaba con fuerza—. ¡Mírate!

—¡Parece que haya pasado una eternidad! —asintió Lana, igual de contenta.

—Me alegro de veros —admití avergonzada. Todo el mundo nos miraba.

—¡Estás preciosa! —Lana arqueó las cejas.

—Sí, ¡madre mía! —le dio la razón Naya—. ¿Qué has hecho? Estás radiante.

No había hecho gran cosa aparte de ponerme morena tomando el sol y en forma gracias a las clases. Por lo demás, mi apariencia seguía siendo la misma. Ojos marrones, pelo castaño, culo más gordo de lo que me gustaría, pecho más pequeño de lo que me gustaría y mueca avergonzada perenne.

—Podría decir lo mismo de vosotras. —Pasé los brazos por encima de sus hombros. Yo también las había echado de menos. Incluso a Lana.

Y no me faltaba razón. Naya se había cortado el pelo rubio a la altura de los hombros. Mantenía ese estilo único de tonos pasteles que le quedaba tan bien con los ojos azules y los rasgos puntiagudos. Era como una muñeca. Lana, por su parte, se había dejado crecer la melena, del mismo color, y lucía su habitual maquillaje y estilo perfecto de siempre. Sin embargo, su sonrisa era más cálida de lo que recordaba.

En cuanto me separé de ellas, señalé la puerta.

—Admito que me gustan las bienvenidas, pero… ¿y si vamos a por un taxi?

—¿Taxi? ¡Lana conduce! —Naya cogió mi maleta y echó a correr—. ¡Y su coche es lujosísimo!

Mientras se alejaba, mi conductora asignada se me colgó del brazo.

—Lo siento si ha sido raro que viniera. La verdad es que me hacía ilusión volver a verte.

—Oh, no te preocupes. Me ha alegrado ver que seguimos en buenos términos.

Ella sonrió.

—Naya está muy emocionada con que vuelvas. Bueno…, todos lo estamos. Tu ausencia por aquí se ha notado un poquito.

No supe qué decir al respecto.

Nada más salir del aeropuerto, encontré el paisaje cubierto por una fina capa blanca. La nieve me recordaba a las vacaciones navideñas, y este año las había pasado con mi abuela, Shanon, Owen y Spencer. Había sido una buena Navidad.

Efectivamente, el coche de Lana era espectacular, me sentía como una estrella de Hollywood. Sin embargo, ella se subió como si fuera poco más que una chatarra. Naya me designó el lugar del copiloto, y por el camino fue asomándose entre los asientos delanteros. De nuevo tenía su sonrisita entusiasmada.

—¡Tienes que contarnos todo lo que te ha pasado!

Casi me reí.

—Te aseguro que nada muy interesante... ¿Qué hay de vosotras? ¿Alguna novedad?

—Yo empecé a vivir con Will y Sue. ¡Y Lana tiene un novio guapisísisimo!

La aludida puso los ojos en blanco, pero parecía divertida.

—Tiene más cualidades, aparte de ser guapo.

—Pero casi no lo conozco, así que me quedo con esa.

—Me alegro por ti —le aseguré con una sonrisa.

—¿Y tú qué? —preguntó Naya—. ¿Algún romance a la vista?

—¡Qué va! —Me reí—. Lo más parecido a una cita que he tenido este año ha sido el dentista.

—¿En serio?

—No he tenido tiempo. He solapado varios trabajos a la vez.

—Seguro que te encontramos a alguien —me aseguró Lana.

E intercambiaron una mirada cómplice que hizo que me tensara.

—¿Debería preocuparme?

—¡No! —Naya me recolocó un mechón de pelo con alegría—. Hace una eternidad que no nos vemos y hay que ponerte al día. ¿Sabías que...?

Y me contó todo lo que había sucedido en mi ausencia. Su hermano Chris había salido del armario y había estado varias semanas sin hablarse con sus padres. Eso me hizo pensar en los míos. Pasado un tiempo, habían decidido conocer a su novio y empezaron a aceptarlo; pese a todo, la relación no duró demasiado. Sue seguía igual, a pesar de estar en su último año de universidad y un poco agobiada por el trabajo de final de grado. Will cursaba el penúltimo año, había empezado sus prácticas y las disfrutaba enormemente; no podía esperar a terminar su carrera y ponerse a trabajar de verdad. Y Naya, por supuesto, había empezado a vivir con ellos. No mencionó nada sobre su carrera, pero sí que me explicó con todo lujo de detalles cómo había cambiado la decoración de su habitación.

—¡Y he preparado unos pastelitos para cuando llegaras! —exclamó entonces—. Pero... eh...

Lana soltó una risita.

—A no ser que te guste el sabor a carbón, no te los recomiendo.

—¡Ese estúpido horno no me hace caso! ¡No es culpa mía!

—Pues estamos sin cena.

—Yo podría cocinar algo —intervine—. No me importa.

—¡De eso nada! —Naya estaba alarmada—. Eres la invitada y, además, tienes que descansar un poco. Acabas de llegar.

—Como quieras. Por cierto, ¿ya habéis comprado el sofá cama?

Intercambiaron otra miradita.

—Todavía no —me dijo Naya.

—En realidad, sí —intervino Lana—, pero todavía no les ha llegado.

El trayecto se me hizo ridículamente corto. Lana aparcó el coche al otro lado de la calle y al salir miré a mi alrededor con nostalgia. Los negocios viejos, las fábricas a lo lejos, la amplia carretera, las farolas encendidas... Ni siquiera embellecido por la nieve era el paisaje más bonito del mundo, pero yo lo sentía como mi casa. Y lo había echado muchísimo de menos.

Los recuerdos me invadieron nada más poner un pie en el edificio. Y fue todavía peor cuando entramos en el ascensor. Lana y Naya parecían tan entusiasmadas como yo por estar allí. Era difícil de creer que después de tanto tiempo volviera de nuevo al piso.

—¡Por fin! —exclamó mi amiga nada más salir del ascensor. Ya tenía las llaves en la mano—. ¡Estoy deseando que te instales!

Lana me sonrió mientras nos abría la puerta. Deslicé la maleta por el descansillo tras de Naya, quien no dejaba de dar saltitos. Fue la primera en entrar al salón mientras nosotras nos quitábamos los abrigos.

—Por fin —La voz de Will me alegró el día—. ¿Dónde os habíais metido?

—¡Hemos ido a por una sorpresa! —Naya me hizo un gesto entusiasta—. ¡Acércate!

No estaba muy segura de qué esperarme, pero, desde luego, no eran las caras de perplejidad que me encontré.

El salón seguía como siempre, con sus dos sofás, dos sillones, la estantería a rebosar, su pequeña ventana, el mueble del televisor lleno de juegos de consola, los cuadros viejos en la pared, la barra que lo separaba de la diminuta cocina, el pasillo a las habitaciones... Incluso el olor se mantenía igual. Lo único que había cambiado era que faltaba él. Ah, y que Will y Sue estaban mirándome fijamente. Casi parecían haber visto un fantasma.

—¿Qué...? —empezó Sue.

—¿Cuándo...? —siguió Will.

—¡Sorpresa! —exclamó Naya.

—¡Sí, sorpresa! —Lana también me señaló.

—¿Sorpresa? —murmuré yo.

Esperaba una reacción más entusiasta de mis dos amigos, pero estaba claro que algo había cambiado en mi ausencia, porque no se alegraban de verme.

Ellos no habían cambiado demasiado. Sue seguía atándose el corto pelo castaño en moños desenfadados, su mirada de ojos rasgados volvía a perforarme, y su cuerpo delgado estaba aún envuelto en capas y capas de ropa que claramente no combinaban. Will, por su parte, estaba tan atractivo como siempre: pelo y ojos negros, piel oscura, vistiendo jerséis perfectamente ajustados y con esa expresión serena. Era la imagen perfecta del chico que tu madre querría que llevaras a casa.

Como seguían sin reaccionar, empecé a perder la paciencia.

—Cuánta alegría por recibirme… —comenté en voz baja, intentando bromear.

Como si mis palabras hubieran hecho de combustible, Will se puso en pie de un salto y miró a Naya. Parecía… ¿enfadado? ¿Desde cuándo Will se enfadaba? Especialmente con su novia.

*La teoría del universo paralelo cada vez tiene más sentido.*

—No me lo puedo creer —le dijo a Naya en voz baja.

—Vamos, amor, solo quería…

—No, sabes que esto no está bien. —Frunció el ceño—. Y tú también, Lana. Ambas sabíais perfectamente lo que hacíais. No deberíais haberla traído.

Vaya. Intenté que no se notara lo dolida que estaba, pero no debió de ser muy efectivo. Nada más darse cuenta, Will relajó su expresión y se me acercó para sujetarme de los hombros.

—No es por ti —me aseguró en un tono más suave—. Me alegro muchísimo de verte, Jenna.

—Y yo de verte a ti, pero no entiendo…

Sue me interrumpió al apartar a Will.

—Esto va a ser muy interesante, ya verás. Pero me alegro de que estés aquí —añadió con media sonrisa divertida.

Y, para asombro de todos, me abrazó.

¡¿Qué estaba pasando?!

*Universo paralelo. Ya te digo.*

—¿Qué tal estás? —le pregunté torpemente.

—Aún tengo helado de sobra, así que bien.

Quise sonreírle, pero me detuve al darme cuenta de que Will daba vueltas por el salón. Estaba muy alterado. ¿Por qué no me decía qué sucedía?

Para cuando se sentó, soltó un suspiro lastimero.

—No me lo puedo creer…

—Pues créetelo. —Lana le dio un apretón en el hombro antes de sentarse en un sillón—. Es por el bien común.

—¿Por el bien común? No sabéis lo que habéis hecho.

Como todo el mundo se había sentado menos yo, sentí que por fin podía insistir:

—¿Alguien me puede explicar qué pasa?

Naya se había colocado en el otro sofá, a una distancia prudencial de su irritado novio. Su cara era la definición perfecta de la culpabilidad. Especialmente cuando Will me contempló con los ojos abiertos de par en par.

—¿No lo sabes? —Miró a Naya—. ¡¿No lo sabe?!

—¿Saber el qué? —Me asusté un poco.

Mi amiga tenía los brazos cruzados.

—¡Si se lo hubiera dicho, no habría accedido a venir!

—¡Pues claro que no! ¡Porque es una persona racional!

—¿Y nosotras no? —preguntó Lana, ofendida.

—¡Habéis demostrado que no!

Agité los brazos.

—¿Podéis no ignorarme, por favor?

—Mierda... —Will suspiró por enésima vez y se volvió hacia mí—. Será mejor que te sientes.

Cada vez más nerviosa, hice lo que me pedía y me coloqué a su lado. Will, sumamente serio, me tomó una mano entre las suyas y me miró. Cualquiera habría dicho que estaba a punto de confesarme un crimen.

—No te alteres —advirtió antes de empezar.

—Me estás alterando tú al no decírmelo, la verdad.

—Jenna, esto no te va a gustar.

—Vale...

—Así que prepárate y...

—¡Díselo ya! —protestó Sue.

—¡A eso voy!

—¡Entonces, déjate de tonterías y...!

—¡Ross vive aquí!

El grito hizo que me tensara de pies a cabeza.

No acababa de decir lo que creía haber oído, ¿no?

Ni siquiera reaccioné. Solo lo miré fijamente, con el cerebro entumecido y dando error a cada segundo que pasaba. Tuve la sensación de que incluso mi cara se había quedado completamente blanca.

—¿Qué? —me oí decir a mí misma en voz baja.

—¿Sorpresa? —Naya me sonrió con cierto temor.

Le parpadeé antes de mirar de nuevo a Will. Una parte de mí tenía la esperanza de que se echara a reír y dijera que era broma..., pero no lo hizo. Solamente me devolvió la mirada, más serio que nunca, y me apretó la mano entre las suyas.

*Vamos, Will, di que es una broma.*

—¿Qué? —repetí como una idiota.

—Imagínate cómo reaccionará él cuando la vea —murmuró Sue—. Yo pienso grabarlo, no sé vosotros.

En cuestión de segundos pasé de la sorpresa al pánico y a la ira. Todos esos sentimientos se arremolinaron, convirtiéndose finalmente en un enfado hacia Naya. Al volverme hacia ella, se encogió en el sofá.

—¡Dijiste que seguía en Francia! —la inculpé; después miré a Lana—. ¡Y tú lo sabías y tampoco has dicho nada!

—Si lo hubiéramos hecho, no habrías venido —me dijo esta última.

—¡Pues claro que no! ¡Tenía derecho a elegir! —Solté la mano de Will para ponerme de pie—. ¡No teníais ningún derecho a hacerme una encerrona!

—¡No es una encerrona! —protestó Naya.

—¡Sí, sí que lo es! No me puedo creer que hayáis hecho esto.

—Ni yo —estuvo de acuerdo Will.

—¡No es para tanto! —protestó Lana.

Naya sonrió, todavía se sentía culpable.

—¡Seguro que Ross se alegra mucho al verte y todo vuelve a ser como siempre! ¡Volveremos a ser una pequeña familia feliz!

—¿De verdad crees que Ross se alegrará de verla? —le soltó Will—. ¿Te has olvidado de este último año?

Naya agachó la cabeza, avergonzada.

—No…

—¿Y me puedes decir en qué momento has decidido que era una buena idea traerla aquí sin avisar?

—¡Solo quiero que todo sea como antes!

—Pues esta no es la forma de conseguirlo. ¿Qué se supone que haremos ahora?

—Esperar a Ross —intervino Sue, tan tranquila—. Y suplicar que se comporte.

Eso último hizo que levantara la cabeza y dejara de maldecir en voz baja.

—¿Que se comporte? ¿Qué quieres decir con eso?

Hubo un momento de silencio colectivo.

—¿Hay algo más que no me hayáis mencionado? —les pregunté a ambas, enfadada.

—Es que… —Lana hizo un ademán de explicármelo, pero no supo cómo seguir.

—Ross no es… —Naya suspiró, buscaba las palabras adecuadas.

Silencio de nuevo. Will, exasperado, decidió tomar el relevo.

—Ross no es exactamente como antes.

Sue me sonrió de medio lado.

—Conociste su lado bueno. Espero que estés preparada para el malo.

—¿El malo?

—Ha cambiado mucho en este año —murmuró Naya—. O más bien diría que ha vuelto a sus orígenes. Cuando cambió fue mientras estabas aquí...

No entendía nada. Y todos parecían muy incómodos con la conversación.

—Vale, vamos por partes —murmuré—, ¿no se supone que debería estar en Francia? ¿Qué hace aquí?

—Empezó el curso allí —explicó Will—, pero le salió una buena oportunidad hace cuatro meses y volvió.

—¿«Una buena oportunidad»? —repetí como si nada tuviera sentido.

—Se ha hecho... bastante famoso, Jenna. Sale en muchas revistas y periódicos. Va a sacar su propia película.

Era demasiada información de golpe. La cabeza me daba vueltas. El plan había funcionado, Jack había triunfado y tendría su propia película. Pero algo no encajaba. Si todo le iba tan bien, ¿por qué hablaban de aquella manera?

—¿Jack ha hecho una... película?

—Se estrena dentro de tres semanas —comentó Lana.

De nuevo, demasiada información. Me llevé las manos a la cabeza y tardé en reaccionar, pero al final me volví hacia donde Naya había empujado mi maleta. Estaba justo al lado de la nevera. Tenía que irme de ese lugar.

Probablemente adivinó mis intenciones, porque se apresuró a levantarse para alcanzarme.

—¡Espera, no...!

—¡Ni se te ocurra, Naya! —le advertí, furiosa, cosa que los sorprendió a todos—. ¡Me has mentido! ¡Te dije que me quedaría solamente si él no estaba, y me aseguraste que no habría problema!

—Lo sé... Lo siento...

—¡No, no lo sientes! ¡Lo has hecho a propósito! —Solté algo parecido a un resoplido, agotada—. Quiero irme a casa.

Había sido una mala idea. Una idea horrible. Quería irme con mi abuela, volver a mi zona de confort y encerrarme de nuevo en mi propio mundo, aunque en aquel mundo medio pueblo me odiara. ¿Qué importaba? Allí no tendría que cruzarme con Jack ni asimilar que ya no era tal como lo recordaba, sino un director casi famoso que estaba a punto de estrenar su primera película.

—Quizá no haga falta que te vayas —intervino Will entonces—. No nos precipitemos, seguro que hay una solución para...

Me daba igual lo que dijera. Fui directa a por mi maleta.

—Jenna, ¡lo siento mucho! —insistía Naya—. ¡Déjame compensarte y...!

El ruido de la puerta principal hizo que todos nos congeláramos en nuestros sitios.

Todavía con una mano en la maleta, no me atreví a desplazarme un centímetro. Oí que se acercaban unos pasos lentos y pesados. En cuanto vi unas llaves lanzadas estratégicamente sobre la isla, supe que solo una persona podía conseguir eso sin que cayeran al suelo.

*Ay, no...*

—¡Ross! —La voz de Naya sonó horrorizada.

Él estaba de espaldas a mí, mirando a los demás. No se dio cuenta de mi presencia porque estaba quitándose la chaqueta para arrojarla a un lado.

El corazón me latía a tanta velocidad que me empezaron a doler las costillas. Verlo, aunque estuviera a unos pasos de distancia y de espaldas, hizo que mi cuerpo entero reaccionara. Quería acercarme. Quería abrazarlo. Quería contarle la verdad sobre lo que había pasado el año anterior, preguntarle por qué no me había devuelto la llamada, si realmente se había olvidado de mí... Quería, sobre todo, preguntarle si estaba bien.

Pero no pude hacer ninguna de todas esas cosas, porque él se adelantó con un seco:

—¿Qué?

Vaya.

Nunca había oído que hablara a nadie tan mal. No era lo que había dicho, sino el tono que había usado.

Sin embargo, mis amigos no parecían en absoluto sorprendidos. De hecho, Lana hizo un ademán de señalarme. Él seguía de espaldas a mi, sin verme.

—Hay una cosa que...

—¿Qué haces tú aquí? —la cortó Ross.

Parpadeé, sorprendida. Él no era así... No hablaba a la gente con ese desprecio. ¿Qué estaba haciendo?

—Naya me ha invitado —le dijo Lana, algo cansada, como si hubiera repetido ese discurso decenas de veces—. Por si se te había olvidado, ella también vive aquí.

—Hablando de invitaciones… —Naya me miró de reojo antes de centrarse de nuevo en Ross—. Em… hay algo que deberías saber.

Él suspiró.

—Más te vale que no sea una de tus tonterías.

—Relájate —le advirtió Will con una dura mirada.

—¿Que me…? —Pareció que Ross se reía, pero se interrumpió bruscamente al ver su expresión—. ¿Qué pasa?

Oh, oh. Se había dado cuenta de que algo iba mal.

*Ya verás cuando se entere de que ese algo eres tú.*

—¿Qué habéis hecho ahora? —insistió.

—Yo no quiero saber nada de esto —murmuró Sue al tiempo que sacaba el móvil y se preparaba para grabarlo todo.

Jack, tenso, dio un paso hacia ellos.

—¿Qué pasa?

—Tío, relájate… —Will se levantó lentamente.

—No me digas que me relaje y dime ya qué pasa.

—Cuando te relajes…

—¡No quiero relajarme! ¡¿Qué pasa?!

—Hola —me oí decir.

Silencio.

Horrible silencio.

Mi voz sonó muy bajita, pero fue suficiente para que todos se callaran. Yo solo lo veía a él. En concreto, su espalda. Todos sus músculos se tensaron al instante, pero no se movió de su sitio.

Will intercambiaba miradas entre nosotros de modo muy insistente. Se había quedado de pie al lado de Jack, precavido, pero sin intervenir.

Entonces, como en cámara lenta, Jack se dio la vuelta hacia mí. Lo primero que noté fue que llevaba una barba de pocos días y el pelo un poco más corto de lo habitual. Y… su expresión. Había cambiado muchísimo. Tenía ojeras y aspecto cansado, estaba bastante más delgado… ¿Cuánto hacía que no dormía o que no comía en condiciones?

No pude pensarlo mucho, porque en cuanto encontró mi mirada, me quedé completamente en blanco.

Ya no me miraba como lo hacía un año. De hecho, cualquiera habría dicho que me odiaba. Su expresión destilaba desprecio, también cada poro de su cuerpo. Desprecio hacia mí. Y, muy a mi pesar, podía entender el porqué.

Tuve el impulso de dar un paso atrás, pero conseguí mantener la compostura. Su mirada se deslizó desde mis ojos hasta mis pies y volvió a subir lentamente, causándome unas descargas eléctricas por todo el cuerpo que jamás creí que volvería a sentir. Me retorcí los dedos, nerviosa, y él los miró un momento. Tenía los labios entreabiertos.

Y el silencio seguía siendo horrible. Solo quería que dijera algo. Ni siquiera parecía enfadado o contento, solo... perplejo. Necesitaba que reaccionara. Para bien o para mal.

Entonces di un paso hacia él y Ross retrocedió, parpadeando como si hubiera regresado a la realidad. Me repasó nuevamente de arriba abajo y luego clavó la mirada en cualquier punto de la habitación que no fuera yo.

—¿Sor... presa? —murmuró Naya.

Ross la ignoró por completo. Volvió a mirarme, ahora de forma absolutamente gélida. No dejaba entrever nada de lo que pensaba. Nada en absoluto. Y eso me intimidó un poco. Me retorcí los dedos otra vez.

Cerró los ojos y tuve el impulso de acercarme, pero no me dio tiempo a hacerlo.

—Mierda —masculló en voz baja.

Entonces agarró sus cosas y se marchó dando un portazo.

# 3

# De noches y bares

Jack no volvió a aparecer… y nadie aparentaba estar muy preocupado por ello. Yo era la excepción. Mientras contemplaba el techo del salón —porque, por supuesto, dormiría en el sofá—, no dejaba de pensar en la expresión de su rostro al verme. Seguía sin averiguar si había sido de espanto, tristeza o enfado. O quizá una mezcla de las tres.

Fuera cual fuese, no escondía nada bueno. Mi único consuelo fue abrazar a Manchitas e imaginarme a Owen haciendo lo mismo en su cama, ya profundamente dormido.

Cuando abrí los ojos por la mañana, Will se estaba preparando el desayuno en la cocina. Como el día anterior, no parecía muy preocupado. Pronto se dio cuenta de mi mirada acusadora.

—No soy su niñero, Jenna —me replicó—. Es mayorcito, sabe perfectamente lo que hace. Los dos sabemos que cuando quiera hablar ya aparecerá.

Eso solo me indicaba que estaba acostumbrado a aquella actitud. Jack se ausentaba a menudo, estaba claro. No sé por qué ese comentario me dejó una sensación tan desagradable. Después de todo, no le faltaba razón al decir que ya era mayorcito y sabía lo que hacía.

Aun así…

Era un lunes por la mañana y mis clases no empezaban hasta la semana siguiente, así que decidí subirme al metro e ir directa al campus que un año antes había sido mi mundo entero. Contesté a unos cuantos mensajes de mis hermanos por el camino. No les comenté nada sobre Jack.

Al llegar me invadió una agradable sensación de familiaridad. Desde la vieja estación de metro, hasta las zonas verdes para sentarse dentro del campus, los edificios con sus respectivos bancos y bares…, y el de humanidades —el más cercano a la estación—, que había sido el mío. La residencia estaba justo detrás; me encaminé hacia allí. Ya no había aquel cartel que gritaba por la lucha por la libertad de la mujer; lo habían cambiado por otro sobre los derechos de los animales. Subí las escaleras esbozando una sonrisa. El interior tampoco había cambiado. Ni siquiera la zona del mostrador, donde un chico rubio de gafas enormes escondió el móvil con el que había estado jugando a Candy Crush hasta ese momento.

Sin embargo, mi sonrisa no tardó en congelarse.

Chris estaba hablando con Jack.

Lo reconocí incluso de espaldas. Llevaba puesta la misma ropa que le había visto la noche anterior: chaqueta negra, zapatillas blancas y desgastadas. Por su modo de apoyarse en el mostrador, parecía cansado. A Jack, el cansancio le ponía de mal humor.

*Y aquí estás tú para empeorarlo.*

Quise retroceder antes de que me vieran, pero fue imposible. De pronto, Chris levantó la cabeza hacia mí y esbozó una gran sonrisa.

—¡Hola, Jenna!

Bueno, misión de evasión fallida.

Ya no tenía mucho sentido intentar huir, así que cuando ambos se volvieron hacia mí, me quedé tiesa como un palo y forcé una sonrisa que pareció más bien una mueca.

—Hola... mmm... puedo volver en otro momento o...

—Puedes acercarte —me dijo el rubio, sorprendido—. ¿Por qué no ibas a hacerlo?

Miré a Jack, dubitativa. Él volvía a estar de cara al mostrador. De nuevo con los codos apoyados sobre la superficie, jugueteaba distraídamente con un bolígrafo. Por su aspecto, diría que no había dormido. Sin embargo, el día anterior tampoco lo parecía, así que era difícil de saber.

No quería complicar más las cosas, pero no sabía cómo salir de esa situación sin empeorarlo todo. Me resultaba incómodo quedarme en su casa, y todavía más pedirle una habitación a Chris delante de él.

Al final me apoyé también en el mostrador, a una distancia prudente y jugueteando con mis dedos.

—Solo quería pasarme a verte —me inventé; únicamente me dirigía a Chris.

No, no me atrevía a mirar a mi exnovio. Aunque noté que él sí me observaba de reojo. Tenía un nudo de nervios en el estómago. ¿Qué era mejor, ignorarlo o intentar hablar con él? No quería meter todavía más la pata.

—Qué bien que vuelvas a estar por aquí —me dijo Chris con una gran sonrisa y, sin duda, totalmente ajeno a la incomodidad que lo rodeaba—. Seguro que a mi hermana le encanta.

—Vino a buscarme al aeropuerto. Incluso saltó el cordón de seguridad.

—Sí, suena a algo que haría…

Quería sonreír, pero estaba muy tensa. Era consciente de que Jack me observaba. Casi podía notar el escáner que me estaba haciendo de arriba abajo.

Justo cuando estaba a punto de volverme hacia él, Chris intervino de nuevo.

—¿Has venido por lo de tu habitación? Todavía no he encontrado ninguna.

*Muchas gracias, Chrissy.*

En un año no había mejorado su discreción.

En realidad, no sé por qué pretendía que mantuviera eso en secreto. Después de todo, si me iba de esa casa todo sería bastante más sencillo.

No sabía qué decir, y Jack, que había apoyado la mandíbula sobre un puño, soltó algo parecido a una risa ahogada. Atrajo nuestra atención al instante.

Su mirada estaba clavada sobre mí. Me observaba con cierta indiferencia, como si estuviera viendo un espectáculo aburrido. Tenía los labios curvados en una media sonrisa, pero su expresión no había cambiado. Seguía siendo de desdén.

—¿Quieres volver a la residencia? —preguntó con una suavidad que me pilló desprevenida. Su mirada, totalmente fija en mí, hizo aflorar mis nervios.

Pero ¿por qué me hablaba con tanta calma? ¿No debería estar enfadado? ¿O quizá era yo quien estaba sobrevalorando mi capacidad de alterar su vida? Puede que le diera absolutamente igual.

—Sí… —Mi tono también cambió al dirigirme a él, y no me gustó demasiado. Sonaba dubitativa—. Naya me dijo que no estabas aquí e iba a dormir en un sofá cama que creía que compraríamos, pero… será más sencillo si vivo en la residencia.

No mostró reacción alguna ante mis explicaciones. Jugueteando con el bolígrafo y sin despegar la mirada de mí, la media sonrisa se acentuó.

—Supongo que sí.

De nuevo, me sorprendió su falta de reacción. Pero no dije nada.

—Oye, Chris —le dijo sin dejar de mirarme fijamente, cosa que me puso un poco nerviosa—, ¿queda alguna habitación compartida?

—No, ya lo revisé cuando me lo pidió Naya. A estas alturas del curso, es más normal que haya alguna individual. Pero… claro, es más cara.

—No creo que eso sea un problema —replicó Jack—, seguro que ya ha encontrado a alguien que se lo pague todo.

Lo dijo con tal tranquilidad que tardé unos instantes en reaccionar. Incluso Chris —quien, ahora sí, nos observaba a ambos— pareció ponerse nervioso.

—Eh... puedo avisarte si queda alguna libre —me explicó torpemente.

Pero yo no lo escuchaba. Miraba a Jack con estupor. Nunca había oído que soltara un comentario así a nadie. Ni siquiera a Mike o a su padre, que parecían ser los principales objetivos de sus puyas.

Y, sin embargo, él parecía totalmente tranquilo. De hecho, incluso diría que estaba satisfecho. Seguía observándome, como si deseara una respuesta o reacción negativa.

Buscaba una discusión.

En ese momento recordé las palabras de mi terapeuta: «Hay que elegir las batallas, no lucharlas todas». Aquella era mejor ignorarla.

Muy tranquilamente, me volví de nuevo hacia Chris.

—Sí, avísame, por favor.

—Mira cómo desea irse corriendo —murmuró Jack con sorna—. Otra vez... Qué sorpresa.

De nuevo, lo ignoré. No era el momento de hablar con él. Y menos con esa actitud.

—Lo haré —me aseguró Chris.

—Gracias... Siento molestarte. Si no fuera importante, no te lo pediría.

Chris escogió —muy sabiamente— ignorarlo como yo.

—Hay una chica que posiblemente se traslade dentro de un mes. Es una habitación individual. Si se marcha, serás la primera en enterarte.

—Genial.

—Qué prisa tienes por marcharte... Cualquiera diría que te has cansado de dormir en mi cama.

Por primera vez, caí en la trampa de entrar en su jueguito.

—No he tocado tu habitación, he dormido en el sofá.

Al ver que había picado, esbozó una amplia sonrisa que no tenía absolutamente nada que ver con las que solía dedicarme un año atrás.

—Qué considerada —ironizó en un tono suave—. Cualquiera diría que te preocupas por mí. Ay, no..., casi se me olvidaba que eso no es verdad...

—Jack...

—... Porque hace un año me dejaste tirado como a un gilipollas.

Miré a Chris un momento. Fingía que rebuscaba en un cajón, pero no se perdía un solo detalle de la conversación.

—Siento lo que pasó hace un año —empecé, sin atreverme a mirarlo—. No fueron las formas apropiadas, lo sé, pero…

—Oh, por favor —soltó de repente. Su tono había cambiado a uno totalmente desprovisto de dulzura fingida—. Ni se te ocurra fingir que te importa.

—Estoy diciéndote que…

—Que lo sientes, ¿no? —Se separó del mostrador—. ¿Te crees que no te conozco? Esto no es por mí, es por ti. Como todo. Solo quieres sentirte mejor contigo misma porque sabes que fuiste una…

Se cortó justo a tiempo y apartó la mirada. Vi que tensaba la mandíbula varias veces antes de volverse hacia mí. El cariz burlón se dibujaba de nuevo en su expresión.

—¿Por qué has vuelto? ¿Quieres recuperar a los amiguitos a los que abandonaste hace un año?

—Quiero terminar el semestre que dejé pendiente, Jack. Ni siquiera sabía que estabas por aquí. Si lo hubiera sabido…

—… No te habrías atrevido a volver. Sí, lo sé.

—No… no es cuestión de que me atreva o no, es cuestión de que esto es incómodo para los dos. Lo entiendo. Puedes tener tu habitación, y yo dormiré en el sofá mientras tanto para que…

Su risotada me interrumpió. Fue tan áspera que incluso yo fruncí el ceño.

—¿Mi habitación? —remarcó—. ¿Me estás dando permiso para usar mi propia habitación? ¿En serio?

—Vale, no quería que sonara así…

—Quédate con la jodida habitación, si tanta ilusión te hace. Después de todo, es más tuya que mía. Siempre lo ha sido, ¿no?

No entendí a qué se refería, pero me sentó muy mal. Como si me acusara de algo mucho más grave de lo que parecía.

—Jack —empecé, sin saber muy bien cómo continuar—, sé que esto es…

—¿«Jack»? ¿Quién coño te crees que eres para llamarme así?

Dudé un momento.

—Te llamo así… ¿no?

—Mi novia me llamaba así. Tú… ¿quién eres para llamarme de un modo distinto que los demás?

—Oh, vamos, no seas infantil.

Eso lo ofendió más de lo que esperaba. Cuando dio un paso hacia mí, yo retrocedí instintivamente. Y no de cualquier forma. Incluso choqué contra el estante de libros reutilizados que tenía detrás.

El sobresalto sorprendió a Jack —o eso me pareció—, y también le cabreó sumamente. Hizo ademán de decirme algo, se lo pensó mejor, y finalmente se apartó con un resoplido para marcharse.

En cuanto vi que desaparecía por el patio de la residencia, me volví hacia Chris. Lo había observado todo y todavía esbozaba una mueca de incredulidad.

—Vaya, y yo creyendo que no podía ser más insoportable…

—No es insoportable, simplemente está dolido.

—¿Vas a defenderlo después de cómo te ha hablado? —preguntó pasmado.

Suspiré y me pasé una mano por la cara.

—Tú solo… avísame cuando haya una habitación libre, ¿vale?

Al final, estuve todo el día en el campus. Curtis, en la residencia ya, me invitó a entrar en su habitación para que, de paso, pudiera conocer a nuestros nuevos compañeros de clase. Todos me parecieron bastante simpáticos, además me di cuenta de que un año antes no me habría atrevido a ir a esa habitación ni a hablar con los amigos de Curtis. Habría temido no gustarles y me habría sentido insegura. Me sentí un poco orgullosa de mí misma.

Se hizo de noche sin que nos diéramos cuenta. Estaba tumbada en la cama con una amiga de Curtis mientras él y dos chicos más permanecían sentados en la alfombra. Todos mirábamos la pequeña pantalla del ordenador, en la cual Gal Galdot lanzaba el látigo dorado contra las sombras que la acechaban.

—Qué buena está Wonder Woman —comentó Curtis—. Ese traje le queda mejor que un calcetín.

La chica de mi lado, divertida, le dio una patadita en el hombro.

—¿Ya te has olvidado de la charla que nos dieron sobre la cosificación de la mujer?

—También lo hago con los hombres, no te preocupes. Con Henry Cavill, por ejemplo.

—¡Eso no lo hace mejor, Curtis!

—Espera —intervine—, ¿Henry Cavill no es un hombre?

Debieron de advertir mi gesto de confusión, porque los cuatro estallaron en carcajadas. Noté que mis mejillas se calentaban.

—Hasta donde yo sé, lo es —me aseguró Curtis.

—Ah, es que había entendido… eh…

—¿No sabías que Curtis es bisexual? —preguntó uno de los chicos.

—Cualquiera diría que le ha confesado ser un asesino —comentó el otro.

—¡No es eso! —aseguré enseguida—. ¡No me parece mal, es que no…! ¡Yo no…!

—Jenna viene de un sitio en el que nadie sale del armario —dijo Curtis por mí, con una sonrisa muy tranquila—. Viven anclados en el siglo diecinueve.

—No es que vivamos anclados en el pasado, es que… no sé. No se habla de estas cosas.

Y no era broma. No me imaginaba cómo sería comentar algo así ante mis vecinos. No creía que fueran a insultarle o a meterse con él, pero no se salvaría de unas cuantas miradas por encima del hombro. Para ellos, era tabú. Incluso a mí me costaba hablar de ello.

—No me importa que lo seas —aseguré apenada.

—Menos mal —rio el primer chico.

—Imagínate que le importara.

—¡No lo digo en ese sentido!

—Te he entendido, Jenna —me aseguró Curtis, y me dio un apretón en la rodilla—. Seamos sinceros, lo que te ha pasado es que has entrado en pánico porque por un momento has creído que estaba fuera de tu alcance.

—No te preocupes, va tanto a vela como a motor —bromeó la chica.

—Tanto carne como pescado —dijo el otro chico.

—Picando de acera en acera.

—Queriendo…

—¡Lo hemos pillado! —se exasperó Curtis.

Tras eso, el ambiente se relajó bastante y me sentí mucho más cómoda. Sospeché que los demás también. Nada como una situación vergonzosa para crear un vínculo.

A la hora de irnos a casa, Curtis se despidió de mí con su habitual abrazo de oso y un sonoro beso en la mejilla. Inevitablemente le sonreí mientras nos despedía desde la ventana de su habitación. Los dos chicos se ofrecieron para acercarme a mi calle y no quise negarme, e incluso me lo pasé bien con ellos en el trayecto. Me dejaron a dos manzanas y media para aparcar el coche en su casa.

—¿Seguro que no quieres que te acompañemos? —preguntó uno al ver que había anochecido bastante. Eran más de las doce.

—No hace falta. —Deseché la propuesta con un gesto tranquilizador—. Nos vemos en clase, chicos.

—¡Avísanos cuando llegues a casa!

Con las manos en los bolsillos de la sudadera, me encaminé hacia el piso. Podría haber aceptado el acompañamiento, pero me había parecido que abusaba de su confianza. Solo eran dos manzanas. No daba tiempo a que algo saliera mal. Además, disfrutaba de los momentos de soledad. Habían transcurrido tan solo dos días y ya me sentía ahogada. Echaba de menos vivir con la abuela. Y la tranquilidad que suponía que mi mayor problema fuera el horario de la gasolinera solapando con el de atletismo.

Pensando en ello, vi algo que volaba ante mí. Sobresaltada, me detuve justo a tiempo para esquivarlo. Una lata vacía. La había lanzado un hombre borracho que acababa de salir de un bar del que provenía el único sonido de la calle. La música estaba insoportablemente alta.

Al percatarse de que lo había visto, soltó una risita y me sacó el dedo corazón. Tan solo puede poner los ojos en blanco y cruzar al otro lado de la calle.

Entonces vi el coche negro y lleno de pegatinas que había justo en la otra acera.

Me detuve sin darme cuenta. Conocía esas pegatinas. Conocía ese coche. Y, desde luego, conocía a su dueño. Lentamente, volví la cabeza hacia el bar. El bullicio de la gente se oía incluso desde ahí. Era el único que abría los lunes por la noche.

¿Jack estaba ahí dentro?

Quise entrar, y, a la vez, irme corriendo. No me gustaban los lugares como ese. Especialmente la parte en la que tendría que tocar a un montón de desconocidos que inevitablemente me rozarían al pasar. Me entraban escalofríos al considerarlo.

Pero… algo me decía que no podía marcharme así como así.

Mientras el señor borracho se sentaba torpemente para fumarse un cigarrillo, marqué el número de Will en el móvil. Suerte que era el responsable del grupo y me respondió al segundo pitido.

—Hola, Jenna —dijo alegremente—. ¿Qué tal?

—Bien, eh… ¿puedo preguntarte una cosa?

Quizá había sido demasiado directa, porque se quedó un momento en silencio.

—Claro.

—¿Sabes si Jack suele ir de bares los lunes por la noche?

De nuevo, silencio. Aunque ese me pareció más tenso.

—¿Está en un bar? ¿Ahora mismo?

—Eso creo. Estoy delante de su coche y lo único que hay abierto por aquí es un bar que…

—¿Es el sitio ese que tiene palmeras en el logo? ¿El que está a cinco minutos de casa?

Tuve que comprobar lo del logo. Efectivamente, tenía dos palmeritas.

—Sí, ese mismo. ¿Va todo bi…?

—Vuelve a casa, Jenna. Yo me encargo.

Y me colgó.

Pasmada, contemplé la pantalla del móvil antes de observar de nuevo el coche de Jack. Will parecía preocupado y me había pedido que volviera a casa. Quizá era lo mejor. Seguro que sabría qué hacer mucho mejor que yo.

Sin embargo, me detuve antes de dar el segundo paso.

No. A petición de Will, la antigua Jennifer habría huido, pero la nueva tenía que tomar sus propias decisiones. Y quería ver qué sucedía.

Muy decidida, me acerqué al hombre borracho, que me fulminó con la mirada nada más verme.

—No vendo cosas raras —advirtió.

—Tampoco me interesan, muchas gracias. —Intenté no volver a poner los ojos en blanco—. ¿No habrá visto por ahí dentro a un chico alto, de pelo castaño un poco desordenado, aspecto cansado y…?

—¿A Ross?

Parpadeé, sorprendida.

—Sí. ¿Está por aquí?

El hombre soltó un suspiro, aplastó el cigarrillo y se incorporó. En cuanto vi que entraba en el bar, dejé mi sentido común a un lado y me apresuré a seguirlo.

El interior resultaba tan desagradable como me imaginaba. Había tanta gente apiñada que era imposible moverse sin tocar a nadie. O sin recibir varios empujones. Parecía que todo el mundo iba lo suficientemente borracho como para no darse cuenta de que intentaba pasar por su lado. Como si no existiera. Ni siquiera se apartaban. Y el olor era insoportable. Sudor, tabaco y humedad. Una mezcla muy desagradable.

El hombre llegó por fin a su objetivo, una zona de mesas y sofás en la que reinaba un poco más de tranquilidad. Divisé la espalda de Ross, que hablaba con dos chicos de su edad, y se volvió hacia mi guía cuando le tocó el brazo. Sin embargo, no pude ver el resto. Seguía metida entre la gente. Tuve que dar varios empujones para abrirme paso de nuevo.

Pillé el momento exacto en que Jack volvió la cabeza de un latigazo para buscar con la mirada. En cuanto me vio, nos quedamos unos segundos paralizados. Hasta que su expresión se convirtió en una gran sonrisa.

Espera… ¿sonrisa?

¿No estaba enfadado conmigo esa misma mañana?

Se acercó a mí a toda velocidad. Llevaba puesta una camiseta gris y unos vaqueros usados con los que lo había visto decenas de veces. También la chaqueta negra. No sé por qué me fijé en ese detalle.

Con mucha menos suavidad que yo, apartó a la gente para acercárseme.

—¡Jen! —exclamó alegremente.

De nuevo… ¿no se suponía que estaba enfadado conmigo?

Estaba tan sorprendida por el cambio de actitud que no reaccioné cuando se plantó delante de mí. Pareció un poco disgustado ante la falta de respuesta, pero aun así me rodeó los hombros con un brazo y nos abrió paso con el otro para alcanzar a sus amigos. Me dejé llevar como una muñequita de trapo.

—¡Chicos, esta es Jen!

No necesitaron más explicación que esa. De pronto, tenía una botella de cerveza en la mano y me habían empujado a un lado para que la gente no topara conmigo. No me detuve hasta chocar de espaldas contra una columna del bar. Jack me sonrió ampliamente mientras me abría la botella y volvía a ponérmela en la mano.

Como no reaccioné, él se inclinó para hablarme muy cerca de la oreja, elevando la voz debido al volumen de la música.

—¿Has venido a verme? —preguntó con la ilusión de un niño que abre su regalo de Navidad—. ¡Bébete la cerveza, hoy invita la casa!

—Eh… Ross…

Ya no me escuchaba. Alguien le había tocado el hombro y se puso hablar con quien fuera, aunque sin alejarse de mi lado. Yo, por mi parte, miré la botella de cerveza sin saber qué hacer. No había bebido alcohol en mucho tiempo. No me apetecía que la primera vez fuera en esas circunstancias.

Jack recibió un empujón y apoyó una mano en la misma columna donde yo había pegado la espalda. Por consiguiente, su cuerpo se quedó pegado al mío. Me quedé mirando su pecho, a unos pocos centímetros de mi cara. La camiseta gris tenía manchas de cerveza. De hecho, él en sí apestaba a alcohol. Alcé la mirada de nuevo. Me estaba observando con curiosidad alegre.

—¿Has venido a verme? —repitió.

—¿Estás borracho?

Nunca lo había visto ebrio. De hecho, si no recordaba mal, era de esas personas que necesitan grandes cantidades de alcohol para adormecer los sentidos. No obstante, estaba claramente afectado. No paraba de tambalearse, tenía una sonrisa estúpida en los labios y balanceaba peligrosamente una botella de cerveza casi vacía.

—¿No tienes sed? —me preguntó al ver que jugaba con el cuello de la botella que me había ofrecido. Estaba frenético. Así que esa era su borrachera… la incapacidad de quedarse quieto. Me quitó la botella de la mano para dejarla en una mesa cualquiera—. ¿Qué pasa? ¿No te encuentras bien? ¿Estás mal?

—Eh… No, pero…

—Tienes frío, ¿verdad? Claro que sí. Es que siempre sales sin chaqueta, Jen. Eres un desastre. Solo te lo perdono porque eres mi desastre favorito.

Se rio de su propia broma; de pronto, él estaba en manga corta y yo llevaba puesta su chaqueta negra. Ni siquiera me dio tiempo a reaccionar antes de que me sujetara de la muñeca y me guiara hacia unos sofás, donde terminé sentada prácticamente encima de él por falta de sitio. Vi que hablaba con alguien a carcajadas, pero me resultaba muy complicado ubicarme entre las luces parpadeantes, las caras desconocidas, el olor, el ambiente… No entendía nada. La cabeza me daba vueltas.

Jack me rodeó con los brazos y tiró de mi cuerpo hacia él, de modo que acabé con la espalda pegada a su pecho. Su forma de hacerlo me recordaba a como lo había hecho un año atrás, solo que ahora de forma mucho más exagerada.

No me gustaba Jack borracho. Me sentía… mal por él. Como si fuera un bebé al que proteger de todo mal.

Cuando noté que apoyaba la frente en la curva de mi cuello, fui incapaz de moverme.

—Me alegro tanto de que hayas vuelto… —suspiró.

Quise dejar que eso me arrastrara y me alegrara la noche, pero no me lo permití.

—Esta mañana no parecías muy contento.

—Oh, Jen… Las cosas se han vuelto un poco complicadas, pero da igual. Ahora estás aquí.

—Y tú estás borracho un lunes por la noche. —No, no iba a dejarlo pasar tan fácilmente—. Ross, ¿no tienes trabajo?, ¿una película o algo así?

—Que le den a la película.

—Es tu trabajo, no…

—¿Podemos divertirnos por una noche? —protestó—. Joder, solo quiero divertirme contigo. Te he echado de menos.

Quise decirle que no me importaba y que yo también lo había echado de menos; pero sentía que todo eso no era real, sino producto del alcohol. Y, aunque hubiera querido responder, de pronto unas manos me sujetaron las muñecas y me pusieron de pie. Una de las chicas me arrastraba con las demás para bailar. Mientras todas ellas se movían a mi alrededor, busqué a Jack con la mirada. No podía perderlo otra vez. No volvería a tener tanta suerte como para encontrarlo.

Pero reapareció. En medio del caos de luces, voces y colores, bailó junto a mí unas cuantas veces. Vi que se reía, que bebía y que tiraba de mi mano para que diera una vuelta junto a él. Pero yo no bailaba. Miraba a mi alrededor con cierta desesperación. Necesitaba salir de ahí. Y necesitaba hacerlo con él. Will estaría esperando. ¿Cuánto tiempo había pasado?

En medio del caos, todo se volvió muy confuso y pronto me di cuenta de que Jack había desaparecido. Lo busqué entre la gente, pero fue inútil. No dejaban de empujarme de un lado a otro, y había tantas caras desconocidas que empecé a desesperarme. Con su chaqueta me sentía acalorada, pero no me la quité. Me limité a buscarlo.

Por fin encontré a la chica que me había arrastrado para bailar, así que le pregunté por su paradero. Como respuesta, se encogió de hombros y señaló la zona de las mesas. Me dijo que se había ido a hablar con un chico que no me resultaba familiar. Lo señaló: llevaba una sudadera azul chillón; afortunadamente era un color que destacaba y me resultó muy sencillo encontrarlo. Me acerqué, decidida, para preguntarle por mi exnovio.

Y entonces lo vi.

Jack estaba con él, tal como me habían dicho; sin embargo, no estaban hablando. Sobre la mesa había varias rayas de polvo blanco que un chico estaba terminando de colocar con una tarjeta de crédito. Un billete de cinco dólares reposaba al lado. Estaba enrollado. Y fue lo que usó Jack para inclinarse y, tras una carcajada, aspirar una de las líneas por la nariz.

No sabría decir qué sentí exactamente al verlo. Sabía que Jack había tocado las drogas mucho antes de conocerme. Sabía que en su pasado había tomado decisiones muy cuestionables. Y, aun así, verlo en persona… ver que estaba volviendo a ocurrir… se me detuvo el mundo. Durante lo que pareció una eternidad sentí que todo había dejado de existir.

Al menos hasta que levantó la cabeza en medio de una risotada y su mirada se cruzó con la mía. La risa se murió en sus labios. Se quedó completa y absolutamente pálido, igual que debía de estarlo yo.

Jack bebía. Jack se drogaba. Por eso tenía ojeras. Por eso su actitud era frenética. Ahora entendía los comentarios de los demás. Había vuelto a ser el Jack malhumorado del que me habían hablado. Pero…

¿Lo sabían todo? ¿Sabían que había recaído? ¿Cuándo había sido? ¿En qué momento? ¿Por qué nadie había hecho nada?

Necesitaba salir de ahí y, sobre todo, sacarlo a él. Por eso no me moví cuando se puso a empujar a la gente —que protestó muy airadamente— para llegar a mí. Esa vez, cuando se detuvo a mi lado, no se atrevió a tocarme. Me miraba con los ojos muy abiertos y la respiración agitada, como si temiera que fuera a salir corriendo de un momento a otro.

Cuando vio que no me movía, levantó las manos para sujetarme, pero al final se lo pensó mejor y las dejó caer con los puños cerrados. No dejaba de sorber la nariz y de buscar mi mirada con los ojos. Estaba ansioso, frenético, desesperado.

—Jen —empezó con voz aterrada—, n-no... no es...

Y ahí fue cuando me arriesgué a asumir que todavía le importaba, al menos un tercio que en el año anterior, y me usé a mí misma como excusa.

—Me encuentro muy mal —repuse—. C-creo... creo que necesito aire fresco.

Esperé, dubitativa, y me alivió enormemente que su expresión cambiara por una más determinada. Sin mediar palabra, me rodeó de nuevo con el brazo para abrirnos paso hasta la salida. Me dejé llevar sin protestar, pero inevitablemente seguía mirándolo. Veía cómo se frotaba la nariz, cómo parpadeaba frenéticamente. Parecía tener más energía de la que su cuerpo era capaz de contener.

Honestamente, me entraron ganas de llorar, pero ese no era el momento más adecuado, así que me aguanté.

Cuando por fin llegamos afuera, me separé de él varios pasos y le di la espalda. Quizá sí que necesitaba aire, después de todo. Estaba muy mareada, aun sin haber bebido. Era el peso de la realidad, que acababa de golpearme de lleno.

—¿Jen?

No me volví hacia él, pero sabía que me seguía de cerca. Si no me tocaba era porque no sabía cómo iba a reaccionar, no porque no quisiera.

La imagen de Jack metiéndose una raya de cocaína me invadió de nuevo la cabeza. Cerré los ojos con fuerza.

—Por favor, dime algo. Lo que sea.

Abrí los ojos. Tenía una mano en mi brazo, como si temiera que me marchara y quisiera retenerme.

—No quería que te enteraras así...

Me giré en redondo para mirarlo, airada. Jack seguía pálido y me observaba con el rostro compungido.

—¿Y cómo querías que me enterara? —espeté—. ¡Ross, estás…!

—¡No es tan grave como parece!

No supe muy bien si reír o llorar. O ambas cosas a la vez. En cuanto hice un ademán de apartarme, volvió a sujetarme de la manga de su chaqueta. Parecía desesperado.

—¡No pasa nada! Puedo dejarlo cuando quiera —insistió rápidamente—. Solo lo hago en las fiestas cuando los demás lo traen, ¡nunca más! No es habitual, Jen. Tienes que confiar en mí.

—Entonces ¿podrías jurarme aquí y ahora que no volverás a hacerlo jamás?

Él dudó, y justo en ese momento un coche gris aparcó a nuestro lado con un chirrido de neumáticos. Will bajó de un salto, especialmente cuando vio la escena, y se nos acercó rápidamente. Jack, por su parte, me miraba como si lo hubiera traicionado.

—¿Lo has llamado tú?

—Estaba preocupada.

—¡Podrías habérmelo dicho a mí!

—¡No estás en condiciones de hacer nada! ¡Necesitas ayuda!

Will intercambió una mirada entre nosotros antes de acercarse a Jack, pero de poco sirvió. En cuanto intentó sujetarlo, este lo apartó de un empujón. No sé ni cómo consiguió mantenerse en pie.

—¡Os podéis ir a la mierda! —exclamó, señalándonos—. No necesito niñera, ¿os queda claro? ¡Tomo mis propias decisiones y…!

—Tío, súbete al coche y déjate de gilipolleces —mascculló Will.

Me sorprendió su tono cansado. Había pasado por eso más de una vez. Incluso Jack parecía acostumbrado. Siguieron discutiendo, pero al final se metió en la parte trasera del coche de un portazo. Antes de subirme, Will se detuvo a mi lado.

—Ve detrás con él, por favor.

De nuevo, sonaba agotado. No quise llevarle la contraria. Jack tenía la cabeza apoyada en el asiento y los ojos cerrados con fuerza. No se movió al notar que me sentaba a su lado. Will, mientras tanto, puso en marcha el motor y nos echó una ojeada.

—¿Puedes ponerle el cinturón? —me preguntó.

—¡Sé ponérmelo yo solo!

Ignorándolo completamente, me deslicé sobre el asiento para estirarme sobre él. Jack se había dejado empujar y ahora reposaba de nuevo la cabeza sobre el respaldo. Estaba pálido. Claramente, su mareo iba en aumento. Lo observé, preocupada, antes de abrocharle el cinturón y decidirme por permanecer en el asiento de en medio, junto a él.

—¿Estás bien? —pregunté, sujetándole la muñeca—. ¿Me oyes?

Soltó un gruñido a modo de respuesta y volvió la cabeza en dirección contraria, hacia la ventanilla.

—Déjalo —me recomendó Will en voz baja.

De nuevo, decidí hacerle caso. El pecho de Jack subía y bajaba de forma un poco irregular, y no dejaba de moverse. No estaba dormido, pero tampoco despierto. De pronto, parecía vivir en un planeta completamente distinto. Estaba aterrada.

Will fue quien le pasó un brazo sobre los hombros para ayudarlo a subir las escaleras. Jack nos miró unas cuantas veces, pero al final siempre volvía a cabecear como si fuera a quedarse dormido.

Y así fue. Nada más entrar en el piso, Will lo dejó caer sobre el sofá y él cerró los ojos. No estaba roncando, pero se había quedado totalmente grogui. Nuestro amigo lo giró para colocarlo de lado, le quitó los zapatos, le puso una almohada bajo la cabeza y lo tapó con una manta. Aun así, yo seguía mirándolo sin saber qué hacer.

—¿Puedo hacer algo para ayudar?

Will negó con la cabeza.

—Es mejor dejarlo así. Si está de lado y vomita, no pasará nada. Pero es mejor que esté de lado, ¿vale?

Asentí medio paralizada.

—¿Puedes quedarte un momento con él? Tengo que avisar a Naya de que estamos bien.

Asentí de nuevo, aunque esa vez lo detuve antes de que pudiera marcharse.

—¿Sabías lo que hacía en ese bar? —pregunté.

Will me dio la espalda durante unos instantes antes de volverse hacia mí. Tenía la expresión ensombrecida.

—Sí. Y ya sé lo que estás pensando. He intentado ayudarlo muchas veces, Jenna. Más de las que te imaginas. Pero no puedes ayudar a alguien que no quiere ser ayudado. Lo único que puedes hacer es cuidar de él.

No supe qué decirle. Al final, solo se me ocurrió una pregunta:

—¿Cómo sabes de qué modo hay que tratar a alguien que…? Ya me entiendes…

Will tuvo una reacción casi inmediata: apartar la mirada. Nunca antes había visto que lo hiciera.

—Vuelvo en un momento.

Cuando desapareció por el pasillo, me acerqué a Jack. Se estaba frotando los ojos con un puño y tenía una mejilla aplastada contra la almohada. Pese a que no me miró, estaba despierto.

—¿Estás mejor? —pregunté un poco inútilmente.

—Mmm… es una lástima que Will sea tan aguafiestas, nos lo estábamos pasando muy bien.

—Tú te lo estabas pasando *demasiado* bien.

No abrió los ojos, pero sí que esbozó media sonrisita. A mí no me hizo mucha gracia. Pero no pude decir mucho más, porque entonces apareció Will.

—Creo que hoy deberías dormir en la habitación —me recomendó mirándome de reojo.

Intenté dormir, pero fue complicado. Desde que había entrado en el dormitorio, todo lo que me rodeaba evocaba recuerdos que había intentado olvidar durante un año entero. La cómoda, el armario, los pósteres, los trofeos, el balcón cerrado… No me había dado cuenta de que lo echaba tanto de menos. Solo había cambiado el olor de la estancia. Era obvio que Jack ya no usaba mucho esa habitación. Olía a cerrado. Eso me entristeció.

No descansé demasiado. Mi sueño fue intermitente, y al ver que ya empezaba a amanecer, desistí. Eso sí, no salí de la cama. No me atrevía a enfrentarme a lo que me esperaba en el salón.

Al menos, hasta que oí el inconfundible ruido de un mueble moviéndose de un lado a otro. Con el ceño fruncido, me quedé sentada en la cama y escuché con atención. Sí, alguien abría cajones y movía muebles. La última vez que había sucedido algo parecido, se trataba de Mike. Quizá volviera a ser él.

Me puse en pie y me miré a mí misma. Llevaba unos pantalones cortos y sueltos, una camiseta de manga corta y unos calcetines rojos. No parecía un buen atuendo para reencontrarnos después de un año, pero tendría que ser suficiente.

No obstante, Mike no estaba en el salón. No había entrado nadie. Quien rebuscaba en los muebles era Jack, que vaciaba los cajones con desesperación.

No supe qué decir, así que me quedé de pie al lado del sofá como una idiota mientras que él seguía rebuscando como un loco. Maldecía en voz baja. Cuando fue a por el siguiente, se dio cuenta de que alguien lo estaba observando. Se volvió hacia mí con cara de espanto, pero pareció sorprendido al verme, como si algo no le encajara.

No dijo nada de inmediato. Me revisó de arriba abajo varias veces y entonces frunció el ceño.

—¿Qué haces aquí?

—He oído que removías todo eso —murmuré—. ¿Estás bie…?

—No, me refiero a qué haces tú aquí, conmigo. ¿No ibas a quedarte en la residencia?

Parpadeé unas cuantas veces antes de darme cuenta de que lo preguntaba totalmente en serio.

—Chris no tenía habitaciones, Ross —le dije muy lentamente, analizando su expresión confusa—. Y anoche te encontré en un bar. Estabas borracho.

De nuevo, me miraba como si no entendiera nada. Pero al menos sabía por dónde iba la cosa. Ahora parecía asustado.

—¿Y he…? ¿Has visto algo que…?

—¿Que si he visto lo que hacías con ese billete enrollado? Sí, Ross, lo he visto.

No quería que el tono me saliera tan agrio, pero ya era tarde para retirarlo. Él apartó la mirada y, tras unos segundos, se volvió de nuevo hacia mí. Se había puesto a la defensiva.

—Estoy ocupado y quiero estar solo. Adiós.

—¿No te acuerdas de nada de lo que pasó anoche? —pregunté, ignorándolo. Empecé a avanzar hacia él sin pensar en qué haría al tenerle cerca. Él se tensó todavía más—. ¿No te acordabas ni siquiera de lo del bar? ¿Eso es… es por eso que te metes?

—Déjame en paz.

—¿Es que no te das cuenta de que te hace daño? —insistí, testaruda—. ¡Hace un momento no sabías ni que yo estaba en esta misma casa!

—Pero ¿tú quién te crees que eres? ¿Mi madre? Métete en tus problemas y déjame tranquilo.

—No me creo tu madre, pero me preocupa ver… todo esto.

Lo había señalado entero. Jack apretó los dientes.

—¿Esto? ¿Ya no te gusto, Jenny? Me vas a romper el corazón… Otra vez.

—Me refiero a tu aspecto. Estás… —No se me ocurrió ninguna forma más suave de decirlo—. Ross, necesitas ayuda.

Su respuesta fue una risotada áspera.

—Y tú necesitas aprender a diferenciar cuándo sobras y cuándo haces falta.

—No caeré en esas provocaciones infantiles, Ross. Me he criado con ellas. Sé cómo ignorarlas.

—¿Ahora soy un niño pequeño?

—No, pero estás intentando desviar el tema constantemente para no hablar de lo que no te interesa. Y solo buscas que discuta contigo para conseguirlo.

—La psicóloga…

—Pues sí, he ido a terapia durante este año —recalqué—. Y, ¿sabes qué? He aprendido varias cosas. ¿Lo has probado tú alguna vez? Quizá no sería tan mala idea, Ross…

Eso último lo dije en un tono más suave. Incluso intenté ponerle una mano en el hombro, pero fue una mala decisión. En cuanto se dio cuenta de que iba a tocarlo, se alejó varios pasos hacia atrás. Parecía espantado.

—No me toques —advirtió.

—Vale —accedí—, no lo haré, pero…

—¡Vete de una vez! —insistió, cada vez más nervioso—. Joder, ¿no tienes nada mejor que hacer que molestarme? ¿No tienes a otra persona a quien arruinarle la vida?

Me dolía, pero me negaba a reaccionar. No iba a hacerlo. O de eso intentaba autoconvencerme.

—Quiero ayudarte —insistí suavemente—. Si me dejas…

—¡No quiero tu ayuda! ¡No quiero la ayuda de nadie! Estoy harto de que me tratéis como si fuera un crío que no sabe cuidar de sí mismo. Sé lo que hago, ¿vale? Lo sé perfectamente. Solo… solo necesito encontrar mi puta chaqueta. ¡No la encuentro! —Había empezado a hablar rápida y atropelladamente. Apenas podía entenderlo. Lo seguí con la mirada, pasmada, mientras se pasaba las manos por la cabeza de forma frenética. Parecía que incluso iba a arrancarse el pelo—. ¡No sé dónde está, joder! ¡No la encuentro! ¡No la…!

De pronto, se detuvo. El pecho le subía y le bajaba agitadamente. No supe qué hacer cuando se dejó caer en medio del salón, pegó las rodillas a su pecho y se agarró el pelo con tanta fuerza que se le pusieron los nudillos en blanco.

—Mierda, mierda, mierda…

Me había pillado tan por sorpresa que tardé unos segundos en acercarme.

Claro que no encontraba su chaqueta. Seguía en la habitación, porque me la había prestado en el bar. Quise decírselo, pero me detuvo el temor a que en realidad buscara una bolsita pequeña y llena de polvo blanco.

En vez de eso, me agaché lentamente a su lado. Había cerrado los ojos con fuerza y empezaba a preocuparme que fuera a arrancarse el pelo de verdad. Nunca había visto a alguien agarrárselo con tanta fuerza.

—Jack… —Con la impresión del momento, se me olvidó que me había pedido que no lo llamara así—, ¿qué pasa?

—Cállate —siseó entre dientes—. Déjame tranquilo. Vete de aquí.

—No quiero dejarte solo, quiero ayudarte. —Me acerqué un poco más y le puse una mano en el brazo. Incluso yo empezaba a sonar aterrada—. Dime cómo puedo ayudarte, por favor. ¿Qué hay en esa chaqueta? ¿Qué necesitas?

Una parte de mí esperaba que me apartara de un manotazo o que volviera a alejarse de un salto. Pero no lo hizo. De hecho, se detuvo lentamente y vi que el agarre en su pelo se suavizaba un poco. Con la mirada clavada en el suelo, empezó a sacudir la cabeza.

—Lo he jodido todo, Jen —me dijo con un hilo de voz.

No entendí a qué se refería exactamente, sin embargo, me senté a su lado y le pasé el brazo por la espalda. De nuevo, no me apartó, aunque tampoco me miró a la cara.

—Seguro que las cosas no son tan graves como parecen —le aseguré en voz baja.

—Sí, sí que lo son… Tú no lo entiendes.

—Explícamelo y déjame ayudarte, entonces. Por favor.

Casi un minuto transcurrió sin que me dijera nada. Le pasé la mano por la espalda, tratando de animarle. No sé si sirvió de mucho, pero al menos no se apartó.

Y por fin, tras lo que pareció una eternidad, él empezó a hablar:

—Le… le debo dinero a alguien.

Vale, no era la respuesta que esperaba. Jack había vuelto a hundir la cara entre las rodillas. Le debía dinero a alguien. Y por su forma de decirlo, estaba claro que no se trataba de una cantidad pequeña.

—Bueno…, vas a sacar una película dentro de nada. Seguro que entonces podrás permitirte…

—No, no podré. Ya me he gastado todo el adelanto que me dieron. No ganaré nada más antes de que se estrene. ¡Y puede ser un puto fracaso! ¡Puede que nadie quiera verla!

—¿Y qué hay de los cortos?

Empezaba a quedarme sin opciones. Jack resopló.

—Dejé de cobrar por ellos hace un año.

Dudé visiblemente. No sabía qué decirle para consolarlo.

—¿Es muy urgente? —pregunté entonces.

Jack asintió sin mirarme.

—¿Y… qué pasa si no pagas?

Esta vez, una mirada bastó para que me hiciera una idea. Un escalofrío me recorrió la espina dorsal. Intenté hacer memoria rápidamente.

—¿Crees que doscientos dólares bastarían para ganar tiempo?

Jack parpadeó, todavía mirándome, y de pronto su expresión se ensombreció.

—No quiero tu dinero. No necesito tu lástima.
—Solo quiero echarte una mano.
—Pues no la acepto.
—¿No puedes aceptarlo y ya está? Tómatelo como si… como si te estuviera devolviendo lo del año pasado, ¿vale? Te debo mucho más que eso, seguro. Esto es solo un adelanto.
Ahí sí que dudó. Noté que me observaba mientras entraba rápidamente a la habitación para volver con su chaqueta y los doscientos dólares que acababa de sacar de mi huchita particular. Jack contempló ambas cosas con precaución antes de centrarse nuevamente en mí. Se había puesto de pie.
—¿Por qué tienes doscientos dólares? —preguntó directamente.
—Porque he estado pluriempleada todo un año. No me quedaré en bancarrota por esto, te lo aseguro.
Tras dudar unos segundos más, por fin se adelantó y aceptó ambas cosas. Se quedó mirando el dinero antes de dirigirse a mí:
—Te lo voy a devolver.
Me encogí de hombros. Tampoco me habría importado que no lo hiciera. Estaba bien que cambiáramos de roles, aunque solo fuera una vez.
Nos quedamos en silencio y estaba claro que no había nada más que decir. Era mejor no forzar las cosas. Él ya estaba más tranquilo y yo, por fin, le había echado una mano. Quizá era mejor dejarle dormir y hablar con él en otro momento.
Cuando me encaminé hacia el pasillo, él se dio la vuelta para dejar la chaqueta en el sofá y darme la espalda.
—Que duermas bien, Jack.
Me pareció oír un murmullo de respuesta.

# 4

## El invasor de baños

Conseguí dormir un poco más. Quizá dos o tres horas seguidas. Después encadené dormidas y despertares, hasta que finalmente desistí de continuar y me dirigí a la cocina.

Me sorprendió que el sofá estuviera vacío, sin rastro de Jack, pero no hizo falta que preguntara. Sue, que comía helado del tarro en la barra, me señaló con la cuchara.

—Cuando me he despertado ya no estaba.

—Oh… ¿y esto es habitual?

—¿Que se pase la noche metiéndose mierda por la nariz y después desaparezca? Bastante.

La miré con los ojos muy abiertos, y me respondió una mueca.

—¿Demasiado dura?

—Un poquito.

—Vale, sí. Es desgraciadamente habitual —explicó mientras me sentaba a su lado—. Creo que recayó en Francia. Desde que volvió, no parece la misma persona.

No supe qué decirle. Todavía intentaba imaginarme el contexto en el que había decidido retomar ese camino del que tanto se arrepentía. ¿Quizá la presión de la escuela había sido demasiada para él?, ¿quizá había tenido algún problema? Fuera como fuese, habría deseado que encontrara alguna otra forma de desahogarse.

—Pero no puede seguir así —mascullé—. Debería… no sé… ¿Qué se hace en estos casos? ¿Ir a una clínica?

—Supongo. No es que sea una experta en la materia.

—¡Buenos diiiiiías! —La voz de Naya nos interrumpió. Se acercaba felizmente con tan solo unas bragas y una sudadera de Will—. Me muero de hambre.

Debía de ser la única que no se había enterado del panorama, porque incluso su novio, que apareció tras ella, parecía tener el humor por los suelos.

—Hola, chicas —murmuró mientras encendía la cafetera. Su mirada aterrizó sobre mí—. ¿Has podido dormir?

—Sospecho que tanto como tú.

Intercambiamos media sonrisa que hizo que Naya nos observara con curiosidad, como siempre que entreveía algún secreto.

Un mensaje me alertó y miré la pantalla de mi móvil. Sue también. Como de costumbre, no se molestó en disimular.

**Curtis**: Esta tarde toca planaaazo :)

**Curtis**: Peli en mi habitación.
Tráete palomitas o no te dejo entrar.

—Joder —comentó Sue—. No pierdes el tiempo, ¿eh?

—¿Qué quieres decir con eso? —preguntó Naya, muy atenta.

—Que le ha hablado su novio.

—¡¿Novio?!

—Curtis no es mi novio —aclaré enseguida.

Pero el cerebrito chismoso de Naya ya maquinaba a toda velocidad.

—¿Curtis? —repitió, pensativa—. ¿De qué me suena «Curtis»?

Intervine antes de que Sue pudiera tergiversarlo más:

—Es un compañero de clase. Y un amigo.

—Oh, ¡ya me acuerdo de él! Es muy guapo.

Sue me quitó el móvil para ver su foto de perfil. Por su expresión, supuse que no estaba muy de acuerdo.

—¿Con él estuviste ayer hasta las tantas? —me preguntó Naya entonces. Lo acompañó incluso de un gesto sugerente con las caderas—. No me extraña que tengas esa cara de cansada…

—¿La misma que tienes tú? —sugirió Sue.

Will puso los ojos en blanco y se centró en su café mientras Naya enrojecía.

Y, de nuevo, caí en que nadie preguntaba por Jack. Nadie se extrañaba de que no estuviera. Casi me recordaba a…

—¿Dónde está Mike? —pregunté.

Por las miraditas que recibí, cualquiera habría dicho que acababa de soltar la mayor tontería de la historia.

—Probablemente gorroneando en casas ajenas —murmuró Sue—. ¿Qué más da? Siempre termina apareciendo otra vez.

Will sonrió un poco.

—Sigue con su banda —me informó—. Sacaron un tema que tuvo una cierta repercusión y lo convencimos para que se apuntara a clases de canto.

—Oh, ¿y ha mejorado?

—Había mucho margen de mejora. —Naya sonrió malévolamente y se ganó una mirada de reproche de su novio.

—Sí, ha mejorado bastante —dijo Will—. No canta como los ángeles, pero ya no se limita a gritarle a un micrófono.

Nuevo mensaje. Todos nos volvimos automáticamente hacia mi móvil.

**Curtis:** Por cieeerto, ¡ya tengo el libro que me pediste! Lo había escondido bajo una pila de calzoncillos.

**Curtis:** Pero lo he lavado, ¿eh?

**Curtis:** ¿Te lo llevo a tu casa?

Naya ahogó un grito.

—¡Dile que sí y podremos conocerlo!

—Puedo invitarlo, pero no es mi novio —aclaré.

—Sí —aportó Sue—. Buenas noticias, la gente puede tener amigos sin que lleguen a ser nada más.

—Vaaale, pues para conocer a tu amigo. Si nos llevamos bien, podría venir alguna vez a cenar o algo así. Cuando somos siempre los mismos me aburro.

Sue se llevó una mano al corazón.

—¿Ya no somos suficiente para ti?

—No digo eso, pero un poco de variedad no estaría de más.

Desde que lo había propuesto, Will la miraba fijamente con una expresión un poco extraña, como si a él no le pareciera una buena idea. Al darse cuenta de que lo había pillado, se apresuró a fingir que no había oído nada.

Curtis acordó traerme el libro esa misma tarde y me hizo bastante ilusión. La idea de Naya no me parecía tan mala. Después de todo, Curtis también me había presentado a todos sus amigos y se había asegurado de que me sintiera integrada. ¿No era lo más justo que yo hiciera lo mismo con él? Además, Curtis era un encanto. Seguro que se llevarían de maravilla.

Cuando llamó al timbre, Naya ya estaba total y completamente emocionada. Fui a abrirle la puerta con una gran sonrisa. Mi compañero de clase estaba apoyado con un hombro en el marco de la puerta. Levantó el libro en cuestión y me guiñó un ojo.

—Buenas tardes, rcpartidor a domicilio.
—Gracias por traerlo. ¿Quieres pasar?
—Por supuestísimo, quiero ver dónde vives. Ya tengo curiosidad.
Me reí y abrí del todo para que pasara. No había cerrado aún la puerta cuando oí la voz de Naya, que lo saludaba. Hasta ese momento no me había dado cuenta de la buena combinación que harían ella y Curtis. Entre otras cosas, ambos eran el tipo de persona que convence al grupo de integrarse con los demás. Y no me equivoqué, porque en cuestión de minutos ya estaban cotilleando en el sofá mientras Sue hojeaba una revista en el sillón y Will nos dejaba las cervezas sobre la mesita de café.
—Así que iréis juntos a clase —concluyó Naya, mirándonos con una gran sonrisa—. Me alegro mucho. Me daba miedo que Jenna se sintiera sola.
Eso hizo que enrojeciera un poco.
—¿Por qué suenas como si fueras mi madre?
—Mejor, tu hermana mayor.
—Y tiene razón, te cuesta relacionarte con la gente —la apoyó Curtis, pasándome un brazo por los hombros para apretujarme. Entrecerré los ojos tanto a Will como a Naya cuando se rieron de mí—. Al menos, con grupos grandes. Porque a mis amigos les caes genial.
Eso me alivió más de lo que me gustaría admitir. Aunque conociera a un grupo y me llevara de maravilla con ellos, al quedarme sola siempre dudaba de mi propia capacidad de gustar a la gente.
—¿A quién le gustan los grupos grandes? —murmuró Sue, y pasó la página.
—A mí me gustan —comentó Curtis, aflojando el agarre que seguía teniendo sobre mis hombros—. Es divertido soltar comentarios crueles y ver que se llevan las manos a la cabeza.
Sue no levantó la cabeza, pero por su forma de apretar los labios supe que ese comentario le había gustado y estaba reprimiendo una sonrisa divertida.
Espera, ¿ya se estaba ganando a toda la casa? ¡Incluso Will parecía divertido! ¿Cómo lo había conseguido tan deprisa? Para que Sue dejara de mirarme con asco, yo necesité varias semanas.
*Es admirable.*
Justo cuando Curtis iba a decir algo más, todos volvimos la cabeza hacia la entrada. Jack acababa de llegar y estaba lanzando las llaves sobre la encimera. Se había cambiado de ropa. Llevaba puesta una sudadera gris y unos vaqueros que nunca había visto. De hecho, todo parecía nuevo.
Era un detalle muy pequeño, pero el hecho de que ya ni siquiera

pudiera reconocer su ropa hizo que se me encogiera un poco el corazón. ¿Tanto habían cambiado las cosas en apenas un año?

—Oye, Will —dijo mientras se giraba—. ¿Dónde está Jen? Tengo que…

Cuando por fin nos vio, se cortó a sí mismo y quedó plantado en medio del salón. Y es que yo no me había dado cuenta de que Curtis seguía con el brazo sobre mis hombros. Nadie dijo nada, tampoco hizo falta, porque mi amigo lo retiró al instante, me dio una palmadita en el hombro y se enderezó en su sitio.

Jack no reaccionó. Seguía mirándolo fijamente como si algo no encajara. Tenía una mano metida en el bolsillo de la sudadera y sentí que iba a sacar algo, pero al final se lo repensó, apretó los dientes y la retiró.

—Ah, hola. —Will fue el primero en cortar el tenso silencio que se había formado a nuestro alrededor—. Este es Curtis, un amigo de Jenna.

Me dio la sensación de que recalcaba la palabra «amigo». Jack lo miró un momento antes de volver a centrarse en Curtis. Ya había vuelto en sí y su expresión reflejaba el mismo desdén que todos esos días.

Por algún motivo, pensaba que, tras lo sucedido la noche anterior, algo habría cambiado. Qué ilusa.

—Pues muy bien —murmuró con poco interés.

Dio media vuelta, agarró una cerveza y la abrió con una mano sin mirarnos. Después se sentó al otro lado del sofá, dejándome entre él y Curtis. La situación se volvió todavía más incómoda. Y eso que se había puesto lo más alejado posible de mí. Lo miré de reojo, pero estaba dándole un trago a la cerveza y no me prestó la más mínima atención.

—Nuestro querido amigo es director —informó Naya, supuse que para cortar el silencio de nuevo—. De hecho, estrenará una película.

Curtis tuvo el detalle de mostrarse interesado.

—¿En serio? ¿Cuándo se estrena?

Jack respondió sin mirarlo:

—En dos semanas.

—Se te ve muy ilusionado —comentó Sue.

El aludido seguía con la mirada clavada en el televisor, aunque resultaba obvio que no le prestaba atención. Estuve a punto de preguntarle si se sentía bien, pero seguramente no habría apreciado una pregunta así ante todo el mundo.

Will intervino de nuevo:

—¿Vivian estará en la premier?

Fruncí un poco el ceño sin darme cuenta. El recuerdo agridulce de una chica respondiéndome al teléfono en el cumpleaños de Ross me vino a la mente. ¿Se llamaba Vivian? ¿Por qué había respondido a su teléfono? Había intentado no pensar demasiado en ella, convenciéndome de que no era problema mío, pero cada vez se me hacía más difícil.

—Obviamente —mascullé Ross con sequedad.

—Estoy deseando conocerla —aseguró Naya con cortesía.

¿Por qué sentía que todo el mundo se había callado por mi culpa? Miré a Will en busca de ayuda, pero él se esforzaba por fingir que no se daba cuenta. Al final desistí y me volví hacia Curtis. Claramente, ya se había cansado de fingir que esa situación le resultaba cómoda.

—Tengo que irme —me dijo con media sonrisa—. Pero ya hablaremos, ¿eh?

—Claro que sí. Vamos, te acompaño a la puerta.

Intenté ignorar la sensación de ser observada mientras Curtis se ponía la chaqueta. Tras eso, le abrí la puerta y me aparté para dejarle pasar. Agradecí el pequeño abrazo que me dio.

—Un día tienes que contarme por qué el chungo del sofá me estaba taladrando con la mirada —me murmuró en la oreja—. Tiene pinta de ser un chisme muy interesante.

Inevitablemente, sonreí.

—Ni te lo imaginas.

—Ooooooh, ya me muero de ganas.

—Siento mucho que tengas que irte así… Si te sirve de consuelo, les has encantado a todos los demás.

Se separó de mí con una sonrisa.

—Pues claro. Soy genial. Nos vemos, Jenna.

En cuanto cerré la puerta, me sentí nuevamente observada. Y no me equivocaba. Jack estaba de pie con un hombro apoyado en el marco del salón. Su expresión no había cambiado, pero no dejaba de mirarme.

Decidí tomar el camino más cordial posible.

—¿Querías decirme algo?

A modo de respuesta, enarcó una ceja. Quería fingir desinterés, pero tenía los dedos apretados en la cerveza, tensión en los hombros y la punta de un zapato repiqueteaba insistentemente contra el suelo. Me sentía como si estuviera de pie junto a una bomba a punto de estallar.

—Antes has dicho que me buscabas —insistí, tratando de desviar un poco el asunto sobre Curtis—. ¿Era por algo en particular?

—¿Te crees que quiero hablar contigo? —preguntó en un tono suave y mordaz a partes iguales—. Es un poco egocéntrico por tu parte.

Apreté los labios.

—Es lo que has dicho.

Sonrió, pero me transmitió de todo menos humor.

—No creo que vaya a gustarte mucho la conversación, *Jenna*.

Sentí que pronunciaba mi nombre como si fuera algo ofensivo. Eso me molestó. Y, como no quería perder los nervios, decidí apartar la mirada y buscar alguna distracción.

—Voy a ducharme. Cuando quieras hablar las cosas, ya me buscarás.

Mi tono era un poco borde, pero me hizo sentir bien conmigo misma. Él se pasaba el día provocándome, estaba bien devolverle alguna puya, por pequeñita que fuera. Y supe que había funcionado en cuanto noté que me seguía con la mirada hasta el cuarto de baño.

Fui sincera al decirle que me buscara en cuanto quisiera hablar, pero no pensé que se lo tomaría al pie de la letra. Y es que mientras daba saltitos sobre un pie para terminar de quitarme los pantalones, la puerta del cuarto de baño se abrió de par en par.

Casi me caí de culo por el susto, pero conseguí mantenerme en pie y, del tirón que me di en los pantalones, me los quité de golpe. Solo llevaba puesta una camiseta y unas bragas; sin embargo, me pareció que Jack ni siquiera se dio cuenta. Tenía la mirada clavada en la mía y estaba claramente muy enfadado.

—Vale, quiero hablar —aclaró.

—¡¿Ahora?!

—Sí. Ahora.

—¡¿Es que no tienes sentido de la privacidad?! ¡¡¡Vete ahora mismo!!!

—Te has instalado en mi casa, en mi sofá, después de dejarme tirado como si no fuera nada —recalcó al tiempo que se me acercaba. Incluso había enrojecido de rabia—. ¡Y lo primero que veo al volver es que te has traído a otro tío con el que te das abracitos en mi salón!

—¡Ross, sal de…!

—¿Se puede saber de qué coño vas? —espetó, ignorándome—. ¿Siempre has sido así? Porque no te recordaba tan mala persona.

Iba a repetirle que saliera del cuarto de baño, pero eso último hizo me hizo apretar los puños.

—¿«Mala persona»? —repetí—. ¿Y por qué iba a serlo? ¿Por tener un amigo? ¿Ahora tengo que pedirte permiso para tener amigos?

—¡Para traértelos a mi casa, sí!

—Entonces no te preocupes, que a partir de ahora iré a la suya.

Quizá fue cruel o inapropiado, pero no pude resistirme. Y Jack apretó tanto los dientes que empezó a palpitarle una vena del cuello.

—Que te den —me dijo en voz baja.

—¡Que te den a ti! ¿Me meto yo en si tienes amigas o no? ¿O interrumpo tus duchas para preguntártelo?

—¿«Tus duchas»? ¡Ni siquiera habías empezado!

—¡Ross, estoy semidesnuda! ¡Vete de aquí!

Él echó la cabeza atrás, confuso, y me revisó de arriba abajo. Parecía que buscaba algún tipo de explicación.

—Ni que tuvieras algo que no haya visto antes.

Eso me enfadó todavía más. Roja de rabia, agarré mis pantalones y se los lancé a la cara. Los esquivó justo a tiempo, pero de todas formas retrocedió un paso.

—¡Eso no te da derecho a invadir mi privacidad! —le grité—. ¡Ni a verme de ninguna forma sin mi consentimiento!

—¡Ross! —La voz de Will nos interrumpió—. ¡Estoy seguro de que habrá mejores momentos para…!

—¡Pues a mí este me parece ideal!

—¡No lo es! ¡Sal de aquí ahora mismo! —grité—. ¡Y, para tu información, estoy en mi derecho a tener tantas citas como me dé la gana sin necesidad de darte explicaciones!

Mientras lo hacía retroceder hacia la puerta, frunció el ceño. Esa parte no le había gustado.

—¿Qué quieres decir con eso? ¿Tienes una cita?

—¡QUE TE VAYAS!

Una vez estuvo fuera del cuarto de baño, cerré la puerta con fuerza. No oí nada más, así que asumí que se había marchado de una vez.

Pero no.

En cuanto me di la vuelta, oí que intentaba abrir otra vez. El susto me llevó a actuar sin reflexionar: empujé la puerta con fuerza y choqué contra algo que, por el quejido que oí al otro lado, debía de ser su cara.

—¡Ay, no! —grité, alarmada, y me apresuré a abrir otra vez—. ¡Lo siento muchísimo! ¿Estás bien?

Jack se frotaba la frente con una mano, pero no estaba muy afectado. De hecho, simplemente parecía cabreado.

—No lo sé, ¿me vas a responder de una vez?

De repente, ya no me daba tanta pena.

—No si me hablas así. Y mucho menos cuando me estoy duchando.

—¡No me…!

—¡Si tantas ganas tienes de hablar, espera aquí a que termine!

No creí que fuera a hacerlo, la verdad, así que me tomé mi tiempo para enjabonarme. Al darme cuenta de que ni siquiera me había molestado en coger mis cosas antes de entrar, salí del cuarto de baño con la toalla. Jack estaba sentado en el pasillo con las piernas estiradas y los brazos cruzados. Era la viva imagen de un berrinche.

—¿Ya? —preguntó con impaciencia.

—No.

Fui a por mi pijama y volví a encerrarme en el cuarto de baño. Esa vez me demoré a propósito. Me puse el pijama, las gafas y me peiné un poco el cabello húmedo con los dedos. Finalmente, salí. Él estaba exactamente en la misma posición, solo que con todavía menos paciencia.

—¿Ya? —insistió.

—¿Tú qué crees?

Pasé por su lado para ir a la cocina. Los demás seguían justo donde los habíamos dejado, y muy atentos a cada movimiento. Jack se había levantado y me seguía de cerca. No dijo nada mientras abría la nevera, pero en cuanto hice ademán de abrirme una lata de cerveza, me la quitó de la mano y la dejó en la encimera de un golpe.

—¡Oye!

—Me he esperado —recalcó, señalándose—. Ahora, cumple con tu parte y habla conmigo.

—¿Has pensado que quizá no quiera hacerlo?

Lo consideró un momento.

—No.

Cuando fui a cogerle la cerveza, la movió un poco más lejos para que no consiguiera alcanzarla.

—¿Con quién tienes una cita? —insistió—. ¿Con ese de antes?

—¿Y tú me acusas de haberme vuelto mala persona? ¡Por lo menos no me he vuelto una controladora!

—¡Dímelo y ya está! ¿Tan difícil es?

Impaciente, traté de coger mi cerveza de nuevo. La apartó aún más. Enrojecí de rabia.

—¡No tiene gracia!

—¿Tengo cara de estar bromeando?

—¡No te debo ninguna explicación!

—¡Dime con quién has quedado!

—¡NO! —le grité a la cara.

—¡SÍ! —me gritó él, a su vez.

—Chicos.... —intervino Will.

—¡¿QUÉ?! —nos volvimos hacia él al unísono. Will retrocedió al instante.

—Los vecinos...

—¡Que les den a los vecinos! —le espetó Jack antes de volverse hacia mí—. Dímelo.

—No.

—¡Dímelo de una vez y acabaremos con esto!

—¡No!

Claramente exasperado, se pasó una mano por el pelo.

—Ross. —La voz de Naya sonó sorprendentemente calmada en comparación a la nuestra—. Es solo un chico de su clase. Relájate un poco.

—Solo un chico de tu clase… —repitió, mirándome como si tuviera la culpa de todos los pecados del mundo.

—Sí, ¿algún problema? Es lo que te he dicho hasta ahora.

—Ya veo.

—¿Ya ves, qué?

—¿Te gusta?

Dudé un momento. Claro que no me gustaba, ni yo a él. Era un buen amigo, pero nada más. Jack apretó más los labios a cada segundo de silencio que transcurrió tras su pregunta.

—¿Sí o no? —insistió—. ¿A él también le dirás que le quieres y luego te irás por un año?

*Oh, vaya.*

Mucho había tardado en sacarlo. Aparté la mirada, avergonzada, cuando dio un paso hacia mí. Se había inclinado, y mi cuerpo, pese al enfado, reaccionó ante él. Me hormigueban los dedos. Los apreté en un puño. Ross siguió acercándose.

—¿O solo lo quieres para vivir gratis a cambio de echar cuatro polvos?

—¡Ross! —Naya se alarmó—. ¡Retira eso ahora mismo!

Pero no le hizo caso y yo me volví hacia él. Estaba claro que esperaba impacientemente una respuesta, porque todo su cuerpo permanecía en alerta. Se confirmaba mi teoría de que solo quería que estallara contra él, y me descubrí a mí misma cada vez menos interesada en mantener una relación tranquila.

—Venga, respóndeme —insistió, acercándose un poco más. A esas alturas, su nariz y la mía prácticamente se rozaban.

Desde tan cerca, pude ver que sus pupilas estaban más dilatadas de lo normal. También las motas verdes que le había visto en los ojos hacía un año. Entonces me habían parecido una ternura, pero en ese momento me provocaban todavía más rabia de la que ya tenía.

Y hablé sin pensar:

—Eres un cerdo.

Jack no se apartó. De hecho, cualquiera habría dicho que estaba complacido. Estaba tan cerca que resultaba difícil saberlo. Me habría gustado tenerle un poco más lejos, porque mi cuerpo estaba reaccionando de maneras muy opuestas. Por un lado, quería lanzarle algo a la cabeza. Por el otro, mis hormigueos aumentaban a cada centímetro de distancia que acortaba entre nosotros.

Cuando apoyó una mano en la encimera, junto a mi cadera, me dio miedo perder el control de la situación y olvidarme de que supuestamente estaba enfadada por lo del baño.

—¿«Un cerdo»? —repitió con cierta sorna—. Por lo menos yo no soy un mentiroso.

—¿Y yo sí?

No me había dado cuenta de que yo había bajado la voz. Y que él había bajado también la suya. De hecho, dudaba de que los demás nos oyeran, en el caso de que siguieran ahí. Sin embargo, en esos momentos no me importaba en absoluto que hubiera alguien más en la habitación. Estaba muy nerviosa, y no precisamente por el enfado. Apoyé las manos detrás de mí, sobre la encimera, y sentí que, sin querer, rozaba la suya. Él se me acercó todavía más, obligándome a arquear un poco más la espalda.

—Sabes que no te gustará esa respuesta —repuso en voz baja.

—Si tan mala soy, no entiendo por qué te pones tan celoso.

Tras la acusación, empezó a repiquetear un dedo junto a mi mano. No era la única que se había puesto nerviosa.

—Me importa una mierda tu cita.

—Pues lo demuestras de una forma muy extraña…

—Solo quiero avisar al pobre chico.

Eso rompió lo que fuera que se había formado hasta ese momento. Parpadeé, volví a la realidad, y de pronto tomé consciencia de que estaba dejando que un chico que me llamaba de todo se me acercara de ese modo.

Al apartarlo apoyando un brazo en su pecho, lo pillé tan por sorpresa que no reaccionó a tiempo y dio un paso atrás.

—¿«Avisarlo»? —repetí, furiosa—. ¿De qué, exactamente?

Él también volvió en sí.

—¡De cómo eres en realidad!

—Oh, ¿en serio? ¿Quieres que escriba yo una lista con todo lo que has hecho este año? ¿Y que avise a cada persona con la que te hayas acostado? ¡Porque seguro que tendría trabajo hasta el siglo que viene!

Justo en ese momento, Mike entró en el piso con una sonrisa de oreja a oreja. Ni siquiera me fijé en él. Estaba muy ocupada con su hermano pequeño.

—¡Hola, familia! —saludó con una alegría muy ajena al ambiente.

—¡No es lo mismo! —me gritó Jack, ignorándolo.

—¡Es lo mismo!

—¡¡¡No lo es!!!

Mike se volvió hacia nosotros y entreabrió la boca, pasmado.

—¿Es la marihuana que me ha jodido el cerebro o esa es…?

—¡ES LO MISMO, JACK!

—¡NO, NO LO ES!

—¡¿Y cuál es la diferencia?! ¡¿Que tú solo te follas a la gente y yo necesito más que eso?!

—¡No hables así de mal!

—¡Espera, que ahora me va a dar clases de protocolo el que ha asaltado el cuarto de baño!

Mientras tanto, Sue hizo un gesto a Mike para que tomara asiento en el otro sofá.

—Desde aquí se ve mejor.

Yo, por mi parte, hice un ademán de alcanzar mi cerveza. Jack volvió a apartarla de un tirón. Me enervé aún más.

—¡Dame mi cerveza de una vez, Jack!

Él dio un brinco.

—¡Ross!

—¡Deja de ser tan infantil!

—¡¿Yo, infantil?! ¡¿Y tú qué?!

—¿Quieres que me ponga infantil? ¡¡¡Pues te llamaré Jack hasta que me la devuelvas!!!

—¡Es Ross!

—¡Es Jack!

—¡Ross!

—¡JACK!

—¡ROSS!

—¡JACK, JACK, JACK, JACK! —repetí y le saqué la lengua, a lo que él pareció momentáneamente perplejo—. Jódete.

Tuve que asumir mi derrota y abandonar la cerveza, pero por lo menos él acabó más irritado que antes. Ya no me dejaba tan mal sabor de boca. Pasé de él y fui directa hacia los demás. Más concretamente, al sofá que Mike acababa de ocupar. Ahí sentada, me crucé de brazos y piernas.

Solo me di cuenta de que Jack me había seguido cuando vi que Mike se encogía en su lugar. Lo miraba fijamente.

—Fuera —le espetó a la par que con la cabeza señalaba el sillón vacío.

—Oye, no sé qué sucede, pero seguro que si abrimos unas cervecitas y lo hablamos, todo será más…

—¡Fuera, Mike!

En cuanto hizo ademán de moverse, lo agarré del brazo y lo detuve en su lugar.

—¡No tiene por qué cambiarse de sitio! —le espeté a Jack—. ¡Y menos por ti!

—¡Te he dicho que te muevas!

—¡No lo hagas!

—Eh…

Mike no sabía qué hacer.

—¡Quiero sentarme aquí! —gritó Jack.

—¡Pues yo no quiero sentarme contigo!

—¡No te he pedido tu opinión!

—¡Ni yo la tuya!

—¡Vete al sillón!

—¡NO!

—Chicos —intervino sin éxito Mike—, no me importa ir a…

—¡CÁLLATE! —le gritamos a la vez.

—¡Estás comportándote como una cría! —me espetó Jack—. ¡Primero te presentas aquí con ese, después me das con una puerta…!

—¡Ha sido sin querer!

—¡¿Lo del otro tío también?!

—¡Le tengo mucho cariño, aprende a respetarlo!

—¡Se supone que a mí también me tenías mucho cariño, y después de lo de anoche pensé que…! —Al darse cuenta de lo que decía, volvió rápidamente al redil—: ¡Eres una cría!

—¿Yo, una cría? ¡¡Y tú un cerdo!!

—¡PESADA!

—¡IMBÉCIL!

—¡CABEZO…!

—¡Se acabó! —Will se puso de pie—. ¡Ya me he hartado de esta tontería! ¡Los dos sois igual de pesados, dejad de pelear para ver quién lo es más!

Nos quedamos ambos en silencio, mirándonos fijamente, hasta que se metió de por medio y nos señaló.

—Tú —me dijo—, a tu habitación a gritarle a una almohada. Y tú —señaló a Jack—, vete a fumar o lo que sea, hasta que te calmes.

Incluso él se sintió intimidado ante la aparente furia de Will, que imponía a cualquiera. Así pues, cada uno se marchó por su lado dando un portazo. No nos volvimos a mirar. Casi lo preferí.

En cuanto estuve sola en la habitación, alcancé el móvil y me puse a buscar algún tipo de entretenimiento para distraerme. Cualquiera sería bueno. Finalmente me metí bajo las sábanas y miré, con el ceño bien fruncido, vídeos aleatorios de gente dibujando. Sí, seguro que eso me calmaría.

Casi una hora después, me di cuenta del hambre que tenía; me rugía el estómago. Me atreví a acercarme a la puerta para pegar la oreja. Solo se oía la voz de Naya. Iba a arriesgarme. La abrí y me acerqué de puntillas por el pasillo.

Mi alivio fue notable cuando solo las vi a ella y a Sue.

—Todavía están arriba —me explicó Naya al descubrir mi rostro—. Ven, te he guardado un poco de pizza.

—Gracias. —Me acerqué con mi cerveza, que todavía estaba en la encimera, y me senté en el sofá—. Me moría de hambre…

—Normal…, ha sido intenso.

Iba a replicarle, pero me callé, no quería oír mi propia voz. Sue miraba un vídeo de nuestra discusión con una sonrisita divertida. Al darse cuenta de que la había pillado, dio un brinco y trató de ocultarlo.

—Ups.

—¿Nos has grabado? ¿En serio?

—Me estoy haciendo youtuber. ¡Tengo que subir algún tipo de material!

—¡¿Y tiene que ser sobre nosotros?!

—¡Me estoy preparando por si algún día Ross se hace famoso al nivel de las Kardashian! ¿Te haces una idea de lo viral que se haría esto? Sois una mina de oro.

Al notar mi mirada furibunda, soltó un suspiro y me dio el móvil.

—Vaaale…, bórralo si quieres.

—Gracias —mascullé mientras lo hacía.

—De todos modos, tengo más anécdotas vergonzosas que vender.

—Sí, eso cuéntaselo a todo el mundo —murmuré—. Que le den.

Al devolverle el móvil, vi que Naya sonreía.

—Bueno —me dijo—, al menos hemos avanzado.

—¿«Avanzado»? ¿Hemos vivido la misma situación o me la he imaginado?

—Puede que no lo parezca, pero ha hablado más hoy que en los últimos dos meses.

Al oírlo, dejé de ponerles mala cara; ahora estaba simplemente sorprendida. Sue asintió.

—Estoy de acuerdo. Aunque admito que si me llega a montar a mí esa escenita de celos, no me quedo tan tranquila.

—Eso sí —opinó Naya con una mueca—. Nunca lo había visto celoso. Para ser la primera vez, ha resultado bastante… extremo. Debería aprender a controlarse un poquito.

Sue asintió.

—La próxima vez, Jenna, avísame, que le meto la cabeza en la basura.

# 5

## Senssacional

El primer día de clase llegó mucho más rápido de lo que esperaba; me pasé la mañana con un nudo en el estómago. No había pisado un aula desde hacía más de un año y, pese a haber estado muy pendiente de todas las asignaturas para no perderme en ningún momento, sentía que iría muy por detrás de todos mis compañeros.

Curtis estaba en clase con sus amigos, así que me senté con ellos a escuchar a la retahíla de profesores y profesoras que presentaban sus asignaturas del semestre; en realidad todos decían lo mismo, pero explicado de distintos modos: fechas de exámenes y entrega de trabajos, listado del temario y libros que habría que leer... Fui apuntándolo todo mientras Curtis, a mi lado, no dejaba de bostezar y me pinchaba el brazo una y otra vez con el bolígrafo para entretenerse.

En cuanto salimos de clase, se me colgó del brazo.

—¿Cuántos trabajos nos tocan juntos?

—Yo diría que casi todos... Pero, bueno, así al menos nos acompañamos en la desgracia.

—Eso, seguro. ¿Has oído a la de literatura? *Sensssacional.*

En cuanto la profesora de literatura había dicho que su asignatura sería *sensssacional,* acompañándose de un movimiento circular de caderas, se había convertido en objeto de la bromita del día. No sé cómo me había aguantado una risotada en medio del aula; quizá por miedo a que me cogiera manía. Ya fuera de su alcance, sí que me atreví a echarme unas risas con Curtis.

—Pobre mujer... la de bromas que le esperan.

—*Nah,* solo hasta que surja otra y nos olvidemos de esta. —Dejó de andar cuando llegamos al aparcamiento. Él tenía que ir a por su coche; yo, hacia la estación de metro—. ¿Quieres que nos veamos después de comer para planificar lo de los proyectos?

—Sí, estaría genial. ¿En tu habitación?

Torció el gesto.

—Podemos intentarlo, pero no creo que mis compañeros me lo pongan fácil. ¿Podemos ir a tu casa, o estará tu novio, el que me odia?

—No te odia… ¡y no es mi novio! —añadí enseguida, haciéndole reír—. Vale, nos vemos ahí. Total, hace días que no se pasa por casa. Seguramente estaremos tranquilos.

No podía estar más equivocada.

Al llegar al piso, lo primero que oí fue la voz de Naya. Parecía muy malhumorada. Cerré la puerta y me acerqué al salón, donde me la encontré vociferando de un modo poco habitual en ella.

—¡… te dé la gana! ¡Eres un egoísta!

Dirigí una mirada de confusión a Jack, que en ese momento abría una botella de cerveza en la cocina y miraba a Naya con indiferencia, como si le molestara su tono de voz.

—¿Has terminado? —preguntó.

Por supuesto, aquello solo consiguió irritarla todavía más.

—¡No, no he terminado!

—¿Qué pasa? —intervine.

Naya se dejó caer en el sofá con los brazos cruzados.

—¡Nada! Que no lo aguanto y ya está.

En su idioma, eso quería decir que no iba a hablar más del asunto.

—Pero ¿estás bien?

—¿A mí no me lo preguntas? —ironizó Jack en voz baja.

Fingí que no lo había oído y me acerqué a mi amiga, que había vuelto a centrarse en los apuntes esparcidos por la mesita de café. Parecían de una asignatura complicada, y la situación, bastante tensa. Quizá era mejor que Curtis viniera otro día.

Sin embargo, después de dejar mis cosas, comer algo y hablar con mi abuela por teléfono, vi que ambos se habían sentado otra vez en los sofás y se ignoraban mutuamente. Naya seguía con sus apuntes y Jack tecleaba en el portátil.

Estaba claro que no iban a hablarse, pero tampoco se les veía con ganas de volver a discutir.

—Eh, chicos…

Me puso un poco nerviosa que me miraran a la vez. Especialmente porque Jack lo hizo con desconfianza, como si supiera que no iban a gustarle mis palabras.

—Tengo que planificar unos cuantos proyectos de clase —empecé, torpemente.

—¿Necesitas ayuda? —preguntó Naya.

—No, no es eso… es que… tengo que hacerlo con un compañero y vendrá dentro de un rato. Solo será un momento, para organizarnos y todo eso…

—Por mí no hay problema. ¿Es Curtis?

Asentí. Pareció encantada, pero Jack no dijo nada. Me miraba fijamente con una expresión un poco crispada.

—También podemos ir a otro sitio —aclaré. Después de todo, era su casa—. A la habitación, o incluso la biblioteca, por ejem…

—Quedaos aquí —me cortó.

Lo miré, perpleja.

—Pero… aquí ya estáis vosotros.

—Veo que lo entiendes.

—No empieces, Ross —protestó Naya.

Él no respondió. Volvió a clavar la mirada en el portátil.

Lo cierto era que me daba un poco de miedo que Jack se pusiera insoportable con Curtis. Después de todo, era amigo mío y, aunque fingiera que no le afectaba, a cualquiera llegaría a tocarle la moral. No quería que fuera el pretexto para que se alejara de mí.

Apenas había terminado de pensarlo, sonó el timbre. Hice ademán de moverme, pero alguien se me adelantó. Naya frunció el ceño.

—¡Ross, vuelve aquí!

Ya se había puesto de pie y se dirigía a la puerta. Por supuesto, rápidamente lo seguí, pero no pude alcanzarlo: cuando llegué, ya estaba de pie frente a un poco divertido Curtis.

—Hola, hola.

—¿Qué quieres? —espetó Jack.

*Por el amor de Dios…*

—¿Está Jenna en casa?

—No.

E intentó cerrarle la puerta en la cara. Y digo «intentó» porque puse el pie en medio justo a tiempo.

—¡Sí que estoy! —le sonreí antes de dedicar una mirada furibunda a Jack—. Adelante, entra.

Tras apartar al amargado sin mucho cuidado, Curtis pasó por mi lado y fue hacia el salón. Oí que se ponía a hablar con Naya y, con la excusa de colgar su abrigo, me planté en medio del camino de Jack, que ya iba directo hacia ellos. Tenía la mirada clavada en la nuca de Curtis como si quisiera atravesarla.

—Ja… Ross —me corregí rápidamente, y bajó la mirada hacia mí—. No empieces, por favor.

Tuvo la indecencia de fingir que no sabía de qué le hablaba.

—¿Empezar el qué?

—Lo que hiciste el otro día. Sabes perfectamente de qué hablo.

Hubo una pequeña chispa de maldad en sus ojos cuando los entrecerró y se inclinó hacia mí.

—Solo quiero conocer a tu amigo Charlie.

—Se llama Curtis.

—Información vital para mi vida…

—Es un buen chico, muy listo. Y, sobre todo, es mi amigo. —Eso último lo dejé flotar entre nosotros durante unos segundos—. Será mi compañero en tres proyectos más.

—Sí que te gusta Charles, de repente.

—¡Se llama Curtis! Y no es cuestión de que me guste o no.

—Tendrás que pasar mucho tiempo con Caleb si hacéis tres proyectos más juntos…

—Se llama… Bueno, da igual, solo te pido que no lo asustes.

—¿Asustarlo?

—Está claro que te lo propones. Y te pido que no lo hagas.

Casi al instante, se inclinó todavía más hacia mí. Parecía que se lo estaba pasando en grande.

—Y si lo asusto… ¿qué?

No di pie a que siguiera su bromita, no estaba dispuesta a entrar en ese juego; hablaba totalmente en serio. Cuando intentó pasar por mi lado, lo detuve por la muñeca. Me pareció ver un destello de sorpresa en sus ojos, pero lo disimuló rápidamente. Sin embargo, no se apartó un centímetro.

—Lo digo en serio —insistí en voz baja—. La mitad de la nota de tres de mis asignaturas depende de que mis proyectos con él salgan bien. No puedo cambiar de compañero, y tampoco quiero hacerlo. Es amigo mío y no quiero incomodarlo. Por favor, deja de hacer esto.

Transcurrió una eternidad sin que despegara su mirada de la mía. Pensé que se estaba burlando, pero entonces noté que su expresión se suavizaba.

—Vale —se limitó a decir entre dientes.

Solté un suspiro de alivio.

—Genial.

—Pero si me habla, voy a burlarme.

—¿No puedes responderle como una persona normal?

—No me cae bien.

Decidí acabar con la discusión. Tras soltarle la muñeca, me metí en el salón con los demás. Naya había ofrecido una cerveza a Curtis, que estaba sentado en el sofá libre; me senté a su lado. Al ver que Jack se iba directo al otro, intenté ocultar mi alivio. Quizá me haría caso, después de todo.

Naya, mientras tanto, fingía que miraba sus apuntes, pero en realidad estaba atenta a absolutamente todo lo que pasaba alrededor.

—Por cierto, el otro día no te dije nada —me comentó Curtis mientras sacaba lo que había apuntado en clase—, pero tu casa es muy bonita.

A Jack se le disparó una ceja.

—Es mía.

Le dirigí una breve mirada. Debió de pillar la indirecta, porque suspiró y volvió a mirar su portátil.

—Sí que es bonita —dije para cortar el silencio incómodo—. Bueno, volviendo a los trabajos, había pensado en…

Y empecé a parlotear sobre mis ideas mientras él escuchaba atentamente y lo apuntaba todo en el portátil. Trabajar con Curtis era muy sencillo. Sabía equilibrar el tiempo entre la concentración y las bromas, conseguía que las cosas de clase no fueran tan aburridas y, sin embargo, avanzábamos la tarea. Al cabo de una hora, habíamos planificado ya prácticamente nuestro calendario.

—Creo que nos saldrá bien —murmuré, revisándolo.

Curtis sonrió.

—Será *sensssacional.*

En cuanto me puse a reír, noté que una mirada me quemaba la mitad de la cara. Dejé de hacerlo de forma inconsciente, avergonzada. Y eso que él no había dicho nada. Me sentía como si me acabaran de pillar con las manos en la masa.

Quizá era mejor ir un momento al baño. No solo para tranquilizarme, sino porque realmente tenía que ir. Me había estado aguantando las ganas para no dejarlos solos, pero empezaba a dudar que fuera a pasar nada malo. Jack no había vuelto a abrir la boca y Curtis estaba concentrado en su portátil. Además, Naya estaba con ellos.

—Vuelvo en un momentito —les aseguré en voz muy alta, para que no solo le quedara claro a Curtis.

Diría que batí mi propio récord en entrar en el baño, hacer pis y lavarme las manos. Sin embargo, no fue suficiente, pues mi querido compañero de clase se había sentado al lado de Jack, quien lo miraba con suspicacia.

*Oh, oh.*

—¿De qué habláis? —pregunté con voz aguda.

Curtis me sonrió ampliamente.

—Le hablaba de nuestras clases a tu… ¿novio?

Silencio.

Lo peor no fue solo la incomodidad del momento, sino que Curtis sabía perfectamente lo que había hecho. Parecía sumamente divertido.

Naya no decía nada. Jack tampoco; de hecho, no tenía ninguna intención de desmentir lo que acababa de oír.

—Es solo mi compañero de piso —remarqué al sentarme al otro lado de Curtis.

Jack soltó algo parecido a un resoplido divertido.

—¿Qué? —pregunté.

—Que yo diría que soy un poco más que eso.

Curtis nos miraba a ambos como si estuviera en el partido de tenis más interesante de su vida.

—No mucho más —repuse entre dientes.

Jack se volvió hacia Curtis como si yo no existiera.

—Soy su exnovio.

—Mi exnovio de hace mucho tiempo.

—No hace tanto tiempo, *nena.*

¿«Nena»? Por favor, me vendrían arcadas... Y supe que esa era su intención en cuanto vi el brillo malicioso de su mirada.

—Hace bastante tiempo, *nene.*

Le provoqué con la intención de incordiarlo, pero conseguí todo lo contrario: esbozó una pequeña sonrisa divertida que no había visto en mucho tiempo.

Estuve a punto de ilusionarme. A puntito. Hasta que soltó la nueva perla:

—¿Tan rápido te olvidas de todo lo que hicimos en este sofá, *nena*?

Naya, que estaba bebiendo, se atragantó y empezó a toser. Me puse roja como un tomate. Curtis miró con curiosidad el sofá en el que estaba sentado.

—¡Nunca hicimos nada en ningún sofá!

—Es verdad. Siempre nos las arreglábamos para llegar al dormitorio. O a la ducha. O a la encimera...

—¡¿La encimera?! —Naya todavía se daba golpecitos en el pecho—. ¡Espero que, al menos, la desinfectarais después!

—¡Que no es verdad!

Curtis parecía disfrutar de la situación. Y pensar que había estado preocupada por su posible incomodidad...

—Jack... —empecé.

—Jennifer.

—¿Por qué no te vas a fumar un rato?

—Fumar es malo para la salud. No creo que sea lo más adecuado.

—Pues vete a tomar el aire.

—Estoy bien.

—¿Y por qué no te vas a tirar por el tejado, entonces?

—También estoy bien en ese aspecto, gracias por preocuparte tanto.

Él sonrió inocentemente. Yo lo asesiné con la mirada.

—Curtis —mascullé—, vamos al otro sofá.

Jack se llevó una mano al corazón.

—¿Es que os molesto?

—¡Sí!

—¿Te molesto, Carter?

—Curtis —corrigió él.

—Ah, sí. Connor.

—¡Es Curtis! —me exasperé—. Y, sí, molestas.

—¡Él acaba de decir que no!

—Venga, Ross —intervino Naya—. ¿No tienes una película para supervisar o algo así?

Casi al instante en que lo dijo, Curtis se giró en redondo hacia él. Cualquiera diría que acababa de experimentar la revelación del siglo.

—Un momento… ¿Eres Jack Ross?

El aludido se volvió hacia él con poco entusiasmo.

—¿Algún problema?

—¡Al contrario! ¡Soy muy fan de tu trabajo!

*Oh, venga ya.*

Puse los ojos en blanco cuando Jack me miró, malévolamente satisfecho. Curtis le daba igual, pero molestarme le encantaba.

—¡Mis amigos y yo nos enganchamos a uno de tus cortos! —siguió—. Si no te he reconocido es porque antes no ponías tu cara en los trabajos. Bueno, y porque Jenna siempre te llama «Jack» y no «Ross»… ¿puedo llamarte yo también…?

—No.

El corte hizo que el pobre enrojeciera un poco.

—Claro, como quieras. Dentro de poco estrenas la película, ¿no?

—En dos semanas —dijo Naya felizmente.

—Ya tengo la entrada comprada, así que… —Curtis me miró—. Supongo que es un poco tarde para invitarte. Aunque puedo llevar a un acompañante.

Crucé los brazos.

—No me interesa en absoluto.

De nuevo, nos quedamos todos sumidos en un silencio un poco incómodo; lo cortó Curtis al levantarse y preguntar por el cuarto de baño. En cuanto cerró la puerta tras de sí, agarré uno de los cojines y se lo lancé al pesado a la cabeza. Sorprendido, Jack lo esquivó y me miró con los ojos muy abiertos.

—¿Qué…?

—¡Deja de incordiarlo!

—¿Yo? ¡No he hecho nada!

—¡Has hablado con él!

—¡Se ha acercado solito!

—Bajad la voz u os oirá —nos recomendó Naya mientras repasaba sus apuntes.

Así que bajé la voz a un susurro furioso.

—¡Has dicho que no lo espantarías!

—¿Qué estoy haciendo para espantarlo? —Jack imitó mi tono.

Cuando me lanzó el cojín de vuelta, conseguí atraparlo antes de que me diera en la cabeza.

—¡Para empezar, sabes perfectamente que se llama Curtis!

—Oh, pobrecito. Seguro que llora una semana entera porque no me acuerdo de su nombre…

—¡Y estás haciendo que se sienta incómodo!

Le devolví el cojinazo, pero lo cogió a tiempo.

—¡Pues le caigo mejor que tú!

Lo lanzó de vuelta. Casi consiguió acertarme. De hecho, empezamos a lanzarnos el cojín a la cabeza cada vez que abríamos la boca.

—¡No es verdad! —protesté.

—¡Sí que es verdad! ¡Es mi fan!

—¡Seguro que solo lo ha dicho para quedar bien y en realidad tus cortos eran una… basura! ¡Como tu futura peliculita!

—¡Mi futura peliculita es lo mejor que verás en tu vida! ¡Ah, no… que no estás invitada para verla!

—¡Pues me la bajaré gratis por Internet!

—¡Eso es ilegal!

Escondí el cojín a toda velocidad. Curtis acababa de salir del cuarto de baño con el móvil en la mano.

—Pensaba que era más temprano —explicó, enseñándome la hora—. Lo siento, Jenna. Tengo que irme si no quiero quedarme sin agua caliente en las duchas.

—No te preocupes, terminaré el calendario y te lo pasaré esta noche.

Me apresuré a levantarme para acompañarlo a la puerta y, mientras se ponía el abrigo de espaldas a mí, aproveché para empujar la cabeza a Jack con un dedo. Él soltó un *auch* resentido y se estiró para devolvérmelo, pero lo esquivé estratégicamente y me acerqué más a Curtis.

—Ha sido un placer volver a veros, chicos —les dijo sin enterarse de nada.

—¡Igualmente! —exclamó Naya, que llevaba un rato intentando no reírse.

Jack se limitó a poner los ojos en blanco.

—Te echaremos de menos, Craig.

Esa vez no me molesté en disimular. Cogí un cojín y se lo hundí directamente en la cara. En lugar de devolvérmelo, lo sujetó y vi que se le sacudían los hombros. Se estaba riendo.

Me detuve en la entrada con Curtis, que me miraba con cierta malicia.

—Cada vez tengo más ganas de saber la historia al completo, que lo sepas.

—Invítame a una hamburguesa y a lo mejor te lo cuento.

—¿Eso es todo lo que pedirás a cambio? Creo que valdrá la pena. —Se acercó para darme uno de sus abrazos reconfortantes—. Esta noche iba a invitarte a la bolera con los demás, después podemos cenar de hamburguesas.

—Oh, qué bien suena eso…

Cuando se separó, sonreía. Me dio un toquecito divertido en la mejilla y luego señaló su móvil.

—Ya te mandaré un mensaje con la hora. ¡Hasta luego!

En cuanto se hubo marchado, volví al salón con el ceño fruncido. Naya optó por no decir nada, pero Jack me siguió con la mirada y una sonrisa divertida mientras recogía mis cosas. Intenté contenerme, pero en cuanto pasé por delante suyo hacia la habitación, no pude aguantar las ganas de decir algo:

—Te odio —mascullé entre dientes.

—Gracias.

¿Por qué a él se le daba tan bien provocarme, y a mí tan mal provocarlo a él?

Me detuve en el pasillo y le entrecerré los ojos.

—Eres un inmaduro.

—¡No he hecho nada malo! —protestó, divertido.

—¡El pobre Curtis no querrá volver aquí!

—Qué pena…

—¡Yo no diría nada si vinieras con una *amiguita* tuya!

*Mentirosa.*

Su expresión cambió casi al instante. Ya no parecía tan divertido, sino ofendido.

—¿Es que me has visto alguna vez con una amiguita?

—No me hace falta. Inmaduro.

—Pesada.

—Idiota.

—Pesada.

—Capullo.

—Pesada.

—¡Imbécil!
—¿Acaba de decirme que me quiere, Naya?
Ella sonrió.
—Voy a optar por no meterme en esto.
—Yo creo que sí me ha dicho que me quiere.
—Idiota —me irrité todavía más mientras recorría el pasillo.
—¿Ya te vas? ¡Me estás rompiendo el corazón!
—¡Cállate! ¡Te odio!
—¡Yo también te quiero, pesada!

Unas horas más tarde, Naya estaba sentada en la cama de mi habitación con las piernas cruzadas. Tenía una cena con Will y llevaba unos rulos puestos en el pelo que le restaban bastante credibilidad a su expresión de desconfianza.

—Entonces… ¿sí que tienes una cita?

—No, voy con unos amigos a la bolera y a comer hamburguesas.

—Ah, vale. —Eso pareció encajarle mejor. Mientras sacaba más ropa de la maleta y la lanzaba sobre la alfombra, me observó atentamente—. ¿Y no te gusta Curtis?, ¿ni un poquito? Es bueno contigo, carismático, atractivo… Quiero decir, yo amo a Will, pero no soy ciega. Si estuviera soltera, iría a por él de cabeza.

Eso me sacó una risita.

—Curtis es genial —admití en voz baja—, pero…

—Peeeeeero… ¿qué? —preguntó, curiosa.

—Pero no es… ya sabes…

—No es Ross, ¿no?

No dije nada. Hacía tanto que no salía por la noche que estuve toda la tarde entusiasmada en busca de ropa bonita para ponerme; de repente, sin embargo, ya no tenía ganas de arreglarme. Naya soltó un suspiro y se arrodilló a mi lado.

—No pasa nada, Jenna… Tuvisteis una relación muy intensa. Es normal que sea difícil pasar página.

—No es cuestión de pasar página, sino de que estamos en libros totalmente distintos.

—¿Y eso no te gusta? —preguntó confusa.

También yo estaba confusa. ¿Supuestamente, no era lo mejor? Después de todo, era mi exnovio. No tenía por qué sentir nada por él. Ni bueno ni malo.

Naya debió de pillar que no me sentía del todo bien, pues se apresuró a pescar una de mis pocas faldas para cambiar de tema.

—¡Tienes que ponerte esto con el jersey negro! Y unas medias, claro. Di no a la hipotermia.

—Vamos a una bolera, no sé yo si una falda…

—Seamos sinceras, serías igual de negada tanto si llevaras falda como pantalones.

—¡Oye!

Con una carcajada, recuperé la falda. Ella me la quitó de nuevo y empezamos a pelearnos entre risitas y tirones de ropa hasta que la puerta se abrió de golpe. Sue nos miraba con los ojos entrecerrados.

—Intentaré ser buena persona al deciros esto… ¿Tenéis seis años mentales?

Uy, quizá los gritos habían sido un poco más agudos de lo planeado.

—«¿Tenéis seis años mentales?» —Naya imitó su voz.

Sue enarcó una ceja.

—¿Quieres morir?

—«¿Quieres morir?» —la imité yo.

—Pienso dejaros un escarabajo dentro de los zapatos.

—«Pienso dejaros un escarabajo dentro de los zapatos» —la imitamos ambas a la vez.

Sue soltó un sonido de exasperación.

—Qué odiosas sois…

—¡Ven con nosotras, Sue! —le ofreció Naya.

—Prefiero pasar un año en el desierto, descalza, con un abrigo, sin una gota de agua y con el parásito de Mike (que, por cierto, acaba de llegar al salón) como única compañía antes que ir con vosotras —replicó; luego enarcó una ceja—. Pero muchas gracias por la oferta.

Justo en ese momento, Will asomó la cabeza para mirarnos con extrañeza.

—Pero ¿qué hacéis?

—Quitarme las ganas de tener hijos —masculló Sue mientras desaparecía por el pasillo.

Naya y yo intercambiamos una mirada malvada al ver que Will se quedaba de pie en la puerta. Al volvernos a la vez hacia él, dio un paso atrás.

—¿Qué…?

Antes de que pudiera reaccionar, Naya lo enganchó y lo tiró a la cama, entre nosotras. Will se puso a protestar cuando cada una le besuqueó una mejilla para mancharle con el pintalabios que acabábamos de probarnos. Ambas nos reíamos ante sus intentos fallidos de escapar, así que acabó por desistir y cubrirse las mejillas con las manos.

—Ya empiezo a entender a Sue —masculló.

Entre risa y risa, vi que Mike asomaba la cabeza, justo como acababa de hacer él.

—Creo que he encontrado el cielo —murmuró—. ¿Os apetece seguir…?

—¡Fuera de aquí! —protestó Naya al tiempo que le lanzaba una almohada a la cara.

En cuanto nos dejó solos, me incorporé y miré la hora. Todavía tenía diez minutos antes de marcharme. Me tumbé junto a Will, que seguía frotándose las mejillas para quitarse las marcas de pintalabios. Naya soltó una risita al verlo.

—Qué bien te queda, amor. Deberías incluirlo en tus atuendos diarios.

—Ja, ja… qué graciosa…

Ella le pinchó la mejilla con un dedo, y se ganó media sonrisa tan cursi que casi me hizo vomitar. Nunca me había fijado en su modo de mirarse, pero de pronto era lo único que podía ver. Torcí el gesto con envidia y ambos se volvieron hacia mí.

—Jenna estaba eligiendo qué ropa ponerse esta noche —le informó Naya—. Le he dicho que se ponga la falda y el jersey negro.

—Mmm… el rojo te queda mejor.

—Mira qué bien —murmuré, divertida—, de repente tengo dos estilistas.

—Exacto, tus estilistas. —A Naya pareció encantarle la idea—. Tenemos honorarios muy altos, te aviso.

—Puedo permitírmelo, ¿no te he dicho que ahora soy asquerosamente rica? He trabajado todo el año en una prestigiosa gasolinera.

Will se puso a reír.

—Dicen que así empiezan todos los millonarios.

—Pues claro. Os daré incluso más de lo que me pidáis. Por las molestias.

—¿Puedes permitírtelo?

—Imagínate si puedo permitírmelo que el otro día presté doscientos dólares a…

Lo había soltado en medio de la broma, pero a mitad de la frase me di cuenta de que había sido un error. Will había dejado de reír y me miraba con una expresión muy difícil de interpretar. Naya parecía confusa.

—¿A quién le has prestado doscientos pavos, loca? ¡Asegúrate de que te los devuelven o iré a por el bate!

Nadie se rio por su broma. Yo estaba demasiado sorprendida por Will, y él se había tensado de pies a cabeza. De pronto, se apoyó sobre los codos.

—¿Le has prestado dinero a Ross? —preguntó en tono acusador.

No quería mentirle, así que asentí lentamente. Eso pareció cabrearlo todavía más. Incluso se puso de pie.

—Will —empezó Naya, confusa—, ¿estás bi...?

—¡Jenna! —espetó, furioso—. ¿Le has dado doscientos dólares a un adicto? ¿Va en serio?

La frase no acababa de tener sentido. Al menos, en mi cerebro.

—M-me dijo... me dijo que debía dinero a...

—¡Si debiera dinero a alguien, podría dárselo de su propia cartera! ¿Sabes cuánto dinero está ganando con la película? —Se pasó una mano por el pelo, frustrado—. ¡Lo único que quería era que le dieras dinero en efectivo porque en ese momento seguro que no encontraba el suyo!

El recuerdo fugaz de Jack buscando su chaqueta como un lunático me hizo tragar saliva con fuerza.

Will salió de la habitación bastante airado, y tanto Naya como yo nos apresuramos a seguirlo. En el salón, Mike dio un respingo al ver que aparecíamos. Lo habíamos pillado robando una bolsa de galletas de la despensa y la escondió rápidamente tras de sí; sin embargo, al estar todos tan alterados, no le dimos importancia. Solamente Sue, que soltó un suspiro y volvió a centrarse en su libro.

Yo estaba muy distraída mirando a Will y jugando compulsivamente con las manos.

—Lo siento... —No sabía qué más decir—. Pensé que así lo estaba ayudando, n-no creí...

—¡Bueno, pues creíste mal!

El grito hizo que, ahora, el respingo fuera general. Will era el único que nunca se enfadaba; que lo hiciera, era casi como ver a Sue escribiendo un poema de amor.

Pero él no se dio cuenta de nada. Había apoyado los codos en la encimera y ocultaba la cara entre sus manos. Naya permanecía a un lado, dudando entre si acercarse o no.

—Lo siento mucho —repetí, cada vez más nerviosa—. Puedo pedirle que me lo devuelva, me inventaré algo y...

—¡Déjalo! —espetó sin mirarme—. Ya me encargaré yo, ¿vale? Tú no hagas nada más.

—Pero...

—¡Déjalo ya, Jenna!

Esa última exclamación fue acompañada por el ruido de la puerta principal cerrándose. Me volví hacia Jack, alarmada. Estaba plantado en el vestíbulo y nos miraba fijamente. Había oído la última frase de Will y tenía los hombros tensos.

Analizó a su amigo un momento antes que a mí. En cuanto noté que miraba mis manos, que jugaban compulsivamente entre sí, me apresuré a estirar los brazos a ambos costados de mi cuerpo. Pero ya era tarde. Se había dado cuenta de que estábamos discutiendo.

—¿Qué pasa? —le preguntó directamente a Will.

No sonaba precisamente amigable. De hecho, se me acercó y, de nuevo, me miró de arriba abajo como si fuera un objetivo mucho más fácil que su mejor amigo. Y no le faltaba razón.

Will había esbozado una sonrisa bastante convincente y salió del paso con tres palabras:

—Problemas de convivencia.

Jack seguía mirándome cuando lo dijo. Transcurrieron unos segundos antes de que se dirigiera a su mejor amigo:

—¿Qué problemas?

—Nada. Oye, Jenna, ¿tú no tenías que irte a cenar o algo así?

Pude entender lo que quería transmitirme con la mirada: que lo dejara en sus manos porque yo ya la había cagado bastante. Asentí.

—Sí..., voy a cambiarme.

Tuve que hacerlo un poco más rápido de lo que había planeado, y al final ni siquiera pude terminar de maquillarme. Aun así, me pareció que mi imagen en el espejo era bastante agradable. Más que en ese último año, eso seguro.

Al volver al salón, estaban todos menos Will, quien permanecía en la cocina mirando el móvil. Nada más oír que llegaba, Jack volvió automáticamente la cabeza hacia nosotros; sin embargo, fingí que no me daba cuenta.

—¿Seguro que no quieres que me quede? —le pregunté a Will en voz baja.

Al menos ya no parecía tan enfadado. Solo cansado. Negó con la cabeza.

—Ve y pásatelo bien. Mañana ya lo solucionaremos.

Era inútil insistirle, así que recogí el abrigo y el bolso, y antes de salir de casa me despedí sin mirar específicamente a nadie.

Finalmente conseguí olvidarme de todo por un rato y pasármelo bien, tal como me había recomendado Will; fue tras la primera cerveza en la bolera. Era muy mala en ese juego, así que no habría gran diferencia si me emborrachaba; aportaría la misma cantidad de puntos a mi pobre equipo, que al final optó por dejarme sentadita en un sillón mientras ellos hacían el resto.

Curtis nos llevó en coche a un restaurante aleatorio en el que las hamburguesas resultaron ser asquerosas, pero poco nos importó. Recuerdo mencionar que Jack, un año atrás, me había llevado a uno mejor. A esas alturas, lo había mencionado tantas veces que ya empezaban a bromear con el tema, así que no me tomaron demasiado en serio. Pero tampoco importó demasiado, porque la compañía era buena y eso era lo esencial.

Harta de las botas con plataforma que me había empeñado en ponerme, me las quité para sujetarlas en la mano mientras Curtis y yo nos encontrábamos en el ascensor de casa. Él me sonrió.

—¿Estás borracha?

—Si estuviera borracha, tendrías que arrastrarme —le aseguré—. Lo que estoy es contenta.

En cuanto se abrieron las puertas, me dirigí hacia la entrada del piso. Curtis me pasó un brazo alrededor para estabilizarme, pero me soltó al alcanzar la puerta. Al ver que me apoyaba con un hombro en el marco, él hizo lo mismo en el otro para dedicarme media sonrisa.

—Lo de las hamburguesas ha sido una buena idea —me concedió mientras yo rebuscaba mis llaves—. Aunque hayan sido asquerosas.

—Cosas peores habrás comido.

Eso le arrancó una carcajada que me hizo sonreír.

Quizá fuera precisamente ese sonido el que alertó a Jack, pues de inmediato abrió la puerta. Al darse cuenta de que nos estábamos riendo, se le fue frunciendo paulatinamente el ceño.

—Ah, hola de nuevo —le saludó Curtis con una sonrisa—. Últimamente te veo más que a mis padres.

Solté una risotada muy poco elegante y Jack me observó con fijeza. De hecho, antes de tensar la mandíbula revisó mi ropa, los zapatos en la mano, el abrigo en el suelo y mi risa floja.

—¿Estás borracha? —preguntó directamente.

Solté un resoplido.

—No sé si eres el más adecuado para echarme eso en cara.

Casi al instante en que Jack se tensó, Curtis levantó las manos en señal de rendición.

—Vale, esto ya es una discusión de pareja en la que no quiero meterme. Que os lo paséis bien, tortolitos. ¡Buenas noches!

—¡Adiós, Curtis! —Agité la mano hacia él—. ¡Eres *sensssacional*!

Él soltó una carcajada casi al mismo tiempo que Jack suspiraba con exasperación. Me volví hacia él. Estaba agachado, recogiendo mi abrigo. También me quitó las botas de las manos sin preguntar. Entonces me hizo entrar con un brazo y cerró la puerta tras de mí.

Dejó mis cosas en el vestíbulo y me miró. Parecía crispado, algo que me hizo mucha gracia.

—¿Qué, Ross? ¿Una mala noche?

—¿Te lo has pasado bien? —preguntó casi en tono acusador.

—La verdad es que sí. Hacía tiempo que no me reía tanto.

Se giró tan rápido que no vi qué expresión ponía. Iba vestido con la misma ropa que antes de marcharme. Me pregunté por qué no llevaba ya el pijama, y por qué desde que nos habíamos reencontrado no lo había visto con el pijama puesto.

En realidad, incluso habíamos tenido disputa por cómo debíamos dormir. Yo no quería ocupar su habitación, y él ni siquiera quería oír de hablar de quedarse en ella. Cada vez que me encontraba mi maleta en la habitación, la devolvía al salón. Luego reaparecía en el dormitorio, y así nos manteníamos en el bucle. Al final, asumí la derrota y dejé de moverla.

Las maldiciones de Jack en voz baja me distrajeron. Estaba peleándose con la sandwichera. Casi empecé a reírme de él. Pobrecito… Sabía que era malo en la cocina, pero nunca creí que tanto.

—Si tan bien te lo has pasado… —murmuró sin mirarme y pagando sus frustraciones con la pobre máquina—, ¿por qué has vuelto tan pronto?

—Porque solo he salido un rato con unos amigos.

—«Unos amigos» —repitió con los labios apretados—. Te lo estabas pasando muy bien con Conrad.

—Curtis es un buen chico.

—Sí, ya he visto que Charlie te hace reír.

—Ross, nadie me hace reír como tú.

Creo que ambos reaccionamos a la vez. Él levantó la cabeza, pasmado, y yo noté que enrojecía de pies a cabeza. ¿Había sido muy precipitado? Quizá sí. No habíamos llegado al punto de tal sinceridad.

Para salir de esa situación, rodeé la barra y me acerqué a él. Jack no dijo nada cuando quité el cierre de seguridad de la sandwichera y se la abrí.

—Tienes que pulsar aquí… —le dije, mirándolo de reojo. No le prestaba la más mínima atención a la máquina. Sus ojos estaban estancados sobre los míos—. Y aquí cuando quieras encenderla. ¿De qué quieres el sándwich?

Esa pregunta pareció devolverlo a la realidad. Jack parpadeó y contempló la máquina con un gesto un poco confuso.

—Eh…

—Vete al sofá, ya me encargo yo.

La idea le hizo gracia y, aunque luchó por no sonreírme, al final no pudo resistirse.

—¿Tú? ¿No vas un poco perjudicada para hacerte la Gordon Ramsay?

—Incluso perjudicada cocino mejor que tú. ¡Fuera de mi cocina!

En cuanto hice ademán de darle con una cuchara de madera, sonrió y se apartó de mí. Aproveché para estirarme hacia arriba y alcanzar el pan de molde. Sin embargo, me volví de nuevo al darme cuenta de que no se había movido. Jack me miraba fijamente, de arriba abajo. Al percatarse de que lo había pillado, se dirigió apresuradamente al sofá.

Quizá llevaba un poco de razón e iba demasiado borracha como para cocinar. Tardé una eternidad y casi me corté los dedos en varias ocasiones, pero al final conseguí meter los sándwiches en dos platos.

Al volver al sofá, Jack parecía más relajado. Le dejé su plato en el regazo y con un suspiro me senté a su lado. Cuando vio que me había hecho uno igual que el suyo, sonrió disimuladamente.

—¿Tienes hambre?

—Sí, la cena estaba asquerosa.

Apoyé la cabeza en su hombro sin darme cuenta y miré la pantalla. Tenía puesto un programa de tatuajes mal hechos, pero no le prestábamos atención.

Además, al oír que la cena estaba asquerosa, pareció extrañamente complacido.

—Pues claro —murmuró—. No conocen ese restaurante que te enseñé.

—No seas tan engreído.

—No lo soy si tengo razón.

—Muy bien, pues tienes razón. ¿Contento?

—Mucho.

En realidad, no tenía tanta hambre. Mientras él devoraba su sándwich como si no hubiera comido en los últimos diez años, yo fui partiéndolo con los dedos en pedacitos que me llevaba a la boca. Al final, dejé la mitad y, por supuesto, también se la zampó él. No protesté. Como el alcohol me daba sueño y en algún momento nos habíamos cubierto con una manta, estaba calentita y muy a gusto. Mi cabeza seguía apoyada en su hombro, y Jack no se había apartado. De hecho, diría que se había inclinado un poco hacia mí para proporcionarme mejor soporte. Eso me hizo sonreír y noté que me miró de reojo durante varios segundos, pero no dijo nada. Ninguno de los dos lo hizo.

Al menos, hasta que se me escapó un bostezo que aproveché como excusa para acurrucarme mejor.

—Estoy tan cómoda…

Jack permaneció en silencio. Aproveché para echarle una ojeada. Mi mirada se fue involuntariamente a sus ojos, que seguían clavados en la pantalla. Tenía las pupilas dilatadas. La conversación con Will acudió de nuevo a mi cabeza, pero no quería decirle nada directamente, así que opté por otro camino.

—¿Por qué no llevas el pijama puesto?

Quizá, si se quedaba a dormir… no se metería nada más, ¿no? ¿Así funcionaban esas cosas? ¿Las comprabas y las consumías directamente?, ¿o tendría algo por aquí? No sabía cómo iba ese asunto, pero quería mantenerlo al margen y no se me ocurría nada mejor.

Jack se tensó un poco.

—No lo sé. Supongo que no me he acordado.

—¿No vas a quedarte a dormir?

Tardó casi un minuto entero en responder, y al final lo hizo sin mirarme.

—¿Quieres…? ¿Quieres que me quede?

Ahora me pensé yo bien la respuesta.

—No quiero que te vayas.

No sabía si había sido demasiado directa. Él se tensó todavía más y tragó saliva con fuerza. Aun así, seguía sin apartarse. Supuse que era una buena señal.

—Vale —dijo en voz baja—. Entonces…, supongo que no me iré.

Esbocé una sonrisita triunfal que no me correspondió.

—Genial.

Él tenía las manos por encima de la manta, sobre las rodillas. No me pasó por alto que repiqueteaba el dedo índice de forma un poco compulsiva sobre ambas. El silencio había cambiado: ahora ya no era incómodo, sino insoportable. Iba a decir algo para cortarlo, pero él me interrumpió de repente:

—¿Jen?

Sonaba casi como si se estuviera ahogando. Lo miré, sorprendida. No me devolvió la mirada.

—¿S-sí…?

—Coge el dinero que me prestaste. Está en la chaqueta.

Miré la prenda, que seguía en el respaldo del otro sofá. Jack mantenía la mirada fija en el televisor. Nunca lo había visto tan tenso.

—¿Estás bi…?

—Por favor, cógelo y ya está.

Me puse de pie, un poco más acelerada por sus nervios, y metí la mano en el bolsillo de su chaqueta. El dinero que le había dado seguía ahí, solo que mucho más arrugado. En cuanto lo saqué, lo sostuve un momento en mis manos, entonces le miré.

—Jack, ¿estás…?

Me interrumpió al levantarse bruscamente. Tenía la mandíbula casi tan tensa como los hombros. No supe qué decirle; él se limitó a coger el paquete de tabaco y el mechero para salir del piso. Poco después, oí sus pasos en la escalera de incendios.

# 6

# Dos mentiras, una verdad

Aquella mañana, por fin me animé y salí a correr. Me levanté de un salto enérgico, me puse la ropa y cogí los auriculares. Y, sí, admito que mi entusiasmo estaba, en parte, relacionado con el chico que había cumplido su palabra y se había quedado a dormir en el…

Me detuve en seco apenas crucé el umbral del salón. Estaba vacío. Jack había desaparecido. Su chaqueta también.

Estuve unos segundos ahí, de pie, mirando el sofá desierto, hasta que noté que alguien se me acercaba. Will acababa de despertarse, se frotaba los ojos. De la conmoción, no recordé que el día anterior le había faltado poco para lanzarme un plato a la cabeza; le hablé con normalidad:

—Buenos días, Will.

Debió de notar que mi tono de voz no era muy jovial, porque entrecerró los ojos y fue directo a la cafetera.

—¿Estás bien?

—Sí… eh… —Cerré los ojos con fuerza—. Pensé que no se habría ido.

Will me miró con una mezcla de incredulidad y lástima.

*Está pensando «pobre ilusa».*

—No suele quedarse a dormir —me explicó como quien le cuenta a un niño pequeño quién es el Ratoncito Pérez—. Es… es por lo que ya sabes, Jenna. No es por ti.

Entonces recordé un pequeño detalle que se me había olvidado.

—Anoche me devolvió el dinero.

Will dejó la cafetera al instante para mirarme. Se había quedado perplejo.

—¿En serio?

—Sí… y después subió a fumar. Quise seguirle, pero deduje que estaría mejor un rato a solas. No parecía muy cómodo… —Me mordí el labio inferior—. ¿Crees que es una buena señal?

Tardó unos instantes en responder mientras sacaba dos tazas del armarito y las colocaba en la encimera. Sus movimientos eran automáticos, como si estuviera pensando en algo muy distinto.

—No lo sé —admitió al final—. Quiero pensar que sí, pero... no lo sé.

Se me habían quitado las ganas de correr. Me senté en uno de los taburetes, crucé los brazos y apoyé el mentón sobre ellos mientras Will llenaba las tazas. No se me pasó por alto que ya se sabía de memoria cómo me gustaba el café. Era de esa clase de personas que se quedan con los pequeños detalles.

—Siento haberte gritado ayer —añadió en voz baja.

Me quedé mirando su espalda unos segundos. Pude ver que bajo la camiseta azul que usaba para dormir se le tensaban un poco los músculos.

—No te preocupes, me lo merecía.

—No, Jenna... Podría habértelo explicado de una forma más civilizada. No debí perder los nervios de ese modo. —Me puso una taza de café humeante en frente antes de que pudiera decir nada—. Así que deja que me disculpe, anda.

—Vale, pues disculpa aceptada. Yo siento ser una idiota que va lanzando dinero por el mundo. ¿En paz?

Él sonrió de medio lado.

—En paz. Hasta que vuelvas a liarla.

Hundí la cara entre los brazos, divertida.

—Entonces, la paz durará bien poquito...

Will empezó a reírse y levanté la cabeza. Había apoyado un brazo en la encimera y removía su café, aunque no parecía demasiado centrado en la tarea. Estaba preocupado.

—¿Cómo sabes tanto de este tema? —No pude resistirme a insistir—. No me respondas si no quieres, es que... me siento muy inútil respecto a todo esto. No sé si debería investigar o...

—No te preocupes, Jenna... Yo... nunca he necesitado investigar sobre eso.

Sorprendida, mantuve su mirada; él soltó un suspiro.

—¿Es muy temprano para ponernos profundos? —bromeó en voz baja, sin embargo sonaba triste.

—Lo es para la gente normal, pero diría que nosotros somos la excepción.

Mantuvo la sonrisa triste hasta que bajó la mirada hacia el café y se convirtió en una mueca. Le dejé unos segundos de margen y a habló de nuevo, esa vez en voz muy baja:

—Mi hermano murió de una sobredosis cuando yo era pequeño.

Me quedé helada. Intuía que sería algo duro de oír, pero no imaginé que llegaría a ese extremo.

Moví las manos sin darme cuenta y apoyé una mano en su brazo. No iba a consolarle mucho, pero quería que al menos no se sintiera solo.

—Fue hace mucho tiempo. Yo ni siquiera había cumplido los trece años —añadió en voz pausada—. Mis padres peleaban con él constantemente. Intentaron meterlo en rehabilitación, y creo recordar que una vez lo consiguieron, pero… no sirvió de nada. Volvía a recaer. Una y otra vez. Hasta que mi madre lo encontró tirado en la entrada de casa. Había llegado en algún momento de la madrugada sin que nadie se diera cuenta. No hubo mucho que hacer al respecto.

Su voz sonaba extrañamente monótona, muy alejada de su forma cálida de expresarse en otras ocasiones. Me entraron ganas de darle un abrazo, pero continuó su relato:

—Mis padres no lo aguantaron y al cabo de poco tiempo se divorciaron. Conocí a Naya por aquel entonces. —Eso le hizo esbozar una sonrisa—. Fue un pilar muy importante en mi vida. Y la única que me apoyó en todo aquello.

Inevitablemente, me mostré sorprendida. Will enseguida entendió el porqué.

—Ross tenía sus propios problemas con los que lidiar, créeme —murmuró—. Intentaba apoyarme tanto como podía, pero era un asunto muy complicado.

»Lo cierto es que recuerdo perfectamente a mi hermano antes y después de las drogas. Lo recuerdo sonriente, saliendo a jugar con sus amigos, acompañándome al colegio, incluso una vez me defendió cuando otro niño se metió conmigo… hasta que cayó. Y entonces ya no parecía la misma persona. Su vida entera era por y para las drogas y cada vez necesitaba una dosis más grande para sentirse bien.

»Empezó a robarnos para conseguir dinero, tanto a nosotros como a mis abuelos, y cuando nos dimos cuenta empezó a obtenerlo de desconocidos: se aprovechaba de cualquiera a quien pudiera darle lástima para conseguir más, pedía dinero, pedía ayuda… Pero nunca era suficiente. Yo mismo lo ayudé muchas veces —añadió en voz baja—. Mis padres no dejaban de decirme que era una mala idea, pero él se acercaba, me pedía ayuda… sentía que no podía decirle que no. A veces pienso que yo podría haberlo detenido si… Bueno, no importa.

»Con esto quiero decirte que sé lo que es que alguien a quien quieres te suplique que lo ayudes, y ser incapaz de negarte aunque sea para su propio bien. Y no te culpo por haber caído en ello, resulta muy difícil no hacerlo.

Hizo una pausa y sorbió el café, aunque dudaba que realmente tuviera sed. Lo único que necesitaba era un momento de descanso.

—Ross nunca te va a contar esto —añadió en voz queda, mirándome muy atentamente—, pero estuvo en rehabilitación una vez. Fue a los dieciocho años. Durante mucho tiempo le dije que se detuviera, pero no me hizo caso. Hasta que tocó fondo. Su madre lo encontró a tiempo y decidieron meterlo en una clínica especializada, pero como ya era mayor de edad y él se negó, no pudieron hacer mucho más. Al menos, hasta que Naya y yo fuimos a verlo. Le dije que ya había perdido a un hermano, que no iba a perder a mi mejor amigo. Y que si seguía por ese camino, no sería conmigo, que no me quedaría para ver cómo se destruía a sí mismo.

»Aceptó ir a rehabilitación, pasó ahí un mes y medio; al salir, su madre y él se marcharon a la casa del lago por unos meses, hasta que se encontró mejor. Después se matriculó en la universidad y encontró una distracción con lo de ser director de cine. Estaba más centrado, tanto en sus estudios como en otras cosas. Incluso empezó a salir contigo. Nunca se había preocupado tanto por otra persona, y, no sé… me gustó mucho ver esa nueva faceta suya.

Will hizo una pausa. Su mirada se había vuelto más seria.

—Esta vez es diferente, Jenna… No quiero que se haga daño, y estoy acojonado por él, pero dudo de que ahora pueda convencerlo. De hecho, dudo de que nadie pueda hacerlo excepto él mismo. Lo único que podemos hacer es intentar ayudarlo.

—¿Y si eso no es suficiente? —se me escapó.

No pudo responder. En ese momento, la puerta principal se abrió y me sorprendió ver que Jack cruzaba el umbral del salón. Entonces caí en la cuenta de que llevaba el paquete de tabaco. Y sus llaves seguían en la encimera. No había pasado la noche fuera, solo había subido un momento a fumar.

Estaba tan contenta que tardé un poco más de la cuenta en apartar la mano de Will de mi brazo. Al hacerlo, ambos nos pusimos derechos como palos y fingimos que solo bebíamos café. Jack entrecerró los ojos, pero no dijo nada. Estaba especulando para sí.

—Buenos días —le dijo Will en un tono mucho más natural del que me habría salido a mí—. ¿Quieres un café?

Al fin reaccionó y dejó sus cosas en el sillón de cualquier forma.

—No. Me voy a duchar.

No esperó una respuesta. Se pasó una mano por la cara y se dirigió al cuarto de baño. Sospeché que de no haber estado tan bajo de ánimo, habría hecho alguna pregunta.

Las clases siguieron, y esa semana me puse al nivel de mis compañeros. Me sorprendí a mí misma hablando con ellos sobre temas ajenos a los deberes o proyectos, y atribuí parte del mérito a Curtis, quien me integraba en el grupo cuando me veía apartada. Aunque en algún momento dejó de hacerlo sin que yo me diera cuenta, simplemente seguí hablando con los demás; apenas un año antes, me habría resultado muy complicado.

Jack, en cambio, no iba a mejor. Esa primera noche —hacía ya cuatro días— se había quedado en casa, sí, pero por la tarde se había esfumado y no lo habíamos vuelto a ver. Ni siquiera se molestó en responder a mis mensajes.

Empezaba a desistir. Will me aseguraba que, dentro de lo que cabía, estaba bien; me conformaba con eso. Total, si no quería saber nada de nosotros, tampoco podía obligarlo a hacerlo.

Con mis hermanos, Spencer y Shanon, hablaba muy a menudo; ellos me ponían al día sobre los demás miembros de la familia, incluso sobre la abuela, quien se había apuntado a un curso de aerobic y se pasaba el día con su nuevo grupo de amigas, por eso no tenía mucho tiempo para llamarme; ellos, sin embargo, le contaban cómo me iba todo. Me alegré por ella, y también por el pequeño Owen, que había sacado una buena nota en un examen de matemáticas —la asignatura más difícil para él—. Me contaban retazos de sus vidas para que no quedara completamente al margen, mientras que yo, por supuesto, solo les contaba las partes buenas de la mía.

Durante la ausencia de Jack, también me informé por Internet; mis búsquedas eran un poco absurdas, desde «Cómo ayudar a una persona con adicciones», hasta «Qué hacer para ayudar a un amigo que está triste». No daba demasiada información que pudiera usar. Lo único que saqué en claro fueron unas cuantas sugerencias:

*a*) «Asegurar a esa persona que estás a su lado pese a todo». Lo había intentado, pero dudaba que me sirviera de algo; después de todo, Jack aún tenía sentimientos muy negativos hacia mí.

*b*) «Controlar los hábitos de esa persona». No quería controlarlo, sino ayudarlo.

*c*) «Buscar ayuda profesional». Dudaba de que Jack se dejara llevar tan fácilmente. No aceptaría ayuda psicológica. Al menos, no de buenas a primeras.

*d*) «Hablar con esa persona». Lo que más había intentado, pero, de nuevo, no era tan sencillo.

*e*) «Hacer una intervención con todos sus seres queridos». Eso se lo propuse a Will, pero me aseguró que se pondría a la defensiva y sería aún peor. No le faltaba razón.

*f*) «Mantener una posición de ayuda pese a todo, y no perder la esperanza». Ante ese panorama, supuse que esa sería la elegida.

Mientras repasaba esas últimas líneas, Sue soltó un suspiro de cansancio. Estábamos en la parte trasera del coche de Will; él y Naya no dejaban de besuquearse, acomodados en los asientos de delante. Oculté una sonrisa y me recoloqué la falda. Nos dirigíamos a la fiesta de Lana. Nos había invitado esa misma mañana. Entendí que era el cumpleaños de una de sus amigas y, aunque no la conocíamos de nada, ahí estábamos. Por lo menos, me llevaría mejor con Lana que la última vez que había estado en una de esas fiestas.

Al entrar en el edificio impoluto —que seguía recordándome a un museo—, me quité el abrigo y me miré el atuendo: un simple top lila con una falda negra. Me la había comprado Shanon hacía unos meses para salir a cenar con ella y su novio intermitente —con quien ya había vuelto a cortar, por cierto—; sin embargo, nunca llegué a ponérmela. Esa noche era el gran estreno. A pesar de resultar un poco incómoda y estrecha, me gustaba cómo me quedaba, sobre todo combinada con las converse negras —no volvería a caer en la trampa de las botas de plataforma—. Para el resto, no me había esmerado demasiado. Me había atado el pelo en una coleta y me había puesto el menor maquillaje posible.

—¡Chicos! —exclamó Lana mientras bajaba las escaleras. Lucía un vestido rojo y diminuto le quedaba como un guante—. ¡Bienvenidos! Podéis dejar los abrigos por aquí, con los demás.

Nos dio un abrazo a cada uno —menos a Sue, que se infló como un gato enfadado en cuanto la vio acercarse— y nos guio escaleras arriba. Como la otra vez, el pasillo estaba prácticamente vacío a excepción de unas pocas personas que iban de una sala a otra. La gran mayoría estaba en el salón que supuse que tendrían reservado para las fiestas, y estaba tan abarrotado como la anterior. O incluso más. Me pareció ver un cartel de «¡Feliz cumpleaños!» en una pared, pero nadie le hacía mucho caso a la cumpleañera. La gente solo había ido ahí a emborracharse.

Yo era quien más cerca estaba de Lana mientras cruzábamos la sala, así que decidí hablar un poco con ella:

—¡El ambiente está muy animado!

Ella me sonrió, mirándome por encima del hombro.

—Sí, es la primera fiesta desde el Año Nuevo. El dueño se enfadó un poquito porque se rompió una lámpara, pero lo hemos vuelto a convencer. Esperemos que esta vez no rompan nada valioso.

En cuanto vi que unos chicos se pasaban un jarrón de mano en mano riéndose a carcajadas, sospeché que el dueño se enfadaría de nuevo.

—¿Has venido por Ross? —preguntó entonces.

Eso me dejó un poco descolocada. Nos detuvimos junto a la cocina mientras los demás iban a por las bebidas; mi expresión la sorprendió.

—Está aquí —me aclaró—. Y está con… bueno… con sus nuevos amigos. Pensé que habías venido a buscarlo.

—¿«Nuevos amigos»?

No tuvo que decir mucho más. No eran sus amigos, sino aquellos que no lo frenaron en cuanto empezó a desviarse de su camino. Noté que me invadía una oleada de rabia. ¿Era eso lo que había estado haciendo los últimos días? Ya ni siquiera me sorprendía.

—¿Dónde está?

La salita a la que me guio Lana era pequeña y cuadrada. Había sofás y estanterías; alguien había esparcido cojines por el suelo, y los ocupaban un corrillo de personas. La mesita redonda del centro estaba abarrotada de objetos diversos: desde bolsitas hasta una cachimba azul. El olor resultaba insoportable. Me mareé nada más entrar. Tenían las ventanas cerradas, y sospeché que era a propósito, para otorgarle más intensidad a la situación.

Un grupo de chicos, reunidos en círculo, consumían lo que había dispuesto sobre la mesa del centro; un poco apartadas y ajenas a ellos, dos chicas conversaban mientras se hacían un porro entre risitas.

Solo me fijé en uno de ellos: sentado tranquilamente en un cojín, daba la primera calada al cigarrillo que se había llevado a la boca. Quise pensar que era un cigarrillo, aunque sospechaba todo lo contrario. Mientras soltaba el humo entre carcajadas por el comentario de uno que tenía al lado, viró la mirada y quedó anclada en la mía.

Estaba sorprendido y, en cierto modo, avergonzado. Todos sus amigos se volvieron hacia mí al instante.

—Uy —dijo uno de ellos. El grandullón de pelo castaño—. ¿Y esta quién es?

Tras resoplar, Jack puso su expresión despectiva de costumbre.

—Mi madre.

A su alrededor hubo varias risas que él no acompañó. Había apartado la mirada hacia cualquier cosa que no fuera yo. Se comportaba como si acabara de arruinarle la noche.

Pero me dio igual que los demás se rieran de mí. Esquivé rápidamente a sus amigos y crucé el círculo que habían formado para plantarme frente a él. No le quedó más remedio que mirarme con amargura.

—¿Qué?

—«¿Qué?» —repetí, indignada—. ¿Por eso no me has respondido ni a un solo mensaje en lo que llevamos de semana? ¿Por estar… haciendo *esto*?

Nuevas risitas. Me dio igual. Jack no despegó la mirada de la mía y dio otra calada a lo que fuera que fumase. Supuse que sería marihuana. Todavía recordaba su enfado al ver que lo hacía yo. Ya no parecía importarle demasiado.

—¿Qué te hace pensar que tengo que responderte a los mensajes? —preguntó al fin.

—No te cuesta nada decir que estás bien. Y si no quieres decírmelo a mí, se lo dices a Will, que también estaba preocupado. ¿Tan difícil es?

A modo de respuesta, soltó el humo lentamente hacia mí. Aparté la cara, cada vez más furiosa, y las risas de los demás empezaron a enervarme.

—Oye, ¿es tu novia? —preguntó el grandullón.

Jack soltó la risa más despectiva que había oído en mi vida.

—Ya le gustaría…

Esa vez, las risotadas fueron mucho más intensas. Noté que se me calentaban las mejillas al mirarlo. De nuevo tenía cierto desafío en los ojos, como si me retara a responder. Y quise hacerlo. Por un momento quise recordarle cómo se había comportado cuando me marché. Pero era un golpe demasiado bajo y me habría sentido culpable. Además, quería pensar que hablaba así a causa de las drogas, no porque realmente lo pensara.

—Soy su exnovia —expliqué en voz baja; sospeché que todos me habían oído perfectamente.

—¿Su ex? —preguntó uno de los desconocidos—. Pues parece que no lo ha superado.

—Sí, déjalo tranquilo —dijo otro.

—Eso, Jenny. —Jack me guiñó un ojo y me hizo un gesto de despedida con la mano—. Déjame tranquilo.

—Y relájate, joder.

—Qué amargada.

Enarqué una ceja de forma casi involuntaria. Podía entender que se enfadara, que me echara y que me tratara mal. No me sentaba bien y yo nunca se lo haría a él, pero hasta cierto punto entendía de dónde procedía su enfado. Lo que no soportaba era que lo hiciera con ese descaro. Como si no hubiéramos sido nada. Por la forma de reírse de sus amigos, parecía que nos hubiéramos despedido tras el primer polvo. Pero no. Nuestra relación había sido corta, pero sabía que había significado mucho para ambos.

Cuando me negó eso, me di media vuelta, cogí una botella de la mesa y fui directa hacia un chico calladito que sujetaba la cachimba.

Estaba sentado frente a Jack, al otro lado de la mesita. Todos se quedaron en silencio, sorprendidos.

—¿Qué? —pregunté—. ¿No me habéis dicho que me relaje? Pues es lo que estoy haciendo.

Hubo unas cuantas risas, pero esa vez quedaron camufladas por las exclamaciones de aprobación de los demás. Jack no dijo nada, pero lo conocía: se había tensado de pies a cabeza, y me miraba fijamente.

—¡Así me gusta! —exclamó el grandullón, con un aplauso—. Y encima llegas justo a tiempo. Estábamos en medio de un juego.

Por fin dejé de mirar a Jack para centrarme en él.

—¿Qué juego?

—Dos mentiras y una verdad.

—Se trata de contar dos mentiras y una verdad —dijo su amigo solemnemente.

—Creo que eso lo habrá pillado.

—Y luego hay que adivinar cuál es la verdad —añadió otro—. Si lo adivinamos, tú haces un reto. Si no lo adivinamos, lo pones tú.

—Así que se trata de engañaros —deduje.

—Lo harás genial —murmuró Jack, mirándome fijamente—. Eres experta en engañar a la gente.

Sus amigos soltaron un «uuuhhh» muy divertido, pero él no estaba de humor. Había apartado la mirada hacia el suelo.

—Tiene razón. —Me encogí de hombros—. Así que preparaos para los retos, porque no tendré piedad.

—¡Esa es la actitud! —exclamó uno de ellos.

—Cuando quieras —me dijo otro.

Antes de esbozar media sonrisa, lo consideré por un momento.

—Tengo dieciocho años, me encanta salir a correr por las mañanas y solo he salido con tres personas en toda mi vida.

Jack sabía cuáles eran las mentiras y cuál la verdad, pero no dijo nada. Seguía fumando en su cojín, cada vez más tenso.

Sus amigos tardaron un rato en ponerse de acuerdo, pero al final llegaron a una conclusión. El grandullón, que pronto descubrí que se llamaba Eric, fue el portavoz oficial del grupo.

—¡La verdad es lo de correr!

Solté un suspiro.

—Veo que no soy tan buena mentirosa.

Ellos aplaudieron y se dieron palmaditas entre sí como si hubieran ganado el mayor reto de sus vidas.

—Vale —me señaló uno de ellos—. Tu reto es darle cinco tragos seguidos a la botella que tienes en la mano.

—¡Tragos grandes!

¿«La botella»? Ni siquiera estaba segura de qué llevaba dentro, pero lo hice. Para cuando terminé, me ardía la garganta y me entró una arcada que contuve a tiempo. Lo que me faltaba, vomitarle el salón a la pobre Lana.

El juego siguió, y Jack no pronunció una sola palabra. Una parte muy vengativa de mí aceptaba todos los retos que me tocaban, con la intención de ver si me detenía en algún momento. Se estaba cabreando, podía verlo en su expresión; sin embargo, no decía nada. Solo apretaba los dientes o los puños, y finalmente apartaba la mirada para dejarme vía libre. Me tocó beber de nuevo, darle una calada a un cigarrillo, enseñar el tatuaje que me había hecho en la cadera un año antes con él, e incluso mandar un audio caliente a uno de mis contactos. Se enfadaron un poco cuando confesé que se lo había mandado a mi hermana y que probablemente sabría que se trataba de un reto.

Yo también gané alguna ronda: tuvieron que beber, hice bailar sensualmente a uno de sus amigos, otro tuvo que mandar un mensaje del mismo estilo que el mío e incluso enseñarnos a todos la peor foto de su galería. Pero tampoco rechazaron nada. Me sorprendió que los retos, dentro de lo que cabía, fueran tan suaves.

Al menos, hasta que perdí de nuevo y Eric esbozó una sonrisa malvada.

—Deja que Finn te bese desde el tatuaje hasta el cuello.

Finn resultó ser uno de los bocazas que más se había burlado de mí cuando llegué. Por eso me sorprendió verlo, de pronto, tan dubitativo.

Quizá no era la única que se había dado cuenta del aura furiosa que desprendía nuestro querido Jack, porque Finn se puso a lanzarle miraditas vacilantes, tratando de discernir si sería una buena idea.

—Mmm… —dudé yo también—. ¿No podéis poner otro reto?

—Solo son unos cuantos besos, no es para tanto.

—Sí, no te rajes ahora.

—¡Si no lo hace, deberíamos ponerle un reto peor!

Yo seguía dudando y Finn parecía tan inseguro como yo. Aun así, se puso en pie y carraspeó ruidosamente:

—Tampoco es para tanto.

Mi top no era diminuto, pero dejaba una franja del abdomen al aire, al igual que en la clavícula y el cuello. No me apetecía que un desconocido me babeara sobre tanta piel expuesta.

No obstante, ahí estaba Finn. Y parecía muy dispuesto a seguir adelante.

Hasta que Jack lo sujetó del brazo y lo apartó. Se había puesto de pie sin que me diera cuenta, y parecía bastante enfadado.

—Ya lo hago yo.

No dio pie a discusión alguna, y cuando lo tuve delante, me invitó a levantarme y me ofreció el cigarrillo que se acababa de encender. Tras dudar un instante, se lo sujeté y él apoyó ambas manos en la estantería, junto a mis caderas. Sin mediar palabra, clavó una rodilla en el suelo, delante de mí, para que su cara quedara a la altura de mi abdomen. Los demás soltaban risitas y comentarios obscenos, pero no los escuchaba. Tenía las rodillas firmemente apretadas y el corazón en un puño. Si un desconocido me ponía nerviosa, él me ponía todavía peor. Y es que Jack me había recorrido esa parte del cuerpo con besos en muchas ocasiones; sin embargo, sospechaba que esa vez no sería tan cariñoso.

No se hizo de rogar. Eché la cabeza un poco atrás cuando noté que tiraba del elástico de mi falda para bajarlo hasta el tatuaje de mi cadera, y se inclinó para depositarle un beso. Tragué saliva con fuerza al notar sus labios sobre mi piel. Él ascendió, y la humedad cálida de su boca fue dejando un rastro por mi abdomen hasta llegar al top. Pasó entre mis pechos, incorporándose a medida que me besaba, hasta que alcanzó la clavícula y la curva del cuello. El último beso, aunque corto, fue casi agresivo. Al terminar, me quitó el cigarrillo y volvió a su sillón sin volver a mirarme.

Cuando se sentó, cualquiera habría dicho que no sentía absolutamente nada. Fumaba tranquilamente. Yo, mientras tanto, seguía con las rodillas bien apretadas y la cara completamente roja.

—Me he puesto cachondo —bromeó Eric, y provocó otra oleada de carcajadas.

Ni Jack ni yo nos reímos.

Sabía que ese reto daría paso a muchos más —y peores—, pero tenía la esperanza de que llegaran tarde. No fue el caso. A la siguiente ronda, volvieron a descubrir mi verdad. Un poco nerviosa, esperé su desafío, sabía que sería engorroso, pero superaron mis expectativas.

Eric me sonrió ampliamente.

—Te reto a besar a Ross desde el ombligo hasta la boca.

Creo que parpadeé varias veces antes de reaccionar y dar un respingo. Todo el mundo parecía entusiasmado, excepto Jack. Se removía en su cojín con incomodidad.

—No —dije firmemente.

—Él lo ha hecho —me recordó Finn.

—¡Él no me ha besado en la boca!

—¿Ese es el problema? ¿No quieres besarlo en la boca? —Eric hizo una mueca—. ¡Pobre Ross, no es muy guapo, pero es buen chico!

Una nueva ronda de carcajadas. Jack ni siquiera parecía escucharlos. Estaba destensando la mandíbula.

—¡No es eso! —Fruncí el ceño.

—¡No seas gallina!

—Es que no se atreve.

La última frase había salido de la despectiva boquita de Jack. No me miraba, pero puso los ojos en blanco. Apreté los puños. Y no sé si fue por su comentario, por las risas o por el alcohol que había ingerido, pero de pronto volvía a estar de pie y avanzaba hacia él.

*Seamos sinceras, sabe qué decir para provocarte.*

Jack levantó la mirada, sorprendido. No se lo esperaba. Yo ni siquiera lo había reflexionado. Pero ahí estaba. Ya no podía echarme atrás.

Hice lo mismo que él, pero apoyando las manos en sus rodillas y no en la estantería. En cuanto me acuclillé, retomaron los comentarios obscenos, pero los ignoré. Sospecho que Jack también. Seguía mirándome con sorpresa. En cuanto se dio cuenta, frunció el ceño para disimular.

—¿Intentas demostrar algo? —me preguntó en voz baja.

—Cállate y déjame hacer mi reto.

—Ya veo que te mueres de ganas.

No supe muy bien si lo decía con ironía o con burla. Poco me importó.

Con un nudo de nervios en el estómago, me incliné hacia delante y deposité un primer beso justo por encima del botón de sus pantalones. Noté cómo se tensaba bajo mis labios, pero no dijo nada. De forma inconsciente, abrió un poco más las piernas para que cupiera mejor. Apreté los dedos en sus rodillas mientras ascendía por el abdomen.

Mis besos no eran tan agresivos como los suyos, pero le provocaron una reacción mucho más brusca que la que había tenido yo. Podía notar que, pese a permanecer muy quieto, se tensaba a medida que mis labios ascendían. Ni siquiera soltó comentarios crueles. Solo me miraba fijamente mientras le besaba el pecho. El corazón le palpitaba mucho más rápido de lo normal. El mío también lo hacía. Seguí incorporándome y ladeé la cabeza para encajarle un beso en la curva del cuello. Se le movió la nuez de Adán al tragar saliva. Subí un poco más. La barba corta del mentón me pinchó un poco los labios. Abrí los ojos. Me estaba miraba fijamente, con las pupilas dilatadas. Solo me faltaba besarle los labios. Los tenía entreabiertos.

No obstante, justo cuando iba a hacerlo, le coloqué un dedo en la frente y lo empujé hacia atrás hasta que tuvo la espalda pegada a la pared. Parpadeó, sorprendido.

—Más quisieras —murmuré, y volví a mi asiento con el mismo desdén que me había mostrado él unos segundos antes.

Una oleada de vitoreos llenó la sala; noté que Jack me miraba fijamente. No le devolví la mirada. Me había hecho la valiente, pero no quería verlo enfadado. O frustrado. O lo que fuera.

En la habitación, la tensión aumentaba. De pronto, el juego ya no era agradable. Se trataba de un reto. Y a cada turno, esa tensión sofocante iba a más. Yo tenía la cabeza nublada por el poco alcohol que había tomado, y Jack estaba colocadísimo. Lo sabía por su forma de moverse, de estirarse para alcanzar un vaso o un cigarrillo, de mirar a los demás…

Me tocó de nuevo.

—Me encanta leer, no soporto ver *realities*… —Empecé a enumerar las mentiras, y antes de decir la verdad, dudé un momento. Tenía una en la punta de la lengua; quizá no la habría soltado en otra ocasión, pero, a causa del alcohol y el ambiente, se me escapó de entre los labios—. Y estoy enamorada de un completo idiota.

No sé qué reacción esperaba de Jack, pero desde luego no creía que me mirara de inmediato. Y mucho menos, de una forma tan airada. Parecía dispuesto a salir corriendo. Fruncí el ceño, ¿qué…?

—Oh, esa es fácil —intervino Eric sin necesidad de mediarlo con sus compañeros—. La última es la verdad.

Apenas había asentido con la cabeza, cuando Jack, totalmente de improvisto, dejó de un golpe el vaso sobre la mesa, con lo que captó la atención de todo el mundo. Estaba hecho una furia. Y quedó bien claro cuando se levantó y se marchó dando un portazo.

Me quedé pasmada. ¿Tan mal hice en decirlo? Quizá por estar medio ebria, mi cerebro no lo había procesado completamente antes de soltarlo. ¿Era demasiado pronto? ¿Muy directo? No estaba del todo segura. Solo sabía que estaba siguiéndolo mientras ignoraba a los demás, que me llamaban para hacer su estúpido reto.

Jack iba prácticamente echando humo. La gente que lo veía pasar incluso se apartaba sin necesidad de pedírselo, se daban cuenta de que algo iba mal. Entre ellos estaba Lana, que nos miró con perplejidad.

—Lo siento si he sido muy brusca —le dije a Jack, que estaba de espaldas; pero no me hizo caso hasta que lo agarré del brazo—. ¡Oye, no te…!

Pasmada, me detuve cuando él se giró de golpe. No había esperado una reacción tan inmediata, y di dos pasos atrás por la impresión. Parecía aún más furioso, si eso era posible.

—¡¿Qué quieres?! —preguntó, ya histérico—. ¡Me voy porque ahora mismo no puedo aguantarte! ¿Es que no me dejarás ni cinco putos segundos de paz?

Seguía sin comprender la causa de su enfado. Es decir, entendía que le molestara, pero ¿hasta ese extremo? Una parte de mí... por patético que fuera... había creído que si usaba esa verdad tendría una reacción totalmente opuesta.

—N-no sé... —empecé, dubitativa.

—¿Qué? ¿Qué es lo que no sabes? —inquirió, dando un paso hacia mí—. ¿Lo que hacías ahí dentro? ¡Te lo diré yo! ¡Arruinarlo todo, como siempre! ¡Y estar dispuesta a que te besuquee un desconocido!

—¿Y a ti qué te importa? —salté, airada por la acusación—. ¡Como si dejo que me besuqueen todos esos desconocidos! ¡No te debería ni una explicación!

—¡Pues vete, que seguro que tienen un reto nuevo para ti y esta vez no estaré yo para ayudarte!

—¡Te recuerdo que has sido tú quien ha querido meterse!

—¿Y qué? ¿Querías que lo hiciera Finn? —Entrecerró los ojos—. ¿Te habría gustado ver que a mí me besara cualquier otra persona?

—¿Y a ti te gustaría ver cómo me meto de todo y me arruino la vida sin que pudieras hacer nada al respecto?

Me había salido sin pensar, pero no me arrepentí. Especialmente al ver que su semblante furioso desaparecía durante un segundo. Sin embargo, cuando su furia reapareció, fue aún peor.

—Puedo hacer lo que quiera —dijo entre dientes.

—¡Y yo también! —Sin darme cuenta, me volví hacia Will y Naya; Sue estaba con ellos. En algún punto de la conversación, Lana había ido a buscarlos. Traían las llaves del coche consigo en las manos, menos mal. Me dirigí a Jack—: Muy bien, no te arruino más la fiesta. Pásatelo bien.

Cuando pasé por su lado, suponía que me dejaría marchar; sin embargo, me sorprendió: me agarró de la muñeca para que lo mirara de nuevo.

—¿En serio? ¿Te vas como si nada?

Necesité unos segundos para asimilarlo. Aun así, no entendí absolutamente nada.

—¿Se puede saber qué quieres que haga?

—Deja que te lleve yo.

Me zafé de su agarre de un tirón. Prácticamente me había echado a reír.

—Pero ¿tú te has visto? —espeté en tono acusador—. ¡No podrías conducir ni aunque quisieras!

—¿Quieres dejar de poner pegas a todo lo que te digo? ¡Eres insoportable!

—¡Tú sí que lo eres! ¡Deja de darme órdenes! —exploté—. ¡Me lo estaba pasando bien hasta que has abierto la boca!

—¡Estabas a punto de hacer una tontería!

—¿Una tontería? ¿Y qué sabes tú de mis tonterías?

—¡Enrollarte con esos idiotas habría sido una tontería!

—¡Enrollarme contigo fue una tontería!

Estaba tan alterada que no me paré a pensar en lo que había dicho o en cómo se lo había tomado. Y él hizo exactamente lo mismo. Le palpitaba una vena del cuello.

—¡Si tanto te gustan, vete a vivir con ellos y no conmigo!

—¡Estoy deseándolo, solo para no volver a verte!

—Chicos… —Naya intentó meterse sin mucho éxito.

—¡Entonces, haz la puta maleta y vete de una vez!

—¡Lo haré! ¡Ni siquiera la he deshecho, porque sabía que pasaría esto!

—¡Pues claro que sabías que pasaría! ¿Qué te creías?, ¿que ibas a encontrarlo todo perfecto, cuando tú misma lo dejaste hecho una mierda?

—¡No te preocupes, que dentro de nada me iré de tu vida otra vez y ya no me podrás culpar de tus problemas!

Él se detuvo. Su pecho subía y bajaba agitadamente. El mío también.

—¡Pues que te aproveche la residencia!

—¡Allí disfrutaré mucho más que viviendo contigo!

—¡Sí, y podrás traerte a todos los tíos que quieras!

—¡Que lo hagas tú no significa que vaya a hacerlo yo!

—¡No tienes ni puta idea de lo que hago o dejo de hacer!

Por la impresión, tardé un momento en responder. Sue vio la oportunidad perfecta para meterse en medio y separarnos.

—Diría que por hoy ya hemos dado mucho espectáculo. Es hora de irse.

Ninguno de los dos opuso resistencia. Yo me adelanté y, hecha una furia, fui a buscar el abrigo. Mientras tanto, Will se retrasó un poco para intentar hablar con él. De poco sirvió. Ya sentados en los asientos de atrás —uno en cada extremo—, solo cortaba la tensión entre nosotros la pobre Sue, a quien habían colocado en medio.

Clavé la mirada en la ventanilla para no tener que verlo, y él hizo lo mismo. No dijimos nada en todo el camino.

Una vez en el ascensor, seguimos sumidos en un profundo y tenso silencio. Noté que me observaba, pero no le devolví la mirada; en parte, porque no quería ver su expresión, y en parte, porque no quería que viera la mía.

Al entrar en casa fue todavía más incómodo, porque tanto Will como Naya intentaron entablar una conversación que murió rápidamente y, mientras yo me quitaba el abrigo, ellos y Sue se metieron en sus respectivas habitaciones. No me importaba quedarme a solas con Jack. Después de todo, se había sentado en el sofá y me daba la espalda. En cambio, sí que me tocaron sus palabras.

—¿Puedo hacerte una pregunta?

Su voz sonaba tranquila, pero no lo estaba. Había cierto temblor furioso que me dejaba entrever que estaba de todo menos calmado.

—¿Qué pregunta?

—¿Alguna vez me fuiste infiel?

Me quedé a medio camino de colgar el abrigo y, sin darme cuenta, se me cayó al suelo. Me había quedado congelada.

No acababa de preguntarme eso, ¿verdad?

Al mirarlo, vi que me observaba con fijeza. Lo preguntaba totalmente en serio; por su expresión, sospeché que esperaba una respuesta afirmativa. Me invadió una oleada de rabia, muy distinta a la que había sentido hacía un rato. Ya no estaba furiosa, sino dolida. Entendía que le había fallado, entendía su enfado y sus sentimientos negativos hacia mí, pero creía que me conocía lo suficiente como para saber que nunca haría algo así.

—Espero que no lo preguntes en serio —le advertí en voz baja.

Tensó la mandíbula.

—Necesito saberlo.

—Lo sabes perfectamente.

—¿Estás segura? —Sin dejar de mirarme, se incorporó y se me acercó muy lentamente—. Cada vez que te veo, siento que te conozco menos.

—Lo mismo podría decirte yo.

—Al menos, yo fui sincero en todo momento.

—¡Y yo también!

—Oh, sí. El último día lo demostraste muy bien…

No podía negar eso, y me frustró enormemente. Mezclado con el alcohol, ese sentimiento se volatizó.

—¿Y tú qué? —lo ataqué.

Jack entrecerró los ojos.

—¿Yo?

—¿Fingirás que durante nuestra relación no tuviste ni un solo secreto?

—Nunca te mentí. Nunca. Ni una sola vez, en esos tres meses de mierda.

—¡Pero tampoco fuiste completamente honesto! ¿Cuántas cosas me mantenías ocultas? ¿Eh? ¡Sentía que no confiabas en mí!

—¡Viendo en lo que nos hemos convertido, me alegra! ¡Y no todo lo que pasa en mi vida te incumbe!

—¡Solo quería conocerte bien! ¡Comprenderte! ¡Y nunca me diste la oportunidad de hacerlo!

—¿Y qué habrías hecho si te lo hubiera contado todo? Tres meses más tarde te habrías ido, ¡para dejarme todavía más jodido!

—¡Me da igual! ¡Yo te conté todo lo que quisiste, en todo momento! ¡Siempre intenté que te sintieras cómodo! ¡Pero tú nunca tuviste esa deferencia conmigo!

—¡Mi vida no es tu puto problema!

—¡No, ya no! —Lo empujé por el pecho y, pese a que no había sido, ni de lejos, lo bastante fuerte como para moverlo. Simplemente, lo había pillado por sorpresa—. ¡Es tu problema! ¡Y te la estás destrozando!

—¡¿Que me la estoy destrozando?!

—¡Sí, Ross! —Furiosa, volví a empujarlo, aunque sin demasiadas ganas. No era una cuestión de tener fuerza, sino de marcar una distancia entre nosotros—. ¡Después de todo lo que hice para que…! ¡Después de lo que costó que fueras a esa maldita escuela, vas y haces esto!

Jack entornó los ojos y me sujetó las muñecas antes de que pudiera empujarlo otra vez.

—¿«De lo que te costó»? ¿Y eso qué quiere decir?

—¡¿Qué más da?! ¡Tenías la oportunidad de tu vida y la estás desperdiciando!

—¡Estoy haciendo lo que quiero!

—No, ¡intentas ser alguien que no eres!

—¡No sabes quién soy! —Esa vez, tiró de mis muñecas hasta que me tuvo plantada tan cerca que mis piernas prácticamente quedaron entre las suyas. Estaba hecho una furia—. ¡No sabes nada de mí!, ¡no desde que decidiste dejarme de lado!

—¡Sé que no eres… esta persona!

—«Esta persona…» —repitió con los dientes apretados.

—¡Sí, Ross! ¡Este… imbécil que no deja de meterse con todo el mundo, de drogarse y emborracharse porque… no sé por qué!

—¿Y qué soy, entonces?

Dejé de forcejear para que me soltara. En realidad, me daba igual que lo hiciera. Me daba igual tenerle tan cerca. Ahora estaba agotada y tenía ganas de llorar, pero me las aguanté.

—Eres bueno —le dije en voz baja—. Eres una buena persona, Jack.

Sus dedos se apretaron en mis muñecas, aunque no se movió. De pronto, no parecía enfadado, solo expectante por escucharme, como si todavía desconociera cómo se sentía al respecto. Y yo quise echarme atrás y no decir nada. El nudo en mi garganta crecía cada vez más y amenazaba con derramarme las lágrimas. Pero ya era demasiado tarde para una retirada, así que hice de tripas corazón y lo solté sin pensar:

—Eres gracioso, odiosamente encantador, con un par de frases consigues que todo el mundo te adore, y tienes un don para salirte con la tuya. Eres el chico al que le gustan las películas y la comida basura, el cine y los superhéroes. Y que hace los recados de los demás porque le encanta, aunque finja detestarlo. Y eres… eres Jack, no Ross. Ross es la máscara que usas para afrontar aquello que te duele de verdad. Es solo una fachada. Tú no eres así.

Como no se movía y seguía atento a cada una de mis palabras, me envalentoné. Moví los brazos y aflojó la presión en mis muñecas. Lentamente, le sujeté las manos. Se tensó, pero no se apartó.

—Sé que te hice daño, y lo siento. Lo siento muchísimo. No sabes cuánto. Ojalá pudiera volver atrás y… —Sacudí la cabeza—. Sé que lo has pasado mal por lo que hice. Y sé que… sé que tengo la culpa de todo esto. Pero, vamos, tú no eres esta persona. No necesitas serlo. En el fondo, eres el chico que conocí hace un año.

Por unos segundos, siguió mirándome fijamente. No entendía su expresión. Era… ¿atormentada?, ¿angustiada?, ¿confusa? Apreté un poco los dedos entorno a sus manos, y casi al instante retrocedió un paso. Fue como si le hubiera hecho reaccionar, y, encima, de la peor manera posible. De pronto, estaba furioso.

—Tú misma te encargaste de que desapareciera el chico que conociste hace un año.

Negué con la cabeza. Por un momento —uno muy pequeñito—, había tenido la sensación de ir bien encaminada. Pero, claramente, solo lo había empeorado todo.

—Lo sien…

—¡Deja de pedir perdón! —se frustró—. ¡No quiero tus disculpas! ¿Por qué has vuelto?, ¿eh? ¿Pensabas que esto sería bonito?, ¿que tendríamos una maravillosa segunda parte y que yo volvería a dejarlo todo por ti? ¿Te crees que me tragaré el mismo cuento dos veces?

—No era ningún cuento —traté de explicarle, pero no me permitió seguir.

—¡Me dejaste, no insinúes que lo que hacías era real!

—¡Lo era!

—¡¿Y por qué me dejaste?! —estalló de repente; me quedé mirándolo con los ojos muy abiertos—. ¡¿Por qué te fuiste?! ¡¿Qué hice tan mal como para que te marcharas de esa forma?! ¡Te lo di todo! ¡Todo! ¡Y no me refiero al dinero, al piso o a cualquiera de esas mierdas!, ¡eso me daba igual! ¡Te conté cosas que nunca le había contado a nadie! ¡Aunque a ti no te lo pareciera, me estaba abriendo!, ¡lo estaba intentando, Jen! ¡Solo por ti! Eras la única persona en el mundo que podía hacerme daño. Y me lo hiciste.

—Jack… yo no…

—¿Y ahora te crees con algún derecho a volver para a darme lecciones sobre cómo debo vivir mi vida?, ¿piensas que me creo toda esa mierda de amiguita preocupada?, ¿crees que quiero ser tu amigo? ¡No puedo ser tu amigo! ¡Me estoy volviendo loco! ¡Cada vez que te veo, soy incapaz de no pensar en que, durante tres meses, estuve perdido por una persona a quien le importaba una mierda! ¿Te haces una mínima idea de lo que se siente cuando te hacen eso?, ¿eh? No, claro que no. Nunca en tu puta vida vas a enamorarte así de alguien. Y aun así, aquí estás, ¡y te crees con derecho a aparecer en mi vida justo cuando empezaba a pasar página!

Iba a decir algo más, pero se detuvo y se dio la vuelta para alejarse de mí. No sabía qué hacer. Sin darme cuenta, me puse a juguetear con las manos.

—Lo sien… —Me detuve a mí misma, frustrada, al darme cuenta de que me estaba repitiendo—. N-no quería… si hubiera sabido…

—¿Qué? Si hubieras sabido, ¿qué? —Volvió hacia mí en cuestión de un segundo—. ¿No te habrías ido? Pues lo hiciste. Y sabías perfectamente que te quería. Sigo sin entender por qué demonios te fuiste. Porque no fue por el idiota que te esperaba en casa, ¿verdad? —Abrí la boca para responder, pero no me dejó—. ¿Sabes qué? Que no quiero saberlo. Debí haber hecho contigo lo que hacía con todas, me habría olvidado de tu jodida existencia en una semana.

Apreté los labios, pero no dije nada. Él sonrió con malicia. Sabía que había tocado un punto sensible y no dudó en apretarlo.

—Era lo que quería hacer cuando te conocí, ¿sabes? Quería echarte un polvo y mandarte a casa. Pero Will me pidió que no lo hiciera porque eras la compañera de habitación de su novia y te había cogido cariño. Naya sabía que, si lo hacía, nunca querrías volver a salir con nosotros. Fue lo único que me detuvo. Porque habrías caído, Jen. —Se inclinó hasta que su cara quedó a la altura de la mía. Su media sonrisa ocultaba de todo menos alegría—. Los dos sabemos que lo habrías hecho. Estabas así de desesperada por un poco de cariño.

Eso último lo había dicho para provocarme. Quería creer que no lo pensaba de verdad. Y, aun así, se me llenaron los ojos de lágrimas de pura rabia. Que se metiera conmigo era una cosa, pero que se aprovechara de mis inseguridades era otra muy distinta. Mucho más bajera.

Y yo decidí ser igual de cruel que él.

—¿Sabes cuál es tu problema? —le pregunté, con la voz temblorosa.

—No tengo ningún problema.

—Sí, sí lo tienes. Y es que, por mucho que intentes negártelo, por mucho que te joda… sigues enamorado de mí, Jack.

Eso le provocó media carcajada amarga. Se me acercó tanto que tuve que echar la cabeza atrás para mirarlo, pero me no dejé intimidar. No me moví ni un centímetro. Y la voz de Jack casi se convirtió un susurro.

—Y tú de mí, Jen.

Por un momento, no supe qué decir. Él lo aprovechó para seguir hablando:

—Puede que yo esté jodido, pero tú lo estás conmigo. Asúmelo de una vez.

—Lo he asumido en el juego —repliqué con voz mordaz—. Ese juego en el que tanto te ha molestado que no quisiera besarte.

—Me importa una mierda lo que quieras o no.

—¿También te importaba una mierda que hiciera el reto con otro?, ¿eh? Porque te he visto muy preocupado, Jack. —Fue mi oportunidad para pronunciar su nombre como si fuera un insulto. Él apretó los dientes.

—Que te den. Me jodería tanto como a ti te jodería verme con otra persona. Ambos sabemos que te morías de ganas de comerme la boca. Lo único que te ha detenido es que estabas picada y preferías molestarme.

—Mentira.

Él sonrió de medio lado y se acercó un poco más.

—Entonces, apártate.

Al ver que no me movía, inclinó la cabeza. Su nariz tocaba prácticamente la mía y, pese a mis ganas de apartarme, pudieron más las ganas de quedarme. Cuando me colocó una mano en la nuca, no fue como en el año anterior. No lo hizo con delicadeza y cariño, sino que me sujetó el pelo en un puño y me acercó a él. Aun así, me quedé sin aliento.

—Venga, apártate —insistió.

Pero su voz le delató. Sonaba más grave, más contenida. Tenía la otra mano en mi cadera, sujetándome con fuerza. Estaba igual de tenso que yo.

Involuntariamente, bajé la mirada hacia su boca. Él inspiró con fuerza. Pensé que diría algo más, pero no lo hizo. De pronto, se quedó callado. Alcé la vista. Tenía la mirada clavada en mis labios. La alzó de nuevo. Nuestras miradas se anclaron por un momento, casi como si ambos esperáramos a que el otro diera el primer paso, ya fuera para apartarse o para cerrar esa maldita distancia cada vez menor.

—¿Ves como tenía razón? —conseguí decir—. Eres tú quien no puede apartarse.

—Puedo hacerlo perfectamente. Pero sí que llevabas razón en otra cosa: tengo sentimientos que no quiero tener. Porque sigo queriéndote. Y no te lo mereces. Nunca te has merecido que te quisiera, Jennifer. Nunca te lo merecerás. Pero soy lo suficientemente idiota como para seguir haciéndolo toda mi vida.

Creo que esbocé una sonrisa irónica para ocultar lo mucho que me habían dolido esas palabras.

—Pues apártate tú —conseguí musitar, acercándome a él—. Si tan mala soy, apártate.

Él negó con la cabeza, furioso. Sus ojos chispeaban rabia. Pero, de nuevo, permaneció inmóvil.

—Vamos, Jack —lo provoqué en voz baja—. Apártate si puedes.

Todavía furioso, me miró fijamente e hizo ademán de echar la cabeza atrás, pero entonces cerré su camiseta en mis puños. No lo atraje ni tiré de él; sin embargo, bastó para que abandonara el intento de apartarse y, apretando mi pelo en su mano, me acercara hasta que su boca aplastó la mía.

No fue un beso tierno. De hecho, pude sentir que cada fibra de su cuerpo desprendía resentimiento y rabia. Y aun así, no lo aparté. Mis manos se apretaron todavía más en la prenda, y esa vez sí que tiré de su cuerpo hacia el mío. Me quedó una pierna entre las suyas, y me empujó hacia atrás. Mi espalda chocó contra la encimera y separé los labios para tomar una bocanada de aire. Casi al instante, me sujetó la mandíbula con una mano y abrió la boca sobre la mía.

Noté el hueso de su cadera apretándome contra la encimera y su pecho aprisionando el mío. Me soltó la mandíbula para bajar la mano, deslizarla entre mis pechos y meterla entre mis piernas; el gesto carecía de suavidad. Y desearía decir que no lo disfruté, que no solté un sonido de placer contra su boca y que él no lo correspondió, pero mentiría. La tela de la falda se me subió hasta las caderas cuando su mano se abrió paso hasta alcanzar, casi con violencia, mi entrepierna. Se me aflojaron las rodillas y Jack me rodeó fuertemente con el brazo libre. Solté otro gemido contra su boca. Reaccionó apretándome con más fuerza y metiendo la mano, por fin, bajo mi ropa interior.

Pero no llegó a tocarme, porque en ese momento reaccioné y me aparté de él.

Sus palabras me emponzoñaban la cabeza; concretamente, las que habían insinuado qué querría haber hecho un año antes: echarme un polvo y dejarme tirada. En esos momentos, todo me llevaba a la misma conclusión. No me había besado y tocado con cariño, sino con rabia; no me quería como mi novio, sino como Ross.

Y detesté el modo en que aquello me hizo sentir.

Estaba tan apretada contra la encimera que no me quedó más remedio que encogerme sobre mí misma. Jack retrocedió un paso, el pecho todavía le subía y bajaba agitadamente, y yo me recoloqué la falda, estaba a punto de echarme a llorar.

No dijo nada. Tampoco le di la oportunidad. Sin embargo, noté su mirada siguiéndome hasta la habitación.

# 7

# Buenas noches, Jack

Esa mañana tampoco fui a correr. No me apetecía hacer nada. Me acurruqué un poco más entre las sábanas y estiré la mano para alcanzar el móvil. Eran las nueve.

Tenía un mensaje de Curtis, de la noche anterior. Al parecer, había estado en la fiesta y no habíamos coincidido. Me preguntaba si estaba bien; le habían contado que me había peleado con alguien. En el siguiente mensaje me informaba de que había ligado con una chica que estudiaba magisterio.

**Jenna:** ¡Estoy genial! Acabo de despertarme. Anoche no me encontraba muy bien y quise irme temprano.

*Mintiendo de buena mañana, para empezar el día con alegría.*

**Curtis:** Oooh, ¿ya estás mejor?

**Jenna:** ¡Sí! ☺

**Curtis:** ¿Seguuuuuuraaa…?

**Jenna:** Deja de aguantarte las ganas. Sabes que quieres contarme lo del ligue de anoche.

Me mandó un *sticker* de un mono bailando y me contó toda su aventura —ahorrándose los detalles, menos mal— de la noche anterior. Al leerlo, me sonsacó una sonrisa; a continuación, me invitó a desayunar con él en algún sitio bonito. Seguramente sospechaba que mi discusión en la fiesta había sido con Jack y quería ofrecerme un escape.

Le dije que no se preocupara, que iba a desayunar con Naya.

*Segunda mentira de buena mañana. Te pasas.*

No tenía mucha hambre ni ganas de salir de la cama. Solo quería ir al baño. La noche anterior no me había desmaquillado ni cambiado de ropa, y estaba hecha un desastre, con el rímel corrido y la ropa arrugada.

*Pareces un mapache.*

Solté un suspiro y rebusqué hasta encontrar un pijama que ponerme. Después, salí hacia el cuarto de baño, pero al oír la voz de Will en la cocina, me detuve a medio camino.

—... no tanto.

Oh, conocía ese tono. Era el de papá preocupado.

Hubo un momento de silencio y, por algún motivo, me pareció mejor no revelar mi presencia. Me quedé en el pasillo en silencio absoluto, escuchando.

*Eso se llama invasión de priv...*

—¿Todavía no ha salido? —preguntó Jack en voz baja.

*A la mierda la privacidad, ni se te ocurra moverte.*

—No —dijo Will.

Me pareció oír el ruido de una cucharita removiendo el café. Seguramente estaban desayunando. Jack suspiró; sonó como si tuviera la cara hundida entre las manos.

—Pensé que... no sé... que al menos saldría a correr.

Vale, estaba claro que hablaban de mí. Pero tenía que averiguar el contexto.

—No lo ha hecho desde que volvió —le informó Will suavemente—. Puede que ya no le guste.

—No. Le gustaba mucho.

—Ross, mira... —Su amigo suspiró y buscó las palabras adecuadas—. Te dije que era mejor mantener las distancias, ¿no?

—¡Lo intenté!

—Sí, lo sé. Y mira cómo terminasteis.

Jack volvió a suspirar con pesadez.

—Estoy tan... harto.

—Lo sé.

—De todo —le aclaró. Yo no acabé de entenderlo, pero Will lo pilló al vuelo.

—Lo sé —repitió en un tono más triste.

Un nuevo silencio.

—¿Crees que...? —empezó Jack.

—No.

¿Por qué no podían hablar como dos personas normales en vez de entenderlo todo con tan solo mirarse?

La conversación había llegado a su fin, así que entré en el cuarto de baño, me quité la ropa y me di una ducha mucho más larga de lo habitual. Luego me envolví con una toalla y me quité ante al espejo el poco maquillaje que me quedaba.

Ya con el pijama puesto, abrí la puerta. No esperaba encontrarme de frente con Jack, y me quedé un poco petrificada al verlo. Había levantado la mano para llamar con los nudillos, pero tras dudar un segundo la dejó caer.

Buscó mi mirada casi al mismo tiempo en que yo la bajé de golpe hacia el suelo. Debió de entender que no quería hablar, porque se apartó para dejarme pasar y, aunque me siguió con la mirada, al final entró en el cuarto de baño sin mediar palabra.

Para cuando llegué a la cocina, Will ya no estaba allí. Solamente estaban presentes Sue y Mike, que cuchicheaban en uno de los sofás. Me sentí aliviada, un poco más de lo que me habría gustado admitir. Probablemente, Will sabía lo que había sucedido la noche anterior, y no era una conversación que me apeteciera tener tan temprano.

Por suerte, Mike y Sue no eran así. De hecho, el primero soltó un chillido de alegría nada más verme.

—¡La protagonista de anoche!

—¿«Protagonista»? —Me señalé, sorprendida—. ¿Yo?

—De la discusión a gritos.

*Oh, vaya.*

—¡Si tú ni siquiera estabas! —protesté.

—¡Pero tengo un topo infiltrado!

De inmediato adiviné quién había sido. Sue sonrió cuando le hice una mueca.

—Serás chivata…

No parecía muy afectada. De hecho, se movió para hacerme un hueco entre ambos. En cuanto estuve sentada, me dedicaron la misma sonrisita interesada.

—¿Nos lo vas a contar? —preguntó ella.

—¿El qué?

—Lo sabes perfectamente.

—¿Y a vosotros qué os importa, par de cotillas?

—¡Quiero enterarme de las actualizaciones de vuestra relación! —se defendió Mike—. En cuanto Ross vuelva a dormir contigo, yo podré recuperar mi querido sofá.

—Vale, primero de todo: ¿qué te hace pensar que querrá dormir conmigo?

Él y Sue soltaron una carcajada bastante significativa. Ella incluso me lanzó un cojín a la cara.

—¿Nos lo vas a contar o no?

—Anoche nos peleamos.

—Sí, hasta ahí hemos llegado —comentó Mike—. Tu futuro marido casi no me ha dejado entrar. He detectado cierta tensión en el ambiente.

—Es que no se le escapa una —ironizó Sue.

—Tampoco pasó nada nuevo —respondí a la pregunta inicial en cuanto me miraron de nuevo—. Bueno, sí. Que la discusión fue un poco más fuerte de lo habitual. Puede que lo acusara de seguir enamorado de mí… No se lo tomó muy bien.

Sue resopló.

—Lo dices como si tú no estuvieras exactamente igual.

—¿Qué quieres decir?

—Que también estás enamorada de él, ¿no?

Aparté la mirada.

—No lo sé. Dudo que alguna vez haya dejado de estarlo.

No sabía muy bien por qué hablaba de asuntos tan serios con esos dos. Mike y Sue eran tan divertidos, pero a veces les costaba un poco hablar de temas serios. Sin embargo, en ningún momento me incomodé. Al contrario, lo expresaron todo con tal naturalidad que me sentí aliviada.

Lo que no me gustó tanto fue que empezaran con sus sonrisitas misteriosas.

—¿Qué es ese ruido, agente Susie?

—Vuelve a llamarme «Susie» y te castro.

—D-digo… ¿qué es ese ruido, agente Sue?

—No sé, ¿qué crees tú, agente Mike?

—Yo creo que el universo nos está diciendo que… —Abrió dramáticamente los brazos—. ¡VUELVE EL EQUIPO DE LA DROGA!

Supongo que esperaban una reacción positiva por mi parte, pero se retrasó un poco. Mike chasqueó los dedos frente a mi cara.

—¿Hola? ¿Recuerdas lo que es?

—Sí… Lo que dijo Sue cuando fumamos cosas raras, ¿no?

—«Cosas raras» —repitió con una carcajada.

—Podemos volver a fumarla, si quieres —ofreció ella—. No me quejaría.

—No hace falta. Pero… ¿en qué me podría ayudar el equipo de la droga? Sin ofender, pero fumar no me parece una solución.

—¡No solo fumamos! —protestó Mike—. También podemos alegrar tu hogar…

—… o parasitarlo. —Sue le enarcó una ceja.

—Hacer que el prójimo sonría…

—... o llore.

—Mejorar las vidas ajenas...

—... o destrozarlas.

—Y, lo más importante... ¡reconciliar a la gente!

Vaaale..., ya empezaba a entender por dónde iban los tiros.

—Em... No sé...

—Si Ross y tú necesitáis un empujoncito, ¡os lo daremos!

—Y si literalmente queréis un empujón, también.

—Chicos, os lo agradezco, pero...

No pude seguir hablando. Alguien me llamaba al móvil. Fuera quien fuese, no tenía su número guardado. Lo utilicé de excusa para abandonar el asunto de las reconciliaciones.

Mientras Sue y Mike cuchicheaban de nuevo, me incorporé y respondí a la llamada.

—¿Sí?

—Hola, Jenny...

Me detuve al instante. No supe muy bien si se debía al cansancio o a que era temprano, pero la voz de Monty no me asustó, simplemente me provocó una oleada de agotamiento.

—¿En serio? —pregunté en voz baja.

—No quiero pelear —me dijo Monty.

—Si no quisieras pelear, me dejarías en paz. ¿O tengo que llamar a la policía?

Mis dos amigos se callaron en cuanto me oyeron. Ya no parecían divertidos.

—Solo quería preguntarte qué tal te va todo.

—Ya, claro...

—Ha pasado un año, Jenny. Estoy con otra persona. Quería empezar un nuevo capítulo de mi vida en el que no estuviéramos peleados.

Me aguanté las ganas de soltarle algún improperio, pero solo quería que la conversación acabara lo más rápido posible.

—Adiós.

—¡Espera! Quería preguntarte cuándo volverás.

Estaba a punto de colgar, pero me detuve, con el ceño fruncido. Algo en su tono de voz me había llamado la atención, y no era nada bueno.

—¿Volver?

—Sí... Ya sabes...

—¿El qué?

Él permaneció en silencio unos segundos.

—¿No te has enterado?

—Obviamente, no. ¿Me lo vas a decir?

—Bueno..., ya sabes cómo es la gente por aquí. Se pasan el día hablando y hablando, y cuando me enteré de lo de tu abuela...

Me tensé de pies a cabeza.

—¿Mi abuela? ¿Qué le pasa a mi abuela?

—Nada muy grave, que yo sepa. Quizá deberías hablar con tus padres. Ayer estuve con ellos y hablamos de ti. Te echan de menos, Jenny. Deberías darles una oportunidad.

Estuve a punto de permitir que se metiera tanto en mi vida como para preguntarle al respecto, pero me contuve. Lo importante no eran él o mis padres, sino mi abuela.

—Si necesitas hablar con alguien... —añadió—. Sabes que, pase lo que pase, siempre tienes mi puerta abiert...

Le colgué antes de que pudiera continuar.

—¿Todo bien? —preguntó Sue por ahí atrás.

—No lo sé... Tengo que hablar un momento con mi hermana.

Por suerte, Shanon es una de esas personas que siempre tiene el móvil en la mano, así que, sin hacerse de rogar, me respondió al segundo tono.

—¡Hola, hermanita!

—Hola. —Soné mucho más tensa de lo planeado—. ¿Me puedes explicar qué le pasa a la abuela y por qué nadie me ha dicho nada?

Shanon no supo qué decir.

—¿Te lo ha contado mamá?

—¡No! ¡Me lo ha contado Monty!

—¿Monty? ¿Te ha llamado, el muy...?

—¡Eso da igual, Shanon! ¿Se pude saber qué pasa? ¿Debería preocuparme?

—No —dijo por fin—. Quiero decir que... mira, te parecerá muy grave, pero te aseguro que no lo es. Sufrió un infarto y...

—¡¿Un infarto?! —Prácticamente le grité, pero no pudo importarme menos—. ¿Qué...? ¿Está...?

—¡Está bien, Jenny! Fue un susto, pero te aseguro que está bien. Spencer estaba con ella y la llevó al hospital. Pudieron atenderla a tiempo.

—¿Y si la próxima vez no está con Spencer? ¿Y si no...?

—Está bien atendida, ¿vale? Nos turnamos para hacerle compañía. Lo detesta, pero es lo que hay. No la dejaremos sola, así que no te preocupes. Me daba miedo avisarte, que vinieras y...

—Así que por eso no ha vuelto a llamarme —la interrumpí—. Lo de las clases con sus amigas es mentira, ¿no?

—Lo siento, Jenny… Ella tampoco quería decirte nada. ¿Estás… enfadada?

Me apreté el puente de la nariz con los dedos. Estuve tentada, por un breve instante, de decirle que no, que no estaba enfadada y que entendía perfectamente su silencio. No era cierto, pero yo sabía que necesitaba oír eso para sentirse mejor.

Sin embargo, me di cuenta de que iba a hacer justo lo que mi terapeuta me había desaconsejado: reprimir mis sentimientos para contentar a los demás.

—Sí —respondí decidida—, estoy enfadada.

—Vale… Bueno, que sepas que no te avisamos porque…

—No, Shanon, me da igual el motivo. También es mi abuela, y si sucede algo así me merezco saberlo. No soy una niña pequeña, y si decido que lo mejor para mí es estar una semana con ella, eso haré. Tengo derecho a tomar mis propias decisiones, no necesito que lo hagáis vosotros por mí. A partir de ahora, no quiero que me ocultéis nada más. ¿Está claro?

Mi hermana permaneció unos segundos en silencio.

—Joder, vaya tono se te ha puesto. Me has dado hasta miedo.

—Shanon, hablo en serio.

—Vale, sí, tienes razón… Lo siento mucho. Te prometo que no volveré a ocultarte nada.

Llamé a mi abuela casi inmediatamente, y me soltó el mismo discurso: no me habían dicho nada para no preocuparme. Con ella fui incapaz de mostrar mi enfado; más que nada, para asegurarme de que realmente estaba bien, de que no solo quería tranquilizarme. En cuanto me notó convencida, me preguntó cómo me iba todo, y la conversación volvió a un terreno más neutral.

El día transcurrió despacio, estaba muy inquieta por la noticia que acababa de recibir. Fui a la clase que tenía por la tarde, volví, comí sin ganas, revisé los apuntes, miré la pantalla del televisor sin prestarle atención… Los demás entraron y salieron, pero no se quedaron mucho tiempo. Todos tenían sus obligaciones. No me importó demasiado, en el fondo no tenía ganas de hablar con nadie.

Seguía sin ganas cuando Jack entró en casa. Vi de soslayo que soltaba la chaqueta en el sillón, pero no le dije nada. Él tampoco abrió la boca. Fue directamente a ducha y yo no aparté la mirada de los apuntes.

Sí que lo miré cuando salió. Más que nada, porque me di cuenta de que se había arreglado. Vestía una camiseta negra y unos vaqueros poco usados.

—¿Eso es nuevo? —Se me escapó.

Jack me miró de reojo y luego recogió la chaqueta.

—Sí.

—Te queda muy bien.

—Gracias.

Y eso fue todo. Al menos, hasta que sonó mi móvil y me tensé de una forma tan obvia que Jack se dio cuenta y se quedó observándome sin disimulo. Temía que fuera Monty, pero hubo suerte.

—Hola, Chris.

—¡Hola, Jenna! Tengo buenas noticias.

—¿Sí? ¿Cuáles?

—¡Por fin tengo plaza para ti!

Parpadeé, sorprendida.

—¿Tienes una habitación disponible?

Jack, que seguía mirándome con descaro, entrecerró los ojos.

—¡Sí! —aseguró Chris—. Recuerdas esa chica que te mencioné, ¿no? La que tenía una habitación individual. Pues le han concedido la beca que esperaba y pasará el resto del semestre en otro centro. Tengo los papeles de la habitación ante mí. ¿Te animas?

Había estado tanto tiempo esperando esa habitación que, al conseguirla, me quedé congelada. Por eso mi respuesta no fue un sí rotundo. Especialmente en un día como ese.

—¿Me lo puedo pensar hasta mañana?

Pude visualizar su mueca de sorpresa.

—Sí, si quieres… Oye, ¿estás bien? Pensé que darías saltos de alegría.

—Es que… mmm… estoy un poco descentrada, lo siento.

—Ah, vale. No te preocupes. A estas alturas del curso, tampoco hay mucha demanda, así que puedo guardártela. —Por su voz, deduje que sonreía—. Tengo que hacer unas cuantas llamadas, ¡ya me avisarás cuando lo decidas!

—Claro. Gracias por todo, Chris.

Al colgar, me quedé mirando los apuntes con tal ausencia, que no me di cuenta de que Jack se me había acercado hasta que lo tuve justo enfrente. Intentaba mostrar indiferencia, pero no dejaba de juguetear con las llaves, que tintineaban sin cesar.

—¿Te vas? —preguntó directamente.

—Chris tiene una habitación libre.

—¿Y la vas a coger?

—Sería lo más lógico, ¿no? —murmuré—. No es que ninguno de los dos esté muy cómodo viviendo con el otro. Te agradezco que no me hayas echado de tu casa, pero... a ver, noto claramente cuándo sobro. No pasa nada. Además, la residencia queda mucho más cerca de la facultad, así que me ahorraría el metro.

Jack me miró tan fijamente que creí que se le había cortocircuitado el cerebro. Eso, obviamente, me puso nerviosa, así que —como hacía en situaciones parecidas— me puse a parlotear para llenar el silencio.

—Podría irme mañana por la noche, por ejemplo —le ofrecí—. Y tú podrías... quiero decir... la habitación es tuya, ¿no? Podrías dormir tú ahí y yo en el sofá, como te dije desde el princip...

—No quiero la habitación —soltó de repente—. Quiero que...

No terminó la frase. Se pasó una mano por el pelo, apartó la mirada y permaneció en silencio. Entonces me miró de nuevo.

—Muy bien. Como quieras.

—No es solo lo que quiero yo, también es lo que quieres tú.

—¿Y qué quieres que te diga?, ¿que te vayas?, ¿así te sentirás mejor?

Como ya había recogido todas sus cosas, se dispuso a marcharse sin añadir nada más. Lo seguí con la mirada.

—¿Vas a huir cada vez que hablemos?

—¿«Huir»? ¡Tengo una fiesta, y ya llego tarde!

—¡Admite que huyes cada vez que toco un tema que no te gusta!

Sin detenerse, Jack me miró por encima del hombro.

—Por fin tenemos algo en común, entonces.

No dio pie a respuesta alguna, sino que se marchó directamente.

Tras unos instantes contemplando la puerta como una idiota, volví a los apuntes en un intento de concentrarme. Aunque resultó relativamente fácil, de vez en cuando pensaba en mi abuela; me preguntaba si estaba bien, porque, a pesar de haber hablado con ella y con Shanon, temía que me ocultaran algo más sobre su salud; luego me convencía de que no era así. Y finalmente volvía a centrarme en los apuntes. Era un bucle sin fin, y muy frustrante.

Pese a todo, fue una noche relativamente tranquila. Naya salió a cenar con unos amigos; Sue tenía un examen, así que se encerró en su habitación a estudiar, y Mike ni siquiera apareció por casa. Técnicamente, estaba sola con Will; me tocó a mí pedir la cena, y no me di cuenta de que había pedido para tres hasta que vi cómo me miraba.

—¿Qué? Si no aparece... pues para mañana.

Él se limitó a encogerse de hombros.

—Como quieras. Pero no lo esperes mucho rato, ¿vale? Si ves que se hace tarde, vete a la cama y descansa un poco.

Aunque le hice caso e intenté dormir, me resultó imposible. Me imaginaba a Jack borracho o colocado por algún rincón peligroso de la ciudad, totalmente desprotegido y perdido. Me entraban escalofríos y empecé a desesperarme. Junto con la preocupación por mi abuela y la decisión sobre si marcharme o no... era demasiado. No conseguí conciliar el sueño.

Frustrada, volví al salón y me tiré en el sofá. Cubierta con mi mantita, empecé a cambiar de canal, solo para pasar el rato: necesitaba uno de mis *realities* de gente chillona. Sí, seguro que eso me distraería.

Por desgracia, no había ninguno. Tras un rato de ver la reposición de un programa de cambios radicales, me entretuve con el móvil. Al principio solo quería comprobar si alguien me hablaba, después me autoconvencí de que quería mirar de nuevo unos vídeos de gente pintando, y finalmente asumí que me limitaba a esperar noticias de Jack. Entré tantas veces a su perfil que estaba segura de que, estuviera donde estuviera, se sentiría observado. Sin embargo, eso no iba a hacer que me escribiera.

*También está la posibilidad de escribirle tú.*

Era otra opción.

**Jenna:** Oye, siento lo que te he dicho antes. No quería discutir otra vez.

Al cabo de cinco minutos, releí lo que había puesto y fruncí el ceño. ¿Por qué me estaba disculpando?

**Jenna:** En realidad no lo siento, porque sabes que tengo razón, pero lo de que no quería discutir es verdad.

Cinco minutos más tarde, volví a repasar la jugada.

**Jenna:** Bueno, sí que digo «lo siento», pero que sepas que tengo razón.

Otros cinco minutos después estaba a punto de seguir haciendo el ridículo cuando la pantalla se me iluminó con una llamada. Del susto casi me voló el móvil a la cara, pero me detuve justo a tiempo. Jack me estaba llamando. Ups.

*Siempre puedes borrarlo todo y fingir que no ha pasado nada.*

Era una opción tentadora, pero al final opté por dar la cara y respondí:

—Em... hola...

—En los mensajes sonabas más segura de ti misma, ¿eh?

Oh, no. Esa forma de arrastrar las palabras…

—¿Estás borracho?

—¿Yo? No. —Y empezó a reírse.

Me puse de pie sin darme cuenta. Tenía que encontrar mis zapatos.

—¿Dónde estás? —pregunté.

—En un lugar llamado mundo.

—Lo digo en serio.

—¿Ahora te preocupa saber dónde estoy?

—Siempre me ha preocupado. Dímelo, vamos.

—¿O qué? ¿Me vas a dar uno de tus puñetazos destructores?

—Jack…

—Estoy en la puerta.

Efectivamente, lo encontré sentado en el rellano. Lo había pillado en medio de un bostezo. Tuvo que parpadear varias veces para enfocarme, y entonces agitó los dedos para saludar.

—Hola de nuevo.

Con la otra mano aún sostenía el móvil, pese a que yo ya había colgado. Estuve a punto de comentárselo, pero entonces vi sus llaves medio encajadas en el cerrojo. Bueno, más concretamente… estaban metidas a presión.

—Dime que no estabas intentando abrir la puerta con la llave del coche, por favor. —A modo de respuesta, Jack empezó a reírse solo. Suspiré—. ¿Puedes ponerte en pie?

—Me lo enseñaron cuando era pequeño, creo que todavía me acuerdo.

Al acuclillarme a su lado, él inclinó la cabeza a modo de reverencia.

—Jennifer…

—Jack…

—Pensé que ya te habrías ido.

—Te he dicho que lo haría mañana por la noche.

Al ver que torcía el gesto, detuve la conversación y le ofrecí una mano para ayudarlo. No la aceptó. Hizo lo que pudo por sostenerse y, acto seguido, entró a trompicones. Cerré la puerta y me fijé de nuevo en él. Estaba con la espalda pegada a la pared y los ojos cerrados.

—Creo que si me muevo, me caigo —advirtió.

—Puedes caerte sobre mí —le ofrecí medio en broma—. Podría ser tu cojín.

—Cuidado con lo que ofreces, que quizá lo acepto.

—¿Estás bien? —Cambié el tono por uno más serio.

Él abrió un ojo y me sonrió con ironía.

—¿Lo preguntas en serio? ¿Y tú qué crees?

Jack se inclinó y me miró de arriba abajo. En la minuciosa inspección, sus ojos acabaron clavados en mi boca durante unos dolorosos segundos que concluyeron con una sacudida de cabeza.

—Ojalá nuestro segundo primer beso hubiera sido mucho mejor de lo que fue.

No quería hablar de eso —y menos en ese estado—, así que opté por cambiar de tema:

—¿Por qué no nos sentamos un momento?

—No me apetece sentarme.

—Vamos, es solo para que no te marees.

Resopló, pero finalmente arrastró los pies hasta el sofá. Una vez allí, se desplomó y soltó un nuevo resoplido, ahora mucho más exagerado. Para ayudarlo, tan solo se me ocurrió —gracias a mis interminables búsquedas internáuticas— llevarle un vaso de agua, y diría que acerté. Se le iluminó la mirada.

Fingió que no podía mover el brazo y lo dejó caer inútilmente sobre el sofá, entonces me miró con su mejor mueca de cachorrito indefenso.

—Oh, tendrás que ayudarme…

—¿Seguro que no puedes levantar el brazo?

—¿Te arriesgarás a que me moje, me resfríe y me muera?

Me senté a su lado y sonrió con aire malicioso. Le acerqué el vaso lleno de agua. Muy gustosamente, se lo acercó a la boca; sin embargo, dio un respingo al primer sorbo.

—¿Qué…? ¡¿Me has traído agua?!

—Sí… ¿qué pasa?

—¡Que quería otra cosa!

Hice una pausa y me puse muy seria.

—No voy a darte alcohol, así que ya puedes ir olvidándote de eso.

Jack reposó la cabeza sobre el respaldo del sofá y cerró los ojos: asumía su derrota. No le di mucha importancia hasta que, pasados unos segundos, siguió sin decirme nada. Acerqué una mano a su mejilla. La barba de varios días me pinchó la palma cuando le di un toquecillo.

—¿Jack? —murmuré—. ¿Estás bien?

—Ajá…

—Quizá debería ir a buscar a Will.

Pero no llegué a hacerlo. Su mano salió disparada para sujetarme el brazo.

—No —replicó con voz firme.

—Pero…

—No. Déjalo. —Dudó un momento—. Por… por favor.

¿Jack pidiendo «por favor»?

*Marcaremos este día histórico en nuestros calendarios.*

—Deberías beber un poco —le sugerí.

—Ahora empezamos a entendernos…

—Agua.

—Retiro lo de antes.

—¡Bebe de una vez!

Él arqueó las cejas y obedeció. Sin ayuda, claro. Cuando se lo terminó, me devolvió el vaso con una sonrisa inocente. No le duró demasiado tiempo.

—¿Te quedas a vivir aquí?

Intenté fingir que no lo había oído.

—¿Tienes hambre? Ha sobrado una hamburguesa.

Fue la distracción perfecta. Se quedó mirándome fijamente, sorprendido, hasta que de pronto esbozó la sonrisa más tierna que había visto en mucho tiempo.

—¿Me has pedido la cena?

—¿Eh…? No. Qué va. Ha sobrado y punto.

Fui directamente a la cocina, la calenté un poco y volví a su lado. Jack tenía una sonrisa de crío, como si aquello fuera un gran acontecimiento en vez de una hamburguesa recalentada. Se la zampó mientras veía la televisión, y me encontré a mí misma sentada a su lado. Seguía puesto un programa de esos de medianoche que nadie elige y al que solo se presta atención cuando uno no puede dormirse, pero ambos nos enganchamos de todas formas.

Tras finalizar el primer episodio, Jack dejó el plato vacío sobre la mesa, se acomodó mejor y apoyó la cabeza en mi hombro.

—Bueno, ahora que he terminado… —empezó, levantando y bajando las cejas—. Estamos aquí, los dos solitos… sin que nadie nos vea… ¿se te ocurre algo que hacer?

—Dormir.

—Creo que no nos estamos entendiendo.

—¿No? ¿Y se puede saber qué tenías en mente?

Jack mantuvo la sonrisita.

—Pueees…

—Vale, es mejor que no me lo digas.

—¿Estás segura? Me gusta mucho escandalizarte.

Quise reírme de su broma, pero al final solo sacudí la cabeza. Jack me contempló unos instantes más antes de fruncir el ceño.

—¿Por qué estás triste?

Conocía el motivo, pero aun así no quise decirlo.

—¿Cómo sabes que lo estoy?

—Te conozco. Sé qué cara pones cuando estás triste.

No supe qué decirle. Más que nada, porque no esperaba que alguien me pillara tan deprisa. Si los demás se habían dado cuenta de que me sucedía algo, posiblemente lo habían relacionado con el asunto de Jack o directamente no me habían preguntado nada.

Y, sin embargo, él se había dado cuenta incluso estando borracho y colocado. Lo miré de soslayo. Sus grandes ojos, asomados entre los mechones de pelo castaño claro, no se perdían detalle.

—Es por mi abuela —confesé. Era la primera persona a quien se lo contaba—. Hace poco... digamos que estuvo mal, y mis hermanos no me lo dijeron.

—¿Por qué no?

—Según ellos, no querían preocuparme. Al menos Spencer y Shanon; con los demás no me hablo.

—¿Y con tus padres?

—Tampoco. Un día me harté de callarme lo que pensaba, y no les gustó lo que tenía que decir.

Jack reflexionó sobre mis palabras durante un buen rato. Finalmente, esbozó media sonrisa.

—Me alegro. No se merecen a alguien como tú en sus vidas.

—Optaré por tomármelo como un cumplido —bromeé en voz baja.

—Lo es, Jen. Eres buena, dulce, cariñosa, comprensiva... Nadie se merece a alguien como tú.

—Oye... no hace falta que...

—Y siento lo de tu abuela. Espero que se ponga bien.

Había empezado a ponerme nerviosa con tanto halago, pero eso último hizo que le sonriera con sinceridad. No quería hablar de mi abuela y, pese a que agradecía sus buenos deseos de todo corazón, decidí desviar un poco el tema.

—¿Por qué creías que estaba triste?

Ahora era él quien intentaba desviar el tema. O, por lo menos, eso deduje por su cara de concentración. Al final no debió de encontrar ninguno, porque se limitó a acomodarse mejor sobre mi hombro.

—Creía que era por mí —confesó por fin en voz baja—. No sé qué me pasa últimamente. No valgo para nada.

—Jack, por favor... no digas eso. Sabes que no es verdad.

—No hace falta que disimules para hacerme sentir mejor, ¿sabes?

—¡No lo hago!

—Este año he pensado muchas veces en ti —añadió torpemente—. De muchas maneras, y no todas muy elegantes, lo confieso, pero… A veces te imaginaba en tu casa, metida en tu habitación cursi con esa colección de música que ni siquiera conoces, abriendo tu libretita, esa en la que tenías tus mayores orgullos y tus mayores fracasos… Y te imaginaba apuntándome en las últimas páginas. —Hizo una pequeña pausa. No me miraba—. No quiero ser tu error, Jen.

De alguna forma, supe que no esperaba una respuesta. Permanecí en silencio y dejé que continuara. Seguía sin mirarme.

—Sé que estos días me he comportado de una forma… eh… un poco complicada. Puedo manejar la situación cuando estoy con los demás, pero contigo me viene todo muy grande. Nunca me había encontrado con que alguien a quien quisiera pudiera marcharse, y menos por segunda vez… No sé cómo se supone que tengo que actuar.

Esa vez sí que me incliné para que me mirara. Por fin, Jack levantó la mirada; pese a seguir con la cabeza sobre mi hombro, me observó a través de sus pestañas.

—Podrías intentar ser tú mismo —le sugerí medio en broma.

—No sé si estás preparada para mi sentido del humor cuando soy yo mismo…

Al cabo de unos instantes, su sonrisa empezó a desvanecerse.

—¿Y si este siempre ha sido mi verdadero yo? —murmuró. Su voz apenas era ya audible—. ¿Y si siempre he sido así y contigo solo intenté engañarme a mí mismo? Me he pasado tanto tiempo criticándolo… y al final soy como él.

Eso me hizo reaccionar al instante.

—¿Como quién? ¿Como Monty? —Al ver que no respondía, negué con la cabeza—. Jack, no digas eso. Tú no eres así, ¿vale? Tienes tus más y tus menos, como todo el mundo, pero nunca te compares con una persona como esa.

—Pero…, lo que te dije…

—Estuvo mal, sí. Y yo también te he dicho muchísimas cosas que están mal. ¿Y piensas por eso que yo también soy como él?

Era obvio que Jack dudaba.

—No.

—Entonces, no te juzgues a ti mismo peor de lo que me juzgarías a mí.

Esa vez, el silencio duró algo más. Llegó al punto de levantar la cabeza para mirarme. Me recorrió el rostro con los ojos, pero por una vez no se detuvo en mis labios, sino en mi mirada. Parecía devastado. Lo había visto triste muchas veces, pero nunca dejándose llevar por su propia vulnerabilidad.

—Todo lo que te dije… no lo decía de verdad, ¿sabes? Es que… lo siento mucho, sé que es horrible, pero… quería que… que sintieras algo parecido a lo que sentí yo cuando me dejaste.

No sabía qué podía responder, así que tragué saliva.

—¿Sigues queriéndolo?

—No. —La respuesta fue inmediata, y no despegó la mirada de la mía—. Solo quiero verte cada día. No te vayas otra vez, Jen.

Ahora era yo quien dudaba. Sabía que me lo pedía sinceramente, pero en mi cabeza solo existían el olor a alcohol que desprendía y ese par de pupilas dilatadas. Bajé la mirada.

—Si me lo pides de nuevo estando sobrio… vale, no me iré. Pero ahora no es un buen momento para conversaciones profundas. Deberías ponerte el pijama.

Se observó la ropa. Por algún motivo, pareció divertido.

—¿Tanta prisa tienes por desnudarme? Mushu, por favor, un poco de decencia.

*Oh, no. Mushu ha vuelto.*

—¿A que no te ayudo? —lo amenacé.

—Vale, vale. Me callo.

No tenía nada que ponerse, así que revisé la cómoda en la que, al parecer, ahora guardaba sus cosas. Me hice con unos pantalones de algodón y una camiseta de manga corta. Por suerte, les dio su aprobación. Sin embargo, siguió pidiéndome ayuda, pues, según él, necesitaba que alguien le echara una mano para no caerse. Yo sabía que era mentira y que podría librarme en cualquier momento; aun así, me empeñé en quedarme a su lado.

Si bien había conseguido no mirarlo demasiado cuando se quitó los pantalones, no tuve la misma suerte con la camiseta: su pecho había cambiado un poco.

—Pero ¿qué…? —Subí la voz diez decibelios al verle las marcas de tinta en la piel; formaban la silueta de un ciervo de impresionante cornamenta, con hojas alrededor. Le ocupaba el pecho entero—. ¡¿Desde cuándo tienes esa cosa?!

Jack parpadeó y miró abajo como si no recordara qué se había hecho. Al ver el tatuaje, sonrió.

—Ah, ¿esto? En Francia hicimos una apuesta. Querían ver si era capaz de cometer alguna locura.

—¡¿Y tú decidiste tatuarte todo el pecho?!

—Eh… sí.

—¡Jack!

—¡Estaba borracho y tenía cuatrocientos euros! ¿Qué otra cosa iba a hacer?

Estuve tentada a pasarle los dedos por encima, pero no me atreví. Al final, logré apartar la mirada y respiré hondo. No era mi problema. Se trataba de su dinero y su decisión, y casi prefería que lo invirtiera en eso que en otras cosas.

—¿No te gusta? —preguntó.

—¿Eh? Bueno, sí…, es bonito… Un poco grande para mi gusto, lo admito, pero…

—Tendremos que ver dónde te lo haces tú.

Le pinché el hombro con un dedo para tumbarlo en el sofá. Me sorprendió que no pusiera la más mínima resistencia. Simplemente se estiró para que la manta le cubriera desde los pies desnudos hasta el mentón. Cuando estuvo cómodo, me sonrió como un angelito.

—Intenta descansar un poco —murmuré—. Si necesitas cualquier cosa… Ya sabes.

No había llegado a ponerme de pie cuando volvió a sentarme. Con una mano me asía la muñeca y tenía un mohín en la cara.

—Creo que dormiría mucho mejor si alguien me hiciera compañía —comentó en tono lastimero—. Tengo taaanto miedo a la oscuridad…

—¿Quieres que llame a Sue?

—Nah, me conformo contigo.

—Oh, muchas gracias por conformarte, pedazo de idiota.

Jack empezó a reírse, pero no me soltó. De hecho, tiró todavía más de mi muñeca. No lo hacía con mucha fuerza, pero sí con insistencia. No bromeaba.

—Duerme conmigo —me pidió en voz baja—. Por favor.

Dubitativa, eché una ojeada al pasillo.

—¿Estás seguro?

—Sí.

—¿Aquí?, ¿no en la habitación?

—Aquí estaremos bien.

De nuevo, dudé. No iba a negar que también me apetecía, pero no quería que al despertarse me echara a patadas. Después de todo, no estaba en sus cabales.

—¿Y si mañana te arrepientes? —repliqué finalmente.

Jack me contempló unos instantes antes de resoplar burlonamente.

—¿Crees que no he querido hacerlo desde que volví a verte?

Me había soltado la muñeca y se apartó para dejarme sitio. Me observaba con atención, pendiente de mi decisión, y finalmente dejé las gafas sobre la mesa.

—Vale.

Jack contuvo la respiración cuando me tumbé justo delante de él, rozándole el pecho con la espalda. Y entonces, casi como si temiera que yo me lo repensara, me rodeó el abdomen con el brazo y tiró de mí hasta tenerme bien pegada. Ya estábamos tapados con la manta, y levanté un poco la cabeza cuando me acercó parte de su almohada.

—Ya no tienes escapatoria —bromeó.

Me lo dijo en la oreja, y su aliento cálido me removió un poco. Aún no estaba acostumbrada a tenerlo de nuevo tan cerca.

—Oh, así que todo esto era una trampa. —Continué su broma.

—Por supuesto. Olvídate de ver otra vez la luz del sol.

—Qué pena. Me gustaba tomar el sol.

—Pórtate bien y dejaré que te asomes a una ventana.

—Muchas gracias por tu misericordia.

Mi cuerpo se sacudió un poco con el suyo cuando se rio. Por primera vez me sentía como si el tiempo no hubiera pasado y nuestra relación no hubiese cambiado en absoluto. Me habría gustado congelar el tiempo y quedarnos para siempre en ese sofá, tal y como estábamos.

Jack finalmente me rodeó también con el otro brazo y apretó el pecho contra mi espalda. Entonces, noté que apoyaba la mejilla en mi cabeza.

—¿Estás bien así? —preguntó.

No me había dado cuenta de mi silencio hasta que me obligué a hablar de nuevo:

—Sí. Genial.

—Bien. —Jack dudó un instante, su boca seguía contra mi pelo—. Buenas noches, Jen.

—Buenas noches, Jack.

Y, entonces sí, conseguí quedarme dormida.

# 8

## El cuchillo volador

Naya no solía andarse por las ramas; tan pronto como le conté lo sucedido la noche anterior, quiso salir conmigo a solas para comentar la jugada. Como de costumbre, me tocó esperarla un buen rato, así que tuve que aguantar durante varios minutos el silencio incómodo que se creó entre Jack, Will, Sue y yo, mientras estábamos todos en el salón.

Cuando mi amiga por fin apareció, casi solté un suspiro de alivio.

—¡Adiós, chicos! —anunció, mirando especialmente a uno de ellos—. ¡Te la robo por un ratito, Ross!

Me puse roja en un tiempo récord. Jack nos miró, pero no pude ver su expresión porque mi queridísima amiga ya me había arrastrado hasta el vestíbulo.

—Me encanta sembrar el caos —comentó tras pulsar el botón del ascensor.

—¡Naya!

—¡Perdón, no he podido resistirme! —Hizo una pausa para colocarse las gafas de sol—. Es una pena que las cosas no sean como antes… Me gustaba mucho vuestra relación. Más que este tira y afloja.

—A mí también, créeme.

—Quizá necesitéis pasar más tiempo a solas.

—Ya lo hemos intentado, Naya. Siempre acabamos discutiendo.

—¡Porque él siempre está borracho! Los borrachos se ponen de mal humor. Tienes que pillarlo un día que esté sereno. Hoy, por ejemplo.

—No sé yo si esa lógica…

—¡Hoy es el día perfecto para el plan!

Me detuve nada más salir del ascensor, y le dediqué una miradita de desconfianza.

—¿Qué plan?

—Un buen mago nunca desvela sus trucos.

Me gustó pasar la mañana con Naya. Si bien teníamos conceptos un poco distintos sobre qué significa pasarlo bien —ella quiso que nos hiciéramos las uñas, mientras que yo quería ir a los recreativos del centro comercial—, nuestras conversaciones me recordaron aquellas que teníamos cuando me llamaba desde el piso y yo seguía en casa. La acompañé a comprarse ropa —yo no miré nada para mí— y luego pasamos por el parque a tomar un helado; ya de camino a casa, paramos en el supermercado porque... ¡sorpresa! En el piso no había absolutamente nada para comer.

Me gustó que no habláramos más sobre Jack en toda la mañana; sin embargo, tenía claro que Naya retomaría al asunto en algún momento: lo hizo al entrar de nuevo en el ascensor.

—Quizá le estemos dando demasiadas vueltas —comentó Naya.

—¿A qué?

—Al asunto de Ross. Lo tratamos como a un niño pequeño que no sabe qué está haciendo mal, pero en realidad es todo lo contrario: un adulto perfectamente consciente de sus actos.

—Pero sigue haciéndolo.

—Sí... —Naya suspiró—. No sé, cuando está contigo no se comporta de un modo tan exagerado. Quizá se acuerda de lo bien que estabais el año pasado.

—Entonces ¿qué? ¿Intento hacer como si nada hubiera cambiado?

Lo dije medio en broma, pero Naya me sujetó de los hombros y empezó a sacudirme como si le hubiera dado el elixir de la vida eterna.

—¡Eres un genio!

—¿Crees que es una buena idea? —pregunté, dubitativa.

—¡Pues claro, Jenna! Que se dé cuenta de lo que se está perdiendo por actuar como un descerebrado. Y más después de lo de anoche.

—No sé si se acuerda de lo de anoche, Naya.

—¿No ha dicho nada?

—No...

Al despertarnos, solo había dicho que se encontraba fatal. Tras vomitar en el cuarto de baño, se había dejado caer en el sofá cubriéndose la cara con las manos. ¿Y cuál había sido mi única interacción con él en toda la mañana?, llamar a la puerta del baño para preguntarle si necesitaba algo; me había gruñido que no entrara.

Por lo tanto, no. No tenía ninguna certeza de que recordara algo de la noche anterior.

Naya suspiró.

—Pues dejaremos que las cosas sigan su curso, a ver qué pasa. ¿Lista?

Lo preguntó al salir del ascensor. Jugueteaba con las llaves del piso, esperando una respuesta. No me quedó otra que asentir:

—Sí, claro... Vamos allá.

Las cosas seguían tal cual las habíamos dejado: en silencio absoluto. Sue estaba sentada en un sillón leyendo un libro; Will y Jack, en el sofá viendo la televisión, y Mike paseaba por la cocina con una cerveza y una sonrisa de oreja a oreja.

—Cuñada, esos pantalones te hacen un culito precioso —aseguró.

Jack le clavó una mirada con los dientes apretados, y volvió la cabeza otra vez hacia el televisor. No era un buen comienzo.

—No sé en qué mundo crees que eso es un cumplido, Mike —murmuré.

—Sí, es asqueroso —añadió Naya—. Aunque, pensándolo bien, todos tus cumplidos lo son.

Mike se encogió de hombros y siguió a lo suyo, mientras ella se lanzaba al sofá para caer sobre Will. De lo bien que la conocía, enseguida supo que algo tramaba.

—¿Qué haces?

—¡Saludarte! Qué buen día hace hoy, ¿verdad?

—Eh…

—¿A que hace un día genial, Jenna?

Todos se volvieron hacia mí, que me había quedado de pie como un pasmarote.

—¡Sí! —respondí con un entusiasmo poco realista—. Es… mmm… ¡un día precioso!

Sue negó con la cabeza y se centró de nuevo en el libro.

—Qué discretitas sois.

Mientras Naya seguía parloteando, coloqué las bolsas de la compra en una encimera de la cocina. Oí que mencionaba algo sobre salir a pasear con Will y supuse que era su intento de dejarnos a solas. Sin embargo, se había olvidado de que en el salón había dos personas más: Mike acababa de sentarse junto a Sue y no parecía que tuviera intención de marcharse. Encontrar un momento para hablar a solas con Jack sería muy complic…

—¿Te ayudo?

Estaba agachada para meter los cereales en el armario, pero levanté la cabeza de golpe. Jack se encontraba de pie frente a mí con las manos en los bolsillos.

Ya me había acostumbrado a su aspecto de cansancio, pero ese día era mucho peor: las ojeras más marcadas, el pelo mucho más desordenado y enmarañado, la camiseta arrugada y la piel pálida… casi parecía enfermo. Me dio mucha lástima verlo de esa forma.

Sin embargo, lo que más me llamó la atención fue su actitud. Era distinta. Parecía… incómodo. Incluso nervioso.

Tardé tanto en analizarlo que casi se me olvidó su pregunta.

—Sí, vale —carraspeé, y me puse en pie para darle una de las bolsas—. ¿Puedes poner esto en el armario de arriba? Yo no llego.

Jack asintió. Mientras guardaba los cereales, noté que me miraba de soslayo. Me extrañaba que se hubiera ofrecido para ayudar; no solía hacerlo, ni siquiera cuando salíamos juntos. Sin mediar palabra, fui pasándole la comida en silencio y él fue colocándola del mismo modo.

Llegué a pensar que el silencio reinaría hasta que termináramos la tarea, pero entonces carraspeó y me volví hacia él. Me observaba con atención.

—Sigo queriendo que te quedes.

Por un instante, mi cerebro fue incapaz de procesar esa información.

—¿Qué?

—Me dijiste que solo me harías caso si te lo pedía cuando estuviera sobrio. Pues... ya lo estoy, y no he cambiado de opinión. Sigo queriendo que te quedes.

Yo seguía sin reaccionar; Jack tampoco me dio demasiado tiempo para hacerlo: tras decir eso, volvió a ponerse la máscara de indiferencia para ocultar su vergüenza, terminó de colocar las cosas en silencio y volvió al sofá rápidamente.

Naya no perdía detalle.

—Hoy estaría bien almorzar algo casero —comentó casi a gritos, para que la oyéramos todos—. ¿Verdad, Jenna? Alguien debería ayudarte.

Pronunció la última frase mirando exclusivamente a Jack, quien, al darse cuenta, se hundió un poquito más en el sofá para desaparecer. Naya frunció el ceño.

—¿Nadieeeeee...?

*Ay, Naya...*

Por fin se ofreció un voluntario, pero no precisamente el que ella tenía en mente.

—¡Yo quiero ayudar! —exclamó Mike felizmente.

—¿Tú? —repetí.

—¿«Ayudar»? —preguntó Will.

—¿Sin pedir nada a cambio? —añadió Sue.

Ante la oleada de preguntas, Mike puso los brazos en jarras, indignado.

—¿Se puede saber por qué os sorprende tanto?

Estaba tan perpleja que no reaccioné hasta ese momento.

—Eh..., vale. Ayúdame si quieres.

—¡Genial!

En cuanto entró en la cocina conmigo, me di cuenta de que ni siquiera sabía qué íbamos a cocinar. Solo se me ocurría preparar un pollo con verduras al horno: las saqué de la nevera mientras Mike, con una enorme sonrisa, se lavaba las manos. Nunca habría imaginado que colaborar en la cocina le hiciera tan feliz.

—¿Te apetece que nosotros vayamos a dar una vuelta? —le preguntó entonces Naya a Will.

—¿Puedo ir? —intervino Sue—. No quiero quedarme aquí con Jenna y los hermanos Monster.

Le hice una mueca.

—Vaya, gracias.

Will había empezado a reírse. Yo no tenía muy claro si era por lo que había dicho Sue o por los tristes intentos de Naya de alejarlo de la casa.

—Me parece bien, vamos a dar una vuelta.

Una vez a solas, Mike se dio la vuelta hacia mí; se frotaba las manos con entusiasmo.

—¿Qué hago?, ¿puedo usar un cuchillo?

—Eh…, puedes cortar las patatas —dije, y asintió alegremente—. Mientras tanto…

—Yo también.

Ambos nos volvimos hacia Jack. Se había plantado en la cocina con los ojos entrecerrados. En cuanto pudo, le robó la patata a Mike y se metió entre nosotros dispuesto a cortarla.

Su hermano mayor, por supuesto, no pudo aceptar que le robaran el puesto.

—¡Devuélveme mi patata! —exigió.

—Ahora es mía.

—¡Jenna, dile que era mi tarea!

—Hay muchas cosas por hacer —me apresuré a decir—. ¡También puedes…!

—¡Yo quería cortar la patata!

—¡Pues lo hago yo!

—¿Por qué?

—¡Porque lo hago mejor que tú!

—¡Hay más cosas! —atajé enseguida, y tiré del brazo de Mike para acercármelo—. Ayúdame con el pollo y ya está, ¿vale?

Se colocó a mi lado y me ayudó a sacar cosas de la bolsa. Jack se quedó mirándonos, fastidiado. Mike no lo desaprovechó y le sacó la lengua. Y así estuvieron durante todo el rato.

*Sue tenía razón. Seis años mentales.*

Pasé de intentar poner paz y los ignoré por completo. Cada vez que les pedía algo, se peleaban como dos críos para llegar en primer lugar. De hecho, cuando les pedí que cortaran la última tanda de verduras, se estaban empujando el uno al otro. Mike tiró un bote de salsa al suelo y se derramó parte del contenido. Ambos se detuvieron para contemplarlo.

—¿Ves lo que has hecho? —espetó Jack al tiempo que agarraba un trapo y se lo lanzaba a la cara.

—¿Yo? —Mike se lo lanzó a él—. ¡Me has empujado tú!

—Si no estuvieras en medio, ¡no te habría empujado!

Continuaron lanzándose el trapo mientras discutían y daban vueltas por la cocina. No me habría importado de no haber sido porque, en un momento dado, Mike chocó de espaldas conmigo mientras yo cortaba las últimas verduras.

*Auch.*

La punzada fue inmediata. Me miré la mano; tenía un corte bastante feo en la palma y, pese a que debido a la sorpresa todavía no me dolía, sí que noté cómo se me tensaba todo el cuerpo.

El cuchillo chocó contra la encimera; casi al instante, Jack se adelantó a toda velocidad, apartando a su hermano por el camino.

—¿Estás bien?, ¿te has hecho daño?

Como una imagen vale más que mil palabras, le enseñé el corte de la mano. Jack abrió mucho los ojos y, tras un segundo de pánico, se apresuró a sacar cosas de un cajón hasta que dio con un trapo limpio.

—No pasa nada —me dijo, seguramente más para sí mismo que para mí—. No pasa nada... No es nada, ya verás.

—Solo es un corte —comenté, pero no me hizo mucho caso.

—Eres un idiota —regañó a Mike—. ¡Si no te hubieras puesto en medio, Jenna estaría bien!

—¡A lo mejor, si TÚ no te hubieras puesto en medio, no tendríamos un problema!

—Chicos...

—¿Que yo estaba en medio?

—¡Sí, siempre molestas!

—¿Hola?

—¡Tú sí que molestas!

—Chicos, no...

—¡Eres un pesado, nunca sabes cuándo sobras!

—¡Yo nunca sobro, le doy mucha vidilla a la casa!

—¡¿Podéis dejar de discutir como dos críos por un momento?! —exploté—. ¡Estoy sangrando, por si se os había olvidado!

Intercambiaron una mirada antes de acercarse a la vez. Jack levantó un poco el trapo para ver la herida. El trapo ya estaba empapado de rojo oscuro.

—¿Por qué no deja de sangrar? —se preguntó a sí mismo en voz baja.

Fue en ese instante cuando Mike se dio cuenta de que había sangre a su alrededor y empezó a entrar en pánico.

—¡¿Y si se muere desangrada?! ¡No sé si podré vivir con la muerte de alguien en mi conciencia!

Miré a Jack, aterrada.

—¿Puedo... morir?

—¿Qué? ¡Claro que no! Si es un cortecito de nada. —Lo dijo demasiado rápido, tampoco se me pasó por alto la mirada de advertencia que dirigió a su hermano—. Y tú, cállate.

—¿Qué pasa si el cuchillo estaba infectado?

—¿I-infectado...?

—¡Mike, cállate!

—¿Y si no podemos parar el sangrado? ¿Y si...?

—Ven —me dijo Jack, ignorándolo—, vamos al hospital.

—¿A-al... hospital? ¿No has dicho que no era nada?

—No discutas ahora —me urgió antes de mirar a su hermano—. Y tú te quedas, pesado.

—¡Nooo! ¡No me dejéis solito!

Así pues, acabó en el coche con nosotros. En otras circunstancias habría advertido que por primera vez en mucho tiempo Jack me acompañaba a algún sitio, pero estaba demasiado preocupada por la supervivencia de mi mano. Debido a mi distracción, no me fijé en que Jack conducía tan rápido como si su vida le importara un bledo.

Mientras cruzábamos un semáforo en ámbar, bajé la mirada. Tenía la manga del jersey empapada. Incluso había llegado alguna salpicadura a los pantalones.

—Ay, no.

Jack se giró de forma casi automática.

—¿Qué? ¿Qué pasa? ¿Estás bien?

—Es que me he destrozado el jersey —protesté al tiempo que se lo enseñaba.

Si ese día no me mató con la mirada, seguro que no podría haberlo hecho en ninguna otra ocasión.

—¿Estás preocupada por el jersey?

—Es un jersey precioso.

—Sí, y una mano preciosa. Céntrate.

También debía de decírselo a sí mismo, porque echó una ojeada al retrovisor y, acto seguido, adelantó a dos coches que iban rapidísimo, si bien no tanto como nosotros. Quise aferrarme al asiento, pero no pude porque sujetaba el trapo contra la herida abierta. Jack volvió a adelantar; luego cruzó otro semáforo en ámbar.

—Te ha sacado el dedillo —le comentó Mike al pasar junto a uno de los coches—. ¿Quieres que yo también se lo saque?

—Quiero que te calles.

Tras aparcar el coche frente al edificio de urgencias, Jack me guio apoyando la mano en la parte baja de mi espalda. Mike nos seguía de cerca, aunque sin prestarme tanta atención. Jack estaba completamente centrado. Incluso se detuvo ante la mujer del mostrador para pedir la ficha. Al empezar, se sentó al lado opuesto de Mike, dejándome en un muy incómodo centro.

—¿Y qué pasaría si te murieras? —me preguntó Mike—. Es decir... no digo que quiera que pase, ¿eh? Pero hay que preguntar.

—Mike, cállate —masculló Jack sin mirarlo.

—Es que tengo curiosidad. ¿Sus cosas pasarían a ser nuestras? Porque yo estoy interesado en la habitación.

—No planeo morirme —repliqué—. Siento robarte la ilusión.

—Qué pena.

—Mike. —Jack lo miró fijamente—. Hay unas máquinas geniales en ese pasillo de ahí. Ve a comprarte algo de comer y cierra la boca.

—No tengo hambre.

—Sí, sí que tienes.

—Vale, pues tengo hambre, pero no llevo dinero.

Su hermano puso los ojos en blanco y le lanzó cinco dólares. Mike los atrapó al vuelo y se dirigió felizmente a la máquina. No tardó en volver con tres chocolatinas y un refresco. Por un momento, creí que eran para repartir. Salí de dudas cuando empezó a zampárselo él solito.

Mientras Mike comía a mi izquierda, me volví disimuladamente hacia la derecha y vi que Jack ya casi terminaba; todo lo que había puesto en la ficha era correcto. ¿Cómo era posible que se acordara de todo? Al ver mi día de nacimiento, recordé que en pocos días sería mi cumpleaños, faltaba menos de una semana. Esbozó la última cruz y llevó la ficha a la mujer del mostrador, que le sonrió.

Al sentarse de nuevo conmigo, señaló la herida con la cabeza.

—¿Te duele?

—No mucho —admití—. No sé si era tan grave como para venir.

Enarcó una ceja casi al instante.

—Sí que era para venir —remarcó—. ¿Desde cuándo eres tan despreocupada?

—Perdón por contradecirte, papá.

—¿Soy papá por tener sentido común?

—Oye, cuñada. —Mike me clavó tal codazo para llamar mi atención que casi me dejó sin costillas—. ¿Crees que esa chica me está poniendo ojitos?

Se refería a una muchacha muy mona que tecleaba en el móvil. De vez en cuando, levantaba la cabeza y reposaba la mirada sobre uno de mis acompañantes, sí, pero hacia el otro: iba directa a por Jack.

Mi conciencia soltó un ruidito de desaprobación.

*Mmm.*

Jack ni siquiera se había dado cuenta, observaba mi mano con el ceño fruncido, muy ocupado en su tarea. Mike tampoco, pero por su carácter; no necesitaba excusa.

—Sí, te está mirando —le dije al último—. Yo, de ti, iría a por ella.

*Eso es. Estrategia.*

—Vigila mi comida. Voy a atacar.

—Vale. Suerte, soldado.

Se puso en pie y se acercó a la chica con una amplia sonrisa. Jack y yo lo observamos cuando se sentó a su lado, dispuesto a engatusarla. La chica no tardó en olvidarse de mi nov… eh… de Jack, y centrarse en su hermano.

—Bueno, algo juega a su favor —murmuró el acompañante que me quedaba—, tiene un don natural para enredar a la gente.

Tardé unos segundos en responder. Sabía lo que quería decir y me moría de ganas por saber una cosa, pero no estaba del todo segura de si me atrevía a expresarlo en voz alta.

Al final, lo solté:

—A ti tampoco se te da mal.

Él iba a decir algo, pero la enfermera nos interrumpió al llamarme por el altavoz.

Unos veinte minutos más tarde, llevaba media mano vendada y estaba equipada con una pomada y pastillas. Y todo por un corte. Me contuve para no protestar de nuevo. Suerte que se trataba de mi mano izquierda, al menos podría tomar apuntes con normalidad.

El doctor nos había soltado un discurso sobre cómo utilizar objetos cortantes. Lo escuché sin quejarme, pero cuando se puso a relatar la serie de cuidados que debía aplicarme en la mano, ya no me pude aguantar.

—¡Solo es un corte! No pasa nada.

—Señorita Brown, una infección en un corte puede devenir en algo más grave de lo que cree. Tómese las pastillas y póngase la pomada siguiendo las instrucciones indicadas.

—Pero…

—Lo hará —aseguró Jack por mí.

Le puse mala cara.

—Eso lo decido yo.

—Lo harás y punto, Jen.

Agotada, suspiré y me dejé caer sobre la camilla. Mientras tanto, ellos continuaron parloteando sobre lo que debía hacer y lo que no. Con un mohín, me miré la mano vendada. Tendría que estar así dos semanas; se me harían muy largas.

Al volver a casa, Mike estaba de mal humor porque al final la chica había pasado de él. Entró con los brazos cruzados en el ascensor y no se molestó en esperarnos para subir; Jack todavía se estaba quitando el cinturón. Lo miré.

—Bueno, no me he amputado una mano, pero esta será una buena anécdota para cuando sea viejecilla.

Esperaba una sonrisa, pero él me dirigió una mirada bastante hostil y bajó del coche. Vaya, qué bien.

¿Estaba enfadado porque no le había dado las gracias? ¿Era porque no me tomaba en serio la situación?

Esperamos el ascensor en silencio y después subimos acompañados por la misma incomodidad. La única intervención salió de mi boca, y se quedó sin respuesta:

—Gracias por llevarme al hospital —murmuré—. Y por… preocuparte. Te lo agradezco mucho.

Jack ni siquiera me miró. Decidí no insistir. Fuera lo que fuese, ya me hablaría cuando lo creyera conveniente.

Sin embargo, ya dispuesto a entrar por la puerta —que Mike había dejado abierta—, se detuvo, con la mirada clavada en la entrada. Estuve a punto de intentar adelantarlo, pero entonces se volvió hacia mí.

—Yo no soy Mike, ¿sabes? —dijo en voz baja.

No entendí a qué se refería, y aún menos por qué lo decía de ese modo.

—¿Qué?

—Que no soy como Mike. No me pongo a ligar con cualquiera que me mire más de dos segundos seguidos.

—Oh. —No supe qué decirle—. N-no… no quería decir…

—¿Qué te crees que he hecho este año?, ¿tirarme a cada persona que se me ha cruzado por delante?

No completamente. Una parte de mí había temido que volviera a comportarse tal como Lana y Naya me habían descrito un año atrás, pero la otra parte sabía que aquella persona no era Jack.

—No lo sé —admití—. Si te soy sincera, he intentado pensar lo menos posible en lo que estarías haciendo. No me sentaba nada bien.

Jack me contempló unos instantes, perplejo. No tanto por lo que había dicho, sino porque yo pudiera creer que realmente se había liado con medio mundo.

—¿Te crees que después de lo que pasó me apetecía enrollarme con alguien?

—No sé… Cuando estamos enfadados no actuamos como lo haríamos normalmente.

Jack apartó la mirada y negó con la cabeza.

—Lo único que me apetecía era que aparecieras por la puerta otra vez, no enrollarme con cualquier desconocido.

Tanta honestidad —sin alcohol ni drogas de por medio— me pilló muy desprevenida. No hizo un ademán de acercarse, pero de alguna forma me sentía como si acabara de dar un paso hacia mí. Uno muy grande.

—No me he acostado con nadie en todo este año —aclaró al ver que no reaccionaba—. No me interesaba lo más mínimo.

—Oh…

Por su mirada insistente, me di cuenta de que esperaba una respuesta; fue muy similar a la suya.

—Yo tampoco he estado con nadie. Ni besos, ni sexo… ni nada. Era totalmente incapaz.

Jack dudó, se inclinó un poco hacia mí.

—¿Y el otro idiota?

¿Monty?

Cuando me marché, parte de mi excusa había sido que quería volver con mi exnovio. Sabía que con ello disuadiría a Jack de querer saber algo sobre mí. Sin embargo, visto en retrospectiva… deseaba haberlo manejado de otro modo.

Jack seguía esperando una respuesta. A cada segundo que pasaba, disimulaba peor sus nervios.

—Nada —repetí—. No podía.

Jack me contempló unos segundos más; de pronto, inspiró con fuerza por la nariz y entró en casa. Lo seguí en silencio. Naya, Sue y Mike estaban en la barra mientras Will terminaba nuestro triste intento de pollo con verduras al horno. Tuve que admitir que su versión olía mucho mejor que la mía, especialmente tras el desastre del cuchillo.

Sue sonrió nada más verme.

—¡La lisiada ha vuelto de entre los muertos!

Le enseñé la mano vendada y aproveché para sacarle el dedo corazón. Mike soltó una carcajada.

—Espero que no te importe que lo haya terminado yo —comentó Will entonces.

—Creo que te adoro.

—No más de lo que me adoras a mí —aclaró Naya con un guiño.

—Por un día comeremos algo que no sea basura procesada —dijo Will—. El mérito es tuyo, Jenna.

—Gracias, pero no lo habría logrado sin la ayuda de... —Dudé un momento cuando noté una mirada clavada a cada lado de mi cara—. De mis *dos* ayudantes.

Por suerte, ambos se quedaron satisfechos con la respuesta y dejaron de pelearse.

Cuando les conté la historia del corte a mis dos hermanos mayores, me bombardearon a preguntas: que si estaba bien, que si había sido grave, que si tenían que ir a buscarme... Pero al comprender la magnitud de la tontería, se pusieron a reír. No podía culparlos. Incluso a mí me parecía ridículo.

Me contaron cómo estaba todo por casa, y después volvió cada uno a sus cosas. En mi caso, asistir a clase y ver quién me ayudaba con la pomada; Naya lo intentó, pero casi se desmayó al ver la herida, y fue Sue quien me hizo las curas.

—Si esto no es nada —protestó mientras me ponía la pomada como si untara mantequilla en un trozo de pan—. ¡Seguro que ni siquiera te duele!

Sí que me dolía, pero se la veía tan orgullosa de mí que me tragué las protestas y asentí con la cabeza.

Por la tarde, Naya tuvo la genial idea de ir al cine. Obviamente, solo pretendía proponer un plan que Jack no declinara, y ninguno era mejor que ese. Por eso nos sorprendió tanto a todos que negara con la cabeza.

—No me apetece.

—¿No? —Incluso Will se extrañó.

Jack apartó la mirada; claramente, buscaba una excusa, pero no se le ocurrió ninguna. Al final, se encogió de hombros y sin demasiado entusiasmo nos acabó acompañando. Iba sentado conmigo en la parte de atrás en silencio. De hecho, se pasó el viaje entero intentando no dormirse.

—¿Estás seguro de que no quieres quedarte en casa? —le pregunté a medio camino.

Él negó sin mirarme.

Ese día hacía más frío del habitual, me había equipado con mi abrigo y bufanda favoritos; Will y Naya también iban bien abrigados, mientras que Jack llevaba una chaqueta ligera. Solo entonces me di cuenta de que esas semanas no lo había visto con ropa que abrigara lo suficiente.

Jack se frotó la nariz enrojecida y cerró los ojos. Decidí mirar por la ventanilla. Cuando su móvil sonó entre nosotros, no quise mirar la pantalla de forma indiscreta; Jack lo puso en silencio al ver quién le llamaba.

—¿Quién es? —le preguntó Will.

Volvió a frotarse la nariz enrojecida y se acomodó mejor, medio dormido.

—Mi mánager.

—¿Y no deberías responderle?

No dijo nada. Cerró los ojos de nuevo. Intercambié una mirada preocupada con los demás, pero nadie quiso intervenir.

Will aparcó un poco lejos de la entrada del centro comercial. En cuanto bajamos del coche, me abrigué bien y esperé a que Jack hiciera lo mismo. Pero no lo hizo, estaba ocupado: se apoyaba con una mano en el capote para no perder el equilibrio. Al darse cuenta de que lo había visto, se apartó y fingió que se sostenía perfectamente. Will no disimuló tanto, tenía el ceño fruncido.

—¿Y si vamos a ver qué películas ponen? —sugirió Naya al notar la tensión.

De algún modo, Jack llegó sin caerse. No dejaba de meter y sacar las manos de los bolsillos, de rascarse la nuca y frotarse la nariz, de rehuir mi mirada... Verlo así me afectó. No podía negar lo evidente. Me sentía como si tuviera frente a mí una sombra de lo que había sido.

Por primera vez desde que había vuelto, me pregunté si siempre sería así; si cada vez que diéramos un paso en la dirección correcta, él proseguiría con uno atrás y recaería. Inevitablemente, aparté la mirada. No quería verlo. La parte de mí que aún creía que Jack era el mismo chico que un año atrás no quería arruinarme esa fantasía.

Mi mirada, ya alejada de él, se detuvo en un grupo de cuatro chicas que llevaban un buen rato observándonos. Cuchicheaban entre sí, y me descubrí a mí misma buscando en sus rasgos algo que me resultara familiar. ¿De qué nos conocían? No solo lo hacían ellas, sino también otras personas que se volvían hacia nosotros. Me revisé la ropa, quizá hubiera alguna imperfección; mientras tanto, mis amigos discernían qué películas eran interesantes.

—¿Y si vemos la de romance? —sugirió Naya con una sonrisa inocente. Will la abrazó por detrás.

—Joder, no —masculló Jack.

Los tres me miraron, querían que les ayudara a decidir, pero yo seguía centrada en la gente que nos observaba.

Y entonces me di cuenta.

No se fijaban en nosotros en general, sino en Jack; como la chica del hospital de la mañana anterior. Él había salido en las noticias, en revistas, periódicos y medios de comunicación. Yo no había buscado mucha información sobre su película, pero sabía que era de las más esperadas de la temporada; claro que conocían su cara. Y encima estábamos en un cine. Era imposible que no lo reconociera nadie. Lo habíamos traído al peor sitio posible.

La hipótesis se confirmó cuando se acercaron dos chicas con el móvil en la mano. Ni siquiera se molestaron en decir nada, simplemente lo grabaron sin un ápice de disimulo mientras pasaban a su lado. Jack se removió, incómodo.

—Vayamos a ver la de misterio. Id a por las bebidas, por favor —sugerí, y luego me volví hacia Jack—. ¿Compramos las entradas y los esperamos dentro?

Pareció algo sorprendido, pero vi en sus facciones un esbozo de alivio cuando asintió.

Esa sensación no duró demasiado. Una vez sentados en la sala, empezaron a asomarse algunas cabezas entre los asientos, se oían cuchicheos y risitas. Jack se hundió en el suyo y fingió que no se daba cuenta de nada, pero, obviamente, estaba incómodo. No podía culparlo. ¿Tan poco disimulaban? Era casi… maleducado. Dos chicos incluso hablaban en voz alta sobre su película. Jack apretó la mandíbula sin mirarlos.

En ese momento supe que aquello no acabaría bien.

Esos dos —que debían de tener nuestra edad— se sentaron justo delante de nosotros y no dejaron de echar ojeadas atrás. Me pusieron nerviosa incluso a mí. Jack tenía los ojos clavados en la pantalla, pero empezaba a apretar el puño en el que reposaba la cabeza.

Cuando uno de los chicos sacó el móvil y se volvió hacia nosotros con tal desvergüenza, decidí meterme.

O más bien lo intenté, porque Jack me retuvo por el brazo antes de que me adelantara demasiado.

—Déjalo, Jen —me pidió en voz baja.

Y lo intenté. De veras que lo intenté. Pero incluso Will y Naya se sentían incómodos. Fuimos incapaces de ver la película sin que los chicos de delante se giraran para grabar con toda su desvergüenza. Jack se encogía cada vez más en su asiento, y llegó un punto en el que yo no pude aguantar más.

—¿Quieres ir afuera? —le pregunté en un susurro.

Me sostuvo la mirada unos segundos, analizándome detenidamente.

—¿Y la película?

—No me gusta —mentí. Ni siquiera la estaba mirando.

Me puse de pie, le supliqué que me siguiera, y quedé sorprendida cuando lo hizo. Creo que atrajimos todas las miradas de la sala hacia nosotros. Hice un gesto a Naya y Will indicándoles que se quedaran un rato más.

No había pensado en qué hacer si el plan salía bien, así que simplemente miré alrededor. Tan solo me llamó la atención la salida de emergencia.

—¿Va a pitar o algo si la empujo? —le pregunté—. No quiero ir a la cárcel.

Jack reprimió una sonrisa.

—Solo hay una manera de descubrirlo, pequeño saltamontes.

Pasó a mi lado y la empujó él mismo. Como no sonó ningún pitido, la sostuvo y pasé por debajo de su brazo. Daba a las escaleras laterales del edificio, que estaban cubiertas. Hacía muchísimo frío y ya oscurecía, pero me pareció que Jack se sentía a gusto con su chaqueta de cuero. De hecho, sacó el paquete de tabaco y se encendió un cigarrillo mientras nos sentábamos en un escalón.

—¿La gente siempre es así? —le pregunté.

Dudó un momento antes de soltar el humo entre los labios y asentir.

—Casi siempre. Sobre todo, en los cines.

—¿Y por qué has accedido a venir?

—Porque ibas tú.

Su honestidad me hizo sonreír y, pese a que quizá solo se debía a las drogas, me ilusioné. Me acerqué un poco más y apoyé la cabeza en su hombro. Quería dejarlo ahí, pero al final entrelacé los dedos de mi mano buena con los de la suya. Jack no se separó.

—Bueno, pues se acabó el cine durante una temporada —concluí—. A no ser que seas tan rico como para comprarte uno para ti solo.

—Me parece que todavía no llego a tanto.

—Lástima. Menos mal que siempre podemos ver una película en casa.

Permanecimos unos segundos en silencio. No nos atrevimos a romperlo. No hasta que lo miré de soslayo y lo pillé sonriendo.

—¿Qué? —quise saber.

—Nada.

—Si no fuera nada, no sonrcirías.

—Es que podríamos ver alguna de terror.

—Vale, olvídalo.

—¿Tendré que acompañarte al baño más tarde, Jen?

—¡No tiene gracia! Todavía tengo pesadillas con la monja malvada…

—Claro, porque está científicamente demostrado que los espíritus de monjas malvadas son la principal causa de muerte entre las jovencitas de diecinueve años.

—Igual que la principal causa de muerte de los jóvenes de veintiuno son las jóvenes de diecinueve.

Jack empezó a reírse. Tras unos segundos, apagó en el escalón el cigarrillo a medio consumir.

—Vámonos a casa.

Tuvimos que esperar un rato en la cafetería, donde nadie nos molestó. Tras tomarnos un batido cada uno, salimos al aparcamiento y vimos a Naya y Will esperándonos junto a su coche.

Sabía que las cosas entre nosotros habían mejorado, sin embargo, me sorprendí al notar que Jack me pasaba un brazo por encima de los hombros. Lo miré, pasmada, y pronto descubrí que con ese gesto no pretendía acercárseme más, sino que miraba hacia atrás: los chicos del cine nos habían seguido y uno de ellos intentaba plantarme el móvil delante de la cara. Jack me tiró de los hombros hacia él para que no chocara contra el aparato.

—Ten cuidado con eso.

—¿Es tu novia? —le preguntó el chico al tiempo que me apuntaba de nuevo.

Tenía el móvil tan cerca que me vi obligada a retroceder para no comérmelo. Jack se dio cuenta. Vi que se le hinchaba la vena del cuello. Unos metros más allá, un grupo de chicas lo estaba grabando todo; sabía que Jack quería apartar la cámara de mis narices, pero no podía permitirse que lo grabaran haciendo algo así.

En cuanto dio un paso en su dirección, me zafé de su agarre y me puse en medio para empujarlo suavemente hacia el coche.

—Vámonos —le dije entre dientes.

—¿Lo es? —insistió el otro tras acercar nuevamente la cámara a mi cara.

Jack se adelantó como si quisiera intervenir, pero lo empujé un poco más bruscamente y por fin me miró, sorprendido.

—¿Qué…?

—Vamos al coche. —Remarqué cada palabra.

Cuando por fin se dio cuenta de que lo estaban grabando, Will y Naya nos habían alcanzado. El primero les pidió amablemente que se apartaran, y nosotros aprovechamos la distracción para meternos en el coche. Una vez dentro, Will volvió con nosotros y condujo hasta casa. Jack se metió directamente en el cuarto de baño, y Sue, que estaba sentada en el sillón, nos contempló sin entender nada.

Tras la cena, cuando el accidente del cine había empezado a desvanecerse, me atreví a quedarme un rato más que los otros en el sofá, con Jack. Hice de tripas corazón y volví la cara hacia él.

—¿Quieres que volvamos a…?

Ni siquiera me dejó terminar. Se tumbó en el sofá y me atrajo contra sí. Inevitablemente, me fijé en un detalle: quería que durmiera de espaldas a él otra vez. Quizá no quería que durmiéramos cara a cara. Decidí no darle demasiada importancia, especialmente cuando me rodeó con ambos brazos, uno por los hombros y otro por la cintura.

No sabía si decir algo o quedarme callada, así que opté por repetir el proceso de dos noches atrás: subí un poco la mano, y con los dedos le acaricié la muñeca y el dorso de la mano. Él suspiró y acercó la cara a la curva de mi cuello. Podía sentir su nariz contra mi piel.

—Siento haber aparecido borracho la otra noche —murmuró de repente—. Tenía una fiesta y… me descontrolé un poco.

Honestamente, no esperaba que me hablara de eso, y mucho menos en ese momento.

—No pasa nada —murmuré—. No sucedió nada malo. Solo me daba miedo que te hubieras olvidado.

Jack tardó unos segundos en responder:

—¿De qué parte?

—De que… cenaste conmigo. Y luego dormimos juntos.

Se hizo un momento de silencio; de hecho, al prolongarse tanto asumí que no diría nada más. Cerré los ojos y me acurruqué un poco más.

—Se te olvida la parte en la que te pedí que te quedaras, Jen.

Ilusionada, abrí los ojos y esbocé media sonrisa.

—Ah, sí… casi se me olvida esa parte. Es que no tenía mucha importancia.

—Qué graciosa —murmuró contra mi cuello, y me provocó un suave cosquilleo en el abdomen—. Volví a pedírtelo completamente sobrio.

—Sí, lo sé.

Jack titubeó.

—¿Y…? ¿Te vas a ir?

—No, si tú no quieres.

—No quiero.

—Bien, pues me quedo. Solo para incordiarte.

Se me había acercado tanto que ahora sentía su boca contra el cuello. Contuve la respiración al notar que sonreía.

—Me alegro, Jen. Me alegro mucho.

# 9

# Tres meses

Pese a que ya hacía unos cuantos días que las cosas iban relativamente bien —menos mi mano, que seguía vendada—, un detalle permanecía en mi mente desde que lo había oído. Más que un detalle, era un nombre:

Vivian.

Will había preguntado por ella, Jack se había puesto a la defensiva y Naya había estado muy atenta a mi reacción.

*¿Cómo vamos a mantener a raya nuestra vena cotilla si nos lo ponen tan difícil?*

Había considerado buscar a Vivian en Internet, pero, claro, no conocía su apellido. Ni siquiera le había visto la cara. ¿Cómo iba a encontrarla? Era una aguja en un pajar.

Así que, esa misma tarde, cuando Will subió a fumar a la azotea, aproveché para abordar a Naya y a Lana.

Llevaban un buen rato instaladas en el sofá. Naya quería encarrilar uno de sus proyectos de literatura francesa, y Lana había venido a ayudarla. Al menos, así lo habían planeado; en la práctica, se limitaron a parlotear sobre todos los asuntos imaginables. Entendía por qué se llevaban tan bien: ambas tenían una cantidad abrumadora de temas de conversación. Si yo no hubiera desconectado, seguramente se me habrían agotado las ganas de sociabilizar.

Pero en esos momentos necesitaba que me prestaran atención. Con un carraspeo, conseguí que ambas se volvieran hacia mí.

—¿Puedo preguntaros una cosita?

Tardaron unos instantes en responder. Naya incluso se llevó dramáticamente una mano al corazón.

—¿*Tú* quieres preguntarnos algo?

—Es la primera vez, ¿no? —quiso saber Lana.

Vale, quizá no podría ser tan discreta como había pretendido. Suspiré y asentí lentamente con la cabeza.

—Sí… Pero prometedme que no se lo diréis a nadie, es importante.

—Esto se pone interesante —comentó Naya con entusiasmo—. ¡Lo prometo!

—Y yo también. ¿Qué pasa?

No había creído que la conversación llegaría tan lejos. Un poco ansiosa, repiqueteé los dedos en el portátil y aproveché la pausa para formular mentalmente la pregunta. Finalmente comprendí que no había un modo discreto de soltarla, así que fui muy directa:

—¿Quién es Vivian?

Vale, las conocía de sobra. Sabía que, primero, creerían que estaba celosa. Incluso estaba preparada para sus bromitas.

Sin embargo, no esperaba esa cara de estupefacción.

—¿No sabes quién es? —Lana apenas se lo creía.

—Vivian Strauss —añadió Naya—. Ya sabes... es *esa* Vivian Strauss.

—Sé que intentáis darme a entender alguna cosa, pero de verdad que no tengo ni idea.

En cuestión de segundos, me habían echado del sofá para quitarme el portátil. Acabé sentada en el suelo con las piernas cruzadas mientras ellas chocaban sus cabecitas rubias para observar la pantalla.

—Enséñale esa —le propuso Naya.

—¿Esa? Es horrible.

—¡Es preciosa!

—Me vale cualquier cosa —aseguré enseguida.

Y me hicieron caso: Lana giró el portátil para que viera la imagen seleccionada; una chica de rasgos finos y ojos oscuros me devolvía la mirada. Su melena, teñida de un rubio tan claro que pasaría por blanco, estaba atada en un moño alto pero sumamente arreglado. Tenía el cuerpo bronceado con un perfecto dorado de playa, y llevaba puesto un vestido rojo de lentejuelas. Quizá fuera guapa, pero enseguida me di cuenta de que tenía algo más especial. Era atractiva; magnética, quizá. Daba la espalda a la cámara y dedicaba una mirada aburrida al espectador; aun así, me sentí irremediablemente atraída por ella.

—No sé quién es Vivian —comenté, pasmada—, pero parece una modelo.

—Pues sí —admitió Naya con un suspiro.

Lana me miró con precaución.

—Quizá te suene más después de ver la película de Ross... Es la actriz principal.

Oh, así que era eso. Seguí observando a Vivian, pero no descifré cómo me sentía. No sabía nada de ella, simplemente podía ver que era una chica preciosa. Si Jack la había elegido como protagonista de su película, también debía de ser muy talentosa.

—Se llevan muy bien —comentó Naya—. Creo que la conoció en la escuela de Francia. Ella quería ser actriz.

—Hasta ahora no lo ha hecho nada mal —añadió Lana.

—A raíz del anuncio de la película, la prensa se ha empeñado en decir que son pareja. Ross suele ponerse de mal humor con el tema, pero Vivian no lo desmiente porque así hablan de ellos.

—Que hablen de ellos significa que también hablarán de su película.

—Exacto. Publicidad gratis.

—Aunque no sé si ella actúa —observó Naya—. Ya te lo contaré cuando la conozca.

—¿Vas a conocerla? —le pregunté, sorprendida.

—¡Claro! Esta misma noche. Es la premier.

¿Tan pronto? Y parecía que fue ayer cuando me contaron que Jack tenía una película…

—Yo iría para ligar con famosos —protestó Lana—, pero el idiota de Ross no me ha invitado.

Fruncí un poco el ceño, confusa.

—¿No tenías novio?

—Meh, lo dejé.

—Solo nos ha invitado a mí, a Will, a Sue y a su familia —explicó Naya—. A nadie más. El resto son familiares de los demás, prensa o famosos.

A mí tampoco me había invitado y, aunque quería entenderlo… sí, me dolía un poquito.

Sin lugar a dudas, desde el día del cine habíamos recuperado cierta normalidad. Yo prestaba atención a algunos detalles, como preguntarle qué tal había dormido, pedir su comida favorita o no dejar que Naya lo torturara con sus películas malas… Tonterías, pero sospechaba que le gustaban. Y él, por su parte, se había ofrecido más de una vez para ayudarme con los trabajos, hacer la cama, llevar la colada a la lavandería, bajar a comprar lo que yo necesitaba… Incluso éramos capaces de mantener una conversación normal sin acabar a gritos.

Sí, parecía un avance muy pequeño, pero para mí suponía todo un mundo. Quizá nunca volviéramos a ser pareja, pero al menos seríamos amigos. Echaba de menos su compañía, ya fuera de uno u otro modo, eso daba igual. Lo echaba de menos a él.

Y llegados a cierto punto, cuando todo estuviera más tranquilo y recuperada ya la plena confianza… le contaría lo que verdaderamente había sucedido un año atrás.

Pero para ese momento faltaba mucho. Y por eso no me había invitado a su premier, supuse; aunque con los demás tampoco tenía la mejor relación del mundo y sí lo había hecho. Quizá el problema fuera yo, y no él.

El ruido de la puerta principal cortó en seco mi monólogo interior, y las tres nos quedamos congeladas en nuestros sitios.

Si era Will, teníamos la oportunidad de…

Oh, no. En cuanto oí el sonido de las llaves, supe que era Jack. Mi expresión de horror alertó a Naya y Lana, que lo entendieron sin necesidad de mediar palabra.

¿Cuál era el problema? Que Vivian continuaba mirándome desde la pantalla de mi portátil.

Lana dio tal respingo que cerró el portátil de golpe; este, durante unos instantes, voló por el salón. Naya intentó cogerlo al aire. Fue inútil. Logré atraparlo justo a tiempo. Presa del pánico por su inminente llegada, solo se me ocurrió una solución: sentarme justo encima.

Naya seguía buscando una posición que pareciera natural cuando oímos que sus pasos se acercaban.

—Nunca llega hasta la hora de cenar, y justo tiene que elegir hoy para hacerl… ¡Hola, Ross!

Jack vestía una sudadera vieja y daba vueltas a las llaves con un dedo. Nuevamente, su expresión era de cansancio. Lo noté nada más detenerse a nuestro lado. Sin embargo, como ya había hecho esos días, se volvió hacia mí y me saludó con una pequeña sonrisa.

O esa era su intención, porque entonces se dio cuenta de que las tres lo contemplábamos con unas sonrisas grandes y terroríficas. Alarmado, retrocedió un paso.

—¿Se puede saber por qué me miráis así?

—¡Por nada! —exclamó Naya demasiado rápido—. ¡Absolutamente nada!

Jack se volvió directamente hacia mí. Oh, no. Era el objetivo más fácil, y lo sabía. Asqueroso.

Se me daba muy mal mentirle sin preparación previa. No sabía qué decirle. No sabía qué expresión poner. En cuanto abriera la boca, me pillaría. Y yo me moriría de la vergüenza, claro. ¿A quién se le ocurría ver esas fotos en el salón de su casa? ¡¿Por qué no me había aguantado un poquito las ganas?!

—¿Qué tienes ahí debajo? —me preguntó al tiempo que se me acercaba.

Lana parpadeó con aires de inocencia.

—¿A qué te refieres, Ross?

—Deja que responda ella. ¿Qué escondes?

—¿Yo? —Mi voz sonó muy aguda—. ¿D-de qué hablas?

—Del portátil sobre el que estás sentada. ¿De qué dimensiones te crees que tienes el culo? Puedo verlo perfectamente.

Tras un pequeño instante de pánico, solo se me ocurrió una respuesta:

—¿Q-qué portátil?

—Jen... —murmuró, suspirando.

—¡E-estaba... tomando apuntes!

—Y nosotras la ayudábamos —añadió Naya enseguida.

No debimos de convencerlo, pues seguía mirándonos como si se le escapara alguna cosa. Todo empeoró cuando Will entró en casa con el paquete de tabaco en la mano. Iba a dar una palmadita en la espalda a su amigo, pero se detuvo con media sonrisa al ver la escena.

—Oh, oh. ¿A qué viene este silencio?

—Estaban haciendo algo y no quieren contármelo —le aclaró Jack.

—Uy, pues espérate lo peor.

—¿«Lo peor»? —Naya se hizo la ofendida de un modo muy poco creíble—. ¡No hacíamos nada malo!

—Entonces ¿por qué no queréis contarlo?

—¡Porque solo ayudábamos a Jenna a busc...!

Lana le tapó la boca justo a tiempo, pero Will y Jack ya se habían vuelto hacia mí con los ojos entrecerrados.

—¿A buscar qué? —preguntó el último.

—Eh... No, no era «buscar». Era... es... yo... em...

Tenía que pensar en algo. Lo que fuera. Con urgencia, miré alrededor. ¿Qué excusa era buena? ¿Qué podría haber buscado que les diera lo suficientemente igual como para que me dejaran en paz?

Y entonces, por fin se me ocurrió.

—¡Buscaba el grupo de Mike!

—¿«El grupo de Mike»? —repitió Will, poco convencido—. ¿Para qué?

—Tenía curiosidad. ¿Ahora la curiosidad es un pecado?

Jack negó con la cabeza.

—Mientes tan mal como el año pasado.

Le saqué la lengua, y me sonrió. Parecía que iba a decir algo más, pero en ese momento entró por la puerta el protagonista de mi excusa. Mike no borró su sonrisa al ver la escena; bien decidido, fue a sentarse en uno de los sillones, como si nada.

—Noto tensión en el ambiente, familia —comentó; acto seguido, miró directamente a Naya—. ¿Qué has hecho?

Ella dio un respingo.

—¿Por qué me lo preguntas solo a mí?

—Las tres tenéis cara de culpabilidad, y eres tú quien suele empezarlo todo.

—Incluso el idiota de Mike se ha dado cuenta —puntualizó Jack.

Vale, era hora de improvisar. Podía decirle la verdad… a medias. Eso funcionaría, ¿no? Era menos arriesgado.

—Muy bien —suspiré; todo el mundo me miró—. Lo admito. Estaba buscando tu película.

No era del todo cierto, pero sirvió para distraer a Jack. Parpadeó, sorprendido, y me contempló unos segundos. No sabría decir si su expresión era de sorpresa, horror o curiosidad.

—¿Mi película? —repitió—. ¿Por qué?

—Por lo de esta noche.

—¿Eh?

—Tu premier, Jack. Es esta noche.

Se quedó tan parado que, por un momento, creí que había soltado algo muy malo sin darme cuenta. Pero entonces reaccionó: se pasó las manos por el pelo y abrió mucho los ojos, pasmado.

—¡Mierda!

—Alguien no se acordaba—se burló Mike, pero dejó de reírse cuando el cojín que le había lanzado Lana le dio en la cara—. Eso ha sido tan infantil como innecesario.

—¿Qué pasa? —le pregunté a Jack. Daba vueltas por el salón.

—¡No me acordaba! Ni siquiera sé si tengo la ropa…

—¡¿Qué?! —exclamó Lana, alarmada—. ¿No te han dado un traje o algo así?

—Me lo dieron, pero… no me gusta.

—¿Por qué no? —preguntó Will.

—¡Porque es un traje! Incluso tengo que ponerme una pajarita y hacer el ridículo…

La cara de Mike pasó de la tranquilidad al pánico en cuestión de milisegundos.

—¡¿Hay que llevar pajarita?!

—Solo los que hemos hecho una película. Tranquilo, que no entras en el club.

—Seguro que te queda genial —opiné con una sonrisa—. ¿Por qué no te lo pruebas y nos lo enseñas?

Jack dudó un momento, suspiró, y finalmente fue a cambiarse. Naya también decidió arreglarse.

Y así empezó el caos.

Lana no tardó en volver a casa, así que fui la única habitante de la casa que no tenía que arreglarse. Aproveché el ratito para salir a dar una vuelta y llamar a mis hermanos mayores, pero al volver encontré una batalla campal.

Nada más entrar, vi una cantidad alarmante de zapatos tirados por el pasillo. Solo podía significar una cosa: Naya estaba arreglándose. Se confirmó en cuanto apareció descalza con su vestido rosa. Pese a que yo le sonreía, soltó un sollozo de desesperación.

—¡Estoy horrible!

No pude responderle, porque entonces ya había vuelto a encerrarse en su habitación y volaban más zapatos hacia el pasillo.

Instalada otra vez en el salón, Sue jugueteaba con el móvil. Se había puesto una camisa y unos pantalones negros, y le sentaban genial; llevaba los labios pintados y se había recogido el pelo. Normalmente no se esforzaba tanto en arreglarse, pero sabía que era un día importante para Jack. Me pareció un detalle muy bonito.

Will estaba a su lado con un traje negro y ese porte caballeroso. En cuanto cruzamos las miradas, levanté los pulgares y él se ruborizó. Mientras iba por el pasillo en busca del último miembro de la casa, oí que Sue le hacía bromitas al respecto.

Para mi asombro, Jack se encontraba en nuestra antigua habitación. No lo había visto ahí dentro desde que había vuelto. La chaqueta negra de su traje seguía sobre la cama; con el ceño fruncido, él intentaba colocarse la pajarita con el ceño fruncido. Estaba tan concentrado que no se percató de mi presencia hasta que me vio por el reflejo del espejo.

—A mí no me hace gracia —masculló de mal humor.

No me había dado cuenta de haber estado riéndome, pero no por ello me detuve.

—¿Alguien no sabe domar su pajarita? —le pinché.

Avergonzado, intentó atársela con más empeño.

—Cállate. Sé hacerlo.

—¿Quieres que te ayude?

—¿Podrías ayudarme? —No se molestó en ocultar su sorpresa.

—Aunque no lo parezca, sí. Sé atar pajaritas. Déjame a mí.

Jack se irguió un poco para que le deshiciera el desastre que había armado. Mientras lo arreglaba, noté que me miraba fijamente. Intenté ignorarlo, no quería ponerme nerviosa. Estaba guapísimo y olía muy bien. Ya me distraía lo suficiente sin mirarlo a los ojos.

—Estás muy guapo —aseguré de todas formas.

Jack tragó saliva.

—Gracias.

—Y la pajarita es preciosa.

—Por favor, no sigas torturándome con esto…

—Ooooooh… acabo de empezar, te lo aseguro.

Él sonrió y echó la cabeza un poco atrás para que le subiera el cuello de la camisa.

—Si no fuera porque está prohibido —murmuró—, iría en sudadera.

—Con una de Tarantino, ¿no?

—O de The Smiths.

—O de Pumba.

—O de Mushu.

Borré mi sonrisa de golpe y entrecerré los ojos. Empezaba a reírse.

—¿A que te haces tú el nudito, listo?

—Vale, vale. No digo nada.

Al final se lo hice yo, y con una habilidad sorprendente a pesar de no haber practicado en mucho tiempo. Al terminar, le recoloqué el cuello de la camisa y le di una palmadita cariñosa en el pecho.

—Listo. Mira qué señorito tan bonito.

Como no me contestó, levanté la mirada. Él la sostuvo. Se había quedado en silencio, con aire pensativo, y algo en su modo de mirarme me puso un poco nerviosa.

—Bueno —murmuré—, supongo que deberíais marcharos y…

—¿Por qué no vienes conmigo?

Me detuve, perpleja. ¿A esas alturas?

—No sé…

—Puedes venir —añadió, acercándoseme un poco más—. Necesito una pareja. No se me ocurre nadie mejor.

Quizá fue por su modo de sugerirlo, pero me sorprendí a mí misma negándome a ello. Era su día y debía centrarse en lo importante.

—¿Y dejar que el prestigioso director que tengo delante se presente a su propio estreno con una chica vestida… —me señalé— así? Ya lo veré en la televisión. O me la descargaré ilegalmente por Internet. Ya me conoces, siempre viviendo al límite.

Sonreí, pero él no me correspondió. Cuando retrocedí un paso, agachó la mirada.

—Venga —murmuré—, deberíamos ir con los demás.

Jack asintió con la cabeza. Me pareció que quería decir algo, pero se limitó a seguirme hacia el salón.

Todos los demás ya estaban listos; justo en ese momento, Mike abrió la puerta principal con amplia una sonrisa. Llevaba una camisa abierta y arrugada, y parecía que ya iba un poco borracho. Vale, no solo lo parecía. En la mano tenía una botella de champán abierta y ya estaba medio vacía.

—¡Tenemos una limusina entera para nosotros solitos! —Dio una vuelta a lo Michael Jackson y la botella casi salió volando—. Joder, esta es la vida que merezco vivir.

—Eh… ¿hola?

Mike dio otra vuelta, aunque esa vez fue para girarse hacia la puerta. Sospecho que nadie se esperaba que apareciera Chris. Su pelo engominado estaba tan pegado al cráneo que cualquiera habría dicho que se lo había aplastado con un rodillo.

Eso sí, parecía muy orgulloso de su look. Nadie se atrevió a llevarle la contraria.

Nadie… menos Sue.

—¿Se puede saber de qué vas disfraz…?

—¡Madre mía! —exclamé enseguida, cortándola en seco—. E-estás… ¡guapísimo!

Jack esbozó una mueca de poca convicción, pero todos los demás se apresuraron a darme la razón. Especialmente Naya, que se acercó y le recolocó los hombros de la camisa.

—¿Listo, campeón?

—¿Para qué? —preguntó Will.

Su novia esbozó una sonrisilla inocente. A todos nos bastó para saber que la había vuelto a liar.

—¿Qué has hecho, Naya? —pregunté.

—¡Nada malo! Es que un amigo tenía una entrada libre y pensé que no estaría mal presentarle a mi querido hermanito.

—Solo como amigos —le aclaró Chris.

—Sí, sí. Lo que tú digas.

El amigo de Naya resultó ser alguien a quien conocíamos bastante bien. Casi me eché a reír cuando vi a Curtis ahí plantado con su perfecto traje gris y media sonrisa que podría conquistar a cualquiera.

—Hola, chicos.

Naya y Chris se miraron de repente a la puerta. Naya, entusiasmada; Chris, nerviosísimo. El pobre intentó adelantarse tan rápido que estuvo a punto de pisarle el vestido a su hermana, pero se dio de bruces contra el marco de la puerta cuando ella lo esquivó.

—¡Cuidado! —exclamó Will, pero fue demasiado tarde.

Las elegantes langostas de su camisa se mancharon de sangre cuando una salpicadura salió de la pobre nariz de Chris, quien soltó un aullido de dolor y se cubrió la zona afectada con las manos.

—¡AY, NO! ¡MI CAMISA! —gritó Chris entonces.

Sue soltó una risotada y este le clavó un codazo que la hizo callar. Curtis, mientras tanto, observaba la escena con las cejas enarcadas. No sabía ni dónde meterse.

—Eh… ¿tú eres mi cita?

El aludido asintió con media cara todavía oculta entre las manos.

—Si me disculpas un momentito, me limpiaré la cara… —le dijo con voz nasal—, es que he tenido un problemilla.

—Sí, ya lo veo. ¿Te has roto la nariz?

—No, no…

—Yo creo que sí —opinó Naya, que intentaba asomarse continuamente.

—Si estuviera rota, lloraría de dolor —aseguró Jack.

Naya resopló.

—Con tal de que Curtis no lo vea, es capaz de aguantarse las ganas.

Sospeché que era cierto, pues su hermano enrojeció de pies a cabeza; Curtis soltó una carcajada ruidosa, luego le puso una mano en el hombro.

—¿Y si hacemos un parón para curarte eso y después ya pensamos en la cita?

—Mmm… sí, parece una buena idea.

—Genial, tengo el coche abajo.

—¿Voy con vosotros? —sugirió Naya enseguida.

Chris aprovechó que Curtis no miraba para alejarla mediante un gesto frenético. Su hermana puso los brazos en jarras, pero no insistió.

—Joder —comentó Mike entonces—. Aquí cada día está a punto de morir alguien.

—Qué raro que no lo hayas provocado tú —comentó Sue.

Se volvió hacia ella inmediatamente. Su sonrisa se volvió de galán casi al mismo tiempo que la mueca de Sue se volvió de asco.

—¿Te parece que esa es forma de hablarle a tu superparejita de premier? —preguntó él con un guiño.

—No hemos salido de aquí y ya me arrepiento…

—Venga ya, un poco de entusiasmo no estaría de más. ¡Tenemos alcohol gratis! ¡Es una noche para estar felices!

A punto de sonreír, me di cuenta de que se abría la puerta del otro lado del descansillo. Mary y Agnes, vestidas con su ropa elegante, charlaban entre sí. Pero no me tensé por su presencia, sino por la del hombre que las acompañaba. El padre de Jack.

*Oh, oh.*

No pude centrarme en la expresión de genuina sorpresa de Mary y en la exclamación de Agnes. Lo único que podía ver eran los labios entreabiertos del señor Ross. No aparté la mirada cuando los apretó en una dura línea. Claramente, no se alegraba de verme ahí.

No obstante, quien se acercó en primer lugar fue Mary.

—¡Jenna! No sabía que… oh, vaya. ¡Me alegro mucho de volver a verte!

Me sorprendió un poco que no me guardara rencor. Después de todo, había dejado a su hijo tirado. Aunque también cabía la posibilidad de que Jack no les hubiera contado los detalles de nuestra ruptura.

—Y yo de veros a vosotras —aseguré al fin, y no necesitó más pretextos para abrazarme.

Por encima de su hombro, vi que Agnes se había acercado a nosotras. Pasada la sorpresa inicial, se limitó a entrecerrar los ojos.

—¿Has vuelto para enderezar a este cenutrio? —Señaló a Jack sin ninguna vergüenza—. Ya era hora de que alguien le hiciera comportarse.

Para mi sorpresa, él enrojeció.

—¡Abuela!

—Las viejas tenemos derecho a soltar verdades —se justificó—. Una regañina a tiempo soluciona muchos problemas.

—Y puede crear muchos otros —observó Will.

—Ay, tú siempre tan listillo —bromeó Agnes, pero luego le dio un apretón cariñoso en el brazo.

No les presté demasiada atención. El señor Ross había puesto una mano en el hombro a su mujer para separarnos y plantarse frente a mí. Era la primera vez que los veía tocándose. Cuando se acercó, me percaté de que la sonrisa educada que lucía no alcanzaba sus ojos.

—Me alegra volver a verte, Jennifer. ¿Te quedarás hasta el final del estreno?

*Traducción: ¿por cuánto tiempo estarás aquí, pequeña sanguijuela?*

En ese año de ausencia, había culpado al señor Ross de muchas cosas. De convencerme de lo que hice; de comerme la cabeza; de fingir que era buena persona, con el fin manipularme… Luego me preguntaba si todo eso estaba solo en mi cabeza y él, simple y llanamente, había tratado de aconsejarme lo mejor que había podido.

Sin embargo, sospechaba que no era así; Jack siempre me había advertido sobre su padre. Lo había pasado por alto muchas veces, pero no tenía intenciones de volver a permitirlo.

¿Lo estaba demonizando solo para quitarme la culpa a mí misma? Era posible. ¿Realmente me había manipulado porque era así de descorazonado? Era la otra posibilidad.

—No —respondí con más seguridad de la que me creía capaz—. En realidad, vivo aquí.

El contraste entre sus expresiones fue casi cómico: mientras que a Mary parecía que le acabaran de arreglar el día, Agnes se limitó a sonreír y el señor Ross me miró fijamente.

—¿Hace mucho? —preguntó este último.

—¿Y a ti qué te importa? —masculló su hijo pequeño.

Dedicó una breve mirada a Jack, pero no dijo nada. Mary empezaba a ponerse nerviosa, como siempre que discutían entre sí. Con una sonrisa dubitativa, tomó a su marido del brazo.

—Deberíamos marcharnos o llegaremos tarde.

—¡No podemos irnos! —opinó Agnes, señalándome—. Ni siquiera está vestida.

—Oh, yo no voy. No os preocupéis.

—¿Qué? ¿Por qué no?

Naya se cruzó de brazos tan indignada como las dos mujeres.

—Ross no la ha invitado —les informó.

En cuanto empezó la retahíla de reproches, el pobre Jack tuvo que retroceder un paso. Parecía que Agnes fuera a darle con el bolso en la cabeza. Me apresuré a salvarlo.

—¡Mañana tengo un examen importante! —me inventé sobre la marcha—. Así que no habría podido aunque quisiera. Tengo que estudiar.

Aquello pareció tranquilizarlas un poco. Lo de llegar tarde era cierto; tan solo faltaba una hora para el inicio de la premier, y ahí seguían. Debían marcharse cuanto antes, especialmente si a Jack le esperaba alguna entrevista y tenía que hablar con la prensa.

Sin embargo, antes de que pudiera decirlo yo, él mismo intervino:

—¿Podéis adelantaros? Tengo que recoger una cosa.

Era una mentira muy descarada, pero hubo un acuerdo colectivo para dejarla pasar. Vi que el señor Ross nos miraba de soslayo al marcharse; al menos no dijo nada. El único comentario salió de Mike, quien me revolvió el pelo con alegría antes de arrastrar a la pobre Sue con él.

Una vez solos, me volví hacia Jack.

—¿Por qué les has mentido? —pregunté directamente.

—Quería que nos dejaran un momento en paz.

—¿Por qu…?

—Volveré temprano —me interrumpió.

Y, sin más, se acercó a mí, me sujetó de la barbilla y me dio un beso corto y seco en la comisura de los labios.

El estreno empezaba a las nueve y se emitía por televisión. Ya tenía el canal sintonizado, pero hasta el momento solo ponían anuncios.

Mordiéndome la uña del pulgar mientras daba vueltas por el salón, llamé a Spencer. El rato que se pasó contándome su vida me pareció una buena distracción, pero entonces tuvo que colgarme para irse a cenar. Y ahí me quedé yo, frente a los anuncios como una idiota. Al menos, hasta que mis ojos se desviaron involuntariamente hacia la barra de la cocina. Justo donde Jack se había olvidado las llaves y la cartera.

A ver, era una premier, ¿no? Quizá no necesitaría nada de eso y lo había dejado a propósito. O quizá entraría en pánico en cuanto se diera cuenta. No estaba del todo segura, y no sabía qué hacer.

Intenté llamar a los demás, pero no me respondieron. Seguramente estaban ya en el recinto. Se me acababan las opciones. En ese momento vi que tenía una llamada entrante. Era un número desconocido.

—¿Sí?

—Eh, hola. ¿Eres Jennifer?

Me quedé un poco descolocada. Era la voz de una mujer.

—Em… sí.

—¡Genial! Soy Joey, la mánager de Ross. Me han dicho que estás en casa, ¿no es así?

—Sí, acabo de encontrar…

—Su cartera y sus llaves, lo sé. Las estábamos buscando. ¿Crees que podrías traerlo en un momento? No tengo tiempo para mandar a alguien a buscarlo. ¿Conoces la dirección del recinto?

La pregunta me dejó un poco descolocada, y me sorprendí afirmándolo incluso antes de pensármelo bien.

—Perfecto —declaró Joey—. Cuando llegues, pregunta por mí.

Y así acabé en el metro, vestida con una sudadera y unas mallas, de camino al evento.

El lugar que habían escogido era el cine más grande de la ciudad. Una valla negra separaba la entrada del exterior, y había guardias de seguridad por todas partes: algunos controlaban la entrada, otros estaban distribuidos a lo largo de la alfombra roja por la que paseaban los actores, y un tercer grupo se encontraba junto a la horda de fans que no dejaban de chillar y aplaudir.

De no haberlo visto con mis propios ojos, me habría resultado muy difícil creer que todo aquello era por la película de Jack. Esbocé una pequeña sonrisita de orgullo.

Tuve que borrarla antes de llegar a la altura de los guardias de la entrada. No parecieron demasiado convencidos de mi presencia.

—Solo personal autorizado —me advirtió uno.

—Estoy buscando a Joey. Soy Jennifer.

Aquello les dejó un poco desconcertados, pero el otro se llevó la mano al pinganillo para preguntarlo. Al cabo de unos instantes, se apartaron para dejarme pasar.

—El pabellón del fondo.

¿El qué?

Ay, no... con lo mala que era para ubicarme...

*¡A la aventura!*

Me ajusté el bolso sobre el hombro y, tan rápido como pude, recorrí la parte trasera del establecimiento. No había mucha gente, solo vehículos que entraban y salían. Algunos transportaban carteles; otros, altavoces... y los trabajadores no me hicieron mucho caso. Todo el mundo corría de un lado para otro.

El camino que me habían indicado llevaba a un callejón totalmente desierto. Supuse que debía entrar por alguna de las salidas de emergencia del cine. Abrí una sin dudar y, una vez dentro, una oleada de voces me detuvo de golpe. Había gente por todas partes, también iban de un lado para otro, algunos con cascos, otros con el móvil, otros persiguiendo a los actores. Una actriz le gritaba a una maquilladora porque, según ella, no le había delineado bien los ojos. Una mujer de pelo oscuro y ojos alargados la observaba con cierto hastío.

Al menos, hasta que me vio y se me acercó apresuradamente. Deduje que se trataba de Joey.

—¿Jennifer?

—Sí, aquí traigo...

—Oh, ¡gracias, reina! Nos salvas el culo.

Su abrazo fue tan fugaz que no pude devolvérselo.

—Voy corriendo a dárselo —me aseguró con un guiño—. Si quieres quedarte, habrá algún sitio libre. Pero tendrás que cambiarte de ropa.

—No, gracias..., será mejor que vuelva a casa.

—Como quier... ¡ESO NO VA AHÍ!

El último grito iba dirigido a un hombre que tiraba de un carrito con dos altavoces. Como Joey lo estaba regañando, supuse que era el momento adecuado para escabullirme. Y eso hice.

Sin embargo, al abrir la puerta trasera, el callejón ya no estaba completamente desierto; una chica con los brazos cruzados, un cigarrillo en la boca y apoyada en la pared de enfrente me observaba de forma distraída.

No necesité preguntarlo para saber quién era. Pelo rubio atado en un moño elegante, vestido dorado y brillante, ojos oscuros, facciones delicadas… La había visto antes, aunque solo en fotos: Vivian.

Por su modo de mirarme de arriba abajo, entendí que, a diferencia de toda la gente con la que me había cruzado, le interesaba bien poco mi forma de vestir o quién fuera yo. Incluso esbozó media sonrisa.

—¿Te ha dicho que te cambies de ropa si quieres quedarte?

No esperaba que nuestra primera interacción fuera así. De hecho, no había esperado que interactuáramos en absoluto. Estaba tan sorprendida que apenas me fijé en el ligero deje de alemán que había en sus palabras.

—Algo así —admití.

—No sé por qué nos tenemos que arreglar tanto. Me apuesto lo que sea a que la mitad de los que están ahí dentro preferirían ir en chándal.

Se me escapó una sonrisa; con una de sus uñas largas y blancas, ella dio un toquecito al cigarrillo. Cuando la ceniza cayó al suelo, alzó de nuevo la mirada hasta encontrar la mía. Vaya, sí que era muy atractiva, pero no solo por su apariencia. Había algo magnético en su forma de mirarme, de moverse. Empezaba a entender por qué la prensa estaba tan obsesionada con ella. Seguro que las cámaras la adoraban.

—Podrías empezar la moda del chándal —bromeé—. Si tú lo haces, seguro que los demás te siguen.

—Mucha responsabilidad para alguien tan descerebrado —aseguró con media sonrisa—. Pero te aseguro que lo haría. Este vestido me oprime las tetas. Y, por si fuera poco, me queda fatal.

—Oh, yo creo que te queda muy bien.

—Gracias por el consuelo, cariño, pero sigo detestándolo.

Me parecía una persona muy bonita y elegante. Seguro que cualquier cosa que se pusiera le quedaría de maravilla. Pero no quise llevarle la contraria.

—En fin —replicó entonces, dando tranquilamente otra calada—, ¿te vas porque no tienes ropa? ¿Quieres que te deje algún vestido? Tengo un baúl lleno por alguna parte.

Su oferta me sorprendió agradablemente. Parecía una buena chica, en contraste con la impresión que me había llevado de Lana el año anterior. Todavía recordaba su actitud aparentemente perfecta. Todos mis amigos la adoraban, pero a mí nunca me dio buena espina, y al final, tenía yo razón. Todo en ella era fachada, y me detestaba tanto como yo a ella. Sin embargo, transcurrido un año, en cierto modo habíamos logrado entendernos. Me alegraba de que todo aquello hubiera quedado atrás.

Vivian sí que me parecía una chica genuinamente buena; no sospechaba que se tratara de una simple fachada.

—Muchas gracias, pero debería volver a casa —le dije al final—. Como no me dé prisa, no alcanzaré a ver la premier.

—En eso tienes razón. Ya me dirás qué te parece.

—Seguro que es genial. Jack se esforzó mucho en hacerla.

—¿«Jack»?

—Ross… ya sabes, el director.

Era su actriz principal, claro que lo sabía; aun así, Vivian me observó con perplejidad unos segundos.

—¿Lo llamas «Jack»? —me preguntó entonces, sin ocultar su sorpresa—. Odia que le llamen así.

—Oh, bueno… creo que se lo he llamado tantas veces que ya no le importa.

—¿Eres su amiga?, ¿Naya o algo así?

—No, Naya anda por ahí dentro. Yo soy Jennifer, encantada de conocerte.

Le ofrecí una mano y media sonrisa, pero al pronunciar mi nombre, me di cuenta de que algo había cambiado; su simpatía se había desvanecido y ahora me observaba con suspicacia.

—«Jennifer» —repitió en voz baja. Su tono ya no era cálido, en absoluto—. Oh, ya veo.

Sabía quién era, eso estaba claro. Y también me quedó bien claro que no le gustaba lo más mínimo.

—Ross me ha hablado de ti —comentó con tranquilidad.

La vieja Jenny se habría sentido insegura, pero la nueva se limitó a enarcar una ceja. Si ella cambiaba el tono, yo también podía hacerlo.

—Deduzco que no muy bien.

—Resulta difícil hablar bien de la chica que te abandonó por un exnovio abusivo.

Noté que la boca se me torcía en una media sonrisa muy extraña, casi defensiva.

—Bonito resumen.

—Bonita forma de tratar a alguien que te quiere.

Estuve tentada de responderle del peor modo posible, pero en seguida recordé que no le faltaba razón: desde su punto de vista —el de Jack, básicamente—, era lo que había hecho. Y desde el mío también, a pesar de que la verdadera razón de mis actos había sido otra: independientemente de si llevaba buenas o malas intenciones, el resultado era el mismo.

—Sí, lo traté fatal —admití, metiéndome las manos en los bolsillos—. Por eso estoy aquí, intentando arreglarlo.

—Hay cosas que no tienen arreglo.
—¿Como cuáles?
—Como las personas.
—¿Y con eso quieres decir…?
—Que le arruinaste la vida.
Esa vez, me puse a la defensiva:
—Jack no es un ser dependiente a mi persona, ¿sabes? Puede superar que lo dejara, aunque yo lo hiciera mal, y lo ha demostrado de sobra. Tú misma has protagonizado su película, así que seguramente debes de saberlo. Otra cosa es que me perdone o no, pero eso es problema nuestro, de nadie más. —Hice una pausa y, al no obtener respuesta, decidí que la conversación había llegado a su fin—. Encantada de conocerte, Vivian.

No tenía ganas de seguir hablando con ella, y por suerte no insistió. Mientas me alejaba, oí que pisaba el cigarrillo y entraba en el edificio.

Como al llegar a casa todavía quedaban quince minutos para el comienzo de la premier, me di una ducha y me puse el pijama. Me daba tanta pereza cocinar que me llené un bol con leche y cereales para comérmelo en el sofá, bajo la mantita; para entonces, el programa ya había empezado, se emitía en un canal local. En el televisor aparecían la misma alfombra roja y las mismas vallas negras que había podido ver en directo una hora antes.

Entonces enfocaron el cartel de la película. Los ojos de Vivian eran lo que más destacaba; con la mandíbula apoyada en el hombro de un chico, miraba a la cámara. Él tenía el cabello oscuro y, por su perfil, parecía tan atractivo como ella. Resaltaban ante un fondo de atardecer, poco más: sencillo y efectivo a partes iguales.

*Buena idea, Jackie.*

Recordaba a Jack mencionando que, en ocasiones, la sencillez era lo más llamativo. Y llevaba razón; el cartel llamaba la atención por sus protagonistas y sus miradas, resaltados por el título de debajo, con letras curvadas: TRES MESES.

Vivian apareció pronto en pantalla. Parecía muy simpática, respondiendo a las preguntas del entrevistador, tal como lo había sido conmigo antes de que le desvelara mi nombre. Me gustó su modo de hablar: directa, pero educada, quedaba claro que no se andaba con medias tintas; si pensaba algo, lo soltaba. Y aquello, pese a que ella no fuera completamente de mi agrado, era algo que admiraba mucho en cualquier persona.

Entrevistaron a tres personas más; entre ellos, al chico del cartel, aunque no le presté mucha atención. Estuve muy centrada en mi bol de cereales hasta que apareció en la pantalla una cara conocida. Junto a la madre de Jack, su padre respondió a algunas preguntas: dijo que estaba muy orgulloso; que debido a su carrera de pianista, en pocos momentos había podido disfrutar de sus hijos, y que se alegraba de pasar ahora más tiempo con ellos... Aun así, Mike no apareció. Tampoco lo hicieron Sue, Naya o Will, ni siquiera Agnes. Y aunque Mary sí que estuvo presente, no abrió la boca.

Para cuando Jack por fin apareció junto a su mánager, tuve la sensación de que se sentía incómodo. Los fans lo aclamaban, sin embargo, fue el único que no se dio la vuelta para saludarlos; y aunque miraba al reportero, juraría que ni siquiera lo veía. Pensara en lo que pensase, no era en las preguntas.

A diferencia de las entrevistas a los demás, en la suya el reportero no estaba solo, sino que muchos otros reporteros con micrófonos de distintas cadenas trataban de avanzarse a sus colegas. Bombardearon a Jack con tanta intensidad que incluso a mí me resultó imposible entender la mayor parte de las preguntas.

—¿Te sientes nervioso al saber que tu película se proyectará en tu ciudad natal? —le pidió una mujer.

—No.

—¿Cómo te sientes? —inquirió otro periodista—. ¿Orgulloso?, ¿preocupado?

—Indiferente.

Pero ¿qué hacía? Si yo estaba nerviosa, no quería ni imaginarme cómo se sentiría Joey, que no dejaba de dirigirle miraditas furtivas.

—¿Cómo se siente tu familia con tu éxito?

—Pregúntaselo a ellos.

—¿Has venido sin acompañante?

—Sí.

—¿No te acompaña Vivian Strauss?

—No.

—Dicen que mantienes una relación con ella, ¿es eso...?

—No.

—¿Hay alguien importante en tu vida?

Joey intervino al instante:

—Preguntas sobre la película, por favor.

—¿Cómo te inspiraste para la película? —intervino otro.

—No lo sé.

—¿Son ciertos los rumores de que es una historia real?

Jack se quedó mirando unos instantes al reportero que acababa de intervenir. Entonces, enarcó una ceja.

—¿La has visto?

—¿Eh?

—¿Has visto la película?

—No… Bueno, iba a verla ahora y…

—¿Te crees los rumores de una película que ni siquiera has visto?

No necesité más que la mal disimulada expresión de pánico en el rostro de Joey, para saber que esta no le permitiría que volviera a hablar con periodistas. Con una sonrisa, tiró del brazo de Jack para apartarlo del foco de atención. Entonces retomaron las entrevistas con productores y similares. Como esa parte ya no me interesaba y tampoco emitirían la película, suspiré y fui cambiando de canal hasta que di con el programa de cambios radicales.

En algún momento me quedé dormida, y al abrir los ojos, el programa ya había cambiado de protagonistas. Me reajusté las gafas. ¿Qué me había despertado? Ah, sí. El ruido de la puerta.

Creía que el grupito entero estaría de vuelta en casa; sin embargo, solo había una persona: Jack lanzó las llaves sobre la barra y se me acercó como si nada.

Yo, en cambio, tuve que reajustarme de nuevo las gafas para asegurarme de que las llevaba bien puestas.

—¿Qué haces aquí? —le pregunté con perplejidad.

—Yo también me alegro de verte, ¿eh?

Se quitó la chaqueta y la lanzó sin cuidado a un sillón. Después tiró repetidamente de la pajarita, hasta que se rindió y se agachó a mi lado. Una vez se la hube quitado, hizo lo propio y se dejó caer en el sofá, junto a mis pies. Parecía bastante cansado. Su mirada se detuvo en el bol con leche y cereales que me había rellenado antes de quedarme dormida y no dudó en apropiárselo.

Y así se puso a comer ante el televisor. Yo no podía estar más perdida.

—¿No tenías un estreno al que asistir?

—Sí.

—El tuyo, de hecho.

—Ajá.

—Y estás aquí.

—Eso parece.

Mantuve unos instantes de silencio, analizando la situación.

—¿Puedo preguntarte el motivo?

Tras tragarse la preocupante cantidad de cereales que había logrado meterse en la boca, se encogió de hombros.

—¿No puedo estar aquí?

—¡Claro que sí! No me refería a eso. Es que… ¿te has ido de tu propia premier?

—Nadie me echará de menos.

—Es tu película.

—Por eso. Han ido a ver la película, no a mí. ¿Qué más les da que esté contigo y no con ellos?

Dicho así, incluso a mí me sonó absurdo, así que no añadí nada más mientras él, en silencio, apuró la cena, llevó el plato a la cocina y se desabrochó la camisa. Conseguí reprimir una queja cuando la convirtió en una bola y la lanzó al sillón junto a lo demás, e intenté no mirarlo mucho más de lo estrictamente necesario cuando empezó a pasearse sin camiseta. Eso último me resultó bastante complicado.

No duró demasiado, pues se puso una camiseta normal y se cambió los pantalones por unos de algodón; acto seguido, cogió el paquete de tabaco y subió a fumar. Todo ello, en absoluto silencio, razón por la cual decidí no molestarlo. Al regresar, se sentó conmigo en el sofá y, ansioso, repiqueteó un dedo sobre la rodilla de forma un poco ansiosa. Finalmente, se giró hacia mí.

—¿Podemos volver a dormir juntos?

—No.

La respuesta lo dejó un poco pasmado, y me apresuré a corregirme:

—¡E-es decir… que sí! Pero el sofá me está destrozando la espalda. En una cama normal y corriente, por favor.

—Ah.

Dirigió una breve mirada al pasillo; concretamente, a la puerta de la habitación que habíamos compartido el año anterior, y lo consideró por unos instantes. Quizá me había precipitado un poco, tampoco quería que se sintiera presionado a meterse en una cama conmigo. Aunque, pensándolo bien, él mismo me había preguntado si quería que durmiéramos juntos.

Ya casi había perdido la esperanza de que hablara cuando, de pronto, asintió.

—Necesitaré ayuda para transportar mis cosas.

Parpadeé, confusa, hasta que me di cuenta de lo que estaba insinuando. Entonces asentí con más intensidad de la necesaria. Él contuvo una sonrisa al verlo.

—¡Yo te ayudo! —exclamé, poniéndome en pie de un salto—. ¡Sin problemas!

—Cuánto entusiasmo. Creo que me lo voy a pensar mejor.

—Te jodes, ¡ya has accedido!

Mientras me agachaba junto a su cómoda, empezó a reírse, y al alcanzarme, aún estaba divertido. Yo continué abriendo cajones, cada vez más confusa. Estaban todos vacíos menos el primero, y tampoco es que tuviera gran cosa.

—¿Qué buscas tanto? —quiso saber.

—¿Esto es todo?, ¿no hay nada más?

—¿Qué más quieres?

—¡Ropa!

—¡Hay ropa!

—¡Dos sudaderas y un pantalón!

Los levanté con la mano buena a modo de prueba, y Jack se cruzó de brazos.

—¡También tengo camisetas!

—¡Jack, necesitas más ropa!

—¿Y eso, por qué? —se enfurruñó.

—¡Porque eres famoso! ¡Acepta tu nuevo estatus!

—¡Mi ropa me gusta!

Me limité a levantar una sudadera amarilla y completamente desgastada. Ni siquiera se descifraba el logo. Indignado, Jack alzó la barbilla.

—Es mi sudadera de Tarantino.

—¿Y cómo lo sabes? ¡Si ni siquiera se ve el dibujo!

—¡Porque me gusta y la uso mucho! ¡No te metas con ella!

—¡Es horrible!

—¡Para no gustarte, bien que me robabas sudaderas cada vez que podías!

—¡Las usaba de pijama, no para ir por el mundo!

A modo de respuesta, soltó un suspiro lastimero. Yo tan solo lo saqué todo del cajoncito y se lo puse delante. Prácticamente parecía que le presentara las pruebas de un crimen.

—Ni siquiera estaba bien doblada —lo acusé.

—¿Y qué?

—Que la ropa se dobla.

—¿Para qué?

—¡Para que no se arrugue!

—¡Pero si luego se arruga igual!

Tras poner los ojos en blanco, me incorporé con ambas sudaderas en la mano y me encaminé hacia la habitación. En cuanto oí que me seguía, le hablé sin mirarlo:

—¡Más te vale no seguirme con las manos vacías, Jack Ross!

Por supuesto, se detuvo, y rápidamente dio media vuelta.

Él transportó sus preciadas camisetas, y entre los dos lo colocamos todo frente a la cómoda del dormitorio. Dentro aún conservaba algunas prendas, posiblemente ya en desuso. Entre ellas había las sudaderas que solía prestarme, como la de Pumba y la de *Pulp Fiction*. Al verlas, no dijimos nada al respecto, simplemente empezamos a colocarlo todo.

O, mejor dicho, lo hice yo. Él no hizo más que lanzar camisetas al montón.

—¿Qué haces? —protesté mientras arreglaba su desastre.

—¿No me has dicho que meta cosas ahí?

—¡No así! Madre mía, ya veo cómo se sentía mi hermana cuando le dejaba la habitación hecha un desastre.

—Pero ¿estoy haciendo algo bien?

—¡No! Quita. Yo me encargo.

—¿Desde cuándo eres Sue?

Hice ademán de lanzarle un calcetín a la cara, y él, con una sonrisa divertida, se deslizó un poco más lejos. Con la espalda apoyada en la cama, observó mi trabajo sin rechistar. Incluso se puso a mirar el móvil en varias ocasiones.

Al terminar, me sentí bastante satisfecha.

—No ha quedado nada mal.

—Si eres una maniática de la limpieza…

—Si tienes un poco de orden en la vida —le corregí, y luego lo señalé con un dedo acusador—. Va en serio; cómprate ropa, aunque sea una sudadera nueva. Esto da pena.

—A mí me vale.

—¿Y qué harás si algún día te quedas sin ropa limpia?

—Poner la lavadora.

—¿Si la pierdes o se te rompe, también pondrás la lavadora para arreglarlo?

—Vale —me detuvo, divertido—, ¿en qué momento hemos pasado a ser un matrimonio de sesenta años?

—En este mismo.

—Lo que tú digas, Michelle.

Me giré de golpe hacia él, e intentó ocultar su sonrisa. No lo hizo nada bien.

—¿Qué has dicho? —le pregunté, señalándolo de nuevo.

—¿Yo? Nada.

—Me ha parecido oír algo.

—Tendrás los oídos taponados.

—Los tengo perfectamente. Has dicho «Michelle».

Al instante se llevó una mano al corazón.

—¡Jen, has dicho la palabra prohibida!
—¡No, tú lo has hecho!
—¡No, tú acabas de decirla! Hay que pensar un castigo adecuado.
Eso último me hizo dar un respingo, alarmada.
—¿C-castigo…? ¿Qué…?
—Y ya que prohibieron la tortura hace unos cuantos años, tendré que elegir un método menos ilegal.
Estuve a punto de preguntarle al respecto, pero entonces se me acercó a una velocidad alarmante. Me encogí completamente, pues me había pinchado las costillas con un dedo.
Oh, no… ¡cosquillas!
*¡Huye, huye!*
Presa del pánico, intenté retroceder, pero era demasiado tarde. Jack esbozaba una sonrisa odiosa cuando me alcanzó por el tobillo y tiró de mí hacia abajo. Riéndome como una histérica, me agarré a las sábanas mientras él continuaba, pero solo logré que la cama quedara hecha un desastre. Como estaba a punto de escabullirme, optó por clavar una rodilla a cada lado de mis caderas y continuar con su trabajo mientras yo, todavía entre carcajadas, intentaba cogerle las muñecas con la mano buena.
—¡Para! —exigí, aunque con las risas no sonaba muy convincente—. ¡¡PARAAA!!
—Pídemelo bien y me lo pensaré.
—¡JACK!
—Respuesta incorrecta —canturreó felizmente.
Sus pulgares encontraron un hueco entre mis pantalones y mi sudadera, y el contacto de sus dedos con mi piel expuesta hizo que un escalofrío me recorriera el cuerpo entero. Aquello, sumado a las cosquillas y a la risa floja, fue suficiente para que me rindiera.
*En tu defensa, diremos que has aguantado bastante.*
—¡VALE! ¡Para, por favor!
Se detuvo al instante y apoyó las manos, ahora libres, a ambos lados de mi cabeza. Parecía bastante satisfecho consigo mismo. Yo, mientras tanto, me llevé una mano al corazón para tratar de calmarme. El pecho me subía y bajaba a toda velocidad.
—Te odio —dije como pude.
—Mmm… ¿lo he oído bien? ¿Tendré que empezar otr…?
—¡NO! ¡Era broma, era broma!
Volvió a reírse al instante.
—¿Lo ves?, no es tan difícil.
—El día que yo descubra dónde tienes cosquillas, ya me vengaré.

—Tienes permiso para tocarme toooooodo cuanto quieras, para intentarlo.

Irritada, estiré la mano hasta alcanzar una almohada y le di en la cara con ella. Fue un ataque bastante triste, pero al menos logré que entrecerrara los ojos.

—¿Vamos con esas?

—¿Eh?

—Tú te lo has buscado.

—¡No! ¡Más cosquillas no, por favor!

—Vaaale. Pues otra cosa.

Y sin añadir nada más, noté que me pasaba un brazo por la cintura. En cuanto se puso de pie, me descubrí a mí misma flotando boca abajo; me había cargado del hombro. Inevitablemente, puse los ojos en blanco.

—¿En serio? —protesté.

No me respondió. Se había sacado el móvil del bolsillo para mirarlo. En cuanto hice ademán de asomarme, lo escondió rápidamente.

—¿Ahora vas con secretitos?

—Soy un hombre misterioso, Michelle.

—¡NO ME LLAMES…!

—Además, ¿qué hacías mirándome el móvil? ¿Te has vuelto una cotilla durante este año?

—¡Siempre lo he sido!

Sus carcajadas hicieron que mi cuerpo se tambaleara sobre su hombro. Por suerte, me tenía bien sujeta. Se dirigía al salón.

—Vamos a mirar una película —sentenció.

—Elijo yo.

—No, elijo yo.

—¿Y quién te ha dado permiso?

—Los papeles del piso y de la televisión —enumeró—. ¿A que no sabes qué pone en esos papeles?

—Me la pela.

—Pone que son míos. —Ignoró mi comentario, y casi pude adivinar que sonreía—. Por lo tanto, elijo yo. Y en esta casa elijo no mirar *realities* basura.

—¡No son basura!

—Son una auténtica basura.

—Tú sí que eres basura.

—Tú más.

—No, tú más.

—No, tú mucho más.

—No, tú muchísim... ¡OYE!

En cuanto aterricé de espaldas al sofá, se frotó las manos como si acabara de hacer un gran trabajo. Le saqué el dedo corazón, y él me sacó el suyo.

—Podrías haberme lesionado la mano herida —lamenté dramáticamente—. ¿Habrías podido vivir con la culpa?

—No me manipules o te llamaré «Michelle».

—O sea, que tú puedes meterte conmigo y yo contigo no.

—Exacto.

—Me parece fatal. Mis amigos lo han hecho toda mi vida.

—Pues tendremos que cambiar eso, aquí los derechos de incordiarte están reservados.

—¿Y eso qué quiere decir?, ¿que solo tú puedes meterte conmigo?

—Sí, solo yo.

Puse los ojos en blanco del modo más descarado que pude.

—Qué romántico...

—Si me pusiera romántico de verdad, te pondrías roja, entrarías en pánico y correrías al cuarto de baño.

*Verdad.*

¡Mentira!

*Vives engañada.*

Bueno... ¡no había necesidad de decirlo tan abiertamente!

Tan pronto como sacó el móvil de nuevo, no pude resistirme más y me puse de rodillas para asomarme a la pantalla. Jack intentó esquivarme y le tiré del brazo. El resultado fue que se quedó sentado a mi lado. Como pretendía levantarse otra vez, apresuradamente me senté a horcajadas sobre él. Se quedó tan sorprendido que aproveché la oportunidad y me escondí su móvil tras la espalda.

—Pídeme perdón y te lo devuelvo.

Bajó la mirada justo al punto donde había quedado sentada, sobre su regazo, y de golpe volvió a subirla para observarme con el ceño fruncido.

—Ya quisieras.

Hizo ademán de robármelo, pero con el brazo lo retuve por el pecho.

—De eso nada. Discúlpate.

—¿Por qué?

—¡Por llamarme «Michelle»!

—¡Dame el móvil, es importante!

—Seguro que quien sea puede esperar un momentito.

—No es eso, no te pongas celosa.

Por la indignación, me despisté un momento que él aprovechó para quitarme el móvil de la mano. Observó la pantalla, y cuando yo iba a protestar, me puso un dedo sobre los labios sin mirarme.

—Silencio.

Contemplé el dedo con el ceño fruncido.

—Oye, ¿qué…?

Hice un nuevo intento de ver la pantalla, y sustituyó el dedo por la mano entera, que me tapó la cara para evitar que me moviera. Intenté quitármela de un pellizco.

—¡Suéltame! —murmuré como pude—. ¡No puedo ver nada!

—Esa es la idea.

—¡Suéltame!

—Espérate.

—¿Esperar a qué?

—Que te esperes.

—¡¿A qué quieres que esp…?!

Me detuve cuando me soltó la cara y giró la pantalla de su móvil hacia mí. No había notificaciones.

—¿Qué se supone que…?

—¡Feliz cumpleaños, Jen!

*¿Eh?*

Tras dudar, volví la vista hacia la pantalla. Eran las doce en punto de un dieciséis de febrero.

Como seguía sin decir nada, Jack intervino:

—No me digas que se te había olvidado.

—¿Eh? —Enrojecí de pies a cabeza—. ¡Claro que no se me había olvidado!

—Yo diría que sí.

—¡Que no…! —Solté un ruido molesto cuando Jack, sonriente, me estrujó una mejilla—. ¡Oye!

—Eres un desastre —canturreó—. Y mira que a mí se me dan mal estas cosas, pero superarte es cada vez más difícil. En fin, feliz cumpleaños. ¿Cuántos cumples?, ¿doce añitos? ¿diez?

—Veinte —protesté mientras le apartaba las manos.

—¡Veinte añazos! —Fingió sorpresa—. Mira qué niña tan grande. ¿Y te has portado bien este año? ¿Te han tirado ya de las orejitas?, ¿quieres que lo haga yo?

—Oh, cállate.

—¿No me vas a dar ni las gracias? He sido el primero.

Y entonces, por fin, caí en qué hacía él allí. Lo miré con los ojos muy abiertos, prologando el silencio, y Jack pareció cada vez más confuso.

—¿Te has ido de la premier porque era mi cumpleaños? —le pregunté.

Había dado de lleno. Lo supe en el instante en que se encogió vagamente de hombros.

—Puede.

—¿En serio? —insistí en tono lastimero.

Estaba claro que no sabía qué decirme.

—¿Estás… triste? Porque si lo estás, diré que no.

—¡No estoy triste, tonto, estoy emocionada!

—¿«Tonto»? —se burló.

—Creo que realmente es lo más considerado que han hecho nunca por mí.

—Es decir, que todas mis hazañas del pasado acaban de quedar completamente eclipsadas. Genial.

—Espera, ¿y si hacen alguna entrevista y no estás?

Él soltó un suspiro y se dejó caer contra el respaldo del sofá.

—¿De verdad crees que ahora mismo me importa lo más mínimo? El estreno fue ayer.

—«Ayer» fue hace un minuto y medio.

—Y el pasado, pasado es. ¿He sido el primero o no?

—Pues claro que has sido el primero. ¡Has mirado la hora cincuenta veces!

—Qué detalle de tu parte, burlarte del chico que se ha saltado su premier para felicitarte.

Puse los ojos en blanco y los brazos alrededor de su cuello. Si no lo hubiera abrazado directamente, me habría dado cuenta a tiempo de que él había ido a por el beso. Al final, suspiró y me rodeó con los brazos por la cintura.

—¡Muchas gracias! —exclamé.

—Eso ya está mejor. Como no lo hagas por mi cumpleaños, te lo recordaré el resto de mi vida.

Todavía con la mejilla sobre su hombro, empecé a reírme.

—Lo intenté este año y pasaste de mí, tonto.

Jack había estado acariciándome metódicamente la espalda con una mano, pero detuvo el movimiento casi al instante.

*Oh, oh.*

Un poco sorprendida, me separé de él; me miraba con el ceño fruncido y no supe muy bien cómo interpretar su expresión. Parecía irritado, pero también sorprendido.

—¿Qué quieres decir con eso? —preguntó finalmente.

—Que intenté llamarte por tu cumpleaños.

—No, no lo hiciste.

—Sí, Jack… Te llamé, me respondió una chica y le pedí que te avisara por si querías devolverme la llamada. Como no recibí respuesta, pensé que…

—Espera, espera. —Me sujetó de los brazos, cada vez más tenso—. ¿Te respondió una chica?, ¿qué chica?

—Una que tenía un acento un poco…

—¿«Acento»? —repitió con voz alterada—. ¿Te respondió Vivian y no me dijo nada?

Cuando lo dijo, caí por fin en que el acento que había oído entonces y unas horas antes, en la premier, era alemán. Tenía razón, había sido Vivian.

No supe qué decirle, estaba muy enfadado. Fuera lo que fuese que habíamos tenido hasta ese momento, acababa de romperse. Con una maldición mascullada entre dientes, Jack me sujetó de la cintura y me sentó a su lado. Ya estaba de pie, dando vueltas y pasándose las manos por el pelo de forma ansiosa.

—No pasa nada —le aseguré—. Ahora podemos aclararlo y…

—¡No, Jen! Sí que pasa. Ella sabe… sabe que ese día… —Jack se detuvo y se cubrió la cara con las manos. Al descubrírsela, se mostró furioso—. ¡Sabe lo mal que estaba ese día!, ¡lo sabe perfectamente! Y aun así no me dijo nada.

Estuve a punto de sugerir que quizá se le había olvidado, pero no me lo creía ni yo. Sus motivos tendría, pero había sido a propósito.

—¿Y por qué haría algo así? —le pregunté.

—Porque cree que no eres lo suficientemente buena para mí. Y porque estuvo presente durante mucho tiempo en el que te eché de menos. No quiere que vuelva a pasar por lo mismo.

No supe qué decir. Podía entender las motivaciones de Vivian; desde luego, no le había causado buena impresión.

—Pero eso no es excusa —insistió Jack, dando vueltas otra vez—. Es mi móvil. ¡Y mi vida! Si quiero hablar con alguien, estoy en mi derecho. No tiene por qué cogerme el móvil y…

—Jack. —Intentaba poner un poco de paz—. Escúchame, ahora mismo eso da igual.

—¡A mí no me da igual!

—¿Y de qué sirve enfadarte con ella ahora mismo? Está en el estreno. Cuando la veas, ya le reclamarás lo que necesites, pero enfadarte ahora no servirá de nada.

Aquello sí que lo hizo reflexionar. Jack se detuvo y se sentó torpemente en el sofá, a mi lado. Esa vez, en vez de colocarme sobre él, me acerqué y le puse una mano en la espalda. Había pasado del subidón al bajón, y ahora tenía los hombros hundidos.

—¿Qué pasó ese día, que fuera tan grave? —pregunté.

—No lo sé, Jen. Muchas cosas a la vez. Y todo empeoró cuando nos quedamos a solas. Empecé a hablar de… de ciertas cosas que no me hacen bien, y a recordar momentos que me hacen sentir muy mal. Y al final… volví a caer.

—¿«A caer»?

—Volví a las drogas.

Ojalá hubiera encontrado las palabras perfectas para consolarlo, pero lo cierto era que me había quedado en blanco. No sabía que su recaída hubiera sido hacía relativamente tan poco, el día de su cumpleaños. De haberlo sabido, habría llamado cuarenta veces más hasta que me respondiera. Y aun así, puede que hubiera caído de todas formas, pero… ¿qué otra cosa podía pensar? Ya había sucedido, de nada servirían las suposiciones.

Como no dije nada, Jack apartó la mirada. Parecía avergonzado.

—No quería que me vieras así —admitió.

—Todos tenemos malos momentos, Jack.

—Ya, pero… ya te lo dije. Puede que esto no sea un mal momento. ¿Y si realmente es mi forma de ser? ¿De verdad quieres estar con alguien así?

¿Eso era lo que tanto miedo le daba?, ¿que si averiguaba la verdad, nunca más quisiera estar con él? Casi me eché a reír.

Pero en lugar de eso me acerqué un poco más y apoyé la mejilla en su hombro.

—Todos tenemos malos momentos —repetí—, y este es el tuyo. No voy a juzgar tu vida entera por un error.

—No es solo uno, Jen. Son muchos.

—No importa. Ya tenía bastante asumido que no eras perfecto —añadí con media sonrisa—, yo tampoco lo soy. Cometo muchos errores. Cometí el error de dejarte, por ejemplo. Y eso que tienes mil defectos. No olvidemos que odias la pizza barbacoa. Si te he perdonado eso, puedo perdonarte cualquier cosa.

Su boca se torció un poco, como si no supiera si sonreír o no, y yo continué hablando:

—Lo de estar juntos o no… eso ya lo veremos cuando los dos estemos un poco mejor, ¿vale? Ahora mismo, hay otras cosas más importantes. Como tu bienestar, por ejemplo.

—¿Mi bienestar?

—Jack… Sé que no quieres oír esto, pero… tienes que dejarlo.

No dijo nada. De hecho, permaneció en silencio más de un minuto; entonces, sacudió la cabeza.

—No es tan fácil. Lo necesito.

—Has pasado más años de tu vida sin drogas que con ellas. No las necesitas.

Esa vez, no dijo nada.

—Lo único que necesitas es ayuda —añadí, un poco tensa por su posible respuesta negativa. Todavía recordaba la conversación con Will—. Todos los que vivimos aquí te queremos, Jack. Y tu madre y tu abuela te adoran. Incluso Mike, aunque a veces os llevéis mal, estaría dispuesto a apoyarte en todo lo que necesitaras.

—¿Y qué necesito, exactamente?

—Ayuda profesional.

Soltó algo parecido a una risa amarga.

—¿Quieres meterme en una cárcel para drogadictos?, ¿en serio?

—No es una cárcel para drogadictos, es una clínica para personas que necesitan ayuda. Y tú tienes una adicción, Jack. Necesitas ayuda.

—Deja de repetir que necesito ayuda —masculló con los ojos cerrados.

Permanecí en silencio y él sacudió nuevamente la cabeza.

—Esas clínicas son carísimas —concluyó—. Ya estuve en una, así que lo sé de primera mano.

—¿Cuánto cuestan?

—La carísima en la que me metió mi madre…, unos quince mil al mes.

Si no hubiera estado sentada, me habría caído de culo al suelo. ¿Tanto dinero?, ¿de dónde lo íbamos a sacar? ¡Si ni siquiera tenía suficiente para medio mes! Podría pedirle ayuda a mi familia —a los que me hablaban, al menos—, a mis amigos y a la familia de Jack, pero claro… Dudaba que el señor Ross fuera a aportar demasiado. Y Mary, en consecuencia, tampoco.

—Podríamos buscar un sitio más barato. —Fue lo único que se me ocurrió—. Que sea bueno, pero sin…

—Déjalo, Jen. Es tu cumpleaños, no deberías pensar en eso.

—Como es mi cumpleaños, yo decido en qué quiero pensar.

Esa vez, me dedicó una sonrisa completa. Pareció que iba a añadir algo, pero en ese momento se abrió la puerta principal de par en par. Ambos volvimos la cabeza hacia Mike, que había perdido la chaqueta y la corbata por el camino, al igual que varios botones de la camisa.

—Cómo odio las fiestas en las que no soy el protagonista —protestó.

Fue entonces cuando se dio cuenta de que estábamos ahí. Nos guiñó un ojo, con desparpajo.

—¿Qué hacíais? ¿He interrumpido un tórrido beso de reconciliación?

—Muy gracioso —mascculló de mala gana su hermano.

—Me lo tomaré como un no.

—Es el cumpleaños de Jen —le aclaró Jack con una mirada significativa.

Estaba casi segura de que esa mirada era un «vete».

Mike la interpretó como un «quédate».

—¡Felicidades, cuñada! —Se me acercó y se lanzó a abrazarme. Apestaba a alcohol—. ¡Esto hay que celebrarlo!

—Gracias, Mike —repliqué, divertida.

Cuando se separó de mí, bajó la voz para fingir que Jack no podía oírlo:

—¿Quieres que te lleve de fiesta y dejemos a este aburrido aquí solo?

—Con lo aburrida que soy, será mejor que me quede con mi aburrido.

Mike negó con la cabeza.

—Pues vale. Quiero dormir. Largaos de mi salón.

Jack eligió no matarlo, se puso de pie y fue directo a la habitación. Lo seguí con la mirada antes de volverme de nuevo hacia su hermano, que estaba divertido.

—Se cree que es muy listo, pero hago lo que quiero con él —comentó—. Basta un comentario y va directo a la habitación.

—¿Lo has hecho a propósito?

—Pues claro. Ya echaba de menos a mi pequeño sofá.

Cuando entré en la habitación, Jack se había metido en la cama y jugueteaba con un peluche que yo conocía muy bien. Por suerte, no me preguntó nada sobre Manchitas, sino que simplemente lo devolvió a mi lado de la cama. Tras dudar unos segundos, aparté la manta y me tumbé a su lado. No me miró antes de apagar la luz. Supuse que, debido a nuestra última conversación, ya tenía material de sobra para pasarse la noche pensando.

No quería molestarlo, así me acomodé mejor en mi lado y me estiré para dejar las gafas sobre la mesita.

Sin embargo, apenas unos segundos después, murmuró:

—Tú crees que si fuera a una clínica de esas… ¿serviría de algo?

Tras unos instantes, giré sobre mí misma para mirarlo. Jack también me observaba. Parecía más vulnerable de lo que esperaba, como si mi respuesta le importara de verdad.

—Sí. Claro que lo creo.

—¿Y si no sirviera de nada?

—Buscaríamos otra solución. Pero por lo menos sabrías que lo has intentado.

Me acurruqué cerca de su cuerpo y apoyé la mejilla en su hombro. De forma automática, Jack me rodeó la espalda con un brazo. Ya no dijimos nada más.

# 10

## ¡Sorpresa!

Amanecí de buen humor. No solo era mi cumpleaños, sino que además había descansado bien. Por el sonido del agua, supe que Jack estaba en la ducha, así que me incorporé y fui directa a la cocina a preparar café para todos.

No, no fui a correr. Spencer me mataría en cuanto nos cruzáramos. ¿Cuánto hacía que no salía a entrenar?

Estaba tomando el primer sorbo de mi café cuando llamaron al timbre. Como Mike no estaba en el sofá y los demás todavía dormían, supuse que sería él. A menudo subía a fumar y luego no podía entrar porque se había dejado las llaves.

Por eso abrí la puerta con media sonrisa, pero desapareció en cuanto vi a su padre.

Durante lo que me pareció una verdadera eternidad, el señor Ross me miró fijamente. Iba tan arreglado como de costumbre, pero yo…, ups, seguía en pijama. No era el mejor atuendo para atenderlo.

Si al menos le hubiera dicho algo coherente…, pero pasó a mi lado hecho una furia; incluso chocó a propósito contra mi hombro. Inexplicablemente, logré que no se me derramara el café.

—Vaya, buenos días —murmuré de mala gana.

El señor Ross se quedó de pie en medio del salón y miró alrededor. Parecía muy fuera de lugar, no entonaba con el aspecto informal y alegre del piso.

—¿Dónde está mi hijo? —preguntó.

—¿Cuál de ellos?

—Sabes cuál de ellos, Jennifer.

—Está en la ducha. —Señalé la puerta—. Pero, si espera un momento, puedo llamarlo y…

—Déjalo tranquilo —me cortó con un gesto—. Con quien quiero hablar es contigo.

No era una buena señal, y no me sentía preparada para mantener una conversación con él en esas condiciones. Tras un momento de duda, me miré a mí misma y señalé el pasillo con la mano libre.

—Deme un momento para que me vista y…

—No —me cortó de nuevo—. Siéntate.

No sé cuál fue exactamente el desencadenante, si la orden o el tono de voz, pero de pronto tuve un desagradable *déjà vu* de mi relación con Monty. Él solía mangonearme de ese modo, siempre se lo había permitido. La vieja Jenny lo había permitido, más bien. La nueva, no.

Así que me quedé de pie justo donde estaba y di un sorbo al café.

El señor Ross estaba a punto de soltar alguna burrada, pero entonces recuperó el control y se sentó en uno de los taburetes.

—No sabía que habías vuelto —dijo.

De nuevo, usaba ese tono desagradable. Me puse a la defensiva y ni siquiera acababa de entender el motivo.

—No sabía que tenía que avisarle.

—Tenía entendido que habíamos llegado a un trato, Jennifer.

Aquello me dejó un poco descolocada.

—¿«Un trato»?

—Me dijiste que querías a mi hijo, ¿no? Dijiste que harías cualquier cosa por su bienestar y su futuro.

—Y lo hice —le recordé—. Lo dejé.

—Sí, pero has vuelto.

—Jack ya no está en la escuela de Francia, señor Ross.

—Lo sé perfectamente —espetó. Sonaba como si perdiera la paciencia por segundos—. Pero vives con él, ¿no? Sabes lo mal que está. Tienes que saberlo. A no ser que estés ciega o que seas tonta.

Sin darme cuenta, apreté la taza con los dedos.

—Pues puede que sea tonta, pero, desde luego, no estoy ciega. Puedo verlo.

—¿Y qué haces aquí?, ¿quieres perjudicarlo todavía más?

—Estoy aquí para terminar mis estudios.

—¿Y necesitas hacerlo en esta casa?, ¿no hay residencias para estudiantes?

—Las hay —le repliqué con una ceja enarcada—, pero me quedo donde me da la gana.

Ni siquiera yo sabía de dónde salía aquella actitud rebelde, pero funcionaba. Por una vez, no era yo quien temblaba de vergüenza o rabia cuando el otro abría la boca, sino el señor Ross.

Fue… extrañamente satisfactorio.

—Claro —me dijo con rabia—. Aquí te lo pagan todo. ¿Quién rechazaría algo así?

Justo antes de contradecirle, comprendí que era eso lo que él quería. Se trataba del mismo método que había usado Jack en cuanto llegó:

provocar una pelea para justificar una discusión. Si me había aguantado con su hijo, podía hacerlo con él. Así que me limité a beber café. El señor Ross enrojeció de rabia.

—¿Es que quieres que empeore, Jennifer?, ¿es eso?

—No sé de qué me habla.

—¡Lo sabes perfectamente! —estalló—. ¿Qué te crees?, ¿que tienes derecho a controlarle la vida? ¿Cuánto tiempo estuvisteis juntos?, ¿un mes? ¡He tenido dolores de cabeza más largos, por el amor de Dios! Sois dos críos, no conocéis nada el uno del otro. ¡Ni siquiera os conocéis a vosotros mismos!

Ante su alteración, enarqué las cejas, sorprendida.

—¿Cree en serio que le controlo la vida?

—Sí.

—¿Por qué?

—Porque lo haces.

—Lo único que hago es preocuparme por él. Y si usted hiciera lo mismo, se preocuparía antes por otras cosas en vez de convencerme de que me aleje. ¿Es que no ha visto a su hijo últimamente?, ¿no ve que necesita otro tipo de ayuda?

Se quedó en silencio, mirándome fijamente. Por un instante, creí que se daría la vuelta para marcharse, pero tan solo apretó los labios y rebuscó en el bolsillo. Al ver que sacaba una libreta y un bolígrafo, me sentí todavía más perdida.

—¿Cuánto? —preguntó.

—¿«Cuánto», qué?

—Vamos, Jennifer, ¿cuánto quieres por alejarte de él? —Apuntó algo en la libreta—. ¿Dos mil?, ¿tres mil?

Tardé unos instantes en reaccionar. Más que nada, porque la situación era demasiado surrealista como para creérmela de buenas a primeras. Estaba insinuando que solo me interesaba el dinero de Jack. Y no solo eso, sino que se creía que su hijo llevaba sobre la cabeza un pequeño cartelito con su precio y que él era capaz de igualarlo.

—Fuera —murmuré, furiosa.

—Muy bien —suspiró—. ¿Diez mil?

—¿Diez…? —Sacudí la cabeza, perpleja—. ¿Por qué hace esto?

—Porque quiero lo mejor para Jack, y lo mejor no eres tú. ¿Veinte mil? No subiré mucho más la cifra, Jennifer.

—¡Fuera de aquí!

—Lo siento, querida, pero esta es la casa de mi hijo.

—¿Quiere que vaya a contarle a su hijo lo que está haciendo?

Mis palabras funcionaron a la perfección. El señor Ross, furioso, arrancó el cheque de la libreta y me lo estampó en el pecho. Inconscientemente, lo recogí del suelo, y, como sujetaba la taza con la mano herida, se me derramó un poco de café. Él ni se inmutó.

—Si vuelvo a encontrarte en esta casa, mis métodos no serán tan persuasivos.

Y, tras eso, se marchó de un portazo.

Me daba un poco de miedo, lo tenía que admitir. Pero a la vez me resultaba complicado tomármelo en serio. No se trataba de Monty, no me haría daño. Y podía intentar sobornarme las veces que quisiera, nunca lograría nada.

Tras limpiar las gotas de café del suelo, volví a coger la taza. La había dejado en la barra, junto al cheque. Indignada, lo agarré con ambas manos para partirlo por la mitad.

Pero entonces miré mejor la cifra: veinte mil dólares.

¿Cuánto había dicho Jack que costaba esa clínica hipercara a la que había ido la otra vez?

Con media sonrisita, me lo guardé bien dobladito en el bolsillo.

—¡¡¡FELICIDADES!!!

Esbocé una sonrisa apenas los vi. Acababa de llegar de clase, y mis amigos me habían organizado una fiesta «sorpresa». Y lo digo entre comillas porque esa misma mañana había visto a Naya preparándola.

Ella y Will sostenían un pequeño cartelito que llevaba escrita una felicitación, Mike levantaba dos botellas de cerveza, Curtis y Lana hacían sonar sus matasuegras, Chris aplaudía y Sue estaba cruzada de brazos con una expresión de hastío que solo desapareció en el momento de felicitarme.

Se habían esforzado mucho en que todo saliera bien: la mesita de café estaba repleta de platos con mi comida favorita, había un cubo de hielo lleno de cervezas, sonaba una música tranquila, y varios globos hinchados flotaban a mi alrededor. Era obvio que el mérito era, sobre todo, de Naya y Will, así que, en primer lugar, fui directamente a abrazarlos.

—Conseguiréis que quiera celebrar mi cumpleaños —admití al tiempo que los estrujaba.

—¡Esa es la actitud! —chilló Naya con orgullo.

Debido a la ausencia de Jack, estuve algo decaída la primera hora, pero después me autoconvencí de que haría acto de presencia en algún momento. Al parecer, tenía una fiesta en casa de Vivian. Podía entenderlo; seguramente querría hablar con ella sobre el asunto de la llamada. Solo esperaba que le quedara un poquito de tiempo para pasarse por mi fiesta de cumpleaños. Sin él, la celebración no me resultaba tan especial.

Aun así, me lo pasé genial. Tras hartarme de comer, me abrí una cerveza; mientras me la bebía, Curtis se me acercó y, cogiéndome de la cintura, me obligó a bailar con él. Ambos nos detuvimos cuando Chris intentó unírsenos con sus torpes pasos de baile; al darse cuenta de que nos reíamos, se cruzó de brazos y se dirigió al sofá. Curtis me guiñó un ojo y fue tras él para sentarse a su lado.

—¿Te han dejado solita, cuñadita?

Me volví hacia Mike, que se acercaba moviendo las caderas de un modo muy sugerente. Intenté no reírme, pero fue inútil.

—¿Se puede saber qué haces?

—¡Seducir a la cumpleañera!

—Lo intenta, más bien —añadió Sue, acercándose con una cerveza abierta en la mano—. Parece un pavo real en proceso de apareamiento.

Estallé en carcajadas, pero a Mike no le importó demasiado. Simplemente nos señaló a ambas.

—¡El baile del equipo de la droga!

Sue intentó escabullirse como un animalillo espantado, pero no lo consiguió; la había atrapado por el brazo. En cuanto la metí entre Mike y yo, empezó a protestar airadamente porque ambos bailábamos pegados a ella. Tras un rato de fingir enfado, se rindió y esbozó una pequeña sonrisa divertida. No llegó a unirse a nuestro baile, pero por lo menos tampoco nos apartó de un empujón.

Naya, como siempre, se aburrió con facilidad y quiso que jugáramos a algo divertido. Su primera opción fue la botella, pero en cuanto consiguió que Curtis y Chris se besaran, se dio por satisfecha y pasó al juego de verdad o reto. Después se enfadó porque nadie elegía reto, así que recortó el nombre del juego para reducirlo a «reto». Y ahí dejó fluir su imaginación de la peor de las maneras: yo me vi obligada a tragarme un clip de la película de la monja, Mike se ofendió porque descubrió que Sue había estado con más chicas que él, Will tuvo que hacerle un baile sensual a Curtis, a Chris le exigimos que le hiciera otro a Sue, quien casi le arañó la cara…

Me lo estaba pasando muy bien, sin embargo, seguía faltándome alguien: Jack. Y no solo él, también mi familia. Sí, algunos estaban enfadados conmigo y no querían hablarme, pero… ¿cuál era la excusa de los otros? ¿Es que nadie se acordaba de mi cumpleaños? Vale, yo misma me olvidaba mil veces de los suyos, ¡pero aun así, me sentía un poco triste!

Mientras Chris intentaba, de nuevo, ofrecer un baile sensual a Sue, me aparté un poco del grupo y saqué el móvil del bolsillo. Iba un poco borracha, así que no encontré el número de Jack a la primera.

—Hooolaaa... —le dije con un tono lastimero en un audio—. No quiero ser esa clase de cumpleañera, pero... ¿crees que puedes llegar antes de las doce? ¿Por fis? Los demás han organizado una fiesta genial y nos lo estamos pasando muy bien. Creo que te gustaría mucho. Entiendo que no puedas —añadí al sentirme demasiado patética—. Seguro que acabas viéndolo de todos modos. Me apostaría lo que fuera a que Sue lo está grabando todo y...

El audio se me cortó y se envió. Entendí el motivo al ver la llamada entrante. Mi cerebro necesitó unos segundos para comprender el significado de las letras que aparecían en la pantalla.

Mi madre.

Vale, me puse nerviosa, lo admito. ¿Iba a felicitarme como si nada?, ¿iba a regañarme por algo?

No tenía muy claro cuál de ambas opciones me daría más rabia, así que decidí responder sin darle más vueltas.

—Hola, mamá.

—Hola —murmuró con el mismo tono cauteloso.

Tragué saliva en un intento de librarme del nudo que tenía en la garganta.

—Mis amigos me han organizado una fiesta de cumpleaños —comenté—. Por eso hay tanto ruido, no es que esté en una discoteca ni nada...

—Jennifer...

—No sabía que me llamarías. Habría subido a la azotea para que me oyeras mejor. ¿Me oyes bien?

—Jennifer, cariño...

—Si no me oyes, dímelo y...

—Jennifer —me interrumpió, esa vez con más ímpetu—. Escúchame, ¿vale? Lo siento mucho. No te imaginas lo mucho que lamento tener que decirte esto, especialmente en un día como hoy, pero... es la abuela, cariño. Ha fallecido.

La frase se mantuvo a flote entre nosotras y yo me quedé mirando fijamente la pared que tenía delante. Habría podido sentir que la alegría se evaporaba de mi cuerpo o quizá, que la tristeza me invadía. Pero no, no sentí nada. Simplemente escuché mi propio corazón como si latiera con demasiada lentitud.

—Ha sido muy rápido —añadió. Su voz sonaba como si proviniera de otra galaxia—. Hace una o dos horas, Shanon y Spencer la han llevado al hospital porque no se encontraba demasiado bien. No han podido hacer nada. Pero no ha sufrido, cariño. Y no estaba sola. Ambos han estado con ella hasta el final.

Al no obtener respuesta, continuó hablando. Yo seguía buscando mi respiración, era como si mi propio cuerpo no me perteneciera.

—Te hemos comprado un billete para que puedas venir a despedirte. Papá irá a recogerte para que no tengas que hacer todo el camino sola, así que no te preocupes. Estaremos todos juntos, ¿vale?

Y por fin logré asentir con la cabeza.

# 11

## Una casa vacía

Las últimas horas habían sido tan caóticas que apenas había tenido tiempo para respirar. En casa, las cosas estaban muy mal: mamá no dejaba de llorar y papá intentaba consolarla; los gemelos ocuparon el tiempo en pelearse; Owen preguntaba continuamente por su yaya, y mi hermana, incansable, le explicaba que ahora era una estrellita del cielo; mientras tanto, Spencer intentaba poner orden… y luego estaba yo, que trataba de ayudar en todo lo que podía.

Es cierto que en las familias hay unos roles bien marcados; cuando eres el hermano pequeño, se esperan ciertas cosas de ti que nadie exigiría al mayor. Sin embargo, ante un suceso trágico, esos roles se difuminan con mucha facilidad. Yo era la pequeña, pero no había tenido tiempo para llorar y pedir consuelo. Había tanta gente necesitándolo que me sentía incapaz de planteármelo siquiera.

Y, en ese contexto, volví a hablarme con el resto de mi familia. Spencer, papá y yo éramos los únicos realmente disponibles, así que nos dedicamos a organizarlo todo. Como mis hermanos gemelos no dejaban de discutir, Spencer me suplicó que pusiera un poco de paz entre ellos; cuando lo logré, mamá se me acercó y me estrujó en un abrazo en señal de agradecimiento. Después volvió a hablar de la abuela, se echó a llorar, y papá acudió apresuradamente a consolarla.

El funeral siguió la misma dinámica: iba de un lado para otro sin cesar, hablando con los invitados y tratando de poner un poco de orden. Mamá había subido a su habitación porque no podía más, y papá la había seguido. Shanon intentaba que su hijo dejara de lloriquear, los gemelos discutían de nuevo y Spencer estaba solo. ¿Qué otra cosa podía hacer a parte de ayudarlo?

Algunos de nuestros parientes y amigos me dieron palmaditas reconfortantes, otros me hablaron de lo maravillosa que había sido mi abuela, de la fortaleza que tenía pese a su edad. Y lo odié; lo odié porque sabía que no la conocían tan bien como yo. Al verla dentro del ataúd, no me había parecido una mujer fuerte, sino una persona menuda que aparentaba exactamente la edad que tenía. Le había cogido la mano para mantenerla entre las mías, estaba fría. Mamá se puso a llorar al verlo, pero yo no; no sé por qué, pero era incapaz de llorar. Sospecho que en algún rincón de mi mente seguía creyendo que todo volvería a la normalidad en cualquier momento.

Pero no fue así, claro.

Los padres de Monty se encontraban entre los invitados. Yo no les dirigí la palabra. Sin embargo, ellos me dedicaron unas cuantas de consuelo, así como lo hicieron aquellos que hacía unos días aún me acusaban de poner denuncias falsas y de haberme escapado de casa. Quizá en otro momento me habría molestado, pero no ese día. Por lo menos, la abuela tenía una despedida concurrida. No se merecía menos.

—Jenny —me dijo papá entonces. En algún momento había vuelto a hacer acto de presencia—. ¿Por qué no descansas un rato? Ya me ocupo yo.

Asentí con la cabeza y me alejé del grupo. Pensé en subir a mi habitación, como mamá, pero al final opté por el patio trasero. Era febrero, así que fuera solo quedaba una fina capa de nieve que hacía que el césped brillara. Bajé los escalones y suspiré al sentarme en uno de ellos. El aire frío del atardecer me sentó bien, me despejó la cabeza. Me pasé una mano por el pelo y solté un nuevo suspiro. Y ahí permanecí un buen rato, hasta que oí que se abría la puerta de atrás y alguien se me acercaba con pasos dubitativos.

Pensé que aparecería mamá, pero no podía estar más equivocada: era mi antigua mejor amiga, Nel. La misma que había dejado de hablarme y había empezado a salir con Monty poco después de nuestra ruptura.

La había visto alguna que otra vez ese año, porque la gasolinera en la que trabajaba en aquel entonces estaba justo al lado de su casa. No obstante, ni siquiera habíamos intentado hablarnos. Yo no tenía ganas de abrir el libreto de nuestra amistad rota, y seguramente a ella no le apetecía mantener ninguna conversación conmigo.

Nel era una chica muy guapa, desde pequeña. Tenía el pelo de un tono castaño muy claro —en el colegio solían llamarla «pelo-paja», algo que la molestaba profundamente—, los ojos grandes y marrones, y un sentido de la moda muy llamativo. Le gustaba destacar, siempre había sido su debilidad. Por eso me sorprendió que no llevara un vestido corto y escotado, sino un jersey negro con unos pantalones anchos.

No quise comentar nada al respecto; sabía quién le había indicado que cambiara de estilo, incluso podía imaginarme la voz de Monty señalándole que esa ropa que solía llevar era de zorra. Yo siempre había odiado esa palabra, siempre la había usado conmigo. Me pregunté si Nel ya había empezado a odiarla.

Ella se dio cuenta de mis observaciones y soltó un resoplido cansado.

—Me visto así porque me da la gana.

—No he dicho nada.

—No, pero ya veo tu actitud insoportable.

Con un suspiro, volví la cabeza hacia delante.

—No tengo el día para esto, Nel.

Como siempre, no pidió permiso para descender dos escalones y sentarse en el mismo que yo. Noté que me dedicaba alguna miradita nerviosa, pero tardó un buen rato en hablar. Se me hizo un poco triste que, tras más de diez años de amistad, nuestro distanciamiento fuera tal que no supiéramos ni qué decirnos en un momento como aquel.

—Siento lo de tu abuela —comentó al final, en un tono más bajito—. Quiero decir…, sé que la querías mucho. No te diré que sé lo que se siente, porque mentiría; nunca he perdido a nadie tan importante para mí. Pero bueno, que si necesitas algo… ya sabes.

No eran las mejores palabras de consuelo jamás oídas, y sospeché que no eran del todo ciertas. Desde luego, lo lamentaba, pero no podría buscarla si necesitaba algo. La amistad, incluso después de tantos años, era un concepto muy frágil, y traspasados ciertos límites, resultaba difícil recuperarla.

Y eso era lo que me sucedía en ese momento: Nel ya no era mi amiga, era una invitada más que, a pesar de haber conocido a mi abuela, no lamentaba su muerte. Tampoco quería consolarme a mí sino a sí misma, más tarde diría para sí que había cumplido con su parte. Me molestó mucho, pero no se lo comenté; me limité a acercarme las rodillas y a apoyar el mentón encima.

—Gracias —murmuré, dando la conversación por finalizada.

Pero Nel no había terminado. Tras jugar un rato con un hilillo suelto de sus pantalones, se volvió hacia mí.

—¿Estás enfadada conmigo?

—Nel, en serio…, podemos hablar otro día.

—¿Y cuándo será eso? Porque ya ni siquiera vives aquí.

—Pues no —repliqué. Me lo había dicho en tono acusador, pero no veía por qué debería sentirme culpable—. Pero existen los teléfonos.

—No tengo tu número.

—¿Cómo no vas a tenerlo?

Al no obtener respuesta, la contemplé. Ya no me devolvía la mirada, sus mejillas se habían sonrojado un poco.

—Ah —repliqué con un leve asentimiento—. Monty te obligó a borrarlo.

—No me obligó, Jenna. Hago lo que quiero.

—Claro… La elección de esta ropa también es porque tú quieres, ¿verdad?

Nel asintió sin mirarme.

—Dime una cosa —le repliqué—, ¿el año pasado ya estabais juntos cuando yo me marché? ¿Por eso dejaste de responderme a las llamadas?

—Es… complicado.

A ver, lo había sospechado muchas veces. Un año atrás había estado demasiado ciega como para creerlo o, más bien, no había querido verlo. Me resultó mucho más sencillo creer que todo había sido culpa de Nel porque no podía defenderse, que admitir la realidad: que la culpa había sido de Monty. Como él daba miedo y ella no, escogí la opción cobarde, la fácil, y decidí creerle cuando me juró y perjuró que todo era cosa de mi amiga, que lo había seducido porque era malvada y no me quería.

Y claro, en mi cabeza, Nel era la chica que siempre me había superado en todo, la que no tenía un ápice de inseguridad, la número uno. Pero no era cierto; como todo el mundo, a veces se sentía insegura y tenía puntos débiles. La única diferencia entre nosotras era que ella lo escondía mejor que yo.

Visto de ese modo, me resultaba muy complicado seguir enfadada con ella. Cuando la miré, no sentí rabia, solo lástima. Me recordaba a mí misma.

—¿Qué? —espetó, a la defensiva—. ¿Vas a decirme que lo deje?

—No puedo obligarte a nada, Nel. Eres adulta y deberías tomar tus propias decisiones.

—Exacto. Y lo que quiero es estar con él.

—Si crees que no puedes aspirar a nada mejor, tú misma.

Ella enrojeció. Había tocado un punto sensible.

—Puedo aspirar a lo que quiera.

—Entonces, no te conformes con tan poco.

Sabía que nada de lo que pudiéramos decirnos aportaría algo positivo a nuestras vidas, así que me incorporé y entré en casa. No volví a ver a Nel, pero sí a sus padres. Me parecieron mucho más cansados y mayores que la última vez que había hablado con ellos. De entre todos los asistentes al funeral, eran los únicos que nunca se habían cuestionado mis acusaciones.

El funeral siguió, pero fui incapaz de seguir hablando con la gente. Me quedé sentada en el sofá con mis hermanos gemelos. Steve estaba en el sillón con una cerveza en la mano y la mirada perdida, pero Sonny se sentaba a mi lado. Al ver que lo miraba, me dedicó una pequeña sonrisa y me dio una palmadita en la rodilla. Me quedé un rato mirando sus nudillos magullados, distraída.

—Ojalá esta gente se marchara y pudiera encender la consola —murmuró Steve.

Ambos lo miramos. Sonny, con sorpresa; yo, con una ceja enarcada.

—¿Te parece el momento oportuno para ponerte a matar ogros? —murmuré.

—El mejor. ¿Sabes lo que desahoga eso?

—Bueno, eso es verdad —tuvo que admitir Sonny—. Pero como lo hagamos frente a todo el barrio, seremos la comidilla lo que nos quede de vida.

No pude evitarlo y sonreí; Steve también lo hizo, y nadie dijo nada más.

En ese momento vi que llegaba otro invitado; ya a punto de soltar una palabrota, me di cuenta de que no se trataba de alguien cuya cara me resultara poco conocida y que solo quisiera quedar bien con su acto de presencia y algunas palabras de consuelo, sino que esa persona había tenido que coger un avión para llegar.

Me puse en pie de un salto, y Jack me encontró con la mirada. Esbozó una pequeña sonrisa agotada. Tenía unas ojeras muy marcadas, la piel más pálida de lo habitual y el pelo desordenado. Quizá en otro momento me habría preocupado, pero en ese solo fui capaz de cruzar el salón y avanzar hasta envolverle el torso en un abrazo.

—No me puedo creer que hayas venido —le dije, no muy segura de si sonaba a reprimenda, a agradecimiento o a ambos.

No le veía la expresión, pero adiviné que sonreía cuando me rodeó con un brazo.

—Te imaginaba correteando de un lado para otro, consolando a todo el mundo, y me dije que alguien tenía que consolarte a ti.

—¿Y si te dijera que mi único consuelo sería darle un puñetazo a cada uno de los invitados?

—Te diría que te prepararas para correr, porque dudo que se lo tomen muy bien.

Sonreí levemente, sin ganas, y por fin me separé de él. Examinó mi rostro con la mirada; parecía preocupado de veras.

—Siento no haber estado ayer —replicó flojito, y avergonzado—. Quise aclarar las cosas con Vivian, me metí en su fiesta… pero te juro que no hice nada malo —añadió enseguida. Yo sabía que no se refería a besarse con nadie, sino al otro asunto—. Te lo juro. Y escuché tu audio; llegué antes de las doce, pero ya no estabas. Los demás me lo contaron todo y…

—Y lo importante es que estamos aquí —replicó Naya, que apareció justo detrás de él.

De un salto, me separé de Jack. Ella y Will habían entrado tras él y no me había dado cuenta.

Siendo completamente honesta…, claro que me esperaba a Jack. Eso de aparecer por sorpresa era el tipo de tontería que mejor se le daba. Pero no me esperaba que ellos también. Por primera vez desde que había llegado, estuve a punto de echarme a llorar.

Will se dio cuenta y me atrajo hacia sí en un abrazo al que Naya enseguida quiso unirse. Ahí apretujada, noté que varias cabezas se volvían hacia nosotros con curiosidad. No pudo importarme menos. Realmente, solo me afectó la actitud de mi madre, que contempló la situación y, acto seguido, se metió en la cocina.

Jack lo vio, pero no dijo nada.

—¿Cómo estás? —me preguntó Will al separarse. Por una vez, sentí que alguien me lo preguntaba como si de verdad quisiera saberlo.

—No lo sé —admití—. Ha sido todo muy… rápido.

—Ya lo creo. —La risita nerviosa de Naya me indicó que se sentía un poco incómoda; los temas tristes no se le daban muy bien—. Hemos tenido que dejar la casa en manos de Sue y Mike, imagínate si ha sido rápido.

—Cuando volvamos, no habrá que preocuparse por la casa —comentó Jack—. Más que nada, porque ya no existirá.

—Una explosión la habrá borrado del mapa —asintió Naya.

—Exacto.

Will negaba con la cabeza.

—Nunca habéis visto a Sue enfadada, ¿verdad? Como Mike acabe con su paciencia, le cerrará la puerta en la cara y no le dejará entrar. Es más lista que todos nosotros juntos.

—En eso estoy de acuerdo —sonreí.

El resto del funeral no me resultó tan tedioso como me había parecido por la mañana. Shanon y Spencer se acercaron a saludar a mis amigos, e incluso los gemelos quisieron hablar con ellos. Mi madre no, claro. Se había encerrado de nuevo en su habitación, y papá me dio a entender que era mejor no molestarla. Tampoco tenía ninguna intención de hacerlo ya que no era el día más adecuado para iniciar ninguna disputa.

Cuando todo el mundo se hubo ido, Jack, Will y Naya nos ayudaron a recoger las cosas. O por lo menos lo intentaron, porque cuando llevábamos apenas unos minutos, papá se me acercó con una expresión de visible incomodidad.

—Jenny... —empezó, acompañado de un carraspeo y evitando mirar a Jack por encima de mi hombro—, no sé cómo decirte esto, pero... es mejor que hoy no duermas aquí.

Enarqué las cejas. ¿En serio?, ¿eso le había pedido mamá? ¿Ni en un día así podía enterrar el hacha de guerra?

Will y Naya dejaron de recoger e intercambiaron una mirada. Jack, no. Él miraba fijamente a mi padre con una expresión ilegible.

—¿La estás echando? —preguntó Shanon, indignada.

—No estoy echando a nadie, pero creo que por hoy es mejor dejar a tu madre tranquila.

—¿Y eso lo dices tú o mamá? —atajó Spencer.

Los gemelos, al notar que las cosas se salían de la relativa paz que había reinado aquel día, se mantuvieron al margen. Papá se pasó una mano por la cara; parecía agotado.

—Da igual quien lo diga —habló al final, confirmando nuestras sospechas—. Si solo te quedas tú, Jenny, está bien. Pero si es todo el mundo...

—No voy a echar a mis amigos —le aclaré en tono cortante.

Papá suspiró.

—Solo quiero un poco de paz.

Estuve a punto de responderle de malas maneras. A punto. Pero entonces noté que Jack me sujetaba del brazo. Su expresión era sorprendentemente serena.

—Los billetes de vuelta son para esta noche. Hay uno para ti, si lo quieres.

Sería incapaz de expresar cuánto me aliviaron sus palabras.

En cuanto hubimos recogido todo y despedido a Shanon y Owen, subimos todos al coche de Spencer, que se había ofrecido a llevarnos al aeropuerto. Jack se sentó delante con él, mientras que yo opté por colocarme junto a una de las ventanillas de atrás; Naya tomó asiento para mirar por la otra, y Will, tras un suspiro, se acomodó entre ambas.

Quería irme, lo admito. No podía esperar para llegar a casa, darme una ducha y, sobre todo, descansar; me sentía como si no hubiera dormido en años. Y aunque quise hacerlo en el trayecto, se me ocurrió una idea.

—Spencer, ¿puedes parar el coche un momento?

Se había dado cuenta de por qué lo decía y, dubitativo, me echó una miradita antes de detener el coche frente a la casa de mi abuela.

—No quiero ser el cabrón —comentó Will con una mueca—, pero no tenemos mucho tiempo antes de que salga el vuelo.

—Seré rápida.

Entrar en casa de mi abuela fue como un choque de realidades. Hacía tiempo que no entraba en esa casa sin que ella estuviera presente, me resultó extraño que todas las luces estuvieran apagadas. Nunca me había dado cuenta de que fuera tan grande y estuviera tan vacía. Crucé el descansillo y contemplé el salón. Nunca me había fijado en que tuviera tantas fotos de sus nietos y su hermana, pero ninguna de sí misma. ¿Por qué nunca me había fijado en todo eso? Entré en la cocina y encontré un bol con masa cruda, lista para preparar un bizcocho. Tras observarlo un momento, lo limpié y lo puse en la pila para que se secara.

Finalmente, subí las escaleras y me metí en el cuarto de baño. Unas semanas atrás, me había dejado el cepillo del pelo. Tampoco es que lo usara demasiado, pero me pareció importante recogerlo. En cuanto lo tuve en la mano, volví al piso de abajo y me quedé sentada en el sofá. No sé cuánto tiempo pasó ni en qué momento me puse a llorar ahí mismo, apretando el cepillo entre los dedos, pero al regresar al coche, nadie comentó nada. Simplemente nos dirigimos hacia el aeropuerto.

## 12

# La noche de las verdades

Volver al piso fue como despertar de un sueño. Me alegré de encontrarme lejos de la realidad que habitaba en casa de mis padres. No volví a llorar ni a mencionar a mi abuela, pero por unos días me resultó muy complicado concentrarme en cualquier cosa. En clase, apoyaba la cabeza en el puño y me quedaba mirando un punto fijo hasta que el profesor me llamaba la atención, pero ni siquiera entonces era capaz de centrarme del todo.

Curtis se dio cuenta, pero nunca me dijo nada al respecto. De hecho, nadie lo hizo. De algún modo, lo agradecí. Lo que menos me apetecía era hablar sobre ese asunto; estaba bien que los demás lo respetaran. Así pues, en lugar de preguntarme, Curtis me hablaba de sus cosas para distraerme.

—¿Has vuelto a llamar a Chris? —le pregunté un día.

Sentados en las mesas de picnic del campus, él comía mientras yo removía el café que me había pedido hacía un rato. Curtis suspiró con cansancio y se encogió de hombros.

—Lo haré mañana.

—Como lo trates mal, Naya te matará —le advertí con una sonrisa.

—A ver, tampoco estamos casados.

—¿Y qué sucedió en vuestra cita? ¿No te lo pasaste bien?

—Estuvo bien. Es tan torpe que incluso resulta divertido —añadió, pensativo—. Pero poco más.

—Es un buen chico —opiné—, un poco cuadriculado con las normas, pero un buenazo. Desde que llegué a la universidad, siempre me ha tratado de maravilla.

Curtis asintió distraídamente y removió la comida.

—Te sonará horrible, pero no sé si eso me basta. Que sea un buenazo, quiero decir. Están bien, sé que es lo que más me conviene, pero…

—Pero a ti te va la marcha, ¿no?

Él sonrió con malicia y seguimos hablando de otros asuntos.

Por lo demás, los días transcurrieron tranquilos entre los platos incomibles de Naya, las apariciones de Mike, las quejas de Sue y los suspiros de Will. Todo volvió poco a poco a una realidad un tanto relativa en la que Jack dormía en casa todas las noches.

De algún modo, él y yo habíamos retomado la rutina del año anterior, cuando todavía éramos amigos. Nos dejábamos espacio el uno al otro para cambiarnos de ropa, nos turnábamos para hacer la cama, nos preguntábamos qué tal había ido el día, de vez en cuando veíamos una película en el portátil, charlábamos de tonterías... Como si nada hubiera ocurrido; si no te fijabas en sus ojeras y en el hecho de que había adelgazado una barbaridad, claro.

Un detalle nuevo era la herida en mi mano. Me quedaban pocos días para quitarme las vendas, pero tenía que seguir poniéndome la pomada; yo no lo hacía bien, Will no estaba en casa..., así pues, se lo pedí a Jack pensando que podría ser el punto medio perfecto entre los chillidos de Naya y la despreocupación de Sue, pero no podía estar más equivocada.

—Jack —dije con toda la suavidad que pude—, te juro que no estoy hecha de porcelana.

Estaba tan concentrado que incluso se había inclinado hacia delante con el labio inferior entre los dientes. Ante mi protesta, dejó de darme esos toquecitos minúsculos con el dedo untado de pomada y levantó la cabeza con indignación.

—¡No quiero hacerte daño!

—¡No me harás daño por apretar un poco más!

Atendió a mi petición, no sin dedicarme repetidas miraditas de preocupación. Cuando terminó, volví a ponerme la venda con su ayuda.

Si bien las curas de la herida eran toda una novedad, su presencia continua en la casa había devuelto viejas costumbres que no echaba de menos; como, por ejemplo, las discusiones entre él y su hermano.

Una tarde, mientras intentaba corregir unos apuntes, se me sentaron uno a cada lado. Jack estaba comiendo palomitas, y su hermano metió la mano para intentar robarle un puñado; Jack lo empujó y Mike se dio un golpe en la cabeza contra el respaldo del sofá y se la frotó con dramatismo.

—¡Ten cuidado!, ¡podrías haberme desnucado!

—Mala hierba nunca muere.

—¡Te recuerdo que somos hermanos, tú también eres mala hierba! Además, ten un poco de respeto por tus compañeros de piso.

—Tú no eres mi compañero de piso, eres el parásito de mi sofá.

—¡Bien te gusta que me quede!
—¿No tenías una banda que triunfaba?, ¿por qué no te compras tu propio piso?
—¡Porque vivir solo es aburrido!
—¡Y vivir contigo es un tormento!
Cerré los ojos con fuerza en un intento de no intervenir para hacerlos callar.
—¿Por qué no te vas a vivir a casa de una de tus mil novias? —le sugirió Jack.
—Estoy intentando cambiar para ser hombre de una sola mujer, ¿vale?
—Pues muy buena suerte, encontrando «una sola mujer» que te aguante.
—¡Lo mismo te digo, capullo!
—Garrapata.
—Imbécil.
—Idiota.
—Amargado.
—Gorrón.
—Pesad…
—¡Los dos sois unos pesados! —estallé, cerrando el portátil de un golpe—. Estáis exactamente al mismo nivel de pesadez, ¡así que dejad de discutir sobre quién es peor! ¡Los dos lo sois!
Se habían quedado callados y me contemplaban con la misma expresión de sorpresa. De no habérseme agotado la paciencia, me habría reído de que se parecieran tanto.
—Tampoco hacía falta llamarnos «pesados» —replicó Mike.
—Sí, Jen —asintió Jack—. Te has pasado.
—¿Que yo…?
—¿Te parece bonito llamar «pesado» al chico que te ofrece su cama cada noche?
—¿O a su queridísimo hermano?
Hundí la cara entre las manos.
—No me puedo creer que, por una vez que estáis de acuerdo, sea para llevarme la contraria.
Mike empezó a reírse y me apretujó por los hombros con un brazo. Cuando se puso a revolverme el pelo, solté un gruñido de protesta y me levanté.
—Voy a darme una ducha —les anuncié—. Así no tengo que aguantaros.
—¿Vas a ponerte guapa para esta noche, cuñada?

Ya me dirigía hacia el pasillo, pero me detuve y lo miré, confusa. Jack se había cabreado. Oh, oh.

—Ups. —Mike levantó las manos en señal de rendición—, se me ha escapado.

—Sí, claro… —Su hermano puso los ojos en blanco.

—¿De qué estáis hablando?

Mike sonrió ampliamente.

—Esta noche tenemos cena en casa de papi y mami. Te han invitado, cuñada.

—Es una tontería —me aseguró Jack—. No hace falta que vayas.

—¿«Tontería»?

—Mi madre quería celebrar tu cumpleaños… —replicó, pasándose una mano por la nuca—. Tras contarle todo lo que había sucedido, canceló la cena, pero ha insistido en volver a intentarlo.

—Está cocinando como si tuviera que asistir el congreso entero —añadió Mike.

No era lo que más me apetecía en el mundo, pero admito que una parte de mí quería ir, solo para molestar al señor Ross; estaba segura de que era Mary quien me había invitado, y no él. Además, había tenido los nervios a flor de piel desde el funeral, y parecía que buscara continuamente una discusión con la que ponerme a gritar para desahogarme.

—Quiero ir —dije de forma automática.

Jack se sorprendió, pero no quiso llevarme la contraria.

—Si te hace ilusión…

—A mí nunca me preguntas si me hace ilusión —protestó Mike.

—Es que tú me importas un bledo.

Su hermano se llevó una mano al corazón como si acabaran de dispararle. Tras hacerse el muerto unos segundos, se incorporó y nos dedicó una sonrisa radiante.

—Vale, vamos a la cena. Pero aún faltan unas horas, ¿qué hacemos hasta entonces?

Ya a punto de responder, mis ojos se clavaron en la cómoda. Mike no lo entendió, pero Jack sí, a la perfección. En cuanto le sonreí, se puso a negar frenéticamente con la cabeza.

—Oh, no.

—Oh, sí.

—¿«Oh», qué? —preguntó Mike.

—¡No quiero ir de compras!

—¡Necesitas ropa!

—¡No la necesito! ¡Me niego!

Una hora más tarde, estábamos mirando ropa en el centro comercial.

Jack me seguía, pero hacía todo lo posible para dejarme bien clarito que estaba en contra de todo aquello. Resoplaba, preguntaba si faltaba mucho para la cena, miraba la hora, volvía a colgar la ropa que le enseñaba... Mientras que Mike, a la inversa, se nos adelantaba unos pasos, y reiteradamente se lanzaba piezas sobre el brazo para luego ir a probárselas. Siempre volvía con una mueca en la cara porque no le gustaban, pero al menos se lo pasaba bien.

Tras dar unas cuantas vueltas, me detuve junto a la estantería de las sudaderas y saqué una de color azul, totalmente lisa. Se la enseñé a Jack.

—¿Qué te parece?

—Asquerosa, gracias.

Volví a colgarla y fui a por otra. Era de color gris y tenía una figura en medio. Sonreí ampliamente.

—¿Y esta?

—¿*Minions*? ¿En serio?

—¿Qué tiene de malo? A mí me parecen muy tiernos.

—Y a mí me provocan tiernas ganas de cortarme las venas.

—Vale. —Puse los ojos en blanco y fui a por otra—. ¿Est...?

—Honestamente, Jen... —Ni se molestó en mirarla—. Ninguna va a gustarme.

—¡Porque tienes una actitud muy negativa!

—¡Y porque son muy aburridas!

—Pero esta es...

—Aburrida.

—¡Ni siquiera las has mirado!

—¡Porque sé que no me gustará!

—¿Ni siquiera si es de *Regreso al futuro*?

Me la quitó en tiempo récord.

A mí me parecía un horror, pero a Jack le encantaba; lo supe apenas vi su expresión.

—¿Y bieeen...? —sugerí, sonriendo.

—Vale, no está mal.

—Oye, cuñada. —Mike se me acercó felizmente con casi diez prendas bajo el brazo—. ¿Te gustan? ¿A que son geniales? Jackie va a invitarme.

—¿«Jackie va a invitarme»? —repitió el aludido—. ¿Desde cuándo?

—¿Qué más te da? Eres rico.

—¡No soy rico, Mike! ¡Ya me gustaría!

—Bueno, pues ya me apañaré. Oye, cuñada, ¿te parece que el rosa y el azul…?

Y empezó a parlotear sobre colores y combinaciones de ropa. Para cuando volvimos a casa, transportaba cinco bolsas, mientras que Jack solo llevaba una, con la sudadera. Dejamos a Mike en el salón para que pudiera desfilar como un modelo ante Naya, Will y Sue —a quienes, sospecho, les importaba bien poquito—, y nos dirigimos a nuestra habitación. Jack lanzó la bolsa sin mucho cuidado y, con una sonrisita de orgullo, se puso su nueva sudadera.

—Mira qué bien me queda —comentó, observándose en el espejo.

Sentada en la cama, enarqué una ceja.

—Quien la ha elegido tiene un gusto excelente, no cabe duda.

Jack sonrió y se volvió hacia mí.

—¿Por qué no te has comprado nada?

—Porque tengo ropa de sobra, y lo que me falta se lo robo a mi hermana.

Dicho eso, me acordé de que yo también tenía que arreglarme, así que intercambié los roles con Jack. Mientras él esperaba sentado en la cama, empecé a probarme cosas. Que si pantalones, que si falda… nada me convencía; posaba ante el espejo, pero sentía que todo era demasiado arreglado o demasiado informal. Nunca encontraba la neutralidad que necesitaba.

Cuando ya me había probado cuatro jerséis, resopló.

—¿Cuántas veces te has cambiado en cinco minutos?

—¡Es que no me gusta cómo me quedan!

—Todos eran jerséis —remarcó, con la nariz arrugada—. Todos ellos.

—¿Y qué?, no son iguales.

—Son literalmente iguales.

—¡No es verdad! Mira, este es más ancho de aquí y de aquí, el otro era más…

—¿No puedes elegir uno cualquiera y ya está?

—No.

—¡Todos te quedan bien, Jen!

—¡Que no es verdad!

—Muy bien, ¿y si elijo uno yo?

Lo pensé un momento.

—Mmm… bueno. Puedes intentarlo.

Mientras rebuscaba entre mis cosas, me crucé de brazos a su lado. Estaba sacando los mismos jerséis que había ido probándome hacía unos instantes. En cuanto vi que sujetaba el marrón ancho, sonreí.

—¡Ese es precioso!

—Es broma, ¿no? Es horrible —murmuró, lanzándolo al suelo.

—¡Oye, cuidado con mis cosas!

—Mmm… —Me ignoró, y sacó un jersey amarillo—. Ni de coña. Parecerías el Sol.

—¿«El So…»?

—Este. —Sacó el que le había robado a Shanon—. El que te pusiste hace tiempo para el concierto de Mike. Me gusta cómo te queda el rojo.

—Pues este será. —Mientras metíamos el resto en el armario, inevitablemente le sonreí—. Lo más curioso es que ni siquiera es mío. Se lo regalé a mi hermana cuando cumplió los…

En mi pausa para recordar qué año fue, Jack se detuvo en seco. Me volví hacia él, sorprendida. Parecía que acababa de darse cuenta de algo.

—¿Qué pasa?

—¡Mierda!

Parpadeé, preocupada. ¿Qué me había perdido?, ¿qué sucedía ahora?

—Se me había olvidado —mascculló al tiempo que se alejaba de mí.

Por un momento, temí que saliera corriendo de la habitación por algún motivo que yo no comprendía, pero entonces se detuvo junto a su cómoda y abrió uno de los cajones que no solía usar. Ni siquiera recordaba haberlo revisado al colocar su ropa. Empezó a sacar camisetas viejas para dejarlas en el suelo, y finalmente encontró lo que tanto buscaba.

—Aquí está… Menos mal que me lo has recordado.

Seguí sin entender nada hasta que se dio la vuelta y me ofreció un regalo grande y violeta.

—¡Tu regalo de cumpleaños! —anunció con una gran sonrisa.

Honestamente, no sé cuál fue mi expresión, pero le hizo mucha gracia.

—Vale, admito que me esperaba un poquito más de ilusión.

—¡No es que no esté ilusionada! —reaccioné enseguida. Seguía alucinando—. ¿Me has comprado un regalo? ¿Cuándo? Pensé que el dinero…

—Ya, no estoy en mi mejor momento —admitió con una mueca—. Tuve que esperarme a cobrar lo de la película. Pero mejor tarde que nunca.

Y entonces me lo lanzó por los aires. No sé ni cómo conseguí atraparlo. No tenía la mejor coordinación del mundo. Pero al menos el susto hizo que saliera de mi ensoñación y le pusiera mala cara.

—¡Cuidado con mi regalo!

—¡Solo era para animar la cosa!

Ya sentada en la cama, lo abrí con mucho cuidado, no quería romper el lazo ni el papel. Jack, sentado junto a mí, observaba el proceso con bastante impaciencia.

—¿Quieres abrirlo de una vez? —protestó—. A este paso, me voy a jubilar antes de que lo veas.

—Hay que tener paciencia, Jackie.

Entrecerró los ojos con el apodo, pero no dijo nada. Cuando por fin lo tuve desenvuelto y pude ver el regalo, se me borró la sonrisa de golpe.

Jack, al verlo, empezó a ponerse nervioso.

—¿No te gusta? —quiso saber—. Puedo cambiarlo, ¿eh? No hay problema.

Pero mi silencio no se debía a que no me gustara, sino todo lo contrario. Era una caja de madera oscura con un nombre tallado en una de las caras: «Rembrandt». Incapaz de aguantarme las ganas, quité el seguro de plata y la abrí. Contenía una paleta del mismo color, tubos de pintura de óleo, pinceles de primera calidad, carboncillos, barniz de retoque… cualquier cosa que pudiera imaginarme… ahí estaba. Mis dedos temblorosos acariciaron la punta de los pinceles mientras Jack seguía mirándome fijamente. Casi podía sentir la tensión emanando de su cuerpo.

—¿No te gusta? —insistió—. Espero que sigas pintando y todo eso. La verdad es que yo no tengo ni idea de arte, así que tuvo que ayudarme mi madre. Créeme, se lo pasó genial al ver que no sabía ni por dónde empezar… Dijo que era su marca favorita y… Joder, no sé. ¿Puedes decir algo? Dime si te gusta, al menos. Porque se va a reír si ahora resulta que…

—Jack… no sé qué decir.

Y era cierto. Me había quedado completamente en blanco. Hacía muchos años que no iba a clases de pintura, pero solían gustarme mucho. Mi última vez había sido con la madre de Jack, en su casa del lago. Que Jack se acordara y se hubiera molestado en buscar algo tan completo hacía que sintiera cosquillas en el estómago.

—¿Qué tal un «gracias»? —sugirió—. Me conformo con eso.

—Gracias —enfaticé—. Muchas gracias.

—Aaah, eso ya está mejor.

—Nunca me habían regalado algo tan…

—¿Feo?, ¿desacertado?, ¿horrible?

—… personal —aclaré, divertida—. ¡No te pongas tan nervioso, me ha encantado!

—¿Y cómo iba a saberlo si te has quedado como un pasmarote?

Lejos de molestarme, aparté la caja y me acerqué para rodearle el cuello con los brazos. Aceptó el gesto con una sonrisa.

—Estoy tan contenta que ignoraré que me acabas de llamar «pasmarote».

—Nota para el futuro: «Contentarla tanto que cuando la cague no pueda enfadarse».

Solté una carcajada irónica que lo hizo reír, e, impulsada por el momento, volví la cabeza y quedó a la altura de la suya. Jack no se apartó cuando uní nuestros labios. De hecho, dejó de darme palmaditas incómodas en la espalda y bajó la mano hasta mi cadera. Creí que iba a tirar de mí, pero entonces se separó y empezó a negar con la cabeza.

—No, no —replicó—. Como sigas así, se me van a quitar todas las ganas de ir a esa estúpida cena.

—Vaaale —accedí, y fui a dejar la caja sobre la cómoda.

Mientras me cambiaba de jersey, Jack se acercó para cotillearla. Su cara de confusión era de lo más divertido que había visto en mucho tiempo.

—¿Qué? —le pregunté, mirándolo por el reflejo del espejo. Me estaba retocando el maquillaje.

—Que no entiendo quién podría necesitar tantos pinceles, si solo es dibujar cuatro rayas en un lienzo… ¿Y todos estos colores?, ¿cuántas combinaciones podrías necesitar? ¡Es una locura!

Sonreí y dejé el maquillaje a un lado para acercarme a él. Estaba inspeccionando uno de los objetos, con los ojos entrecerrados.

—¿Qué es esto?

—Carboncillo.

—¿Como… carbón?

—Más o menos.

—¿Pintas con carbón? —Arrugó la nariz.

Cuando me puse a reír, hizo ademán de pintarme la nariz. Lo detuve justo a tiempo, y él devolvió el carboncillo a la caja. Antes de que se alejara, le cogí la muñeca.

—Gracias otra vez por el regalo.

—No tienes que agradecérmelo todo el rato, ¿sabes?

—Vale, pues la última. ¡Muchas gracias!

*¿Por qué no estás nerviosa?*

Sí que lo estoy.

*Pero no tanto como deberías. ¡Vas directamente a la guarida del enemigo!*

¡Sé defenderme!

*Sí, bueno… Ya ves de qué sirvió la última vez.*

—¿En qué piensas tanto?

La voz de Jack hizo que esbozara una pequeña sonrisa nerviosa. Menos mal que no había forma de que lo supiera, de lo contrario, tendría que darle muchas explicaciones.

—En que deberías estar agradecido por esa sudadera tan bonita y nueva que llevas puesta —concluí.

Él suspiró y miró al frente, dando la conversación por terminada.

Lo cierto era que sí que me ponía nerviosa la perspectiva de que su padre estuviera en casa, pero… no quería faltar a la invitación solo por ese motivo. Después de todo, Mary, Mike y Agnes sí que estarían presentes. ¿Iba a plantarlos solo por la posibilidad de que se presentara el señor Ross, cuando en realidad lo habían planeado todo en mi honor?

Aun así, todavía tenía su cheque en la habitación, y Jack seguía sin saberlo. Eso me ponía más nerviosa, porque no sabía qué se tomaría peor: que no lo hubiera roto o que quisiera usarlo para él.

Mike ocupaba el asiento trasero, pero no dijo nada; tanto silencio me resultaba muy extraño. Le dirigí una sonrisa de ánimos, y él la correspondió con otra muy pequeñita. Sospeché que también tenía un mal presentimiento, como siempre que íbamos a ver a sus padres.

En cuanto llegamos a la enorme casa de fachada blanca y ventanas de madera oscura, Jack metió el coche en el garaje. Había un Mercedes aparcado justo al lado, y quise pensar que era de Mary, aunque lo dudaba mucho. Jack esperó junto a la puerta y me ofreció una mano que acepté enseguida. Curiosamente, era el que menos tenso parecía de los tres.

La casa estaba tal y como la recordaba, pero se me hizo muy extraño volver allí tras un año de idas y venidas. Cruzamos el pasillo impoluto de decoración blanca e impersonal hacia salón, donde Mary nos recibió con una gran sonrisa. Vestía unos vaqueros negros, una camisa rosa y unos guantes de cocina que tenían bordados unos pastelitos de colores.

—¡Hola, chicos! —saludó alegremente, y se lanzó sobre nosotros. Jack esbozó una mueca al recibir un beso en la mejilla, pero yo acepté con gusto su abrazo—. ¿Cómo estás, Jenna? Me alegra mucho que hayas podido venir.

—Estoy bien, gracias por invitarme.

—Faltaría menos —aseguró, separándose para mirar a su otro hijo—. ¡Mike! ¿Se puede saber qué te has hecho en la cara?

Mike se había puesto creativo antes de llegar y, a la hora de afeitarse, se había dejado solo la sombra de un bigotillo. Sue había estado riéndose a carcajadas un buen rato.

El aludido se cruzó de brazos, indignado.

—Todo el mundo recibe abrazos o cariñitos... ¿y yo recibo una crítica? Muchas gracias, mamá.

—Ay, cariño..., es que es para reflexionar.

Los hermanos Monster fueron directos al salón, y yo permanecí con Mary en la cocina. No era una gran cocinera —o eso decía ella—, así que estaba muy orgullosa de haberlo preparado todo sola. Me ofreció un tour por la ensalada, la lubina al horno, el puré de patatas, el pastel de chocolate... Parecía demasiado para una cena con tan pocas personas, pero no quise quitarle la ilusión. Además, todo tenía muy buena pinta. Me dejó probar la salsa de la lubina para darle un veredicto y tuve que asentir, sorprendida.

—Las recetas salen de un libro que me regalaron hace unos años. Se supone que son para un nivel avanzado —añadió, muy orgullosa de sí misma—. Cuando me canse de dibujar, ya sé cuál será mi nueva vocación.

—Siempre puedes combinarlas —comenté—. Por cierto, gracias por ayudar a Jack con el regalo. Fue todo un detalle.

—¿Te ha gustado? ¡Menos mal! El pobre tenía unos nervios... No dejaba de preguntarme si estaba segura, si era mejor esa caja u otra. —Esbozó una sonrisa divertida—. Está bien verlo nervioso por impresionar a alguien, no es algo que le suceda a menudo.

No supe qué decirle, así que cerré el horno para que la lubina siguiera cociéndose. Al darme la vuelta, su sonrisa era un poco más apenada.

—Los chicos me han contado lo que pasó en tu cumpleaños. Lo lamento mucho, cariño. Sé lo que es perder a alguien querido en un día tan importante.

—¿Lo sabes? —le pregunté, sorprendida.

—Mi madre falleció el día de la madre. No es lo mismo, claro, pero... fue un golpe muy duro. Yo era más jovencita que tú. Y mi padre murió poco después. Creo que no soportó la idea de tener que seguir sin ella.

De algún modo, me daba la sensación de que aquello ya no me lo contaba a mí, sino que hablaba para sí misma. Tenía la mirada clavada en el horno y jugueteaba con una de sus múltiples pulseras.

—Conocí a Jack poco después —añadió en voz baja—. A veces me pregunto si las cosas habrían sido distintas si no me hubiera sentido tan sola.

Aquella última parte me llamó la atención y hablé sin pensar:

—¿No te habrías casado con él?

*Vale, en la escala de cosas inapropiadas que puedes preguntarle a una persona, esa tiene que estar en el top diez.*

Sin embargo, Mary se limitó a sonreírme con cierto aire melancólico.

—Creo que me dio la cantidad de atención apropiada en un momento de vulnerabilidad y me dejé llevar por esa sensación. ¿Me habría casado con él de no haber sido por eso? Quizá no. Pero no habría tenido a mis dos niños, que son lo que más quiero en el mundo. Así que diría que, al final, no fue tan mala decisión.

No supe qué decirle, aunque tampoco tuve tiempo para pensarlo, porque rápidamente volvió a preguntarme cómo llevaba la pérdida de mi abuela. Estaba tan confusa que por primera vez pude hablar de ella sin que me invadieran las ganas de llorar.

Mary se comportó de un modo un poco extraño tras esa conversación; cambiaba de tema cada vez que sentía que podía volver a salir el de su matrimonio, y no dejaba de juguetear con las pulseras. Decidí que ya había jugado bastante con su paciencia, y le dije que la esperaría en el salón con los chicos y con Agnes. Se mostró bastante aliviada.

Nada más entrar, vi que Mike había encendido la consola y disparaba a diestro y siniestro por una ciudad. Por algún motivo, iba en un tanque rosa y su arma era de oro. La pantalla estaba dividida en dos mitades: en la otra, el personaje de Agnes daba vueltas confusas por la ciudad con un tirachinas en la mano.

—¡Yo también quiero una pistola! —protestaba al tiempo que pulsaba histéricamente los botones del mando—. ¡Con esta cosa no le hago daño a nadie!

Para demostrarlo, lanzó una piedra a un hombre mayor que pasaba a su lado. El anciano le dio tal golpe en la cabeza con el bastón que su pantalla se quedó negra y Mike empezó a reírse a carcajadas.

—¡Soy el rey de este juego!

—Espera, abuela —intervino Jack mientras se le acercaba para pulsar un botón de su mando—. Aquí, mira. Puedes ir cambiando de arma.

Por supuesto, eligió la ametralladora. En cuanto se volvió y el tanque de Mike apareció en la pantalla, él dio un respingo en el sofá.

—¡No, abuela! ¡Esper…!

—¡¡¡TOMA!!!

Durante unas cuantas partidas, la pantalla de Mike se limitaba a su personaje intentando huir de una muerte segura, mientras que Agnes iba cambiando de armas y matándolo de maneras cada vez más creativas. Jack se reía a carcajadas cada vez que lo conseguía, pero Mike, claro está, se ponía rojo de rabia y trataba de defenderse. Yo me limité a mirar el espectáculo con media sonrisa.

Por lo menos, hicieron equipo cuando llegó la hora de atacar al villano del juego.

—¿Tengo que matar a ese? —preguntó Agnes.

—¡Sí! ¡Rápido o sacará la ametralladora y…! ¡ABUELA!

—¡No podía matarlo, era un niño!

—¡Tenía treinta años!

—¡Pues eso, un niño!

—¡Saca ya las granadas o…! ¡¡ABUELAAA!! ¡Conseguirás que nos maten a los dos!

—¿Sabes lo que contamina una granada, jovencito? Vamos a respetar el medio ambiente.

Me habría gustado que el juego siguiera alargándose, pero entonces escuché pasos por las escaleras. Jack fue el primero en darse cuenta, aunque apenas miró a su padre. Vestía uno de sus pantalones elegantes y una camiseta de golf, una de esas con la marca bordada en el pecho para que a nadie le quepa duda de lo caras que son. Analizó la situación a través de sus gafas cuadradas, y finalmente hizo una mueca de disgusto.

—Dejad de perder el tiempo con tonterías y ayudad a vuestra madre a preparar la mesa.

Agnes puso los ojos en blanco.

—No seas aguafiestas, que nos lo estamos pasando de maravilla.

—Por suerte para ti, mamá, estoy hablando con mis hijos. ¿No me habéis oído?

Mike se había tensado y dirigió una miradita de soslayo a Jack, como si esperara su reacción antes de decidir cuál sería la suya.

Jack le respondió sin mirarlo:

—¿Por qué no la pones tú y nos dejas tranquilos?

No hubo tiempo para reacción alguna. Mary salió disparada de la cocina, cargando con platos y cubiertos en los brazos. Tenía una sonrisa nerviosa en los labios.

—¡No pasa nada!, ¡ya la pongo yo! —aseguró enseguida, dejándolo todo torpemente en la mesa—. ¿Veis? ¡Si es solo un momento!

Mike había pausado el juego y jugueteaba con el mando, Agnes contemplaba la situación y Jack permanecía con la mirada clavada en la pantalla, consciente de que su padre no había despegado los ojos de su perfil desde que había abierto la boca.

Al final, decidí ponerme en pie y pasar por en medio a propósito. Si el señor Ross me fulminó con la mirada, no se la devolví.

—Yo te ayudo. —Sonreí a Mary.

Mike dudó un momento antes de levantarse para venir a ayudarnos. Tras eso, nadie hizo un solo comentario. Llevamos la cena a la mesa en completo silencio y, cuando estuvimos todos sentados, Agnes y Jack repartieron los platos ya servidos. El señor Ross fue el único que no ayudó en nada, simplemente tomó asiento al final de la mesa y ni siquiera habló cuando empezamos a comer; se limitó a remover su comida con poco interés. Me supo mal ver que Mary le dirigía una mirada afectada. Sabía lo que se había esforzado para que todo saliera perfecto.

—Esto está buenísimo —comenté.

Por debajo de la mesa, metí una patada a Mike, que dio un respingo y asintió con rapidez. Como si no hubiera quedado claro, empezó a meterse todo el puré posible en la boca. Su madre empezó a reírse nada más verlo.

—Parte del mérito es de Agnes —tuvo que admitir—. La idea de la cena fue suya.

—Teníamos que celebrar el cumpleaños de nuestra chica favorita —dijo ella, guiñándome un ojo—. ¿Cuántos cumpliste, querida?

—Veinte.

—Ay, si yo tuviera veinte años…

—Los tienes —comentó Jack con una sonrisa malvada—. Solo que multiplicados varias veces.

Agnes fue la primera en reírse, pero aun así le lanzó la servilleta a su nieto.

Y claro, en medio de la diversión, el señor Ross tuvo que soltar un suspiro.

—¿Es que no podéis comportaros como personas normales durante una cena? —preguntó.

—¿Qué era ese regalo que ibas a darle? —preguntó Agnes a Jack, ignorando por completo a su hijo—. Parecía grande.

—Una caja de pintura —respondí yo, dirigiéndole una pequeña sonrisa—. Ha sido todo un detalle. Estoy deseando estrenarla.

Jack esbozó una pequeña sonrisa. Le daba vergüenza, qué tierno.

—¿Qué encanto tiene pintar? —se preguntó Mike en voz alta—. Parece un aburrimiento.

—Es que destrozar un micrófono a gritos es mucho más entretenido. —Jack puso los ojos en blanco.

—Pues tiene su arte. ¡Y no solo grito, también jadeo!

—No sé si eso juega a tu favor, hijo —aseguró Mary.

La conversación continuó y, pese a que el señor Ross permaneció en silencio, nadie pareció acordarse de él. Incluso yo llegué a olvidarme durante un buen rato. Cualquiera diría que habíamos llegado a un acuerdo silencioso en el que todo el mundo ignoraba su existencia, y no le estaba gustando nada.

Lo demostró nada más quedarnos a solas.

Yo había ido al cuarto de baño un momento, y una parte de mí sabía que intentaría abordarme para aprovecharse de que estaba a solas, así que ya estaba preparada. Lo que no esperaba era que lo hiciera tan inmediatamente.

Apenas terminé de lavarme las manos, la puerta del cuarto de baño se abrió de par en par. Di un respingo hacia atrás cuando el señor Ross la cerró de un portazo.

—Tú y yo tenemos que hablar —espetó.

Levanté un poco la barbilla sin darme cuenta.

—Si había algo de lo que hablar, ya lo hizo el otro día.

—¿Y qué quieres? ¿Más dinero?

Ya estábamos otra vez. Cansada, me sequé las manos en la toalla.

—No sé cómo decirle que no estoy con su hijo por dinero.

—Si no lo recuerdo mal, eso no te impidió aceptar el cheque.

—Y le encantaría saber lo que haré con ese dinero, ¿verdad?

Él soltó una risa irónica que hizo que me saltaran todas las señales de alarma. Había algo en la situación que me recordaba a cómo me había sentido durante mi relación con Monty. Quizá era su actitud o quizá la situación en sí, pero notaba que mi cuerpo estaba reaccionando del mismo modo.

—Te crees muy lista, ¿verdad? —preguntó en voz baja—. Me he cruzado con muchas listillas como tú a lo largo de mi vida, Jennifer. Sois como polillas a la luz. Solo buscáis dinero, y a alguien lo suficientemente idiota como para dároslo.

—Quizá el idiota eres tú al pensar que Jack no podría darse cuenta de eso por sí solo.

Me quedé paralizada. Nunca le había respondido de esa forma. Y me sentí como si, también por primera vez, lo hubiera hecho ante Monty. El señor Ross pareció tan sorprendido que aproveché la distracción para pasar a su lado y salir del cuarto de baño. Necesitaba volver con los demás antes de que la cosa escalara.

Supe que se me acercaría sin ser consciente de ello. Había estado en esa misma situación tantas veces, había visto esa misma mirada de odio en tantas ocasiones…, que supe que intentaría tocarme. Me separé justo a tiempo y me volví hacia él. Mi forma de esquivarlo lo había dejado sorprendido.

—¿Te crees que yo soy como una polilla a la luz? —lo acusé, furiosa por su intento de agarrarme—. ¿Y qué eres tú, entonces? Todavía peor.

—Yo solo quiero lo mejor para el futuro de mi hijo.

—¡No es verdad! ¡Lo único que te importa es presumir de sus logros!

—Menuda bobada.

—La única bobada de toda esta historia fue escucharte cuando me dijiste todas esas tonterías en Navidad.

Aquello hizo que me mirara con suspicacia.

—¿Y qué te dije, Jennifer? —preguntó lentamente—. ¿Que lo dejaras tirado? Porque no lo recuerdo así.

—Sabías perfectamente lo que hacías.

—En ningún momento te dije que lo dejaras.

—Pero ¡me estabas manipulando!

—Te daré la razón con que eres muy fácil de manipular, pero nunca te dije que lo dejaras. Si mi hijo ha sufrido este último año, ha sido por tu culpa.

No podía soportar que siguiera echándome la culpa de todo. Pero ese no era el camino, lo sabía. Así que seguí por otro muy distinto.

—Nunca te ha importado su felicidad —acusé en voz baja.

—Más de lo que tú crees.

—Sí, se nota. Por eso toda tu familia te quiere tanto.

Había tocado un punto sensible, y me alegré mucho de ello. ¿Estaba mal?, ya no lo veía muy claro. Pero, por lo menos, el señor Ross empezó a perder los estribos de la conversación.

—Algún día, Jennifer, cuando te deje y se dé cuenta de cómo es el mundo real…, me lo agradecerá.

—¿Igual que te agradeció lo que le hiciste en el instituto?

Aquello había sido un riesgo de triple salto mortal. No sabía lo que había sucedido en el instituto, tan solo sabía que Jack había empezado a coquetear con las drogas por aquel entonces y que algo en su vida había cambiado por culpa de su padre.

Pero supe que había acertado en cuanto el señor Ross me dirigió una mirada dubitativa.

—¿Te lo ha contado?

—Les jodiste la adolescencia a tus dos hijos —respondí sin hacer caso a la pregunta—. Dices que quieres lo mejor para ellos. ¿Es eso?

—Que mi hijo sea un desagradecido…

—¿«Desagradecido»?

—¿Sabes cuántos ingresos *desinteresados* tuve que hacer a su instituto para que no le expulsaran cada vez que hacía alguna de sus tonterías?

¿Eres consciente de la cantidad de fianzas que tuve que pagar porque se metía en peleas como un criminal? ¿Quieres que te haga una factura de lo que me debe?

—Eso es lo único que te importa, ¿verdad? ¡El dinero y la opinión de los demás!

—¡Está donde está gracias a esas dos cosas! —espetó de pronto, y me sobresaltó un poco—. ¡Debería estar de rodillas agradeciéndome todo lo que he invertido en él, y dejarse de tonterías! ¡Sin mí, no sería nada más que otro fracasado tirado en algún rincón de la ciudad!

—¡Sin ti, sería un chico normal y corriente! ¡No necesita tu dinero para cumplir sus sueños!

—¿Qué sabrás tú de lo que necesita?

—¡Pues quizá sepa pocas cosas, pero sé que lo que necesita un niño pequeño no es dinero, sino un padre que lo quiera! ¡Lo que necesitaba no era que le pagaras las fianzas o el colegio, sino que te sentaras con él e intentaras entender qué sucedía en su vida para que llegara a ese extremo! ¡Intentar ayudarlo! ¡Mostrarle que no estaba solo! ¡Eso es lo que hace un padre que quiere a su hijo, no darle dinero para echárselo después en cara como si le debiera algo!

Mi discurso lo dejó callado unos segundos. Al menos, hasta que se adelantó hacia mí. Su actitud se volvió más sibilina y furiosa. Nunca lo había visto así.

—¿Me estás acusando de no querer a mi hijo, Jennifer? —preguntó en voz baja; sonaba a advertencia.

—No, no lo quieres. ¡Solo te quieres a ti mismo! Ni Jack ni Mike han recibido la mitad del amor que se merecían, ¡y todo por tu culpa!

—¿Y tú qué sabrás? ¡Eres una niña!

—¡Una niña que quiere más a Jack que su propio padre!

—Y la misma que le ha hecho recaer en las drogas.

Fue mi turno para sentirme como si acabara de darme una patada en el estómago. No quería seguir con esa conversación. Me di la vuelta, furiosa, y decidí que era hora de volver a casa.

Pero entonces me encontré de frente con Jack.

No supe interpretar su expresión. Una parte de él parecía desolada; la otra, furiosa. Me miraba fijamente, pero sentí que no me veía. No quería ni imaginarme qué estaba pensando. En caso de que hubiera escuchado la conversación entera, habría oído todas las burradas que su padre había soltado sobre él. Y no solo eso, sino que también habría escuchado, por fin, la verdad sobre lo que había pasado un año atrás.

Pero eso no fue lo primero que me preguntó:

—¿Aceptaste su cheque? —preguntó en voz baja.

Mary, que se había acercado corriendo, se detuvo en mitad del pasillo e intercambió una mirada entre su hijo y su marido, que nos observaba con atención.

No supe qué decirle a Jack. Lo había hecho, sí. No había forma de decorar la verdad.

—Sí —admití en voz baja.

—De veinte mil dólares —añadió su padre con seriedad—. Ese es el valor que te pone.

Jack lo ignoró completamente y siguió mirándome. Y supe que ya no había forma de darle más vueltas. Aunque no le gustara, iba a saber la verdad.

—Iba a pagarte la clínica de desintoxicación de la que hablamos —admití en voz baja.

Jack parpadeó unas cuantas veces, todavía mirándome fijamente. No sabía cómo iba a tomárselo. Sabía cómo se ponía cuando se trataba de ese tema, y dudaba que le hiciera mucha gracia que hubiera aceptado un cheque de su padre.

Y entonces, para sorpresa de todos, empezó a reírse.

Sí, a reírse.

Intercambié una mirada de confusión con Mary, que parecía tan perdida como yo. O, más bien, se la veía aterrorizada. Observaba reiteradamente a su hijo y a su marido de un modo muy impulsivo, como si le diera miedo que se acercaran en cualquier momento.

La risa de Jack no era muy alegre, tenía un deje amargo. Aun así, me colocó una mano en el hombro.

—¿Has estafado veinte mil dólares a mi padre? —preguntó, sacudiendo la cabeza—. Joder, Jen... Justo cuando pensé que no podía enamorarme más de ti...

No supe qué responder. Con la mano que tenía en mi hombro, Jack me apartó suavemente de su camino. Tras eso, su sonrisa empezó a evaporarse. Estaba mirando a su padre. Mary se metió entre ellos al instante.

—Jack, cariño —empezó con voz temblorosa—, ¿por qué no volvéis a casa? No quiero que hagas algo de lo que puedas arrepentirte y...

—Mírate, mamá. La primera vez que intervienes en toda mi vida... y es para defenderlo a él.

Sus palabras, aparentemente dulces, llegaron a Mary como un jarrón de agua fría. Lo vi en el modo de mirar a su hijo. Jack ni siquiera se inmutó, simplemente le dedicó media sonrisa cargada de rabia.

—¿Quieres que te recite la cantidad de veces que esperé a que hicieras esto cuando era pequeño? —murmuró—. Siempre me pregunté qué había hecho tan mal como para que mi madre viera lo que sucedía y no hiciera nada para impedirlo.

—Jack, cariño, yo no...

—Tú no has hecho nada en toda mi vida, y no vas a empezar esta noche. Apártate de mi camino, mamá.

Mary siguió contemplándolo con los ojos muy abiertos, pero al final retrocedió un paso. Se había quedado pálida y temblorosa.

Jack avanzó un paso hacia su padre, que permanecía de pie con los ojos entrecerrados. Pese a que intentaba mantener un semblante seguro, era obvio que se había tensado de pies a cabeza. Incluso había adoptado una postura defensiva. Pero no hizo falta, porque Jack se limitó a mirarlo de arriba abajo antes de clavar los ojos en los suyos y negar con la cabeza.

—Algún día, la vida te pondrá en tu lugar, pero no seré yo. No voy a ensuciarme las manos. No quiero ser como tú —añadió quedamente. Pese a que me daba la espalda, noté el temblor en su voz—. Si alguna vez tengo hijos, nunca los trataré como tú nos has tratado a nosotros.

Hizo una pausa y volvió a mirarlo de arriba abajo, solo que esa vez casi pude sentir el nudo en su garganta.

—Y pensar te he tenido miedo durante toda mi vida... Solo eres un hombrecito triste, papá. Es lo único que vas a ser.

No necesitó decir nada más. La cara de su padre no desvelaba nada, pero él sabía que aquello le había dolido más que un puñetazo, mil veces más. Jack ni siquiera volvió a dirigirle una mirada. Se dio la vuelta con los hombros hundidos, y avanzó hasta que quedó plantado frente a mí. Parecía agotado.

—Vamos a casa —me suplicó en voz baja.

No dudé. Alcancé su mano y tiré de él hacia el salón; Jack se dejó guiar sin mediar palabra. Sus padres no nos siguieron.

Mike y Agnes estaban en uno de los sofás. Ella, con las manos apretadas en el regazo; él, con la cabeza agachada.

—Id a casa —dijo Agnes con una pequeña y triste sonrisa—. Nosotros nos arreglaremos.

Entendía lo que decía. Quería quedarse a solas con Mike. Asentí con la cabeza y me dirigí al garaje, donde Jack por fin reaccionó y sacó las llaves del bolsillo. Le sugerí que pidiéramos un taxi, por si no estaba en condiciones de conducir, pero ni siquiera respondió. Y me sorprendió ver que manejaba con mucha más lentitud de lo habitual.

En varias ocasiones, consideré si debía decir algo, pero finalmente respeté su silencio y me limité a mirar por la ventanilla para dejarle su espacio.

Al llegar al aparcamiento, los dos seguíamos en silencio. Observé a Jack, que permanecía con las manos en el volante y la mirada clavada en el frente. No parecía tenso, pero sí abatido. Decidí no salir del coche hasta que lo hiciera él.

Y, finalmente, habló:

—Ahora ya sabes que…

—No hace falta que lo digas, Jack.

Me miró sorprendido.

—¿Qué quieres decir?

No sabía cómo plantearlo, no había una manera suave de decirlo. Pero sabía perfectamente qué era lo que no había querido decirme hacía un año y cuál era la fuente de aquel odio contra su padre.

—Os golpeaba, ¿no?

Varias emociones cruzaron su semblante, desde la sorpresa hasta el agotamiento. Al final, apretó un poco las manos en el volante.

—¿Cómo lo sabes?

—Porque conozco esa mirada de verdugo —murmuré en voz baja—. Y conozco todavía mejor la mirada de una víctima.

Jack apartó la vista y se dejó caer en el asiento. Nunca lo había visto tan agotado, parecía mucho más joven de lo que era, como si hubiera vuelto a ser un niño pequeño y vulnerable.

—Al principio era solo a mí —dijo finalmente—. A Mike apenas lo miró hasta que cumplió los diecinueve años. No sé qué es peor, sinceramente. Conmigo estaba convencido de que podía remodelarme a su gusto, hacerme útil y sentirse orgulloso. Mike, en cambio… recuerdo que, de pequeños, él hacía lo que podía y más con tal de que le hiciera caso, pero era inútil. Siempre lo dio por perdido.

No supe qué decirle. Él siguió hablando antes de que pudiera pensarlo demasiado.

—Para mí no era tan grave —añadió algo dubitativo—, al menos, de pequeño. Era tan constante que se convirtió en… parte de la rutina, de algún modo extraño y retorcido. Recuerdo que pensaba que era lo más normal de mundo, que pasaba en todas las casas y en todas las familias. No supe que estaba mal hasta unos años después, cuando le di una bofetada a un chico del instituto y el director me suspendió por dos días.

»Ahí empecé a darme cuenta de lo que sucedía. Como mi madre nunca había dicho nada, no me había planteado que fuera algo malo. Podía aguantar algunos empujones o bofetadas, pero el día en que por fin me di cuenta de que necesitaba ponerle un freno fue cuando encontré a mi padre con Mike; a él nunca le había puesto una mano encima, pero ese día superó sus límites. Le había robado dinero.

—¿Para qué? —pregunté, perpleja.

—Jen… Mike tuvo problemas con las drogas desde muy pequeño. Nos robaba dinero a todos con tal de conseguirlas.

La revelación me dejó lívida. Tras unos instantes de duda, me incliné hacia él.

—Y… ¿sigue consumiendo?

—No. En cuanto se enteró de que yo iba por el mismo camino, se deshizo de todo lo que tenía e intentó que yo hiciera lo mismo. Alguna vez ha estado a punto de recaer, especialmente cuando se ha visto en situaciones muy complicadas, pero… nunca olvidaré lo que hizo por mí.

Era la primera vez que Jack hablaba de Mike como un hermano mayor y no como un incordio del que quería deshacerse. Esbocé una pequeña y triste sonrisa, mientras que él siguió con su relato.

—Esa noche pillé a mi padre golpeando a Mike. Pero no como a mí. Solía darme una bofetada o un empujón. Con él fue distinto, lo tenía tirado en el suelo y no dejaba de darle patadas. Mike se cubría la cabeza, y mamá lloraba. Y… no lo recuerdo muy bien, pero perdí los estribos. Me lancé sobre él. Lo pillé tan desprevenido que se apartó de Mike y empezamos a forcejear. Él tenía más fuerza, pero yo era más joven y tenía más energía… más rabia…

—¿Cuántos años tenías?

—Quince.

Me contuve para no decir nada. Negué con la cabeza y dejé que siguiera.

—Recuerdo que me advirtió que me apartara y me dijo que acabaría siendo igual de inútil que Mike. Sé que seguimos forcejeando, y entonces… le di un puñetazo en la cara. Nunca había golpeado a nadie de ese modo. Le empezó a sangrar la nariz y… bueno, me acojoné. Su primer impulso fue agarrarme por el cuello y empujarme hacia atrás. Fui directo contra la mesa de cristal que había en el salón. Y así… me jodió la espalda.

Tuvo que tomarse unos segundos para sí mismo. Sonaba muy triste.

—Por aquel entonces, jugaba al baloncesto. Ya viste los trofeos. Me encantaba, Jen, no te imaginas cuánto. De hecho, estaban a punto de nombrarme capitán del equipo, el otro iba a graduarse y quería dejarme el puesto; iba a ser el más joven de la historia del instituto. Pero… no pudo ser. Los trofeos que viste fueron los últimos. Tuve que olvidarme de todo aquello, incluso de conducir. Me tocó la médula espinal. No recuerdo mucho más del diagnóstico, pero… me costaba mover las piernas y un brazo, me dolía todo. Tras la operación, estuve casi dos años de rehabilitación. Por suerte, no me dejó jodido de por vida, pero no puedo practicar deporte; no tengo la coordinación necesaria, y siento que el hombro va a salirse de sitio. Así que tuve que dejarlo.

Noté que me miraba, a la espera de una reacción.

—Y por esto empezaste... —No supe cómo terminar la frase.

—Sí, empecé a interesarme por las drogas por aquel entonces. Soy consciente de que no era la salida más sana, si pudiera volver atrás... lo haría, Jen. Te lo aseguro. Mike lo dejó por esa época e intentó ayudarme, pero me cerré en banda. Mi padre apenas me miraba, y yo no le dirigía la palabra a mi madre. De algún modo, la culpaba a ella. ¿Te lo puedes creer? Le decía que, si hubiera intervenido antes, nada de todo aquello hubiera pasado. En realidad, lo que tenía era miedo a decírselo a mi padre. Ni siquiera podía estar en la misma habitación que él sin acojonarme.

—Por eso te fuiste de casa tan joven —deduje en voz baja.

—Sí. Cuando estaba en el hospital, no tenía nada que hacer. Mamá me traía libros y películas para que me entretuviera, y eran mi única vía de escape. Supongo que quería que la perdonara, así que siempre que me visitaba, me traía uno nuevo. Los libros no me interesaban tanto, pero las películas empezaron a gustarme. Comencé a investigar por Internet, a buscar información sobre cómo funcionaban, cómo se hacían...

—Y descubriste que querías ser director de cine —murmuré con una pequeña sonrisa.

—Sí. No tardé en llegar a esa conclusión.

Me quedé mirándolo, una idea me rondaba.

—Jack... —empecé, y logré que me mirara—, lo que te pasó en la espalda...

—¿Sí? —preguntó al ver que no seguía.

—¿El tatuaje cubre la cicatriz?

Hubo un silencio. Estaba muy atento a mi reacción.

—Sí.

—¿Y te lo hiciste... después de que pasara todo eso?

—Sí. El primero me costó noventa dólares e iba borracho cuando me lo hice. —Esbozó media sonrisa y miró el punto de mi cadera donde sabía que estaba el mío—. Era un desastre. Fui a que me lo arreglaran, pero mucho después, cuando logré dejar la cocaína; Will tuvo la idea. Me lo hice porque quería que mi vida tomara otro rumbo, quería mejorar muchas cosas. Por eso dejé que te lo hicieras, Jen —añadió antes de que yo pudiera intervenir—. No pienses en la cicatriz que hay debajo. Es... es simbólico. Supuso un nuevo comienzo para mí, y quería que el tuyo lo supusiera para ti.

Miré hacia abajo. En el hueso de mi cadera había una pequeña águila con las alas extendidas, idéntica a la que a él le cubría la nuca; si bien no era tan majestuosa como la suya, me gustaba mucho.

Cuando alcé la mirada, le sorprendí con la cabeza gacha.

Espera, esa reacción…

—¿Crees que estoy enfadada? —pregunté, incrédula.

—Te hiciste un tatuaje sin conocer la historia que tenía detrás. No te culparía si lo estuvieras.

—Jack…

—Supuse que, después de dejarme, te arrepentirías de habértelo hecho —comentó con tristeza—. Esa noche no te dije nada, pero en la fiesta de Lana vi que aún lo tenías. No te haces una idea de lo feliz que fui por esa estupidez.

—Nunca me lo borraría.

—Eso dicen todos los que se hacen tatuajes con sus ex.

A pesar de que consiguió arrancarme una sonrisa, no duró demasiado. Seguía dándole vueltas a toda la historia que me había contado. Había una parte que seguía sin entrarme en la cabeza.

—¿De verdad que Mary nunca hizo nada?, ¿ni Agnes?

—Mi abuela nunca ha sabido nada. Ya lo pasó mal con su marido, y quería ahorrarle el sufrimiento de descubrir que su hijo era exactamente igual. Cree que nos llevamos mal porque… no sé muy bien por qué, la verdad. Pero si ella conociera el motivo, a mi padre le faltaría mundo para correr.

—¿Y Mary?

No podía creerme que no hubiera hecho nada, simplemente no me cabía en la cabeza. Yo no tenía hijos y nunca me había encontrado con la posibilidad de que un ser querido pudiera estar en un peligro parecido, pero era incapaz de hacerme a la idea de no intentar impedirlo todo.

Jack se encogió de hombros en un gesto de falsa indiferencia.

—Nunca hizo nada.

—¿Nunca? Pero… ¿lo sabía? ¿Sabía lo que ocurría?

—Sí. Y nunca hizo nada.

Sonaba devastado. Quise consolarlo, pero no sabía si querría un abrazo, que lo tocara o, siquiera, que le hablara. Así que esperé a que él reaccionara. Lo hizo al cabo de unos segundos: me miró con la mandíbula apretada y una expresión muy distinta, de vulnerabilidad.

—Nunca me había defendido nadie —admitió en voz baja—. Nunca. Hasta esta noche. Hasta que has llegado tú.

Abrí la boca y la cerré de nuevo, incapaz de decir nada coherente. Tras unos instantes, conseguí hablar:

—Siempre te voy a defender, Jack. Aunque a veces seas un idiota.

Eso último lo había dicho para que sonriera, y lo conseguí.

—Lo sé. Nunca había tenido la seguridad de que alguien estaría siempre de mi lado. No sé qué se hace en estos casos.

—Bueno, pues estamos empatados, porque yo tampoco había tenido a alguien en mi vida que me apoyara tanto como tú.

Jack me contempló durante unos segundos.

—Vaya pareja de mierda que hacemos.

—¿Parej…?

—Yo no te cuento nada, tú me dejas para que me vaya a estudiar a la otra punta del mundo… esto no se sostiene por ningún lado.

Por un momento, se me había olvidado que había escuchado esa parte. De pronto se me borró la sonrisa y abrí mucho los ojos. Ahora era él quien se reía, estaba agotado, y aun así tenía energía para burlarse de mí.

*Será asqueroso.*

—Si no te quisiera tanto —comentó—, ahora mismo te echaría en cara que escucharas a mi padre: te advertí que no lo hicieras.

—Ya… —suspiré—. Puedes echármelo en cara, pero solo una vez. Así estamos en paz.

—Vale, pues te lo dije.

—Lo sé. Fui una idiota.

—No una idiota, sino una chica que ha sido manipulada la mitad de su vida. Pero ya no eres así —añadió, observándome más detenidamente—. Has… cambiado.

—¿A peor? —medio bromeé.

—No, Jen. A mejor. No pareces la misma. No te da miedo decir lo que piensas o incluso plantarte frente a alguien como mi padre para dejarle claro que no te dejarás manipular otra vez. La Jen del año pasado habría sido incapaz de hacer algo así.

El hecho de que me ruborizara me quitó un poco de credibilidad, pero aun así me sentí muy bien con sus palabras. Me sentía mucho mejor conmigo misma, sí, pero parecía que nadie más lo había notado. Jack era el primero que lo comentaba, y al haberlo expresado con esa mirada tan tierna, casi hundí la cara entre las manos.

—El otro te día me dijiste que yo podía ser Jack o Ross —comentó—. Pues tú solías ser Jenny, pero ahora eres Jen.

—¿Y cuál te gusta más? Sé sincero.

Fingió que se lo pensaba, aunque era obvio que lo tenía clarísimo.

—A ver, Jenny estaba bien. Era simpática y me gustaba mucho. Pero Jen me pone mucho más cachon…

—¡Jack!

—¡Me has dicho que sea sincero!

—¡No tanto!

—Jen me gusta mucho más —aclaró en un tono menos burlón—. Muchísimo más, diría.

—Bien.

—Pareces muy orgullosa de ti misma, ¿eh?

—Lo estoy.

Jack sonrió y, para mi sorpresa, alargó una mano hasta alcanzar la mía. Ya no había sonrisas. Parecía un poco nervioso.

—He escuchado casi toda la conversación. Ese dinero que aceptaste… ¿de verdad es para ayudarme?

Asentí al instante y le apreté la mano.

—Cuando estés listo…

—Estoy listo. Joder, más que listo. —Cerró los ojos, apretándolos—. Hace un tiempo que lo pienso, y… no quiero empezar el tour de mi película colocado. Cuando sea viejo, no quiero ver las fotos de mi mayor logro y que mi recuerdo sea ese. Tienes razón, Jen. Necesito ayuda.

—Y todos estaremos contigo —le aseguré.

Jack esbozó media sonrisa y se inclinó un poco más hacia mí.

—Tú también, ¿no?

—Yo la primera, tonto. ¿Cómo no voy a estar?

—He escuchado la parte en la que le decías a mi padre que me querías.

*Oh, ese detallito….*

Si dijera que no sentí un poco de pánico, mentiría. Y no porque no fuera verdad, sino porque nunca me había atrevido a decírselo a nadie; al menos, de modo consciente.

Su expresión estaba un poco tensa, como si esperara a que dijera algo. No supe si hacerlo; en ese momento ni siquiera sabía hablar.

—¿Es cierto? —insistió—. Si es verdad, dime que me quieres.

—Vamos, ya lo sabes…

—Pero creo que si no me lo dices me dará un infarto.

Empecé a reírme y me relajó el cuerpo sin que fuera consciente de ello. Finalmente, asentí con la cabeza. ¿Qué sentido tenía seguir negándolo?

—Te quiero.

Tardó un poco en reaccionar, pero entonces se adelantó para acunarme la cara con una mano.

—No más secretos —me dijo, mirándome fijamente—. Prométemelo, Jen. Nunca más. Quiero que hables conmigo, no que te vayas corriendo porque crees que es lo mejor para mí.

—Lo sien…

—No me digas que lo sientes, dime que no volverás a hacerlo.

Coloqué una mano sobre la suya, en mi mejilla.

—No más secretos. Lo prometo.

Cuando se inclinó para unir nuestros labios, pude sentir su alivio. Me quedé sin respiración por el beso, que simplemente había consistido en apretar los labios sobre los míos. Apenas había tenido tiempo de procesarlo cuando se separó de mí.

—Yo también te quiero, Jen.

Y volvió a inclinarse hacia mí. Cuando me besó, fue de un modo mucho menos lento y suave; dejaba entrever las ganas que había tenido de hacerlo desde que nos habíamos encontrado de nuevo. Seguro que él percibía lo mismo de mí, porque me sentía exactamente igual. Sin poder contenerme, cerré los ojos y me apoyé en su asiento para acercarme un poco más.

No obstante, apenas intenté abrir la boca sobre la suya, se separó para ponerse tieso en su asiento.

—No —declaró, muy decidido—. Sé cuáles son tus intenciones cuando me besas así, y no quiero hacerlo contigo hasta que esté limpio.

Parpadeé, sorprendida, y volví a sentarme correctamente.

—Oh… vale. Como quieras.

Durante unos segundos eternos, permanecimos en silencio mirando al frente. Yo repiqueteaba un dedo sobre la rodilla, mientras que él lo hacía en el volante.

Al quinto repiqueteo, no pude más y hablé de nuevo:

—¿Jack?

—¿Sí?

—Eso de esperar me parece muy bonito.

—Sí.

—Dice mucho de ti.

—Sí…

—Pero no creo que yo tenga tanta paciencia.

Para mi sorpresa, soltó el mayor suspiro de alivio de la historia.

—Joder, menos mal, porque yo tampoco.

Esa vez no se contuvo. Me sujetó de la nuca para besarme en la boca. Tanta intensidad me pilló desprevenida; apenas había recuperado la cordura cuando vi que había salido del coche para ir a abrirme la puerta. Me ofreció una mano, más nervioso de lo que quería aparentar, y dejé que me guiara hacia el ascensor.

Nada más cerrarse las puertas, me miró como si no supiera qué hacer. Zanjé la situación tirando de la solapa de su chaqueta para acercármelo. Cerró la mano entorno a mi cadera y me empujó hasta que tuve la espalda pegada a la pared del ascensor. No se separó hasta que se abrieron las puertas, e incluso entonces tardó tanto en moverse que empezaron a cerrarse otra vez. Tuve que separarme, y, riendo, metí una pierna para detenerlas.

Una vez ante la puerta del piso, nuestras respiraciones estaban agitadas y las mejillas sonrojadas. Jack sacó las llaves del bolsillo y trató de meterlas en la cerradura; quiso hacerlo tan deprisa que le llevó tres intentos conseguirlo. Al darse cuenta de que me estaba riendo, me dedicó una miradita de ojos entrecerrados.

—¿Te parezco gracioso, Michelle?

—Me pareces tan tierno que ignoraré que me has llamado Michelle.

Pasé a su lado para entrar en el piso. Mi sonrisa se borró en cuanto él cerró y tiró de mi nuca para darme la vuelta y estampar su boca contra la mía.

*Vale, se acabaron las risas.*

Al notar que se inclinaba hacia mí para sujetarme por la parte baja de la espalda y pegarme a su cuerpo, separé un poco la cabeza; fue suficiente para asegurarme de que el salón estaba vacío antes de que Jack me colocara un dedo en el mentón para volver mi cara hacia él.

No sé cuánto tiempo pasamos en el salón, pero cuando se separó, yo ya no podía más. Tenía la respiración hecha un desastre, y una oleada de calor me había enrojecido las mejillas. Jack me sujetó de la mano y me llevó directamente a la habitación. Una vez encerrados, dudó de nuevo. Decidí tomar el mando de la situación: volví a agarrarle la solapa de la chaqueta, ahora para empujarlo hacia la cama. Ya apoyado sobre sus codos, me coloqué a horcajadas sobre él, que tenía una sonrisa entre sorprendida y encantada.

—Joder, cuando he dicho que me gustaba la nueva Jen, no era consciente de lo cierto que era.

—¿A que te tapo la boca?

—¿Lo dices en serio? Porque yo estoy abierto a dar ese paso, ¿eh? Sin problemas.

Fue mi turno para reírme, y Jack dejó de hacerlo cuando metí las manos bajo su chaqueta para sacársela. Se incorporó enseguida, facilitándome el acceso, y la prenda acabó en algún rincón de la habitación que a ninguno de los dos le importó demasiado. Entonces tiró de mi jersey hacia arriba, y se las arregló para arrancármelo junto con la camiseta interior. Noté sus labios cálidos en la piel del abdomen recién expuesta, y cómo subían entre mis pechos hasta el cuello. Era el mismo recorrido que había hecho en aquella fiesta, solo que, ahora, el destino final sí que acabó siendo mi boca. Mientras me besaba, hundió una mano en mi pelo y yo le rodeé el cuello con los brazos.

La ropa pronto desapareció, así como los nervios que nos habían invadido nada más cerrar aquella puerta. Adoraba estar con él. La forma en que me miraba, en que me acariciaba…, incluso las cosas que me decía en voz queda, ya fueran para que me riera o para que me ruborizara. Adoraba el modo en que me hacía sentir. Y lo que más adoraba, cómo le hacía sentir yo a él.

Un rato después, en la penumbra de la habitación, bajé la mirada. Su mejilla descansaba sobre mi pecho y sus brazos me rodeaban la cintura. Estaba profundamente dormido. Mis dedos acariciaron el tatuaje en su nuca, y él se aferró a mi cuerpo casi al instante en que noté la rugosidad de su cicatriz.

No, Jack no volvería a estar solo. Ninguno de los dos volvería a estarlo nunca más.

# 13

# Empezar de cero

—¿Cómo estás? —pregunté, un poco inútilmente.

Will conducía en silencio. Naya, a su lado, nos miró de soslayo. Solamente Jack me acompañaba en la parte trasera.

Se había pasado la mañana en silencio, pensativo, dando vueltas por la habitación. Al comentar la situación con Will, me recomendó que le dejara un poco de tiempo a solas. Cómo no, tuvo razón. Al mediodía apareció con las manos en los bolsillos y me pidió el folleto de la clínica de rehabilitación que había estado viendo.

En realidad, había ojeado más de una. No estaba muy segura del presupuesto que teníamos más allá de los veinte mil dólares que había cobrado del cheque de su padre.

Por suerte, Joey estuvo más que dispuesta a ayudarme.

La misma mañana que Jack me pidió ese folleto, vino a casa y entre ambas buscamos más información en Internet. Al final, escogimos cuatro clínicas distintas e imprimimos sus folletos. Admito que estaba un poco nerviosa cuando se los enseñamos a mis compañeros. Especialmente por Jack. No sabía cómo iba a reaccionar. Para sorpresa de todos, simplemente los cogió y lo rumió unas horas.

Tal como sospechaba, la que había elegido —cuyo precio no era el más elevado— le resultaba atractiva porque quedaba más cerca del piso. Se encontraba en las afueras de la ciudad, a una hora y media en coche. Si bien no podríamos visitarlo cada día, las otras estaban tan lejos que no podríamos haber ido a verlo ni una sola vez por semana. Además, por teléfono me habían parecido los más simpáticos: a diferencia de las otras clínicas, hablaban de sus huéspedes como seres humanos y no como números extra dentro de una larga lista.

Así que ahí estábamos, en el coche, de camino a la clínica. El poco equipaje de Jack ocupaba el maletero, y él no había despegado la mirada de la ventanilla desde que nos habíamos sentado. Quise preguntarle de nuevo cómo estaba, pero dudaba que fuera a responderme.

—¿Queréis escuchar un poco de música? —sugirió Naya, supuse que para romper el silencio.

—Vale —accedí.

Will también asintió con la cabeza.

Como Jack no dijo nada, ella lo tomó como una respuesta afirmativa.

La música amenizó el resto del viaje, e incluso llegamos antes de lo que me habría gustado. Una parte de mí estaba aterrada con la idea de dejarlo solo en un estado tan vulnerable, mientras que la otra estaba segura de que hacíamos lo correcto.

El lugar me pareció mucho más bonito de lo que había imaginado. Se encontraba en una zona bastante rural, rodeada de granjas y casas de campo, y la entrada consistía en una glorieta de naranjos en flor. El edificio en sí quedaba integrado en la naturaleza: las paredes estaban cubiertas de enredaderas, y las macetas de flores perfectamente cuidadas.

Jack también se sorprendió al verlo. Nada más bajar del coche, se hizo sombra con una mano y lo contempló con las cejas enarcadas. Estuve tentada a hacer alguna broma, pero no me pareció el mejor momento.

—¿Te gusta? —le pregunté.

—No está mal.

Era la primera vez en un buen rato que me contestaba, así que aproveché la ocasión para acercarme y colocarle una mano en el brazo. Aunque no me miró, tampoco se apartó.

—¿Viste las fotos del folleto?

—Sí… Algunas.

—El sitio está bien, ¿no?

—No tiene pinta de que vayan a atarme a la cama, si es lo que te preocupa.

*Igual sí que estamos de humor para bromitas.*

O quizá intentaba disimular los nervios con un poco de humor. Por su sonrisa tensa, deduje que era lo segundo.

No tuve mucho tiempo para preguntármelo, porque Will y Naya ya estaban hablando con la mujer bajita y de pelo rizado que había salido a atendernos. Me pareció muy amable, y nos enseñó las instalaciones a todos antes de mostrarle a Jack la que sería su habitación. Iba a compartirla con un compañero.

—No te imagino compartiendo habitación —comentó Naya con media sonrisa.

Jack se encogió de hombros.

—Jen la compartió contigo y terminó conociéndome. Espero ser así de afortunado.

—Serás creído.

Para cuando terminó la visita, Jack había dejado de hacer comentarios graciosos en todas y cada una de las salas. De hecho, jugueteaba con sus dedos dentro de los bolsillos del pantalón. Ya en la puerta de entrada, la empleada del lugar se hizo a un lado para dejarnos un poco de intimidad.

Hora de despedirse.

Se me había pasado demasiado rápido, no quería irme, al menos no tan pronto. Estuve tentada a preguntar si podíamos ver alguna sala más, pero entonces Naya se me adelantó. Para mi absoluto asombro, se puso de puntillas y rodeó a Jack con los brazos. Creo que ni él mismo se lo esperaba, porque dio un respingo del asombro.

—Estoy muy orgullosa de ti —le aseguró ella, apretándose contra su pecho.

—Oh… em… yo…

—Si necesitas cualquier cosa: ropa, comida… avísanos enseguida, ¿vale? ¡Puedo cocinar unos *cupcakes* y traértelos!

Aquello sí que hizo que Jack reaccionara.

—¡Me conformo con el abrazo! —le aseguró al instante, y se lo devolvió con más ganas que nunca.

Will fue el siguiente y, aunque en esa ocasión no hubo abrazo, sí que se dijeron algo en voz baja. Preferí no acercarme mucho para dejarles intimidad.

Cuando llegó mi turno, Jack esbozó una pequeña sonrisa más animada que la anterior.

Y ahí me entró la dudilla de… ¿Lo abrazaba o no?

Por suerte, él lo zanjó pasándome un brazo por los hombros y atrayéndome hacia sí. Tras un cortísimo beso, se separó y me miró a los ojos.

—¿Última frase antes de separarnos? —me preguntó.

—Asegúrate de ponerte bien, que yo me encargo de que a tu vuelta todavía exista el piso.

De regreso a casa, mi único consuelo fue la carcajada que había soltado justo después.

¿Estaba mal echarlo de menos?

A ver, sí, estaba en la clínica por su bien, por su salud. Pero eso no quería decir que no notara su ausencia.

La primera semana fue la que se me hizo más cuesta arriba. No solo porque no estuviera presente, sino porque no podía llamarlo continuamente para saber cómo estaba. En el centro no le dejaban tener el móvil las veinticuatro horas del día, y él ya me había avisado de que no me llamaría todos los días. Seguramente prefería desconectar un poco del mundo, así que decidí que lo mejor era que él decidiera los tiempos.

Tras esos primeros días, me fui acostumbrando a hablar con él una vez a la semana, a dormir sola, a convivir solamente con Will, Naya y Sue… Lo que más me ayudó fueron las clases. Mi concentración aumentó, creé una mejor relación con mis compañeros y poco a poco mis notas empezaron a mejorar. Curtis incluso empezó a llamarme…

—Oye, empollona.

*Sí, eso.*

En pleno marzo, todos los alumnos se desplazaban a las zonas de sol para adoptar su mejor disfraz de lagartija; había ganas de que empezara el verano.

Curtis y yo estábamos tumbados en el césped que rodeaba nuestro edificio, uno junto al otro, estirados hacia lados opuestos y con las cabezas pegadas. Oí su sorbido, había dado otro trago al refresco que acababa de comprarse. Yo, por mi parte, me limité a seguir mirando las nubes.

—¿No me has oído? —protestó.

—Sí, pero te estoy ignorando.

—¡Curtis, Jenna!

Levantamos la cabeza al instante. Chris se nos acercaba con una gran sonrisa. Por la bolsa de comida que transportaba, supuse que estaba en su ratito de descanso.

Mi amigo se tensó de pies a cabeza al instante. Hacía varias semanas que no se veían, y no habían terminado precisamente en buenos términos. Más que nada, porque Curtis había dejado de contestarle las llamadas.

Pero Chris no parecía enfadado. Se limitó a sentarse a nuestro lado con una gran sonrisa y a sacar su comida.

—Qué bien, no me gusta comer solo —comentó casualmente—. ¿Tenéis hambre?, ¿queréis un poco?

Los miré a ambos. Curtis tragó saliva con fuerza.

—Eh… yo estoy bien.

—A mí no me importaría comer algo —comenté, en un intento de mantenerme a alejada de sus tensiones. Me acerqué a Chris y señalé la fiambrera—. ¿Qué es eso?

—Canapés de pollo con queso y almendras. Prueba uno, ya verás.

No es por presumir, pero la pobre Naya se quedó sin habilidad culinaria porque yo me la llevé toda.

Curtis se rio entre dientes mientras yo me metía uno de los canapés en la boca. Efectivamente, estaba delicioso. Chris debió verlo en mi expresión, porque esbozó una sonrisita orgullosa.

No obstante, después de eso volvimos al silencio incómodo. Chris no parecía ser consciente de él, y fue el primero en intervenir:

—¿Cómo está Ross? ¿Has ido a verlo?

Oh, pregunta complicada. Hice una mueca.

—No…, no quiere que vaya nadie.

—¿Ni siquiera sus padres?

*Si tú supieras, Chrissy…*

—No. Ellos tampoco.

Lo único que interrumpió el silencio que siguió a esa frase fue el sonido que hacíamos Chris y yo al masticar. Curtis sorbió ruidosamente el refresco, supuse que para cortar la incomodidad, pero no sirvió de mucho. Chris estaba a lo suyo.

—¿Y tú qué tal estás? —pregunté a este último.

—Bien, como siempre. No me puedo quejar.

—¿Qué tal en la residencia?

—Si te soy sincero, empieza a cansarme un poco —admitió con un suspiro.

—¿En serio?

—Sí. No es fácil trabajar todo el día, hacerlo todo lo mejor posible, y que luego la gente no se digne ni a contestarte o a explicarte por qué no quiere volver a verte. No sé, supongo que me merezco que me digan las cosas claras, ¿no? Después de todo, me he dejado la piel intentando que funcione. Pero no pasa nada, tengo muchas ofertas de trabajo, y seguro que en las nuevas la gente me tratará como me merezco.

Curtis parpadeó, sorprendido, cuando Chris cerró la fiambrera y se puso de pie.

—Acabo de acordarme de que justo ahora tengo una entrevista —dijo con alegría, y agitó la mano—. Chao, chao.

Ambos lo seguimos con la mirada, pasmados. Curtis ni siquiera le dio un sorbito al refresco.

Cuando esa misma tarde se lo conté a Naya, empezó a reírse a carcajadas y a aplaudir. Parecía muy orgullosa de su hermano mayor.

—¡Así me gusta!, ¡que le deje las cosas claras!

Sue, Mike y Will estaban con nosotras. La primera frunció el ceño.

—¿No se lo presentaste tú?

—Bueno, ya soy perfecta en todo lo demás, no puedo serlo también como casamentera.

—Dijo ella humildemente…

—Además, es el mayor —puntualizó Naya—. No puedo estar siempre ayudándolo, tiene que valerse por sí mismo.

Todas las cabezas se volvieron lentamente hacia Mike, que intentaba empujar la lata de cerveza con las rodillas para acercársela a la boca. En cuanto notó que todo el mundo lo observaba, levantó la mirada.

—¿Qué?

—No sé —comentó Sue—. Eso de un hermano mayor al que su hermano pequeño tiene que ayudar eternamente… ¿no te suena?

—No seas cruel —le pidió Will, aunque estaba sonriendo.

Por suerte, Mike no solía ofenderse por esos comentarios. Simplemente dejó la lata de cerveza sobre la mesa y nos miró con curiosidad.

—Hablando de hermanos pequeños…

—Mira cómo ha eludido la pregunta. —Sue empezó a reírse.

—… ¿qué hay del mío?, ¿cómo le va por el loquero?

—¡No es un loquero! —recalqué al instante.

—Y no lo sabemos —añadió Will—. No de su boca, al menos. La enfermera dice que todo va de maravilla, pero él no quiere hablar con nosotros.

—¿Por qué no?

—Tendrías que preguntárselo a él —dijo Naya—, pero no se deja.

Mike estuvo un rato sin decir nada. Incluso cuando trajeron las pizzas que habíamos pedido, lo vi jugueteando con uno de los trozos sin demasiado apetito. Quise preguntarle, pero entonces se adelantó y nos dijo que tenía que irse temprano. Se marchó antes de que nadie pudiera preguntarle nada.

Al día siguiente, la enfermera llamó a Will para informarle de que Mike había estado toda la mañana con su hermano.

No tengo ni idea de qué le dijo, pero esa misma noche Jack me llamó por primera vez desde que había entrado.

Como no me lo esperaba, respondí a la llamada con pocas ganas:

—¿Sí?

—Hola, Jen…

Había bajado a la lavandería para lavarme unos jerséis sucios, y me detuve de repente; la mancha quedó a medio frotar. Hacía más de un mes que no hablaba con Jack, y que su primera frase al hacerlo fuera así de cautelosa…

—Hola —dije, precavida.

—Mike ha estado conmigo esta mañana.

¿En serio?, ¿eso iba a ser lo primero que iba a decirme? Dejé el jersey totalmente abandonado y suspiré.

—¿Y qué tal?

—Bien. Yo... verás... no sé cómo empezar. ¿Estás... enfadada conmigo?

Era una buena pregunta. Me sentía frustrada respecto a muchas cosas, pero quizá «enfadada» no era la palabra más adecuada.

—¿Por no haber llamado hasta ahora? —adiviné.

—Sí, por eso.

—Si necesitas estar un poco alejado durante un tiempo, lo entiendo. Lo que estás pasando no es fácil y...

—No, Jen —me cortó. Entonces me fijé en que sonaba un poco congestionado, como si tuviera un resfriado—. No es que... verás... No es que no quiera hablar contigo. Joder, no pienso en otra cosa que no seáis vosotros, especialmente en ti, pero...

Permaneció en silencio tanto tiempo que creí que me había colgado, pero entonces retomó la conversación.

—Pero no quiero que me veáis así —finalizó.

Ya lo suponía, por eso no había insistido mucho. Sin embargo, me sabía mal que se sintiera así.

—Jack —empecé con el tono más comprensivo que pude reunir—, somos tus amigos. Si necesitas apoyo, estaremos ahí. Da igual en qué situación te encuentres.

—Sí, bueno... Es muy fácil decir eso a ciegas.

—¿Te has sentido incómodo con Mike?

Lo consideró unos instantes.

—No. Pero él sabe cómo funciona todo esto.

—Will también lo sabe. ¿Y si fuera él?

—¿Will? —De nuevo, tuvo que pensárselo—. Sí..., me gustaría ver a Will.

Suspiré de nuevo, aunque esa vez de alivio.

—Si quieres, le digo que vaya a verte mañana, cuando termine las clases.

—Vale. Gracias, Jen.

—De nada. Ya te pasaré mis tarifas de mensajera.

Su suave risa me hizo sonreír. Sonaba mucho más relajado que al inicio de la llamada.

—¿Cómo estás? —me preguntó entonces—. ¿Qué tal las clases?

Y empecé a contarle todo lo que había pasado en su ausencia, que tampoco había sido gran cosa. Me escuchó atentamente e incluso se rio en alguna ocasión. Pero más allá de todo eso, se me hacía triste tener que colgarle y dejarlo solo otra vez. Ojalá hubiera estado un poquito más cerca. Aunque no quisiera que lo visitara, al menos yo habría tenido el consuelo de poder acudir en cualquier momento.

Cumpliendo con su palabra, Will fue a verlo al día siguiente. Naya hizo que se llevara los *cupcakes* que había prometido, que estaban chamuscados y cubiertos con una extraña salsa roja que Sue diagnosticó como «sangre espesa». Sospeché que no se los habían comido, pero volvió con una gran sonrisa y una bandeja vacía.

Quise corresponder a esa sonrisa, pero lo cierto es que me sentí un poco excluída. ¿Podían visitarlo Will y Mike, pero no yo? Quería ser comprensiva, de veras que quería. Pero en ocasiones, cuando me atacaba la oleada de inseguridad, me resultaba muy complicado.

Las semanas se sucedían, y yo las vivía como una pasajera. Empecé a saborear mi rutina, y por las mañanas salí de nuevo a correr. Incluso hablé alguna vez con mis padres, que intentaban ponerse en contacto conmigo para recuperar la relación, a pesar de no haberse disculpado. Eran conversaciones muy incómodas, y así seguirían hasta que no dieran su brazo a torcer.

Precisamente en medio de una de esas llamadas, entré en casa y me encontré una escena un poco curiosa.

Lo primero que vi fueron zapatos de tacón en el pasillo, luego ropa esparcida por todas partes y finalmente a Sue, que aporreaba la puerta del cuarto de baño. Naya gritaba desde dentro. Al parecer, se había encerrado.

—Eh… mamá, ya te llamaré en otro momento —murmuré, y colgué enseguida.

Sue, furiosa, dio una patada a la puerta.

—¡¡Que me estoy meando!! ¡ABRE DE UNA VEZ!

—¡NO! ¡Déjame tranquila!

—¡¿No puedes montarte tu Pasión de gavilanes en la habitación?! ¡¡¡El baño está hecho para la gente que se está meando!!!

—¡QUE ME DEJES TRANQUILA!

—¿Se puede saber qué os pasa? —interrumpí, esquivando los zapatos para alcanzarlas.

Sue se volvió hacia mí. Tenía las rodillas pegadas entre sí y una mano entre las piernas. Con la otra, aporreaba la puerta. Estaba claro que se trataba de una emergencia de nivel severo.

—¡Como no abra la puerta, me mearé en la alfombra de su habitación! —aseguró, hecha una furia.

—Vaaale… mejor que intentemos que abra.

—¡Pues a ver si tú lo consigues!

Sue dio un saltito a un lado, todavía con cara de sufrimiento. Llamé a la puerta con los nudillos.

—Naya, ¿qué pasa? ¿Algo va mal?

—¡No! ¡Déjame tranquila!

Oh, vaya. Sonaba como si hubiera estado llorando. Preocupada, intenté abrir la puerta. Había echado el pestillo.

—Si abres, puedes contarnos lo que sea que está pasando y podremos ayudarte.

—¡Yo no te ayudaré! —masculló Sue.

Le chisté enseguida, y puso los ojos en blanco.

Al menos, Naya no volvió a pedirnos que nos fuéramos, sino que sorbió la nariz. Oí unos pasitos que se acercaban.

—No sé si quiero contarlo.

—Sea lo que sea, seguro que se nos ocurre algo.

—No lo sé, Jenna…

—Es mejor compartirlo que cargar con todo el peso tú sola, ¿no?

Aquello sí que la convenció. Tras unos instantes de duda, quitó el pestillo y abrió la puerta. Llevaba puesto un vestido de fiesta de color rosa y tenía el maquillaje corrido por la cara. Había estado llorando un buen rato.

Estuve a punto de decir algo, pero entonces Sue pasó volando entre nosotras.

—¡QUE SE ME ESCAPA!

No le importó demasiado que estuviéramos ahí, se bajó los pantalones y casi al instante se sentó en el retrete. Mientras tanto, yo me volví hacia Naya. Había empezado a llorar otra vez. No supe si abrazarla o darle un poco de espacio.

—¿Qué pasa? —le pregunté en voz baja, preocupada.

A modo de respuesta, se cubrió la cara con una mano y siguió llorando. Con la otra, me ofreció lo que había estado escondiendo. Era una especie de palito blanco y rosa, protegido por un envoltorio de plástico. Lo tomé con una ceja enarcada.

—¿Qué…? —empecé, pero me callé de golpe al ver lo que era. Levanté la mirada hacia mi amiga, pasmada. Lloró con más fuerza, si eso era posible—. Naya, ¿estás embarazada?

Justo en ese momento, se oyó un chorrito de pis. Tanto Naya como yo nos giramos. Por primera vez en la historia, Sue se ruborizó.

—¡P-perdón! Ha sido la impresión…

Puse los ojos en blanco mientras ella se apresuraba a subirse los pantalones y lavarse las manos. Naya sollozaba de nuevo, incluso se había sentado en el suelo. Parecía desolada. Sin saber qué más hacer, me senté a su lado y le pasé un brazo por encima de los hombros.

Sue cogió la prueba y las instrucciones, y se puso a investigarla. Quizá intentaba averiguar si las dos barritas eran un resultado negativo.

—Puede ser un error —sugirió entonces.

—¡Esas pruebas nunca se equivocan! —protestó Naya entre sollozos.

—Bueno, podríamos hacer otra —apoyé la idea—. Mejor asegurarse antes de saltar a las conclusiones, ¿no?

Pero dos viajes a la farmacia y dos test más tarde, el resultado no varió. Y, por consiguiente, los llantos de Naya no se redujeron. Suspiré, sin dejar de pasarle una mano por la espalda. Sue se sentó con nosotras en el suelo, era la encargada de acercarle el paquete de pañuelos cada vez que el que tenía se desbordaba con lágrimas y mocos.

—¡M-me… me va a arruinar la vida! —lloriqueaba Naya.

Sue hizo una mueca.

—Es un bebé, no una hipoteca.

—¡Cállate!

—A ver, pensemos un momento —sugerí—. Ahora puede parecer algo muy grande, pero…

—¡*Es* algo muy grande, Jenna! —saltó Naya, separándose de mí. No dejaban de caerle las lágrimas.

—Lo que no entiendo es cómo ha pasado —intervino Sue mientras le acercaba de nuevo el paquete de pañuelos—. ¿No usáis condones o qué?

—No… el año pasado empecé con las anticonceptivas.

Fruncí el ceño.

—Se supone que eso funciona, ¿no?

—Sí… pero tengo que tomarme una pastilla cada día a la misma hora y… em…

—Déjame adivinar —comentó Sue—, a veces se te olvida.

Naya enrojeció casi tanto como sus ojos y agachó la cabeza.

—¡Pensé que no pasaría nada!

—Pues joder si ha pasado… el milagro de la vida.

—¡¡¡SUE!!!

—Vale, vamos a calmarnos —sugerí, con los brazos en alto, en señal de rendición—. La pregunta aquí es… ¿Will lo sabe?

Naya negó lentamente con la cabeza.

—Ha ido a ver a Ross otra vez. No llegará hasta esta noche. Queríamos salir a cenar a un restaurante de esos carísimos… me hacía mucha ilusión… Iba a ser nuestro regalo de aniversario.

—Pues toma regalo de aniversario... —murmuró Sue.

Y empezó a llorar otra vez, en esa ocasión, contra el hombro de la última que había hablado. Ella dio un respingo e hizo ademán de salir corriendo, pero la retuve con una mirada de advertencia.

—Puedes decírselo en la cena —comentó, tras asumir que no podría escapar.

—No sé... ¿y luego qué? ¿Le digo que no le quedará otra que ser padre? ¡Me va a odiar!

—Will nunca te odiaría —opiné—, y menos por algo así.

—Eso es verdad —opinó Sue.

—Vale, pero sigue habiendo un bebé que nos arruinará la vida.

Hice una mueca.

—Mi hermana tuvo un hijo siendo bastante más joven que tú y siempre ha dicho que fue la mejor decisión que ha tomado —comenté—. Y mis padres se casaron a los veinte años. Eran otros tiempos, pero bueno... para que te hagas una idea.

—También hay la posibilidad de no tenerlo —añadió Sue—. Al menos, eso es lo que yo haría. Pero también es verdad que tengo el instinto maternal de Cruella de Vil.

Naya, por fin, se separó de ella y se abrazó las rodillas. Por lo menos había dejado de sollozar.

—A ver, si a mí siempre me han encantado los niños —admitió—. Y siempre me ha gustado la idea de tener hijos siendo joven, pero... no pensé que llegaría tan rápido. Ni siquiera he terminado la carrera. Will lo hará en un mes, sí, pero... no sé...

—No tienes por qué decidirlo hoy —comenté—. Habla con Will esta noche y mañana, más tranquilos, ya iréis a un ginecólogo.

—Sí —añadió Sue—. Seguro que es mejor consejero que nosotras dos.

Aquello hizo que nuestra amiga sonriera, sintiéndose un poco menos desanimada. Tras contemplar un rato las tres pruebas positivas, se puso torpemente de pie y se miró en el espejo.

Su expresión pasó de la tristeza al horror en un instante.

—Pero ¡¿por qué nadie me ha avisado de que estaba hecha un desastre?!

—Em...

—Pensábamos que era por elección propia —comentó Sue.

Le di un codazo, y ella soltó una risita malvada. Naya hundió la cara en las manos.

—¡Es un desastre!

—No lo es, Naya —intervine—. Siéntate.

—¿Eh?

—Felicidades, acabas de contratar a dos estilistas profesionales que te ayudarán en todo lo que necesites.

—¿A dos? —preguntó Sue, y al verme la cara suspiró—. Vaaale… a dos.

# 14

# El restaurante de los sesenta

Jugueteé con los dedos de forma ansiosa. Will, que conducía a mi lado, hizo cuanto pudo por ocultar una sonrisita.

—¿Estás bien?

—Sí, sí. Perfecta. ¿Crees que Jack se alegrará de verme?

—Teniendo en cuenta que fue él quien pidió que vinieras… diría que sí.

Ya habían pasado dos meses y medio. Sabía que la cosa había ido a mejor porque Jack había pasado de no querer darme muchos detalles sobre cómo le iba a asegurarme que estaría bien que lo visitara. Por culpa de los exámenes, tuve que posponerlo hasta ese día. Y por fin iba a verlo otra vez.

Will aparcó el coche en la glorieta de la entrada. Con un suspiro nervioso, me despedí de él y bajé del vehículo. Recorrí el camino a paso acelerado, deseando entrar, y me alegró que un empleado del centro saliera a recibirme. Si hubiera tenido que esperar mucho tiempo en el vestíbulo, me habría dado un ataque al corazón.

Tuve que esperar igualmente. Me sentaron en un pasillo con sillas de plástico, paredes amarillas y suelo de losas blancas. Era la única sala del lugar que parecía sacada de un hospital. Repiqueteé los dedos en las rodillas. Me había puesto unos pantalones largos y una camiseta sin mangas. No dejaba de sudar. Era mayo y empezaba a hacer calor. ¿O era yo, que estaba muy nerviosa? Quizá un poco de ambas cosas.

Levanté la cabeza en cuanto escuché pasos acercándose. El hombre que me había acompañado sonrió e hizo una seña a sus espaldas; Jack acababa de salir de una de las salas. Me puse en pie de un salto, entusiasmada.

Estaba un poco menos delgado de lo que lo recordaba, pero más pálido. Se había recortado un poco el pelo, ya no parecía tan desordenado como de costumbre. Llevaba puestos unos pantalones de algodón que le llegaban hasta las rodillas y una sudadera abierta de color gris. Tenía las manos escondidas en los bolsillos.

Sin embargo, todo eso me dio totalmente igual, porque en cuanto me vio y esbozó una gran sonrisa, entendí todo lo que necesitaba saber: estaba perfectamente.

Empezamos a avanzar con más rapidez, casi a la vez. Nos encontramos a mitad del pasillo, y no pude aguantarme las ganas. Me lancé directamente sobre él. De alguna forma, se las apañó para sujetarme con los brazos y mantenerse de pie. Ni siquiera me lo pensé, le rodeé el cuello con los brazos. Jack empezó a reírse contra mi hombro.

—Vale, admito que yo también te he echado de menos.

El hombre que nos había acompañado insinuó algo de dejarnos un rato a solas y se metió en la habitación que Jack había abandonado.

En cuanto nos quedamos solos, me separé y le sujeté los brazos. Tuve que revisarlo de arriba abajo varias veces antes de convencerme de que estaba bien. Mi revisión pareció divertirle mucho.

—¿Me das tu aprobación?

—Depende de cómo te comportes —bromeé, pero no pude aguantar la sonrisa mucho tiempo—. Sé que me pediste que viniera la semana pasada, pero estaba con los exámenes y no…

—Tranquila, yo tampoco he ido a verte.

—¡Tú no podías!

—Pues eso. En paz.

Mientras me reía, Jack señaló una puerta al final del pastillo, la acristalada.

—¿Quieres ver el jardín?

Resultó un poco más grande de lo que me había imaginado: con una cancha de fútbol, una piscina, una zona de establos… casi parecía una casa de campo de millonarios. Pero Jack prefirió quedarse en la terraza. Estaba cubierta por una estructura de madera y enredaderas, y había varios bancos de piedra. Otros huéspedes estaban sentados tranquilamente en la zona de césped, pero Jack optó por el banco en la sombra.

Una vez sentados, me fijé un poco más en él. Ya no tenía ese aspecto enfermizo de la última vez que nos habíamos visto. Había recuperado un tono pálido y natural, y parecía haber recuperado un poco de músculo. Seguro que allí también había un gimnasio. Quizá, cuando volviera a casa, podría convencerlo para que saliera a correr conmigo.

—Esto es más bonito de lo que parecía en el folleto —comenté para romper el silencio.

Él parpadeó, volvió a la realidad y me sonrió de forma distraída.

—Sí…, no está mal.

—¿Qué tal los horarios?, ¿te dejan disfrutar de todo esto?

—Al principio, no mucho. Me tenían más controlado. Ahora ya solo tengo reuniones por la mañana. Y por la tarde hay muchas actividades: meditación, yoga, natación…

—¿En serio? ¿Y haces alguna?

—Le di una oportunidad al yoga, pero tengo menos flexibilidad que este banco. —Consiguió sacarme una sonrisa, y luego prosiguió—: También se puede hacer terapia con animales. Todo el mundo se apunta, y no está mal… Pero me gusta más la natación. Ah, y el gimnasio. También ofrecen clases de arte, pero pasé. Lo que me recuerda a…

—Sí, he estrenado la caja.

Cuando adiviné la pregunta antes de que la formulara, me guiñó un ojo.

—¿Y qué tal?

—Una maravilla —le aseguré enseguida—. No he podido usarla demasiado por culpa de los exámenes, pero las pocas veces que lo he hecho… madre mía, Jack. Deberías ver la cantidad de cosas que se pueden hacer. Sue está amargada con el olor a pintura, pero ¡no desaparece por mucho que abra el balcón! ¿Qué más quiere que haga?, ¿bañarme en ambientador? Naya y Will lo entienden mejor, por suerte.

—Vaya dos, ¿eh? —murmuró Jack entonces—. Will ya me contó lo que había pasado. Es… surrealista.

—Creo que incluso a ellos les parece surrealista…

Él sonrió y asintió:

—Siempre he creído que Will sería un padre genial. Sé que le hace ilusión.

No puede decir lo mismo de Naya. Aunque de verdad quería confiar en sus habilidades como madre, habíamos practicado con muñecos el cambio de pañales, los potitos, baños y demás; tras dos bebés descabezados y uno volando por la ventana… tenía mis dudas.

—Y todos los ayudaremos —añadí.

Jack asintió de nuevo. Me daba la sensación de que nuestra conversación trataba de tapar el asunto del que realmente debíamos hablar, pero él no iba a mencionarlo, de eso estaba segurísima. Así que alargué una mano hasta alcanzar la suya. Me miró al instante, cauteloso.

—¿Va todo bien? —le pregunté directamente.

Se encogió de hombros, aunque estaba claro que tenía algo en mente.

—No lo sé.

No quería presionarlo, pero sabía que quería hablar de ello. Así que me limité a esperar a que formulara mejor lo que quería decir. Al final, lo consiguió.

—No… no sé si estoy preparado para volver al mundo real.

Aquella no era la respuesta que esperaba, y tardé unos segundos en responderle:

—Puedes tomarte todo el tiempo que quier…

—No, Jen… Ya estoy mejor. Sé que pronto podré marcharme de aquí, pero cuando vuelva no quiero pensar en películas ni promociones, ni mucho menos en entrevistas. El hecho de imaginármelo ya me… no lo sé… me pone de los nervios. —Suspiró con pesadez y apoyó los codos en las rodillas. Parecía cansado—. Me entran ganas de vomitar.

Intenté procesar lo que me estaba diciendo.

—¿Prefieres mantenerte alejado de todo eso?

—¡Sí! Bueno…, no. Sé que no puedo hacerlo eternamente —añadió—. Pero… no sé…, ¿sería mucho pedir no tener que preocuparme de eso hasta dentro de unos meses, incluso si salgo de aquí?

No, no era mucho pedir. Al menos, para mí.

*Seguro que a Joey le encanta la idea.*

Pero me lo estaba diciendo a mí, así que estaba claro que era la opinión que priorizaba. Y mi opinión era que lo primero era siempre que estuviera bien. Ya habría tiempo para películas, promociones y entrevistas.

—Se me ocurren dos alternativas —comenté.

Jack apoyó la cabeza en un puño y me miró. De nuevo, me pareció mucho más pequeño de lo que realmente era. Quizá porque estaba cansado o quizá porque seguía en un periodo muy vulnerable.

—¿Cuáles? —preguntó.

—La primera, encerrarte en el piso todo el verano.

—Tentador.

—Hay una segunda opción.

—Dudo que sea tan bonita.

—Igual te sorprendo. ¿Y si esperamos a que yo haya terminado los exámenes, tú hayas salido de aquí y nos vamos los dos juntos?

Aquello lo dejó pensativo. Tras unos segundos, se irguió y me miró con intriga.

—¿Ir adónde?

—No sé. Podríamos ir a la casa del lago, por ejemplo. O, si te sientes aventurero, podríamos subirnos a un avión. Nunca he salido del país —añadí, y casi puse los ojos en blanco cuando vi que sonreía con malicia—. Sí, ya lo sé, parece que vengo de otra galaxia.

—Lo has dicho tú, ¿eh?

—Bueno, ¿qué te parece?

Sustituyó su sonrisita maliciosa por otra más calmada.

—Estaría bien ir a algún sitio —admitió—. Me gustaría viajar un poco más lejos que a la casa del lago.

—¿A casa de mis padres? —bromeé.

—Oh, sí, seguro que les encantaría vernos aparecer de la manita.

—Te aseguro que a mí me encantaría verles las caras.

Jack se llevó una mano al pecho, escandalizado.

—¿Quién eres tú y qué has hecho con mi dulce e inocente Jenny?

—La he pervertido para que no permita que la llames dulce e inocente Jenny nunca más.

Se echó a reír. Después, me pasó un brazo por encima de los hombros y me apretujó contra su cuerpo. Volvía a lucir una sonrisita maliciosa.

—Haz una lista de sitios que quieras visitar. Un verano entero da para ir a unos cuantos.

—Y luego me ha vomitado encima, ¿te lo puedes creer?

Puse los ojos en blanco. Había ido todo el día aceleradísima. Desde el examen final de esa mañana hasta ese momento, que corría de un lado a otro, tratando de no olvidarme de nada. Me colgué el bolso del hombro de forma apresurada mientras mi hermana mayor seguía protestando por teléfono.

—Claro que me lo creo —respondí—. Son críos, Shanon. No son expertos en controlar esas cosas.

—¿Y qué? O sea, que es el cumple de uno de los amiguitos de Owen, me obligan a hacer de chófer y encima me toca el niño que vomita a los cinco minutos de viaje. ¡En ningún momento he firmado para esto!

—Lo firmaste cuando te metiste en el grupo de papás y mamás de la escuela.

—Oh, ni me hables de Mordor.

Así era como llamaba al grupo. Yo no lo entendía muy bien, suponía que era de alguna película. Y debía de ser algo negativo, porque el tono, desde luego, no dejaba lugar a dudas.

Al hablar de Owen, me acordé de Manchitas y volví corriendo a la cama para colocarlo bien. Lo dejé perfectamente recto entre ambas almohadas.

—Oye, no es por cortar tu enorme drama —le comenté—, pero tengo que colgarte.

—¿Ahora?

—Voy a buscar a Jack a la clínica. ¡Por fin vuelve a casa!

—¿Y eso es más importante que el vómito de mi coche?

—¡Shanon!

—Es broma —añadió, divertida—. Que te vaya genial, Jenny. Si necesitas algo, ya sabes.

Después de despedirnos, colgué y guardé el móvil en el bolsillo de los pantalones, unos cortos y verdes, combinados con una camiseta suelta de color mostaza. No entendía por qué estaba tan nerviosa por mi aspecto. Después de todo, Jack me tenía muy vista. Y tampoco se fijaría tanto en cómo estaba vestida. Estaría bastante ocupado con sus propios dramas.

—¿Jenna? —me llamó Will.

*Hora de irse.*

Prácticamente salí de la habitación dando brincos. Estaba muy emocionada. Los demás me esperaban en el salón. Will me acompañaría. Sue y Naya preferían quedarse en casa.

Menos mal, porque no estaba dispuesta a meterme en un coche con Naya y Will, y menos durante una hora y media. Desde la noche de su aniversario, apenas se hablaban y, cuando lo hacían, era para discutir. Nada más. No era un buen momento, y no sería yo quien se metiera en ello para que discutieran todavía más.

Aun así, estaba emocionada. Podía imaginarme un viaje con Will, era muy buen chico y me lo pasaba muy bien con él. Y más si el destino era estar también con Jack.

Pero mi entusiasmo se desplomó en cuanto entré en el salón. Todos estaban de pie, tensos. Había una persona que no esperaba. Mary, la madre de Jack, captó mi mirada al instante y esbozó una pequeña sonrisa un poco insegura.

—Hola, Jennifer.

—Ho-hola…

Estaba tan perpleja que no se me ocurrió otra cosa que mirar a mis compañeros de piso en busca de una respuesta coherente. Ninguno me la ofreció. Parecían tan perdidos como yo.

—He oído que Jack sale hoy de la clínica —comentó Mary con cierta reserva—. Me ha parecido una buena idea que fuéramos tú y yo juntas.

No estaba muy segura de que fuera tan buena idea, pero no me atreví a decírselo directamente.

—Em… bueno…

—Sé que las cosas son un poco incómodas —añadió—. Pero no se me ocurre mejor manera de hablar con él.

—Habrá ocasiones de sobra cuando vuelva —aseguró Will enseguida.

—Pero no querrá hacerlo. De este modo, por mal que suene… no tendrá otra opción que escucharme.

Dudé de nuevo y miré a Will como si fuera la voz de la razón. Aunque no le vi muy decidido, adiviné cuáles eran sus dudas.

—Quizá sería mejor que fueras tú sola —le sugerí a Mary—. Así podéis estar tranquilos y…

—Jack se sentirá más cómodo con alguien de confianza al lado. Pensé que tú serías una buena opción. Si te apetece, claro.

Estuve a punto de decir que no. A puntito.

Pero entonces vi su mirada suplicante.

Will, al ver que me había convencido, soltó un suspiro.

Treinta minutos más tarde, ya en la carretera, empecé a plantearme si había sido una buena idea. El lujoso coche de Mary atravesaba con gracilidad la zona menos poblada de la ciudad, el aire acondicionado estaba encendido y los asientos eran comodísimos, pero… no hablábamos. No teníamos mucho que decirnos la una a la otra. Y tampoco había puesto música. Se limitaba a repiquetear una uña mordida sobre el volante en cada ocasión que tenía.

Ya empezaba a creer que permaneceríamos una hora más en silencio, pero entonces noté que me sonreía.

—¿Cómo estás, por cierto?

*La pregunta del millón.*

—Bien.

No elaboré mucho más. Más que nada, porque no sabía cómo hacerlo.

—Me alegro. La última vez que nos vimos, te noté muy triste.

Supuse que no se refería a la última escena que había presenciado en su casa, sino a que habíamos tenido que posponer mi cumpleaños.

—Todavía echo de menos a mi abuela —tuve que admitir, y mi tono se volvió más triste—. Estábamos muy unidas.

—Lo siento mucho, Jennifer… No debería haber preguntado.

—No, está bien. Me gusta hablar de ella, aunque no lo parezca. Y me da la sensación de que nadie quiere que lo haga.

Mary sonrió con cierta comprensión.

—Yo también estaba muy unida a mis abuelos —comentó—. De hecho, mi abuelo solía llevarme en coche a todos lados. Le gustaba conducir, o eso decía. Siempre insistía en que no hacía falta que me sacara el carnet, y yo asumía que era porque no me veía capaz de conseguirlo. Ahora que lo veo en retrospectiva, supongo que sabía que era el único momento del día que pasábamos juntos y no quería perderlo.

La contemplé durante unos instantes.

—¿Sigue…?

—Oh, no. Murió hace mucho tiempo. Era muy mayor —añadió—. Vaya, me siento como si hiciera años que no hablaba de él. El pobre se merece que lo mencione más a menudo, pero a la gente no le gusta hablar de estas cosas.

—A la gente no le gusta hablar de muchas cosas.

No pretendía sonar tan increpante. Mary me miró de soslayo antes de dirigir de nuevo la mirada a la carretera.

A decir verdad, no estaba muy segura de por qué había dicho eso. Una parte era por ella, la otra por…

—¿Cómo están tus padres?

Me sorprendió que lo adivinara tan rápido. Un poco pillada de improvisto, aparté la mirada a la ventanilla.

—Bien, supongo.

—¿Supones?

—No… no hablamos demasiado.

—Entiendo.

No dijo nada más, pero esa simple palabra me hizo cruzar de brazos. Su tono había sido compasivo, y no quería que se compadeciera de mí.

—No pasa nada.

—Entiendo —repitió.

—No, no lo entiendes.

—Mejor de lo que crees.

¿Qué manía tenían los adultos con creer que lo entendían absolutamente todo? Suspiré y me recosté sobre el asiento. Mary me sonrió con cierta lástima.

—Si estás enfadada con ellos, un buen motivo tendrás.

—Pues sí.

—Pero, aunque no lo parezca, estoy segura de que se preocupan mucho por ti.

—No lo hacían cuando dejaron que me fuera de casa, ni cuando estuvieron un año entero pasando de mí, ni cuando me acusaron de haber mentido respecto a Monty, ni tampoco cuando, en el funeral de mi abuela, prefirieron echarme junto con Jack que intentar tener un día de paz.

Lo solté con toda mi rabia. Mary se quedó mirando el frente con los labios entreabiertos, y tardó una eternidad en volver a hablar:

—Entiendo…

—Sigues diciendo que lo entiendes, pero no creo que sea así.

De nuevo, mi tono sonó mucho más agresivo de lo que pretendía. Ella no pareció muy afectada. Volvió a esbozar esa sonrisa comprensiva.

—Mejor de lo que me gustaría.

—¿Y crees que tienen razón?

—En absoluto.

Aquello sí que me sorprendió. La miré, con una ceja ligeramente enarcada.

—¿En serio?

—Totalmente. Han tenido un comportamiento injustificable.

—Ah…

—Jack no sabe nada de esto, ¿verdad?

Técnicamente, no. Solo sabía que a mis padres no les gustaba demasiado que estuviera con él. No había mencionado la parte de Monty. Conociéndolo, aunque yo me llevara bien con ellos otra vez, sería incapaz de perdonarles que me hubieran hecho algo así.

—Solo lo esencial. ¿Por qué?

—Cuando se trata de ti… Se comporta de una forma muy particular —planteó, eligiendo muy bien sus palabras—. Es una parte de él que hacía mucho tiempo que no veía.

—¿A qué te refieres?

—¿Cómo podría explicártelo? —Lo consideró un momento—. Mike siempre ha sido un chico muy… impulsivo. Empezó a meterse en líos siendo muy pequeño. Y, aunque lo amo con toda mi alma, siempre ha sido un niño pequeño. Le resulta muy complicado tomarse las cosas en serio, y nunca ha tenido que preocuparse por nadie más. Le sobra empatía, pero nunca ha tenido que ponerla en práctica. Y todo por Jackie. Él siempre ha sido… el hermano mayor, de alguna forma. Toda mi vida he estado segura de que maduró muy rápido porque se dio cuenta de que era lo que faltaba en casa. Y de pequeño adoraba a su hermano, Jenna —añadió, mirándome—. No te haces una idea de hasta qué punto. Era su ídolo. Quería impresionarlo, que lo admirara. Si sacaba una buena nota, se la enseñaba a Mike. Si ganaba algún trofeo, salía corriendo a contárselo. Y cuando Michael cayó en… un terreno peligroso… Jack empezó a desvivirse por ayudarlo.

Hizo una pausa. Tenía la mirada clavada en la carretera y aferraba los dedos con fuerza al volante.

—¿Y qué cambió? —pregunté.

—Creo que Jack se dio cuenta de que, a veces, por mucho que lo intentes… hay personas que no pueden ser salvadas.

Aparté la mirada al instante. De algún modo, me sentía como si me hubiera dado un golpe de realidad.

—Jack siempre ha tenido ese complejo de salvador, de querer ayudar a quienes no se dan cuenta de que necesitan ayuda. De pequeñito lo hacía con todo el mundo. Mike fue quien lo hizo cambiar: empezó a ignorar a todo el mundo, a imitar la forma de ser de su hermano... Y no lo vi comportándose otra vez como un salvador de ese modo hasta que apareciste tú.

No supe qué contestar. Quizá lo decía como algo positivo, quizá como algo negativo; fuera como fuese, me transmitía culpabilidad.

—Creo que algo en ti le recordó cómo se comportaba él con su padre —añadió Mary sin mirarme—. No pudo salvarse a sí mismo, pero podía salvarte a ti. Siempre he creído que por ese motivo dejó el estilo de vida que llevaba. Se dio cuenta de que seguía los mismos pasos que Mike.

Hizo una pausa, y esa vez ya sí que me sonrió.

—Por eso quería que vinieras conmigo, y no Will o Mike. Creo que tú le sacas ese lado más... ¿comprensivo? ¿Tiene sentido?

Me quedé en silencio. No la miré, no sabía cómo me sentía. Por un lado, me alegraba que me lo dijera. Por otro, no quería que me utilizara para hablar con Jack. No me parecía justo.

—Volviendo al tema anterior —añadió al notar mi falta de reacción—. Si quieres un consejo, Jennifer, yo le daría otra oportunidad a tu familia.

—¿Para que vuelvan a poner en duda todo lo que les digo?

—No te digo que reconstruyas una relación sana y preciosa con ellos, sino que establezcas una relación. Que, al menos, sepan que estás bien. Y que tú sepas que están bien. Aunque no lo parezca, algún día te alegrarás de tener eso, por lo menos.

Guardamos silencio el resto del viaje y, sorprendentemente, dejé de sentirme incómoda con ella. No estaba en el momento más feliz, pero había dejado de sentirme como si hubiera cometido un error al acudir con esa compañía.

En cuanto llegamos a la clínica, fui la primera en bajar del coche. Volvía a estar muy emocionada. Y muy nerviosa por la posible reacción de Jack ante su madre. Mary también estaba tensa, había salido del coche conmigo, pero permanecía unos pasos atrás, con los brazos cruzados. Sabía tan bien como yo que todo aquello podía salir muy mal.

Tras unos minutos de espera, salió del edificio el hombre que me había atendido la última vez. Iba acompañado de Jack, que llevaba unos pantalones por las rodillas junto con la misma sudadera gris y desabrochada del otro día. Su sonrisa era bastante entusiasta. Estaba emocionado por salir. Casi consiguió contagiármela.

Después de despedirse del hombre con una palmadita en la espalda, se colgó la bolsa de deporte del hombro y bajó los escalones de la entrada con una sonrisa aún más amplia. Fui la primera a quien vio, y vino directo hacia mí.

Sin embargo, se detuvo a medio paso de alcanzarme. Acababa de ver a su madre.

Me gustaría decir que su reacción fue poco expresiva, pero no fue así. Su sonrisa se borró de golpe y se sustituyó por un ceño fruncido. No le había gustado nada que viniera.

—¿Qué haces aquí?

—Hola, Jackie…

—Ni Jackie, ni nada. ¿Se puede saber qué haces aquí? —Se volvió hacia mí, irritado—. ¿Has venido con ella?

*Bueno, adiós al buen rollo con el que ha bajado los escalones.*

Me encogí vagamente de hombros, sin saber qué decirle.

—Se ha ofrecido, y no me ha parecido una mala idea, no sé…

—Pues lo es —aseguró, y miró a su madre—. Puedes irte, gracias. Pillaremos un taxi.

Mary no parecía muy sorprendida por su reacción. Simplemente suspiró con cansancio.

—¿No puedes escuchar lo que tengo que decirte?

—¿Ahora?, ¿ahora quieres hablar? ¿No has aprendido nada en veintidós años?

—Jack… —empecé, pero me cortó de golpe.

—No —dijo, sin mirarme. Estaba completamente focalizado en su madre—. Puedes volver a casa, no tengo nada que hablar contigo.

—No voy a volver a casa. De hecho, no me moveré de aquí hasta que hables conmigo.

—¿Me estás amenazando?

—Sí, fíjate. Al final sí que he aprendido algo en veintidós años.

El remate hizo parpadear a Jack, que se quedó perplejo. Oír a su madre hablando de ese modo era nuevo para él. Incluso a mí me sorprendió.

—Solo quiero invitaros a comer —añadió, señalando su coche. Me miró en busca de ayuda—. ¿Por qué no buscas en Internet algún sitio que te guste, Jenna? Seguro que tenéis hambre.

Para nuestra sorpresa, Jack acabó subiendo al coche. Se situó en medio del asiento trasero; no quiso sentarse delante y tampoco logramos sonsacarle ni un ápice de información. Mary nos llevaba a un bonito restaurante que yo había encontrado en el mapa.

Resultó ser un local bastante pequeñito. Parecía ambientado en los años sesenta, con los asientos rojos y acolchados, las mesas delgadas, el suelo de cuadrados blancos y negros... Olía a carne a la brasa. Pese a la tensión, me rugió el estómago. Jack contuvo una sonrisa mientras nos sentábamos a la mesa.

Con Mary a un lado y nosotros dos en el otro, la única distracción que teníamos era lo que veíamos a través de la ventana. Un grupo de niños se perseguía entre sí en un parque de bolas que había justo al otro lado del pequeño aparcamiento. Jack los siguió distraídamente con la mirada mientras yo ponía un menú delante de cada uno de nosotros.

—¿Hay algo que os apetezca especialmente? —preguntó Mary, en un triste intento de sonar casual.

Jack no respondió.

—La hamburguesa con salsa barbacoa —sugerí—. Seguro que a Jack le encanta.

Al menos, resopló en tono burlón.

—Las drogas no me han jodido el gusto, lo siento.

—Eres la única persona capaz de hacer bromas sobre drogas justo al salir de una clínica de desintoxicación.

Me miró con una ceja enarcada y media sonrisita.

—También soy la única persona capaz de hacerlas y que tengan gracia.

Intenté poner los ojos en blanco, pero se me escapó una sonrisa divertida. Pareció muy orgulloso de sí mismo.

Mary nos observaba con curiosidad, pero no interrumpió. Especialmente cuando su hijo pequeño empezó a revisar el menú.

—A ver... las patatas con beicon, los aros de cebolla, los *chicken fingers*...

—¿Eres consciente de que luego tienes que comértelo todo? —le pregunté.

Él levantó la cabeza.

—Tengo hambre, ¿vale?

—Pide lo que quieras —replicó su madre sin mucha preocupación—. No sé qué tenéis los chicos de esta familia, coméis sin parar y seguís teniendo hambre.

—¿A que sí? —intervine, indignada—. Una vez lo vi comerse tres hamburguesas seguidas. ¡Tres! ¡Y todavía se pidió postre!

—¿Por qué no me sorprende?

—Em… —Él frunció el ceño—. ¿Y si dejáis de hablar como si no estuviera aquí?

—Puedes taparte los oídos, Jackie —le sugerí con media sonrisa.

Me puso mala cara, pero continuó mirando el menú. Finalmente, pidió la mitad de las cosas que había visto. Mientras Mary y yo esperábamos nuestras hamburguesas y él devoraba sus entrantes, me fijé en que ella lo miraba fijamente. Se estaba mordiendo el labio inferior. Los nervios eran palpables. Estaba claro que había algo que quería decirle, pero no sabía cómo.

—¿Está rico? —preguntó al final.

A modo de respuesta, Jack se encogió de hombros. Ella continuó:

—Si quieres pedir algo más, solo tienes que…

—¿Por qué no sueltas de una vez lo que quieres decirme? Así terminamos con esto.

Mary lo contempló unos instantes. Pensé que no diría nada, que todo quedaría ahí, pero por fin lo soltó:

—Tú padre y yo nos vamos a divorciar.

Jack dejó de masticar y la contempló perplejo. Llegué a pensar que incluso había dejado de respirar. Se había quedado completamente paralizado.

*Vaaale, hora de largarse.*

No sé qué excusa puse. Creo que algo del móvil. Ninguno de los dos me miró cuando me levanté de la mesa para salir un momento del local. Mientras fingía que estaba ocupada con el móvil, me asomé un poquito para comprobar si seguían hablando. Bien. Suspiré y me senté en el banco de la entrada; era mejor dejarlos solos un rato.

Unos minutos más tarde, supuse que mi huida ya no tenía mucho sentido, así que volví a entrar. Aunque seguían en silencio, la situación había cambiado mucho: Mary prestaba mucha atención a su hamburguesa, incluso comentó que estaba muy buena, pero no se me pasaron por alto su voz temblorosa ni el hecho de que no levantara la mirada. Jack reflexionaba, casi ausente, mientras removía la comida.

Y de algún modo, supe que ese silencio ya no era tan tenso como el anterior.

—Mmm… qué bueno —insistió Mary al ver que nadie le respondía.

—Sí, muchísimo —aseguré, y le di un buen mordisco a la mía.

Ante mi triste intento de parecer casual, Jack esbozó una pequeña sonrisa y siguió comiendo.

—¿Quién te «llamaba»? —preguntó en tono burlón, enfatizando la última palabra.

—La clínica. Dicen que te has olvidado el humor allí y que por eso no haces gracia.

Jack soltó tal risotada que casi le cayó la comida por los suelos. Mary sonrió y dio otro bocado.

No supe de qué habían hablado en mi corta ausencia, y aunque todavía se percibía un poco de tensión entre ellos, me alegré al ver que los hombros de Jack estaban más relajados.

# 15

## Hermanitos *vs.* amiguitos

—¿Sabes ese momento de las pelis de terror en el que el protagonista entra en el pasillo maldito y tú gritas «¡no lo hagas!» porque sabes que es un suicidio, pero aun así lo hace, y piensas: «vaya idiota»? Pues me siento un poco así.

Esbocé una sonrisa malvada y volví la cabeza hacia el asiento trasero. Jack tenía los brazos cruzados y las gafas de sol puestas. Estaba un poco gruñón desde que había vuelto al piso.

Él no sabía adónde íbamos. Se me había ocurrido tras una conversación con Will la tarde anterior. Nos había llegado la carta con recomendaciones para Jack desde la clínica. Él había bromeado con que no era una aspiradora y no necesitaba instrucciones, pero nosotros las habíamos guardado de todas formas. Una de las principales recomendaciones era que hiciera ejercicio.

¿Qué mejor manera de que hiciera ejercicio que hacerlo en el sitio donde solía ir a jugar con Will?

Estaba segura de que le encantaría. A pesar de que Naya y Sue no quisieron acompañarnos, Mike sí que estaba sentado a su lado. Lo miró con curiosidad.

—¿Y quién es el asesino de esta peli? —preguntó—. ¿Jenna?

—Will —señalé—. Por algo es el que conduce.

Él pareció muy feliz con su nuevo rol de asesino.

—Exacto. Yo tengo el mando. Ahora estáis a mis órdenes.

—Vaya, Will —comenté, divertida—, el poder te ha corrompido en un tiempo récord.

—Eso, eso —asintió Mike—. Tú antes no eras así.

Mientras los tres nos reíamos, Jack resopló y bajó la ventanilla para que le diera el aire casi veraniego.

Tenía muchas ganas de llegar, y cuando por fin aparcamos, bajé del coche de un saltito. Jack fue el último, acompañándose de un largo suspiro: quería dejarnos bien clarito que le apetecía estar en casa.

*No dejaremos que nos quite el entusiasmo.*

Según me había contado Will, Jack pasaba los veranos de su infancia en la casa del lago. Uno de los caminitos de montaña que la rodeaban llevaba al campo de baloncesto que ahora pisábamos; era bastante pequeñito, y resultaba obvio que nadie se había cuidado de su mantenimiento desde hacía mucho, pero era íntimo y, para él, especial. Incluso a mí me lo pareció.

Cogí a Jack de la muñeca y lo arrastré conmigo hacia el maletero. Estaba tan ocupado con sus quejas que ni siquiera se dio cuenta de dónde estábamos. Lo único que vio fue cómo rebuscaba la pelota de baloncesto que había escondido.

—¿Me dirás de una vez lo que quieres hacer?

—Ten un poco de paciencia.

—No. Exijo saberlo.

—Y yo exijo que te calles.

Justo cuando me iba a replicar, di con la pelota y se la lancé al pecho. Jack la atrapó con sorprendente habilidad y bajó la mirada. Tras unos instantes de duda, contempló por fin alrededor. No pude verle los ojos, pero sí que se le entreabrió la boca.

—¿Qué…?

Will apareció de la nada y le quitó la pelota de un manotazo. Jack dio un brinco por la sorpresa.

—¡Oye!

—¡Hay que ser más rápido!

Aquello lo sacó de su ensoñación. Will se escapó rebotando la pelota, y Jack lanzó las gafas al asiento del coche para poder salir corriendo tras él.

Mientras ellos se peleaban entre risas y empujones, Mike se estiró perezosamente y se quedó de pie a mi lado.

—Una cosita —me comentó—, si hubiera sabido que venir con vosotros implicaba hacer ejercicio, me habría quedado en el piso.

—Ahora ya estás aquí, Mike. ¡Anímate, vamos!

Le di una palmadita en la espalda y fui con los demás. Tras un suspiro, Mike decidió seguirme.

Will y Jack seguían picándose mientras se pasaban la pelota de mano a mano. En un momento dado, Jack consiguió robársela, giró sobre sí mismo para apuntar a la canasta y, pese a estar en la mitad del campo, la pelota atravesó el aro sin siquiera tocarlo. Se me abrió la boca involuntariamente por la impresión, pero Mike y Will no parecieron muy sorprendidos. Will incluso fue a por el rebote y se la robó para encestar desde más cerca.

Para cuando volvieron con nosotros, Jack esbozaba una gran sonrisa. Lanzó la pelota al suelo y rebotó hacia mí, que la atrapé con torpeza.

—Te toca —me informó.

*Como no sea hacer el ridículo, no sé qué más puede tocar.*

—P-pero… si yo no sé jugar…

—Solo es botar una pelota, Jenna. —Will sonrió—. Seguro que incluso tú te las arreglas para no matarte.

—¡OYE!

Mientras lo perseguía con la pelota al aire y él rehuía de mí, Mike se frotó las manos.

—¿Y si hacemos un «hermanitos contra amiguitos»?

Jack fue el único que no estuvo de acuerdo. Inmediatamente protestó porque no quería compartir equipo con Mike. Pero al cabo de unos segundos cedió y se movió al otro lado del campo con su hermano, dejándome con Will.

En su honor, diré que, por lo menos, intentó enseñarme todo lo básico que pudo con un margen de cinco minutos. Pero de poco sirvió, mi habilidad deportiva empezaba y terminaba en el atletismo.

—Lo de coger la pelota y salir corriendo no es una opción, ¿no? —Hice una mueca.

Mi compañero de equipo empezó a reírse.

—No, pero siempre puedes dar una patada en los huevos y escapar. Esa nunca falla.

Al final no resulté ser tan mala como creía, o por lo menos, no en el modo práctico de ver la vida. Will se encargaba de encestar y de bloquear a Jack, que era más molesto que un mosquito a las doce de la noche. Yo, por mi parte, me encargaba del trabajo sucio: dar codazos, empujones, robar la pelota y salir corriendo… Lo de correr por las mañanas había terminado dando resultado, porque no había quien me pillara.

—¡No puedes correr sin botar la pelota! —se indignaba Mike, señalándome.

—¡Pues denúnciame al árbitro!

Unas cuantas canastas más tarde, Mike hacía parones continuos para recuperar el aliento. Eso y beber de la cerveza que, de alguna forma, se había traído escondida en los pantalones.

—¡Mike! —se frustraba Jack cada vez que lo pillaba bebiendo—. ¡Nos están dando una paliza! ¡¡¡Deja de beber!!!

—¡Necesito recuperar sales minerales!

Por mucho que su hermano lo abandonara a cada rato, el asqueroso de Jack era muy bueno. Will y yo juntos teníamos dificultades para pararlo. De hecho, no conseguí detener una de sus jugadas hasta que transcurrió una hora de juego. O de eso intenté convencerme a mí misma, porque me daba la sensación de que había dejado que me pusiera en medio de su camino.

Con una sonrisa malvada y toda la tranquilidad del mundo, empezó a rebotar una pelota de mano a mano.

—¿Cansada?

—No.

—Pues noto tu respiración un poco alterada.

—Es que eres taaan guapo que me quitas el aliento.

Se rio, y aproveché el momento para intentar robarle el balón. No sirvió de nada, se lo pasó con un rebote por debajo de la pierna para alcanzarlo con la otra mano. Y, así de fácil, pasó por mi lado y fue directo a encestar.

*Qué humillación, Michelle.*

El rebote de la canasta fue directo hacia Jack, pero Will se hizo con él de un salto. Fue todo tan rápido que apenas había reaccionado cuando, de pronto, tenía la pelota en las manos. Fue la primera vez que me la pasaba tan cerca de la canasta.

—¡Inténtalo tú! —me animó, preparado para el rebote.

—Esto será muy divertido —comentó Jack, con una sonrisa.

—¡No será divertido, voy a darte una paliza!

Perdí un poco de credibilidad cuando, nada más intentar botar la pelota, me salió volando y tuve que correr para recuperarla. ¡¿Se suponía que tenía que darle botes sin dejar de correr?!, ¡si ni siquiera lo conseguía estando quieta!

—Tienes que mejorar esa coordinación, Michelle —sugirió Jack.

—¡Y tú tienes que mejorar esa bocaza cerrándola un rato!

Enfurruñada, me lancé hacia la canasta rebotando la pelota a diez centímetros del suelo. Jack soltó una carcajada y se adelantó para intentar quitármela. Me negaba a permitirlo, así que la cogí con ambas manos y traté de salir corriendo. Me atrapó justo a tiempo, así que en el último momento me la pegué al pecho como si fuera lo más valioso que habían sostenido mis pobres manos.

—¡Eso es trampa! —protestó Jack, intentando golpearla por algún lado para que la soltara.

—¡Will! ¡¡Ayuda!!

Pero Will estaba ocupado desternillándose por algún rincón de la cancha.

En un último intento, Jack me rodeó con un brazo y me levantó por los aires. Agarré la pelota con más fuerza todavía y empecé a patalear al aire.

—¡Suéltame! ¡Tarjeta roja!

—¡Eso es en el fútbol!

—¡¡¡WIIILL!!!

Por fin, mi compañero reaccionó y pasó corriendo ante mí. Le lancé la pelota como pude, y Jack me dejó en el suelo para perseguirlo.

Vale, admito que me piqué un poquito con el juego.

Al terminar, mientras Will y Mike fumaban junto al coche, me quedé sentada en el suelo del campo con los brazos cruzados. Jack rebotaba la pelota con toda la calma del mundo.

—Yo no tengo la culpa de que seas tan mala, Jen —provocó.

—¡No soy mala! Es que tú eres un tramposo.

—Qué mal perder, ¿no?

—¡Y qué mal ganar!

—Al menos yo gano, Michelle.

Eso lo dijo poniéndose en cuclillas frente a mí. Estuve tentada a empujarle la frente con un dedo para que perdiera el equilibrio, pero al final me conformé con quitarle la pelota y abrazarla bien fuerte.

—¿Quieres intentarlo? —me ofreció entonces.

—¿El qué?

—Encestar, ¿qué va a ser? —Se levantó y me ofreció una mano—. Vamos, yo te enseño.

La acepté, todavía enfurruñada. Nos colocamos a unos metros de la canasta.

—Vamos a enseñarte las bases del lanzamiento, Jennifer Michelle Brown —anunció alegremente.

—No hagas que me arrepienta de esto.

—Vaaale… Coloca las piernas un poco más separadas. —Mientras lo decía, se agachó para hacerlo él mismo. Cuando estiró el cuerpo de nuevo, me posicionó los hombros—. Los brazos así… Exacto. No, el codo recto. Eso es. ¿A que no es tan difícil?

No estaba muy segura, porque no había hecho absolutamente nada. Él se había encargado de colocar cada extensión de mi cuerpo. Aun así, asentí con todo el convencimiento que pude reunir.

—Ahora, apunta y… espera, separa un poco la palma de la mano de la pelota. ¡Muy bien! Ahora dobla un poco las rodillas, impúlsate hacia arriba y espera los aplausos.

—¿Y ya está?

—Bueno, eso de que ya está… tendremos que ver tu puntería. Si es tan buena como tu coordinación, dudo que ya esté.

—Jack, te recuerdo que Will ha dejado las llaves en mi bolso. ¿Quieres volver a casa dando un paseíto?

—¿Te he dicho lo bien que te quedan esas mallas?, porque vas deslumbrando a todos los que se te cruzan.

Le sonreí con ironía y volví a centrarme en la canasta. Tenía más ganas de encestar de las que jamás admitiría, y, debido a la concentración, me descubrí a mí misma mordiéndome el labio inferior. Tras unos segundos, hice lo que me decía y…

… nada.

*El profesor de gimnasia que te puso un cero tenía visión de futuro.*

Jack soltó algo parecido a una risa ahogada, pero en cuanto vio que me había dado cuenta se apresuró a correr tras la pelota. Me dejó intentarlo varias veces más, pero era obvio que no era lo mío. No tenía puntería. Por mucho que me explicara cómo hacerlo, no lo lograría de un día para otro.

La última vez que quise intentarlo, me sorprendí al notar que colocaba sus manos sobre las mías en el balón. Se había parado justo detrás de mi cuerpo con la mirada clavada en el objetivo.

—A ver… —murmuró, concentrado—. Unidos no podemos ser vencidos, ¿no, Jenny? Uno, dos y…

Jack hizo todo el trabajo, pero no me importó en absoluto, especialmente cuando vi que el balón entraba de forma limpia y perfecta en la canasta.

Una oleada de entusiasmo —bastante ridículo, cabe añadir— me invadió de pies a cabeza y, sin poder contenerme, me puse a dar saltitos de alegría tras la pelota, que seguía rebotando junto a la canasta.

Will y Mike me observaban confusos, pero Jack solo se limitó a aplaudir.

—¿Quién es esa? ¿Michael Jordan? ¿LeBron James? ¡Madre mía, creo que me he despeinado y todo!

—¡Fingiré que lo dices en serio porque ahora mismo estoy muy contenta! —exclamé, chocándole las manos. Jack me sonrió cuando simulé que sujetaba una copa en el aire—. Quiero agradecer este premio a mi entrenador, que ha hecho todo el trabajo sucio; a Will, por dejarme estar en su equipo a pesar de ser una negada; a Mike, por no haberse reído demasiado; a mi antiguo profe de gimnasia, por haberme puesto un cero…

—¿«Un cero»? —repitió, pasmado—. ¿Quién saca un cero en gimnasia?

—No me lo merecía —aclaré enseguida—. Lo que pasa es que me tenía manía. Siempre estaba con el «señorita Brown, esto», «señorita Brown, lo otro»… era insoportable.

—¿Alguna teoría del porqué de esa manía?

—No tengo teorías. Lo sé perfectamente. Una vez nos dio el día libre, yo estaba jugando a la pelota con unas amigas…

—La cosa se pone interesante —aseguró.

—... y se metió en medio porque, según él, pasarnos la pelota no era un juego a la altura de una clase de gimnasia.

Tras una pequeña pausa, Jack frunció el ceño.

—Tengo la sensación de que estás obviando información, «señorita Brown».

Suspiré de agotamiento y me encogí de hombros.

—Puede que después de decirnos eso, nos diera la espalda. Y puede que mi amiga Nel simulara que le daba una palmada en el culo, para hacernos reír. —Hice otra pausa. Jack escuchó todavía con más atención—. Y pueeede... que yo fingiera que le lanzaba la pelota a la cabeza para que se rieran un poco más.

—Dime, por favor, que no se la lanzaste de verdad.

—¡Tenía las manos resbaladizas por el sudor! —me defendí.

Jack ya se reía a carcajadas, como siempre que le contaba ese tipo de anécdotas. Quizá me habría unido a sus risas, pero se me pasaron las ganas en cuanto se acercaron los demás. Ya solo me faltaba que se difundiera la historia.

Pero mi rival número uno en baloncesto me guardó el secreto. Se limitó a pasarme un brazo por encima de los hombros para volver al coche. Aun así, no dejó de soltar risitas en todo el camino.

—¿Seguro que no quieres que me quede?

No estaba muy segura de cuántas veces lo había preguntado, pero Jack siguió con la misma respuesta:

—Ve y pásatelo bien.

El partido de esa mañana me había cansado menos de lo que creía, así que al final me había apuntado a la fiesta de Lana. Naya y Will también estarían, mientras que Sue prefería quedarse en casa.

La negativa de Jack era distinta. No quería cruzarse con la misma gente con la que solía consumir drogas. Entendía que había sido un proceso difícil y que no le apeteciera exponerse a la tentación. No obstante, me sabía mal verlo tumbado en la cama con el portátil en el regazo. Se estaba poniendo al día con su trabajo y no parecía muy divertido.

Para lo único que levantaba la cabeza era para ver qué me ponía. Me decidí por un vestido rosa de tirantes y corte por encima de las rodillas. Me parecía muy tierno. Era un regalo de Spencer, aunque sospechaba que lo había comprado Shanon.

*Como literalmente todos los regalos de Spencer.*

—¿Qué tal? —le pregunté, con los brazos en jarras.

Jack estiró el cuello como una tortuga para mejorar la perspectiva. Él iba con su pijama habitual, pero en versión veraniega: la camiseta de manga corta era ahora de tirantes, y los pantalones de algodón le llegaban por las rodillas.

Por su media sonrisa, deduje que le gustaba cómo me quedaba.

—Vaya, vaya… ¿por qué no desfilas un poco para que pueda verlo mejor?

—¿Es demasiado corto?

—¿Alguna vez es demasiado corto?

—Jack, hablo en serio.

—Es perfecto —me aseguró, ya sin bromear—. Y te queda genial, Jen. No sé quién te lo regaló, pero quiero darle dos besos.

—¿Cómo sabes que no me lo compré yo?

—Porque lo único que conoces de las tiendas es la sección de jerséis.

No respondí. Más que nada, porque tenía toda la razón.

Volví a mirarme en el espejo para recogerme el pelo en una coleta. Se me hacía raro que Jack no tuviera objeciones respecto a mi ropa. De hecho, todavía me resultaba más extraño que no quisiera venir conmigo solo para… no sé, ¿para controlarme? En mi cabeza, aquello siempre había sido lo normal. Pero no tardé en concluir que lo normal siempre había sido justo lo contrario.

Ya con el bolso y la chaqueta en la mano, me incliné sobre la cama para darle un beso en la boca. Él me correspondió distraídamente, tenía la mirada fija en el correo electrónico.

—Nos vemos luego —me despedí.

—Pásatelo bien, Mushu.

Supuse que había visto mi dedo corazón, porque oí una risita justo antes de cerrar la puerta.

Naya y Will ya estaban en el salón. Más que nada, porque ella había empezado a elegir la ropa cuando nosotros estábamos jugando a baloncesto. Por una vez en la historia, no llegaríamos tarde.

—¿Lista? —me preguntó Will al verme aparecer.

—Lista —le confirmé; con un gesto me despedí de Sue, que leía un libro sin mucho entusiasmo—. Hasta luego, aburrida.

Nos había dicho que esa noche no le apetecía salir, pero sospechaba que solo quería quedarse para hacerle compañía a Jack. Aunque, claro, se trataba de Sue: jamás lo admitiría.

—Muérete. —Fue su despedida. Solo se volvió en el último momento para entrecerrar los ojos—. Si pasa algo interesante, contádmelo luego.

Lo único reseñable durante el trayecto en coche fue que Naya y Will evitaron mirarse tanto como les fue posible. Resultaba un poco extraño verlos de ese modo. No estaba muy segura de si era porque habían discutido, porque no habían tratado ese asunto que los unía en profundidad o si, simplemente, no sabían cómo afrontarlo.

Desde la noche en que Naya se hizo el test, su relación se había vuelto muy incómoda: Will le decía que tenían que tomar una decisión, y Naya se cerraba en banda, necesitaba pensárselo más; Will señalaba que debían buscar un piso más grande para ellos, a Naya no le gustaba ninguno; Will exponía que tenían que dejar de discutir, Naya daba media vuelta y salía de la habitación.

Era una situación muy tensa, así que decidí no comentarles nada en todo el trayecto. Conocía a Naya, y si quería hablar de ello sería difícil evitarlo. Y Will... Bueno, él era más reservado. No quería presionarlo y que se sintiera todavía peor.

Ya en la fiesta, subimos los escalones dignos de hotel griego en completo silencio. Pese a que era temprano, la gente ya se había dispersado bastante por la fraternidad de Lana. Algunos bebían en las escaleras, otros cruzaban el pasillo, otros pocos se dirigían hacia sus coches... Como de costumbre, seguí el sonido de la música, hasta la sala donde se celebraba la fiesta. Alguien había traído un juego de luces que iluminaba a la gente que bailaba. De rosa a verde, de verde a azul... Todos saltaban al son de una canción cualquiera, levantando los vasos y recitando la letra de memoria. Parecía una buena fiesta.

En cuanto pisamos la cocina, sin embargo, me di cuenta de que no sería especialmente agradable. Will metió la mano en el cubo de hielo y sacó dos cervezas. Naya extendió el brazo para coger una, pero entonces su novio la puso en mi mano y se quedó con la otra.

Tras ese intercambio, se hizo un instante de silencio. Naya lo miraba con los ojos entrecerrados.

—¿Qué haces?

—No pretenderás beber alcohol, ¿no?

—¿Ahora vas a controlar lo que bebo?

Quizá Naya se lo estaba tomando de modo demasiado personal. Will apretó los labios, irritado.

—Lo que quiero es controlar que estéis bien.

—¿En plural?

—Tanto tú como...

—¿Como qué?, ¿el zigoto?, ¿el embrión? Ni siquiera sé qué es.

—Sea lo que sea, no conviene que bebas alcohol. Lo sabes perfectamente.

—El padre del año…

Eso último había sido un susurro, pero se oyó perfectamente. Había coincidido con un cambio de canción. Su tono, quizá más que sus palabras, hizo que Will tensara la mandíbula, diera media vuelta y se perdiera entre la gente para evitar la discusión que, sin duda, estaba a punto de tener lugar.

Naya lo siguió con la mirada, bajó la cabeza y, justo cuando me pareció que se echaría a llorar, me dedicó toda su rabia.

—¿Algo que decir? Seguro que te pones de su parte.

—Naya… No me pongo de parte de nadie, pero es verdad que hasta que no hayas tomado una decisión, es mejor que no beb…

No me dejó terminar. Se marchó en dirección opuesta a la de Will, hacia la terraza.

Y así me quedé, sola con una cerveza sin abrir en la mano y rodeada de desconocidos.

*Otra noche intensa en la vida de Jennifer Michelle Brown.*

No quería volver a casa, pero tampoco estaba muy acostumbrada a estar sola en un ambiente tan descontrolado, así que tardé varios minutos en decidirme a abrir la cerveza y darle un sorbito. Quizá así me animaría un poco. Pero no tenía sed, ni tampoco ganas de dar saltos con toda esa gente. Al final, decidí salir a la terraza en busca de Naya.

Se había sentado junto a mi amigo Curtis en una zona con tumbonas y sillas de madera. Estaban rodeados de un grupo cuyos miembros reconocí por mis clases, pero Naya no se reía ni bebía con ellos. Estaba de brazos cruzados y mirando la ciudad.

Imaginé que verme solo la haría sentir más incómoda, así que retrocedí hasta la puerta de la entrada antes de que Curtis me viera. Por suerte, estaba muy ocupado: tenía un brazo encima de los de un chico bastante guapo a quien no había visto en mi vida. Debían de estar jugando a algún juego, porque Curtis le sopló una carta contra la boca y, en cuanto se cayó, todo el grupo se puso a vitorear. No dudó en besarlo.

Al darme la vuelta, vi que Chris lo observaba todo a través de la cristalera de la cocina. En su cara dejaba entrever lo mucho que le dolía lo que estaba viendo, pero en cuanto se percató de mi presencia, me dedicó una pequeña sonrisa y se apresuró a escabullirse.

Bueno, no parecía la mejor noche de nadie.

*A parte de Curtis.*

Tampoco tardé en encontrarme a Will. Estaba en el extremo opuesto de la fiesta, bebiendo una cerveza y observando sin mucho interés una partida de *beer pong*. Quise acercarme y preguntarle cómo estaba, pero, como con Naya, tuve la sensación de que lo molestaría.

Y así terminé en un rinconcito junto a la puerta y con el móvil en la mano.

¿Me sentía tentada a hablar con Jack o con Sue? Muchísimo. Pero si lo hacía, sabrían que no lo estábamos pasando bien y luego, en casa, las cosas resultarían todavía más incómodas. Empecé a escribir varias veces, pero en todas ellas cambié de opinión.

Justo en el último intento, oí que una chica ahogaba un grito y levanté la cabeza de forma automática. Mi mirada buscó alguna fuente de peligro, pero pronto me di cuenta de que se trataba de un grupito que acababa de entrar en la sala. Los observé con detenimiento, y en primer lugar reconocí al actor principal de la película de Jack. Varias cabezas se volvieron hacia él, y la gente se apartó un poco para dejarlos pasar.

No tardé en divisar a Vivian entre los miembros del grupo.

Iba mucho más informal de lo que habría esperado de ella. Cuando en el estreno me dijo que prefería una sudadera antes que un vestido brillante, no mentía: llevaba unos simples vaqueros con un top negro. Y estaba preciosa. Sujetaba una botella y repiqueteaba el tapón con una uña blanca mientras observaba a su alrededor con una curiosidad distante.

Pensé en acercarme a saludarla, pero tras lo último que nos habíamos dicho, dudaba de que fuera una decisión inteligente. En lugar de eso, me escabullí hacia la cocina y tiré al fregadero la cerveza que me quedaba. La sustituí por un poquito de agua fría, la necesitaría si…

—Hola de nuevo.

Casi le solté una palabrota al pobre vaso, como si él tuviera la culpa. Vivian estaba a mi lado. No me miraba. Estaba muy ocupada eligiendo entre las botellas de alcohol para rellenarse su botellita. Desde tan cerca, me fijé en que tenía unas palabras francesas inscritas en ella.

—Hola —dije en tono neutral, sin mucha simpatía.

Cada una de nosotras siguió con sus cosas, sin dirigirnos la palabra; ella rellenó su botellita y yo di un sorbo al vaso de agua fría.

Llegados a cierto punto, tuve que decidir si debía marcharme y dejarle claro lo que pensaba de ella o tener la suficiente educación como para preguntarle cómo estaba. Al final, opté por la segunda.

—Bonita botella —murmuré.

Noté que me miraba de soslayo, pero tardó unos instantes en responder:

—Paso de usar el mismo vaso que han usado cincuenta personas más en las últimas dos horas. No me parece muy higiénico.

El recuerdo de Sue simulando que vomitaba cada vez que tenía que compartir algo me hizo sonreír.

—Tengo una amiga con quien te llevarías bien —se me escapó.

Vivian me dedicó otra breve mirada, pero no se dignó a responder, no de inmediato. Se dio la vuelta, apoyó la cadera en la encimera y bebió de su botella.

—Mira tú qué bien, tienes una amiga... Felicidades.

Vale, el tono era molesto, ella en sí era muy molesta, pero solo en mi presencia, algo que me cabreaba todavía más.

¿Por qué siempre me tocaba tragarme el lado malo de las personas? ¿Lo sacaba yo o qué?

—Gracias —dije simplemente.

—¿Es la única?

—¿Qué?

—¿Es tu única amiga?

—No. —Quizá lo dije en un tono algo más agresivo de lo que pretendía—. Tengo unos cuantos. A uno de ellos lo conoces, supongo.

—Ah, sí... Espero que no los trates a todos como lo trataste a él.

Me quedé bloqueada un milisegundo, no estaba preparada para una respuesta tan directa.

Tomé una bocanada de aire y, justo cuando iba a contestar, noté una mano en el hombro. Lana estaba a nuestro lado con una sonrisa dulce y educada que contrastaba con nuestras expresiones.

—¡Te estaba buscando, Jenna! —exclamó en un tono casual, y luego miró a Vivian sin borrar la sonrisa—. Ah, hola. Te llamas Vivian, ¿no?

La aludida no pareció muy contenta con la pregunta.

—Sí.

—Vaya, Jenna... ¡te estás relacionando con lo mejorcito de la sociedad!

Algo en su tono de voz hizo que ambas volviéramos la cabeza hacia ella. Vivian con el ceño ligeramente fruncido y yo con confusión.

Sonaba como si estuviera... burlándose.

Lana me miró fijamente. Una de sus cejas rubias se arqueó de forma significativa, y no necesité más señales para entender lo que estaba haciendo.

—Sí —afirmé, intentando imitar su tono—. Lo más alto en la jerarquía social.

—Después de estar con tantas estrellas, ¿cómo seguirás relacionándote con nosotros?

—Me crearé unas expectativas tan altas que luego nadie podrá cumplirlas.

—Claro, no estaremos a la altura...

—Cometéis errores, y eso es inaceptable. Necesito gente más perfecta.

—Desde luego. Menos mal que has encontrado el ejemplo perfecto, ¿eh?

—¿Se supone que todo esto tiene que hacerme gracia? —nos interrumpió Vivian.

Lana se volvió hacia ella con una mano en el corazón.

—¿«Gracia»?, ¿por qué?

—Ya sabéis el porqué.

—Si solo estamos diciendo cosas buenas. —Me hice la sorprendida.

Vivian puso los ojos en blanco, se separó de la encimera y se dirigió hacia la fiesta. Se llevó varias miradas con ella, pero no pareció importarle demasiado.

Cuando ya se había alejado, Lana me dio un leve codazo, muy divertida.

—¿Ves lo fácil que es? No puedes dejar que te insulte en la cara de esa forma.

—Gracias por la lección, maestra del mal.

—De nada, ya te pasaré mis honorarios —dijo con un guiño—. ¿Qué haces aquí sola?, ¿dónde está todo el mundo?

—Pues… los he ido perdiendo por el camino. Will y Naya no se hablan, Curtis y Chris están enfadados, Sue y Jack en casa…

—Espera, ¿has dicho «Chris»?, ¿el hermano de Naya?

Asentí, dubitativa. ¿A qué venía ese tono?

—Creo que lo acabo de ver —exclamó, sorprendida—. Estaba llorando…

—¿Qué? ¿Y no has dicho nada?

—¡Creí que solo se le parecía!, ¡nunca viene a las fiestas!

—¿Dónde está?

—Ha entrado en el cuarto de baño.

Suspiré. Podía imaginarme por qué lloraba. Pobrecito.

Finalmente decidí ir a verlo. Lana me siguió de cerca. Cruzar la fiesta fue un poco más complicado de lo que planeábamos, así que tardamos casi cinco minutos en alcanzar el pasillo y cinco más en encontrar la puerta que ella me había indicado.

En realidad, esa última parte fue más sencilla, puesto que Chris se había encerrado en el cuarto de baño que Will no dejaba de aporrear. Naya estaba justo a su lado, mordiéndose una uña. Parecía muy nerviosa.

—¡Abre de una vez! —le chilló esta última a la puerta.

—¡Dejadme en paz!

Will intentó abrirla, pero fue inútil. Con un suspiro agotado, se volvió hacia nosotras. Pareció bastante aliviado al vernos.

—Ah, hola, chicas…

—¿En serio? —replicó Naya, como si no pudiera creerse que él se preocupara de saludarnos en tales circunstancias—. ¡Chris, abre de una vez!

—¿Qué ha pasado? —preguntó Lana.

—No lo sabemos —explicó Will, ignorando estratégicamente los reproches de su novia—. He visto que pasaba llorando y he encontrado a Naya intentando abrir la puerta.

—¡Quiero estar solo! —chilló Chris desde dentro.

Me tocaba intervenir. Tras pasarme una mano por el pelo, me encogí de hombros.

—Creo que es por Curtis —les expliqué—. Estaba con otra persona.

—¿«Curtis»? —repitió Naya al instante—. ¿Vuelven a estar juntos?

—No…, en teoría no estaban saliendo. Pero seguro que le ha dolido igualmente.

Lana suspiró y apuró lo que le quedaba en el vaso. Claramente, todo aquel drama la tenía un poco aburrida.

—¿Es eso, Chris? —preguntó Naya con la boca casi pegada a la puerta—. ¿Te ha hecho daño? ¿Tengo que ir a patearle el culo?

—Tranquila, fiera —le recomendó Will.

—¡¡Cállate!! ¡Chris, contéstame!

—¿Cómo quieres que te conteste si le gritas así? —estalló Will, ya enfadado—. ¿Cómo va a contestarte nadie, de hecho? ¿Te crees que puedes hablarle así a todo el mundo?

—No es el momento, ¿vale?

—¿Y quién lo decide?, ¿tú?

—¡Mi hermano está llorando! ¡Cálmate!

—¡Tu hermano intenta tranquilizarse, y lo único que sabes hacer tú es decirle que vas a patear a alguien! ¿Quién necesita calmarse, Naya?

—Dios, qué insoportable eres cuando te piensas que lo sabes todo…

—No lo sé todo, pero, desde luego, sé más cosas que tú.

—¿En serio?, ¿sabes consolar a mi hermano mejor que yo?

—¡Cualquiera sabría hacerlo mejor que tú!

Naya separó los labios para responder, pero entonces se abrió la puerta. Ambos se apartaron un paso, sorprendidos, cuando Chris apareció con las mejillas empapadas de rastros de lágrimas y varios trozos de papel higiénico en las manos. Su pecho subía y bajaba mientras observaba al grupito que se había reunido a su alrededor.

—No tienes que decirle nada a Curtis —explicó en un tono sorprendentemente calmado, pese a que todavía lloraba.

Naya dejó de lado cualquier discusión para apoyarle las manos en los hombros.

—¿Estás seguro? Puedo hacerlo.

—No... ni siquiera me gusta.

—¿No? —repitió Will, sorprendido.

—No... Es decir, me cae bien, pero... no somos compatibles. Si fuéramos pareja, no duraríamos ni dos semanas.

Se hizo un momento de silencio. Todos intercambiamos una mirada.

—Y, entonces... —intervine— ¿por qué lloras? ¿Ha pasado algo que no sepamos?

—No, no es eso... Es que... —Empezó a sorber por la nariz. Nuevas lágrimas le cayeron por las mejillas cuando miró a su hermana y a Will—. Siempre siento que voy dos pasos por detrás de todo el mundo... ¡mírate a ti! Encontraste a la persona que quieres siendo tan pequeña...

—No era tan pequeña —protestó, pero Chris ya no la escuchaba.

—Luego, Jenna encontró a Ross. ¡Y Lana podría estar con quien le diera la gana! Igual que Curtis —añadió, cabizbajo—. Soy el único que siempre se queda atrás. Nunca encontraré a nadie que quiera estar conmigo...

—No digas eso. —Apenada, Naya le pasó un brazo por los hombros—. Claro que encontrarás a alguien.

—Y aunque no lo hicieras —añadió Will, acercándosele un poco más—, tampoco pasa nada. Ninguna pareja es perfecta. Encontrar a alguien no garantiza ser feliz para siempre.

—Pero no lo entendéis —insistió Chris, al tiempo que se pasaba el pañuelo por debajo de los ojos—. No tengo ningún tipo de encanto, no tengo gracia ni un trabajo interesante, no se me dan bien los deportes, no sé relacionarme con la gente, no estoy en forma, no soy guapo... no tengo nada.

—¡Claro que tienes algo! —exclamó Lana, sonriente—. ¡Tienes el poder de dar una habitación en la residencia!

Todos nos volvimos hacia ella al momento. Lana enrojeció un poco.

—¿Y qué hago con eso? —preguntó Chris—, ¿amenazo a alguna chica inocente diciéndole que no le daré una habitación hasta que salga conmigo? ¡Ni siquiera me gustan las chicas!

—¡Puedes amenazar a su hermano o a su primo…!

—Lana —intervine—, ¿por qué no te quedas a un lado conmigo?

—Lo que queremos decir todos —aclaró Will, que acaparó de nuevo la atención— es que sí que tienes cualidades. Eres muy organizado, por ejemplo.

—Y se te da muy bien controlar las cosas —añadió Naya enseguida—. Incluso las más complicadas, que a cualquier otro le volverían majareta.

—También eres muy listo. Cuando éramos más pequeños, Naya siempre se quejaba de que no podía superarte de ninguna forma.

—¡Eso es verdad! Y además tienes a toda una residencia a tu cargo. ¿Cuánta gente puede decir eso a tu edad, Chris?

—Nadie —atajó Will.

—¡Exacto!

Chris seguía cabizbajo. Cuando levantó la cabeza, miró a su hermana.

—Pues papá y mamá no están muy orgullosos.

Naya dudó un momento.

—Si quieren priorizar otras cosas… pues allá ellos. ¡No los necesitamos! Nos tenemos el uno al otro, siempre ha sido así. ¿Te acuerdas de la noche en que papá y mamá nos dijeron que se separaban?

—Solo recuerdo que, aunque la pequeña fueras tú, tuviste que consolarme porque me había puesto a llorar.

—¿Y qué? No llorabas por nosotros, sino por ellos, ¿te acuerdas? Te daba miedo que fueran a estar solos para siempre.

—Sí…

—Y ahora son felices, a su manera, y siguen estando solos. No necesitan a nadie más.

—Bueno…

—¿A cuánta gente conoces que ponga a los demás por delante de sí misma, Chris? Porque yo soy incapaz, y no conozco a nadie más que lo haga, solo a ti. ¿Tienes idea de lo valioso que te hace eso? Vale, tienes razón, hay un montón de cosas que no se te dan bien, pero la gente no es una de ellas. Míranos a todos; estamos aquí, contigo, porque nos preocupamos por ti. ¿Crees que lo haríamos si no fueras exactamente como eres?

Hubo una pausa. Chris, compungido, se secó las lágrimas y pasó un brazo por encima de los hombros de su hermana y su cuñado. Al cabo de unos segundos, esbozó una pequeña sonrisa.

—Gracias, chicos. Seréis unos padres geniales.

Casi al instante, Lana se atragantó con la bebida y empezó a toser con violencia.

—¿P-padres? ¿Qué coñ...?

Le tapé la boca precipitadamente.

—¡Shhh! Que cortas el momento emotivo.

—Creo que se ha cortado con la tos —comentó Will, divertido—, pero se agradece el intento.

Chris asintió.

—Sí, perdonad... Ha sido un bajón puntual. Estaré bien.

—¿Quieres que te acompañemos a casa? —le ofreció Naya.

Agradecí que aceptara, porque aquello significaba que nos íbamos de la fiesta. Tuve la inmensa suerte de no coincidir otra vez con Vivian de camino a la salida, y también de que Chris no se encontrara con Curtis. Lana nos acompañó a la entrada y, tras despedirnos de ella, nos subimos todos al coche. Adoré el momento de tranquilidad postfiesta.

De camino a casa, cuando Chris ya dormía en el asiento, no se me pasó por alto que Naya y Will se miraban y se sonreían con complicidad. Supuse que habían superado la crisis.

## 16

# Entrevistas en la tercera fase

Tras un rato aguantándome las ganas de preguntar, no pude contenerme más:

—Naya… ¿se puede saber qué haces?

Llevaba casi diez minutos con la camiseta levantada y no dejaba de pasarse un aparatito blanco por el abdomen. Fuera lo que fuera que pretendía hacer, no debía estar dando muy buenos resultados. Todo el rato soltaba palabrotas entre dientes.

—Intento escuchar los latidos del bebé —mascullό, muy centrada.

—¿Ya? Pero… ¿cuánto hace que estás embarazada?

—Yo qué sé. Tres o cuatro semanas, supongo.

—¿No es un poco… pronto?

—¡No! Voy a escucharlo sea como sea y no me detendréis.

Teniendo en cuenta que los únicos que estábamos en el salón con ella éramos Jack, Sue y yo y que cada uno iba a su bola, dudaba mucho que nadie fuera a detenerla.

Sue no se molestó en levantar la mirada del portátil, mientras que Jack bajó el volumen del televisor para contemplar a Naya.

—¿Qué hace?

—Ya está el otro… —se lamentó ella—. ¿Podéis dejarme tranquila?

—¿A qué viene tanta agresividad?

—¡A que no consigo oír sus latidos!

—Igual ha oído lo borde que eres y se ha escondido.

—¡Déjame tranquila, intento escuchar a mi bebé!

—Pero… ¿en qué momento habéis decidido tenerlo?, ¿qué me he perdido?

—En un momento que no te importa —le replicó ella, muy digna—. Seré una madre excelente y nada de lo que digas me hará cambiar de opinión.

—Vale.

—Porque lo seré.

—Vale…

—¡Lo voy a ser!

—¡No te he dicho nada!

—¡¡¡Lo veo en tu mirada!!!

—¡¡¡Lo único que expresa mi mirada es que temo por ese pobre crío!!!

Naya amenazó con tirarle el aparatito, pero entonces Will salió de su habitación. Ni siquiera tuvo tiempo para ir a la cocina antes de que su novia le hiciera gestos frenéticos.

—¡Wiiiiiill! ¡Creo que algo va mal!

Como siempre que ella hacía sonar la alarma, Will palideció, lanzó lo que fuera que tenía en la mano por los aires y lo dejó todo de lado para correr hacia ella.

—¿Qué pasa? ¿Te duele algo? ¿Estás bien? ¿Estás mal? ¿Qué…?

—¡Es que no oigo el latido!

Casi al instante, su novio cerró los ojos con fuerza. Cualquiera diría que intentaba reunir toda la paciencia posible antes de continuar:

—Naya, estás embarazada de un mes, claro que no hay latido.

—¡Debería haberlo! ¡Lo he leído en Internet!

—En Internet también dicen que Avril Lavigne está muerta y la que vemos hoy en día es un lagarto que la sustituye —comentó Sue sin dejar de teclear—. No hay que tomárselo todo tan en serio.

—¿Y tú qué sabes? Tienes el instinto maternal metido por el…

—Es muy pronto, Naya —intervine. Ella me miró con desconfianza—. Dale unas semanitas más y ya verás como lo oyes perfectamente. Y en unos meses tendrás un parto genial.

—Nunca has visto un parto, ¿no? —Sue enarcó una ceja.

—¡He dicho que será genial!

—Sí, yo una vez tuve un hijo y fue maravilloso —murmuró Jack.

Iba a replicar, pero llamaron a la puerta. Will era el único que estaba de pie, así que todo el mundo se volvió hacia él automáticamente. Mientras iba a abrir, Naya se deshizo de los cables y se bajó la camiseta con gesto de derrota.

—¿Se puede saber dónde está la estrellita? —se oyó desde la puerta principal.

La voz me resultó familiar, pero nadie más pareció pensarlo.

Nadie… excepto Jack.

Toda su calma desapareció de un plumazo. Pude ver cómo la expresión de tranquilidad desaparecía para dar paso al pánico absoluto. Quise preguntarle qué pasaba, pero intentó moverse tan rápido que se cayó de culo del sofá y empezó a arrastrarse para esconderse detrás del sillón.

—¿Qué…? —intentó preguntar Sue—. ¡OYE!

Jack acababa de chocar con la espalda en su sillón, de modo que ella casi se había caído al suelo.

Pero todos los esfuerzos fueron en vano. Jack aún no estaba totalmente escondido cuando Joey apareció en el salón con los brazos en jarras y el ceño fruncido. Apenas necesitó un escáner general para encontrarlo.

—¡Ahí estás!

Solo se le veía el culo medio oculto por el sillón, pero quedó bastante claro que había dado un brinco.

Resignado, se puso de rodillas y sus se ojos asomaron por el respaldo del asiento.

—Estoy en mis días libres —señaló enseguida.

Joey estaba a punto de tirarse de los pelos.

—¡¿Tus «días libres»?! ¡Te recuerdo que estás desaparecido desde febrero! ¡Ya casi es junio!

—¡Me debíais muchos días libres!

Joey suspiró y paseó la mirada sobre los demás: Naya aporreaba un cable, Sue la estaba crucificando con la mirada, el estrés de Will era evidente, y yo sonreía. Su elección fue rápida.

—¿Cómo estás, Jenna? Espero que no te dé muchos dolores de cabeza.

—Los justos y necesarios.

—¿Y por qué no me preguntas a mí si me los da ella? —quiso saber Jack, ofendido.

—Porque conozco la respuesta. Tenemos que hablar —añadió, señalándolo—. Y no te permito más excusas. *Ahora.*

—¿Qué es tan urgente? ¡Estoy ocupado!

—Estabas mirando el televisor —le recordó Will.

Jack le dedicó una miradita ofendida, pero al menos se dirigió hacia Joey con los hombros hundidos.

—No quiero volver —se lamentó.

—Y te diría que no lo hicieras, pero en el contrato te comprometiste a promocionar la película. ¿En serio que quieres jugártela tanto por ahorrarte dos entrevistas?

—Quería irme de viaje, ¿vale?

—¿Adónde?

—No sé. Pero iba a pasar el verano por ahí con Jen.

Automáticamente, todas las cabezas se giraron hacia mí. Esbocé una sonrisa que probablemente parecía una mueca.

—Eh... sí. Ese era el plan.

—Mira, Ross... —intervino Joey con un suspiro—. Entiendo que estos meses han sido complicados, y soy la primera en agradecerte que hayas decidido seguir por este camino, pero las normas son las normas. No puedes desaparecer por tanto tiempo. Tus compañeros también tienen problemas, y aun así cumplen con lo que les toca. No te pido que te pases el resto del año delante de una cámara, pero no puedes desentenderte de esta forma.

Jack resopló y se dejó caer a mi lado, en el sofá. No estaba muy entusiasmado con la idea, pero no le quedaba otra alternativa.

—¿Cuándo queríais iros? —preguntó Will en un intento de poner paz.

—Todavía no tenemos nada planeado —respondí—. A mediados de junio, quizá.

—¿Y por qué no haces todas las entrevistas que te queden hasta ese día, Ross? Después, podrías hacer solo las de prensa escrita o las de videollamada.

Joey torció el gesto, pero no protestó. Jack tampoco. Supuse que habíamos llegado a un punto de entendimiento.

—A mí me parece una buena idea —opiné—. Tú encárgate de tus cosas, que yo organizaré el viaje.

—¡Yo te ayudo! —saltó Naya enseguida—. Nadie me gana a la hora de encontrar vuelos baratos.

—No necesitan vuelos baratos —comentó Sue, todavía centrada en sus cosas—. Son más ricos que tú.

—¡Pues mejor todavía! No tengo que buscar tanto.

Joey, que se había cruzado de brazos, miró a Jack. Él fingió que no la veía.

—¿Y bien? —insistió ella—. ¿Tenemos un trato?

—Supongo…

—Pues levanta el culo del sofá, métete en la ducha y ponte algo decente. Tienes una entrevista en una hora y media.

Jack echó la cabeza atrás, soltó el más hastiado de los suspiros y fue hacia el cuarto de baño arrastrando los pies.

Sue enarcó una ceja, intrigada.

—¿Puedes quedarte a vivir con nosotros?

—Diría que sí, pero aprecio demasiado la privacidad. ¿Cuánta gente vive en este pisito?

—Más de la que debería.

—En fin, no seré yo quien lo juzgue; he vivido en un piso de estudiantes en peores condiciones —añadió, con el móvil en la mano—. Decidle al principito que en media hora le recogerá un coche abajo, ¿vale?

No esperó ninguna respuesta. Se dio la vuelta, metió la mano en la bolsa de galletas de Naya y se marchó masticando una de ellas.

Por suerte, Jack cumplió con su parte y se puso ropa decente. Incluso se ganó alguna que otra burla de Will y Sue. De Naya no, porque estaba muy centrada en encontrarnos un viaje de ensueño. Yo no entendía por qué se lo tomaba tan en serio. Quizá simplemente le servía para distraerse de sus propios problemas, por eso no le dije nada cuando siguió con lo suyo mientras el resto nos encargábamos de la cena.

—¿Frío o calor? —me preguntó cuando volví al salón con las hamburguesas que nos habíamos pedido.

—Mmm... es verano, ¿no? Pues calor.

—¿Dónde se ha metido? —protestó Sue. Llevaba un rato cambiando de canal, buscando la entrevista de Jack.

Will suspiró y se hizo con su hamburguesa.

—Vale, calor. —Naya siguió a lo suyo. Tecleaba a una velocidad alarmante—. ¿Playa o montaña?

—Si pueden ser los dos... mejor.

—¿Y si solo es uno?

—Playa. Así me bronceo un poco, ya de paso.

—¿Quién paga por ir a estirarse al sol? —murmuró Sue—. Mejor quedarse en la sombra.

Will torció el gesto.

—Cuando era pequeño, mis hermanos me decían que yo era más bajo que ellos porque nuestra madre había estado mucho tiempo nadando en el mar y me había encogido, como la lana en el agua caliente. Y lo peor es que me lo creía.

—A mí me llamaban «ojos de hucha». —Sue frunció el ceño.

—A mí «culo gordo» —añadí.

—Pobrecitos, han sufrido taaanto... —Naya nos cortó de golpe—. ¿Podéis centraros en el viaje y dejar de llorar?

Los tres nos quedamos momentáneamente hundidos, pero entonces Naya dio un respingo de alegría.

—¿Qué te parece Australia?

—Está un poco lejos, ¿no?

—Y hay bichos peligrosos, es como entrar en Jumanji —opinó Sue.

Will enarcó una ceja.

—¿Qué bichos?

—Tiburones, cocodrilos, canguros...

—¿Canguros?, ¿te parecen peligrosos?

—¡Los canguros dan puñetazos!

—Así que te dan miedo los canguros...

—¡Al menos no me pienso que encogí porque mi madre nadaba mucho!

—Dijo la niña hucha.

—Vale —interrumpió Naya otra vez—. ¿Qué hay de Italia?

Suspiré al tiempo que me sentaba a su lado.

—Un poco… cliché, ¿no?

—Rangiroa, entonces.

—¿Eso dónde está?

—Qué inculta —opinó Sue.

—¿Y tú sabes dónde está? —le preguntó Will, divertido.

—Cállate.

—Está en la polinesia francesa —señaló Naya—, lo pone aquí.

—No creo que a Jack le haga muy feliz nada relacionado con Francia. —Tuve que admitir—. ¿No podemos ir a cualquier sitio al que vaya todo el mundo? No sé… ¿Grecia, por ejemplo?

Supe al instante que a Naya le había parecido una buena idea. Igual que también me dio la sensación de que no le había gustado mucho que le quitara el momento de protagonismo. Sonreí y le di una palmadita en el hombro. Ella se limitó a arrugar la nariz y tecleó de nuevo.

—Vale, Grecia. ¿Atenas, islas…?

—Islas —dije enseguida.

—Pues mira, perf…

—¡Ahí está!

Todos levantamos la cabeza. Jack aparecía por fin en la televisión. Él y Vivian estaban sentados en un sofá marrón, y el plató simulaba un salón cualquiera, aunque de vez en cuando enfocaban al público, que no dejaba de reírse de los chistes del presentador, un hombre de mediana edad con gafas pequeñas y sonrisa energética.

Lo pillamos justo cuando presentaban imágenes de la gira que Vivian y el resto del reparto habían hecho de país en país, con todo tipo de promociones. Desde luego, había surgido efecto, porque los mostraban reiteradamente haciéndose fotos con los fans. Ellos parecían encantados, pero yo dudaba que Jack lo estuviera tanto.

De hecho, verlo jugueteando con su taza de agua me lo confirmó. Mientras que Vivian respondía a una pregunta del presentador con una gran sonrisa, Jack forzaba alguna que otra, para simular que atendía a la conversación.

—Bueno, supongo que ya estaréis hartos de la pregunta, pero no me queda más remedio que hacerla —dijo entonces el hombre, sonriendo—. ¿Qué se siente al estar en vuestra posición?, ¿Os esperabais lograr tanto éxito?

Esbocé una mueca. Vivian lo había experimentado, pero Jack no. Will debió pensar lo mismo que yo, porque tensó un poco los hombros.

—Es maravilloso —respondió Vivian, acompañándose de su sonrisa más profesional—. Me siento como si estuviera viviendo un sueño, como si nada de esto fuera real y en cualquier momento fuera a despertarme. Ver a la gente tan feliz con nuestro trabajo… ¿hay algo más gratificante que eso?

El público aplaudió, pero Sue puso los ojos en blanco tan exageradamente como pudo.

—Vayamos a lamer algodón de azúcar y a dar saltitos entre los arcoíris —ironizó, y luego sacudió la cabeza—. Gracias a Dios que no soy famosa, me odiaría todo el mundo.

—Ya lo hacen —atajó Naya con una sonrisita maliciosa.

Lo cierto es que Vivian tampoco parecía muy cómoda con su respuesta. Al observarla detenidamente, me quedó claro que la habían entrenado para decir todas aquellas cosas, para ser perfecta. Me dio un poco de lástima que ni siquiera cuando le preguntaban pudiera dar una respuesta sincera.

Jack, sin embargo, no estaba tan entrenado. Cuando le tocó, esbozó una pequeña sonrisa incómoda y lo consideró unos instantes. Creí que iba a hacer que Joey se desmayara, pero entonces empezó a hablar:

—La verdad es que mi vida no ha cambiado demasiado. Sigo teniendo los mismos amigos, vivo en el mismo sitio, sigo escribiendo guiones cada vez que puedo… En general, todo sigue igual.

Cuando el presentador sonrió, solté un suspiro de alivio.

—Qué interesante —opinó—. ¿Y qué piensan tus amigos sobre tu nueva faceta? ¿Han visto tu película?

Me dio la sensación de que mis amigos se tensaban un poco. Naya y Will intercambiaron una mirada, pero todos permanecieron en silencio. Yo era la única que no la había visto.

—La mayoría lo han hecho —comentó Jack, que había carraspeado antes de retomar la palabra—. Les gustó mucho.

—¿Alguna anécdota graciosa que nos puedas contar?

—No.

La sonrisa del presentador vaciló, y Vivian le clavó un codazo mal disimulado a Jack, que se obligó a sonreír de nuevo.

—Está la broma general de que todos pensaban que mi primera película sería de terror —dijo finalmente—. Nadie se esperaba que fuera a ser un romance.

—Pero es un romance un poco trágico —opinó el hombre, mostrando interés—. De hecho, lo que más se comenta sobre la película es el tono funesto que rodea constantemente a los protagonistas. ¿Qué piensas al respecto?

No entendía muy bien de qué hablaban, pero Jack perdió la sonrisa educada. Vivian apretó un poco los dientes.

—No todos los romances tienen finales de cuento de hadas —soltó él, un poco más brusco de lo estrictamente necesario—. Es realista.

—Entonces ¿no hay historias de amor que terminen bien?

—¿En la vida real? Pocas.

—¿Hablas desde tu propia experiencia?

—Lo que quiere decir Ross —atajó Vivian con soltura, y por primera vez me alegré de que interviniera— es que las historias felices son preciosas, sí, pero no las únicas que existen. Las historias tristes también merecen ser contadas.

Me pareció que el público estaba de acuerdo, pero Jack no había recuperado su postura despreocupada. Con el puño apretaba firmemente la taza. Vivian debió darse cuenta, porque se inclinó un poco más hacia delante; estaba claro que intentaba ser el centro de atención para echarle una mano, pero no sirvió de nada. El presentador ya solo tenía ojos para lo que consideraba era una bomba a punto de estallar.

—Es una reflexión muy interesante —opinó, entrelazando los dedos—. ¿Qué opinas tú, Ross? ¿Crees que las historias trágicas merecen ser contadas?

—Supongo.

—¿Y qué hay de tu ausencia estos últimos meses?, ¿alguna otra historia que merezca ser contada?

Me quedé congelada en mi sitio, igual que el resto de mis amigos. No sé cómo se las arregló Jack, pero apenas reaccionó. Solo quien lo conociera bien podría haber notado ese ligero cambio en su expresión.

—Nada muy interesante —aseguró.

—Entonces, ¿no es nada grave?

—Un familiar ha estado enfermo —puntualizó, muy a la defensiva—. Si me he tomado unos meses, ha sido para cuidar de él.

*Quién diría que el familiar en cuestión es él.*

El presentador abrió la boca para responder, pero Vivian intervino antes de que pudiera decir nada más:

—Han sido unos meses duros, pero cada vez ha ido poniéndose mejor —aseguró, mirando a Jack. Él esbozó una pequeña sonrisa de agradecimiento—. De hecho, diría que ahora está completamente curado.

—¿Tú también conoces a ese familiar, Vivian?

—Bastante. He estado con Ross durante todo el proceso. No quería dejarlo solo.

Casi al mismo tiempo que el público soltó un «ooooooh» muy emotivo, yo fruncí un poco el ceño.

No había motivos para que se me tensara el cuerpo. El presentador había pillado la indirecta y por fin se había callado, Jack estaba más relajado, Vivian seguía hablando de otros temas…

Pero entonces entendí lo que había querido decir.

¿A mí me había prohibido visitarlo, mientras que Vivian sí que había ido?

Los demás solo me dedicaron miraditas. No estaba segura de si lo habían entendido del mismo modo que yo, pero únicamente Will abrió la boca, y fue para comentar que hacían una película en otro canal. Todos fingimos que la mirábamos mientras nos comíamos las hamburguesas.

Sue fue la primera en encerrarse en su habitación, mientras que Naya y Will se enredaron un poco para preguntarme si necesitaba algo más. Como les insistí en que estaba bien, acabaron cediendo y me dejaron sola en el salón.

Y lo cierto es que estaba… ¿bien? No había mentido. A fin de cuentas, no era como si Jack acabara de admitir en directo que estaba enamorado de otra persona. Simplemente había dicho que confiaba tanto en Vivian como para estar con ella en un momento de su vida en el que ni siquiera me quería a mí.

Sin embargo, creo que eso me dolió más que si hubiera admitido que se habían enrollado detrás de las cámaras.

Podía entender un beso, una atracción… pero la confianza era otra cosa. Desde esa intervención, una idea muy molesta rebotaba incesante por mi cabeza: que pudiera confiar más en ella que en mí. O, más allá de Vivian, que no confiara en absoluto en mí. Es difícil luchar contra una idea que lleva tiempo cociéndose en tu mente. La mía era que, tras ese año en que estuvimos separados, nunca recuperaríamos la confianza que habíamos tenido al principio de la relación. De algún modo, me sentía como si acabara de confirmármelo.

Aun así, era incapaz de enfadarme con él, no tenía motivos suficientes.

Cuando la puerta principal se abrió, me tensé de pies a cabeza. Pero no, era Mike. Intentó dar una vuelta a las llaves con un dedo, pero le salieron disparadas al aire y chocaron contra un vaso colocado en la encimera. Apresurado, lo sujetó con una mano para que no se cayera. Solo entonces se dio cuenta de que lo observaba.

—¡Uy! —exclamó al erguirse. Tuvo que pensárselo un momento antes de encontrar una manera de salvar la situación—. ¿Has visto qué habilidades de ninja? Admite que te he impresionado.

—Tanto que ni siquiera lo comentaré.

Me pegué las rodillas al pecho y apoyé la barbilla en ellas. Oí que Mike paseaba un rato antes de dejarse caer a mi lado. Se había quitado la chaqueta, y llevaba puestas unas bermudas viejas y una camiseta con más agujeros que tela. Totalmente ajeno a mi humor, me pasó un brazo por encima de los hombros para apretujarme contra su costado.

—¡Ay, mi cuñadita! ¡Cómo te quiero!

—Mike… ¿qué quieres?

—¿Por qué tengo que querer algo?

—Porque estás muy simpático.

—¿Y qué?

—Que tu simpatía nunca viene gratis.

Él suspiró dramáticamente y por fin me soltó.

—¿Te importaría irte a dormir? Estoy cansado.

—Así que solo querías echarme. —Entrecerré los ojos.

—Oye, si quieres quedarte, te hago sitio encantado.

—No, gracias.

—Eso pensaba.

Sin embargo, no llegué a ponerme de pie antes de que ambos nos giráramos hacia la puerta principal. Jack entró con la misma energía que le había acompañado al salir: inexistente. Solo que esta vez se debía a un motivo muy distinto. Apenas había pisado el salón cuando buscó mi mirada. No debió de gustarle mucho lo que vio, porque torció el gesto.

—Eh… Hola.

Mike sonrió ampliamente.

—¡Oye! Te he visto por la tele y he dicho: «Uy, pero si es mi hermano». A veces se me olvida que ahora eres famoso.

Jack no le respondió. Ya me había dado la vuelta para quedar de espaldas, y tenía de nuevo el mentón apoyado en las rodillas. Aún dudaba sobre si debía enfadarme o no. Aunque su cara expresión de culpabilidad me indicaba que él, desde luego, había asumido que no me faltaban motivos.

—Sí… —Jack apenas le prestó atención a su hermano mayor—. Jen, vamos a hablar a la habitación.

Mi primer impulso fue decirle que sí, pero entonces me di cuenta de que no me apetecía esa conversación. No esa noche, por lo menos.

—Ve tú, no tengo mucho sueño.

No quería parecer enfadada, pero sospecho que se lo tomó así. Jack soltó un suspiro y se acercó. Ya se había puesto a la defensiva.

—Vamos —insistió.

No me gustaban las órdenes, y menos cuando las soltaba así.

—Ya te he dicho que no.

—Y yo te he pedido que lo hagas igualmente.

—No, me lo has ordenado. No es lo mismo.

—¿Y qué?

—Que cuando me lo pidas «por favor» quizá me apetecerá hacerte caso.

Mike, con las cejas enarcadas, nos miró a ambos. Estaba claro que había calibrado la situación, porque al final optó por levantar los pulgares y esbozar una sonrisita nerviosa.

—Detecto incomodidad, y no es de la que suelo disfrutar, así que me iré lentamente y os dejaré discutir en paz.

—Da igual —mascullé, y me puse de pie—. Ya vamos a la habitación.

—Gracias —ironizó Jack.

Mike no dijo nada, simplemente se dejó caer en el sofá sin darnos opción a volver atrás. Por suerte para él, ninguno de los dos tenía intención de hacerlo.

Entré la primera en la habitación. Mientras fingía que preparaba el pijama para ponérmelo, oí que Jack cerraba la puerta tras de sí.

Se plantó al otro lado de la cama con los brazos cruzados.

—Antes de que empieces a grit…

—Para empezar —lo corté—, ni siquiera me has dado tiempo a reaccionar y ya estás en este plan.

—Porque me imagino lo que dirás.

—¿De verdad?, ¿y qué es?

—*¿En serio, Jack?* —Imitó mi voz en un tono tan agudo que di un brinco. Incluso gesticulaba con las manos como solía hacerlo yo—. *¿Ella podía ir a verte y yo no? ¿No confías en mí?, ¿es eso?*

Al haber dado en el clavo de un modo tan contundente, enrojecí de pies a cabeza. Si antes había estado a la defensiva, en ese momento tripliqué mis capacidades.

—Pues mira, sí; es justo eso. ¿Hace falta que te burles?

—No me estoy burlando —reculó enseguida, aunque sin ceder terreno—. Quiero que dejes que me explique antes de saltar a conclusiones.

—¿Y qué he hecho para impedírtelo? ¡No he dicho nada!

—Pero… ¡puedo ver lo que piensas!

—¡Lo que pienso es que si esto fuera al revés, serías tú quien no me dejaría explicarme, señor «se acabaron los secretos entre nosotros»! —recalqué, frustrada—. ¿Qué se supone que es esto?, ¿no es un secreto? ¿Cómo te sentirías si yo solo dejara que me visitara… Will, por ejemplo?

Jack lo consideró un momento. Por la cara que puso, deduje que no muy bien.

—No es lo mismo —repuso.

—¿Y qué diferencia hay?

—¡Muchas!

—¡¿Cuáles?!

—¡Vivian sabe lo que es pasar por esto y tú no, por ejemplo!

Parpadeé, sorprendida por su tono alterado. No me esperaba que la cosa fuera a escalar tanto, y aún menos tan rápidamente. Frustrado, Jack se pasó una mano por el pelo.

Vale, tenía dos opciones: podía cabrearme más que él y empezar una competición de gritos…

*Tentador.*

… o podía ser la adulta que pusiera un poco de paz.

*Aburrido.*

—Bueno —dije en el tono más calmado que fui capaz de reunir—, puede que ella sepa más del tema, pero yo no quería visitarte para darte una conferencia. Solo quería ofrecerte un poco de apoyo.

—No es tan fácil.

—¿Y eso cómo lo sabes?, ¿me has dado la oportunidad de hacerlo? ¡Solo quería echarte una mano! ¿Cómo te crees que me siento al ver que todo el mundo ha podido hacerlo menos yo?

—Jen, no es… no es un momento bonito, ¿vale? Es un periodo muy jodido en el que tratas fatal a la gente. Incluso a los que más quieres. Sé que tienes buenas intenciones, pero no lo habrías soportado más de cinco minutos seguidos. Y no quería que…

Se cortó a sí mismo. De forma automática, deduje lo que había omitido.

—¿Qué? —pregunté, sorprendida—. ¿Te creías que volvería a dejarte?

Jack no dijo nada, pero apartó la mirada.

Con un suspiro, rodeé la cama para detenerme a su lado. Intentó esquivar mi mirada, aun así, pude acunarle las mejillas con las manos. En la penumbra de la habitación no podía apreciar las motas verdes de sus ojos castaños. Parecían más tristes de esa forma.

—Para empezar, ¿puedes dejar de pensarte que saldré corriendo cada vez que algo que se aleje mínimamente de lo que quiero? —sugerí—. No lo haré. Estoy aquí, contigo, y no tengo ninguna intención de marcharme. ¿Qué más tengo que hacer para que lo entiendas?

—No eres tú, Jen… Es que…

Apretó los labios. No sabía cómo explicarse y se estaba frustrando consigo mismo.

—Da igual. —Decidí poner un punto y final al asunto—. Mira, no me lo dijiste y ya está. Yo también te oculté bastantes cosas en su momento y, aunque me moleste y me duela, lo dejaremos aquí. Además, es tu amiga, así que… no sé… intentaré llevarme bien con ella, si al menos eso pone las cosas más fáciles.

Quise esbozar una sonrisa conciliadora, pero me detuve a mí misma al percatarme de su expresión. Su actitud defensiva había cambiado a otra más… cautelosa.

*Oh, no…*

—¿Qué? —le pregunté directamente.

Como si una parte de mí ya supiera que no me gustaría lo que iba a decirme, aparté las manos de su rostro y me alejé un paso. Jack tragó saliva. No me miraba a los ojos.

—Hay… una cosa que deberías saber.

—¿Qué cosa?

—¿Recuerdas cuando te dije que… eh… que no había hecho nada en todo el año que estuvimos separados?

Eché la cabeza un poco atrás, desconfiada. No me gustaba en absoluto el rumbo que tomaba la conversación.

Él levantó la mirada. Definitivamente, estaba siendo muy precavido, quería ver mi expresión para determinar cómo debería seguir.

—¿Era mentira? —quise saber—. ¿Es eso?

—¡No!

—¿No?

—Bueno…

—«Bueno», ¿qué?

—Que… te dije que no me había acostado con nadie y… eh…

De nuevo, se quedó callado. Ese silencio me estaba matando.

—¡Jack, dímelo y ya está!

—Que… a ver… no me acosté con nadie. No del todo.

—¿«No del todo»?

—¡No lo sé, Jen! No lo recuerdo muy bien, ¿vale? Me besé con algunas personas, con unas pocas llegué a algo más, pero no…

—¿«Algo más»?

Seguía repitiendo lo que me decía, cada vez en un tono más agudo. Él cerró los ojos con fuerza. Cuando volvió a abrirlos, parecía agotado.

—No me acosté con nadie que no conociera.

Comprendí al instante la implicación de esa frase. Parpadeé varias veces. De pronto, me sentía muy incómoda estando tan cerca de él.

—Pero sí con Vivian, ¿no?

—No es tan… sencillo.

—¿No lo es? Pues te diré lo que sí es más sencillo —espeté—. Me dijiste que no lo habías hecho.

—Lo sé…

—¿Y se puede saber por qué me mentiste? ¡Me pediste sinceridad, y yo no he vuelto a mentirte, Jack! ¿Por qué tú puedes hacerlo y yo no?

—¡Es que no sabía cómo reaccionarías!

—¿Cómo quieres que reaccione? ¿Quieres que te aplauda?, ¿que te pida detalles?

Me di la vuelta, frustrada. Y apenas me alejé dos pasos de él noté que me sujetaba del brazo para que no me moviera.

—Espera, Jen —me suplicó—. Lo siento, ¿vale? No debería haberlo hecho.

—¡No deberías haberme mentido!

—¿En serio te molesta más que te haya mentido que el haberme acostado con otra persona?

—¿Estabas conmigo cuando lo hiciste? No. —Aparté el brazo de un tirón. Él no respondió—. ¡Ahora se supone que lo estás!, ¡y no me habías dicho nada de esto!

—¿«Se supone» que lo estoy? —repitió en un tono completamente distinto—. No hay nada que suponer, ¿no?

Puse los ojos en blanco. ¿En serio que solo se había quedado con eso?

—Mira, déjalo…

—No. Vivian es solo una amiga —aseguró mientras volvía a acercárseme. Me crucé de brazos, pero no me aparté cuando me colocó una mano en la nuca—. Fue en mi cumpleaños, ¿vale?, esa misma noche. Ella había tenido un mal día, yo también… y pasó lo que pasó. Y justo después tuve la recaída. Eso es todo. Desde entonces, no hemos vuelto a hacer nada. Ni siquiera nos hemos vuelto a besar. Te lo juro.

—¿En serio? —lo cuestioné, poco convencida.

—Sí. ¿Por qué lo preguntas así?

—Jack, por favor… Es encantadora, educadísima, guapísima, entiende perfectamente tu trabajo… ¿Cómo no te va a gustar? ¡Si me gusta incluso a mí!

—¡Me encanta pasar tiempo con ella, pero solo es una amiga! No me gusta, ¡no me atrae en absoluto!

—Muy bien. ¿Y por qué te acostaste con ella, entonces?

Aquello lo pilló un poco desprevenido. Abrió la boca y volvió a cerrarla. Al no encontrar una respuesta adecuada, contraatacó:

—Tú también tienes un amigo encantador, educadísimo, guapísimo y que estudia lo mismo que tú, y no por eso te monto el numerito.

Estuve a punto de hundir la cara en la almohada. A punto.

—¿Que no me montas…? ¡¿Te recuerdo cómo te pusiste cuando traje a Curtis?!

—¡Tenía motivos!

—¡No más que yo! ¡Nunca me he acostado con él!

—¡Pero sé que le gustabas!

—¿Y qué? ¡A él le gustan los chicos!

—¡Y las chicas!

—¡Pero el noventa por ciento es para los chicos!

Apenas acabé de contárselo, Curtis estalló en carcajadas. Bajé las manos e interrumpí la explicación para mirarlo, irritada. Se reía con tantas ganas que se había caído de espaldas sobre el césped plantado alrededor de nuestro edificio.

—El… el noventa… —seguía riéndose.

—No tiene gracia.

—Por favor… —suspiró, todavía sonriendo—. Dime que no dijiste eso de verdad.

—¡Claro que lo dije!

—Dios, menos mal que no tienes Twitter… te habrían cancelado en dos minutos.

—¿Se puede saber qué pasa?

—A ver, Jenna, querida, amada, luz de mi vida…, ¿cómo te lo explico? —Empezó a frotarme los brazos como si fuera una niña pequeña a quien debía consolar—. Eso de los porcentajes… vamos a dejarlos para la gente lista, ¿vale? Esto no es tan matemático como para dividirlo así.

—Ah. Perdón…

—No pasa nada, pero ahora que lo sabes, ya puedes ahorrártelo. —Me guiñó un ojo—. Y dime, ¿qué pasó después? ¿Hicisteis las paces?, ¿un polvo de reconciliación?

—No. Discutimos un ratito más y después nos dormimos dándonos la espalda.

—Precioso.

—¡Deja de burlarte!

—Oye, le has puesto un porcentaje a mi atracción sexual. Tengo derecho a burlarme.

—¡Ya me he disculpado, Curtis!

—Vaaale —cedió finalmente—. Tenías motivos para enfadarte.

—Gracias.

—Aunque también te digo que, de no estar tan nerviosa por las notas, igual no estarías tan alterada.

En eso tenía razón. Torcí el gesto al mirar de nuevo el reloj, ya casi era la hora. Habíamos quedado para estar juntos cuando las subieran a la web de estudiantes. La verdad es que cada vez estaba menos segura de querer compañía cuando salieran. Sospechaba que habría suspendido una asignatura.

—Puede que esté más alterada de lo normal —admití.

—A ver si cuando vuelvas a casa te sorprende con unas flores y le perdonas.

—¿Flores? Más le vale haberme cocinado un pastel.

Curtis sonrió y abrió la boca para añadir algo más, pero se cortó al oír la alarma de su móvil. Oh, no, eran las ocho.

—Las notas —siseé, presa del pánico.

—Tú, tranqui, que si suspendes alguna, nos volveremos a ver.

—¡Curtis, eso no ayuda!

Dejé que consultara sus notas en primer lugar. Más que nada, porque si eran muy malas yo no miraría las mías. No había ningún tipo de lógica detrás, pero el planteamiento me calmaba los nervios.

—A ver… —murmuró, tan tranquilo—. Aprobado, aprobado, suspenso, aprobado, suspenso. Pues no está mal, ¿no?

—¡Curtis! Con lo listo que eres, podrías sacar tan buenas notas…

—¿Para qué? Si suspendo, me quedo más años por aquí. Si apruebo, tengo que salir de mi burbujita y encontrar trabajo.

Sonreí y saqué el móvil para consultar las mías. Él se inclinó, intrigado.

—¿Y bien?

Con el corazón en un puño, empecé a leerlas:

—Aprobado…

—Bien…

—Aprobado, aprobado, aprobado y…

—Por Dios, no hagas la pausa dramática ahora.

—Oh, no…

—¿Qué?

—¡Aprobado, Curtis! ¡¡¡Un cinco!!!

Por la emoción, el móvil me salió volando, pero no me importó lo más mínimo. Curtis se puso a reír y a chillar conmigo. Mientras hacíamos la croqueta rodando por el césped, el resto de alumnos nos observaba con curiosidad; nos dio absolutamente igual, yo no había suspendido nada y él solo dos. Era todo lo que queríamos.

Estaba tan contenta que, cuando un rato más tarde abrí la puerta del piso, apenas recordaba el enfado de la noche anterior. Lucía una gran sonrisa y daba pasos grandes y saltarines.

Desde el salón, Mike y Sue me miraron confusos.

—Pues no —dijo ella—, no parece que sea una discusión.

—Está demasiado contenta. —Mike estuvo de acuerdo.

—¿De qué habláis?

—Estamos teorizando sobre por qué Ross se ha metido en la cocina —me explicó Sue—. Si no es para pedirte perdón, me quedo sin teorías.

Efectivamente, Jack llevaba unos guantes rojos y estaba sacando una bandeja del horno. Si no se había dado la vuelta era porque tenía unos auriculares puestos. Con el móvil apoyado en el tarro de las galletas, seguía cautelosamente un tutorial de cocina.

Me pareció tan tierno que, sin pensar demasiado en lo que hacía, me planté a su lado y le di un golpecito en el hombro.

—¿Qué cocin…?

—¡AAAH!

Di un respingo, asustada, cuando él se sobresaltó y soltó la bandeja de golpe. Fuera lo que fuese que había intentado cocinar —que estaba negro, por cierto—, terminó esparcido por el suelo.

Ambos nos quedamos mirando el desastre un momento.

—Ups —murmuré.

Jack se quitó los guantes con gesto de derrota.

—Bueno… pues aquí termina mi triste intento de cocinar lasaña.

—¿Eso era… lasaña?

¿Qué tenía que ver esa masa negra y descompuesta con una lasaña? Intenté no hacer ninguna mueca cuando se volvió hacia mí.

—Quiero decir que… eh… Qué pena, ¿no? Tenía muy buena pinta y…

—No hace falta que mientas —masculló, derrotado, y se quitó los auriculares para prestarme más atención—. Era para ti.

—¿Para pedirme perdón o por los exámenes?

—Iba a decirte que por los exámenes, pero si hubiera ayudado con lo primero tampoco me habría quejado.

Cuando vio que me reía, ladeó la cabeza.

—¿Qué?

—Que quizá ya va siendo hora de dejar de pedir perdón con comida, ¿no?

—No se me ocurre otro modo de hacerlo…

—Existe la innovadora forma de pedirlo directamente con un «lo siento», pero tú verás.

Jack contuvo media sonrisa y asintió:

—Vale, lo siento. No debería haberte ocultado algo así durante tanto tiempo. Pero te juro que no siento nada por ella. Es mi amiga, nada más. Y ella tampoco siente nada por mí —añadió rápidamente—. Si no le caes bien es porque… bueno… porque tiene esa imagen sobre ti, por todo lo que le conté hace un año. Pero estoy intentando que entienda que no eres esa persona, que nunca lo has sido.

—Técnicamente, sí que lo soy. —Hice una pausa, pensativa—. Deja que yo me ocupe de mi relación con ella, ¿vale? Tú ya tienes bastantes cosas en la cabecita.

—¿Eso quiere decir que me perdonas?

—No sé, ¿me cocinas un buen chili?

Su expresión de cautela cambió al entusiasmo en cuestión de milisegundos. Incluso dio un brinquito de alegría.

—¿Quieres chili?, ¿en serio? ¿Te gustó?

—¡NO! —chillaron Mike y Sue al unísono.

—Ni caso, no saben apreciar el arte —le aseguré enseguida—. Si me cocinas chili, te perdono.

—¡Trato hecho! ¡Te encantará!

Mientras se ponía manos a la obra entusiasmado, les saqué la lengua a Mike y Sue. Ellos arrugaron la nariz con disgusto.

# 17

## La sargento gritos

Siempre he tenido la teoría de que a nadie le gusta septiembre. Los niños vuelven al colegio, los adultos al trabajo, termina el verano, se reinstaura la rutina… y en nuestro caso, se acababan las vacaciones.

No todo era malo; al fin y al cabo, tenía un bronceado de muerte y me lo había pasado genial en Grecia, aunque, bien mirado, el viaje se me había hecho demasiado corto. Jack se sentía igual, pues en el trayecto de vuelta a casa me sugirió en repetidas ocasiones que nos quedáramos un poquito más por ahí, que no volviéramos aún.

Sin embargo, era hora de hacerlo: yo debía retomar las clases, él debía promocionar su película… No podíamos ignorar nuestras responsabilidades.

*Dicho así, suena maravilloso.*

—Ya me estoy arrepintiendo.

Miré a Jack con mala cara.

Ya llevábamos una semana en casa y, aunque él creyera lo contrario, no se olvidaba la apuesta que hicimos apenas llegamos a Grecia: el primero que se quemara en la playa, tendría que hacerle un favor al otro.

Como al cabo de dos días volvimos al hotel con Jack transformado en una gamba humana, estaba claro el ganador.

No sé qué esperaba que le pidiera, pero lo pillé absolutamente por sorpresa. Lo supe en cuanto vi que se le entrecerraba un ojo en un tic nervioso.

—Aquí estamos, damas y caballeros —comentó Mike, asomando la cabeza entre nuestros asientos—, en la primera clase de conducción de la joven y encantadora Jennifer. ¿Saldrá bien?, ¿se quedará Jackie sin coche? Pronto lo descubriremos.

Apenas lo oyó su hermano, dio un respingo y frenó en medio del descampado.

—¡No bromees con eso!

—¿Y si ahora resulta que soy mucho mejor conductora que tú? —le sugerí con media sonrisita.

—No te hagas ilusiones, que no quiero romperte el corazón cuando descubras que eres un desastre.

Will, que ocupaba un asiento trasero junto a Mike, también se asomó para mirarnos.

—Ojalá conduzcas mejor que Ross, así se callará un poco.

—¿Por qué me atacáis de este modo?

Solté una risita y bajé del coche, entusiasmada. Jack suspiró e hizo lo mismo. Cuando cada uno estaba ya en el sitio que le tocaba, me froté las manos con entusiasmo; él no había borrado su mueca de angustia.

—Así que… así se siente ser tú —bromeé al colocar las manos en el volante.

—Me estoy arrepintiendo mucho.

—¡Lo hará bien, Ross! —exclamó su hermano—. No seas tan aburrido.

Will asintió.

—Además, si no lo hace bien tendrás una excusa para comprar un coche nuevo.

—O una novia nueva —añadí.

—Tendrás que hacer mucho más que romperme un coche para librarte de mí.

Sonreí mientras Will y Mike se abrochaban los cinturones. Aunque ellos dos querían ver el desastre, Naya y Sue habían preferido, abiertamente, quedarse en un lugar seguro. Lo de Sue era comprensible porque… bueno, era Sue. Y la decisión de Naya, que ya estaba embarazada de cuatro meses, también se entendía.

Pero lo importante era que, por primera vez en mi vida, iba a conducir un vehículo. Solté un sonidito de emoción y empecé a tocarlo todo. El limpiaparabrisas se puso en marcha, y en un intento de pararlo, le di al claxon rápidamente sin querer.

Todos me observaban en silencio.

—¿Cuál era la apuesta? —preguntó Will con un deje divertido.

Mike levantó la mano.

—Yo dije que lo haría fatal. Veo que soy el que va más bien encaminado.

—Yo dije que se asustaría —le recordó Will.

Automáticamente miré a Jack, que había esbozado una sonrisita inocente.

—¿Cuál era tu apuesta?

—Que lo harías genial, por supuesto. Siempre estoy de tu parte.

Mike soltó el resoplido burlón más exagerado de su vida.

—Qué menti…

—Primer aviso. —Jack lo señaló—. Al tercero, tú y el otro pesado volveréis andando.

Will dio un respingo.

—¡Yo no he dicho nada!

—¡Pues haz que se calle!

—¿Os podéis callar todos? —mascullé mientras intentaba entender el mecanismo que tenía delante—. A ver… habrá algún botoncito para que esto arranque, ¿no?

Jack se tapó la cara con las manos.

—¿Qué? —pregunté.

—Que veo demasiados resultados posibles, y mi pobre coche no sobrevive en ninguno.

—Vamos, Jackie. ¡Ten un poco de fe!

Se destapó la cara, pero no parecía más calmado, en absoluto. De hecho, estaba todavía más nervioso. Me puso una mano en cada hombro, muy serio.

—Jen, te lo suplico, no te cargues mi coche. Es lo que más quiero en la vi… —se detuvo al verme la cara—… lo segundo que más quiero en la vida.

—¿Ibas a decir que es lo primero?

—No, no. Qué va.

—Lo primero es su cama —puntualizó Mike.

Jack estiró un dedo hacia él.

—Segundo aviso.

Will suspiró y tiró de su brazo para volver a sentarlo correctamente. Estaba claro que no quería volver andando.

Jack, mientras tanto, se centró de nuevo en lo importante. Se inclinó hacia mí y me señaló las piernas.

—Vamos a empezar con los pedales…

—¿Pedales? ¿Dónde están?

Cuando su rostro adquirió una expresión de horror absoluto, empecé a reírme a carcajadas.

—¡Que es broma! Ya sé que tiene dos.

—Vale. He cambiado de opinión. Cambiémonos de asiento.

—¡No! —En cuanto intentó alejarse, lo sujeté por el brazo—. Dame una nueva oportunidad, por favor. Te prometo que iré con cuidado.

Jack lo meditó unos instantes, pero finalmente se recolocó para señalarme los pedales. De esta manera empezó la lección sobre las marchas, los frenos de mano, asientos, cinturones, el volante y otras cosas que no me interesaban tanto pero que escuché de todos modos. Lo único que quería era acelerar y empezar a dar vueltas al volante; sin embargo, me controlé, especialmente porque él, al terminar las explicaciones, suspiró y se miró el coche como si fuera a destinarlo a una muerte segura.

—Vamos allá —murmuró, y giró la llave del contacto por mí.

El motor rugió y esbocé una gran sonrisa.

—¡Vamos allá! —repetí.

Mike quiso asegurarse de que su cinturón estaba bien puesto.

—¿Qué creéis que harán Naya y Sue si morimos?

—Montar una fiesta —dijo Will.

—¿Tú crees?

—Sí. Tendrán una habitación entera para el bebé.

—Y un parásito menos en el sofá —dijo Jack antes de volver la cabeza hacia mí—. Acelera antes de que cambie de opinión. Y con suavidad, te lo suplico.

—A ver… —murmuré—. Freno de mano, embrague, cambio de marcha… eh…

Tras mi intento fallido de mover la palanca, Jack suspiró de nuevo y colocó la mano sobre la mía para guiarme. Notaba que sus nervios aumentaban a cada segundo.

—Vale, ya estás en primera. Ahora, suavemente…

Le hice caso. A medida que pisaba el pedal con parsimonia, el coche se movía hacia delante. Mi entusiasmo resultaba evidente, pero me contuve para no liarla, y apreté los dedos en el volante. Muy seria, apreté un poco más. ¡Diez por hora! Esbocé una gran sonrisa y miré a Jack, que me giró la cara hacia delante, angustiado.

—¿Lo estoy haciendo bien? —pregunté.

—Lo haces genial —me aseguró Will, y mi sonrisa aumentó.

—Intentemos llegar a ese poste de ahí —me sugirió Jack—. Mantén la velocidad, gira un poco el volante… ¿qué?

Se había dado cuenta de mi risita maligna. Parecía ofendido.

—Creo que nunca te había visto tan nervioso. Es divertido.

—Jen, por favor…

Suspiré e intenté seguir sus instrucciones. Cuando vio que no había girado lo suficiente, empujó un poco el volante; todos estaban muy centrados en lo que hacía. Y yo la primera; estaba muy tensa.

Al alcanzar el poste, me indicó que volviera a la entrada del descampado pero un poquito más rápido. Y así seguimos durante casi una hora. No sé cuántas vueltas dimos, pero al final me sentía algo más segura y Jack parecía aliviado.

—No se te da mal —me felicitó Will, y me dio un apretón cariñoso en el hombro.

—Ahora ya solo falta que lo digas sin sorpresa —bromeé.

—Bueno, todavía no hemos muerto —comentó Mike—. No es un mal comienzo.

Harto de oír a su hermano, Jack negó con la cabeza para centrarse de nuevo en mí. Parecía inmensamente tranquilo; al menos, en comparación con el inicio. Eso me subió los ánimos.

—¿Qué te parece? —le pregunté.

—Lo estás haciendo genial.

—¿De verdad?

—De verdad.

—¿Eso quiere decir que puedo conducir hasta casa?

Su sonrisa desapareció de inmediato.

—Dejemos la próxima lección para otro día, ¿vale?

—¿De qué va la próxima?

—La marcha atr…

—¡De reaccionar ante situaciones de emergencia! —saltó Mike con entusiasmo—. Es muy importante. En la carretera, tienes que ser uno con el coche.

Will lo miró confuso.

—¿Y qué es una situación de emergen…?

—¡CUIDADO, JENNA! ¡GATITO!

El grito me hizo saltar en el asiento y, presa del pánico, apretar el pedal del freno a fondo. El coche dio una sacudida, y noté que un brazo me cruzaba el pecho; solté un grito ahogado. Tenía las manos tan apretadas en el volante que se me habían puesto los nudillos blancos.

Y, sin embargo… nada de gatitos.

Solo hubo un golpe fuerte y sonoro contra mi asiento.

—¡AAAY!

Jack, que seguía con el brazo delante de mí, se giró hacia su hermano hecho una furia.

—¿A quién se le ocurre hacer ese tipo de bromas? ¿Se te ha ido la olla?

Mike estaba muy ocupado cubriéndose la nariz dolorida con los dedos; incluso se balanceaba de un lado al otro, lamentándose.

—¡Era una broma! ¡Joder, me has roto la nariz!

—Si ni siquiera te sangra —le señaló Will.

—¡¿En qué momento has creído que eso era una buena idea, Mike?! —me indigné.

—¡Pensé que sería divertido!

—Mira que eres idiota —masculló su hermano.

—¿Debo recordaros que estoy malherido?

Uy, se me había olvidado esa parte.

*Mejor.*

—Ay, Mike. —Me giré, apenada—. Lo siento mucho, no quería…

—No te disculpes —protestó Jack—. Se lo tiene merecido.

Mike no dijo nada. Mientras nos cambiábamos de asiento, se acomodó mejor en su sitio y clavó la mirada en la ventanilla.

Lo cierto era que su actitud resultaba un poco extraña desde que habíamos vuelto del viaje. Antes solía ignorar ciertos comentarios de Jack o simplemente le respondía con algo peor, pero ya no lo hacía; ahora parecía que le pesaran más, y se quedaba mirándolo un momento antes de volver la cara hacia cualquier otro lado, claramente molesto.

En realidad, casi nadie estaba igual que cuando partimos de viaje: Naya estaba un poco revolucionada con el embarazo; Will también, pues se pasaba el día con ella; Mike se molestaba a menudo con su hermano; Lana había encontrado pareja; Chrissy se sentía más seguro de sí mismo que nunca; Curtis estudiaba para sacarse el carnet de conducir…, y la única que no había cambiado en absoluto era Sue, que seguía tal como la habíamos dejado en junio.

*La única verdadera.*

Al llegar al piso, Mike aún se sujetaba la nariz con una mano. Si bien Naya no se dio cuenta porque estaba cocinando algo sospechoso, Sue sí que lo vio; dejó el libro a un lado y esbozó una sonrisa, entusiasmada.

—¿Quién le ha golpeado?

—Nadie. Ha sido un accidente —le aclaré.

Ella resopló y retomó su lectura, poco impresionada.

Mientras los hermanos Monster se acomodaban en el sofá, me volví hacia Naya y Will. Lo que ella cocinaba olía fatal; aun así, Will dibujó una gran sonrisa y probó la masa cruda sin hacer una sola mueca. Naya soltó un chillido de felicidad y empezó a parlotearle al tiempo que él le pasaba un brazo por la cintura y…

—… verdad —decía Jack, que me devolvió a la realidad. Me senté a su lado en el sofá. Mike había preferido acomodarse solo en el sillón, tal como hacía desde nuestra vuelta—. Jen conducía de maravilla hasta que ese idiota la ha asustado.

Sue resopló de nuevo, esta vez en tono burlón.

—Tu opinión no cuenta, Ross.

—¿Y por qué no?

—Eres como una madre. Solo le ves lo positivo.

—¡No es verdad!

—¿No?, pues di algo malo de Jenna, lo que sea.

Se hizo un momento de silencio. Jack me miró, separó los labios y volvió a juntarlos. Al no salirle nada, torció el gesto.

—Teoría probada. —Mike dibujó un *tick* en el aire.

—¿No puedes decir nada malo sobre mí? —bromeé, pellizcándole una mejilla. Mi novio se apartó con mala cara—. Eres la primera persona en mi vida que opina así, Jackie.

—Si creyera que no lo has hecho bien, lo diría.

—Entonces ¿volverás a dejarme el coche?

Jack echó la cabeza atrás mientras Sue y Mike soltaban risitas divertidas.

—Si lo quieres… —dijo al final, resignado.

Sonreí y me acerqué para rodearle el cuello con un brazo y darle un beso sonoro en la mejilla. No me dejó darle otro, se había vuelto hacia mí. No protesté cuando me sujetó la cintura para acercarme un poco más; iba a ser un beso inocente, pero solo con eso ya lo cambió todo.

—Genial. —Sue suspiró, hastiada—. Justo cuando creía que esos dos tenían el oro de las parejitas babosas, llegáis vosotros.

—¿Podéis parar? —añadió Mike.

Su hermano se separó de mí y, divertido, le lanzó un cojín a la cabeza.

—¿Por qué?, ¿te pones celoso?

Irritado, Mike hizo ademán de devolverle el cojín, pero Sue se lo quitó a tiempo, lo colocó en su propio sillón, cuidando bien de que no tuviera una sola arruga.

Me sorprendió cuán cariñoso estaba Jack y que siguiera tan pegadito; antes de acompañar a Will a fumar, incluso me sujetó la cara con una mano para darme otro beso y guiñarme el ojo. No entendí nada, pero no sería yo quien se quejara.

Para entonces, Naya ya había aparecido con una bandeja de galletas de chocolate: las había dejado demasiado tiempo en el horno y se habían vuelto negras; además, las bolas de masa eran tan grandes que se pegaron entre sí. Parecía un pastel negro y plano. Sin embargo, Sue, Mike y yo fingimos entusiasmo cuando dejó la bandeja ante nosotros, por supuesto.

—¡Es mi primer intento! —exclamó Naya con orgullo—. Trato de aprender algunas recetas para cuando crezca el bebé. Así me querrá más.

—Así que quieres comprar su amor con azúcar —observó Sue.

Naya decidió —muy sabiamente— que era mejor ignorarla. Mike ya se había apoderado de una galleta; la observó con cautela, en busca de algún punto que no estuviera chamuscado. No tuvo mucha suerte.

—¿Qué pasa, Mike? —preguntó ella, preocupada—. ¿No te apetece?

—No mucho.

Lo había soltado sin pensar, lo supe apenas vi su cara de pánico. Y es que Naya se llevó una mano al corazón, se le habían llenado los ojos de lágrimas. Mike dio tal respingo que la galleta casi se salió volando.

—¡No quería decir eso!

—¡Sí que querías! ¡Lo he quemado todo!

—¡N-no están tan quemadas! —le aseguró Mike, intentando rascar la galleta con un cuchillo a toda velocidad. En cualquier momento saldría humo por la fricción—. ¿Lo ves?, ¡solo hay que mirar en su interior!

—¡Soy una cocinera horrible! —chilló ella de todos modos—. ¡Will lo habría hecho a la perfección!

Dicho eso, se dejó caer a mi lado y apoyó la cabeza en el respaldo del sofá. Ya no rompería a llorar, pero tenía los labios curvados hacia abajo. Le apreté con cariño la rodilla, y fingió que no se daba cuenta.

—Seré una madre horrible —concluyó.

—¡Serás una madre maravillosa! —exclamé, alarmada.

—¡No es verdad! Sigo sin estar preparada para cuidar a otro ser vivo…

Mike arrugó la nariz, seguía rascando la galleta.

—¿Todo esto es por haber quemado la comida? Yo no sé ni encender el horno y no me pongo a llorar cada vez que lo recuerdo.

—¡¡¡No es por la comida!!!

—Las galletas quemadas son una metáfora de su maternidad. —Sue subía y bajaba las cejas.

Mike se había quedado en la palabra «metáfora»; parpadeó una, dos y tres veces, y entonces las contempló con una mueca.

—¿Vas a quemar a tu bebé…?

Naya suspiró dramáticamente y se fue directamente al dormitorio. Sue le dio una colleja a Mike, su galleta rascada cayó al suelo. Mientras tanto, yo seguí a mi amiga.

Entré en la habitación. En nuestra ausencia, Will y ella habían comprado un montón de cosas para niños pequeños, estaban todas en sus cajas: juguetes, la cuna, una trona… todo preparado para el gran día.

Esa imagen me hizo sonreír, al menos hasta que la vi tumbada en la cama con las manos en la barriga. Claramente, algo le sucedía.

—¿Puedo tumbarme contigo? —pregunté.

Ella asintió y se hizo a un lado. Me resultaba raro mirarla y ver el bulto de la barriga hinchada, seguía sin acostumbrarme a ello.

—¿Qué pasa?, ¿necesitas hablar?

Naya suspiró y se miró el abdomen con el mismo mohín que antes.

—No lo sé… Es que no me siento como creo que debería sentirme.

—¿Por qué?

—Porque no es todo de luces y colores. No estoy… entusiasmada, y tampoco me sale el instinto maternal. Pensaba que todo esto sería más…

—¿Disney? —le sugerí.

Ella asintió despacio.

—No me siento como si fuera a ser una buena madre. De hecho, no me siento como si fuera a ser una madre. Y punto.

—Es que eso no se siente, Naya. Se aprende.

Entonces me miró apenada.

—¿Tú crees?

—Pues claro. ¿O te crees que todas las madres del mundo han nacido sabiendo cómo funciona el asunto?

—Oh… no sé…

—Date una oportunidad —le recomendé con una sonrisa—. Ya estás aprendiendo muchas cosas, ¡las galletas de hoy no estaban tan quemadas como la última pizza!

—¡¿La pizza estaba quemada?!

Ante mi cara de pánico, soltó un suspiro dramático y miró de nuevo al techo.

—Sigo agobiada. ¿No hay algún tutorial en Internet que ayude en eso?

—Si lo hubiera, se harían millonarios.

De todos modos, saqué el móvil del bolsillo y me puse a buscar.

—¿Qué haces? —quiso saber.

—Preguntarle a nuestro buen amigo Google.

—A ver si te sale algo sobre golpear paredes; me muero de ganas.

Sonreí y seguí buscando. No había información interesante, pero acabé en una web de dudosa procedencia con una lista de consejos. Era mejor que nada.

—Aquí hay unos… ejem… truquillos.

—¿Cuáles?

—El primero: la aromaterapia.

—Pf…

—Vale, descartado. El segundo es reírse.

—¿Te parece que estoy de humor?

—Otro descarte. Mm… el yoga.

—Estoy tan hinchada que apenas puedo ponerme en pie sin ayuda. ¿Cómo voy a hacer yoga?

—¡Vale! Pues la última: Gritar para liberar tensiones.

Se hizo un momento de silencio. Me miró, calibrándolo.

—¿Gritar?

—Pone que libera tensiones al instante. Aquí te recomiendan taparte la cara con una almohada para que no se oiga y…

—No me hace falta la almohada —aseguró.

Nos levantamos, incluso empezó a moverse como si calentara para hacer ejercicio. Quería reírme, pero había activado mi modo de entrenadora: Naya había dejado de ser ella y se había convertido en un alumno más de mi clase.

*Vamos, sargento. ¡Tú puedes!*

—¿Preparada? —le pregunté.

—¡Dale con todo! —me aseguró, muy motivada.

—¡Así me gusta! ¡Dilo más alto!

—¡Preparada!

—¡MÁS ALTO!

—¡PREPARADA!

—¡¿PARA QUÉ?!

—¡PARA SER UNA MADRE!

—¡NO TE OIGO!

—¡¡¡PARA SER UNA MADRE!!!

—¡LA MEJOR MADRE DEL MUNDO!

—¡¡¡¡SÍ!!!!

—¡DILO BIEN ALTO!

—¡LA MEJOR MADRE DEL MUNDO!

—¡ESE BEBÉ TENDRÁ SUERTE!

—¡MUCHÍSIMA!

—¡MÁS FUERTE!

—¡¡¡MUCHÍSIMA!!!

—¡VAS A COCINARLE COSAS RICAS!

—¡SABRÉ COCINAR!

—¡Y NO DIRÁS PALABROTAS DELANTE DE ÉL!

—¡NUNCA, JODER!

—¡NO TE OIGO, NAYA!

—¡¡¡¡JOOOOOODEEEEEER!!!!

—¡¡¡¡MÁS FUERTEEE!!!!

Naya se detuvo un momento, tomó aire y…

… cuando Jack abrió la puerta, lo soltó de repente:

—¿Se puede saber qué pas…?

—¡¡¡¡¡AAAAAAAAAAAAH!!!!!

El grito fue tan brutal que Jack saltó hacia atrás, presa del pánico, y chocó de espaldas contra la estantería; entre chillidos, varios libros cayeron al suelo.

Naya, mientras tanto, agitó los brazos como si se estuviera librando de la adrenalina. Sonreía ampliamente.

—¡Esto funciona, Jenna!

—¿Ves? ¡Solo tenías que desahogarte un poco!

—¡Eres la mejor!

Jack seguía arrinconado contra la estantería como un animalillo asustado cuando Sue entró corriendo en la habitación. Parecía sumamente molesta.

—¿A quién están matando?

—Eso, eso. —Mike se asomó tras ella—. El vecino ha bajado a insultarnos.

—¿Y qué le habéis dicho? —pregunté.

Mike señaló a Sue.

—He enviado a la fiera.

—¿Alguien me puede explicar a qué viene todo esto? —preguntó Jack, recomponiéndose por fin.

—Naya se estaba desahogando —les expliqué.

—¡Deberíais probarlo! —Ella sonrió ampliamente.

Sue resopló.

—A nadie le gustan esas chorrad…

Su voz quedó interrumpida por el horrible grito de Mike, mucho más exagerado que el de Naya. Sue brincó por el susto y se fue al rincón de los asustados, con Jack, que se tapaba los oídos.

—¡Me has asustado, pedazo de idiota! —espetó este último.

—¡Es verdad, funciona! —chilló Mike, entusiasmado.

—¿En serio? —pregunté.

—¡Sí, pruébalo!

Jack intentó poner paz.

—Como alguien más se ponga a gritar voy a…

Grité con todas mis fuerzas. Con tantas que incluso me dolía la garganta. Mike y Naya aplaudieron entusiasmados apenas acabé. Sue y Jack negaban con la cabeza.

Entonces apareció el único que faltaba: Will entró en la habitación con los ojos muy abiertos y la expresión descompuesta.

—¿Qué pasa?, ¿a qué viene tanto grito? Naya, ¿estás…?

—Es para liberar tensiones —le aclaró Mike.

Calibró esas palabras unos instantes y, solo por el modo en que el cansancio absoluto se apoderó de su expresión, supuse que se añadiría al rincón de los espantados.

—Será una broma.

—¡Funciona muy bien! —le aseguró Naya—. Me siento muy desahogada.

—Ya. ¿Y no podéis desahogaros en el salón? Necesito cambiarme de ropa.

Mike le guiñó el ojo.

—Y, ya puestos, ¿por qué no nos haces un número de baile sexy?

Will le sacó el dedo corazón —algo muy impropio en él— y empezó a echarnos uno a uno. La única que se marchó por su propio pie fue Naya, a quien encontramos en mitad del pasillo con una gran sonrisa.

—¿Sabéis qué? Esto me ha motivado tanto… ¡que voy a preparar otra tanda de galletas! ¡Y me saldrán bien sin la ayuda de Will!

Mientras se iba a la cocina dando saltitos, noté que mis tres compañeros me fulminaban con la mirada.

Quizá no había sido tan buena idea ayudar a Naya. Esa noche, tumbados en la cama, a Jack y a mí nos acompañaron sus ruidos amorosos de fondo. Suspiré con hastío cuando Naya empezó a narrarle a Will todas las cosas sucias que quería que le hiciera.

*Si quieres te hago una lista sucia yo también.*

—Esos dos no se aburren, ¿eh? —murmuré.

Jack, que tenía la cara hundida en la almohada, rodó sobre sí mismo para mirarme.

—Recuérdame por qué no nos quedamos por Grecia, por favor.

—Porque tenemos responsabilidades.

—Eso sí que es aburrido…

Sonreí e hice ademán de golpearle el brazo, pero me detuvo por la muñeca. Esbozaba una sonrisita maliciosa.

—Aunque la noche que te emborrachaste tanto…

—Quedamos en que no hablaríamos de eso —dije enseguida.

—… y lanzaste una lata al coche de un policía…

—¡Jack! ¡Hicimos un pacto!

—Dijiste que no podía mencionarlo ante los demás, pero ahora estamos solos.

—Tramposo.

No le afectó demasiado. De hecho, parecía entusiasmado. Me recordaría esa noche hasta que me muriera.

¿Qué culpa tenía yo de que se me hubiera ido la mano con la barra libre?, ¡no sabía que esos cócteles llevaran tanto alcohol! Y tampoco recordaba mucho de aquella noche, aparte de que me subí a la barra. El camarero, ya harto de mí, llamó a la policía; yo acabé por lanzarles una lata al parabrisas mientras les gritaba que coartaban mi libertad. De no haber sido por Jack, que sacó a relucir su sonrisita más encantadora, ahora tendría una maravillosa anécdota sobre la cárcel de Grecia.

Pero, claro… no era una noche de la que me sintiera especialmente orgullosa. Sin embargo, a Jack le hacía mucha gracia y me la sacaba a relucir a la más mínima ocasión.

—No te rías tanto —protesté—. ¿Te recuerdo el día que volviste rojísimo al hotel porque se te había olvidado la protección?

—¡Eso fue un despiste!

—O la noche que te dormiste con el spray en la mano porque decías que los mosquitos te perseguían…

—¡Lo hacían de verdad!, ¡a ti no te picaban tanto!

Solté una risita divertida, pero me corté cuando esos dos golpearon la pared aún más fuerte. Jack puso los ojos en blanco.

—¿Tienen que hacer tanto ruido?

—Naya está embarazada, puede hacer todo el ruido que quiera.

—¿Por qué usas la carta del embarazo para excusárselo todo?

—Porque puedo. Yo también lo haré cuando esté embarazada.

Vale, quizá lo dije de sopetón.

Jack se quedó mirándome con el mismo tic nervioso que el día en que le pedí el coche. Hice una mueca, preocupada.

—Eh… ¿estás bien?

—Es que… ejem… ¿estás insinuando…?

—¡No, por Dios! Ahora no quiero hijos —le aseguré, y soltó un enorme suspiro de alivio—. Dentro de un tiempo, ¿no?

—Si me dices ahora, tampoco me quejaré.

—Sí, porque ambos estamos en un momento perfecto para cuidar de un bebé…

—Nunca es demasiado pronto para soñar —bromeó.

No obstante, la broma le iluminó la mirada, y por un momento creí que le hacía ilusión la idea de ser padre. No tardó en corregir mi error:

—¿Te imaginas lo guapo que sería un hijo nuestro?

—Eh…

—Una mezcla de nosotros dos. Modelo, seguro.

—Y poco humilde, por lo que veo.

—Pero aquí no podríamos tenerlo —añadió, pensativo.

Cuando se puso a inspeccionar su alrededor, entrecerré los ojos con confianza.

—¿Qué haces?

—Pienso.

—¿En qué?

—En que esto es demasiado pequeño. Ya se lo han agenciado Will y Naya, no podemos meter a otro crío en este piso.

—¿Quién ha hablado de…?

—Los niños necesitan corretear y todo eso, ¿no? Como los animalillos. Yo, de pequeño, necesitaba un jardín para no destrozar la casa.

—¿Qué eras tú, de pequeño?, ¿un dinosaurio?

—No, no podríamos vivir aquí. —Se quedó en silencio otra vez, pensativo, antes de encogerse de hombros—. Podría hacer otra película, ganar más dinero y comprar una mansión.

—Y luego te despiertas.

—O podrías pintar una de esas chorradas abstractas que ahora están de moda y la compras tú.

—¡Jack! ¿Por qué estamos hablando de esto? ¡Relájate!

Parpadeó sorprendido, me miraba fijamente; tanto que estuve tentada de decir algo más, pero entonces volvió a hablar:

—Nunca me había detenido a pensar en algo así.

—¿En comprar una casa?

—En tener una familia.

Para mi sorpresa, la confesión lo ruborizó un poco y apartó la mirada. Jack no se avergonzaba a menudo, por eso supe enseguida que sus palabras habían sido muy sinceras. Apreté un poco los labios; no me gustaba verlo así.

Estiré los brazos para rodearle el cuello; él me lo permitió como quien no quiere la cosa.

—¿Por qué no? —le pregunté.

—No lo sé. Siempre creí que acabaría viviendo solo. Es decir, estaba claro que Will y Naya serían una de esas parejas insoportables con cincuenta hijos, dos perros, un gato, un hámster y una casa en la playa para pasar el verano, y mi plan era ser el genial tío Jack que llevaba regalos de sus viajes a los niños. Y al genial tío Jack… no sé, no lo veía llevando ese tipo de vida.

Lo consideré un momento.

—No todo es tan blanco o negro, ¿sabes? Hay muchos colores en medio. Ninguna vida es igual a otra.

—¿Y eso qué significa?

—Que igual algún día eres el genial papi Jack que se va de viaje con sus hijos y trae regalos para los tíos Will y Naya. ¿Por qué no?

Eso sí que le sonsacó una sonrisita. Casi vi cómo se lo imaginaba.

—Pero ya tendrás tiempo para pensar en eso —añadí, acercando la cara a la curva de su cuello—. Lo importante ahora es hacer lo que más te guste.

Tras esas palabras, me miró por el rabillo del ojo, con una sonrisita malvada.

—Estoy en ello.

Se me escapó una risita bastante estúpida cuando se volvió para hundir la nariz en mi cuello. Casi al instante, metió una mano dentro de mi camiseta y, al pasármela por la zona de las costillas en un intento de ascender, empecé a reírme involuntariamente. Noté que sus labios se curvaban en mi cuello. Entonces su mano encontró mi…

—¡Chicos! Ha bajado el… Uy.

Mike se quedó plantado en el umbral de la habitación, todavía con la mano en la puerta; tenía los ojos muy abiertos, especialmente cuando di un respingo y de un tirón saqué la mano de Jack.

—¿Nadie te ha enseñado a llamar a la puerta? —protestó Jack al separarse de mí.

—Gracias por recordarme constantemente mi falta de vida sexual.

—Gracias por interrumpir constantemente nuestros ratos a solas.

—En mi defensa diré que, como no oía los ruiditos que salen de la otra habitación, no pensé que…

—¿Qué pasa, Mike? —le pregunté. No quería oír el final de esa conversación.

El aludido me miró unos instantes antes de acordarse de lo que había venido a hacer.

—El vecino amargado está en la puerta. Pregunta qué es todo ese griterío. Yo no sé cómo explicárselo de un modo pacífico, y como despierte a Sue para que lo haga ella, nos quedaremos sin vecino. Ahí lo digo, ahí lo dejo.

Contuve una sonrisa divertida cuando Jack dijo una palabrota entre dientes y se bajó de la cama; harto, pasó al lado de su hermano para ir a encargarse del asunto.

Yo esperé a que Mike se fuera, pero se detuvo un momento en la puerta. Como de costumbre, esperé el típico comentario pervertido y fuera de lugar que me dedicaba cada noche antes de irme a la cama.

Pero, no.

Esa noche, me miró un momento más, esbozó media sonrisa un poco extraña y luego apartó la vista. Entonces volvió al salón en absoluto silencio.

# 18

## Familias y chupetes

—¿Te vas?

Mi pregunta sonó demasiado patética, incluso para mí. Todavía tenía manchas de pintura en las manos, y el caballete montado junto al balcón, aunque había dejado de dibujar hacía un rato y permanecía sentada en el borde de la cama.

Jack metía ropa descuidadamente en una bolsa de viaje al lado de la cómoda.

—Ajá. —No sonaba muy entusiasmado.

—¿Hasta cuándo?

—Hasta el viernes, si no me equivoco. —Se detuvo para sonreírme—. ¿Podrás sobrevivir tres días sin mí, Michelle?

—Estaré mejor sin oír ese nombre, eso seguro. —Hice una pausa cuando reanudó su tarea—. Entiendo que un festival de cine es importante, pero… ¿te avisan ahora, cuando tienes que irte mañana?, ¿en serio?

—Es lo que hay. A mí tampoco me gusta mucho, si te sirve de consuelo.

Torcí el gesto y me miré las manos manchadas de azul. Me había acostumbrado a tenerlo todo el tiempo a mi lado; sin embargo, él tenía responsabilidades que atender, como los viajes para promocionar su película.

Tres días no eran mucho tiempo; aun así, me daba pena que se marchara tan abruptamente.

*Siempre puedes esconder su pasaporte.*

—Pues ya te iré contando qué pasa por aquí —concluí en voz baja.

—Y no te ahorres los detalles, ni siquiera los gritos de histeria de Naya.

Esbocé media sonrisa y, en vez de añadir nada más, me agaché al lado de la bolsa para darle en la rodilla con un calcetín. Jack me miró alarmado.

—¡Oye!

—¿Te parece que estas son maneras de hacer una maleta?

—¡Estoy decidiendo qué me llevo! Ya la ordenaré luego.

—Sí, claro. Lo único que quieres es que vea el desastre y no pueda aguantarme las ganas de ordenarla yo misma.

A modo de respuesta, me dedicó su mejor expresión de inocencia. Pero me negaba a ayudarlo, así que dejé el calcetín donde estaba.

—Te las apañas tú solito.

—Vaya, creo que ahora te quiero un poco menos.

—Mentira.

—Absolutamente mentira —confirmó con la misma sonrisa angelical—. Pero luego no me critiques si no te gusta el resultado.

Decidí dejarlo solo y me dirigí al salón. Como el día anterior, Naya intentaba oír los latidos del bebé, también sin mucho éxito; Mike miraba la televisión y Will daba vueltas por la cocina. Solo faltaba Sue, que estaba en la ducha.

Mike ocupaba uno de los sillones, así que me senté en el de Sue para que no quedara marginado en un lado del salón. Él ni siquiera se molestó en mirarme, simplemente siguió cambiando de canal.

—¿No encuentras nada que te guste?

—No.

—Trasto inútil —murmuraba Naya mientras tanto. Golpeaba repetidamente el aparatito—. ¡Vamos!, ¡haz algo!

Por fin, Mike eligió un canal, emitían un programa al que la gente acudía para arreglarse tatuajes desastrosos. Enseguida subió el volumen para no oír las protestas de Naya, pero ella ni siquiera se dio cuenta.

—Siempre me he preguntado a quién se le ocurriría tatuarse algo así —comenté mientras veía el programa con Mike. Él no dijo nada, no me prestaba mucha atención—. O igual es una apuesta. ¿Te tatuarías algo por una apuesta?, o creo que no sería capaz.

Mi triste intento de conversar con él no funcionó, Mike ni se molestó en mirarme, tampoco cuando me sonó el móvil. Me lo saqué del bolsillo y miré la pantalla; era Spencer.

Dudé. La última vez que me había llamado un familiar sin previo aviso, me comunicaron la muerte de mi abuela. Un sentimiento muy desagradable se me instaló en el pecho, como si me hubiera tragado una bebida muy amarga; aun así, tuve que responder:

—Hola.

—Hola, Jenny —me dijo con una alegría que me relajó un poco—. ¿Por qué suenas así?

—¿Cómo?

—Suenas preocupada. ¿Estás bien?

—Sí, sí… ¿Pasa algo?, ¿va todo bien?

—¡De maravilla!

Solo entonces me permití un suspiro de alivio. Spencer lo oyó, por supuesto.

—Va todo bien, Jenny. Siento haberte asustado.

—No pasa nada —le aseguré—. Pero, si va todo bien, ¿por qué me llamas? ¿Necesitas alguna cosa?

Mi hermano no era el tipo de persona que llamaba para charlar sobre su vida; cuando lo hacía, era porque realmente tenía algo que contar.

—Tengo muy buenas noticias, hermanita —anunció con alegría.

—¿Sí?

—Me ha salido una convención. Tengo que dar una charla a una nueva generación de profesores de gimnasia.

—¡Qué bien!

—Quizá no lo parezca, pero en el sector soy algo así como una eminencia.

—Ajá…

—¿A qué viene ese tono de burla?

—Para que reflexiones sobre lo que acabas de decir, creído.

—Te lo cuento porque la convención es en tu universidad, Jenny. Llego mañana. ¿Qué te parece si nos vamos de aventura fraternal por la ciudad?

Aquello sí que me dejó pasmada. Naya me miraba con curiosidad, como si intentara descifrar qué me estaban diciendo.

—¿En serio? —pregunté a mi hermano, entusiasmada—. ¿Cuánto tiempo te quedas?

—Solo mañana y pasado, luego tengo que volver. Hay clases.

—¡Pues me aseguraré de que te lo pases genial los dos días!

Spencer se mostró tan emocionado como yo, y, terminada la conversación, no pude disimular mi enorme sonrisa.

En medio de la alegría momentánea, no me di cuenta de que Sue había entrado en el salón; ya llevaba puesto su pijama habitual, pero todavía tenía el pelo húmedo de la ducha. Me observaba con tanta curiosidad como Naya.

—¿Quién era? —me preguntó directamente—. ¿Estás liada con alguien?

—Sí. —Naya contestó por mí—. Con Ross.

—Con alguien más, digo.

Entrecerré los ojos.

—Sí, Sue. Y le digo que me llame cuando estoy en casa de mi novio, así seguro que nunca se enterará.

—Oye, había que preguntar. Te has puesto muy contenta.

—Era mi hermano mayor. ¡Estará dos días por aquí!

Como respuesta, Sue arrugó la nariz.

—No recuerdo que jamás me haya puesto tan contenta por alguno de mis hermanos.

—¿Tienes hermanos? —le pregunté con curiosidad.

—Siete. Todos insoportables.

—¡¿Siete?!

—¿Ese es el detalle con el que te has quedado?, ¿de verdad?

—¡Es el que me interesa!

—Pues a mí me interesa otro: ¿tu hermano está bueno?

La pregunta me pilló desprevenida, y tardé unos segundos en responder; los mismos que Will usó para reírse de mí desde la cocina.

—¿Yo qué sé? —mascullé—. Es mi hermano.

—¿Y eso qué tiene que ver?

—¡Que no puedo aplicarle mi estándar de si lo está o no!

—Sí —interrumpió Naya tranquilamente—. Está muy bueno.

Sue sonrió mientras yo la miraba con desconfianza.

—Déjalo tranquilito —le advertí—. Hace poco que rompió con su novia y todavía se está curando las heridas.

—No te preocupes, que yo se las lamo todas.

Will volvió a reírse; mientras tanto, Naya persistía en su intento de usar el trasto de los latidos y Mike volvió a cambiar de canal. Agotada, eché la cabeza atrás.

Así nos encontró Jack un momento más tarde. Contempló la situación, estaba confuso.

—¿Me he perdido algo?

No era muy fan de las despedidas, y mucho menos en los aeropuertos. Aun así no me separé de Jack hasta llegar al control de seguridad.

Lo acompañaba todo el equipo: Joey, sus actores principales, dos maquilladores, dos personas de seguridad y tres o cuatro personas más que no conseguía ubicar. Ninguno de ellos se había sorprendido mucho al verme.

El festival se celebraba en Italia; tenían unas cuantas horas de vuelo y llegarían por la noche, de modo que el trabajo empezaría a la mañana siguiente. Cuando le pedí a Jack que me escribiera al llegar al hotel, para asegurarme de que estaba bien, él bromeó diciendo que no me escribiría.

*Qué graciosillo, el muchacho.*

Así pues, me quedé con la duda de si habría sobrevivido o no al vuelo —esto le daba emoción a mi vida—, porque nos encontrábamos en las puertas del control de seguridad a diez minutos del embarque, y no iba a malgastar el tiempo con exigencias. Jack solo se separó de mí para tirar la botella de agua que llevaba la mano, momento que aproveché para mirar a Vivian. Ella y el otro actor principal iban bastante pegados a nosotros, en silencio.

Ella me miraba con cierta suspicacia, como si no se fiara de mí. Me entraron ganas de hacerle algún comentario irónico, pero me había comprometido a mejorar la relación. Nunca seríamos amigas, sin embargo, podía intentar mantenernos en el terreno de la cordialidad.

—¿Nerviosos por el festival? —les pregunté. Supuse que si hablaba con ambos, no resultaría tan incómodo.

Supuse bien. Mientras que Vivan se mantuvo en silencio, el chico sí que me respondió:

—Estamos bastante acostumbrados. Llevamos así varios meses.

—Entonces tendréis que darle una clase o dos a Jack.

Por fin, Vivian reaccionó: esbozó una sonrisa que no alcanzó sus ojos.

—No te preocupes, que Ross se queda en buenas manos.

Entendía la mala intención del comentario, pero pasé de entablar una discusión, y menos antes de que se fueran.

*Si no puedes con el enemigo, únete a él.*

—Las mejores —le aseguré en el mismo tono que ella.

Por un momento, nos limitamos a mirarnos la una a la otra sin ningún rastro de simpatía. El pobre actor, que había quedado al margen, nos contemplaba sin entender nada.

Entonces noté un dedo bajo el mentón. Jack, plantado a mi lado, me volvió la cabeza hasta que me tuvo de frente.

—¿Todo bien? —me preguntó, y lanzó una mirada de advertencia a Vivian.

Ella bufó algo incomprensible y se alejó de nosotros. Su compañero no tardó en seguirla.

De nuevo a solas, me le acerqué un poco más y le rodeé la cintura con los brazos para pegar nuestros cuerpos. Se le relajaron los hombros al instante.

—No te estaban molestando, ¿no?

—Claro que no. Y mucho menos el chico, parece encantador.

—No es mal tío. Trabaja muy bien.

—¡Tortolitos! —exclamó Joey, y señaló las cintas con impaciencia—. ¡Como perdamos el vuelo…!

No oí el resto de la advertencia porque Jack resopló con todas sus fuerzas.

—Qué pesadilla…

—Creo que te reclaman —bromeé.

—Qué mal que tengan que esperar, entonces.

—Sabes que luego deberás aguantar varias horas encerrado en un avión con ellos, ¿no?

—Será más difícil aguantar tres días sin hacer esto. Que se jodan.

Divertida, abrí la boca para responder, pero pegó sus labios a los míos antes de que pudiera hacerlo. Perdí la fuerza de voluntad al instante, y prácticamente dejé caer mi peso sobre él. Jack no se quejó, todo lo contrario, me rodeó la cadera con un brazo y me sujetó la nuca con la mano libre. Sin ningún tipo de vergüenza, dejé que abriera la boca sobre la mía. Cuando me besaba de ese modo, apenas podía pensar, solo podía sentir. Sentir sus labios sobre los míos, sus dedos extendidos en la parte baja de la espalda, la mano apretada en mi nuca…

Pero entonces se detuvo y, aunque mantuvo la boca prácticamente pegada a la mía, sentí que estaba demasiado lejos. Tiré de él, pero no se movió. Simplemente sonrió.

—Me quedaría haciendo esto todo el día, Jen, pero me preocupa un poco que Joey siga agujereándonos con la mirada.

—¿Y si te quedas?

Se lo pregunté con un mohín, y pude ver la duda cruzando su mirada. Abrió la boca y volvió a cerrarla. Al final, sacudió la cabeza.

—No me tientes.

—Es broooma… Cuídate de los fans locos y de todas esas cosas de las que tiene que cuidarse la gente famosa, ¿vale?

El comentario le hizo gracia. Cuando empezó a reírse, apretó mi cuerpo contra el suyo y volvió a besarme. Esa vez, apenas me rozó y luego se separó un paso de mí. Hice otro mohín. Él se pasó una mano por el pelo, frustrado.

—¿Puedes dejar de tentarme con que no me suba a ese avión?

—¡Jack Ross! —insistió Joey, impaciente.

Contuve una sonrisa cuando él masculló una palabrota. Al final, no le quedó otra que colgarse la bolsa del hombro.

—¿Me echarás de menos? —me preguntó.

—Claro que no.

—Qué suerte tienes de que sepa que me adoras.

—O eso te hago creer para robarte la fortuna.

—Pienso recordarte este comentario cada día cuando te llame, Michelle. Aunque si me dices de qué color es la ropa interior que llevas y luego te la quitas, igual te perdono.

—Veo que soñar sigue siendo gratis.

De nuevo, se rio. Joey ya debía de estar a punto de matarnos cuando Jack volvió a besarme. Esa vez se separó rápidamente, poniendo una distancia prudente entre ambos.

—Pórtate bien en mi ausencia, Mushu.

—No me eches mucho de menos.

Me guiñó un ojo, se dio la vuelta y avanzó hacia Joey, que seguía esperándolo de brazos cruzados.

Y eso fue todo. Se había marchado.

Me quedé plantada en el pasillo del aeropuerto un minuto entero sin saber qué hacer, y después me decidí a dar media vuelta para dirigirme a la zona de llegadas. Mi hermano llegaría más o menos en una hora.

Lo esperé en una de las cafeterías. Previsora como era, por lo menos me había traído el portátil, pues el segundo curso estaba a punto de empezar y no me iría nada mal ponerme al día; en especial porque este año Curtis no me acompañaría en casi ninguna asignatura.

Spencer llegó justo cuando conseguí entrar en el grupo de mi futura clase; yo ya había salido de la cafetería y esperaba junto a la masa de gente que se amontonaba en la zona de llegadas. Escondí el móvil en el bolsillo y empecé a agitar la mano, entusiasmada; tras unos segundos, me vio.

En cuanto me alcanzó, solté un grito de alegría y me lancé sobre él, que me rodeó con un brazo para levantarme del suelo. Agité las piernas como una niña mientras él se reía.

—Madre mía, qué alegría por verme.

—¡Hacía mucho que no sabía nada de ti!

Sonriente, Spencer me dejó en el suelo y, acto seguido, me revolvió el pelo con una mano.

—No te veo mal, hermanita. Estás mucho más contenta que cuando viniste en febrero, eso seguro.

—Es lo que tiene alejarme de tu aura corrosiva.

Fingió que se limpiaba unas lágrimas y me pasó un brazo por encima de los hombros para encaminarnos hacia la salida. Podía hacerse el duro, pero también me había echado de menos.

A pesar de mis clases de conducir particulares, seguía sin licencia y sin vehículo propio, así que fuimos a casa en metro. Nos pasamos el camino contándonos todo lo imprescindible, poniéndonos al día… Vi el brillito orgulloso en sus ojos cuando le dije que salía otra vez a correr por las mañanas; pero se le esfumó en cuanto le contesté cuántos kilómetros hacía: me tocó aceptar que no estaría tan impresionado.

Media hora más tarde, subíamos las escaleras del edificio de Jack.

*No puedes ir en ascensor, acompañada de tu hermano fitness.*

—Así que por eso nos has dejado tirados —bromeó mientras me seguía—. Ahora vives rodeada de lujos.

—¿Lo dices por las humedades en el techo, por el papel de pared roto...?

Spencer se echó a reír.

—¿Estás sola en casa?

—No. Jack está de viaje por la película, pero los demás siguen aquí.

—¿Los demás?

—Naya y Will, que los conociste en el funeral de la abuela. Sue, que es una compañera de piso, y también Mike. Es el hermano mayor de Jack.

—Oh, ya veo.

Ya habíamos llegado al descansillo; abrí la puerta del piso y me aparté para que Spencer pudiera pasar con su mochila. Miraba alrededor con interés, como si intentara imaginarse cómo vivía yo entre esas cuatro paredes.

—¿Preparado para tu presentación en sociedad? —le pregunté.

—Nací preparado.

Sonreí y lo esquivé para pasar al salón. Los demás estaban tal como los había dejado antes de salir con Jack: Will y Naya, en uno de los sofás; Sue leyendo una revista en el sillón, y Mike en el otro, cambiando de canal.

*Posiciones habituales.*

Todos se volvieron hacia nosotros para inspeccionar a mi hermano: no disimulaban demasiado bien.

—Chicos, este es Spencer. —Los presenté y luego repetí lo que le había dicho en las escaleras para que ubicara a cada uno. Mi hermano los saludó con una sonrisa cordial—. Ya le he dicho que no os importa que pase una noche aquí.

—¡Claro que no! —exclamó Naya con una gran sonrisa—. ¡Ven, ven! Siéntate con nosotros, que tienes que contarnos todas las historias vergonzosas de Jenna.

—No sé si una sola tarde me dará para tantas historias.

Puse mala cara, y él me revolvió el pelo por enésima vez antes de sentarse en el sofá vacante. Lo seguí de cerca y le eché una mirada de advertencia a Sue, pero ella no nos prestaba mucha atención, estaba centrada en su revista. Quizá mi hermano no la había impresionado tanto como se pensaba.

—¿Tienes una conferencia? —se interesó Will cuando estuvimos acomodados.

—Sí, pero todavía me quedan dos horitas libres —aclaró—. No es demasiado importante, pero necesitaban que lo hiciera alguien y me pagaban el avión, así que he aprovechado para visitar a mi hermanita —añadió, guiñándome un ojo—. No negaré que papá y mamá también quieren saber si te va todo bien.

—¿Y qué les vas a decir? —pregunté.

—Tampoco es que hable mucho con ellos, y no hay embarazos a la vista, así que no te vas a marcar un «desastroso Shanon». Les diré que está todo bien.

Naya carraspeó ruidosamente y Spencer se volvió hacia ella con una sonrisa que fue borrando lentamente al percatarse de su error.

—E-es decir… ¡que no hay nada malo con lo de quedarse embarazada!

Mi amiga no pudo contenerse más y soltó una risita malvada; Spencer puso los ojos en blanco. A partir de ahí, la conversación fue bastante fluida.

Mike y Sue no hablaban demasiado; sin embargo, Spencer se fijó en uno de ellos.

—¿Y tú? —le preguntó a ella directamente—, ¿también eres estudiante?

Sue suspiró, como si aquella conversación la aburriera.

—Sí.

—No creo que sea de comunicación.

Naya ahogó una risa mal disimulada mientras Sue, mirando a mi hermano, enarcaba una ceja.

—Psicología.

—Suena interesante.

—Aprendes cosas *muy* interesantes.

—¿Sobre cómo se comporta la gente?

—Sobre cómo piensan.

—Debe de ser complejo.

—No creas. La mayoría son más simples que el mecanismo de un chupete.

Tras esa frase, mi hermano esbozó media sonrisa cuando ella dejó la revista a un lado para levantarse.

—¿Quieres una cerveza? —le pidió al pasar a su lado.

Spencer, que la había seguido con la mirada, parpadeó y alzó la vista hasta sus ojos. Ella tenía los brazos en jarras.

—Sí, claro.

Era el momento de investigar esas miraditas: Sue enarcó una ceja sin parecer muy molesta, todo lo contrario. En cuanto se dio la vuelta, mi hermano volvió a repasarla de tal modo que casi hizo temblar la habitación. Después, ella pasó y le dejó la cerveza en la mano sin apenas mirarlo, pero cuando se sentó no lo perdió de vista. Spencer abrió la botella y se la llevó a los labios sin romper el contacto visual.

*Vaaale... qué asco.*

Will y Naya soltaron una risita ante mi mueca, así que la borré. Sue y Spencer habían empezado a hablar otra vez, intercambiaban palabras casi como si fueran disparos. Creo que cualquier otra persona se habría ofendido, pero ellos no lo parecía.

Entonces me di cuenta de que Mike ya no estaba en el salón; se había marchado en algún momento, pero estábamos todos tan distraídos que no le habíamos prestado atención. Confusa, repasé el salón con la mirada, hasta que encontré la de Will.

—Ha salido con mi tabaco —recalcó. Por el tono, deduje que no le había pedido permiso.

Así que estaba en la azotea.

Pensé en quedarme en el salón para que mi hermano no se sintiera desplazado, pero en seguida me di cuenta de que, ahí, la única desplazada era yo. Así pues, me levanté y, con la excusa de ir a tomar el aire, salí del piso.

Hacía una eternidad que no subía a la azotea. Al asomarme a la ventana y ver la escalera de incendios, no me hizo mucha gracia; siempre había accedido ahí con la ayuda de Jack.

*Es hora de ser una mujer moderna e independiente, Jennifer.*

Suspiré, maldije a Mike entre dientes y pasé una pierna por encima del marco de la ventana. Aterricé torpemente y, tras asegurarme de que no se caía la estructura entera, me atreví a empujar la ventana para empezar a ascender los escalones. Hasta que alcancé la azotea, no percibí el frío que hacía.

Mike estaba de pie junto al borde. Tenía una mano en el bolsillo y con la otra sujetaba el cigarrillo que acababa de sacarse de los labios, soltó el humo sin mirarme. Estaba totalmente ensimismado.

Sentí la tentación de asustarlo, pero no quería que el plan B de Jack —el de lanzar a la gente por el precipicio— acabara despeñando a su hermano.

—Hola.

Aunque no lo asusté, se tensó al oír mi voz. Mike se volvió, confuso, y me miró de arriba abajo. Creyó que se había olvidado algo abajo y que se lo subía. Al ver que no era así, se preguntó cuál era el motivo de mi presencia.

—Hola —dijo. Sonaba como si tanteara el terreno.

—¿Te importa que me quede un momento contigo?

Aún lleno de confusión, se encogió de hombros, y siguió analizándome. Para cuando llegué a su lado, ya no me prestaba atención y el cigarrillo medio consumido volvía a estar entre sus labios.

Cuando no sonreía ni se burlaba ni hacía gestos frenéticos, él y Jack se parecían más de lo que ambos querían admitir. A pesar de que Mike era un algo más bajito y llevaba el pelo un poco más largo, en el resto eran idénticos.

Seguramente se dio cuenta de mi inspección, pues soltó un suspiro y me miró con una ceja enarcada.

—No creo que hayas subido a contemplarme.

—Em… no.

—Entonces ¿te importaría dejar de hacerlo?

—Perdona, no me… es decir… No me había dado cuenta, lo siento.

Miré hacia delante, avergonzada. Tras unos segundos, por fin Mike relajó un poco el tono.

—¿Quieres decirme algo?

—No exactamente. Quería preguntarte una cosa.

—¿El qué?

—¿Te encuentras bien?

No pareció muy sorprendido, simplemente fingió que no entendía el motivo de mi pregunta.

—¿Por qué no iba a estarlo?

—No lo sé, llevas unos días un poco… raro. Y ahora, con lo de Spencer y Sue…

—¿Qué pasa con esos dos?

—Que parece que hay algo ahí, ¿no? Cualquiera diría que… ya sabes…

No sé por qué me expresaba tan vagamente, pero por lo menos conseguí que Mike me prestara toda su atención. Esperaba sorpresa o vergüenza, pero me pareció que simplemente se aguantaba las ganas de echarse a reír.

—¿Qué? —le pedí.

—No te ofendas, pero eres la única que todavía no sabe que esos dos van a follar.

—Vaaale… Qué asco.

—Lo que no entiendo —añadió, señalándome con la mano en la que todavía sostenía el cigarrillo—, es por qué debería importarme.

*Buena observación.*

Me dio unos instantes más para que pensara muy bien lo que iba a responderle. Menos mal.

—A ver, es que pensaba que…

—¿Qué…? —Me instó a seguir.

—Que Sue y tú…

Parpadeó dos veces, pasmado.

—Sue es mi amiga, ¿qué me importa a quién se tire?

—Ya, ya… Es que una parte de mí pensaba que… Bueno, da igual.

Mike seguía mirándome como si se me estuviera yendo la cabeza, pero no hizo ningún comentario.

—Entonces, no entiendo tu actitud de estos días —dije por fin.

—¿Qué días?

—Desde que volvimos del viaje, Mike. Apenas nos hablas.

—Hablo como siempre.

—No es verdad. Con Jack no lo haces, y conmigo menos.

La acusación me salió mucho más directa de lo que pretendía. Mike apartó la mirada y permaneció unos segundos en silencio.

—No sé de qué me hablas —concluyó, y aplastó la colilla en la suela del zapato.

Ya empezaba a marcharse, pero yo lo detuve por el brazo. Tensó un poco la mandíbula, pero no me apartó; simplemente se volvió hacia mí.

—¿Qué?, ¿qué más quieres?

—Entiendo que no quieras hablar de ello —aclaré en el tono más conciliador que pude—, pero me gustaría saber si hemos hecho algo que te moleste. ¡Así no volveremos a hacerlo!

Vi que la duda cruzaba su expresión, pero enseguida se cerró en banda, otra vez. Se deshizo de mi agarre y, claramente incómodo, retrocedió un paso.

—¿Es por el viaje en sí? —le pregunté, ya casi rendida—. ¿Tú también querías ir o algo así?

—¿Qué pinto yo ahí? —masculló, pero detecté cierta mentira en sus palabras.

—¿Entonces? ¿Hemos dicho algo malo y no nos hemos dado cuenta?

—Jenna… no es por vosotros.

No era cierto, al menos no del todo. Lo supe en cuanto lo dijo.

Mike agachó la cabeza.

—Es mi banda de música. Ya no existe.

Mi gesto cambió completamente, incluso me quedé sin palabras. Él tenía los hombros hundidos y era incapaz de mirarme. Extendí los brazos como si fuera a darle un abrazo, pero al final me quedé donde estaba.

—Mike… Lo siento mucho. ¿Qué ha pasado?

—El chico que tocaba el bajo se marchó con otra banda, y los demás no tardaron en seguirlo. Me he quedado solo, así que no tenía mucho sentido seguir llamándolo «banda» ni seguir haciendo nada con ello.

Asentí lentamente. De nuevo, dudé entre si acercarme o no.

—Pero fuiste a clases de canto, ¿no?, Naya me lo contó. Quizá podrías encontrar un puesto en otra banda o incluso seguir con tu carrera en solitario. ¡Ahora lo hacen muchos cantantes!

—No lo sé, Jenna..., ahora mismo no me apetece hacer nada. Le he dedicado tantos años a esto que, ahora que no lo tengo, no sé qué debo hacer.

No me pude aguantar más, di un paso y le rodeé el torso con los brazos. Mike se tensó de pies a cabeza y se quedó estático, pero no me apartó.

Al cabo de unos segundos, me dio unas cuantas palmaditas en la espalda, como si fuera él quien me consolaba a mí.

—Lo siento muchísimo, Mike —murmuré contra su hombro.

—No es para tanto...

—¿Quieres que me una yo a tu banda? ¡Sé tocar el triángulo!

Noté que su cuerpo se sacudía un poco, el indicativo perfecto de que empezaba a reírse; no era como las risas que soltaba desde que lo conocía, las otras eran divertidas, burlonas... Esta, por lo menos, me pareció sincera.

—¿«El triángulo»? —repitió, intentando no burlarse.

—Y lo hago con mucho estilo.

—Estoy seguro.

—Y no canto muy bien, pero igual serviría para hacer los coros.

Volvió a reírse, y en esa ocasión sí que me devolvió el abrazo, con una fuerza que no esperaba; de pronto desapareció la risa. Estuve tentada a volver la cabeza para observar su expresión, pero finalmente le di las mismas palmaditas que él me había dado hacía un momento.

No sé cuánto tiempo estuvimos en silencio, pero no me separé hasta que él aflojó un poco el agarre. Preocupada, retrocedí y vi que seguía con la cabeza agachada; ya no parecía tan malhumorado, estaba triste. Le di un apretón cariñoso en el brazo.

—¿Y si vamos a ver el programa ese de tatuajes desastrosos? El otro día me quedé en la mitad. Además, aquí arriba me estoy congelando.

Mike forzó una sonrisa. Pensé que se echaría atrás, y por su mirada deduje que él también, pero entonces asintió con la cabeza. Bajamos juntos las escaleras de vuelta a casa.

—Sigo vivo. ¿Puedo colgar?

Casi le puse los ojos en blanco al techo. Pero en vez de colgar, soltó una risita divertida.

—Puedo imaginarme tu cara de asco.

—Me alegro, porque es bastante exagerada.

Según mis cálculos, hacía unos minutos que había llegado al hotel. En casa eran casi las dos de la madrugada, pero había conseguido mantenerme despierta. Al menos quería aguantar la primera noche para hablar un poco con él.

Además, me resultaba difícil dormir sola en una cama tan grande, y aunque me había ofrecido a ocupar el sofá para que Spencer usara la habitación, él ya había hecho sus planes sobre dónde pasar la noche. Mike pudo usar el sofá sin problemas, y yo tuve que quedarme sola en la habitación.

Me cubrí mejor con las mantas y envolví las piernas y los brazos en su almohada, que olía a su champú. El móvil reposaba a un palmo de distancia, con el altavoz activado y la pantalla apuntando al techo. Me quedé mirando la foto en que me guiñaba el ojo y me sacaba la lengua mientras se reía.

—Jen… —dijo una vez calmado. Había cierto rastro de ternura, pero también de regaño—, suenas muy cansada.

—¿Y qué?

—Que no quiero que te desveles por hablar conmigo. Puedo llamarte mañana por la tarde.

—Por la noche siempre se cuentan cosas más interesantes.

Hizo una pausa. Oí que se removía, y supuse que también estaba en la cama. Apoyé la mejilla en su almohada.

—¿Qué tal todo por ahí? —preguntó—. ¿Ya me habéis quemado el edificio?

—Depende de cómo lo interpretes.

—¿Eh?

—Apenas hace media hora, los ruidos de Naya y Will no me dejaban ni pensar. Y sospecho que los de mi hermano y Sue empezarán dentro de poco.

—¿Tu hermano y Sue…?

—Sí, vaya sorpresa, ¿eh?

—Joder, me voy un día y me pierdo la noche loca del piso.

Solté una risita un poco cansada.

—No para todos. Mike ronca en el sofá. Y yo estoy aquí charlando contigo.

—¿Se puede saber por qué lo dices como si fuera algo malo?

—Porque empiezo a aburrirme. Debería haber gastado todo este tiempo en releer a Thor. Ese sí que no me aburre.

—Jen, como empieces a compararme con mis superhéroes favoritos, esto no llegará a ninguna parte.

Otra risita. Esta vez, mezclada con un bostezo. Ciertamente estaba muy cansada, pero quería hablar un rato con él.

—Tú no me has contado nada —le recordé.

—Ah, ¿cómo me he podido olvidar de mencionarte el maravilloso aterrizaje?, ¿o el vuelo en el que me he quedado dormido?, ¿o el viaje en taxi en el que nadie entendía al taxista porque hablaba más rápido de lo que conducía, que ya es decir?

—Haces que suene todo tan interesante…

—Hemos llegado al hotel hace diez minutos —comentó en un tono menos burlón—. Nos quedamos todos en el mismo.

—Ah, qué bie…

—¡Vivian está en el otro extremo del pasillo! —añadió a toda velocidad—. Y por nada del mundo se me ocurriría…

Cuando oyó mi carcajada, se interrumpió a sí mismo.

—¿Qué te hace tanta gracia?

—No me acostumbro a que estés tan nervioso; es muy tierno.

—Oye, ten un respeto por mi reputación de insensible.

Pero incluso con la broma, detecté cierta tensión.

—Jack, confío en ti —le aseguré en voz baja.

—Lo sé, pero…

—¿Sí?

—Me gustaría darte algún motivo para que lo hicieras aún más.

Distraída, me quedé mirando su cómoda, había esbozado una pequeña sonrisa sin darme cuenta.

—Si quieres, este viaje podría ser el motivo —propuse—. Demuéstrame que no va a suceder nada, que solo es trabajo, tu amiga… y ya podremos considerar que me has dado una razón de peso.

—Mmm… Me parece una buena idea. Pero ¿cómo sabrás que no te estoy mintiendo?

Definitivamente, eso sí que sonó a burla. Entrecerré los ojos juguetona y me acerqué el móvil a la boca.

—Jack, por favor… como si pudieras estar con nadie más después de haber vuelto conmigo.

Se quedó un momento en silencio, pasmado, y entonces oí un estruendo, como si se le hubiera caído el móvil encima de la frente.

—¿Qué…?, ¿quién eres tú?, ¿dónde está mi Jenny?

*No se puede poner al teléfono. Ha muerto.*

—Soy la misma —le aclaré con más diplomacia—, pero más sincera.

—Así que la fiera siempre ha estado ahí escondida, ¿eh? Interesante dato.

—Como si tú la escondieras mucho.

—No la escondo en absoluto —admitió sin ningún tipo de vergüenza—, pero a veces me contengo para no escandalizarte.

—No podrías escandalizarme, tonto.

—¿En serio?

—En serio.

—¿Segura?

—Segura.

—¿Por qué no me cuentas qué llevas puesto, entonces?

Mi sonrisa petulante vaciló y se convirtió en una mueca cuando bajé la mirada hacia mi triste atuendo.

—Eh... —empecé, dubitativa—. Una vieja camiseta que me compré en el parque Warner, unos de tus pantalones de algodón, y el pelo atado en un moño un poco destrozado...

—Y me parece magnífico, pero me refería lo que llevas debajo de toda esa maravillosa indumentaria.

*Míralo, qué listo.*

—Nada que te interese —repliqué.

—¿Ves como te escandalizas? —me provocó a su vez—. No es que no me guste, ¿eh? Pero tienes que admitir que...

—No llevo nada más.

Jack se quedó un momento en silencio. Casi podía oler el humo de su cerebro trabajando a toda velocidad.

—¿Cómo? —preguntó al final.

—Que no llevo ropa interior. ¿Contento con la respuesta?

—No se vale mentir, ¿eh? Que te persiguen los duendes de la verdad.

—No estoy mintiendo. ¿Quieres una foto o qué?

Oí que contenía una bocanada de aire.

—Joder, claro que la quiero. Todas las que quieras. Un álbum entero, si te apetece.

—Mmm... si me convences...

—Jen, por favor, que me estoy poniendo muy cachondo y me preocupa. Dime que no me vas a colgar de repente o me echaré a llorar.

Empecé a reírme.

No le había mentido, con tantas distracciones no había puesto la colada que tenía pendiente. Por la mañana ya encontraría algo para vestirme, pero de momento seguía llevando solo sus pantalones y una camiseta.

—No quiero hacerte sufrir —dije al final—. Mejor que lo dejemos aquí.

—Sí, mejor.

—Me gustaría hablar un ratito más contigo, pero creo que necesitamos descansar.

—Ni que lo digas.

Sonreí y cogí el móvil para acercármelo a la boca.

—Descansa mucho, Jack. Mañana vas a impresionar a todo el mundo, y eso conlleva mucha energía.

Él se rio entre dientes.

—Te quiero, Jen.

—Yo también te quiero.

Ambos dudamos un momento, pero apretamos a la vez la tecla de colgar. Me quedé mirando el techo unos instantes, y entonces bajé la vista a mi atuendo.

Sintiéndome un poco más valiente que de costumbre, me tumbé de costado y me bajé la goma del pantalón para que se me viera la curva de la cadera desnuda. Le saqué una foto. O... bueno, más de una. Quizá más de diez, incluso.

En cuanto tuve el ángulo perfecto, esbocé una sonrisa malvada y se la mandé.

**Jen:** ¿Ves como no miento? :)

La respuesta apenas tardó unos segundos en llegar.

**Jack:** Gracias en nombre de mis sueños.
Acabas de volverlos mucho más interesantes.

# 19

## El equipo de la drog… del rescate

Dormí mejor de lo que había pensado, aunque me desperté mucho más temprano de lo habitual; me puse la ropa de deporte, recogí los auriculares y crucé el pasillo de puntillas. Todas las puertas permanecían cerradas, y Mike aún dormía en el sofá. Intenté cerrar la puerta de la entrada silenciosamente.

Una hora más tarde, cuando volví, ya no había tanta calma. Naya seguía durmiendo, como de costumbre, pero Will, Mike y Spencer estaban desayunando en la barra de la cocina.

—Buenos días, Jenna —me saludó Will al verme.

Los otros dos gesticularon con la cabeza, y aproveché la distracción para robarle una tostada a mi hermano; la lamí antes de que intentara recuperarla.

—¡Oye! ¿Qué clase de anfitrión roba a su huésped?

—El que tiene hambre.

El único que se rio conmigo fue Mike, así que me senté en el taburete que había junto a mi aliado. Spencer se pasó una mano por el pelo y acercó la taza a Will para que le sirviera más café. Inevitablemente sonreí, divertida.

—¿Cansado?

—Las conferencias son agotadoras —observó Mike en el mismo tono que yo.

Will sonreía y negaba con la cabeza.

—Sois unos críos —protestó Spencer.

—¡Y tú eres un abuelo! —lo acusé—. Hace unos años, no te afectaba tanto quedarte despierto hasta tarde.

—Ya llegarás a mi edad, hermanita, y ahí estaré yo para burlarme.

Solo entonces se dio cuenta de que llevaba puesta mi ropa de deporte; entrecerró los ojos, desconfiado.

—¿Has ido a correr sin mí? —preguntó en tono acusador.

—Estabas durmiendo, no pensé que…

—¡Qué traición!

—¡Spencer! ¡Creía que…!

—Ahora me cambio y vuelves a salir. Tienes que enseñarme tu ruta.

Resoplé y escondí la cara entre las manos, pero no sirvió de nada. Ya se había puesto en pie y se dirigía a la habitación de Sue, donde seguramente había dejado sus cosas.

Mike y Will me observaban con expresiones burlonas.

—Ahora eres tú quien parece agotada —comentó el primero.

No tuve más remedio que salir de nuevo; por suerte, Spencer se cansó al poco rato y bajamos el ritmo. De haber tenido que ir a toda velocidad otra vez, probablemente habría escupido un pulmón.

Ya era casi mediodía cuando nos detuvimos en un banco del parque. Quería comprar un helado por el camino, pero Spencer me obligó a coger una bebida energética. Sorbí con resignación, por lo menos sabía a naranja.

—Quería mi helado —protesté.

—Te lo compras cuando me vaya.

—¿Tengo que recordarte la cantidad de veces que te has comido cereales de chocolate delante de mí?

—¿Puedes dejarme ser el hermano responsable por unas horas, por favor?

Sonreí y le di otro sorbo a la bebida. Estuvimos unos segundos en silencio, aún sudábamos por el esfuerzo y teníamos las mejillas encendidas. Y eso que no hacía mucho calor, la gente ya iba en manga larga.

—¿A qué hora tienes que irte?

—El embarque es a las ocho, todavía me quedan unas horitas. La conferencia me fue bien, por cierto —añadió en tono rencoroso—. Gracias por preguntar.

Contuve una sonrisa.

—¿Querías que abriera la puerta de la habitación de Sue para preguntártelo?

—Em… no.

—Pues por eso mismo no lo he hecho. Pero me alegra que te fuera bien.

—Siempre me va bien —aseguró con un guiño—. ¿Y tú, qué?, ¿a qué vienen todos estos botes de pintura en tu habitación?

—¿Cómo sabes…?

—Me lo ha contado Sue.

*Nuestra cotilla favorita.*

—¿A qué viene ese tono de sorpresa? Sabes que hice pintura unos cuantos años.

—Sí, pero hacía mucho tiempo que no te oía mencionarlo.

—Se lo conté a Jack, él me regaló una caja de pintura por mi cumpleaños y he vuelto a aficionarme un poquito.

Lo había contado en un tono neutral, pero entrecerré los ojos al ver su miradita burlona.

—¿Qué?

—Cómo se te ilumina la miradita cuando hablas de tu galán, ¿eh?

—Cállate, idiota.

—Oye, un respeto a tu hermano mayor.

—¿El mismo que el año pasado casi le hizo un placaje al conocerlo? Eso te quitó todos los derechos a burlarte.

—En mi defensa, diré que no lo conocía. Ahora me cae bien. Y no está mal verte con alguien que no sea un gilipollas integral.

A pesar de que sonreía, con eso último aparté la mirada; Spencer suspiró y pasó un brazo por el respaldo del banco, por detrás de mis hombros.

—Lo siento, Jenny. No quería mencionarlo.

—No pasa nada.

Aunque transcurrieran varios años, sospechaba que nunca me gustaría hablar de Monty. De algún modo aún sentía la experiencia demasiado cercana; no sabía cuánto tiempo pasaría hasta que pudiera pensar en ello sin que me importara, o si llegaría a hacerlo, pero por ahora prefería ignorar su existencia.

Por lo menos ya no intentaba ponerse en contacto conmigo, me había dejado tranquila al inicio del verano. Quizá fuera gracias a Naya, pues así que se lo conté, se apresuró a cogerme el móvil para bloquearle el número; cuando me lo devolvió, me aseguró que la próxima vez lo bloquearía a él en persona.

Spencer ladeó la cabeza, un poco preocupado por mi silencio.

—¿Quieres que sigamos?

—No, ahora estoy bien.

—Vale. —Hizo una pausa—. Oye, si te ha molestado lo de…

—¿Has vuelto a verlo?

Él seguía viviendo en la misma zona que Monty, así que era bastante probable.

—Alguna vez —admitió con una mueca—. Ojalá no me lo encontrara más. Pero no se atreve a acercárseme.

—Me alegro de que, por lo menos, no te moleste.

—Como si tuviera valor para molestar a alguien más grande que él.

No hice ningún comentario. Me puse a juguetear con la bebida entre mis dedos.

—¿Y Nel?

—Todavía no lo ha mandado a la mierda, si es lo que preguntas.

—Ya, pero… ¿está bien?, ¿qué tal le van las cosas?

Con ella tampoco había vuelto a hablar desde el funeral de mi abuela, y tenía ganas de saber si su situación había mejorado. De hecho, tenía en mente que su actitud me recordaba a la mía un año atrás.

Spencer se rascó la cabeza, meditando la respuesta.

—¿Qué? —le pregunté, preocupada.

—Bueno…, se ve que no está en su mejor momento. No es ningún secreto.

—¿A qué te refieres?

—Ha adelgazado una barbaridad, apenas sale de casa, la echaron del trabajo… Sus padres a veces se pasan por casa de papá y mamá para pedirles ayuda; como ellos pasaron por lo mismo contigo…

Inevitablemente, resoplé en tono de burla.

—¿Y ellos qué consejos les dan? ¿Que le digan a Nel que espabile porque todo está en su cabeza?

—No lo sé, Jenny. Tampoco les he preguntado demasiado.

Asentí y aparté la mirada. Spencer no comentó nada más sobre el asunto, sino que sugirió que volviéramos a correr. Y eso hicimos.

Cuando esa misma tarde se puso a recoger sus cosas esparcidas por la habitación de Sue, me invadió una sensación muy nostálgica. Me habría gustado que se quedara unos días más, era como si acabara de llegar.

—¿Seguro que no quieres que te acompañe al aeropuerto? —insistí una vez bajamos al portal del edificio.

—Soy mayorcito, Jenny —aseguró, y me envolvió en un abrazo—. Además, ya me sé el camino.

Sonreí. Hasta que me empezó a revolver el pelo con una mano. Di un salto atrás y me lo recoloqué.

—¿Algún día dejarás de hacer eso? —protesté.

—Sí, cuando crezcas.

—¡En febrero cumplo los veintiuno! ¿Cuánto más quieres que crezca?

—A los cuarenta empezaremos a hablar.

Le saqué la lengua, y él soltó una risita divertida; acto seguido, volvió a despedirse y se marchó con su mochila hacia la parada de metro. Me quedé de pie un rato ahí, mirándolo, hasta que dobló la esquina.

No me acordé de que estaba oscuro y hacía frío hasta unos minutos después. En el ascensor, me pasé las manos por los brazos para calentármelos, pero como seguía congelada, en cuanto entré en el piso fui directamente a ponerme una sudadera de Jack. Después volví al salón, donde solo quedaban Mike y Sue; Naya y Will habían salido a cenar juntos.

—Qué carita más triste —bromeó Sue cuando me vio aparecer—. ¿Y si la animamos con una hamburguesa?

—No tengo mucha hambre.

—Yo me como tu parte —me aseguró Mike.

—Para ti, ni agua, parásito.

Mike sonrió de un modo muy parecido a como solía hacerlo antes de que Jack y yo nos fuéramos de viaje.

Me senté a su lado en el sofá y me hundí notoriamente en el respaldo; tanto, que no pudieron obviar que algo iba mal.

—¿Ya echas de menos a tu hermano? —me preguntó Sue extrañada—. Pero ¡si acaba de irse!

—No es eso.

—¿Y qué es? —quiso saber Mike con curiosidad.

—Echa de menos a Ross —aventuró Sue.

—Mmm... tiene sentido.

—¡No echo de menos a nadie! —les aclaré—. Es otra cosa.

Me miraron fijamente unos instantes; claramente, no iban a permitir que los dejara así.

—Estoy preocupada por una amiga.

—¿«Una amiga»? —Sue se llevó una mano al corazón.

—¿Tienes más amigos que nosotros? —Mike también lo hizo.

—Igual no es el concepto más apropiado... ¿os acordáis de la última vez que fumamos?, ¿cuando os conté que tuve un ataque de ansiedad por...?

—Por la amiga que se lio con tu novio —finalizó Sue al ver que yo no podía.

—Sí. Pues es esa chica. Ahora están juntos.

Dejé que la idea se asentara en sus cabezas y, poco a poco, sus expresiones cambiaron de la confusión a la comprensión. Sue torció la boca con desagrado.

—Vale, ya entiendo de qué se trata.

—Spencer me ha dicho que las cosas no le van nada bien. Y en el funeral tampoco me pareció que estuviera en su mejor momento.

—¿Por qué no hablas con ella? —me sugirió Mike, no muy seguro.

—Porque no me responde a las llamadas, me tiene bloqueada.

—Pues llámala desde mi móvil.

Parpadeé unas cuantas veces antes de incorporarme de repente. Pues claro, ¿cómo no se me había ocurrido antes?

—Quizá me cuelgue igualmente —dije, casi como advertencia de que no debía hacerme ilusiones.

—Por lo menos lo habrás intentado —opinó Sue.

En eso tenía razón.

Tomé el móvil de Mike y, con las manos un poco más temblorosas de lo que me gustaría admitir, marqué el número de mi antigua mejor amiga. Curiosamente, aún me lo sabía de memoria. Después me senté otra vez y activé el altavoz. Ambos se habían inclinado hacia delante para oírlo mejor.

Cada pitido me hizo eterno. Nel no era de esas personas que te responden a la primera; de hecho, no solía estar muy pendiente del móvil, era muy probable que no viera la llamada entrante a tiempo.

No obstante, al tercer pitido oí un ruido al otro lado de la línea. Miré a mis dos amigos con los ojos muy abiertos.

—¿Sí? —respondió Nel.

Su voz sonaba normal. Cansada, quizá. Pero normal.

—Hola, Nel —murmuré—. Por favor, no cuelgues.

Ella se quedó en silencio unos segundos, me pareció que contenía la respiración.

—¿Qué…?, ¿qué haces llamándome? ¿Tienes un número nuevo o…?

—Es de un amigo.

De nuevo, silencio. Esa vez duró un poco menos.

—No quiero hablar contigo.

—¡Espera! —exclamé cuando oí que movía el móvil. Estaba segura de que iba a colgarme—. Solo quería preguntarte cómo estás. Solo eso. Dímelo, y luego, si quieres, me cuelgas.

—Estoy bien. ¿Contenta?

—No. Por lo menos dime la verdad.

—Acabo de hacerlo.

—No. Spencer me lo ha contado todo.

Entonces dudó. Mike y Sue intercambiaron una mirada.

—¿Qué es «todo»? —preguntó Nel.

—Que has perdido tu trabajo, por ejemplo.

—No lo he perdido, ¿vale? Lo dejé yo misma.

—¿Por qué?

—¿Y a ti qué te importa?

Cerré los ojos e inspiré profundamente.

—Mira, Nel…, sé por lo que estás pensando ahora mismo. Yo me encontraba en la misma situación que tú, y sé que no es…

—¿Por qué te crees que sabes algo sobre mi situación?

—¡Porque he pasado por lo mismo!
—¿Y cómo lo sabes? No tienes ni idea de mi situación…
—¡Porque no me lo cuentas!
—¡Porque te fuiste hace meses! —corrigió—. ¡Ya prácticamente no nos conocemos, Jenna!
—¡Ni siquiera nos hablábamos, Nel!
—¡Podrías haberlo intentado!
—¡Y tú también!
—¡No, yo no!
Quizá eso se le escapó, pues permaneció callada un momento. Casi podía ver su expresión de horror.
—¿No? —le pregunté al final.
Ahora fue ella quien inspiró profundamente. Se pasó tanto tiempo en silencio que miré a mis amigos. Mike y Sue estaban muy atentos a la conversación.
Ya pensaba que Nel me colgaría cuando, de pronto, volvió a hablar:
—No es tan fácil.
Eso lo había dicho en voz más baja. Por primera vez, me dio la sensación de que sonaba distinto a la chica que había sido mi amiga, siempre tan enérgica y decidida. Y esta persona no lo era, hablaba como si tuviera que medir cada una de sus palabras.
—No es tan fácil —repitió en voz baja.
—Tampoco es tan difícil como parece, Nel. Te lo juro.
Ella soltó algo parecido a una risa ahogada.
—¿Y me lo dices tú?
—Sí, te lo digo yo. Estás en la misma situación en la que estaba yo.
—No, Jenna. No tienes ni idea.
—¡Pues explícamelo!
Ella suspiró.
—Tú vivías lejos, habías encontrado un grupo que te ayudaba… yo estoy aquí, encerrada con él. Por mucho que me alejara, me encontraría enseguida.
—A mí me ha dejado en paz.
—¡Tú te has ido!
—Pues haz como Jenna —intervino Sue de repente—. Vente a la uni, que todavía no han cerrado las matrículas.
—¿Quién…?
—O que se venga aquí sin universidad de por medio —opinó Mike—. No todo empieza y termina ahí, ¿sabes?
—Sí, sé que no es tu caso, agente Mike.

Mientras él le sacaba la lengua, noté que Nel balbuceaba.

—¿Quién es esa gente? ¿Qué…?

—Son dos amigos un poco cotillas —le expliqué—. Pero tienen razón, ¡seguro que encuentras algo por aquí!

—Sí, claro… La vida no es tan fácil, Jenna.

—Tus padres están forrados, podrían ayudarte una temporada. Y más, si es para alejarte de Monty.

Al oír eso, sí que se lo pensó.

—P-pero… no sé cómo…

—¡Podríamos ir a buscarte! —exclamó Mike de repente.

Sue hizo una mueca.

—Oye, relaja ese plural, que yo no me he apuntado a…

—¡Tenemos el coche de mi hermano!

—No creo que él esté muy dispuesto a cederlo —opiné, dubitativa.

—Si se lo pides tú, seguro que nos lo presta.

Sue no estaba muy convencida.

—¿Cuántas horas hay en coche?

—Unas… cinco, más o menos.

—¡¿Cinco?!

—Em… —La voz de Nel nos interrumpió—. ¿Alguien ha pensado que igual no quiero que vengáis?

Los tres nos quedamos mirando el móvil un momento.

—¿No quieres? —le pregunté.

—Em…, no sé. ¡Es que es todo muy precipitado!

—Como debe ser —declaró Sue, muy digna.

—Y se va a enfadar.

—Bueno —intervino Mike—, tú no estarás ahí para verlo. Que se enfade cuanto quiera.

Aquello la dejó unos segundos en silencio.

—Vale —dijo finalmente—. Sí… Vale.

Convencer a Jack de que nos dejara el coche fue más fácil de lo que habíamos creído. Solo tuve que decirle que era una situación de emergencia. Su única condición fue que no condujera Mike, así que Sue se convirtió en la chófer oficial de la noche.

El viajecito con ellos no fue precisamente del todo tranquilo. Sue se bebió dos cafés por el camino —aunque no tenía sueño—, Mike no dejó de parlotear, cantar o bailar en el asiento trasero y yo estuve todo el rato mordisqueándome las uñas.

Me resultó bastante raro llegar a mi antiguo barrio con esa compañía. Sue era la única que nunca lo había visitado y Mike no se acordaba de nada, así que les expliqué la historia por el camino. Parecían bastante fascinados, como si no se creyeran que todas aquellas cosas hubieran sucedido en un lugar tan pequeño.

—¿Y dónde vive tu amiga? —me preguntó Sue al frenar en un *stop*.

—Dos calles más abajo. No queda muy lejos de la casa de mis padres.

—¿No vamos a visitarlos? —quiso saber Mike, asomado entre los asientos delanteros.

Permanecí unos segundos en silencio.

—No creo que sea lo más apropiado.

—Son tus padres, tú mandas.

Si algo me gustaba de esos dos era que, si bien les gustaba cotillear, entendían perfectamente los límites de cada persona: cuando no quería hablarles sobre algún asunto, nunca insistían.

Sue aparcó el coche de Jack al otro lado de la calle de Nel. Nos bajamos los tres con los nervios a flor de piel, pero me tranquilizó mucho no ver ni rastro del coche ni de la moto de Monty; tampoco de los vehículos de los padres de Nel. Claramente, no había nadie más que ella en casa.

Me resultó muy extraño subir los escalones de su porche, especialmente con Mike y Sue flanqueándome. Aun así, intenté hacerlo con rapidez y llamé al timbre.

Nel abrió prácticamente al instante. Me sorprendió ver lo frenética que parecía; arrastraba una bolsa de mano y llevaba una mochila colgada de los hombros. Sin duda, nos había estado esperando.

Igualmente, se me hizo raro tenerla ahí enfrente, y más sin que mediara hostilidad entre nosotras.

Nel se quedó mirándome con los ojos muy abiertos, el pecho le subía y bajaba a toda velocidad.

—Hola —musitó.

—Hola… Estos son Mike y Sue, los has conocido por teléfono.

Los aludidos agitaron la mano a modo de saludo. Nel asintió con la cabeza, pero estaba tan nerviosa que apenas procesó la información.

—¿Es ese coche?

—Sí —dije—. Podemos irnos cuando quieras. ¿Has avisado a tus pad…?

—Lo saben todo —aseguró, y se apresuró a cerrar la puerta tras de sí—. Vámonos, por favor.

Asentí con la cabeza y me agaché para ayudarla con una de las bolsas, pero su expresión me detuvo. Se había quedado lívida. Sobresaltada, volví la cabeza y me quedé con la misma cara que ella al ver a Monty postrado en la acera.

Él estaba tal cual lo recordaba en mi memoria, quizá un poco más musculoso. Tenía entendido que trabajaba en el gimnasio porque lo habían echado del equipo de baloncesto. En esos momentos, de hecho, llevaba puesta ropa de deporte, una bolsa colgada del hombro y unos auriculares que se quitó así que nos vio. Estaba claro que acababa de terminar su turno.

—¿Qué...? —empezó, contemplando a Mike y Sue. Su expresión de confusión se disipó al descubrirme, y sus rasgos se ensombrecieron—. Ah, ya veo.

Esas palabras bastaron para que Nel me mirara con desesperación, como si esperara que yo supiera qué hacer; pero no lo sabía. Sin embargo, me di cuenta de que mi expresión no era la misma que la suya; de que, aunque Monty me daba miedo por motivos obvios, ya no me entraba el pánico nada más verlo, ya no me sudaban las manos ni se me bloqueaba el cerebro. Temía su reacción, pero ya no me atemorizaba.

Me incorporé sin la bolsa de Nel para volverme hacia él. Monty clavó la mirada en la mía; conocía esa expresión, estaba furioso.

Cuando quiso abrir la boca, sin embargo, lo atajé antes de que dijera nada:

—No puedes estar tan cerca de mí. Tienes una orden de alejamiento.

Monty se quedó unos segundos en silencio. Entonces, soltó una risa irónica y, con toda la calma del mundo, escondió el móvil y los auriculares dentro de la bolsa.

—¿Qué le has estado contando, Jenny? —Se aseguró de que mi nombre sonara como un insulto a pesar de su tono calmado—. ¿Le has dicho que me dejara?, ¿es eso?

—Le he contado la verdad. Nada más.

Monty ladeó la cabeza. Había esbozado una pequeña sonrisa que no alcanzó sus ojos. Seguía mirándome.

—¿Sabes lo que me parece? Que no puedes soportar que la gente sea feliz sin ti. Y te jode que tengamos una buena relación, porque eso significa que el problema no era yo, sino tú.

Estuve a punto de soltar una risa irónica parecida a la suya, pero él siguió hablando:

—¿No estabas tan bien con tu nuevo novio? ¿Qué haces aquí?, ¿por qué sigues metiéndote en mi vida?

—¡Tú eres quien se mete en mi vida! —exclamé, indignada—. ¡Tú me llamaste por lo de mi abuela, y sigues hablando con mis padres!

—¿Qué quieres que haga? Vivimos en el mismo pueblo. Quizá eres tú la que debería intentar relacionarse más con su familia, pero prefieres irte al otro lado del país. ¿En serio te extraña que pasen de ti?

Abrí la boca para responder, pero entonces Mike intervino y me cogió de la muñeca.

—Deberíamos irnos —dijo en voz baja. Fue una de las pocas veces que lo vi serio—. Esta conversación no arreglará nada.

—Exacto. —Sue señaló el coche—. Venga, vámonos.

No iba a ser tan fácil; aun así, hice un gesto afirmativo a Nel. Ella tragó saliva y recogió su mochila, que había dejado caer por el pánico del momento. Mike recogió su bolsa de viaje, y Nel se puso automáticamente entre Sue y yo.

Para mi sorpresa, Monty no se movió. Se limitó a seguirnos con la mirada. No obstante, cuando pasamos a su lado clavó los ojos en Nel.

—¿Te vas? —le echó en cara—. ¿No te molestarás ni en despedirte?

—Pasa de él —le recomendé en voz baja.

Nel hizo lo propio y apretó el paso; notoriamente, deseaba llegar al coche. Pero no pudo, la mano de Monty salió disparada y la cogió por la manga de la sudadera. Ella dio un respingo y se detuvo en seco.

—Te estoy hablando —recalcó él—. Por lo menos, podrías mirarme a la cara.

Ella se volvió para hacerlo. Tenía los labios pálidos, y la mano con la que sujetaba la mochila estaba apretada con tanta fuerza que sus nudillos se habían puesto blancos.

Por impulso, me adelanté antes que Sue o Mike y le cogí la muñeca a Monty con fuerza. Él se volvió hacia mí, sorprendido.

—¿Qué haces?

—Suéltala —advertí.

—No te metas en esto.

—Lo haré si quiero.

Me sorprendió la firmeza de mi voz y lo persistente que era mi agarre en su muñeca. Nel intentaba alejarse, estaba claramente aterrada, pero Monty no dejaba de mirarme. Por primera vez desde que lo había conocido, me pareció atisbar un asomo de duda en su mirada.

—Suéltala —le repetí en voz baja, pero imponente.

La imagen de Jack enfrentándose a su padre me vino a la mente: me acordaba de lo que había hecho, y sin usar la violencia; de hecho, le había dejado claro que no necesitaba golpearlo para demostrarle quién tenía la voz cantante en aquel pasillo. Y me descubrí a mí misma intentando hacer lo mismo con Monty.

Él, por cierto, entrecerró los ojos.

—Es mi novia, no tu puto problema.

—Es mi mejor amiga, y sí que es mi puto problema. Especialmente cuando veo que el chico que casi me arruinó la vida intenta hacerle lo mismo a ella. Suéltala, Monty.

Para asombro de todos, la soltó. Nel retrocedió un paso y Sue la sujetó para que no se cayera. Monty se había girado por completo hacia mí y, aunque tuve que echar la cabeza atrás para mirarlo, no dejé que me intimidara. No me moví, no cambié un solo gesto. Solo le devolví la mirada.

—¿Te crees muy valiente? —me preguntó con una ceja enarcada—. Sigues siendo la misma chica insegura de hace dos años, Jenny. Lo único que ha cambiado es que ahora te haces la valiente porque sabes que tienes a dos idiotas que te defienden. Pero no te engañes, por mucho que ahora te hagas la dura, estabas enamorada de mí. Y sabes que lo que pasaba, todo eso de lo que tanto te quejabas, era recíproco; esa es tu carga. Nunca podrás querer al imbécil con el que sales ahora, porque él nunca te tratará como te trataba yo. Eres patética.

Ahora fui yo quien soltó una risotada, bastante más sonora y exagerada de lo que esperaba, que le hizo torcer el rostro.

—¿Enamorada? —repetí lentamente, sin poder creérmelo—. Monty, por favor…

—¿Qué?

—Puede que yo siga teniendo inseguridades, pero al menos no me dedico a arruinarle la vida a los demás para compensarlas. Esa es la diferencia, Monty, y la razón por la que no estoy contigo. A Jack lo amo, a ti ni siquiera llegué a quererte; ni va a hacerlo nadie. ¿Hablas de cargas?, pues esa es la tuya. Y eso sí que es patético.

*Lo a gusto que se queda una.*

Una vez lo hube soltado todo, exhalé una bocanada de aire. Me había quitado un peso enorme de encima.

Pero no contaba con que Monty no tenía por qué reaccionar del mismo modo que el señor Ross; al fin y al cabo, eran dos personas distintas. Y, pese a que la reacción del primero fue quedarse paralizado, la del segundo fue bastante más expresiva.

Vi que iba a lanzarse sobre mí mucho antes de que hiciera el primer movimiento, y por instinto me eché atrás. Conocía ese gesto, intentaría cogerme del cuello.

Quizá Nel o Sue no lo reconocieran, pero Mike sí, él lo había visto muchísimas veces. Por eso se adelantó mucho antes que ellas y le dio un empujón a Monty para que se alejara de mí.

Aunque se sorprendió, mantuvo el equilibrio y se volvió hacia Mike. El pecho de este subía y bajaba con rapidez.

—¿Qué...? —empezó Monty, pero enseguida lo interrumpió.

—¡Déjalas tranquilas de una vez!

Sospecho que el grito nos sorprendió a todos por igual, porque incluso Monty frunció el ceño, estaba confundido. Daba la sensación de que Mike se lo estaba tomando de un modo más personal de lo estrictamente necesario.

—¿O qué? —preguntó Monty al final, y avanzó un paso hacia él—. ¿Qué vas a hacer al respecto?

Mike ni siquiera se lo pensó. Le lanzó un puñetazo directamente a la cara. Sin embargo, lo hizo tan despacio que Monty lo vio venir, y finalmente fue él quien dio el puñetazo a Mike.

El crujido de un hueso me hizo brincar, y quedé especialmente aterrada cuando Mike se dobló sobre sí mismo para sujetarse la nariz. Una parte de mí totalmente irracional se lanzó hacia delante para detener a Monty, aunque la otra sabía que no conseguiría nada; no podía competir contra su fuerza bruta, pero tampoco podía permitir que pegara a Mike de ese modo.

No obstante, no fue necesario: justo cuando Monty iba a lanzarse otra vez sobre él, Sue apareció entre ambos. El movimiento fue tan rápido que apenas vi el impacto de su mano contra el cuello de Monty y, acto seguido, a este tosiendo desesperadamente para recuperar el aire.

—¡Vamos! —gritó Sue.

Quiso dirigirse hacia el coche, pero Monty estaba en mitad de camino. Sin pensar con mucha claridad, señalé el lado opuesto de la calle.

—¡Por aquí!

Cogí a Nel del brazo sin pensarlo y corrí detrás de Sue y Mike. Para mi sorpresa, este último se reía sin dejar de sujetarse la nariz sangrante.

—¡Qué pasada! —exclamó—. ¡Casi te lo cargas de un pellizco!

—¡¿Te parece que es el momento de pensar en eso?!

Estuve a punto de apoyar la queja de Sue, pero entonces nos detuvimos todos de repente para mirar sorprendidos algo que había pasado a toda velocidad a nuestro lado, en dirección contraria.

Casi me caí de culo al suelo cuando vi que era mamá.

Iba corriendo con una escoba en la mano y no dudó un segundo en lanzarse sobre Monty, que al parecer nos estaba persiguiendo. Abrí los ojos como platos cuando le abatió la escoba contra la cabeza, una y otra vez.

—¡Déjalos tranquilos! —chillaba mamá, dándole repetidamente a una velocidad que, con honestidad, era impresionante—. ¡Maleante! ¡Rastrero! ¡Robaperas! ¡RUFIÁN!

Acompañó el último insulto con un golpe que casi rompió la escoba contra su espalda. Monty intentaba cubrirse con los brazos, pero era inútil, los golpes no cesaban.

—¡He llamado a la policía! —le advirtió mamá—. ¡Vas a saber lo que es bueno!

Eso sí que lo hizo reaccionar. Monty estiró la mano e intentó agarrar la escoba; mamá la apartó para impedírselo y, acto seguido, él aprovechó para salir corriendo. No se detuvo hasta que recogió la bolsa que había dejado un rato antes en el suelo, y siguió corriendo calle abajo hacia su casa.

Para cuando mamá se giró hacia nosotros, los cuatro la contemplábamos con perplejidad. Ella respiraba agitada, pero cuando se nos acercó parecía muy orgullosa de sí misma; y preocupada por nosotros, claro.

—¿Estáis bien?, ¿os ha hecho daño?

Estaba tan pasmada que tan solo pude señalar vagamente a Mike. Su nariz no dejaba de sangrar. Mamá soltó un grito ahogado y se acercó rápidamente para verle la herida.

Mientras tanto, oímos unos pasos lentos y pesados detrás de nosotros. Papá se plantó a nuestro lado, agotado, y apoyó las manos en las rodillas. Tardó casi un minuto en poder hablar:

—Tranquilos, tranquilos… —jadeó como pudo—. Yo os salvo, no os preocupéis.

La nariz de Mike dejó de sangrar en pocos minutos, y Sue prometió que nos enseñaría a hacer el truco del cuello en cuanto llegáramos al piso. Al final resultó que mamá no había llamado a nadie, pero sirvió para que Monty no volviera a aparecer; tampoco intentó contactar a Nel por ningún medio, y fue un alivio.

Por lo pronto, seguíamos en casa de mis padres. Habían insistido en que no viajáramos en plena noche, y no les faltaba razón. La única que podía conducir era Sue, y claramente se sentía agotada, no era muy buena idea.

Si bien las últimas veces que estuve en esa casa las situaciones no habían sido sencillas, en esa ocasión me sentí sorprendentemente cómoda. Papá y mamá prepararon la antigua habitación de Steve y Shanon para Mike y Sue, mientras que yo decidí compartir la mía con Nel. Era muy tarde, casi las dos de la madrugada, así que ellos no tardaron en desaparecer. Cuando me asomé al dormitorio, encontré a cada uno en su cama individual: Sue dormía como si fuera un vampiro en un sarcófago, mientras que Mike estaba despatarrado con una pierna colgando en cada lado del colchón.

Cerré la puerta sin hacer ruido y me encaminé a la mía. Sin embargo, me encontré a papá en mitad del pasillo; ya llevaba el pijama puesto.

—Te ha gustado mi intervención en la pelea, ¿eh? —bromeó en voz baja, para no despertar a nadie—. Cuando nos pregunten, podemos decir que llegué a tiempo para hacer algo útil.

Sé que su intención era hacerme reír, pero ni siquiera hice un amago de sonrisa. Papá suspiró.

—Mira, Jenny... sé que no nos hemos portado del todo bien contigo...

—No, no lo habéis hecho.

Pareció algo sorprendido por la interrupción, pero, aun así, siguió hablando:

—Tienes derecho a estar enfadada.

—Lo estoy.

—Jenny..., solo quiero decirte que puedes volver a casa. Estoy intentando disculparme.

—Pero estas no son maneras. No después de meses sin apenas hablarnos, de echarme el día del funeral de la abuela y de no haberos creído lo de Monty hasta que le ha pasado a alguien más. —Hice una pausa, intentaba recuperar la compostura—. Os agradezco la ayuda que me habéis dado esta noche, pero no ha cambiado nada. Mañana nos iremos.

No esperé su respuesta, y él se apartó para dejarme pasar.

Nel ya estaba metida en la cama cuando entré en mi habitación. Se había puesto uno de los pijamas de su bolsa y miraba el techo bastante abrumada. En cuanto cerré la puerta, se incorporó sobre los codos para ver mi expresión.

—He escuchado la conversación —confesó con una mueca—. Lo siento.

—No lo sientas, alguien tenía que decirlo.

Ya me había lavado los dientes y puesto un pijama, así que aparté las sábanas y me tumbé a su lado. En cuanto apagué la luz, nos quedamos en silencio durante un buen rato.

—Vaya noche —murmuró Nel al final.

Asentí en medio de la oscuridad.

—No me esperaba acabar el día contigo, la verdad.

A pesar de los nervios, soltó una risotada y me dio una palmadita en el brazo.

—¿No soy suficientemente buena para ti o qué?

—Bueno, no eres mi preferencia, hay que admitirlo.

Ambas nos reímos, pero después de eso nos quedamos calladas. Nel suspiró y cogió una de las almohadas para rodearla con los brazos.

—Gracias por venir —murmuró al final.

—No hay de qué.

—No, en serio... Gracias por haber insistido. Después de todo lo que pas...

—Nel, honestamente... prefiero olvidarlo.

Y lo decía porque, si me ponía a recordarlo, no sería capaz de mirarla del mismo modo.

—Vale —accedió—. Buenas noches, entonces.

Murmuré algo a título de despedida y me tumbé dándole la espalda. No obstante, Nel volvió a hablar al cabo de unos pocos segundos.

—Gracias por haberme ayudado aunque ya no seamos amigas.

Abrí los ojos, pero no me giré, seguía de espaldas.

—Tú habrías hecho lo mismo por mí.

No era cierto, ambas lo sabíamos. Aun así, no me contradijo.

—Desde aquí veo la casa del árbol. Desde que te manché la alfombra, no me has dejado pisarla de nuevo.

—Un merecido castigo por tu grave ofensa.

—Fui desterrada, pero con motivo.

—Exacto.

—Éramos felices en esa época, ¿eh? —Reflexionó un momento—. Siento haberlo arruinado.

Mi sonrisa se borró lentamente. A pesar de que había esperado esa disculpa mucho tiempo, al recibirla me di cuenta de que no era la correcta.

—Nunca fue culpa tuya, Nel. Ni tuya ni mía.

Ninguna de las dos dijo nada más en toda la noche.

No sé quién quedó más sorprendido a la mañana siguiente, si los gemelos o Spencer, que fue a casa de mis padres a saludarlos y nos encontró a todos desayunando en la mesa de la cocina.

Tenía ganas de volver a mi casa, así que no dejé que se enredaran demasiado, antes de las nueve ya estaban todos en el coche; solo faltaba yo, que estaba metiendo las cosas de Nel en el maletero. Papá y mamá se acercaron con un semblante dubitativo a despedirse.

—Tened cuidado en la carretera —nos pidió ella—. Y parad a comer algo.

—Vale.

—Llámanos cuando llegues a casa —dijo él.

—Muy bien.

Cerré el maletero y rodeé el coche, pero se pusieron en medio para impedirme el paso.

—Y lo sentimos mucho, cariño —añadió mamá en voz baja.

Los miré a ambos, sin entender cómo me sentía. No quería decirles que seguía enfadada; de hecho, una parte de mí no quería seguir enfadada, pero la otra se negaba a sentirse otra vez como un año atrás.

Para zanjar el asunto, les abracé brevemente a los dos y me di la vuelta para subir al coche. Ellos, en vez de insistir, simplemente nos desearon un buen viaje.

En esa ocasión, me quedé dormida varias veces durante el trayecto. No fue el caso de mis tres compañeros: Mike y Sue se pasaron todo el viaje cantando canciones de la radio; y aunque Nel no se animó del todo al principio —pues estaba cortada y avergonzada—, cuando me desperté por segunda vez ya cantaba con ellos a pleno pulmón. Puse los ojos en blanco y traté de taparme los oídos, pero no sirvió de nada.

Bajé la mirada. El móvil vibraba. Oh, oh. Una llamada de Jack.

En cuanto Sue hubo bajado el volumen, contesté:

—Dime que no acabas de llegar, por favor —supliqué.

—Admito que lo último que me esperaba cuando me pediste el coche era llegar a casa y encontrarme con que te has dado a la fuga con Mike y Sue.

Esbocé una pequeña sonrisa, cansada.

—Lo siento mucho, Jack.

—No te disculpes. Lo bueno de esta relación es que siempre encuentras el modo de sorprenderme. —Por el ruido que oí, deduje que se había dejado caer en el sofá—. ¿Puedo preguntar qué has ido a hacer, por lo menos?

Miré de reojo a mis tres compañeros de viaje; ninguno me miraba, pero todos parecían atentos.

*Cotillas.*

En cuanto me vino a la memoria la cara de Monty, estuve tentada de decirle, para que no se preocupara, que solo habíamos ido de visita a casa. Sin embargo, me acordé del trato: nada de mentiras.

—No te enfades… —le pedí en voz baja.

Jack tardó un momento en responder; su humor se disipó.

—Si me lo planteas así, ya me enfado.

—Es que pensarás que es mucho más de lo que en realidad…

—Jen, ¿por qué no me dices qué es, y así decido yo si quiero enfadarme?

No era un mal plan. Apoyé la cabeza en la ventanilla y, tras unos segundos de duda, decidí contárselo todo. Jack no dijo absolutamente nada, lo que paulatinamente me fue poniendo más nerviosa. Necesitaba saber ya si se había enfadado o no; o, por lo menos, qué reacción me esperaría al llegar al piso.

Para cuando terminé la explicación, incluso Sue, Nel y Mike estaban a la expectativa de su respuesta.

—¿Estás enfadado? —le pregunté al final.

—No lo sé —admitió.

Le dejé unos segundos para pensárselo, y al final exhaló un suspiro.

—De haberlo sabido, probablemente no te habría dejado el coche.

—¡Jack!

—¿Qué? Es peligroso, podría haber acabado muy mal.

—Pero ha acabado bien.

—Pero podría…

—¡Pero ha acabado bien! —gritó Sue contra el móvil—. Déjate de dramas.

Jack volvió a suspirar.

—A veces me acuerdo de por qué al principio me caía mal.

—Pues fue quien nos quitó a Monty de encima.

—Aunque otras veces me cae bien.

Pese a que la conversación había finalizado de un modo regular, cuando Sue entró el coche en el aparcamiento, inevitablemente sentí la emoción previa al reencuentro. Nel ya se había marchado, sus padres le pagaban una habitación de hotel hasta que encontrara un sitio donde quisiera quedarse y, aunque los tres le ofrecimos instalarse en nuestro piso, prefirió estar sola. No podía culparla, necesitaba una buena temporada de soledad.

—Así que esa era la famosa amiga —comentó Sue mientras entrábamos en el ascensor.

Asentí con pesadez.

—Esa era. La más lista, más guapa…, más de todo.

—Sí que estaba más buena que tú —soltó Mike.

El codazo de Sue lo hizo brincar.

—¡Oye!

—¡No seas tan capullo!

—¡Bueno, Jenna tiene más personalidad!

—¿Y si dejamos de hablar sobre esto? —sugerí con una mueca.

Por suerte se abrieron las puertas del ascensor, y nos sirvió de excusa para cortar la conversación. Abrí la puerta de casa con los nervios a flor de piel, pero me tranquilizó ver las cabecitas de Naya y Will asomando tras el respaldo del sofá. Parecían contentos.

—Mira quién ha vuelto. —Naya arqueó las cejas varias veces.

—¿No nos habéis traído algún regalo de la aventura? —preguntó Will.

—Hemos traído el coche de Ross entero. —Sue se encogió de hombros—. Eso sí que es un buen regalo.

El aludido estaba sentado en el otro sofá. Su maleta seguía junto a la cocina; sin duda, se había echado una siesta, pues todavía se frotaba los ojos y tenía cara de cansancio.

Dudé un momento antes de acercarme a él. No sabía si reaccionaría bien o mal. Sin embargo, supe la respuesta en cuanto vi cómo suspiraba y se incorporaba. Pasó a mi lado, pero no hizo mucho más que asentir con la cabeza a modo de saludo. Ni abrazos, ni besos, ni nada.

—Jack… —empecé.

—Ahora no —me pidió con voz de agotamiento.

Los demás observaron cómo se encerraba en la habitación y, acto seguido, me miraron para ver qué hacía yo. Tras pensármelo unos segundos, cogí la maleta y la arrastré tras él.

Me encontré a Jack tumbado en la cama y con una almohada sobre la cabeza. En cuanto me oyó, suspiró de nuevo.

—Ahora no —repitió con la voz tensa.

—Solo quiero explicar…

—¿Qué?, ¿que has pasado de avisarme cuando quedamos en que nos consultaríamos las cosas? Especialmente en casos como este…

—¡Fue muy precipitado!

—Igual que mi viaje. Y estoy cansado. Ahora no —repitió por tercera vez, y ya no me dio pie a responder. Se giró para quedar de espaldas y fingió que se había olvidado de mi existencia.

Como sabía que no sacaríamos nada más en claro, lo dejé solo en la habitación.

# 20

## Navidades en familia

En los meses siguientes acabé por acostumbrarme a las ausencias de Jack; se iba unos días, volvía con alguna comida típica del lugar que había visitado, se marchaba otra vez... Y, ciertamente, parecía contento; le gustaba tener algo que hacer, también conocer a sus fans y a sus directores, actores y productores favoritos. Adoraba el ambiente en el que se movía, se notaba muchísimo.

Por si eso fuera poco, paulatinamente se había hecho más y más conocido; antes era famoso en su ciudad, por supuesto, pero su estrellato ya había empezado a traspasar esa muralla para llegar a gente de distintas ciudades, países e incluso continentes. En cuanto se soltó en las entrevistas y empezó a hacer sus bromas habituales, a todo el mundo le encantó. Sue se obsesionó con el aumento de visitas a los vídeos donde aparecía él, así que lo supervisaba, mientras que los demás nos conformábamos con verlos en televisión.

Pero no todo era tan bonito, claro. A finales de septiembre, empecé el segundo curso de carrera totalmente sola, pues Curtis ya no estaba ahí para ampararme. Lo cierto es que los primeros días fueron difíciles y, aunque conocía a algunos alumnos del curso anterior, no tenía una gran relación con ellos; muchas veces me sentía sola, y perdida con el temario. Hasta que un día lo hablé con Will y me animó a que fuera yo quien iniciara conversación con los demás. Me dio mucha vergüenza, pero funcionó, y desde ese día, aunque carecía de amigos íntimos, sí que tenía compañeros de clase con quienes hacer los proyectos.

Precisamente al salir de un aula en la que habíamos estado trabajando en uno de ellos, me pareció oír el clic de una cámara; la busqué por todas partes, sin éxito. Al menos, hasta que a la semana siguiente una de las revistas más importantes del país publicó un artículo sobre Jack y añadió mi foto, presentándome como su novia.

Me enfadé, pero cuando Jack nos llamó desde Alemania y oímos cuán furioso estaba, a todos se nos pasó el cabreo para intentar tranquilizarlo.

—Tío, relájate —le sugirió Will—. No es tan grave como parece.

Él, Naya y yo estábamos en el salón, con mi móvil sobre la mesita de café y el altavoz activado.

—¡No me calmo! —espetó Jack, todavía furioso—. ¿Quién coño se creen que son para meterse en la intimidad de la gente de ese modo? ¿Y si ven la universidad a la que va Jen?, ¿y si empiezan a molestarla?

—Jack —le interrumpí en el tono más suave que pude—, ha salido esta mañana y todavía no me ha molestado nadie. Creo que en la foto no se reconoce qué universidad es.

Él soltó un bufido exasperado, pero al menos su tono se calmó un poco.

—Se acabaron las colaboraciones con ellos.

—No seas tan extremo —le pidió Will.

—Cállate.

—No seas tan extremo —le repetí yo.

—Vale.

Will levantó la cabeza para mirarme, indignado.

—¡Acabo de decirte lo mismo!

—Bueno, pues tú no has sonado tan convincente.

Era la primera vez en una buena temporada que estábamos de acuerdo en algo; desde el día que habíamos ido a buscar a Nel, concretamente. Aunque no teníamos confrontaciones directas, sentía que algo en el aire nos impedía estar tan cómodos como de costumbre. Alguna vez quise sentarme a hablarlo con él, pero, de tanto posponerlo, nos habíamos olvidado de comentarlo, pues entre sus viajes y mis clases, era difícil encontrar un momento para algo que, en el fondo, no queríamos enfrentar.

Mientras su mejor amigo se indignaba, Jack soltó una retahíla de palabrotas al otro lado de la línea. Naya suspiró y se dejó caer en el sofá.

Ella, por cierto, ya estaba embarazada de casi ocho meses y, si bien había asistido a clase todo el otoño, en diciembre empezó a encontrarse mal y a llamarnos para pedirnos ayuda. Finalmente, Will la convenció para terminar el semestre desde casa y, por suerte, ningún profesor le puso pega alguna.

Solo había un pequeño problemita…

¡¿*Pequeño*?!

… la convivencia.

Naya, habitualmente, ya era… complicada. Pero la Naya nerviosa debido al embarazo y, por encima de todo lo demás, aburrida de quedarse en casa… estaba en otro nivel.

A veces cocinaba el día entero, en otras ocasiones se tiraba en el sofá y pasaba de moverse, luego le daba por limpiar o se enfadaba por cualquier chorrada conmigo, Sue o Mike; se trataba de tener un cambio diario. Llegó un punto en que entraba en casa con la guardia alta por si le daba el ramalazo de lanzarme un zapato en cuanto yo cruzara el umbral.

Sin embargo, eso nunca sucedió. De hecho, pese a sus cambios de humor, seguía siendo muy buena amiga. Como Will había empezado las prácticas de abogado en un bufete y llegaba agotadísimo, era yo quien a menudo se quedaba con ella hasta las tantas de la noche, charlando y viendo películas o series, pues al pasarse el día durmiendo, por la noche no tenía mucho sueño.

Una de esas noches, mientras utilizaba el cacharro del latido —ese que por fin le funcionaba—, la miré de soslayo, no pude evitarlo.

—¿No tienes curiosidad por saber si es niño o niña? —le pregunté mientras me comía otro nacho embadurnado de queso fundido.

Sí, también habíamos adoptado las comidas a deshoras.

*Poco se habla de lo buenas que están.*

—No sé —murmuró Naya. Luego, me dio los cascos para que pudiera escuchar el latido. Me puse uno en una oreja y sonreí al oírlo—. Mientras esté sano, que sea lo que quiera.

—¿Has pensado algún nombre?

—¡Muchos!, pero a Will no le gustan.

—Oh, ¿y eso? ¿Cuáles son?

—Gabriela, Michelle o Kim.

Al oír el segundo, me aparté el casco de la oreja.

—¿Michelle?, ¿en serio?

—¡No es por ti! Es por la canción de los Beatles. Así puedo cantársela cuando crezca. —Al ver mi cara de asco, dedujo que era por un motivo distinto al verdadero—. ¡Es muy pegadiza! ¿No la conoces? *Michelle, ma belle, these are words…*

—Por favor, no cantes más.

—Gabriela es por la de High School Musical —añadió con una amplia sonrisa.

—Naya…

—Y Kim es…

—Por favor, que no sea Kardashian.

—… ¡por Kardashian!

—Estoy intentando no juzgarte, con todas mis fuerzas.

—¡Son nombres preciosos!

—¿Y cuál le gusta a Will?

—Jane.

Silencio. Incliné la cabeza para indicarle que siguiera, pero ella la movió de lado a lado.

—No hay explicación, simplemente le gusta.

—Ah. Qué profundo.

—Siempre podemos llamarla Michelle Gabriela Kim Jane. ¡Así todo el mundo se queda contento!

Todo el mundo menos la niña.

—¿Y si es un chico? —le pedí.

Ella levantó la barbilla, muy digna.

—Es una niña.

—¿Cómo lo sabes?

—¡Una madre sabe esas cosas!

Desconocía si una madre tenía conocimientos ginecológicos por el simple hecho de ser madre, pero parecía tan segura que no quise insistir.

Mike y Sue eran los únicos que seguían en la misma línea que de costumbre, con la sola diferencia de que ambos estaban desempleados. Sue había terminado la carrera y no se había molestado en buscar trabajo, mientras que Mike se había quedado sin banda y no había buscado ninguna alternativa.

Se pasaban el día viendo películas, comiendo y mirando la televisión. Jack les había llamado «vagos» más de una vez, pero no les afectaba demasiado; especialmente a Sue, que de algún modo siempre conseguía dinero para pagarse el alquiler y los caprichos. Mike no tenía dinero, pero le pedía a su madre todo lo que necesitaba.

Mary había aparecido alguna vez por el piso, aunque no resultaba muy cómodo para nadie; únicamente su hijo mayor actuaba como si nada, mientras que Jack mantenía con ella conversaciones tan cortas como le fuera posible, y solo cuando Agnes la acompañaba hacía él un esfuerzo por participar.

Sospechaba que Jack se sentía decepcionado. Pasaban los meses y, a pesar de que su madre le había dicho que se divorciaría, no movía un dedo para llevarlo a cabo. Ya no vivía con su padre, ahora tenía la casa para ella sola y él se había instalado en un piso de alquiler. Sin embargo, estaba todo paralizado, no habían firmado papeles, nada era oficial. Yo estaba segura de que Jack pensaba que se echaría atrás en cualquier momento, por eso evitaba esperanzarse.

Nel también había alquilado un piso. Bien, sus padres lo habían hecho. No quería inscribirse en la universidad —decía que no era para ella—, así que buscaba cursillos por Internet para poder añadir algo al currículum. Por el momento, nadie la llamaba porque no tenía experiencia en ningún sector; sin embargo, no le importaba demasiado, ya que eso le dejaba tiempo libre para hacer todo lo que le daba la gana.

Las cosas entre nosotras habían cambiado mucho. Ya no teníamos la misma confianza que unos años atrás, pero de vez en cuando quedábamos para hablar de cómo nos iba todo. Eran charlas cortas, triviales y muy básicas; aun así, me gustaba que existiera la posibilidad de hablar con ella; después de todo, había formado parte de mi vida durante mucho tiempo.

Y con todo eso, yo… bueno, seguía estudiando.

*¿Qué remedio?*

—¿Por qué no lo dejas?

Levanté la cabeza y por fin salí de mis cavilaciones. Jack estaba tumbado en la cama mirando el móvil, pero lo dejó para centrarse en mí, que seguía sentada en el suelo con las piernas cruzadas, el lienzo delante y la paleta llena de mezclas.

—¿Qué? —le pregunté.

—¿Por qué no dejas la carrera?

—¿A qué viene eso?

—Acabas de decirme que no te entusiasma.

Dudé un momento, dibujé otra ralla verde en la tela.

—Bueno…, no me entusiasma, es verdad. Pero eso no quiere decir que no me guste.

—Podrías hacer un cursito de algo, como tu amiga.

—No sé, Jack…

—Lo digo para que no pierdas tanto tiempo en dos cosas que no sirven para nada.

Las «dos cosas» referían a la pintura y a la carrera. En su cabeza no cabía la posibilidad de que estuviera estudiando algo que no me enamoraba ni que consagrara mi tiempo a algo a lo que no me quería dedicar. Para él, era una suma pérdida de tiempo.

Pero no para mí. Y ahí, el dilema.

Habíamos tenido ese debate sobre eso tantas veces que ya no me apetecía retomarlo. Me gustaba pintar, y seguiría haciéndolo. Me gustaba la idea de terminar algo por mí misma, y terminaría la carrera. Era mi vida, y mi decisión. No dejaría que me influenciara.

Y como no quería discutir como las otras veces, le dediqué una mirada de advertencia y seguí con lo mío. Él suspiró pesadamente para mostrarme su desacuerdo, pero no insistió más.

—¿Qué dibujas? —preguntó en su lugar.

—Algo muy, muy feo.

—¿En serio?

—Sí. Eres tú pasando de mí.

Pese a que lo dije en tono de broma, había cierta acusación implícita. Le enseñé el lienzo para que se viera a sí mismo en la posición de hacía un momento: tumbado y con el móvil en alto. Jack puso los ojos en blanco.

—No paso de ti.

—Lo que tú digas…

—El dibujo no está mal —añadió en un intento de desviar el asunto—. Aunque mi madre dice que un verdadero artista no imita la realidad sino que crea la suya propia. O alguna chorrada mística de esas.

Al oírlo, reflexioné unos segundos. Tantos, que apenas reaccioné cuando sonó la alarma de mi móvil. Me estiré para apagarla, pero entonces me acordé del motivo de la alarma.

—¡LAS SEIS!

Jack dio tal brinco que casi se cayó de la cama.

—¿Qué…?

—¡¿Cómo no me has avisado?! ¡Todavía tengo que ducharme, y la cena es a las ocho!

No esperé su respuesta. Ya iba disparada por el pasillo. Conseguí hacerme con el cuarto de baño justo antes que Sue, y aunque me soltó algún que otro insulto desde fuera, al final me dejó ducharme a toda prisa. Lo más difícil fue limpiarme la pintura bajo las uñas. Era un horror.

Salí a la misma velocidad y volví a la habitación. Jack había recogido las pinturas —algo totalmente impropio de él: se había dado cuenta de que teníamos prisa— y había abierto un poco el balcón para ventilar la estancia. Iba tan acelerada que no me percaté del frío, simplemente revolví los cajones del armario. De algún modo, me las arreglé para encontrar unas bragas y un sujetador; a saltitos, me puse las medias. Jack lo observaba todo con una ceja enarcada.

—Si llegamos tarde no pasa nada, ¿eh? No nos cerrarán la puerta en la cara.

—¡Es Navidad! ¡Claro que lo harán!

—Técnicamente, Navidad es mañana. Hoy es Nochebuena.

No respondí. Estaba ocupada con mi vestido de lana, me vestí a toda velocidad. Jack, con toda la calma del mundo, se calzó sus zapatillas destrozadas y se miró en el espejo para asegurarse de que tenía el pelo bien desaliñado.

Y esa fue toda su preparación.

*Qué envidia.*

Mientras tanto, ya llevaba las botas, había cogido el abrigo, había lanzado nuestra bolsa de viaje a Jack y corría de nuevo al cuarto de baño para aplicarme el maquillaje.

Dejé a Sue afuera otra vez justo cuando iba a entrar.

—¡JENNIFER!

—¡Te juro que será un momento!

Cuando abrí la puerta de nuevo, prácticamente me arrolló y se aseguró de encerrarme en el pasillo. Contuve una sonrisa y volví a la habitación. Jack me dejó meter el neceser en otra bolsa que le había colgado del hombro.

—¿Me olvido algo? —me pregunté en voz alta.

—Creo que n…

—¡El cargador! Sin el cargador me puede dar un infarto.

Él volvió a esperar pacientemente. Y siguió esperando mientras daba vueltas y acababa de meter todo lo que nos habíamos olvidado por el camino. Para cuando estuvimos en el salón, ya eran las ocho y media.

—¡Pasadlo bien! —exclamó Naya desde el sofá. Con tantas mantas, apenas se le veían los ojillos—. ¡Y bebed mucho por mí!

—No bebáis tanto —atajó Will, sentado a su lado.

Su Nochebuena consistiría en una cenita con velas en la mesita del salón. A Naya le había parecido lo más romántico del mundo, y Will estaba tan cansado que agradecía cualquier cosa que no implicara salir de casa.

Sue también se iba. Al parecer, no le quedaba otra que cenar con su familia. No se la veía muy entusiasmada, pero nadie se atrevió a preguntarle por sus siete hermanos.

Mike venía con nosotros. Nos esperó abajo con un cigarrillo en la boca que Jack le hizo tirar antes de que subiera a su coche; entonces puso rumbo hacia la casa del lago. Pasaríamos las navidades con Agnes y Mary.

*Felicidad pura y dura.*

Como ya habíamos estado con mi familia para el cumpleaños de mi madre, decidí no invitarlos a la casa del lago. Además, la situación ya sería suficientemente incómoda como para añadir más tensión al asunto. Entre la relación de Jack con su madre, la nuestra, la de Mike con… ya había bastante peligro.

Además, dudaba mucho de que ellos se nos hubieran querido unir. Durante el cumpleaños, tampoco sentí que las cosas hubieran cambiado tanto, me resultó incómodo. Cuando me marché, sentí que la única conversación coherente había sido con mi sobrino Owen: me echó en cara que no lo hubiera visitado en verano —aunque se lo había prometido—, me preguntó cómo estaba mi Manchitas —le dije que bien— y luego miró fijamente a Jack y le dijo que no podía robarme más

—él simplemente se rio—. También habíamos hablado con los demás, pero, ni la mitad de divertido.

—¿Y si escuchamos música? —sugirió Mike, y me devolvió al mundo real—. Y, mejor todavía, ¿y si la elijo yo?

Se adelantó para tocar la radio, pero Jack lo apartó de un manotazo y puso una emisora cualquiera; Mike, a pesar de que desconocía muchas de las canciones, cantó a pleno pulmón todas las que pudo.

Nunca había estado en la casa del lago en pleno invierno. Hacía casi dos años que no íbamos, y me sorprendió que empezaran a construir más casas a lo largo del camino de la finca. Jack me dijo que lo convertirían en una urbanización, y que pronto dejaría de ser el lugar tranquilo que era.

—Todo lo bueno se acaba —afirmó Mike con solemnidad.

—Y tú, que eres malo, no te acabas nunca —le respondió su hermano.

Mike lo ignoró, y esa vez aprovechó la distracción para poner la música que él quería.

En cuanto llegamos a la casa, Jack aparcó el vehículo debajo del porche y bajó para recoger nuestras bolsas de viaje. Sin mucho cuidado, Mike arrastraba la suya por la nieve, y fue el primero en subir los inmaculados escalones del porche. A los de dentro les resultaría bastante fácil adivinar quién llamaba al timbre, pues él era el único que lo pulsaba compulsivamente. Por eso su madre abrió con una sonrisa.

—Te hemos oído a la primera —le aseguró a su hijo; aun así, lo abrazó.

Jack llegó tras él. Dedicó una miradita a la copa que su madre balanceaba de un lado a otro.

—Hola, mamá —la saludó simplemente, y pasó sin esperar su abrazo.

Mary lo siguió con la mirada, pero no dijo nada. En cuanto vio que yo estaba plantada en la puerta, se esforzó por esbozar una sonrisa.

—¡Hola, Jennifer! —exclamó, y a mí sí que me tocó un abrazo cariñoso—. ¿Cómo estás?, ¿qué tal las notas?

—Tengo los exámenes el mes que viene, pero creo que irán bien.

—Ah, claro, claro…

Me separé, un poco confusa. Mary parecía perdida. ¿Ya iba borracha?, pero ¡si acabábamos de llegar!

De todos modos, no dije nada; cerré la puerta tras de mí y crucé el vestíbulo y el salón para entrar en la cocina, donde Agnes acababa de sacar un pavo gigante del horno y lo remojaba en salsa. Tenía muy buena pinta; tanta, que Mike pululaba alrededor como si en cualquier momento fuera a lanzarse para robárselo.

Agnes apenas nos miró para saludarnos, tan solo gesticuló vagamente con la mano. Tenía una misión y estaba muy centrada en cumplirla.

—Voy a subir las cosas —murmuró Jack entonces.

También subió las mías, pero sin mirarme, como casi todo lo que había hecho durante esos meses. Suspiré y lo seguí; tampoco le dirigí la mirada.

Optamos por dormir en la misma habitación que la última vez, la que utilizaba él de pequeño. Dejé las cosas sobre la cama, me cambié las lentillas por las gafas y me volví hacia Jack, pero ya no estaba. Lo encontré unos minutos más tarde en el balcón del final del pasillo, al lado del piano en el que una vez había visto a su padre tocar.

Pese al frío, Jack había salido y tenía los antebrazos apoyados en la barandilla del balcón; contemplaba la zona más congelada del lago, pero no parecía muy pendiente de nada. Algo le preocupaba.

Pensé en dejarlo solo. Después de todo, tampoco estábamos en el mejor momento de nuestra relación. Sin embargo, finalmente mi preocupación ganó a mi orgullo.

—¿Estás bien? —le pedí.

No se dio la vuelta. Me coloqué en la misma postura que él, justo a su lado, y lo miré de reojo. Sí, definitivamente algo le preocupaba.

—¿Crees que dejar el piso en manos de Will y Naya ha sido buena idea? —me preguntó tras un momento en silencio.

Obviamente, no era eso lo que le tenía tan distraído, pero no quise insistir.

—Will no dejará que explote, si es lo que te preocupa —bromeé.

Jack sonrió y se encogió de hombros.

—Vale, eso me tranquiliza.

—Piensa en lo bien que estaremos todos dentro de un mes, cuando Naya haya parido y tengamos un bebé llorón conviviendo con nosotros. Seguro que eso te tranquiliza.

Él me puso mala cara, y me hizo sonreír todavía más.

—No eres la mejor persona a quien acudir para calmarse, ¿sabes? —murmuró.

—Tampoco he presumido de serlo. ¡Y no he dicho ninguna mentira!

Jack resopló y escondió la cara entre las manos.

—No me puedo creer que vayan a tener un crío —se lamentó—. Están entrando en la fase adulta muy deprisa.

—Solo les falta casarse —bromeé.

—Will nunca se casaría, no cree en el matrimonio. Y Naya tampoco.

En eso tenía razón, aunque a Naya sí que me la imaginaba aceptando con tal de tener fotos bonitas del evento.

—Además —añadió Jack—, nadie se casa a los veinte o a los veintidós.

—Algunas personas lo hacen. Mi madre se casó a los diecinueve, y su hermana, a los veintitrés. Ambas estaban embarazadas.

—O sea que en tu familia no solo se tienen quinientos hijos, sino que encima se tienen temprano.

Solté una risotada antes de encogerme de hombros.

—Supongo. Shanon siguió con la tradición de quedarse embarazada a una edad muy temprana. Solo falta que alguien más se case siendo joven, y ya habremos cumplido.

Jack me contempló unos instantes, como si acabara de tener una idea. De pronto se agachó sobre una rodilla. Di tal brinco que casi me caí del balcón.

—¡JACK!

Ahora era él quien se carcajeaba. Se levantó y me señaló, todavía partiéndose.

—¡No tiene gracia! —espeté, todavía aterrorizada.

—¡Claro que la tiene, es que no te has visto la cara!

Sin embargo, tras las risas nos envolvió de nuevo un silencio un poco incómodo. Jack carraspeó y se alejó un paso de mí; yo tiré de un hilillo suelto del vestido.

—Sabes que puedes contarme lo que sea que te preocupe, ¿verdad? —murmuré por fin.

Jack me contempló unos instantes. Por un momento pensé que iba a decirme algo, pero entonces se encogió vagamente de hombros y apartó la mirada.

—Estoy bien —mintió, y volvió a entrar.

Y..., de nuevo, me cerraba la puerta.

Agnes fue la encargada de preparar los platos. Incluso se había puesto sus gafas de medialuna porque, al parecer, no había hecho suficiente verdura y tenía que asegurarse de que nadie recibiera un centímetro más de zanahoria del que tocaba. Tardó una eternidad en servirnos, pero nadie protestó, y empezamos a comer en cuanto estuvo sentada a la mesa.

La verdad es que no fue una cena... cómoda, precisamente. Solo hablábamos Mike, Agnes y yo. Mary se dedicaba a beber vino, y Jack, a comer. Mike permanecía totalmente ajeno a la situación, pero Agnes echaba miraditas de soslayo a la primera, como si intentara indicarle que era hora de detenerse. Fuera como fuese, Mary no dejó de beber en ningún momento; de hecho, apenas habíamos terminado el postre cuando se levantó de un salto, y un poco de vino de la copa se derramó encima del mantel; ni siquiera se dio cuenta.

—¡Vamos a abrir los regalos!

—¿No se supone que eso se hace a las doce? —preguntó Mike.

—¿Y qué más da? ¡Nadie lo verá!

Jack observó como su madre se dirigía al salón, pero no dijo nada; tampoco se movió, hasta que le toqué el brazo para que me siguiera.

Por lo menos, cuando empezamos a abrir regalos se calmó un poco la situación.

Mike no había comprado nada para nadie, pero nos cantó una canción para compensarlo; había mejorado un poco. Agnes había cocinado para todos unas galletas que nos fuimos comiendo mientras abríamos el resto. Mary regaló a Jack y Mike entradas para el concierto de un grupo que les gustaba; Mike le dio un abrazo, pero Jack permaneció en silencio. Luego, su madre me dio mi regalo, un brazalete deportivo para poder salir a correr sin el móvil. Yo le regalé unos pendientes nuevos con símbolos de la paz; de la ilusión, soltó un gritito. Luego le di a Mike un nuevo chaleco vaquero que también me pareció que le gustaba, y a Agnes un nuevo juego para la consola que se había comprado.

Jack se me adelantó antes de que pudiera darle el suyo. Pese a la tensión de antes, sonreía.

—Tu felicidad me preocupa —murmuré al aceptarlo.

—Será el mejor regalo de tu vida, ya verás.

Lo abrí sin mucha convicción, y tenía todavía menos cuando desplegué la camiseta que me había regalado: tenía una gran flecha hacia arriba que señalaría mi cara cuando la llevara puesta, y rezaba: *Me arrepentí de dejar a mi novio.*

Cuando bajé la camiseta para mirarlo, Jack lucía una gran sonrisa.

—¿A que te encanta?

—¿Sabes qué?, que me alegro de que me hayas regalado esto.

Él dudó, y su sonrisa se disipó un poco.

—¿En serio?

—Totalmente, porque ahora no me sentiré culpable por regalarte esto.

Le tendí su paquete, y él lo abrió con toda la intriga del mundo. En cuanto vio lo que ponía en su camiseta, me miró con una ceja arqueada.

—¿En serio? *Niñero 24/7*. Qué graciosa.

Ahora me reía yo.

Los regalos disiparon un poco la tensión, pero no la borraron del todo. Mary seguía bebiendo sin parar, ya casi se había terminado una botella de vino ella sola, y empezaba a notarse en su modo de actuar. Arrastraba las palabras, se balanceaba de un lado a otro, cantaba con Mike, apoyaba todo su peso en mi hombro, se reía de forma escandalosa… Jack la miraba fijamente, sin ningún tipo de expresión, aunque podía ver que su cuerpo se tensaba a medida que avanzaba la noche.

El punto culminante fue cuando Mary, entre carcajadas, me rodeó los hombros con un brazo y me hizo perder el equilibrio. Ambas caímos en el sofá envueltas en las risas de Mary, y a Jack se le tensó la mandíbula.

—¿Puedes dejar de hacer el ridículo? —soltó, sospecho que sin pensar.

Todas las risas murieron al instante. Mary, que todavía se balanceaba torpemente sobre mí, contempló a su hijo pequeño.

—Solo estoy pasándomelo bien.

—No. Estás borracha, y todo el mundo se siente incómodo. ¿Tienes pensado parar en algún momento?

Mary se separó por fin de mí y se dejó caer en el sillón. Sonreía, pero no había duda alguna de que sus palabras le habían afectado, sobre todo cuando bajó la voz y, también sin pensar, soltó:

—A veces, te pareces mucho a tu padre.

Jack no reaccionó de inmediato. Se quedó mirándola y parpadeó varias veces. Mike había dejado de bailar, y Agnes permanecía a un lado observando la escena sin saber qué hacer. Podía ser la persona más lanzada del mundo, pero en situaciones así siempre se bloqueaba.

Y entonces el aludido volvió en sí. Había estado sentado en el sofá, pero se levantó de un salto.

—¿Me vas a comparar con él? —preguntó, casi escupiendo las palabras.

—¿Y tú?, ¿me vas a tratar como él?

—¡Te estoy diciendo que dejes de emborracharte, mamá!

—¡No! ¡Me estás diciendo que hago el ridículo!

—¡Porque lo haces! Nunca reaccionas, nunca haces nada, ¿y ahora saltas conmigo? ¿La charlita del restaurante no sirvió de nada o qué?

—La charla del restaurante fue sincera.

—¡Pero no has hecho nada!, ¡todo sigue exactamente igual!

—¡Ya no vivo con tu padre, Jack!

—¿Y qué? Sigues comportándote exactamente igual que antes. No ha cambiado nada. Lo único que por fin te ha hecho reaccionar es la copa de vino. ¡Si hubiera sabido que el alcohol era lo único que necesitabas para decir algo, te lo habría dado hace mucho tiempo!

Vi que Mary encajaba el golpe con sorprendente entereza. Dejó la copa a un lado y se incorporó para encarar a su hijo. Les separaban dos metros de alfombra, pero de alguna manera, parecía que estuvieran pegados el uno al otro.

—¿Te crees que eres el único que ha sufrido con esta situación? —espetó Mary en voz baja.

Jack pareció un poco sorprendido por la acusación.

—¿Cómo dices?

—Me has entendido perfectamente. ¡Todos hemos pasado por lo mismo! Tu hermano, yo, tu abuela…

Jack seguía mirándola como si algo no encajara, pero esa última acusación le hizo tensar el cuerpo entero.

—¡No es lo mismo!

—Es lo mism…

—¡No, no lo es! ¿Alguna vez te ha hecho lo que me hacía a mí?, ¿alguna vez te ha pegado?

—No toda la violencia es física, Jack.

Lo repuso con tanta calma que incluso él dudó. Inequívocamente, el alcohol hablaba en nombre de Mary, y, aunque no estaba del todo de acuerdo con lo que decía, en esa parte tenía un poco de razón.

—¿Qué quieres decir con eso? —quiso saber Jack—, ¿que vosotros lo habéis pasado peor que yo?

—Quiero decir que tu sufrimiento no anula el nuestro.

Aquello ya no había sonado a acusación, sino a lamento, como si se lo hubiera estado guardando muchísimo tiempo.

Jack seguía observándola con perplejidad. La ira y la confusión se mezclaban entre sí. Quise decir algo para que terminaran la discusión —aquello no acabaría bien—, pero no sabía qué, ni si era mejor que lo soltaran todo de una vez.

—¿Y me lo dices ahora que he empezado a hablar sobre el asunto? —preguntó Jack entonces. Estaba tan furioso que le temblaba la voz—. Durante años no he dicho absolutamente nada. Me he comido tus depresiones, que Mike cayera en las drogas, que papá siempre tuviera esa fijación por mí, que la abuela no quisiera hacer absolutamente nada para ayudarnos… Y nunca he abierto la boca para quejarme. Nunca. Ahora que por fin lo hago, ¿me quieres echar en cara que intento *anular* vuestro dolor? ¿Te has parado a pensar alguna vez en lo que he tenido que pasar yo?

Mary bajó la mirada, pero no agachó la cabeza.

—Siento mucho que hayas tenido que pasarlo solo, Jack. Lo siento de corazón. Pero…

—¡No hay peros! —saltó él—. ¿Es que no lo entiendes? Siempre he estado ahí para ti, para Mike y para todo el mundo. ¿Quién ha estado ahí para mí, eh?, ¿quién? No tienes derecho a echarme nada en cara cuando nunca en tu vida te has preocupado por los demás.

—¡No hago otra cosa que preocuparme por vosotros, Jack!

—¡Pues demuéstralo!

—¡Lo estoy haciendo! —estalló de pronto. Su desesperación incluso hizo callar a su hijo—. ¡O lo intento hacer! No sé cuántas veces tengo que pedirte perdón por no haber estado ahí cuando me necesitabas, pero ahora intento arreglarlo. ¿Te crees que a mí no me trataba mal, Jack?, ¿te crees que para mí fue un camino de rosas? Estaba aterrada, ¿vale? Y no por mí, sino por vosotros. Tú mismo te aterrabas cada vez que él perdía el control de la situación. ¿De verdad crees que habría sido fácil escapar cuando yo no tenía dinero, ni trabajo ni nada? Si te hubiera sacado de casa en ese momento, también me lo habrías echado en cara. Por lo menos, ahora tenéis vuestra propia vida hecha y solo debo preocuparme por mí misma. Porque, no creas, ni por un segundo, que podré volver a trabajar. Esto también me afecta, Jack. Nadie querrá comprar mis cuadros, ni visitar mis galerías. Nadie. Se encargará personalmente de ello. ¿Es que no lo ves?, no solo me estoy separando, me estoy despidiendo de mi carrera entera. Y, antes de que me eches en cara que intento victimizarme, lo hago porque lo necesito para pasar página. No estuve contigo cuando eras pequeño —añadió en voz baja, esta vez más afectada—, y no sé qué tengo que hacer para que me perdones. O para que yo me perdone a mí misma. Este me parecía un buen comienzo. ¿No lo es, Jack?

Esa vez, no hubo respuesta. Mary miró alrededor con desesperación, en busca de apoyo, pero solo encontró miradas al suelo. Fui yo la única persona que hizo contacto visual con ella. Apretó los labios con fuerza, en un intento de contener sus emociones que no sirvió de mucho.

—No es tan fácil salir de ahí —añadió, mirándome.

No quería meterme en la pelea. No quería formar parte de aquello, no tras esos meses de distancia entre Jack y yo. Prácticamente era como echar más leña al fuego. A la vez, sin embargo, no podía negarle a su madre algo tan real.

—No lo es —confirmé en voz baja.

Jack me miró al instante. El discurso de Mary le había dejado tocado y lo puso de nuevo a la defensiva:

—¿Perdona?

—Que no es tan fácil salir de una relación así. Y más cuando es lo único que tienes.

Él sacudió la cabeza, no podía creérselo.

—¿Te pones de su parte?

—No, Jack, no me pongo de parte de nadie. No hay partes. ¿No lo entiendes?, esto es lo que él querría, que os pelearais entre vosotros. Lo único que habéis hecho todos es escapar de él, y lo único que ha hecho él es aprovecharse de vuestra vulnerabilidad. Él es el malo de este cuento; en ningún caso vosotros.

Apenas lo dije, me di cuenta de que estaba jugueteando con mis manos. No me gustaba la situación, no me gustaba sentirme tan representada. Y, desde luego, no me gustaba ver a Jack en ese estado.

Me miró a mí y después a su madre. Su carta de chico duro y enfadado empezó a resquebrajarse; de pronto apretó los dientes para que no viéramos lo que le pasaba por la cabeza. Pero no podía evitarlo; era tan expresivo como su madre.

Un momento después, ya no pudo mirar a nadie y reposó la vista en el suelo.

—Solo quería una madre —admitió en voz baja.

No vi la expresión de Mary porque me estaba mirando las manos. Tardó varios segundos en responder:

—Lo siento muchísimo, Jack.

—Quería que alguien me dijera que no estaba solo.

—Sé que ahora mismo no me crees, pero... Solo quiero hacer todo lo posible para que no vuelvas a sentirte así, Jack. Ni tú, ni Mike, ni nadie de la familia. Te lo juro. Solo necesito otra oportunidad. Solo una más.

Él también se demoró segundos en responder. Levanté la cabeza. Pareció que Mary se disponía a dar un paso hacia Jack, pero se detuvo. Obviamente, dudaba de si era buena idea acercársele, pero finalmente se envalentonó y cerró la distancia entre ellos. Jack no se apartó cuando lo rodeó con los brazos para sujetarlo con firmeza. De hecho, me dio la sensación de que escondía la cara en su hombro.

Los estaba mirando cuando Agnes suspiró.

—De haber sabido que terminaríamos así, yo también me habría tragado una botella de vino.

Mike, que había estado mudo hasta ese momento, soltó una carcajada un poco temblorosa. Mary se separó de Jack para ponerles mala cara, y mi novio enseguida se dio la vuelta para salir al patio trasero. No pareció importarle demasiado la temperatura. Simplemente se dirigió al muelle y se quedó dando vueltas por ahí.

Lo seguí con la mirada, pero entonces Mary entró en mi campo visual.

—Déjalo solo un ratito —me recomendó. Tras eso, señaló las escaleras—. Creo que voy a descansar un poco. La cabeza me da vueltas. Demasiadas emociones, demasiado alcohol…

—Seguiré tu ejemplo —aseguró Agnes, quitándose el gorrito navideño—. Estoy muy vieja para tanta juerga emocional.

Mary sonrió, aunque sin ganas. Me apretó cariñosamente el hombro al pasar a mi lado; con Mike, se detuvo un momento. Le dijo algo en voz baja y, cuando él asintió, se dirigió a las escaleras con su suegra.

En cuanto hubieron desaparecido en el piso de arriba, me volví hacia Mike. Él seguía contemplando el lugar por donde su hermano se había alejado.

—Si necesitas hablar a solas con él… —empecé.

—No lo necesito.

—Bueno, pues no lo hagas. Pero yo te dejo el salón de todos modos, ¿vale?

Apenas había tocado el piso de arriba cuando oí que Mike abría la puerta del patio trasero.

Honestamente, no sé de qué hablaron. La curiosidad pudo conmigo y me asomé a la ventana, pero solo conseguí ver a Jack agachado con la cabeza entre las manos y a Mike sentado a su lado, en el suelo nevado. No parecía que le importara lo más mínimo, estaba totalmente concentrado en su hermano pequeño.

Como consideré que lo mejor era dejarles un poco de intimidad, me quité las gafas, me puse el pijama y me metí en la antigua cama de Jack. Tantos sentimientos me tenían agotada, así que me quedé dormida de inmediato.

Cuando volví a abrirlos aún era de noche. Me giré, confusa, y divisé a Jack detrás de mí, acababa de meterse en la cama. Aunque tenía las manos heladas, no me quejé y dejé que me abrazara por detrás; su cuerpo estaba tenso, pero en cuanto apoyó la mejilla en mi cabeza se relajó por completo.

No es que esos meses no nos hubiéramos tocado en absoluto, pero de algún modo no lo había sentido tan honesto como aquel simple gesto. Me permití disfrutar del abrazo, al menos unos instantes, hasta que volví un poco la cabeza hacia él. Apenas veía nada, pero detecté sus mejillas húmedas.

Una parte de mí quiso abrazarlo, pero la otra se contuvo.

—Jack… —empecé.

—Lo siento mucho.

No sonaba como si fuera a llorar de nuevo; aun así, sentí que la tensión de mi cuerpo se desvanecía.

—Yo también lo siento mucho —dije en voz baja.

—No me gusta la relación que hemos tenido últimamente, y no me gusta que estemos tanto tiempo separados. Dejaré de viaj…

—Oye, frena… —lo interrumpí enseguida—. Jack, lo que ha pasado estos últimos meses no ha sido por la distancia.

—Pero lo ha empeorado.

—Pero es tu trabajo —le rebatí—. Y, aunque no lo tuvieras, yo seguiría con mis clases. Eso es lo que quiero —recalqué al instante—. Me gustan mucho; yo no renunciaría a ellas, y tú no deberías renunciar a tus viajes.

—Entonces ¿qué? ¿Vamos a estar así para siempre?

—No para siempre… quizá algunos años, no lo sé. Pero forma parte de nuestra vida, Jack. Tenemos que aprender a lidiar con ello.

Eso lo hizo reflexionar unos instantes. Entonces sentí que no había mucho más que decir y le pasé un dedo por encima de los nudillos.

—¿Has hablado con Mike? —pregunté finalmente.

—Más bien ha hablado él. No se calla nunca.

Me reí suavemente. Acto seguido, Jack se pegó todavía más a mi espalda. Pese a que no hablamos de nada más, me quedé dormida con más placidez que en esos últimos meses.

# 21

# Jay y Ellie

Esto sonará mal.

*Muy mal.*

Pero una parte de mí empezaba a hartarse de que Jack y Mike tuvieran de repente una buena relación.

*Efectivamente, ha sonado fatal.*

Debería aclarar que no era por la relación en sí, sino por lo que representaba para los demás. Jack era un chico bromista, le encantaba reírse, y Mike basaba sus bromas en molestar a los demás. Era una combinación muy mala, porque en cuanto se juntaban implicaba lo siguiente: Sue los echaba de su habitación, Naya se ponía a chillarles, Will, a amenazarlos con lanzarles cosas a la cabeza, y yo pasaba el pestillo de la habitación.

Quizá para los demás era distinto, pero la reacción que provocaban en Naya resultaba preocupante; después de todo, estaba embarazada de nueve meses. Me daba miedo que rompiera aguas en medio de un ataque de histeria por culpa de los hermanos Monster.

Especialmente en días importantes, como el de la fiesta de nacimiento.

Will lo había calificado como una chorrada de película extranjera, pero aun así había aceptado montar la fiesta con Naya. Y con ello estaban cuando llegué de uno de mis exámenes: Sue y Mike hinchaban globos de colores, Will cocinaba, Naya intentaba meterse en la cocina —pero él no le dejaba, muy sabiamente— y Jack estaba subido a una silla para colgar una pancarta de un bebé con un gorrito de fiesta.

Podría haber esbozado una gran sonrisa y lanzarme a ayudarlos, pero en cuanto alcancé a Jack me di cuenta de un pequeño y horrible detalle: me había olvidado de la fiesta y no traía ningún regalo.

Estaba en medio de mi pequeña crisis mental cuando Naya se me acercó con una gran sonrisa. Su barriga era tan grande que caminaba medio arqueada.

—¡Jenna! —exclamó alegremente—. ¡Por fin! ¿Puedes ayudar a Will en la cocina? A mí no me deja.

—Me pregunto por qué será —comentó Sue.

La risita de Mike provocó que le entrara todo el helio del globo en la boca. Cuando empezó a toser en tonos muy agudos, Sue se rio tanto que se cayó al suelo y allí fingió que se limpiaba lágrimas de risa.

Entonces Naya puso los ojos en blanco nada más verlos y se volvió hacia mí.

—¿Puedes echarle una mano?

—Eh…

¡Tenía que ir de compras urgentes!

*Misión regalo: activada.*

—¡Genial! Te lo agradezco muchísimo —me aseguró, y no me quedó otra que forzar una sonrisa—. ¡Tengo unas ganas de ver mi regalo!, ¿qué es?

—Pues…

—¡Espera, no me lo digas! ¡La gracia está en no saberlo!

Dicho eso, salió disparada hacia Sue y Mike. Mientras los regañaba por jugar con el helio en lugar de decorar la fiesta, Jack se rio maliciosamente y me miró desde las alturas.

—No tienes regalo, ¿verdad?

—¡Cállate! Como Naya te oiga…

—Qué desastre, Jennifer Michelle.

—¡Es que no sé qué se compra en estas ocasiones! —me justifiqué de un modo algo lamentable—. ¿Algo para el bebé?, ¿para los padres?

—¿Tu hermana no hizo una fiesta de estas antes de tener a Owen?

—Qué va. Si huía de la luz solar como un vampiro. No quería que nadie le viera la tripa hinchada.

Jack sonrió y me extendió una mano. Deduje que quería el otro cartel; se lo pasé y se puso a colgarlo.

—Bueno, puedes estar tranquila —comentó distraídamente—. Esta vez, te cubro las espaldas yo a ti.

—¿Eh?

—Tengo un regalo. De parte de los dos.

*Misión regalo: anulada.*

Enarqué las cejas, pasmada.

—¿En serio? ¡Jack, qué bien!

—Lo sé, lo sé. Ya te lo reclamaré cuando me interese.

Sonreí y le pellizqué la pierna. Él fingió que le había dolido y, acto seguido, siguió con su trabajo.

No obstante, yo seguía intrigada.

—¿Qué es?

—La gracia de un regalo es no saber qué es, ya has oído a Naya.

—¡Pero eso solo se aplica a quien lo recibe!

—Y no quiero arruinarles la sorpresa antes de tiempo, Jen.

Entrecerré los ojos.

—¿Insinúas que no sé guardar secretos?

—No, lo digo directamente: te quiero, pero eres una bocazas.

—¡Puedo guardar un secreto!

—Si Naya empieza a preguntarte, lo soltarás en cuestión de segundos. Te desmoronas bajo presión.

Quise negarlo, pero no iba tan equivocado; suspiré y lo dejé con lo suyo para echarle una mano a Will, tal como había prometido.

Lana pronto apareció con su nuevo novio, aunque sospecho que la única que se molestó en aprenderse su nombre fue Naya. Después llegó Chris, que traía una cesta llena de chocolate; Mike intentó robársela, pero Naya se le adelantó. Luego se unieron a la fiesta algunos compañeros de clase de la pareja protagonista, también Curtis —que se puso en el extremo opuesto que Chris— y algunas amigas del instituto.

No éramos muchos, pero ahí apretujados daba la sensación de que había media ciudad. Sonaba una música tranquila, Will y yo íbamos de un lado a otro reponiendo la comida que se acababa constantemente, Sue los perseguía a todos para que no dejaran una sola mancha en su preciado salón, Jack intentaba hablar por teléfono en un rincón, Naya, atender a todo el mundo…

No fue aburrido, eso desde luego.

Lo que más disfruté fue la comida. A Will se le había ocurrido hacer bolitas de chocolate con leche y yo no dejaba de comérmelas, aunque quien más engulló fue Naya, pues eran sus favoritas.

Llegó un punto en que Will iba tan a tope que la propia Naya lo enganchó del brazo para sentárselo al lado. Como vio sus intenciones de salir corriendo en cuanto ella se despistara, se llevó las manos a la boca para que su voz sonara más fuerte y exclamó:

—¡Hora de los regalos!

—Naya… —se lamentó Will.

—¡Es hora! ¡Dadme cosas!

Dubitativa, miré a Jack, pero él simplemente me sonrió y siguió a los demás.

Naya fue abriendo poco a poco los regalos que les habían traído. Era un trabajo en equipo, ella arrancaba el papel y Will descubría qué era. Se hicieron con dos chupetes, una cantidad indecente de ropita, una cantidad todavía más indecente de peluches, sonajeros y juguetes varios, un parque y una hamaca para bebés, una mochila de porteo…

y productos de baño. Muchísimos productos de baño. El niño se jubilaría sin haberlos acabado.

Mientras les entregaban los regalos, Naya iba ojeando repetidamente. Era obvio que, muerta de curiosidad, esperaba el nuestro, así que, en cuanto se quedó sin nada más que abrir, se giró en redondo hacia nosotros. En consecuencia, también lo hicieron los demás.

—Solo falta uno —insinúo Will, arqueando las cejas varias veces.

Miré de soslayo a Jack, que ya sacaba un regalo de debajo de su chaqueta. Era un sobre plano y de color rojo con un lacito dorado. Naya lo atrapó con ganas y empezó a arrancarlo.

Cuando por fin sostuvo el regalo en sí, creo que todos tuvimos la misma reacción: no entender nada. Solo Jack sonreía, pero Naya y Will, con las expresiones perdidas, contemplaban el fajo de papeles escritos con letra enana.

—¿Qué es esto? —indagó Naya, pasándolos a toda velocidad.

Will se los quitó de la mano para investigarlos por su cuenta. De repente, levantó la cabeza. La sonrisa de Jack se incrementó.

—Un momento… —empezó Will.

—Ajá —sonrió Jack.

—¿Qué? —Naya los miraba a ambos, cada vez más nerviosa—. ¡Dejad de comunicaros telepáticamente, que no me entero!

Jack, por fin, se apiadó de ella. Estiró un brazo y señaló un punto concreto de la primera hoja.

—Son los papeles de este piso.

Fui la primera —después de Will— en caer en ello; separé los labios, pasmada. Naya, no. Ella seguía contemplándonos sin entender nada.

—¿Quieres que te lo enmarquemos o algo así?

—Naya —intervino Will, colocándole una mano en el brazo—, nos lo está regalando.

Los segundos que tardó Naya en asimilar la noticia transcurrieron en completo silencio. Todo el mundo nos miraba, y creo que nadie parecía más perplejo que yo. Jack, en cuanto me vio la cara, se rio y me guiñó un ojo.

—¿Nos estás regalando una casa? —reaccionó Naya por fin. Su voz sonaba diez decibelios más aguda de lo habitual. Parecía que se hubiera tragado el helio del globo de Mike.

—Técnicamente, es un piso —aclaró Jack.

—P-pero… Ross…

—¿Os gusta?

Will, de pronto, le quitó los papeles a Naya para devolverlos.

—No podemos aceptar esto, tío.

—Claro que podéis. —Jack frunció el ceño—. Este piso no está tan mal.

—¡No es por eso!

—¿Entonces?

—¡Es demasiado!

—No lo es. Tiene tres habitaciones y está en el centro de la ciudad. No os faltará de nada, y podréis quitaros un peso de encima. ¿No necesitabais un sitio donde criar a vuestro bebé?

—Sí…

—Pues enhorabuena, ya lo tenéis.

No pudieron decir nada más. Todo el mundo se había lanzado a felicitarlos. Dirigí una miradita inquisitiva a Jack, y él volvió a sonreírme.

—Quería ver tu cara de sorpresa —admitió.

—Jack… ¡has regalado una casa! —exclamé sin poder creérmelo—. Sabes que ahora te va a odiar toda la fiesta, ¿verdad? Acabas de hundirlos en la miseria más absoluta.

—Lo superaré. ¿Has visto a Sue y Mike?

Me volví hacia ellos. Se habían acercado corriendo a Naya y Will para hacerles la pelota, pues iban asumiendo quiénes eran sus nuevos caseros y por qué, de repente, les tocaba caerles bien.

—No quieren que los echen —bromeé—. Luego tendremos que ir nosotros.

—No hace falta, encontraremos algo más.

—¿Otro piso por aquí?

—Yo tenía pensado algo más… grande. Con jardín. Pero, lo que tú quieras.

Yo lo había dicho en broma, pero me sorprendió ver lo serio que estaba él. Cuando quise comentárselo, ya se había escurrido entre la gente.

El resto de la fiesta transcurrió sin nada muy destacable. Poco a poco, la comida fue terminándose y los invitados empezaron a marcharse. Hacia las once de la noche, la casa ya estaba vacía y nos dedicábamos a recoger los restos de la fiesta.

Para cuando me metí en la habitación con Jack, estaba agotada. Me cubrí hasta la nariz y me hundí en la almohada. Él apagó la luz y me miró de soslayo.

—¿Qué haces?

—Preguntarme cuándo te vas de viaje otra vez. Ahora me he acostumbrado a tener una cama grande para mí solita.

Por suerte, pilló la broma, incluso se rio a carcajadas. Estiró un brazo para arrastrarme, pero hice la croqueta y quedé en el borde de la cama.

—Muy bien, Michelle —replicó, fingiendo que se había enfadado—. Lo tendré en cuenta la próxima vez que me vaya.

—¿Y qué harás? ¿No volverás?

—No lo sé, pero te costará muchas fotos guarras que me olvide de este momento.

Sonreí e hice la croqueta de nuevo, esta vez hacia él; en cuanto choqué con su cuerpo, entrecerré los ojos.

—No sé de quién serán esas fotos guarras de las que hablas, porque yo nunca te he mandado ninguna.

—Las guardaría a buen recaudo —me aseguró con una mano en el corazón—. No las vería nadie más que yo, y solo las miraría en situaciones extremas.

—No creo que…

El ruido de la puerta que se abría me interrumpió. Jack y yo nos volvimos hacia Mike, que asomaba la cabeza.

—Hola, hola.

—¿Qué quieres? —soltó su hermano directamente.

—Solo quería saludar.

No pude evitar una sonrisa divertida.

—¿A las doce de la noche?

—Siempre es una buena hora para saludar a mis compis de piso favoritos.

—Mike —insistió Jack—, ¿se puede saber qué quieres?

Por lo menos, esa vez suspiró con dramatismo y dijo la verdad:

—Es que Chrissy está roncando mucho. Y he pensado…

—No.

Tras la firme negativa de Jack, se llevó una mano al corazón.

—¡Ni siquiera sabes lo que te iba a decir!

—Que te dejemos dormir con nosotros. Y la respuesta es la misma.

—¡Pero…!

—¡Que no!

—¿Por qué no vas con Sue? —le sugerí entonces.

Mike enarcó una ceja.

—¿Te atreves a despertarla? Porque, yo no.

Vale, yo tampoco me atrevería. Hice una mueca. Era cierto que se oían los ronquidos de Chris desde la habitación.

—Pues, no sé… —empecé.

Jack, que sabía que yo empezaba a ceder, suspiró exasperado.

—Duerme en el suelo.

—¡¿En el suelo?!

—No pretenderás dormir en mi cama, ¿no?

Un poco después, Mike estaba tumbado en la alfombra de la habitación con una almohada y una manta que no le cubría los pies.

*La viva imagen de la felicidad.*

Hubo unos minutos de silencio, pero, obviamente, los tres estábamos despiertos. Contemplé un rato el techo, pensativa, entonces me giré hacia Jack; sí, estaba despierto, y soltó otro suspiro exasperado.

—¡Vale! —cedió—. Súbete a la cama y cállate.

Supongo que se refería a que se metiera en un rincón, pero Mike, ni corto ni perezoso, se tiró entre ambos. Tuve que apartarme para que no me diera un rodillazo. Jack lo desintegró con la mirada.

—¿Se puede saber qué haces?

—¡Me has dicho que suba!

—Pero ¡no así!

—¿Y si dormimos un rato? —supliqué.

Intercambiaron una mirada furibunda antes de que Mike me sonriera.

—Dime, ¿qué se siente al tener por fin al hermano bueno en la cama?

—Que se ha vuelto muy estrecha —respondí.

—¿Puedes dormirte, pesado? —espetó Jack.

—¡Ahora no tengo sueño! ¿Contamos historias de miedo?

—Me sé una de un chico que mató a su hermano mayor porque no le dejaba dormir.

Veinte minutos y dos historias más tarde, Mike se quedó por fin dormido. Se quejaba de Chris, pero roncaba igual o más que él. Era difícil dormir con aquello al lado. Miré a Jack, que no era precisamente la mejor persona del mundo cuando tenía sueño. Se cubría las orejas con las manos.

—¿Qué he hecho tan mal como para tener que aguantar esto? —se lamentó.

—Shhh… habla bajito.

—¿Te da miedo que se despierte el bebé de metro ochenta que tenemos en medio?

Contuve una risa con la mano mientras él se hundía todavía más en el colchón.

—Nos ha arruinado la noche —protestó.

—Tenemos todas las noches para pasarlas juntos, Jack.

—Y aun así no son suficientes.

—Pues practica el conformismo, que es muy bonito.
Aquello sí que lo hizo sonreír.
Después de eso, ambos nos giramos en busca del sueño.

—Ay...
Aparté el móvil para mirar a Naya; estaba tumbada en el sofá con los brazos estirados, quedaba muy dramática. Mike, desde el sillón, ni se molestó en prestarle atención; su ocupación era seguir cambiando de canal.
Naya comprobó que nadie le había hecho ningún caso y se estiró todavía más.
—Aaaaaay...
—¿Qué pasa? —decidí preguntarle.
—Vaya, por fin alguien se da cuenta de mi sufrimiento.
—¿Qué sufrimiento? —Mike hizo una mueca.
—¡Necesito ayuda para levantarme! Me estoy haciendo pis.
La mueca de Mike se acentuó aún más.
—¿Cuántas veces al día tienes que mear?
—¡Tengo que mear por dos, déjame en paz!
Como no le vi muy dispuesto, fui a ayudarla. Naya me cogió las manos para tomar impulso y, perezosamente, empezó a arrastrarse hacia el baño. En cuanto oí que cerraba la puerta, volví al sofá. Mike seguía cambiando de canal.
—¿Y si dejas algo puesto?
—No me gusta nada.
—Pon una peli.
—No sé cuál poner.
—Si quieres, le pido recomendaciones a Jack.
Para mi sorpresa, puso los ojos en blanco. Como cuando regresamos del viaje, estaba otra vez de mal humor. Parecía que le molestara todo lo que le decía.
—Está ocupado en Holanda, déjalo.
—Pero podría...
—¿Te crees que es el único que conoce películas o qué?
La respuesta fue tan borde y tan directa que no pude disimular más. Me volví hacia él con el ceño fruncido y, sin dudarlo un segundo, le quité el mando de la mano. Mike dio un brinco cuando apagué el televisor.
—¿Qué...?
—Se acabó. ¿Me puedes decir de una vez qué te pasa?

Parpadeó varias veces. No se esperaba que le respondiera de un modo tan directo.

—¿A mí?

—Sí, a ti. ¿Por qué te molesta todo lo que hago y digo?, ¿qué he hecho?

—Nada.

—No me digas eso, ¿vale? Me siento como si viviera otra vez con mis hermanos. Sé que sucede algo, así que, por favor, dímelo.

Esa vez sí que dudó. Mike abrió la boca y la cerró de nuevo, dubitativo. Aproveché para sentarme un poco más cerca de él. No se apartó, pero tampoco me miró.

—¿Vuelve a ser por lo de la banda? —se me ocurrió.

—¿Eh? No, claro que no.

—¿Entonces?

Nuevamente, dudó.

—Es… es complicado.

—Bueno, pues si quieres hablar de ello, aquí estoy. Pero no puedes tratar mal a los demás porque estés pasando por un momento complicado.

Torció el gesto.

—No quería tratarte mal. Te… te aprecio mucho.

—¡Y yo a ti! —le aseguré enseguida, e incluso me adelanté para poner una mano sobre la suya—. Hemos pasado mil situaciones juntos, ¡sabes que si necesitas cualquier cosa estoy aquí para ti!

Mike me miró un poco extrañado, como si le costara creérselo.

—¿En serio?

—Totalmente.

Como no dijo nada, esbocé una sonrisa. Pero no me la devolvió, continuó mirándome.

Y entonces, justo cuando me iba a apartar, se inclinó hacia delante y me besó en la boca.

Me pilló tan desprevenida que mi cerebro tardó unos segundos en asumir lo que estaba pasando. Me quedé paralizada; entonces me eché atrás. Mike me siguió unos pocos centímetros y, sin darme cuenta, me caí del sofá. Solo reaccionó al oír el ruido de mi cuerpo contra el suelo. Se levantó de un salto y me miró con los ojos muy abiertos.

—¿Qué haces? —musité, con la misma cara de espanto que él.

—N-no sé… yo… yo no…

No tengo ni idea de qué iba a decir a continuación, pero nos giramos al oír el grito ahogado de Naya. Había estado todo el rato plantada en la entrada del salón, y se cubría la boca con una mano. Probablemente ella habría comentado algo, pero cuando le vi el bajo de la falda empapado, me puse en pie de un salto.

—¿Qué pasa? ¡¿Qué es eso?!

—¡¿Te has meado encima?! —chilló Mike.

Naya por fin reaccionó y negó con la cabeza.

—Em... no sé si es el mejor momento para más drama... pero creo que acabo de romper aguas.

Los tres nos quedamos en silencio unos segundos. Más que nada, porque ninguno de nosotros sabía qué hacer. Nos habíamos reunido los tres peores ejemplos de responsabilidad de la casa.

—¡Will! —exclamé, y salí corriendo a su habitación. Abrí la puerta sin siquiera llamar, y él se despertó de un brinco—. ¡Will, corre, ven!

—¡Estaba durmi...!

—¡Naya ha roto aguas!

Pese a la cara de sueño que tenía, se despertó de golpe. En tiempo récord, se puso los zapatos y se colgó al hombro una bolsa ya preparada. Pasó a mi lado a toda velocidad, y rodeó a Naya con un brazo para que no tuviera que andar sola. Mike ayudaba desde el otro lado, pero cuidadoso de no tocar lo que él creía que era pis. Para cuando lo alcancé, Will ya cogía las llaves de su coche.

—¿Estás en condiciones de conducir? —le pregunté, insegura.

Lo veía muy alterado. Él también debió de pensarlo, pues miró las llaves sin saber qué hacer. Sue no estaba, y Mike y yo no éramos los mejores conductores del mundo.

Al oír la puerta, todos nos volvimos hacia Jack, que entraba con su maleta y una gran sonrisa.

—¡Adivinad quién ha llegado antes de lo previst...! Uy.

Desconozco su primer pensamiento al ver el cuadro ante sí, pero un vistazo rápido le dio toda la información necesaria. Soltó la maleta de golpe y, con torpeza, sacó las llaves del bolsillo.

—¡Mierda! —exclamó en un tono agudo.

—¡Ve a por el coche y espéranos abajo! —le exigió Will.

Jack no se lo pensó, bajó la escalera a toda velocidad. Mientras tanto, yo pulsaba el botón del ascensor repetidas veces, como si así fuera a hacerme más caso. Will, Naya y Mike me seguían de cerca, con Naya hiperventilando entre ellos.

—Ay, Dios... Ay, Dios... —iba recitando en voz baja, casi como una plegaria—. Me saldrá un niño por ahí... ¡¡Me saldrá un niño por ahí!!

—¡Todo irá bien! —le aseguré, golpeando todavía el panel.

—¡No, no irá bien! ¡Es imposible que quepa! ¡Se quedará atascado a medio camino!

—Que no, que no... —Mike intentaba consolarla con unas palmaditas en el brazo—. Que saldrá propulsado, ¡ya verás!

—¡Tú, cállate! ¡Acabas de besar a Jenna, no puedes opinar!

Will iba a regañarla por el tono que había usado, pero levantó la cabeza de repente para mirarme. No hubo tiempo de reacción porque el ascensor se abrió en ese momento. Naya soltó un gemido de desesperación mientras la arrastraban adentro. Pulsé el botón de abajo; tenía los nervios a flor de piel.

Will miró con furia a Mike, y él enrojeció.

—Tienes suerte de que ahora mismo estemos ocupados con esto —le aseguró.

Naya estaba hiperventilando, pero sonrió.

—Hay tiempo para darle una patada en el culo, si es lo que te apetece.

—¡No ha sido tal cual lo ha dicho ella! —protestó Mike, a la defensiva—. Es... complicado.

Will soltó algo parecido a una risa sarcástica.

—Contigo siempre es complicado, Mike.

—¡No es como las otras veces!

—Cállate, ¿vale? Cállate. Ross se merece algo mejor que esto, y lo sabes.

Esa vez no dijo nada. Yo mantenía la vista en el suelo, y no me di cuenta de que las puertas se habían abierto hasta que me llegó la oleada de aire frío. Jack venía corriendo, y aunque percibió nuestra tensión, la asoció a la situación de Naya y no hizo ningún comentario. Sencillamente ayudó a Will a cargarla hasta el coche.

En cuanto Naya estuvo atrás junto a Mike y su novio, tomé asiento al lado de Jack, que ya había arrancado el motor y se incorporaba al tráfico.

Muy seria, le coloqué una mano en el brazo.

—Creo que por fin te ha llegado el momento de demostrarnos lo rápido que puedes ir.

Por un momento me pareció que estaba confuso, pero entonces esbozó una gran sonrisa.

—¡Genial!

Naya gruñó con frustración:

—¡No es genial!, ¡¡¡es una mierda!!!

—¡No digas palabrotas delante del niño! —protestó Will.

—¡Pues que se tape los oídos! ¡Me voy a partir por la mitad de un momento a otro, joder!

Al menos, Jack dejó de sonreír y se puso a conducir con seriedad. Mientras tanto, Naya se lamentaba por ahí atrás:

—¡Me duele mucho! —gimoteó.

—¡Tenemos que cronometrar las contracciones! —Will parecía completamente ido—. Si son cada…

—¿Qué es una contracción? —preguntó Mike.

—¡AAAH! ¡CÁLLATE, MIKE!

—¡Oye, él no tiene la culpa de que vaya a salirte un bicho de entre las piernas! —saltó Jack, para sorpresa de todos, y luego miró a Naya por el retrovisor—. Oye, ¿podrías intentar no manchar los asientos del…?

—¡JENNA, SÁCALO DEL COCHE!

Le eché una mirada significativa a mi novio, y él pilló la indirecta. No dijo nada más en todo el viaje.

Gritos para arriba y contracciones para abajo, conseguimos llegar al hospital en tiempo récord. Jack frenó de un chirrido frente a la entrada, y Will se apresuró a bajar con Naya. Estaba claro que Mike no pretendía entrar con ellos, pero como ella le sujetaba la mano cual garra de acero, no le quedó otra que correr tras ellos.

Jack encontró aparcamiento a treinta metros de la entrada, así que tuvimos que correr un poco. La mujer de recepción nos indicó uno de los pasillos, y nos encontramos a los tres dentro de una habitación.

Naya llevaba puesta una bata de hospital y estaba tumbada en la cama. Su pecho subía y bajaba al ritmo de las respiraciones agitadas, y tenía la cara y el cuello completamente rojos.

Mike permanecía a su lado en contra de su voluntad; ella le había apretado tanto la mano que la tenía medio retorcida y cada vez que gritaba, él también lo hacía. Will daba vueltas por la habitación, preso del pánico.

—¡Jenna! —exclamó Naya al verme, y estiró una mano hacia mí—. ¡Ven, por favor! ¡Necesito apoyo!

—¿Y yo qué? —protestó Will.

—¡A ti te odio! ¡Estoy sufriendo por tu culpa!

Nada más decirlo, empezó a lloriquear.

—¡Perdón, no quería decir eso!

Will puso los ojos en blanco, sin embargo, aceptó la mano que le ofrecía. Naya hizo ademán de inclinarse para besarle los nudillos, pero se tumbó de nuevo con una mueca de dolor.

—¡Joder, cómo duele! ¡Y el imbécil del doctor dice que necesito tener contracciones cada dos minutos!

—¿Cada cuándo las tienes ahora? —le preguntó Jack, que observaba la situación con cierto temor.

—¡Cada diez! —se lamentó ella, lloriqueando otra vez—. Esto es horrible, no quiero ser madre. ¿No pueden sacármelo ya?

—Cariño, necesitas dilatar más —le dijo Will, tan calmado como pudo.

Aunque no protestó, sí que soltó un gimoteo de lamento. Jack seguía contemplando la situación desde un rincón.

—Pero… ¿tanto duele?, ¿en serio?

Naya solo detuvo sus gemidos para arrancarse una almohada de atrás y lanzársela a la cabeza. Como tenía intención de seguir, decidí coger a Jack del brazo y tirar de él hacia la salida.

—¡Vamos a por algo de beber!

Jack se dejó arrastrar sin oponer resistencia. En cuanto llegamos a la máquina de bebidas, empecé a meter monedas.

—Debo admitir que no era la bienvenida que esperaba —murmuró él—, pero nunca viene mal un poco de acción.

—¿Qué bienvenida te esperabas?

—¿Honestamente?, echar un polvo, no atender un parto.

Le di un codazo. O al menos lo intenté, porque lo esquivó y se hizo con una de las botellas de agua que habíamos sacado de la máquina.

—Conmigo no echas polvos —recalqué.

—¿Y cómo llamarías a lo que hacemos?, ¿fiesta de pijamas pero sin pijamas?

—No, tonto. Hacer el amor.

Simuló que vomitaba.

—Te dejo sola dos días y te vuelves una cursi.

—No estaba sola, estaba con amigos.

—Pero sin tu querido novio que te frena cuando te pones cursi.

Inevitablemente, aquella frase me recordó lo que había pasado justo antes de salir de casa. Lo miré, dudaba entre si decírselo o no. ¿Era una buena idea soltar la bomba en ese momento?, ¿o era mejor esperarse?

Justo cuando iba a abrir la boca, Will apareció de la nada y nos quitó dos botellas de agua. El pobre iba acaloradísimo.

—Necesitaremos alguna más —aseguró.

Nos quedamos en la habitación de Naya todo el tiempo que nos permitieron y después pasamos al pasillo, lo más cerca posible de ella. Tan solo dejaron entrar de nuevo a Will —sospecho que a petición de Naya—, pero no a sus padres ni a su hermano, que llegaron más tarde. Sue y Lana fueron las últimas en acudir, e intercambiaron una mirada furibunda antes de sentarse con nosotros.

*El comité de bienvenida del bebé.*

Nunca había tenido que esperar por un parto. En el caso de mi hermana, se lo tuvieron que provocar y fue cuestión de una o dos horas; por lo demás, era la primera vez que una persona cercana a mí estaba embarazada, y por eso se me hizo tan larga la espera.

Todo el mundo ya había asumido que tardaría una eternidad menos yo.

El único entretenimiento que encontré fue hablar sobre nombres con Jack.

—Si tuviera una hija, no le pondría Kim —comenté—. Y menos por la Kardashian.

—¿Mejor Kylie? ¿Por la Jenner?

Hice una mueca de horror, y él empezó a reírse.

—A mí me gusta Jeremy.

No extendió la respuesta, así que lo miré sin entenderlo.

—¿Por qué?

—No sé, me gusta. Ni muy largo ni muy corto. Ni muy común ni muy original. La mediocridad perfecta.

—Así que aspiras a tener hijos mediocres.

—¿Hijos?, ¿en plural? No me asustes, Michelle.

Sacudí la cabeza y volví al asunto.

—A mí me gusta Elisabeth. Me parece muy elegante.

—Y aburrido. Medio mundo se llama Elisabeth.

—¡Eso no impide que sea elegante!

—Es como llamarte John. Si lo gritas en medio de la calle, se giran la mitad de los que están ahí.

—Pues seré muy básica, pero a mí me gusta. Y la llamaría Ellie.

Se encogió de hombros.

—Vale, acepto a Ellie.

—Qué alegría.

—Ahora solo nos falta engendrarlos. ¿Vamos a ello?

Seguimos hablando de nombres un buen rato, pero en cierto momento, incluso eso me aburrió. Era más entretenido ver como los padres de Chris y Naya, así como los de Will, evitaban mirarse entre sí como si fueran a morir si entrecruzaban sus miradas. Chris intentaba crear una conversación con ellos, pero no sirvió de mucho; «padres divorciados» gesticuló a modo de explicación, como si eso lo justificara todo.

Casi me había quedado dormida cuando de pronto salió Will de la última puerta.

Su enorme sonrisa me hizo suspirar de alivio.

—¡Está bien! —exclamó, entusiasmado—. Todavía está en la incubadora, pero no ha habido ningún problema. Nos han dicho que está sanísima, y Naya también.

—¿«Sanísima»? —repitió la madre de Naya—. Entonces ¿es una niña?

Will volvió a asentir con una enorme sonrisa.

—¿Queréis conocer a Jane?

# 22

# Nueva convivencia

No sé cuántos resoplidos había soltado Jack, pero exhaló otro más contra la almohada.

—Por favor, que alguien mate ya a esa niña y acabe con su sufrimiento.

Intenté no reírme; no me costó demasiado, después de todo, yo también estaba agotada, pero me lo tomaba con más filosofía.

Desde que un mes atrás Naya y Jane habían vuelto a casa, nuestras noches se acompañaban con la banda sonora de la bebé. No dejaba de llorar, y no lo hacía bajito, precisamente, sino con gritos de protesta. Quería que todo el mundo se diera cuenta de que no estaba contenta y no había forma de calmarla.

Oí que los pasos de Will se acercaban al salón. Claramente, intentaba tranquilizar a la niña, pero tan solo sirvió para molestar a Mike; no tardé en oír sus protestas y Jane lloró con más fuerza aún.

—Se pasa las noches llorando y los días durmiendo —murmuré—. Es como si lo hiciera a propósito.

—Lo hace a propósito —remarcó Jack—. Los bebés son malignos por naturaleza.

—¡No generalices así!

—Es que lo son. Igual que los Gremlins, parecen muy adorables, pero no hay quien los aguante.

*Qué bonita comparación.*

—¿Y qué hay de Jay y Ellie? —le pedí.

—He cambiado de opinión. Estamos muy bien como ahora. Que tengan hijos los demás.

Solté una risa agotada, pero se me cortó en cuanto Jane empezó a gimotear. Jack soltó una palabrota y, para mi sorpresa, salió de la cama de un salto.

En cuanto tocó la puerta, me incorporé sobre los codos.

—Dime, por favor, que no vas a cargarte a una bebé.

—¿Por quién me has tomado?

—Por alguien que tiene cara de querer matar a alguien.

—Y has acertado, porque voy a matar a sus padres.

No me quedó otra que arrastrarme tras él.

En el salón estaba Will acunando a Jane para que se calmara, pero no servía de mucho. Sue se había despertado y daba vueltas, cada vez más frustrada. Mike estaba sentado en el sofá, medio dormido.

—¿Se puede saber qué le pasa? —preguntó Jack al acercarse.

—Si lo supiera —replicó Will lentamente—, ¿te crees que no intentaría arreglarlo?

—Yo creo que nos odia a todos —opinó Mike.

—Pues ya somos dos —murmuró Sue.

—¿Dónde está Naya? —pregunté.

—Se ha dormido. —Will lo dijo casi con rencor—. Qué envidia.

Jane gimoteó, retomaba la orquesta. Su pobre padre intentó tranquilizarla, pero de nada sirvió.

Nadie se sorprendió cuando un vecino llamó a la puerta. En ese mes, habían aparecido más de diez veces. Entendía que el ruido fuera molesto, pero… ¿qué íbamos a hacer?, ¿tenerla en una habitación insonorizada?

Hasta el momento, por lo menos, habían tenido la suerte de que fuera yo quien les abriera; intentaba explicarles la situación y pedirles perdón del modo más cordial, y casi todos lo aceptaban. El de arriba, el amargado, no solía aceptarlo tan fácilmente, pero no me importaba. Lo que me interesaba era que no les abriera Sue, porque entonces nos quedaríamos sin vecinos.

Por ese motivo —y porque parecía que Jack iba a matar a alguien de verdad— me adelanté y acudí yo sola a la puerta. Abrí con la expresión más amable que pude encontrar en ese momento. Efectivamente, era el vecino de arriba; me miraba como si quisiera romper cosas.

—Hola, buenas noches —murmuré.

—¿Hola? —repitió, fuera de sí—. ¿Se puede saber qué le pasa a ese crío?

—Es una niña, no un «crío».

El hombre empezó a ponerse rojo.

*Ya empezamos.*

—¿Tengo cara de que importe lo que sea?

—Estamos intentando que se calme —le dije, como siempre.

—Pues está claro que no funciona. ¡Haced algo útil de una vez!

Abrí la boca para responderle, pero entonces una mano se clavó en el marco de la puerta, justo por encima de mi cabeza. El ruido hizo que tanto el vecino como yo diéramos un respingo, pero no necesité girarme para saber que era Jack. El vecino lo inspeccionó con los ojos entrecerrados.

—¿Qué quieres? —espetó Jack.

El hombre levantó un poco el mentón, indignado.

—Vengo a quejarme.

—Eso ya lo veo. ¿No puedes hacerlo con un poco más de distancia?

Creo que ninguno se había dado cuenta, pero durante el pequeño intercambio anterior se había pegado a mí con el dedito estirado y el ceño fruncido.

Al final puso mala cara, aun así retrocedió.

—Ese niño está llorando —remarcó.

—Oh, gracias por avisarnos.

—Es un ruido muy molesto.

—Casi tanto como tu voz.

Miré a Jack con los ojos muy abiertos, pero él ni se inmutó. El vecino estaba cada vez más rojo.

—Entre las fiestas y esto, ¡no se puede vivir con vosotros debajo!

—Múdate, entonces. ¿A mí qué me cuentas?

—¡No me da la gana!

—Pues tápate las orejas.

—¿Y si no quiero hacerlo? —preguntó bruscamente el vecino—. ¡Te recuerdo que estoy en mi casa!

—Y yo te recuerdo que, ahora mismo, estás en la nuestra. Y si no quieres taparte los oídos, haznos un favor a todos y tápate la boca.

*Ahí, ahí.*

El vecino estaba tan desconcertado que tardó unos segundos en reaccionar:

—¿Es que no pensáis hacer nada? ¡Esto es una vergüenza!

—El plan es matarnos todos a la vez —replicó Jack—. Si quieres participar, solo tienes que subir a la terraza y tirarte de ella a la calle. Nosotros ya vendremos después a hacerte compañía. Venga, buenas noches.

Y le cerró la puerta en la cara. Así, sin más. Lo contemplé con la boca entreabierta.

—¡Jack!

—¿Qué?

—¡Que ese hombre tiene cara de asesino sangriento!

—Yo sí que seré un asesino sangriento, como vuelva a hablarte así. Menudo imbécil. ¿Has dejado que lo hiciera todos estos días?

—Solo es una persona de mal humor… No quería empeorarlo.

Vale, sí. Tenía más carácter que el año pasado. ¡Pero eso no significaba que buscara peleas con todo el mundo!

—Pues que pague su mal humor consigo mismo —repuso Jack, irritado.

La niña seguía llorando, así que me acerqué a Will. Prácticamente se estaba durmiendo de pie. En algún momento debió de deducir que no podía dar más de sí, porque entonces ofreció la bebé a la primera persona que encontró.

Era Mike.

—¿Puedes sujetarla?

Mike lo miró con los ojos muy abiertos, pero lo cierto es que no tenía demasiadas opciones. Con los brazos temblorosos, aceptó a la niña y la acunó contra su pecho. Jane lo miró entre lágrimas y, entonces... silencio.

Se había callado.

Todos contemplamos la escena con perplejidad. Will, el que más.

—¡Se ha callado! —musitó Sue—. ¡Sí! ¡Genial!

Jack me hizo un gesto frenético.

—¡Vámonos a dormir!, ¡rápido!

Mike nos contempló, el pánico crecía en su interior.

—¡No me dejéis aquí solito! ¡No sé qué hacer!

—No estás solo —recalqué.

Will ya dormía en el otro sofá, estaba tan agotado que lo raro era que hubiera aguantado tanto.

—¡Es como estar solo! —protestó Mike.

—Pásatelo bien, niñera —se burló Sue, y se escabulló a su habitación.

Lo último que vi fue su mueca de horror. Pero Jack ya me arrastraba hacia el dormitorio. Cerró detrás nuestro con el menor ruido posible y, en cuanto se sintió libre, se tumbó sobre la cama y cerró los ojos.

El problema era que la ocupaba toda, especialmente mi lado. Me crucé de brazos.

—Oye, que yo también necesito espacio.

—Lo tuyo es mío y lo mío es tuyo.

—¿Dónde está escrito eso?

—En cuanto nos casemos, lo estará.

—¡Deja ya de hacerme esa broma!

Desde que en Navidad entré en pánico con la dichosa broma, me la repetía a la mínima ocasión.

—¿Y dónde se supone que duermo yo? —le pregunté—, ¿en el suelo?

—Si te hace ilusión...

—¡Jack!

—¿Desde cuándo dormir encima de mí es un problema?

¿Iba con esas? Pues se arrepentiría.

Sin dudarlo un segundo, me dejé caer sobre su espalda. Jack gruñó de dolor, pero era tan vago que no se movió. Simplemente cerró los ojos. Yo también lo hice; por lo menos, durante un minuto. Luego asomé la cabeza por encima de su hombro.

—¿Estás dormido?

—Sí.

Enarqué una ceja.

—Mentira.

—Verdad.

—¡Me estás contestando!

—Soy sonámbulo.

—Y un tonto.

—Nunca he negado que lo fuera.

Lo miré fijamente hasta que exhaló un suspiro y me devolvió la mirada.

—A ver, ¿qué?

—Hablemos de algo.

—¿De dormir?, porque es lo único que me interesa.

—No, ¡de cualquier cosa! No tengo sueño.

—Mira, Jen, te quiero. Mucho. Más que a nada en el mundo. Lo prometo. Pero eres una pesada. Duérmete.

—Creo que me quedaré así un rato más.

Él volvió a cerrar los ojos.

—¿Te acuerdas de cuando no te encontraba defectos? Pues ya hemos superado esa fase. Ahora te encuentro unos cuantos.

—Vaaale, pues a dormir. Pero vete a tu lado.

Jack rodó sobre sí mismo y yo me metí bajo la sábana. Él no estaba acostumbrado a dormir poco, así que en cuanto cerró los ojos empezó a respirar profundamente. Sonreí y lo tapé con la sábana.

Naya parecía una muerta en vida. Se paseaba con su bata rosa, un moño deshecho, unas ojeras preocupantes y siempre, por lo menos, con un producto infantil en la mano. En la otra llevaba a su hija.

Algunos días no podía resistirme y me ofrecía a cuidar de Jane para que ella saliera un rato, aunque, ciertamente, no siempre me era posible. La universidad me ocupaba mucho tiempo, el que no pasaba en clase, estaba estudiando o tomando apuntes, y me gustaba usar el restante para dibujar o llamar a mis hermanos, no para hacer de niñera.

Pero había excepciones, como ese día. A pesar de que ya había oscurecido, llegué un rato antes y me di una ducha larga y calentita.

Al salir, encontré a Naya tal cual la había dejado: dormida, con la cabeza torcida en el sofá. Jane contemplaba el televisor —y a Sue y Mike, con sumo interés—; Will dormía en el otro sofá. Eran la pareja perfecta.

Me incliné hacia Naya y le toqué suavemente el hombro. Ella me pasó a su hija de forma ya automática, y me la coloqué contra el pecho, con la cabecita en el hueco de mi hombro, para acunarla un poquito. Con el cambio de brazos había empezado a gimotear, pero enseguida se le pasó.

Sue me observaba con una gran sonrisa.

—Mírate, la tía del año. Ya te imagino con diez hijitos.

—No tiene gracia, Sue.

—Será porque no lo digo de broma.

Mike nos miró de soslayo, pero no dijo nada. Ya no hacía bromas sobre mi relación con su hermano; por descontado, no desde el beso.

No se lo había dicho a Jack. Estaba casi segura de que debería, pero hacía ya tanto tiempo que ni siquiera sabía cómo plantearlo. Lo había intentado muchas veces, pero siempre había alguna interrupción. Supongo que, llegados a cierto punto, dejé de intentarlo.

Mike no había comentado nada al respecto, ni siquiera para disculparse. Sin embargo, sí que marcaba mucha distancia entre nosotros: ya no me tocaba ni me hacía bromas sexuales de esas que él consideraba graciosas —cuando en realidad eran un poco asquerosas—: prácticamente, ni siquiera me miraba de frente.

Una parte de mí lo prefería así, mientras que la otra deseaba que no hubiera complicado tanto las cosas.

Volví a la realidad cuando Will se despertó de un pequeño respingo; adormilado, contempló la escena y, así que localizó a sus dos chicas, volvió a relajarse en el sofá.

—Hola, Jenna —murmuró, frotándose los ojos.

—Buenos días, papá del año.

No estaba segura de si él había esbozado una sonrisa o una mueca.

—¿Alguien sabe si Naya le ha dado el biberón?

Rescaté el biberón medio vacío que colgaba peligrosamente de la mano de Naya y lo puse sobre la mesita.

—Deduzco que sí.

—Bien —murmuró Will, y bostezó con la boca bien abierta—. Pues, si me disculpáis…

—Tiene que echarse otra siesta —aclaró Mike.

—Las otras cuarenta no han sido suficientes —confirmó Sue.

Mientras seguían con la conversación, consulté el móvil. Todavía no eran las ocho y supuse que Jack vendría a cenar, pues solamente había ido a echar una mano a su madre en no sé qué. Desde la cena de Navidad, lo hacía a menudo y ya no parecía tan incómodo como la primera vez que había acudido en su ayuda. De hecho, sospechaba que lo hacía, simple y llanamente, porque le apetecía.

—... lo menciones.

Levanté la cabeza, extrañada, pues era la voz de Naya. Se había despertado en algún momento, y ya estaba cabreada; específicamente, con Mike.

—¿Qué pasa? —pregunté.

Él permaneció cabizbajo; debía de ser el culpable, hablaran de lo que hablasen. Me lo confirmó la mala cara que le puso Naya.

—Que don besos traicioneros se cree que puede ir aconsejando a los demás sobre sus relaciones...

Miré a Mike, que seguía callado. Sue nos iba mirando a todos; pocas veces se quedaba sin saber qué decir.

—Naya... —empecé.

—¡Ni Naya, ni nada! Se lo merece. Que nos deje tranquilos.

—No creo que lo dijera con tan mala intención —aseguró Will.

—¿Te pones de su parte? Te recuerdo que le ha hecho daño a tu mejor amigo, Will.

El aludido se frotó las sienes, en un intento de alejarse de todo aquello. No debió de funcionar demasiado, porque enseguida desistió.

—Ross no sabe nada —dijo al final—, así que discutir en su nombre no tiene ningún sentido.

Me sentí mal de inmediato, no me gustaba que lo supiera todo el mundo menos él, que, aun ignorándolo, era el más implicado en el conflicto.

Al volverme hacia Mike, encontré su mirada; me pilló tan desprevenida que no la aparté ni cuando se puso en pie.

—¿Quieres hacerlo? —me preguntó directamente.

—¿Eh?

—¿Quieres decírselo a Ross? Pues venga, ¡vamos a decírselo de una vez! Estoy harto de vivir con esta tensión de mierda.

—¡Esas palabrotas! —regañó Will, señalando a la niña.

A Mike no le importó en absoluto.

—Se lo diré yo mismo —espetó.

Sue hizo una mueca.

—No sé yo si es la mejor idea del mundo...

—¿Y qué quieres? —saltó Naya—, ¿que se lo diga Jenna? ¡Ella no tiene la culpa de que Mike se lanzara!

—¡Está claro que Mike se arrepiente! —lo defendió Sue en el mismo tono ella—. ¿No lo ves?

—Sí, claro... Tú defiéndelo.

—Pues sí, porque todos podemos cometer errores.

—¿Es un error que se haya lanzado sobre las tres novias de su hermano? Vaya, pobrecito.

—¡Ya ha dicho que se arrepiente de eso, Naya!

—¡Pero lo ha hecho de nuevo!

—¡Y está intentando arreglarlo!

—¿Y si dejáis que hablen los dos afectados? —sugirió Will con cansancio.

Sue y Naya intercambiaron una mirada furibunda y, acto seguido, se volvieron hacia nosotros dos. Claramente, Mike estaba muy alterado desde que se había puesto en pie, pero su tensión aumentó con el transcurso de la discusión.

—Se lo podría decir —aseguró.

No se me ocurrió un solo motivo para negárselo.

—Vale.

—Soy capaz.

—Te creo.

—¡Lo soy de veras!

—Te creo de veras.

En un momento de silencio —en el que él claramente dudaba—, oímos que se abría la puerta principal. Jack entró silbando tranquilamente, pero se detuvo en el umbral del salón en cuanto notó la tensión que todos destilábamos. Miró a su hermano, luego, a mí. Era obvio que no entendía nada.

—¿Qué pasa?

—Ven, cariño. —Naya cogió a la niña y se encaminó a su habitación—. Que tus tíos tienen que discutir.

—¿Discutir? —repitió Jack.

Sin pensarlo, miré a Will, parecía tan nervioso como yo. Mike, todavía más; abría y cerraba las manos en dos puños, como si no supiera qué hacer con ellas. Sue era la única que no se movía, simplemente observaba la situación con los labios apretados.

—¿Qué pasa? —repitió Jack con impaciencia, y se volvió hacia mí—. ¿Va todo bien?

—No —intervino Mike de repente—. Ha pasado algo.

—Mike... —empezó a advertirle Will, pero él lo detuvo con un gesto.

—No. Ya va siendo hora de decirlo.

—¿El qué? —Jack parecía cada vez más confuso.

—Besé a Jenna.

Lo soltó así, sin más, sin ningún tipo de edulcorante; simplemente lo lanzó al aire y esperó a que la granada tocara el suelo.

Jack permaneció unos segundos en silencio, contemplándolo con incredulidad. Casi me atreví a creer que no le afectaría en absoluto, pero entonces su rostro se ensombreció.

*Ay, no.*

—¿Es una broma?

—No —le aseguró Mike en el mismo tono—. Fue la noche en que Naya se puso de parto. La besé, y ella se apartó. Punto.

Lo dijo como si no hubiera de qué preocuparse, como si fuera un hecho más en el calendario. Sin embargo, Jack estaba cada vez más tenso; y si hasta el momento no había despegado la mirada de su hermano, entonces se giró hacia mí. No entendí su expresión, quizá estaba sintiendo muchas cosas y todavía no había decidido cuál de ellas le pesaba más.

—No me has dicho nada —replicó en voz baja.

Y… ahí estaba mi parte de culpa. Y sabía que no iba a ser lo que le molestaría más.

—Lo sé —admití, también en voz baja—. Lo siento.

—Dijiste que nos lo contaríamos todo.

—Jack…

—¿Y tú? —Giró en redondo hacia su hermano. Esa vez, su tono ya era furioso—. Tú… eres miserable.

—Ross. —Will se puso en pie con las manos en alto, como si intentara calmar a un animal salvaje—. Ahora estás cabreado. No digas nada de lo que te puedas arrepentir.

—Oh, no me arrepentiré de esto, no te preocupes.

—Te lo he contado —replicó Mike—. Por lo menos, esta vez he sido sincero.

Jack lo observó unos instantes. Supe que, de entre todos sus sentimientos, había elegido sacar la rabia; su sonrisa irónica solo podía representar aquello.

—¿Y qué te crees?, ¿que como me lo has contado no me voy a enfadar? —sugirió con sorna—, ¿que lo hace menos grave?

—Solo quería que te enteraras por mí.

—¿De qué?, ¿de que no has cambiado en nada? Vete a la mierda, Mike.

—¡Esta vez ha sido distinto!

—Sí, como todas las otras. Vas con el discursito de hermano mayor que quiere hacer las paces, pero sigues siendo el mismo gilipollas de siempre. Luego no vayas llorando por ahí y diciendo que nadie te quiere, porque ambos sabemos que es por un buen motivo.

El golpe me dolió incluso a mí. Cuando Mike torció el rostro, aparté la mirada. Sin embargo, Jack no había terminado, se giró hacia mí como si quisiera decirme algo, pero su silencio me dolió más; simplemente pasó junto a mí sin mirarme y, finalmente, se detuvo frente a Will.

—¿Y tú lo sabías? —le echó en cara.

Me dio la sensación de que esa fue la acusación que más le dolió; en ninguna otra le había temblado la voz de ese modo.

Will asintió lentamente.

—Lo siento, Ross.

—¿Que lo sientes? —Su bufido pareció una risa—. Vete a la mierda tú también, Will. En serio, dejadme todos en paz. Sois una puta broma.

Se marchó de casa sin mirar a nadie, y ninguno de los tres volvió a abrir la boca.

—Creo que mi hija me odia.

*Por lo menos no te odia tu novio.*

Llevaba ya varios minutos de pie en el pasillo mientras Naya intentaba cambiarle el pañal a Jane; hasta el momento, solo había conseguido que la niña se retorciera, gruñera y gimoteara en señal de protesta.

—Vale —dijo al quinto intento—, ya no es que lo crea, es que lo sé. ¿Puede odiarme siendo tan pequeña?

—No dramatices, ¡solo es un pañal!

—¡No es un pañal! ¡Soy un desastre en todo lo relacionado con la maternidad! Siempre tiene que hacerlo todo Will…

—Ay, Naya…

Quizá habría tenido más delicadeza otro día, pero no ese, que ya me bastaba con lo mío.

Jack no aparecía desde la noche anterior; yo había hecho un examen parcial por la mañana y, obviamente, había descansado fatal. Ni siquiera encontraba el tiempo para centrarme en mi drama, así que tampoco lo tenía para calmar el de otra persona.

—Ya sé que soy una pesada —murmuró.

—No eres pesada, simplemente dejas que cualquier chorrada te hunda. Puede que el cambio de pañales no se te dé bien, pero es muy fácil de aprender.

Dicho esto, me adelanté y sujeté suavemente los tobillos de Jane; ella parpadeó felizmente y miró su patito de goma mientras yo me encargaba de todo. Naya lo observaba todo con los ojos muy abiertos, solo le faltaba sacar un cuaderno para tomar apuntes.

En cuanto el pañal limpio de Jane estuvo ajustado, le hice cosquillitas en la barriga; ella balbuceó felizmente y se retorció un poco.

—¿Ves? No es nada, solo cuestión de práctica.

—¿Cómo sabes…?

—He cuidado muchas veces de mi sobrino.

Naya asintió, fascinada, y contempló mi trabajo como si fuera una obra de arte.

—¿Puedo avisarte la próxima vez que necesite cambiárselo, para que me digas si lo estoy haciendo bien?

—Pues claro. Ya verás como pronto te doy el graduado en pañales.

Lo decía de broma, pero ella pareció entusiasmada. Cogió a Jane con una habilidad impresionante y guardó las cosas con la mano que le quedaba libre. La pequeña le tomó un mechón de pelo rubio y lo apretaba con todas sus fuerzas, pronto se lo llevaría a la boca para succionarlo; por algún motivo, solo lo hacía con el de Naya, y a ella —pese a ser doña pelo perfecto— no parecía importarle demasiado.

—¿Qué tal el examen? —me preguntó de vuelta al salón.

—Fatal.

—¿Y las clases?

—Horribles.

—Veo que estamos todos de alegría en alegría…

No dije nada. Lo del examen era verdad, había ido fatal, y mis clases andaban por el mismo camino. Ponerme a la altura de mis compañeros me resultaba mucho más difícil que el año anterior, algo que se había confirmado apenas terminé el examen. Todos habían comentado las respuestas y lo fácil que había sido, mientras que yo solo podía pensar en las calamidades que había escrito; no me apetecía saber la nota.

Todavía tenía los apuntes esparcidos en la mesita del café cuando volví al sofá; Will, sentado al lado con su portátil, terminaba algo de las prácticas, mientras que Mike y Sue, en los sillones, hablaban entre sí. Naya ocupó el otro sofá con un resoplido.

—Me duelen las tetas.

—Qué asco —murmuró Mike.

—¿Te dan asco unas tetas? —lo increpó Sue.

Intenté ignorarlos y concentrarme en mis apuntes, pero resultaba difícil.

Y sí, podría haberme ido a la habitación, pero no me daba la gana; había sido la primera en llegar al salón. Los demás habían visto que estudiaba y aun así encendieron el televisor. ¿Era una chorrada?, sí. ¿Aún podía ir a la habitación?, también; pero pasaba de hacerlo, se había convertido en una cuestión de orgullo, además arrastraba el cabreo desde hacía una cantidad de horas preocupante.

—Me das más asco tú —le contestó Mike a Sue.

Ella ahogó un grito y le dio con el cojín en la cara, por lo que Mike se enfadó y se puso a darle con otro. Sue se molestó porque le estaba descolocando su ecosistema perfecto, y Jane empezó a lloriquear. Will le dijo a Naya que comprobara si tenía hambre, y ella protestó: que ya había comido. Will insistió; ella se enfadó. Mike le dio a Sue en la boca, y ella a él. Un cojín voló hacia mis apuntes y me lanzó varias hojas por el suelo. Jane estiró el puñito y agarró una hoja para estrujarla. Empecé a correr por el salón intentando recuperar las demás. Mike pisó una sin querer y, al intentar levantarla, no se dio cuenta de que seguía bajo su pie. La partió por la mitad. Sue lo apartó de un empujón y Mike chocó contra Will, que apoyó una mano torpemente en la mesita y arrugó las pocas hojas que habían sobrevivido al desastre.

No sé en qué punto se dieron cuenta de que estaba alcanzando mi límite, pero, uno a uno, fueron callándose para mirarme. Y en cuanto se hizo el silencio, cerré los ojos, inspiré con fuerza y me agaché para recuperar la única hoja de papel que no habían pisoteado, arrugado o roto.

*Inspira, espira, inspira, espira...*

Seguí mis instrucciones. Intenté no matar a nadie... y entonces se abrió la puerta.

Solo podía ser Jack, que entró como un torbellino en el salón y me buscó con la mirada. Pero fue una sorpresa que llevara puesta la misma ropa que la noche anterior y que Vivian lo acompañara.

No la había visto desde el cumpleaños de Jack, donde habíamos fingido que nos soportábamos mutuamente. Ella, con una gran sonrisa, yo, intentando no poner cara de asco porque me había propuesto a mí misma llevarme bien con ella. Pero era imposible.

—¡Déjame en paz de una vez! —le espetó Jack—. ¡Te he dicho que no subieras!

—Pues resulta que quiero subir, fíjate. ¿O me vas a echar?

—Sí. ¡Fuera!

Vivian abrió la boca para protestar, pero Jack ya se había vuelto hacia mí. Parecía indignado.

—¡No me has mandado ni un solo mensaje! —me echó en cara.

Era cierto, no lo había hecho; no llevaba la intención de hacerlo. Bastante había tenido con estudiar y no dormir en absoluto.

*Eso, eso.*

—¡Y tampoco me has llamado! —añadió, irritado—. ¡Podría haber estado en cualquier parte!

—Y vino a mi casa —añadió Vivian con retintín.

No sé si esperaba una reacción de mi parte, que seguía mirándolos fijamente. Al no obtener lo que buscaba, Vivian se sacó algo del bolsillo y lo lanzó a la mesita de café; todos nos quedamos en silencio al ver la bolsita de cocaína, Jack empalideció, Jane empezó a llorar, Naya intentaba calmarla. Y yo solo miraba fijamente.

—¡Eso vino a buscar a mi fiesta! —me dijo Vivian, señalando el paquete.

—¡No consumí nada! —añadió Jack a toda velocidad.

—¡Pero vino a buscarlo!, ¡y por tu culpa, otra vez! Te dije que volverías a caer por ella, Ross, te lo dije. Cómo me jode tener siempre la raz…

No pudo terminar la frase. El inconfundible ruido del papel rasgado de un tirón hizo que todos se quedaran mirándome, perplejos. Incluso cesó el llanto de Jane.

Los puños todavía me temblaban cuando seguí destrozando el dichoso papel.

—Se acabó —dije en voz baja, y empecé a dar tirones a cada palabra—. Estoy… harta… de… esta… puta… mierda…

—¡Esas palabrotas! —saltó Will.

—¡Me dan igual las palabrotas! —salté yo, y se calló—. Estoy cansada de todos. ¡De todos! ¡No se salva ni uno! Todos con vuestros dramas particulares, ¡me tenéis agotada! Tú con tus palabrotas… ¿te crees que ahora mismo me importan las putas palabrotas?, ¿te crees que a Jane le importan? ¡Es un bebé!, ¡un puto bebé! ¡Le da igual lo que digas, mientras la dejes dormir, comer y cagar!

Nunca había soltado tal retahíla de palabras feas, pero de pronto me sentía como nueva. El corazón me latía con fuerza, y toda la rabia que había ido acumulando emprendió la salida.

Will no respondió. Me miraba con perplejidad.

—No hace falta ponerse así —protestó Naya.

—¿Y me lo dices tú? —salté enseguida, vuelta hacia ella—. ¡No has dejado de quejarte desde que Sue y yo te encontramos sentada en el cuarto de baño! ¡Ni un solo día, Naya! Que si el bebé, que si Will, que si nosotros… ¡nada te viene bien! ¡A todo le encuentras pegas! ¿Te das cuenta de que no eres la única persona en el mundo que necesita que le vayan diciendo que todo irá bien?, ¡porque a veces podrías consolar tú a los demás y dejar de obsesionarte con que te reconfortaran a ti!

Oí algo parecido a una risa contenida y me giré en redondo hacia Sue, que intentó disimularla simulando que tosía. No le sirvió de nada, la diana ya estaba en su frente.

—¿Y a ti qué te hace tanta gracia? —espeté—. Porque empiezo a estar cansadita de que no te tomes en serio ni un puto problema de esta casa. Nos hablas siempre como si estuvieras por encima de los demás y como si no formaras parte de ningún drama, y te crees que eso te da derecho a burlarte de todos. Pues, ¿sabes qué?, ¡que no es así! Eres igual de estúpida que el resto de nosotros, Sue. Siento ser yo quien te baje de nuevo a la tierra. ¿Sabes esas películas malas en las que el chico popular conocía a la chica marginada que se creía que lo sabía todo porque decía cosas raras y se relacionaba poco con la gente?, ¡pues esa eres tú! ¡No eres mejor que nadie!, ¡solo eres menos extrovertida, pero eso no te hace superior! ¡Supéralo de una vez!

No necesité que el siguiente dijera nada: Mike permanecía congelado, como si temiera que al mover un solo músculo el ataque se redirigiera hacia él. No le sirvió de nada, pues fue la siguiente víctima:

—Y tú, ¿qué? Más de lo mismo. ¿Lo de besarme?, ¿en serio? ¡Sabías que te diría que no! Y, aunque hubieras sospechado que podía pasar algo, ¡deberías haber respetado a tu hermano! ¿Qué problema tienes, tío?, ¿estás celoso y crees que esa es la forma de pasar por encima de los demás?, ¿intentando hundirlos? ¿Alguna vez has probado a ser mejor persona? Y no me refiero a cuando te envalentonaste para soltárselo todo a Jack, sino a ser valiente de verdad y asumir que cometiste un jodido error. ¡Y pedir perdón! ¡En serio, no es tan difícil! ¡Si de verdad te arrepientes, pide perdón de una puta vez por haberte portado así con la gente que te quiere!

Para entonces, el pecho ya me subía y bajaba a toda velocidad. Me giré hacia las dos personas restantes y, furiosa, recogí la bolsita de cocaína para lanzársela a Vivian. Ella la atrapó como pudo, sorprendida.

—Oh, y mejor no empiezo contigo. Te crees que eres la mejor amiga del mundo, ¿no? Pues no creo que una amiga de verdad se alegrara tanto como tú al ver que Jack ha estado a punto de recaer. Porque, admite que es eso, que te encanta la idea de que yo sea la imbécil del cuento. No te conozco tanto, Vivian, pero ya empiezo a estar harta de tu actitud de mierda. Si todavía no he pasado de ti es por Jack, pero ni por un momento pienses que quiero tener algo que ver contigo. Puede que yo me haya portado mal, pero nunca le habría ocultado una llamada en su cumpleaños, nunca habría dejado que recayera y, desde luego, nunca me habría aprovechado de uno de sus peores momentos para acostarme con él. Pero supongo que la mala soy yo, ¿no? Igual es hora de que te compres un puto espejo y dejes de juzgar a los demás.

Y ya solo me quedaba el último. Tomé una bocanada de aire y me giré hacia Jack. Él había perdido toda la voluntad que traía al entrar. De hecho, en cuanto di un paso hacia él, retrocedió. En consecuencia, sus piernas chocaron con el sofá y se quedó ahí sentadito.

—Y tú escúchame bien, Jack Ross…

—¡No he hecho nada malo! —dijo enseguida—. ¡Lo prometo!

—¿Te parece poco desaparecer toda la noche?, ¿o escapar cada vez que hay una discusión? ¿Y todavía esperas a que sea yo quien te persiga? ¿Nunca se te ha ocurrido que si enfrentas los problemas, no se te enquistan tanto ni te pasas la vida arrastrándolos? Estoy harta de que me eches en cara que me fui, que te guardo secretos y todo el rollo, cuando tú has sido el primero en ocultarme todo lo que te ha venido en gana. Sí, Mike me besó. Sí, intenté decírtelo, pero acabé desistiendo. Lo siento, ¿vale? ¡Si no te hubieras ido corriendo, me habría disculpado! Pero no, era mejor ir con Vivian a ver si recaías. Hablas de mí, pero, desde luego, esa no es la reacción más madura del mundo. Ninguno de los dos es perfecto; de hecho, estamos bastante lejos de serlo, así que la próxima vez que te moleste algo, me lo dices y ya está. ¿O tendremos que estar con este puto circo cada vez que uno de los dos la cague, Jack? Porque la primera vez me pareció tierno, pero ya empieza a tocarme la moral.

Lo había dicho todo tan rápido y tan de sopetón que, apenas terminar, noté que casi me faltaba el aire. Miré a los demás; ni siquiera a Jane le quedaban motivos para llorar.

Al final, la única que intervino fue Sue:

—Estás un poco…

—Estoy hasta el coño. Así es como estoy. Solo quería repasar mis apuntes en paz porque estoy harta de suspender exámenes. Así que, por favor, aunque os penséis que mi carrera es una pérdida de tiempo, ¿podéis apartaros de las hojas que acabáis de destrozar, para ver si puedo rescatar alguna?

Nadie dudó un segundo en agacharse y empezar a amontonarlas sobre la mesa; incluso Vivian los ayudó. No sé qué había hecho, pero, desde luego, había funcionado.

Recogí todas mis hojas destrozadas —incluida la que había roto yo—, mi estuche, y me encaminé a la habitación. Sin embargo, me detuve al inicio del pasillo para echarles una última mirada por encima del hombro.

—Reflexionad un poquito —añadí, muy seria.

*Te has convertido en Vin Diesel.*

Nadie intentó detenerme, y lo agradecí; de hecho, una vez en mi habitación, pasó un buen rato antes de que los oyera hablar otra vez. No hice el menor caso, tenía trabajo; saqué el portátil y me puse a transcribirlo todo. Ya no volverían a pillarme con hojas de papel que pudieran —o pudiera yo— romper en pedacitos.

No sé cuánto tiempo pasó entre una cosa y otra; seguramente, varias horas, porque cuando llamaron a la puerta ya casi terminaba la tarea. Levanté la mirada y vi que Jack entraba con precaución. De nuevo, no parecía tan envalentonado como cuando llegó al piso.

—Hola…

Cerró tras de sí y miró alrededor; claramente, buscaba algo con que distraer la atención, pero no encontró nada y tuvo que centrarse de nuevo en mí con una sonrisa inocente.

—Oye, sobre lo que has dicho…

—¿Seguro que quieres repasarlo?

—No, no… Solo quería comentarte que… mm… que tienes parte de razón.

Seguí mirándolo fijamente, y él empezó a balancearse sobre las puntas de los pies.

—No pienso que tu carrera sea una pérdida de tiempo —añadió—. De hecho, me parece muy admirable sacarse una carrera.

Como aún le miraba fijamente, Jack se estaba poniendo cada vez más nervioso.

—Y la pintura tampoco es una pérdida de tiempo.

Silencio. Mirada fija. Él, finalmente, se cruzó de brazos.

—Sé que estás esperando a que diga algo, pero no sé qué es.

—Claro que lo sabes.

Echó la cabeza atrás, como si le ardiera tener que pronunciar las dos palabritas mágicas. Al final, volvió a mirarme con resignación.

—Lo siento.

Esbocé media sonrisa satisfecha y bajé la mirada a mis apuntes. Jack se quedó ahí plantado unos segundos más, sorprendido.

—¿Ya está?

—Sí.

—¿No vas a decir nada más?

—Estoy ocupada.

Enfurruñado, se volvió de nuevo hacia la puerta. Sin embargo, lo detuve cuando se disponía a salir.

—¿Jack?

El aludido me miró por encima del hombro con curiosidad.

—¿De verdad pensaste en recaer? —pregunté.

La cuestión lo hizo dudar. Jack bajó la mirada, lo consideró unos instantes y luego la dirigió otra vez hacia mí.

—Por un momento —admitió en voz baja—. Pero luego me detuve.

—¿Por qué?

—Porque me di cuenta de que, si seguía por ese camino, podía perder más cosas que las que podía ganar.

Se quedó un momento en silencio, y luego hizo un gesto con la cabeza indicando mis apuntes.

—Te avisaré a la hora de cenar. Que te sea leve.

# 23

## Inicios, finales

Siendo honesta, ya no recordaba cómo era ver crecer a alguien. Lo había experimentado con Owen, pero como no vivíamos juntos, no era plenamente consciente de cuánto afectaba la vida de alguien tan pequeñito a quienes lo rodeaban.

A los pocos meses de llegar al piso, Jane ya no lloraba con la intensidad de los primeros días. A medida que crecía, identificamos qué cosas le gustaban. De entre las mías, una blusa blanca con botones rosas que Sue encontraba horrorosa; Jane no estaba de acuerdo, pues cada vez que la veía, se reía e intentaba tirar de ellos. En el caso de Jack, fue la música. Cada vez que le ponía una canción de cualquier tipo, la niña balanceaba la cabeza de arriba abajo y emitía unos balbuceos que traducíamos como *otra más, otra más*, hasta que aparecía Will para indicarnos que Jane tenía que dormir un rato. Sue era la que menos le gustaba, y, según mis sospechas, el sentimiento era mutuo: Sue renunciaba a sostener a un bebé, y Jane agitaba los bracitos con desesperación cada vez que Naya hacía el gesto de dejársela. Mike, por el contrario, seguía siendo su favorito; con él, dejaba de llorar, aceptaba la comida que normalmente no quería e incluso se dormía de inmediato. Cada vez que Will y Naya estaban hartos, se la dejaban a él para que se calmara un poco. Al principio, Mike se mostró un poco reacio, pero en el fondo se notaba que le encantaba.

La pesadilla empezó cuando, al poco de cumplir un año, empezó a andar sola. Se apoyaba en todos lados, nos cogía cosas, las transportaba al otro lado de la casa, las escondía en la habitación de sus padres, se las regalaba a Mike... y como era un poco caótica, solo parecía gustarle a él, que a veces se beneficiaba de todo aquello. Sin embargo, también hacía cosas muy divertidas: se empeñaba en ponerse ropa de mil colores distintos y en que le ataran el pelo rizado con dos moñitos, le gustaba llenarse de pulseras de colores chillones que le quedaban geniales sobre la piel oscura, y alguna vez incluso quería maquillaje, como el de su madre; al tener los mismos ojos verdes, le quedaba bastante parecido y ella se contentaba.

También por aquella época empezó a pronunciar palabras sueltas. A todos nos llamaba «mamá» y «papá», pero Naya y Will no le daban demasiada importancia. Sus otras palabras eran: no, sí, adiós, hola y caca. Jack le había enseñado a decir esta última cuando algo no le gustaba, y ahora, cada vez que tenía que hacer algo que no quería, se ponía a gritarla y gateaba a toda velocidad para esconderse debajo de alguna cama.

Conmigo tenía buena relación, pero empezó a mejorar unos meses más tarde, pues como estudiaba, apenas tenía tiempo para ella; especialmente en mi último año de universidad: Jack aún viajaba, Will seguía trabajando y Sue buscaba trabajo, pero la más ausente era yo. No obstante, el día en que tuve un poco de tiempo libre y la llevé a mi cuarto para enseñarle a pintar, se le abrió un mundo nuevo. Desde ese día, en cuanto me veía libre gritaba «¡Pintura, pintura!», y me arrastraba de la mano hasta la habitación para embadurnarse las manos con pintura y cubrir alguno de mis lienzos; hasta que vio que yo usaba un pincel y se empeñó en hacerlo ella también.

En mitad de una de esas sesiones de pintura, Jack llamó a la puerta; yo me volví hacia él, pero Jane estaba tan concentrada que no dejó de dibujar.

—Es hora de cenar —enunció.

—Shhh, no desconcentres a la artista.

Jack sonrió y se acercó para aupar a Jane con un brazo. Ella chilló al soltar el pincel, pero una vez en el aire empezó a reírse. Jack se la llevó al salón sobre el hombro, como de costumbre, y ella se despidió de mí con la mano.

Una vez lo tuve todo guardado y limpio, me ajusté mejor el moño, la camiseta de tirantes, y fui al salón con los demás. Desde que Jane, ya más crecidita, preguntaba sobre lo que comíamos, sustituimos la comida basura por cosas más sanas y acorde con la alimentación infantil. Así pues, en lugar de pizza o hamburguesa, esa noche teníamos filetes empanados con una ensaladita al lado, parte que ni Mike ni Jack se molestaban en probar; eran más críos que Jane.

—¿Qué queréis ver? —preguntó Will mientras cambiaba de canal—. ¿Programa al azar, película al azar, serie al azar…?

—Yo voto por *reality* al azar —sonreí ampliamente.

—Entonces yo voto por morir —intervino Jack.

Le saqué la lengua y busqué a Naya con la mirada para pedirle ayuda, pero ella estaba ocupada: simulaba que se llevaba a la boca la comida de Jane para que ella se alarmara y la aceptara.

—Programa —votó Mike.

—Película —votó Jack.

Esta vez tuvimos que mirar a Sue en busca de un desempate, pero me sorprendió que, desalentada, removiera la comida y no nos prestara demasiada atención.

—¿Estás bien? —le preguntó Will, que también lo había notado.

Ella suspiró, como si estuviera esperando la pregunta, y por fin dejó la comida en paz; al levantar la cabeza, parecía de todo menos animada.

—He encontrado trabajo.

Pese a su seriedad, todos nos alegramos enseguida.

—¡Enhorabuena, Sue! —exclamé con entusiasmo.

—¿Por qué lo dices como si estuviera mal? —preguntó Mike.

—Porque es en otra ciudad. Si acepto, tengo que mudarme.

Aquello no suscitó tanta alegría. Naya dejó de sonreír de inmediato.

—¿Te vas?

—No me queda otra. Además... ya sabíamos que pasaría, ¿no? Tampoco iba a vivir para siempre con vosotros.

Sue lo decía como si le importara un bledo, pero estaba claramente afectada por la situación. Hablaba bajito y contemplaba el suelo, como si no pudiera mirarnos a los ojos.

—Empiezo en junio del año que viene, tampoco hace falta dramatizar —añadió—. Ya habrá tiempo para despedirnos y... bueno, todo lo demás.

Mike la observaba con la boca abierta, no se podía creer que no lo hubiera avisado antes. Aunque, conociendo a Sue, lo más probable era que nos avisara ahora y a todos a la vez porque acababa de saberlo.

Yo también me sentía un poco extraña, como si me hubieran dejado, de algún modo; quizá porque servía como recordatorio de que la configuración creada en ese piso tenía una fecha de caducidad y, aunque probablemente seguiríamos siendo amigos mucho tiempo, no siempre sería como hasta entonces. Estábamos cambiando, después de todo. Naya y Will tenían a Jane, a mí solo me faltaba un año para graduarme, y Jack viajaba por el mundo promocionando su película. No podíamos quedarnos congelados en aquel lugar, y Sue acababa de dar el pistoletazo de salida.

Jack pensaba lo mismo, estaba segura. Y me lo confirmó cuando, esa misma noche, después de charlar un rato en la cama, me miró con seriedad y dijo:

—¿Quieres seguir viviendo aquí?

Su pregunta fue tan repentina que solté una risotada.

—Madre mía, qué manera de plantear las cosas.

—Perdón, es que… Lo de Sue me ha hecho pensar.

—¿En qué?

—En que lo de mudarnos iba en serio, lo que te dije hace tiempo. Me gustaría vivir en un sitio con jardín.

Rodé sobre mi costado y apoyé la cabeza en un puño. Jack parecía un poco nervioso, como si no supiera qué reacción debía esperar.

—¿Por qué me da la sensación de que no me lo estás contando todo? —murmuré.

—Es que… tenía una idea, pero quería ver qué te parece.

—¿Qué idea?

—Dijiste que te gustaba la casa del lago, ¿no?

Tardé unos instantes en procesar la información.

—Esa casa es de tu padre, Jack.

—No, ya no. Es de mi madre, la consiguió en el divorcio —añadió. Lucía la misma sonrisa de satisfacción que ese día a principios de noviembre, cuando su madre empezó a tomarse en serio su separación—. Tiene esa y la familiar, en la que siempre hemos vivido, y ya me ha dicho varias veces que no necesita dos casas. Son muchos gastos y, considerando que ahora tampoco vende demasiados cuadros, prefiero que se gaste los ahorros en otra cosa. Si le comprara la casa del lago, mataría dos pájaros de un tiro.

—Pero… ¿te lo puedes permitir?, porque a mí solo me sería posible pagar las sillas del jardín.

Empezó a reírse y asintió con la cabeza.

—Podría permitírmelo, pero iría sobre terreno seguro si sacara otra película.

—A eso lo llamo yo «seguridad en uno mismo»…

No pareció muy arrepentido de su última mención, aunque tenía toda la razón del mundo: hacía meses que le insistían en que escribiera un nuevo guion. Y solo le disculpaban que tardara tanto porque la primera película seguía siendo un éxito.

Seguramente, era yo la única tonta que no la había visto; y cada vez que se lo comentaba, él desviaba el tema estratégicamente para ver otra cosa. Siempre pensé que no estaba del todo orgulloso de su trabajo y le daba vergüenza.

—Así que, una nueva película, ¿eh? —murmuré—. ¿Y de qué tratará esta vez?

—Me apetece algo de terror.

—Genial, mi novio habrá hecho dos películas y seré la única que no verá ninguna.

—Vaya, y yo que iba a pedirte que protagonizaras esta…

Hablando de protagonistas... él y Vivian seguían siendo amigos. De hecho, mi relación con ella había mejorado desde que estallé contra medio mundo, pues a pesar de que no éramos amigas —y dudaba que alguna vez fuéramos a serlo—, no nos mirábamos con asco cada vez que teníamos que compartir oxígeno. Era un pequeño avance.

—Deja eso para un profesional —murmuré—. Yo me conformo con asistir al estreno y comer gratis.

—Esa es la actitud, Michelle.

No bromeaba con lo de la casa del lago, bien al contrario: al día siguiente fuimos a verla con su madre y un abogado. Como Jack ya la conocía, atendió al abogado mientras Mary me enseñaba las estancias que aún no había visto. En el primer piso tenía un estudio dedicado únicamente a sus pinturas.

—Aquí podrías dibujar tú —comentó con una sonrisa.

Pese a su tranquilidad, noté cierto tono de nostalgia en su voz. Desde el divorcio no había vendido una sola pieza de arte, puesto que, tal como ella había anticipado, su exmarido se aseguró de imposibilitárselo.

Como consecuencia, dejó de pintar, de fotografiar y, en general, de crear. Era como si el arte ya no la ilusionara.

—Algún día podrás acompañarme —le respondí.

—No sé si me apetece volver a dibujar.

—Pues, como mi mánager —bromeé—. ¿Quién conoce mejor el mundillo de un artista?

Mary sonrió y sacudió la cabeza. Después continuó enseñándome la casa. Me faltaban por ver algunas habitaciones y el garaje, el cual parecía que ya nadie usara, pues era allí donde guardaban los trastos viejos: desde bicicletas hasta tablas de surf, todo cubierto de polvo. Me puse a estornudar apenas entré.

Era una casa preciosa. El único inconveniente, que quedaba muy lejos de nuestros amigos y, siendo sinceros, yo aún no me sentía preparada para alejarme de ellos. Jack debió de darse cuenta en el trayecto de vuelta a casa, porque me miró con preocupación.

—¿Prefieres que lo dejemos estar?

—No... Es decir, me hace ilusión vivir contigo, pero...

—Pero no estás preparada para despedirte de ellos, ¿no?

Asentí lentamente. Jack lo consideró unos instantes.

—Siempre podemos esperar a que te gradúes. Así te ahorrarás los interminables desplazamientos a la universidad.

Puesto que ya solo me quedaba el último curso, acepté enseguida.

Y, ciertamente, pensé que ese periodo transcurriría lentamente, que podría disfrutar de los últimos meses de convivencia con mis amigos sin preocupación alguna, pero no fue así. Entre las prácticas, los exámenes y las horas dedicadas al trabajo de fin de curso, apenas me quedaba tiempo para estar con ellos, y tan solo me calmaba dibujar o, a lo sumo, hablar por teléfono con mi familia.

Además, Jack estaba en las mismas. Como Vivian lo había ayudado a escribir el guion de su primera película, también la fichó para elaborar el de la segunda. Se encerraban horas y horas en la habitación, desarrollando ideas y perfilando personajes. Yo, que de vez en cuando me pasaba un rato para pintar a su lado, aportaba algún que otro detalle para echarles una mano.

En consecuencia, no teníamos tiempo para nada más; por el agotamiento, nos dormíamos apenas tocábamos la cama. Y al despertarnos, en seguida reemprendíamos nuestras tareas. Si encontrábamos algún momento para el otro, era en fechas importantes, como los eventos familiares, pero poco más.

Por ejemplo, en mi cumpleaños, que decidimos celebrarlo junto con el de Jane por la proximidad de las fechas. Al tener la casa del lago, decidimos ir allí un fin de semana todos juntos, con la consigna de prohibir el trabajo. Fue muy guay, me lo pasé muy bien. Yo celebré mis veintitrés, y Jane, sus tres. Y vaya si los celebró, comió tanto que estuvo casi una semana con dolor de barriga.

Uno de mis recuerdos especiales de esos días es sobre Mike, de cuando tuvo la genial idea de hacer una hoguera y, por algún motivo, consideró a Naya la persona indicada para echarle una mano. Fueron a por leña, la dejaron de cualquier manera sobre el césped e intentaron, durante casi diez minutos, encender uno de los troncos con un mechero; cuando los encontramos, solo habían conseguido que saliera humillo de la corteza.

Jack se desternilló tanto que no pudo decir nada. Yo llevaba a Jane de la mano y preferí no acercarme demasiado, no fuera que terminaran incendiando algo. Sue ponía los ojos en blanco.

Finalmente, se les acercó Will.

—¿A nadie se le ha ocurrido que es más fácil encender un palo o un trozo de papel y echarlo sobre la leña?

Mike y Naya intercambiaron una mirada confusa y, solo al cabo de un rato, Mike dejó de darle al mechero.

—Tiene sentido —admitió Naya.

—Pues claro que tiene sentido. —Sue se acarició las sienes, con los ojos cerrados—. Santa paciencia…

—¡Oye! —protestó Mike—. ¡Podría haberle pasado a cualquiera!

Fue Will quien prendió la hoguera, y solo aceptó mi ayuda y la de Jane; ella debía colocar piedrecitas en el círculo que su padre había formado para proteger el resto del césped. Después pusimos los troncos, las ramitas, y lo encendimos todo con papel de diario.

Pese a que la labor fue completamente nuestra —o de Will, más bien—, Mike y Naya se pasaron la noche comentando lo bien que les había quedado la hoguera.

Y así, entre eventos, fiestas y trabajo... llegó el día de mi graduación.

Volví disimuladamente la cabeza para ver al público. Yo estaba en la zona de alumnos, con mi atuendo azul y el gorrito de graduada; me había comprado un vestido rosa precioso, pero ni siquiera se veía: todos los compañeros íbamos igual.

*La sudadera habría sido mejor.*

Sabía que los demás se encontraban entre el público, así que los busqué con la mirada. A quienes primero vi fue a mis padres; habían recorrido el largo camino desde casa con mis hermanos para asistir, y, pese a que no teníamos la mejor relación del mundo, se lo agradecía profundamente. Charlaban tranquilamente con Agnes y Mary, mientras que Mike hablaba con mi sobrino Owen, que ya no era tan pequeñito como lo recordaba.

Ni siquiera me preguntaba ya por su peluche, aunque yo aún lo atesoraba junto a mi almohada.

*Justicia para Manchitas.*

Naya, Will, Lana, Sue, Chris, Curtis... todos estaban ahí, esparcidos por el recinto y esperando a que gritaran mi nombre. Por lo pronto, seguían en los apellidos que empezaban con A.

Solo Jack captó mi mirada, levantó los pulgares como si quisiera desearme suerte, y yo le sonreí a modo de respuesta.

Mis compañeros estaban tan nerviosos como yo; las filas de delante se vaciaban poco a poco y el corazón me latía a toda velocidad a cada puesto que quedaba despejado, pues eso significaba que pronto me tocaría. Tenía que subirme al escenario, recoger el diploma, darle la manita al decano y luego quedarme de pie junto a mis compañeros. Y todo eso, sin caerme o hacer el ridículo.

*Todo un reto.*

Llegó el turno del que se sentaba a mi lado; percibí su recorrido como si fuera a cámara lenta, y entonces el decano sacó de nuevo el papel para leer el siguiente nombre:

—¡Jennifer Michelle Brown!

Mierda, ya estábamos con el «Michelle», seguro que Jack se estaba partiendo de risa.

Tal como habían hecho con los demás, todos los asistentes aplaudieron cuando empecé a subir los peldaños del escenario. El decano sonrió, me dio la enhorabuena y me entregó mi diploma. Lo acepté con una mano sudorosa, y él me indicó la cámara. Supliqué que mi sonrisa fuera un poco convincente, pues me moría de los nervios.

Sacaron la foto, me encaminé hacia mis compañeros y saludé a mis amigos con el pergamino. Estaban todos de pie, aplaudiendo, y Jane, la que más; la habían sentado sobre los hombros de Will y agitaba los puñitos al aire.

La fiesta se celebró en la terraza de la universidad, que estaba repleta de camareros con bandejas llenas, de familiares llorosos y estudiantes que suspiraban aliviados. Algunos seguirían estudiando, pero para mí ya se había acabado y estaba muy orgullosa: por fin había conseguido terminar la carrera.

Todos me felicitaron; incluso mis hermanos gemelos me dijeron que estaban orgullosos de mí, un hecho totalmente insólito. Pero estaba agotada, tantos nervios prolongados en el tiempo habían acabado afectándome, y solo quería marcharme a descansar.

Aun así, aguanté hasta las doce, hora en que ya no pude más y sugerí que nos fuéramos a casa. Todo el mundo estuvo de acuerdo.

Pasar del bullicio de la fiesta a la calma del piso me relajó los hombros. Jane ya se había quedado dormida, y Will y Naya fueron a acostarla. Sue y Mike no se retiraron, se quedaron charlando en el salón. Y yo, a pesar de todo, no quería meterme aún en la cama; Jack me observaba con curiosidad, como si se preguntara qué tenía en mente.

—¿Te apetece beber una cerveza mala conmigo? —le sugerí.

—Suena tan tentador que no puedo negarme.

Un rato y dos cervezas más tarde, estábamos sentados en las sillitas plegables de la azotea; yo, con mis tacones y el vestido rosa, él, con su camisa y los pantalones planchados. No sé cuál de los dos quedaba más fuera de lugar.

—Qué asco —murmuró, intentando desabrocharse algún botón—. ¿Por qué tienes que invitarme a eventos a los que no puedo ir en sudadera?

—Pobrecito, seguro que ha sufrido mucho.

—¡Muchísimo!

—¡Cuando vaya a tu estreno y tenga que ponerme ropa incómoda, no me quejaré tanto!

Me sonrió con malicia.

—Así que al final te he convencido para que vengas, ¿eh?

Lo habíamos debatido varias veces: aunque me apetecía asistir, no me hacía mucha ilusión ver una película de terror y quedarme traumatizada un año entero. Todavía tenía pesadillas con la dichosa monja.

—No sé yo… —empecé.

—¡Yo sí que lo sé! Irás al estreno y te arrastraré conmigo a la primera fila.

—¡Jack!

—Fin de la discusión.

Sonreí e hice ademán de lanzarle la cerveza, pero él simplemente se acomodó.

—Y seremos ricos —añadió—. Porque con la dichosa casa del lago, solo me quedan veinte dólares en la cuenta.

—Bienvenido a mi cotidianeidad.

—Podrás comprarte pinturitas —añadió.

—Igual podrías hacer una inversión mejor.

—¿Mejor que tú? —Fingió que se escandalizaba.

—Podrías comprarte el coche más caro del mundo.

—Me gusta mi coche, ¿por qué te metes con él?

—O toda la ropa de Kill Bill que haya en venta.

—¿Yo comprando ropa?, ¿se te ha ido la pinza?

—También podrías comprarte otra casa. Es lo que hacen los ricos, ¿no?

—No tengo espíritu de rico.

—O ir en uno de esos globos gigantes…

—Suena bien.

—O en un crucero.

—O comprarme el yate.

—O pagar unas vacaciones.

—O una luna de miel.

Iba a añadir algo más, pero la sonrisa se me borró de repente. Sorprendida, miré a Jack, y me quedé aún más descolocada al ver que él también se había puesto muy serio.

*Oh, oh.*

Se aclaró la garganta, nervioso.

¡Jack, nervioso!

*OH, OH.*

—Lo he estado pensado mucho tiempo, pero no quería precipitarme —confesó—. Y cada vez que lo considero, tiene más sentido.

—Jack —dije lentamente—, como esto sea otra bromita…

—No es una broma —me aseguró enseguida, y se estiró para cogerme una mano—. Hablé con tu hermana para pedirle consejo y se emocionó mucho con la idea —añadió con una sonrisa—. Tus padres también parecían muy entusiasmados, tu madre incluso me dio ideas sobre cómo pedírtelo. Y mejor que no te diga cómo se lo tomaron mi abuela y mi madre… Ni siquiera tuve que mencionar nada en especial, ambas lo estaban esperando *muy* impacientemente.

Quise decirle algo, pero estaba paralizada. Contemplé su mano sobre la mía y busqué de nuevo su mirada. No me podía creer que aquello fuera real; quise pellizcarme un brazo para asegurarme, pero entonces Jack siguió hablando:

—Mira, Jen… Sé que somos un poco jóvenes y que solo llevamos unos años juntos. Tengo presente que no todo ha sido bonito, que hemos tenido muchas discusiones y que vendrán muchas más. Pero… de eso se trata, ¿no?, de que, aunque no todo sea tan bonito, queramos seguir juntos, y de que juntos superemos los baches; nunca había sido capaz de hacerlo con nadie. Eres la única persona del mundo con quien podría imaginarme una vida entera. Así que… ahí va.

Cuando se metió la mano libre en el bolsillo de los pantalones, mi cuerpo pareció reaccionar. El corazón me latía a toda velocidad, me notaba las mejillas ruborizadas, incluso sospechaba que ya me sudaban las manos. Con la respiración agolpada en la garganta, contemplé la pequeña cajita de terciopelo. Jack apretó los dedos entorno a mi mano.

—La primera vez que estuvimos juntos solo duró tres meses, pero fui incapaz de imaginarme un solo año sin estar contigo. Ahora, después de todo lo que hemos pasado… soy incapaz de imaginarme una vida sin ti. Y sé que esto suena muy precipitado y cursi… porque, joder, está quedando más cursi que cuando ensayaba… pero me da igual. Quiero estar contigo. Y, aunque sé que no necesitamos un papel en el que ponga que nos queremos, sé que para ti es importante, por eso también lo es para mí. Así pues, lo dejo en tus manos. Jen… ¿quieres casarte conmigo?

*Como digas que no, te juro que me mudo a otra cabeza.*

En realidad, no estaba segura de qué quería decir. Jack había abierto la cajita, y el anillo dorado arrancó un destello de luz; yo lo miraba con la boca entreabierta y el cuerpo completamente paralizado.

—Es un buen momento para decir algo —añadió al cabo de unos segundos. Los nervios lo delataban—. Preferiblemente un sí, pero, eso, mejor que lo decidas tú misma.

Por fin reaccioné. Carraspeé y me puse a asentir frenéticamente. Jack me miraba como si no pudiera creérselo.

—Sí —dije en voz baja.

—¿Sí?

—¡Sí!

—¿En serio?

—¡Jack, que sí!

—Pero... ¿en serio?, ¿de verdad?

En medio del ataque de nervios, conseguí reírme.

—¡Jack, te estoy diciendo que sí! ¡Ponme el anillo de una vez!

Aquello lo hizo reaccionar; Jack se adelantó enseguida y me colocó el anillo en el anular. Lo contemplé un momento, pasmada, antes de mirarlo de nuevo a él. No estaba muy segura de quién parecía más sorprendido, ni de si se trataba de sorpresa, alivio o terror. Acabábamos de dar un paso enorme, uno que, honestamente, nunca creí que llegaría a dar. Pero una vez hecho... me sentía como si hubiera tomado la decisión correcta. Un suspiro de alivio se me escapó de entre los labios.

—¿Significa esto que tendremos que organizar una boda? —me preguntó.

Sonreí y le enseñé el anillo, bien orgullosa.

—¿Significa esto que empezarás a llamarme Jennifer Michelle Ross, Jack?

Después abrimos dos cervezas. Y otras dos. Y... unas cuantas más. Perdí la cuenta tras un buen rato, pero no me importó en absoluto.

No todas las noches estaban hechas para preocuparse.

# 24

# Ruf-Ruf

Jack estaba tumbado en la alfombra del salón con Jane, que lo miraba fijamente, con curiosidad; cada vez que Jack se quedaba en silencio, ella daba un manotazo al juguete que tenía delante, él fingía que se asustaba y Jane se reía a carcajadas.

*Para que luego diga que no se le dan bien los niños.*

Sue les iba dedicando miraditas de advertencia porque el ruidito del juguete la hacía saltar a cada momento, interrumpiéndole la lectura. Aun así, no se quejó demasiado. Will sonrió al verlo, pero no dijo nada.

—¿Y esta? —saltó Naya de repente—. ¡Es perfecta!

Me centré en ella y en la pantalla del portátil.

—Boda temática —leí, poco convencida.

—¡Sería genial! Podrías hacerla de Disney, ¡me pido a Cenicienta!

—Sue es el enano Gruñón. —Jack sonrió ampliamente.

Ella hizo ademán de lanzarle el libro a la cabeza y Jane se rio de nuevo.

—¡Y tú podrías ser Bella! —me dijo Naya.

—Entonces, Ross es la Bestia —comentó Will con una mueca.

Su novia se encogió de hombros.

—Tampoco le quedaría tan mal.

—Gracias, amiga mía. —Jack enarcó una ceja.

—¡No lo decía para ofenderte, es que serías una buena bestia!

—Lo siento, Naya —intervine—, pero no lo veo. No creo que sea mi boda ideal.

—Ni la mía —le aseguró Jack.

—Es que no sé por qué estamos mirando tipos de boda por Internet —añadí, confusa—. Es decir, ¿por qué no hacemos una boda normal y corriente?

Naya se mostró muy indignada.

—¡Porque son un aburrimiento!

—Como le diga a mi madre que tiene que disfrazarse en mi boda, me mata ante todos los invitados vestida de señora Potts.

—Menudo giro argumental daría al cuento —murmuró Sue.

—¿Y por qué tanta complicación? —preguntó Will—. Jenna tiene razón, haced una boda normal, con ceremonia, banquete y fiesta. Y ya está.

—¿Qué más da? —resopló Jack—. Si la boda es un mero trámite.

Su amigo le dio un toquecito en el hombro, y en cuanto él vio que tanto Naya como yo lo fulminábamos con la mirada, borró la sonrisa.

—E-es decir… que es un día maravilloso. A mí me encanta, estoy deseando celebrarla.

—Jack, no me ayudas mucho —musité.

—¿Cómo que no?, ¡estoy distrayendo al monstruito!

—¡Monstruito! —Jane lo confirmó, muy digna.

—¡Me refiero a la boda! —insistí.

—Ah, bueno, eso decídelo tú. Confío en tu buen juicio.

—También es tu boda, Jack.

—Sí, gracias por recordármelo. A veces se me olvida.

—¡Pues aporta alguna idea!

—A mí me da igual cómo sea la boda, Jen. Lo único que me importa es casarme contigo.

Me quedé en silencio. Especialmente porque Naya, a mi lado, soltó un ruidito parecido a un lamento mientras se sorbía la nariz.

—Qué bonito —gimoteó, limpiándose las lágrimas.

—Y qué cursi —murmuró Sue.

Will, como siempre que nuestra conversación perdía el rumbo, apagó el televisor y se sentó para aportar un poco de cordura.

—A ver… —empezó.

—Silencio, que se pare el mundo —anunció Jack dramáticamente—. ¡La voz de la razón está a punto de pronunciarse!

—Oh, cállate. —Will puso los ojos en blanco y volvió a mirarme—. ¿Por qué te molestas en organizarla tú? Hay gente que se dedica a eso.

—Pero eso es carísimo —murmuré.

—Querida, tu prometido es rico —me recordó Sue.

Jack estaba poniéndole caras raras a Jane, pero se detuvo un momento.

—Ella también —señaló—, ahora se comparte todo. ¿Quieres contratar a alguien para que lo organice, Jen?

—Eh… no lo sé. —Lo consideré un momento—. Primero deberíamos tener una mínima idea de lo que queremos hacer, ¿no?

—Tampoco hay tantas opciones. —Jack hizo una mueca de horror.

—Bueno —intervino Naya—, no solo se trata de la ceremonia en sí. También hay que tener en cuenta el lugar, el número de invitados, la comida, la decoración, la…

—¡Vale! ¡Lo pillo! —Reflexionó sobre ello—. ¿No podemos hacerlo en casa de mi madre? Invitamos a veinte personas, compramos una tarta en el supermercado y…

Naya le lanzó un cojín a la cara antes de que terminara. Jane volvió a reírse a carcajadas.

—¡No seas cutre! —le espetó—. ¡Eres rico, así que más te vale que todo salga perfecto!

—¿Podemos centrarnos? —suspiró Will—. A ver, Jenna, ¿dónde te gustaría celebrarla?

Quizá sí que tenía una idea, y muy clara. Puede que le hubiera dado más vueltas de lo que me gustaría admitir.

—Dime que no quieres la fiesta Disney —suplicó Jack.

—No, no… —Bajé la mirada, avergonzada—. En realidad, tenía pensado algo un poco más… convencional.

—Esto se pone interesante —aseguró Sue, y cerró el libro.

—¿Y qué es? —me preguntó Will.

—Siempre he querido casarme en la playa.

Hubo un momento de silencio. Miré de soslayo a Jack, que parecía un poco sorprendido.

—¿En la playa? —repitió.

—Solo es una idea. Si no te gusta, no tenemos que….

—¿Por qué en la playa? —me interrumpió Sue.

—Porque la idea de una boda taaan formal no me gusta; en la playa podríamos estar más relajados y lucir ropa más cómoda, ¿no? Casi no hace falta ni llevar zapatos.

Me aclaré la garganta de nuevo, incómoda, cuando vi que todos me contemplaban.

—¿A lo hippie? —Naya hizo una mueca de horror absoluto.

—Sí…

—P-pero… ¿se te ha ido la olla? ¿Qué…?

—Me encanta —interrumpió Jack, sonriéndome solo a mí—. No se hable más. Una boda playera. A lo hippie.

Naya aún mostraba incredulidad, pero Will sonrió ampliamente.

—Pues ya solo os falta toooooodo lo demás. Enhorabuena.

No sé si lo dijo para consolarnos, pero no funcionó demasiado bien. Me entró una oleada de pereza terrible, y dejé el portátil a un lado para pensar en otra cosa.

Como ya era bastante tarde, solo se me ocurrió una:

—¿Qué hay para cenar?

—Hoy Jane se va a dormir a casa de su abuela —dijo Will, guiñándole un ojo a su hija. Ella dibujó una gran sonrisa—. Así que, lo que queráis.

—¡Me pido una hamburguesa! —exclamó Naya.

Todos estuvieron de acuerdo, pero yo me hundí aún más en el sofá, con una mueca de asco.

—¿No puede ser otra cosa? —sugerí.

—Podemos pedir pizza —dijo Jack—. Y te comes una de tus asquerosas pizzas barbacoa.

—No, no…

Sue levantó la vista del libro, extrañada.

—¿Acabas de rechazar una pizza barbacoa?

—Ayer ya pedimos pizzas y casi vomité por el olor. No, gracias. ¿Podemos pedir algo más… ligero?

Jack accedió enseguida, también Will. Sue seguía extrañada, pero no dijo nada. Solo Naya continuó mirándome fijamente, pero no con extrañeza, sino como si acabara de darse cuenta de algo.

—¿Qué? —pregunté.

—Ven conmigo. Urgencia femenina.

La seguí al cuarto de baño, y al entrar me sentó sobre la tapa del retrete para mirarme de cerca. Parpadeé varias veces, pasmada.

—¿Se puede saber qué…?

—¿Cuándo fue la última vez que tuviste la regla?

La pregunta me pilló totalmente desprevenida.

—Pues… el cinco de mayo se me fue, más o menos.

—Jenna, estamos a diecisiete de junio.

Sus palabras me silenciaron momentáneamente, más que nada, porque mi cerebro se negaba a procesar la información que acababa de brindarme. Naya tragó saliva con fuerza y me colocó sus manos en los hombros.

—¿Ha vuelto a bajarte?

—No…

—¿Suele ser regular?

Solo pude asentir. Naya se apartó para llevarse las manos a la cabeza.

—Dime que no lo habéis hecho sin protección.

—Yo… yo no…

Iba a negarlo, pero entonces recordé la noche de la graduación, unas semanas atrás; habíamos bebido, reído y, definitivamente, habíamos terminado en la cama. No recordaba haber usado ningún tipo de protección.

Naya debió de leerlo en mi cara, porque soltó una palabrota en voz baja:

—Joder… Bueno, que no cunda el pánico, todavía no hay nada seguro. ¿Tienes algún test?

—¿Yo?, ¡¿para qué?!

—¡Para emergencias!

Supongo que los gritos fueron tan disimulados como pensábamos, porque de pronto Jack llamó a la puerta.

—¿Va todo bien? —quiso saber.

—¡No!

—¿Eh?

—¡Naya! —protesté.

—Perdón. Los nervios.

Jack no esperó a que le abriéramos, entró directamente; la respuesta le había dejado preocupado. Nos miró a ambas de arriba abajo antes de volverse de nuevo hacia mí. No tuvo que pensárselo mucho para deducir que estaba preocupada: seguramente, había empalidecido.

—¿Qué pasa? —me preguntó al acercarse—, ¿no te encuentras bien?

—No te haces una idea —le aseguró Naya.

Cuando le dirigí una mirada de advertencia, retrocedió. Jack parecía cada vez más preocupado, así que se lo dije sin rodeos:

—¿Te acuerdas de la noche de mi graduación?

—No mucho —aseguró con media sonrisita traviesa.

—Exacto.

—Exacto, ¿qué?

—Que no nos acordamos de lo que pasó. Y a mí no me baja la regla.

Si yo había tardado en asumir qué podía significar aquello, él se demoró aún más. Me miró un buen rato, como si lo que había dicho no tuviera sentido, y entonces echó la cabeza bruscamente atrás.

—N-no, pero… Me puse un condón, seguro…

—¿«Seguro»? —repitió Naya en tono de bronca.

A eso habíamos llegado, a que fuera Naya quien echaba la bronca.

Jack dudó visiblemente y volvió a mirarme.

—No lo sé —admitió en voz baja.

—Pues toca hacerse un test. Qué suerte tenéis de que guarde uno por aquí.

Me dejaron sola un rato, y me hice el test con las manos temblorosas. Ni siquiera estaba segura de cómo me sentía, pero ya empezaba a entender la histeria de Naya cuando la encontramos en ese mismo cuarto de baño. Al terminar, puse la tapa al aparato, ya solo quedaba esperar cinco minutos. Dejé que ambos entraran de nuevo, y acabamos todos sentados en el suelo. Jack se pasaba las manos por el pelo, yo por los brazos, y Naya, impaciente, daba vueltas a la prueba.

—Pensad en otra cosa —sugirió—. ¿Qué vais a hacer esta noche?

—Follar, no —nos aseguró Jack en voz baja.

—Vale, ¿qué haréis mañana? —reformuló ella.

—Iremos de compras —murmuré, intentando centrarme—, necesitamos más muebles para la reforma. Mike quiere venir con nosotros.

—Bien, bien. ¿Y por la noche?

—Tenemos la cena de despedida. Y luego nos iremos a dormir a nuestra nueva casa.

—Exacto. Sigue hablando.

Eso hice. Parloteé sin parar, aunque dudaba de que Jack me estuviera prestando atención. Solo quería distraerme, Naya tenía razón al afirmar que eso funcionaba muy bien. No dejé de hablar hasta que, por fin, pasaron los cinco minutos.

—Bien —murmuró ella—. Vamos allá.

Me pareció que giraba la prueba a cámara lenta, y lo percibí aún con más lentitud cuando se puso a mirarla. Y es que miraba y miraba, pero no decía nada. Me estaba desesperando.

—¿Y bien? —quise saber.

—Em… creo que no ha funcionado.

—¿Eh? —balbuceó Jack.

—Igual es un buen momento para confesar que era la más barata que tenían… y que la compré justo después de que naciera Jane. No sé si estos trastos caducan al poco tiempo.

—¡NAYA!

—¡Perdón, perdón!

Como era muy tarde, decidí que ya lo miraría al día siguiente. Una parte de mí consideraba imposible que diera positivo; después de todo, no me sentía embarazada, y siempre había pensado que, el día que lo estuviera, lo notaría enseguida.

Aun así, toda la noche estuve intranquila. Intenté disfrutar de la cena, igual que Jack, pero se nos veía tensos y distraídos; yo comí en silencio mientras él fingía que escuchaba la conversación.

Ya en la cama, estuvimos unos segundos más en silencio, y después miré a mi novio.

—No podemos comernos la cabeza con esto. Mañana saldremos de dudas y ya está.

—Sí…

No lo veía nada convencido, así que intenté cambiar de tema:

—¿Y si hablamos de la boda? Aún no hemos elegido fecha.

—Me gusta la primera mitad del año —confesó.

—Podría ser en junio.

—Demasiado calor.

—¿Marzo?

—Demasiado frío.

—Eh… ¿mayo?

—No me gusta ese mes.

—Pues no sé. ¿Abril?

Al menos, esa vez lo consideró.

—Abril está bien.

—¡Genial! ¿A finales, a principios…?

—A mitades. Ni para ti, ni para mí.

—Pues el quince.

—No me gusta ese número.

Entrecerré los ojos. Él sonrió como un angelito.

—¿El dieciséis? —le sugerí.

Para mi sorpresa, su sonrisa adoptó un enorme entusiasmo.

—¡Sí! El dieciséis es perfecto.

—Pues ya tenemos dos cosas hechas.

—Sí, Will tiene razón. Ya solo nos queda toooooodo lo demás.

Jack sonrió y me deseó buenas noches. Esa vez, de verdad.

Se quedó dormido a los pocos minutos, yo no tuve tanta suerte: una parte de mí se imaginaba la histeria que supondría pasar por un embarazo, mientras que la otra solo podía pensar en Jane y Owen y decirse que no tenía por qué salir mal; además, era mayor que Naya y Shanon cuando se quedaron embarazadas. Aun así…

A la una de la madrugada ya no pude más, me vestí y fui a la primera farmacia de guardia que encontré.

Media hora después, movía suavemente a Jack por los hombros. Confuso, él parpadeó, y finalmente se despertó.

—¿Q-qué…?

—Ven. Es urgente.

Estaba tan dormido que tardó varios segundos en seguirme, yo estaba tan nerviosa que los sentí como horas.

—¿Por qué vas vestida? —murmuró.

—Porque he ido a comprar una cosa. Y baja la voz o Mike nos oirá.

—Mike no nos oiría ni aunque lanzáramos una bomba nuclear a su lado.

Una vez en el cuarto de baño, cerré la puerta detrás suyo y lo senté en la tapa del retrete. Jack seguía mirándome con expresión adormilada.

—¿Me dices ya qué pasa?

A modo de respuesta, le puse el test de embarazo en la mano. Jack se despertó de un brinco.

—¿Eso es…?

—Sí. Según mis cálculos, le falta un minuto.

—Un minuto. —Se pasó la otra mano por el pelo—. Vale. Puedo sobrevivir un minuto. No pasa nada. Todo saldrá bien.

Yo quizá habría sonreído en otra ocasión, pero estaba tan nerviosa como él.

—¿Y si sale que no? —murmuré—. ¿Qué pasará entonces?

El tono de decepción me sorprendió incluso a mí. Él me miró de soslayo.

—Yo te ofrezco tantos intentos como quieras.

—Hablo en serio.

—¿Y qué te hace pensar que yo no?

—Vale, ¿y si sale que sí?

—Entonces volveremos a esa tienda tan horrible y compraremos una cuna con sábanas de Tarantino.

Sonreí y sacudí la cabeza.

—Bueno, pues si sale que sí, y dentro de unos meses nos dicen que es un niño…

—… el pequeño Jay por fin verá la luz.

—¿Y si es niña?

—Se llamará Ellie, ¿no?

—Que tengamos esto tan planificado me provoca un poco de ansiedad.

—¿Te digo yo la ansiedad que me provoca que ese trasto no esté listo aún?

—Cuarenta segundos, Jack.

—¿Y si tenemos tres hijos? —Me miró con los ojos entrecerrados.

Solté una risita nerviosa.

—Ni siquiera estoy segura de querer uno solo.

—Vamos, uno es muy poco. Con cinco es un desastre, como hemos podido comprobar contigo…

—¡Oye!

—… y con dos también, como hemos podido comprobar conmigo. Las alternativas son: tres o cuatro. A menos que quieras seis. Siete no, que Sue es el mal ejemplo.

—Vale. Para. Tres como mucho. Como muchísimo.

—¿Y cómo llamamos al tercero? —Lo pensó un momento—. ¿Rufus?

—¿Rufus? —Hice una mueca de horror.

—¿Qué tiene Rufus de malo? Es original.

—Madre mía…

—Podríamos llamarlo Ruf-ruf.

—¿Cuántas palizas quieres que le den en el recreo?

—Yo le enseñaré a defenderse.

—Muy bien, Karate kid, ¿y si fuera una niña?

—Mi instinto de padre novato me dice que sería un niño.

—Mi instinto de madre novata me dice que ahora mismo estoy teniendo un ataque de pánico.

—¿Y Tyler?, ¿te gusta?

Lo pensé un momento.

—No está mal.

—Pues ya tenemos nuestro trío de oro.

—¡Solo he dicho que no estaba mal!

—Y por eso lo hemos decidido, Michelle. Somos un equipo.

—Jack, como vuelvas a llamarme Michelle…

—¿Cuánto le falta a ese trasto? —cambió de tema enseguida.

Miré la hora en el móvil y se me detuvo el corazón al darme cuenta de que ya estaba listo. Él debió de verme la cara de espanto, porque se llevó una mano al pecho.

—No he rezado en mi vida, pero creo que empezaré hoy.

—¿Para que salga que sí o que no?

—Que sí, obviamente.

—Yo no estoy tan segura.

Nerviosa, me aparté de él y bajé la cabeza para comprobar el resultado. Noté que su mirada ansiosa se clavaba en mi perfil.

—¿Y bien? —preguntó, impaciente—. ¿Toca comprar condones o una cuna?

—No sé… ¿cuántas rayas son para el sí?

—Una raya es que no. Dos, que sí.

Me aclaré la garganta.

—Es que veo cinco rayas.

—¿Qué…?

Se detuvo un momento antes de fruncir el ceño.

—¡¿No llevas lentillas?!

—Ups. Puede que no.

—¡¡¡Jen, va a darme un ataque, y tú sin ver nada!!! ¡Dame eso!

Me lo quitó de las manos y lo miró; durante unos segundos, no dijo nada. Sentí que aumentaba mi nerviosismo.

—¿Y bien? —le pregunté.

Él levantó la mirada y la clavó en la mía.

—Parece que vamos a volver a la tienda de muebles, pequeño saltamontes.

# 25

## Nuevas etapas

—Ni de coña.

—Pero…

—Ene, o: no.

—Eres una aburrida.

Observé más detenidamente las sábanas que me enseñaba, tenían el dibujo de no sé qué película de Tarantino, una muy sangrienta, eso seguro, porque era lo único que discernía aparte de una espada rara.

Negué con la cabeza otra vez y continué recorriendo el pasillo de la tienda de muebles.

—No voy a dormir con eso encima.

—Siempre puedes dormir con esto encima. —Se señaló a sí mismo.

—Lo que tú quieras, pero no te olvides de nuestro acuerdo, que si algo no nos gusta a ambos, no lo compraremos.

Aun sabiendo que tenía razón, volvió a mirar las sábanas, con un mohín de disgusto.

—¿Qué tienen de malo? —protestó.

—¿Aparte de *todo*?

—El compromiso te está relajando, Mushu. Antes eras más aventurera.

—¿Puedo aportar algo a la conversación? —intervino Mike alegremente.

Nos detuvimos en mitad del pasillo y lo miramos. Se había empeñado en acompañarnos, y al parecer también quería ser nuestro asesor personal.

—¿Ya has vuelto? —Jack no ocultó muy bien su mal humor.

—Es que ya me he acabado el helado. —Mike se encogió de hombros.

Sí, habíamos descubierto que el mejor modo de librarnos de Mike era darle dinero y que fuera a comerse un helado.

*¿Te das cuenta de que es vuestro hijo?*

—¿Y tienes que estar aquí? —le pidió Jack.

—¿Se te ocurre algo mejor?

Jack suspiró y sacó otro billete. Su hermano sonrió.

—Es un placer hacer negocios con vosotros.

—No más helados —le advertí—. Luego te quejas de que te duele el estómago.

—¿Y qué hago, entonces?

—Algo se te ocurrirá. —Jack lo apartó para reemprender la marcha.

Cuando él salía de la tienda, volví a prenderme del brazo de Jack, estaba extrañamente animado, teniendo en cuenta que ir de compras no era de su agrado.

Cuando vio que alguien volvía la cabeza porque lo había reconocido, cambió apresuradamente de pasillo; a eso también se había acostumbrado.

—Nunca creí que acabaría comprando sábanas —murmuró.

—No solo hemos comprado sábanas.

—Ay, sí, y un sofá. Qué ilusión.

—Te recuerdo que lo de cambiar los muebles fue idea tuya.

—Pero ¡era joven e inocente! No pensaba en las consecuencias.

—¡Han pasado dos días!

—El tiempo es relativo.

—Lo que tú digas. Tenemos que ir a la sección de niños.

Incluso decirlo me resultó extraño. Jack esbozó una sonrisita de complacencia que era frecuente en él desde que la prueba dio positivo.

*¿Quién iba a decir que sería él el entusiasmado por los niños?*

A ver, yo también me alegraba, pero en parte seguía aterrada. No estaba segura de ser suficientemente responsable como para cuidar de otro ser vivo ni de si quería un cambio tan drástico en mi vida; me hacía ilusión, pero también sentía vértigo al imaginarlo.

Sin embargo, eso no disuadía mis ganas de comprar cositas para niños; estuvimos casi una hora dando vueltas por la zona. Como Naya y Will nos prestarían varias cosas de Jane, solo debíamos comprar un puñado de trastos de los que no había oído hablar en mi vida pero que, al parecer, usaban todos los padres del mundo.

—¿Nos hacen falta marcos? —me preguntó de repente.

Miré a Jack, que con curiosidad contemplaba los marcos de fotos familiares.

—Pues… no sé. ¿Piensas hacer muchas fotos?

—Es lo típico, ¿no? Cuando hay un bebé, se hacen fotos hasta la saciedad.

Sonreí de medio lado, pero enseguida vi que observaba una foto de dos abuelos con un bebé en brazos; tras contemplarla unos instantes, intentó apartarse para disimular, pero entonces se dio cuenta de que lo había pillado de lleno.

—¿Qué? —me pidió en voz baja.

—Jack…, sé que no lo hemos hablado hasta ahora, pero…

—No voy a decirle nada.

Hablábamos de su padre, a quien no habíamos mencionado desde hacía mucho tiempo; seguramente, porque no sentíamos la necesidad. Sin embargo, las cosas habían cambiado: íbamos a casarnos, y tendríamos un hijo.

No podía obligarlo a decir nada, pero quise ofrecerle la opción de hacerlo.

—Si quieres avisarle, a mí me parecería bien —le enuncié en tono conciliador—. No tenemos por qué invitarlo a la boda, pero quizá te sientas mejor si lo sabe.

Jack reflexionó unos instantes, miraba de nuevo el marco con la foto de los abuelos. Al final, sacudió la cabeza.

—Ese bebé se merece crecer con una familia unida. No quiero que tenga a una persona así en su vida.

—Entonces, no se hable más.

Enarcó una ceja, intrigado.

—¿No insistes?

—No.

—¿Ni siquiera con la boda?

—Es tu padre, Jack. Tú decides.

Intentó disimularlo, pero discerní su alivio tras mi respuesta. Sin necesidad de añadir nada, entrelacé nuestros brazos y continuamos con las compras.

Acabamos con dos carritos llenos y muy pocas ganas de montar muebles. Fuimos al coche para colocarlo todo; Mike nos esperaba allí con una bolsa de golosinas, y cuando Jack intentó meter la mano, él lo esquivó estratégicamente. En cuestión de segundos, estaban peleándose sobre quién tenía más derecho a elegir la golosina deseada.

Finalmente, se subieron al coche. Jack no había conseguido ninguna, tenía el ceño fruncido y se le acentuó el gesto cuando Mike me ofreció la bolsa con una sonrisa.

—Para ti sí que hay, Jenna.

Por suerte, no hubo más discusiones en el trayecto hacia la casa del lago, donde íbamos depositando nuestras cosas desde hacía dos semanas. Prácticamente solo nos faltaba la ropa, algo que habíamos dejado para el final porque, en el fondo, a todos nos apenaba marcharnos del piso.

Digo «todos» porque Mike se había apuntado a la aventura.

Nos dimos cuenta de que él también se estaba mudando un día en que encontré una bolsa con ropa suya entre mis cajas. Llamé enseguida a Jack, y se cabreó mucho. Al final, resultó que Mike quería mudarse a la casa de invitados que había en la finca. Dijo que solo serían unos meses, hasta que encontrara un nuevo trabajo y pudiera marcharse. Ambos sabíamos que se quedaría ahí toda la vida.

A mí no me importaba demasiado. La casa de invitados se encontraba a una distancia prudente, y, aunque Mike viviera ahí, no me lo imaginaba visitándonos a diario. Sin embargo, se lo pregunté a Jack, pues al fin y al cabo era él quien podía importunarse.

No sé quién se quedó más sorprendido cuando accedió, si Mike o yo.

—¿En serio? —preguntó él, estupefacto.

—Claro.

—P-pero…

—Necesitamos un jardinero.

Mike torció el gesto, pero Jack no bromeaba.

—¿Creías que ibas a quedarte gratis? Eso se acabó. Ya eres mayorcito y tienes que pagar de algún modo.

—¿No puedo ser vuestro cocinero?

—¡No! —chillé de inmediato.

—Solo necesitamos un jardinero —añadió Jack—. Lo tomas o lo dejas, tú mismo.

Al final aceptó, por eso nos estaba ayudando a colocarlo todo en su sitio.

Yo necesitaba, sobre todo, ayuda con las pinturas. Mary había aceptado ser mi representante. Me decía, muy segura de sí misma, que pronto podría dedicarme a la pintura pero que, para ser una artista, necesitaba practicar hasta que me sangraran los dedos; así pues, sistemáticamente me encargaba cuadros, pinturas y retratos. Llevaba toda la razón, aunque no podía ser más exigente; y yo, en parte, lo adoraba.

Lo último que dejamos en esa sala fue la cajita que Jack me había regalado por mi veinte cumpleaños. La deposité sobre la mesa y le guiñé un ojo.

—Ya podemos irnos.

Esa fue la última vez que estuvimos en el piso como si aún viviéramos ahí, teníamos la cena de despedida; tras mover tantos muebles, estaba agotada, e ilusionada. Naya había cocinado para todos, y, aunque no me apetecía demasiado probar su comida, sabía que algún día lo echaría de menos.

Entramos en el piso con entusiasmo. Naya, Will, Jane y Sue estaban repartidos entre los sofás y los sillones. Jane hizo una gran sonrisa y se lanzó a abrazar a Mike.

—Mira, las atraes incluso cuando son pequeñas —bromeó su madre.

—Es que todavía no tiene criterio. —Sue sonrió con dulzura.

Mike chilló cuando Jane le enganchó el tobillo de malas maneras.

—¡Will, controla a tu hija!

—¿Qué tal los preparativos para vuestra nueva casa? —preguntó Naya, ignorándolo—, ¿ya podemos ir a verla?

—Podéis ir, pero todavía nos tienen que traer algunos muebles —aclaré—. Qué raro me resulta tener esta conversación, es como... muy de adultos.

—En teoría, somos adultos —murmuró Sue.

Naya puso la misma mueca de desagrado que yo.

—Perdona, pero, *jóvenes* adultos. No te dejes esa palabra, que es clave.

—Tienes una hija, un piso y un novio formal. Para mí, eres una adulta.

—¡No soy adulta! ¡Soy postadolescente!

—Qué temprano llega la crisis de los treinta —bromeó Mike.

Sue empezó a reírse, y Naya se dirigió a su novio en busca de ayuda:

—¡Haz que se callen!

Will suspiró pesadamente y los miró.

—¿A que os pagáis vosotros la cena?

—Vale —accedió Sue sin preocupación.

A Mike no se lo veía tan contento; enseguida dejó de reírse y puso su mejor mueca de cachorrito.

—Perdonadme, no pretendía ofenderos. Naya es joven, y yo, estúpido.

Naya estuvo a punto de esbozar una sonrisita de orgullo, pero entonces se le ocurrió algo:

—¿Qué haréis con él? —nos preguntó a Jack y a mí.

Mike dio un respingo, ofendido.

—¡No hables de mí como si fuera su perro!

—Va a vivir *provisionalmente* —remarqué la palabra— en nuestra casa de invitados. Sin molestarnos.

—Y seré el jardinero. —Mike sonrió satisfecho—. Para que luego papá diga que no sé ganarme la vida.

—Sí, porque lo de ganar tu propio dinero y tener tu propia vida está descartado, ¿no? —murmuró Sue.

—¿Quieres venir a vivir conmigo, agente Susie? Tengo una cama doble demasiado ancha para mí solito.

—Preferiría dormir en el suelo de una gasolinera, la verdad.

—Me rompes el alma.

—Tú no tienes eso.

Mike puso mala cara.

—Además —añadió Sue, que miró su móvil tranquilamente—, yo me voy mañana por la mañana. Ya os lo dije: tengo trabajo.

Lo sabíamos todos, claro, pero cada vez que alguien lo comentaba, Naya se ponía a lloriquear, y ese día no fue una excepción. Cuando empezó a temblarle el labio inferior, Jane se arrastró hacia ella para rodearle el cuello con los bracitos, algo que solo aumentó sus ganas de llorar.

—¡Os vais todos y me dejáis sola!

—Te recuerdo que tu novio y tu hija se quedan contigo. —Will la miró con los ojos entrecerrados.

—¡Pero no es lo mismo! Ya nunca será como antes…

Como nadie sabía qué decirle, decidí intervenir:

—No nos vamos tan lejos, Naya. Sue estará aquí al lado, y nosotros, solo a una hora en coche. Podríamos visitarnos una vez por semana.

—O dos veces —negoció rápidamente—, un día en cada casa.

—Me parece bien.

Le di un codazo a Jack, que estaba absorto frente al televisor, y asintió sin saber de qué hablábamos.

—Sí, totalmente.

Conseguimos animar a Naya y sonreía de nuevo.

Sin embargo, en cuanto subimos el resto de nuestras cosas al coche, se desvaneció su alegría, pues estábamos a punto de partir.

—¿No podéis quedaros una noche más? —nos sugirió—. ¿Por favor?

Will intervino por nosotros:

—Cariño, tienen que irse a casa.

Ella asintió lentamente y nos observó a todos. Se me partía el corazón al verla tan desolada, pero tampoco podíamos hacer nada más.

O… casi nada.

—¿Y si nos hacemos una foto? —sugerí.

Mientras que a Naya se le iluminó la mirada, a los demás les pareció un auténtico horror.

—Yo no me hago fotos —protestó Sue.

—Oh, vamos, ¡solo una! Para tenerla de recuerdo. Naya lleva razón, algún día pensaremos en todos estos años y nos entrarán ganas de revivirlo. ¿Qué mejor que una foto para tenerlos presente?

Mi pequeño monólogo los convenció. Will sonrió y cambió de sitio para sentarse con Jack y conmigo; Jane seguía dormida en el otro sofá, así que decidimos no molestarla; Naya fue a colocar la cámara, entusiasmada; a Sue tuve que tirarle del brazo.

Acabamos bien colocaditos: Sue, en medio, con una parejita a cada lado; como faltaba sitio, yo me había sentado sobre el regazo de Jack. Todos sonreímos a la cámara, sin embargo, Jack suspiró y le hizo un gesto a su hermano.

—Ven, hazte la foto con nosotros.

Él dudó, como si no quisiera emocionarse antes de tiempo.

—¿En serio?

—Tú también has vivido aquí, ¿no, pues venga.

Entusiasmado, se hizo sitio enseguida; mejor dicho, lo ocupó: se lanzó para quedar tumbado sobre nuestros cuerpos mientras miraba a la cámara.

—¿Listos? —preguntó Naya—. ¡SONREÍD!

El chasquido de la cámara capturó nuestras sonrisitas de entusiasmo, y después empezamos a ponernos de pie. Naya corrió a ver el resultado, y debió de gustarle, porque no puso ninguna pega.

—Bueno —murmuró Jack—. Pues… hora de irnos, ¿no?

Naya lo señaló.

—Ni se te ocurra ser un insensible. Esta noche, no tienes derecho a serlo.

Él puso los ojos en blanco cuando Naya me estrujó en un fuerte abrazo; al separarse, se limpió dramáticamente unas cuantas lágrimas y Will se adelantó para despedirse de nosotros.

—Sí, bueno —decía Jack—, vámonos.

—Mira que eres poco dramático. —Sue negó con la cabeza.

—¡Nos veremos en tres días! ¿A qué viene tanto drama?

—¡Es simbólico! —se quejó Naya—. ¿O es que tú no nos echarás de menos, idiota?

Jack lo pensó un momento. Le dediqué una mirada de advertencia y suspiró.

—Odio las despedidas —masculló de mala gana.

—¿Eso es un «sí»? —Naya sonrió a placer.

—Supongo… que podrías considerarlo un «más o menos».

—¡LO SABÍA! ¡Ross, sabía que en el fondo nos querías!

Jack dio un respingo, pero no se apartó cuando ella empezó a estrujarlo.

—Ya podéis iros —dijo después—. Solo quería que él lo admitiera en voz alta. Sois libres, pajarillos.

Mike bostezó ruidosamente desde la puerta.

—¿Nos vamos o qué? Yo tengo sueño.

Los tres nos acompañaron a la puerta, como si no conociéramos de rutina el camino. Una vez en el pasillo, nos volvimos para mirarlos; era hora de marcharse, pero nadie movía un solo músculo.

Además, empecé a entender a Naya: yo también tenía un nudo en la garganta. Nos íbamos de verdad, de algún modo, aquello tocaba su fin. Estaba preparada para marcharme, pero eso no impedía que quisiera quedarme con ellos; después de todo, eran mi segunda familia. Con nuestras virtudes y defectos, nos habíamos elegido unos a otros, y no habríamos podido elegir mejor.

Esbocé una sonrisa tristona.

—Portaos bien sin nosotros, ¿eh?

Naya lloriqueaba de nuevo, Will esbozó una sonrisa parecida a la mía y Sue se cruzó de brazos, evitando mirarnos a los ojos.

—Lo mismo os digo —murmuró Will.

Me quedé en silencio un momento más. Entonces, sentí que Jack envolvía su mano en la mía y solté todo el aire de los pulmones.

—Adiós, chicos.

Para mi asombro, la primera en responder no fue Naya, sino Sue.

—Lo de las visitas era cierto, ¿no? Dos por semana. Lo habéis prometido.

No pude soportarlo más y me lancé sobre ella en un abrazo, y se puso a protestar a voces cuando se unieron los demás, divertidos.

—¡No, soltadme! ¡Qué asco! ¡SOLTADME!

—¡Te jodes! —le espetó Naya antes de sonreír felizmente—. ¡Abrazo grupal!

Sue suspiró y, finalmente, permitió que la abrazáramos.

Unos minutos después, observaba la carretera oscura ante nosotros. La radio estaba apagada, así que el único sonido que nos acompañaba eran los ronquidos de Mike en los asientos traseros.

Miré de soslayo a mi novio, parecía pensativo. Estiré la mano y atrapé la suya sobre el cambio de marchas.

—¿Te das cuenta de que a esto lo llaman «cerrar una etapa para empezar otra»? —indiqué—. Mi terapeuta lo mencionó más de una vez.

Él sonrió.

—La pregunta es… «¿será mejor o peor?».

—Lo que hemos vivido hasta ahora ha sido maravilloso, pero yo diría que será aún mejor.

—Sí, yo también.

Apoyó nuestras manos en mi regazo y noté que recorría mi anillo muy lentamente con el pulgar. Al llegar a la piedra que lo coronaba, me miró de reojo.

—¿Lista para esta nueva etapa, Jen?

Ni siquiera tuve que pensármelo. Esbocé una sonrisa y asentí con la cabeza.

—Estoy lista.

# Epílogo

## 16 de abril

Respiré hondo y me miré otra vez en el espejo.

—Te queda bien —insistió Shanon, detrás de mí—. Deja de ser tan pesada.

—Se siente nerviosa, déjala —protestó mamá antes de limpiarse dramáticamente una lágrima—. Oh, cielo, no sabes lo preciosa que estás. ¡Por fin se casa algún hijo mío!

—Sí, porque con los demás lo tienes muy difícil.

Mamá sonrió inocentemente.

—Mis esperanzas estaban puestas en vosotras dos, los demás son casos perdidos.

—Dijo la mejor madre de la historia. —Shanon suspiró—. En fin, deberíamos bajar ya, ¿no?

Por fin encontré mis cuerdas vocales:

—Tengo que esperar a papá.

—Pues te dejaremos un rato sola. —Shanon me dio un apretón en el hombro—. Suerte en el campo de batalla, hermana.

—Es una boda —le recordó mamá de mala gana.

—Pues eso he dicho.

Desde que me había quedado sola, mi sonrisa desaparecía conforme transcurrían los segundos. Ya de paso, aproveché para mirarme en el espejo por enésima vez.

Mi maquillaje era muy casual para una boda, justo como lo había pedido. Llevaba el pelo atado en un moño y varios mechones sueltos que habíamos moldeado en rizos; eso último había sido una improvisación, pues descubrimos que mi mechón rebelde no se estaría quieto. Así quedaba mucho mejor. Tragué saliva y me pasé los dedos por el borde del vestido. En cuanto lo había visto, me había parecido perfecto; y pese a los nervios, ahora también. Era muy sencillo: hombros descubiertos, cintura estrecha, corte recto... Incluso a papá le encantaba, y como difícilmente le gustaba algo, era un alivio.

E iba descalza, claro. Contuve una sonrisa al imaginarme la cara de horror de mi madre cuando Shanon le dijo que tenía que ir descalza a la boda de su hija.

Nerviosa, me alisé una arruga con la mano. Llamaron a la puerta y Naya asomó la cabeza para mirarme.

—¿Puedo pasar? Hay una pequeña emergencia.

Ya sabía qué pequeña emergencia había exactamente.

—¿Qué le pasa ahora? —sonreí.

—Creo que quiere mimitos de mamá.

Naya abrió la puerta por completo y se me acercó con el bebé en brazos. Jay berreaba como un poseso mientras intentaba tirar del pelo de Naya; ella no dejaba de retorcerse para esquivarlo.

—¿Por qué se me dan tan mal los niños? —protestó con una mueca.

—Porque ellos ven algo que nosotros no discernimos. —Sue entró tras ella—. ¿Puedes hacer que el crío se calle ya? Me está a punto de explotar la cabeza.

Sonreí y cogí a mi hijo. En cuanto me miró, se tranquilizó. Oí que Naya bufaba, pero la ignoré.

—¿Qué pasa, Jay? —le pregunté, divertida—. ¿Estás haciendo enfadar a la tía Naya?

—Y a la tía Sue —remarcó esta, dejándose caer en la silla que había usado hasta ese momento—. Por cierto, ¿puedo preguntarte qué te he hecho para que me obligues a ponerme este estúpido vestido?

Ella, Naya y Shanon eran mis damas de honor; llevaban unos vestidos azul claro, muy sencillos pero bonitos, y el pelo suelto, con dos mechones que se unían en la parte de atrás. Naya estaba encantada, claro. Sue, no tanto.

—Sue. —La miré—. Te recuerdo que es mi boda.

—¿Y yo qué culpa tengo?

—Venga, no me seas amargada. ¡Si te queda genial!

Cuando Naya rio divertida, me volví hacia ella.

—Sí, Mike se lo ha dicho unas cinco veces.

Ambas miramos a Sue con una sonrisa de oreja a oreja. Ella simplemente puso los ojos en blanco.

—Necesito amigos de mi edad.

—Solo nos llevamos dos años —le recordó Naya.

—Mentalmente, no.

Las dejé con su discusión para prestar atención a Jay, no quería que se pusiera a llorar otra vez. Bostezó y se recostó para dormir un rato.

—¿Habéis visto a los demás invitados? —les pregunté.

—Están todos en la playa. —Naya hizo una mueca—. Tu hermano también, estaba repasando el discurso.

Aún recordaba la gran sonrisa de Spencer al decirme que se había sacado un diploma online para oficiar ceremonias. Tras discutirlo mucho —y asegurarme de que no se lo inventaba, sino que eso realmente existía—, Jack acabó convenciéndome de que sería divertido.

Así que… sí, mi hermano Spencer —el mismo que me tiraba comida al pelo cuando se enfadaba— oficiaría nuestra boda.

¿Qué podía salir mal?

*Todo.*

—Deberías terminar de prepararte —añadió Naya—. En unos minutos, Ross irá al altar. Dios, qué raro me resulta decirlo en voz alta. Ross yendo a un altar; no creí que viviría para ver este día.

—¿Habéis hablado con él?

Sue se rio.

—Estaba arrasando con la comida del banquete. Cuando su madre le ha recordado a gritos que podía mancharse, él le ha gritado que estaba nervioso y que lo dejara en paz.

Negué con la cabeza; y justo cuando Jay se quedó dormido, Naya se me acercó.

—Déjamelo a mí. Imagínate que te vomita encima… menudo desastre.

—Sí… ¿puedes llevárselo a mi madre?

—Sin problemas. —Le hizo un gesto a Sue con la cabeza—. Venga, tita Sue, hora de irse.

—Como me llames así otra vez, me ahogaré en la tarta nupcial.

—Vale, vale. —Naya se asomó por última vez—. ¡Nos vemos en el altar, Jenna! ¡Estás preciosa!

Como Sue no decía nada, le dio un codazo.

—¡Oye!

—Dile algo bonito.

—¿Eh?

—¡Que se lo digas!

—Oh, eh… um… Ross se empalmará apenas te vea.

Sentí que me ponía roja al tiempo que Naya tiraba de ella bruscamente.

—¡Mira que eres bruta! —Oí que la reñía por el pasillo.

—¿Qué tiene eso de malo? ¡Era un cumplido!

Cerré la puerta tras ellas y me quedé sola por una eternidad, o eso me pareció. Papá esperaba abajo para recogerme en el momento necesario. Los del hotel habían sido muy amables al dejarnos la terraza, su parte de playa privada y encargarse del *catering*.

Bueno, no había sido por amabilidad sino por dinero, pero ya me entendéis.

Ya me había enroscado el mechón de pelo rizado en el dedo diez veces cuando por fin oí que llamaban a la puerta.

—¿Jenny? —La voz de papá me puso aún más nerviosa—. ¿Estás lista?

Abrí y sentí que me temblaban las manos.

—No, pero tampoco lo estaré dentro de diez minutos.

—¿Eso es un «bajemos»?

—Sí.

Cuando me recolocó el mechón de pelo, me relajé un poco.

—Vayamos ya o le dará un ataque al corazón a tu casi-marido —me sugirió.

Acepté su brazo y me apoyé en él con una mano.

—¿Has hablado con él?

—Justo antes de subir.

—¿Estaba muy nervioso?

—Se ha ajustado la corbata catorce veces en una conversación de dos minutos, ¿tú qué crees?

—Pero… si él no sabe arreglarse la corbata.

—Lo sé. He tenido que ponérsela bien. Otra vez.

Bajé la escalera entre risas; al doblar la esquina del hotel empezaba la arena, allí habían trazado un caminito de pétalos que conducía al altar. En otra situación, incluso me habría parecido cursi, pero estaba tan emocionada y nerviosa que apenas reparé en ellas.

Papá se detuvo conmigo justo antes de emprender el caminito, para darme un momento de paz.

—Creo que en mi vida he estado tan nerviosa —dije en voz baja.

—Todavía podemos coger un taxi e irnos de aquí.

La broma me hizo gracia, pero la sonrisa duró poco. Me llevé una mano al corazón, que latía a toda velocidad, y con la otra apreté el pequeño ramo de flores que ni me acordaba de haber cogido. Me temblaba todo el cuerpo.

—¿Cómo puedo estar tan tensa? —farfullé—. Se supone que ya he pasado la parte difícil, ¿no? Ahora solo hay que decir «sí, quiero» y seguir adelante con la vida.

Cuando papá me dio una palmadita en el hombro, me pareció que estaba confuso.

—¿Qué pasa?, ¿tienes dudas?

Lo consideré un momento mientras trataba de calmarme.

—¿Dudas?, no. ¿Ganas de vomitar?, demasiadas.

—Pues hazlo aquí o la fotógrafa inmortalizará el momento.

—No. Se me han pasado. Estoy bien.

—¿Vamos, entonces?

Me ofreció el brazo y yo dudé en aceptarlo y colocarme a su lado. Tomé dos bocanadas de aire y, finalmente, asentí.

Papá dijo algo, pero me zumbaban los oídos y apenas lo entendí. Solo noté que tiraba de mí por el caminito de pétalos y que automáticamente apreté el ramo con fuerza.

En la playa, a una distancia prudente de la orilla, vi las hileras de sillas azul claro, las flores, el arco de madera adornado para la ocasión, la decoración… y los invitados; habíamos decidido que la boda fuera lo más íntima posible, así que no eran muchos. Ahí estaban mamá, Shanon, Owen, Sonny y Steve, Mary y Agnes, Sue, Mike, Will, Jane y Naya, Lana con un chico —deduje que era su nuevo ligue—, Chris, Curtis, Vivian y algunos actores, Joey, Nel… y algunos familiares por parte de ambos. Por los nervios, no discerní a nadie más.

Spencer estaba justo detrás del arco de madera, con una sonrisa de oreja a oreja. Y junto a él, esperaba Jack.

Casi empecé a reírme cuando lo vi tan o más nervioso que yo; de hecho, lo estábamos tanto que ni siquiera nos miramos de arriba abajo —había creído que sí sucedería—, sino que entrelazamos nuestras miradas fijamente, de modo que no advertí que mi padre me dejaba junto a él, le daba una palmadita en el hombro y se iba a sentar con el resto de invitados.

Y entonces, Spencer empezó a hablar. Yo aproveché el momento para observar a Jack; llevaba un traje negro a medida y le sentaba tan bien que casi se me olvidó que estábamos en público y que no podía lanzarme a besarlo —al menos, no aún—. Cuando levanté un poco la mirada, esbocé una pequeña sonrisa, pues él hacía exactamente lo mismo que yo.

Una de las comisuras de la boca se le elevó al revisar cada centímetro del vestido.

—No es tan transparente como me gustaría, pero no está mal —me dijo en voz baja.

No respondí. No podía ni pensar, solo mirarlo fijamente, pues él se había tranquilizado, y su calma era, de algún modo, lo que impedía mi desmayo.

Estaba tan centrada en eso que no me di cuenta de que ahora me sujetaba la mano. Recitó algo, pero no lo entendí.

Entonces, frunció el ceño, pero no lo comprendí.

Menos mal que estaba mi hermano para explicármelo a gritos:

—¡JENNY!

Di un respingo y miré a Spencer.

—¿Qué?

—¿Puedes centrarte en lo que te digo?

Oí risitas alrededor y noté que se me teñían las mejillas de rojo. Jack intentaba no reírse de mí, me apretó ligeramente la mano para darme ánimos, y luego señaló a Spencer con la cabeza para que me centrara en él.

—¿Qué... qué pasa? ¿Qué has preguntado?

—Que si quieres ser su esposa, Jenny —aclaró.

—Oh.

Intenté calmarme cuando Jack empezó a reírse.

—No me asustes —me pidió en voz baja.

—No te asusto —le aseguré—. Sí, quiero.

Cuando Jack me puso el anillo dorado, tenía una sonrisa entusiasta en los labios. Di gracias a todo el que escuchara por acertar a la primera al ponerle el suyo, pues me temblaban tanto las manos que no estaba segura de si lo conseguiría.

Y tras mi logro, entendí por fin las palabras de Spencer:

—¡Por el poder que me concedió Internet hace dos semanas, yo os declaro marido y mujer! ¡Ya podéis morrearos!

—¡Spencer! —chilló mamá entre el público.

—Perdón. Jackie, puedes darle un besito a mi hermana.

Estuve tentada de reírme, pero entonces Jack me acunó la cara entre sus manos. El contraste de su piel cálida con el anillo todavía frío me aceleró el corazón. Cerré los ojos. El beso fue corto, suave y tierno; y se separó a los pocos segundos.

Pensé que me diría algo, estaba segura de que llevaba esa intención, pero Spencer se lanzó sobre nosotros para rodearnos en un abrazo. Pronto se nos unieron Sonny y Steve. Y, de repente, la mitad de los invitados nos arrastraba de un lado a otro.

La cena se serviría en la terraza del hotel, justo al lado del espacio para la ceremonia. Yo estaba más calmada, sin embargo, las manos aún me temblaban; y como además había barra libre, supuse que mis hermanos se emborracharían en cinco minutos: otro motivo que se sumaba a mi tensión. Solo esperaba no tener que verlo.

Pero, no. La cena transcurrió con calma; bueno, con una calma relativa. Mike era el padrino de la boda y se había empeñado en pronunciar un discurso; consistió, más que nada, en burlarse de nosotros. Pero al público le hizo gracia y él quedó contento, así que Jack y yo también lo aplaudimos. Después quisieron dedicarnos unas palabras las damas de honor; Naya fue la portavoz, y básicamente se dedicó a llorar y decir que era todo muy bonito. De nuevo, aplaudimos todos.

Pasaron los minutos, y luego las horas, y la comida fue desapareciendo lentamente. No como el alcohol, que lo reponían constantemente. Los invitados iban de un lado a otro, bailaban, cantaban, comían, bebían… se lo estaban pasando en grande.

Empezaba a considerar si beber yo también cuando se nos acercó la fotógrafa. Era una chica pequeñita, de pelo oscuro y unos expresivos ojos azules. La cámara era prácticamente más grande que ella.

—Felicidades por la boda, es muy bonita —dijo antes que nada—. Espero que no sea un mal momento, pero había pensado en tomar unas cuantas fotos más antes de que se pusiera el sol. Podrían ser muy bonitas.

No me había dado cuenta de que apenas teníamos fotos juntos, solo con los invitados. Me puse en pie y me prendí del brazo de Jack, que no parecía muy entusiasmado.

Por el camino, no sé por qué, quise entablar una conversación con la fotógrafa:

—¿Trabajas en muchas bodas?

—Le verdad es que no, es mi primera boda. Suelo dedicarme a los paisajes.

—¿En serio? Pues mi hermana te encontró porque habías trabajado con una banda de música.

—Eso fue… distinto. Mi novio estaba en la banda, así que me ofreció el trabajo. Es una larga historia.

Me detuve y la miré, curiosa.

—¿Es el chico tatuado de la foto?, ¿el de la guitarrita?

Pareció sinceramente sorprendida. Jack, todavía más.

—¿Desde cuándo vas buscando fotos de chicos tatuados con guitarritas? —protestó.

—¡No la busqué! —le aclaré enseguida—. Shanon me la enseñó. Y me pareció muy…

Jack carraspeó.

—… interesante —concluí, roja de vergüenza.

La chica empezó a reírse, divertida. Vete a saber qué pensaba de nosotros; que éramos un cuadro, seguro.

—Te aseguro que es interesante —murmuró ella—. Me llamo Brooke, por cierto. Es un placer.

—Jenna —me presenté, aunque probablemente ya le habían dicho mi nombre—. Bueno, ¿dónde nos ponemos?

Nos fotografió en varias y distintas posiciones y, transcurridos veinte minutos, el sol había bajado tanto que no pudimos continuar. Nos enseñó unas cuantas fotos y, ciertamente, eran preciosas. Estaba a punto de decirlo, cuando oí que alguien gritaba y corría hacia mí.

Antes de que reaccionara, Sonny y Steve me levantaron del suelo; y solté un grito de horror que se multiplicó cuando me percaté de que se dirigían al agua. Busqué la ayuda de Jack, pero no se encontraba en mejores condiciones: Naya, Sue, Mike y Will estaban ocupándose de él.

Y, justo así, acabé dentro del mar con mi vestido de boda puesto.

Los gemelos me habían soltado de tal modo que me había zambullido en el agua. Saqué la cabeza, furiosa, y miré abajo.

—¡Mi vestido! —chillé, girándome hacia esos dos demonios, que ya corrían por la orilla para salvar sus vidas—. ¡Volved aquí, cobardes! ¡Os pienso ahogar!

—¿Cómo van a volver si les dices eso? —me preguntó Mike.

Me crucé de brazos, enfurruñada, cuando vi que los demás también se habían tirado al agua. Tanto traje y vestido arruinado me hizo suspirar. Miré la orilla y me di cuenta de que el resto de familiares nos juzgaban con la mirada; claramente, preferían la comida del banquete.

Sentí que mis hombros se relajaban cuando Jack se me acercó, empapado; se quitó la chaqueta y la lanzó a la orilla. La camisa se le transparentaba con la humedad.

—Mi querida señora esposa. —Hizo una reverencia exagerada.

Ignoré a los demás —que, un poco alejados, reían y se salpicaban unos a otros—, y me centré en Jack. Él se inclinó adelante y me sujetó de la cintura con una mano para acercarme a su cuerpo; me dio un beso bastante más profundo que el anterior, y al separarnos, vi que sonreía.

—¿Qué pasa con nuestras citas que siempre terminan en el agua, Michelle?

—Para empezar, esto no es una cita. Es nuestra boda.

—Técnicamente, se podría considerar una cita.

—Y, para terminar, no me llames Michelle o te pido el divorcio.

Para mi sorpresa, su sonrisa se acentuó.

—Ahora ya puedes amenazarme con eso, ¿eh?

—¿Y te alegra?

—Implica que estamos casados, ¿cómo no va a alegrarme, Michelle?

—¡Deja de llamarme…!

—Por cierto, creo que ha sido una gran idea lo de tirarnos al mar.

Me agarró de nuevo, esta vez con ambas manos —y por las caderas—, y le rodeé el cuello con los brazos con una sonrisita divertida.

—¿Por qué?

—Se te transparenta el vestido.

Intenté separarme para cubrirme de algún modo, pero él se rio y no dejó que me moviera.

—Tranquila, yo te cubro —me aseguró—. Solo yo sabré que llevas unas bragas rosas.

—Lo habrías descubierto igualmente, ¿sabes?, ¿o no te acuerdas de la noche de bodas?

—¿Que si me acuerdo? Llevo pensando en ella desde que te puse ese maldito anillo.

Empecé a reírme, pero me detuve cuando se inclinó para besarme; me eché atrás para impedírselo. Enarcó una ceja con curiosidad.

—Vale, primera norma de nuestro matrimonio… —empecé.

—¿Desde cuándo se pueden poner normas?

—Desde ahora. La primera es…

—Yo solo quiero imponer una norma —me aclaró.

Lo miré, intrigada.

—¿Cuál?

—Quiero que admitas que mis polvos son de diez.

—¡Jack!

—¡Admítelo! ¡La primera vez me diste un aprobado! ¡Tenemos que empezar este matrimonio sin mentiras, Michelle!

—No es mentira. Es… ocultar la verdad.

—¡Así que lo son! —sonrió ampliamente—. Lo sabía.

—Son de nueve y medio.

—Sí, claro.

—Nueve con noventa y nueve.

—Son de quince, pero me conformo con un diez.

—Muy bien —admití—. Son de diez.

Su sonrisa triunfal fue casi mayor que cuando había aceptado a casarme con él. Negué con la cabeza.

—Gracias por tu sinceridad, querida esposa —dijo solemnemente—. Ya era hora.

—No tan rápido. —Le puse un dedo en los labios en cuanto intentó besarme por segunda vez—. Yo también tengo una norma, solo una. Y estás moralmente obligado a cumplirla, ¿eh?

Sus ojos brillaron con curiosidad.

—Muy bien, ¿cuál es?

—Tienes absoluta y totalmente prohibido llamarme Michelle.

Hubo un momento de silencio. Jack hizo un mohín.

—Pero ¡me encanta llamarte así!

—Y a mí me entran ganas de ahogarme en el mar cada vez que lo haces. No te queda más remedio que cumplir mi norma —concluí—. Nada de Michelle.

—Pero…

—Nada de Michelle. ¡Y tampoco puedes llamarme Mushu!

—¡Eso no era lo acordado!

—Pero es mi norma. ¿La aceptas o no?

Mientras lo consideraba, me pareció que transcurría una eternidad. Entonces, los ojos le brillaron juguetonamente.

—Muy bien —sonrió al final—. A partir de ahora, solo te llamaré señora Ross.

# Índice